HEYNE BÜCHER

W0265773

SCIENCE FICTION

Herausgegeben
von Wolfgang Jeschke

Von Anne McCaffrey erschienen in der Reihe
HEYNE SCIENCE FICTION & FANTASY:

Der Drachenreiter (von Pern)-Zyklus

1. *Die Welt der Drachen* · 06/3291
2. *Die Suche der Drachen* · 06/3330
3. *Drachengesang* · 06/3791
4. *Drachensinger* · 06/3849
5. *Drachentrommeln* · 06/3996
6. *Der weiße Drache* · 06/3918
7. *Moreta – Die Drachenherrin von Pern* · 06/4196
8. *Nerilkas Abenteuer* · 06/4548
9. *Drachendämmerung* · 06/4666
10. *Die Renegaten von Pern* · 06/5007
11. *Die Weyr von Pern* · 06/5135

Dinosaurier-Planet-Zyklus

1. *Dinosaurier-Planet* · 06/4168
2. *Die Überlebenden* · 06/4347

Planet der Entscheidung · 06/3314
Ein Raumschiff namens Helva · 06/3354; auch ✈ 06/1008
Die Wiedergeborene · 06/3362
Wilde Talente · 06/4289
Killashandra · 06/4728

ANNE McCAFFREY

DIE WEYR VON PERN

Elfter Roman
des
Drachenreiter-Zyklus

Aus dem Amerikanischen übersetzt
von
IRENE HOLICKI

Deutsche Erstausgabe

WILHELM HEYNE VERLAG
MÜNCHEN

HEYNE SCIENCE FICTION – FANTASY
Band 06/5135

Titel der Originalausgabe
ALL THE WEYRS OF PERN
Übersetzung aus dem Amerikanischen
von Irene Holicki
Das Umschlagbild malte Michael Whelan
Die Karte auf Seite 6/7 zeichneten
Johann Peterka und Erhard Ringer
Die Innenillustrationen zeichnete Johann Peterka

Redaktion: E. Senftbauer

Die Originalausgabe erschien bei Ballantine Books,
New York (›A Del Rey Book‹)

Printed in Germany 1994
Umschlaggestaltung: Atelier Ingrid Schütz, München
Technische Betreuung: Manfred Spinola
Satz: Schaber Satz- und Datentechnik, Wels
Druck und Bindung: Ebner Ulm

ISBN 3-453-07751-2

Dieses Buch
sei mit allem Respekt
Dr. Jack und Dr. Judy Cohen gewidmet,
die mein Leben
so sehr bereichert haben.

Zeichnung: Peterka · Ringer · 1980
Cron Hold
High Reaches Weyr
high reaches
Ruatha Hold
Nabol Hold
fort
Tillek Hold
tillek
Fort Weyr
boll
Südl. Boll Hold

Weyr
bitra
Bitra Hold
Benden Weyr
lemos
Lemos Hold
benden
Igen Weyr
Keroon Hold
igen
keroon
Seehold
nerat
ista
Nerat Hold
Südweyr

Danksagungen

Die Autorin möchte abermals Dr. Jacks Verdienste würdigen. Er hat ihre Erfindungen mit Fakten untermauert und die Launen ihrer Phantasie auf eine rationale Basis gestellt.

Außerdem bedankt sich die Autorin bei Elizabeth Moon für die freundliche Genehmigung, ihr Gedicht zu verwenden, das in Kapitel Fünfzehn der Harfnergesellin Elimona zugeschrieben wird.

Die Autorin und Dr. Jack Cohen sind sich durchaus bewußt, daß die Entwicklung mancher der auf diesen Seiten erwähnten Verfahren und neuen Produkte wahrscheinlich viele Monate oder gar Jahre mehr in Anspruch genommen hätte, als hier unterstellt wird. Aber Romanautoren und ihre Berater haben schließlich ein Recht auf eine gewisse dichterische Freiheit. Außerdem hatten die Perner doch Akkis Unterstützung, nicht wahr?

Prolog

Die Sensoren des Akki erwachten zum Leben, sobald sie von den Solarzellen auf dem Dach mit neuer Energie versorgt wurden. Wahrscheinlich war der Wind wieder einmal so stark geworden, daß er die Schicht aus Staub und Vulkanasche weggefegt hatte, die das Sonnenlicht abhielt. Derartige Zwischenfälle hatte es im Laufe der vergangenen 2525 Jahre immerhin so häufig gegeben, daß das Akki, wenn auch nur auf niedrigstem Niveau, seine Funktionsfähigkeit hatte aufrechterhalten können.

Das Akki überprüfte die Hauptschaltkreise, ohne einen Defekt zu finden. Die Kameraerfassung im Außenbereich war noch blockiert, aber die Anlage registrierte erneut Bewegungen in unmittelbarer Nähe.

War es möglich, daß Menschen nach Landing zurückgekehrt waren?

Noch hatte die Anlage ihre wichtigste Aufgabe nicht erfüllt: einen Weg zu finden, um den von den Führern als ›Fäden‹ bezeichneten Organismus zu zerstören. Bisher waren keine wesentlichen Daten eingegangen, die es ihm gestattet hätten, den Auftrag auszuführen, aber die Priorität war auch nicht aufgehoben worden.

Mit der Rückkehr der Menschen wäre es nun vielleicht möglich, die Mission zu Ende zu führen.

Immer mehr Kollektoren wurden freigelegt, die Energiereservoire füllten sich; hier handelte es sich nicht um die willkürliche Abtragung von Erdschichten durch Wind und Wetter, dies war das Ergebnis gezielter Aktivität. Die Solarenergie erreichte Stromabnehmer, die seit Jahren unversorgt geblieben waren. Daraufhin verteilte das Akki die belebende Energie an seine Systeme und unterzog die schon so lange inaktiven Schaltkreise einer raschen Funktionsprüfung.

Das Akki war sehr zweckmäßig konstruiert, und da die Stromzufuhr nicht unterbrochen wurde, war die Anlage voll einsatzbereit, sobald auch die Außensensoren freigelegt waren.

Menschen waren nach Landing zurückgekehrt! Viele Menschen! Wieder einmal war es der Menschheit gelungen, gewaltige Widerstände zu überwinden. Mit Hilfe seiner regulierbaren Sichtgeräte stellte das Akki fest, daß sich die Wesen, die man Zwergdrachen nannte, noch immer in der Umgebung der Menschen aufhielten. Nun drangen auch Geräusche durch die Audiokanäle: menschliche Stimmen, die sich in ungewohnten Sprachmustern artikulierten. Hatte etwa ein Sprachwandel stattgefunden? Im Lauf von 2525 Jahren durchaus wahrscheinlich. Das Akki lauschte, interpretierte und verglich die veränderten Vokale und verschliffenen Konsonanten mit den Lautstrukturen, die man ihm einprogrammiert hatte. Dann ordnete es die neuen Phoneme zu Gruppen, um diese wiederum durch sein Semantikprogramm laufen zu lassen.

Ein riesiges, weißes Geschöpf kam in seinen visuellen Erfassungsbereich. Ein Abkömmling der ersten Produktion der Biotechniker? Rasch führte das Akki eine Extrapolation auf der Grundlage der Daten des Biolabors durch und gelangte zu dem unausweichlichen Schluß, daß auch die sogenannten Drachen einen Reifungs- und Entwicklungsprozeß durchlaufen hatten. Nach dem Merkmal ›weiß‹ suchte es in den Parametern für die gentechnisch produzierte Spezies freilich vergeblich.

Die Menschheit hatte die Angriffe der Fäden nicht nur 2525 Jahre lang überlebt, sie war dabei auch noch prächtig gediehen. Diese Spezies war zäh genug, um zu bestehen, wo andere längst kapituliert hätten.

Wenn es den Menschen möglich gewesen war, vom

Nordkontinent zurückzukehren, war es ihnen dann auch gelungen, den Fremdorganismus zu zerstören? Das wäre ein großer Erfolg. Doch was bliebe für das Akki zu tun, wenn sein wichtigster Auftrag bereits erledigt war?

Den Menschen mit ihrer unersättlichen Neugier und ihrer Rastlosigkeit würde es sicher nicht schwerfallen, dem Akustischen System einer Künstlichen Intelligenz neue Aufgaben zu stellen. Das Akki wußte aus seinen Speichern, daß die Gattung nicht dazu neigte, sich mit dem Erreichten zufriedenzugeben. Bald würden diejenigen Personen, die jetzt noch mühsam den Schutt von Jahrhunderten beiseite räumten, das ganze Gebäude freigelegt haben und bis zu ihm vordringen. Dann mußte es natürlich so reagieren, wie sein Programm es vorsah.

Das Akki wartete.

1

Gegenwärtige (neunte) Annäherungsphase, 17. Planetenumlauf

Als Akki seine Schilderung der ersten neun Jahre der Kolonisierung Perns beendete, war Rubkat nach einem ungewöhnlich prachtvollen Sonnenuntergang bereits hinter dem Horizont verschwunden. Nicht daß die meisten der Zuhörer, die der Erzählung des Akustischen Systems der künstlichen Intelligenz so andächtig lauschten, solche Äußerlichkeiten überhaupt wahrgenommen hätten.

Im Laufe der Stunden, in denen Akkis volltönendes Organ den Raum erfüllte und bis in den Gang hinaus schallte, strömten immer mehr Menschen ins Gebäude, um zu hören, was die Stimme sagte, und alles drängelte nach vorn, um wenigstens hin und wieder einen Blick auf die unerhörten bewegten Bilder zu erhaschen, mit denen Akki seine Darstellung illustrierte. Auch die Barone und Handwerksmeister, die man in aller Eile durch Feuerechsen herbeizitiert hatte, ließen sich geduldig in den stickigen Innenraum pferchen.

Baron Jaxom von Ruatha hatte Ruth, seinen weißen Drachen gebeten, die Weyrführer von Benden zu rufen, folglich gesellten sie sich als erste zu Meisterharfner Robinton und Schmiedemeister Fandarel. Lessa und F'lar schwangen sich auf die Hocker, die Jaxom und der Harfnergeselle Piemur für sie freimachten. Piemur bemerkte stirnrunzelnd, daß seine Gefährtin, die Schmiedemeisterin Jancis, ebenfalls von ihrem Sitz rutschen wollte, und bedeutete Breide, der gaffend in der Tür stand, weitere Sitzgelegenheiten heranzuschaffen. Als F'nor, der Geschwaderführer von Benden eintraf, mußte er sich auf den Boden setzen und sich fast den Hals verrenken, um auf den Bildschirm sehen zu können, aber bald fesselte ihn die Geschichte so sehr, daß er diese Unbequemlichkeiten nicht mehr spürte. Auch die Barone Groghe von Fort, Asgenar von Lemos und Larad von Telgar fanden in dem kleinen, ohnehin schon überfüllten Raum noch Platz. Inzwischen war Jaxom bis zur Tür zurückgedrängt worden, wo er allen weiteren Neugierigen höflich aber entschieden den Zutritt verwehrte.

Kaum merklich erhöhte Akki die Lautstärke, damit auch die im Korridor Stehenden den Bericht hören konnten. Im Raum wie im Gang herrschte eine drückende Schwüle, was freilich niemanden zu stören schien. Erst als eine freundliche Seele Wasser und Rotfruchtsaft und etwas später auch Fleischpasteten herumreichen ließ, wurde der Aufenthalt erträglicher. Zudem hatte irgend jemand in weiser Voraussicht alle erreichbaren Fenster geöffnet und auf diese Weise im Korridor für etwas Durchzug gesorgt. Leider erreichte kaum etwas von der frischen Luft den Akki-Raum.

»Die letzte Nachricht, die diese Anlage von Kapitän Keroon empfing, war eine Bestätigung, daß die Siedlung Fort betriebsbereit sei. Registriert wurde diese Nachricht um 17 Uhr am vierten Tag des zehnten Monats im elften Jahr nach der Landung.«

Akki verstummte, und eine tiefe, ehrfürchtige Stille breitete sich aus. Erst als die Besucher nach längerer Zeit fast schüchtern ihre Stellung veränderten, war ein leises Scharren zu hören. Da und dort wurde dezent gehüstelt, doch auch das legte sich rasch.

Der Meisterharfner hielt es für seine Pflicht, auf diese unerwarteten historischen Offenbarungen irgendwie zu reagieren, und räusperte sich.

»Wir sind dir für diesen erstaunlichen Bericht zu

großem Dank verpflichtet, Akki.« Robinton sprach bescheiden und mit großem Respekt. Ein beifälliges Murmeln lief durch Raum und Korridor. »Ein großer Teil unserer Frühgeschichte ist in Vergessenheit geraten, vieles blieb nur in Form von Mythen und Legenden erhalten. Du hast eben so manches Rätsel gelöst. Aber warum bricht die Erzählung so unvermittelt ab?«

»Die zur Eingabe berechtigten Personen haben die Aufzeichnungen nicht weitergeführt.«

»Warum nicht?«

»Erklärungen wurden nicht gegeben. Mangels anderer Anweisungen setzte die Anlage ihre Beobachtungen so lange fort, bis die Solarzellen auf dem Dach völlig verschüttet waren, wodurch sich die Stromzufuhr auf das zur Sicherung des Hauptspeichers erforderliche Minimum reduzierte.«

»Diese Tafeln sind deine Energiequelle?« In Fandarels Baßstimme schwang ein ungeduldiges Grummeln mit.

»Richtig.«

»Die Bilder? Wie hast du das gemacht?« Fandarel war so erregt, daß er seine gewohnte Zurückhaltung aufgab.

»Sie verfügen nicht mehr über Aufzeichnungsgeräte?«

»Nein.« Fandarel schüttelte grimmig den Kopf. »So wenig wie über viele andere Wunderdinge, die du ganz nebenbei erwähnt hast. Kannst du uns lehren, was wir vergessen haben?« Seine Augen funkelten erwartungsvoll.

»Die Hauptdatenbänke enthalten alle für die Verbesserung und die Kolonisierung des Planeten relevanten Daten sowie Speicher mit sämtlichen multikulturellen und historischen Informationen, die von der Kolonialregierung als wichtig erachtet wurden.«

Ehe Fandarel das nächste Thema anschneiden konnte, hatte F'lar bereits die Hand gehoben.

»Sie gestatten doch, Meister Fandarel, wir alle haben Fragen an Akki.« Er drehte sich um und winkte Meister Esselin und den allgegenwärtigen Breide heran. »Lassen Sie den Korridor räumen, Meister Esselin. Dieser Raum darf künftig nur mit ausdrücklicher Genehmigung eines der jetzt Anwesenden betreten werden. Habe ich mich klar ausgedrückt?« Er blickte streng von einem zum anderen.

»Gewiß, Weyrführer, vollkommen klar.« Breide gab sich gewohnt servil.

»Natürlich, Weyrführer, selbstverständlich, Weyrführer.« Meister Esselin verneigte sich jedesmal, wenn er F'lars Titel gebrauchte.

»Breide, Sie müssen Baron Toric auf jeden Fall von den heutigen Ereignissen unterrichten«, fügte F'lar hinzu, obwohl er genau wußte, daß Breide das auch ohne Aufforderung tun würde. »Esselin, wir brauchen Leuchtkörbe, um den Gang und die angrenzenden Räume zu beleuchten. Besorgen Sie auch ein paar Feldbetten oder Pritschen und Decken. Und etwas zu essen.«

»Und Wein. Vergessen Sie den Wein nicht, F'lar«, rief Robinton. »Benden-Wein, Esselin, wenn ich bitten darf, und zwar zwei Schläuche. Könnte doch sein, daß die Arbeit durstig macht«, fügte er wie beiläufig hinzu und grinste Lessa an.

»Kommt nicht in Frage, daß Sie zwei Schläuche leertrinken, Robinton«, sagte Lessa streng, »und sich dabei mit Akki unterhalten, bis Sie heiser sind. Genau das haben Sie nämlich im Sinn, das sehe ich Ihnen an. Ich würde sagen, für heute haben Sie genug Aufregung gehabt. Ich jedenfalls habe mehr gehört, als ich auf einmal glauben kann.«

»Seien Sie ganz beruhigt, Madame Lessa«, ließ sich Akki beschwichtigend vernehmen. »Jedes Wort, das Sie gehört haben, beruht auf Tatsachen.«

Lessa wandte sich dem Schirm zu, der ihr so unbegreifliche Bilder gezeigt hatte, von Menschen, die schon seit Jahrhunderten zu Staub zerfallen waren, und von Gegenständen, die ihr völlig fremd erschienen. »Ich zweifle ja gar nicht an dir, Akki. Ich zweifle nur an meiner Fähigkeit, auch nur die Hälfte der Wunder aufzunehmen, die du uns beschrieben und vorgeführt hast.«

»Sie selbst haben kein geringeres Wunder vollbracht«, beteuerte Akki, »indem Sie die Katastrophe überlebten, der die ersten Siedler um ein Haar zum Opfer gefallen wären. Sind die herrlichen Riesengeschöpfe, die draußen auf den Hängen warten, Abkömmlinge der von Madame Kitti Ping Yung geschaffenen Drachen?«

»Ja, das sind sie«, antwortete Lessa voll Besitzerstolz. »Die goldene Königin heißt Ramoth ...«

»Und ist der größte Drache auf ganz Pern«, ergänzte der Meisterharfner mit verschmitztem Zwinkern.

Lessa wollte ihm schon einen strafenden Blick zuwerfen, doch dann mußte sie lachen. »Nun, es stimmt doch.«

»Der Bronzedrache, der wahrscheinlich neben ihr liegt, heißt Mnementh, und ich bin sein Reiter«, erklärte F'lar und grinste schadenfroh über die Verlegenheit seiner Gefährtin.

»Woher weißt du, was draußen los ist?« platzte Fandarel dazwischen.

»Die Außensensoren dieser Anlage sind wieder in Betrieb.«

»Außensensoren ...« Fandarel verschlug es die Sprache.

»Und das weiße Tier?« fuhr Akki fort. »Es ...«

»*Er*«, verbesserte Jaxom energisch, aber ohne Groll, »heißt Ruth, und ich bin sein Reiter.«

»Bemerkenswert. Den Berichten der Biogenetik zufolge waren in Anlehnung an das genetische Potential der Zwergdrachen nur fünf Farbvarianten vorgesehen.«

»Ruth ist ein Sonderfall«, antwortete Jaxom. Er hatte es schon lange aufgegeben, seinen Drachen gegen jedermann verteidigen zu wollen. Ruth hatte seine eigenen, ganz speziellen Fähigkeiten.

»Ein Teil *unserer* Geschichte«, warf Robinton begütigend ein.

»Die aber«, sagte Lessa mit einem weiteren strengen Blick auf den Harfner, »noch warten kann, bis sich gewisse Leute ausgeruht haben.«

»Meine Neugier läßt sich bezähmen, Madame.«

Lessa bedachte den dunklen Bildschirm mit einem mißtrauischen Blick. »Du weißt, was Neugier ist? Und was hat dieses ›Madame‹ zu bedeuten?«

»Die Lust am Sammeln von Informationen ist nicht auf den Menschen begrenzt. Madame ist eine respektvolle Anrede.«

»Die respektvolle Anrede für Lessa lautet Weyrherrin, Akki«, grinste F'lar. »Oder Ramoths Reiterin.«

»Und wie werden Sie angesprochen, Sir?«

»Als Weyrführer oder Mnemenths Reiter. Meisterharfner Robinton, Harfnergeselle Piemur, Schmiedemeisterin Jancis und Baron Jaxom von Ruatha hast du ja bereits kennengelernt, nun darf ich dir noch Meisterschmied Fandarel vorstellen, sowie Baron Groghe von Fort, von jener Burg also, die als erstes gegründet wurde, was wir übrigens immer schon wußten« – F'lar verbiß sich ein Grinsen, weil Baron Groghe sich auf einmal so bescheiden gebärdete –, »wenn auch nicht, warum. Außerdem Larad, den Burgherrn von Telgar, und Asgenar, den Burgherrn von Lemos.«

»Lemos? Sehr aufschlußreich.« Ehe die Zuhörer auf Akkis leicht überraschten Tonfall eingehen konnten, fuhr die Stimme schon fort: »Wie erfreulich, daß der Name Telgar sich erhalten hat.«

»Wir wissen nicht mehr, wie es zu den einzelnen Namen kam«, murmelte Larad.

»Um so erfreulicher, daß den Opfern von Sallah und Tarvi ein so dauerhaftes Denkmal gesetzt wurde.«

»Akki!« F'lar stellte sich breitbeinig vor den Bildschirm. »Du sagtest doch, du wolltest herausfinden, woher die Fäden kommen und wie sie auszurotten sind. Zu welchen Schlüssen bist du gelangt?«

»Zu mehreren. Die als ›Fäden‹ bekannten Organismen werden irgendwie von dem exzentrischen Planeten angezogen, der an seinem Aphel in die Oort'sche Wolke eindringt; auf dem Weg zum Perihel, das in diesem Raumsektor liegt, zieht er etwas von deren Materie hinter sich her. Ein kleiner Teil des Schweifs bleibt am Himmel über Ihrem Planeten zurück. Damalige Berechnungen ergaben, daß sich der im Orbit befindliche Bestand nach annähernd fünfzig Jahren erschöpfen würde. Weiteren Berechnungen zufolge sollte das Phänomen in Abständen von zweihundertfünfzig Jahren plus minus ein Jahrzehnt immer wieder auftreten.«

F'lar sah sich fragend um, ob jemand begriffen hatte, was das Akki sagte.

»Mit allem schuldigen Respekt, Akki, wir haben deine Erklärung nicht verstanden«, bemerkte der Harfner. »Seit Admiral Benden und Gouverneurin Boll die Siedler nach Norden führten, ist viel Zeit vergangen. Wir befinden uns derzeit im siebzehnten Planetenumlauf – du sprichst, glaube ich, von einem Jahr – der neunten Annäherungsphase des Roten Sterns.«

»Registriert.«

»Man ist bisher immer davon ausgegangen«, schaltete F'lar sich ein, »daß die Sporen vom Roten Stern kommen.«

»Es ist kein Stern: die einleuchtendste Erklärung lautet, daß es sich um einen Wanderplaneten handelt, der, vermutlich infolge ungewöhnlicher Umstände, aus seinem heimischen System ausgebrochen war und so lange durch den Raum irrte, bis er von Rubkat eingefangen wurde und in dieses System geriet. Die Gebilde, die sie Fäden oder Sporen nennen, stammen nicht von seiner Oberfläche. Sie haben ihren Ursprung in der Oort'schen Wolke dieses Systems.«

»Und was ist eine Oort'sche Wolke?« erkundigte sich Meister Fandarel ungeniert.

»Dem holländischen Astronomen Jan Oort zufolge bestehen die nach ihm benannten Wolken aus Masse, die weit außerhalb des Orbits des äußersten Planeten um eine Sonne kreist. Aus der Wolke gelangen Kometenbestandteile in die inneren Bereiche des Systems. Im Fall von Rubkat besteht ein Teil dieses Materials aus eiförmigen Gebilden mit harter Schale, die sich auf ganz charakteristische Weise verändern, wenn sie bei Erreichen der äußeren Atmosphäreschichten ihre äußere Hülle verlieren und aufweichen, um dann als sogenannte ›Fäden‹ auf die Oberfläche zu fallen; in diesem Stadium ähneln sie einem gefräßigen Organismus, der organische Materie auf Kohlenstoffbasis verschlingt.«

Blinzelnd suchte Fandarel diese Information zu verdauen.

»Sie wollten es ja unbedingt wissen, Meister Fandarel«, stichelte Piemur.

»Deine Erläuterungen verwirren uns nur, Akki, weil niemand von uns so gebildet ist, daß er sie verstehen könnte.« F'lar hob die Hand, zum Zeichen, daß er nicht unterbrochen werden wollte. »Aber wenn du und vermutlich auch unsere Vorfahren wußten, was die Fäden waren und woher sie kamen, warum hat man sie dann nicht an ihrem Ursprung zerstört?«

»Als die Anlage zu diesen Schlußfolgerungen gelangte, Weyrführer, waren Ihre Vorfahren bereits auf den Nordkontinent gezogen, und sie kehrten auch nie zurück, um den Bericht abzurufen.«

Ein bedrücktes Schweigen senkte sich über den Raum.

»Aber jetzt sind wir ja hier.« Robinton richtete sich auf seinem Hocker auf. »Und wir können den Bericht entgegennehmen.«

»Falls wir ihn verstehen«, scherzte F'lar.

»Diese Anlage verfügt über Lehrprogramme, mit deren Hilfe sie Förderunterricht auf allen Gebieten der Wissenschaft erteilen kann. Diese Anlage erhielt von Kapitän Keroon und Kapitän Tillek, aber auch von Admiral Benden und Gouverneurin Boll den Primärbefehl, Informationen zu sammeln und eine Strategie zu entwickeln, um die ständige Bedrohung durch diese Einfälle abzustellen.«

»Heißt das, es ist möglich, diese Bedrohung zu beseitigen?« fragte F'lar mit betont ausdruckslosem Gesicht. Niemand sollte merken, daß ein Funken Hoffnung in ihm aufkeimte.

»Die Möglichkeit besteht, Weyrführer.«

»*Was?*« ertönte es ungläubig im ganzen Raum.

»Die Möglichkeit besteht, Weyrführer, aber nur nach gewaltigen Anstrengungen Ihrerseits und wahrscheinlich auch der Mehrheit Ihrer Bevölkerung. Zu allererst müßten Sie die Sprache der Wissenschaft erlernen und sich mit fortgeschrittener Technologie befassen. Weiterhin wäre ein Zugriff auf die Datenbänke der *Yokohama* erforderlich, um wichtige Angaben über Asteroidenpositionen nachzutragen. Erst danach könnte man Maßnahmen in die Wege leiten, die mit großer Wahrscheinlichkeit zur Beendigung dieser Einfälle führen würden.«

»Möglichkeit? Wahrscheinlichkeit? Aber die Möglichkeit besteht?« F'lar trat an den Schirm und legte beide Hände auf die schwach leuchtende Scheibe.

»Ich würde alles – *alles* – tun, um Pern von den Fäden zu befreien.«

»Unter der Voraussetzung, daß Sie bereit sind, sich verlorengegangene Fertigkeiten von neuem anzueignen und sie zu vervollkommnen, besteht die Möglichkeit in der Tat.«

»Und du *würdest* uns helfen?«

»Die Beendigung dieser Einfälle hat für diese Anlage weiterhin höchste Priorität.«

»Nicht halb so sehr wie für uns!« gab F'lar zurück. F'nor stimmte ihm von ganzem Herzen zu.

Die Barone wechselten rasche Blicke, hin- und hergerissen zwischen Hoffnung und Staunen. Die Vernichtung aller Fäden, das hatte F'lar ihnen bereits vor vielen Umläufen zugesagt, als er die Leitung von Perns damals noch einzigem Weyr übernahm. Zu jener Zeit, als nach einer Pause von vierhundert Umläufen gänzlich unerwartet die Sporenregen wieder einsetzten, hatten allein Bendens tapfere Drachengeschwader mit ihren Reitern verhindert, daß die Menschheit auf Pern auf die Stufe von Jägern und Sammlern zurückfiel. In ihrer Not hatten die Barone dem Weyrführer versprochen, alle seine Katastrophenmaßnahmen mitzutragen. Und seither waren sie so beschäftigt damit, die Anforderungen dieser schweren Zeit zu bewältigen, daß sie sein Gelübde ganz vergessen hatten. Nun freilich erkannten alle drei sofort, welche Vorteile es für sie selbst – vielleicht aber auch, welche Nachteile es für die Drachenreiter hätte, wenn sie sich ihrer traditionellen Verpflichtungen entledigen könnten. Jaxom, der Reiter und Burgherr zugleich war, sah F'lar bestürzt an. Doch es gab keinen Zweifel, der Weyrführer von Benden meinte genau das, was er sagte – er würde keine Mühe scheuen, um Pern für immer von den Fäden zu befreien.

»Dann gibt es viel zu tun«, erklärte Akki entschlossen. Das klang ja fast so, dachte Meister Robinton, als sei die Maschine erleichtert, nach so langem Müßiggang endlich wieder eine Beschäftigung gefunden zu haben. »Die Aufzeichnungen in Ihren Archiven, Meister Robinton und Meister Fandarel, wären für die Bewertung Ihrer Geschichte und Ihres Potentials sowie für die Feststellung des derzeitigen Standes der Wissenschaft von unschätzbarem Wert. Ein Abriß Ihrer Geschichte wäre gewiß auch hilfreich bei der Auswahl der zur Erreichung Ihres Ziels erforderlichen Förderprogramme.«

»Die Harfnerhalle hat emsig Buch geführt«, bestätigte der Harfner eifrig. »Freilich sind die ältesten Dokumente in den Hunderten von Planetenumläufen seit ihrer Erstellung unleserlich geworden. Ich glaube, die neueren Unterlagen aus den bisherigen Umläufen der gegenwärtigen Phase würden dir genügend Informationen liefern. Jaxom, könntest du wohl mit Ruth zur Harfnerhalle fliegen und sie holen?«

Der junge Baron erhob sich sofort.

»Und wenn es dir nichts ausmacht, dann bring doch bitte auch Sebell und Menolly mit«, fügte Robinton mit einem Blick auf F'lar zu, der sich mit energischem Nicken einverstanden erklärte.

»In den Aufzeichnungen meiner Gildehalle« – Fandarel rutschte auf seinem Hocker nach vorne und rieb sich in ungewohnter Verlegenheit die riesigen Hände – »fehlen so viele Worte und Erklärungen – vielleicht ließe sich sogar etwas über diese Oort'sche Wolke herauslesen. Die Lücken befinden sich im allgemeinen genau dort, wo wir auch aus dem Zusammenhang nicht erschließen können, was gemeint war. Wenn du uns sagen könntest, wie die fehlenden oder entstellten Worte lauten, wäre uns das bei unseren Bemühungen um Weiterbildung eine große Hilfe.«

Er war im schönsten Fahrwasser, als er Robintons Hand auf seiner Schulter spürte und verstummte.

Alle hörten, wie Meister Esselin geschäftig den Korridor entlangkam und den Hilfskräften, die das Essen, die Becher und die Weinschläuche trugen, immer wieder einschärfte, alles Jancis und Piemur zu übergeben. Die Leute mit den Pritschen und den Decken winkte er gebieterisch in die kleineren Nebenräume. Auf ein Nicken von F'lar eilte er wieder zum Eingang zurück und war schließlich außer Hörweite.

»Einen Augenblick noch, lieber Freund«, mahnte Robinton, als Fandarel sich anschickte, mit seiner Bitte um Hilfe fortzufahren. »Akki, du magst über alle Informationen verfügen, die von den Kolonisten als wichtig erachtet wurden, dennoch bin ich der Ansicht, wir sollten sie der Allgemeinheit erst nach reiflicher Überlegung zugänglich machen.«

»Genau das wollte ich auch sagen«, fügte F'lar hinzu.

»Diskretion ist sozusagen ein Wesenszug dieses Akki-Modells, Meisterharfner, Weyrführer. Sie sollten untereinander besprechen, welchen Personen Sie Zugang zu dieser Anlage gewähren wollen und in welcher Weise sie Ihnen nützlich sein kann.«

Der Meisterharfner wiegte stöhnend den Kopf in beiden Händen. Sofort war er von Lessa, Piemur und Jaxom umringt.

»Schon gut, schon gut«, winkte er unwirsch ab. »Ist euch allen denn überhaupt klar, was eine solche Wissensquelle für uns bedeuten kann?« Seine Stimme war heiser vor Erregung. »Ich fange erst an, mich damit auseinanderzusetzen, wie grundlegend diese Entdeckung unser Leben verändern könnte.«

»Auch ich schlage mich mit dieser Erkenntnis herum«, gestand F'lar mit grimmigem Lächeln. »Wenn dieses Akki etwas über die Fäden und den Roten Stern weiß, das uns helfen würde ...« F'lar stockte, die Hoffnung war zu kostbar, um sie laut auszusprechen. Dann lächelte er und hob die Hand. »Zuallererst sollten wir uns einigen, wem wir gestatten wollen, diesen Raum zu betreten. Sie haben ganz recht, Robinton, Akki kann nicht für jedermann zugänglich sein.«

»Selbstverständlich«, stimmte Meister Robinton zu. Dann hob er den Becher Wein, den er sich eingeschenkt hatte, und trank einen tiefen Schluck. »Selbstverständlich. In Anbetracht der im Korridor versammelten Menschenmenge gibt es freilich keine Möglichkeit, Akkis Entdeckung zu verheimlichen, und« – Er wehrte die aufkommenden Proteste mit erhobener Hand ab – »ich finde, wir sollten es auch gar nicht erst versuchen. Andererseits« – er grinste – »kann es nicht angehen, daß jeder nach Belieben hier hereinstürmt und ganz allein diese – diese ...«

»Anlage«, soufflierte Piemur mit nachdenklicher Miene. »Wenn sich die Nachricht von Akkis Existenz verbreitet, werden unzählige Leute mit ihm sprechen wollen, nur um hinterher damit prahlen zu können; sie werden nämlich gar nicht imstande sein, die Tragweite dieser Entdeckung zu erfassen.«

»Da gebe ich dir ausnahmsweise recht, Piemur.« Lessa sah sich um. »Ich glaube, im Moment halten sich hier genügend Menschen auf, die triftige Gründe haben, mit Akki zu sprechen, aber auch über so viel Verstand und Höflichkeit verfügen, daß sie wissen, wann sie aufhören sollten.« Sie hielt inne und warf Meister Robinton einen strengen Blick zu. Der lächelte gewinnend zurück. »Der Planet ist auf jeden Fall würdig vertreten – durch Weyrführer, Gildemeister und Barone. Niemand kann behaupten, Akki würde von einer Gruppe allein mit Beschlag belegt. Oder sind wir zu viele, Akki?«

»Nein.« Aus irgendeinem Grund grinste der Meisterharfner über diese prompte Antwort. Akki fuhr fort: »Die Zugangsberechtigung kann jederzeit auf weitere Personen ausgedehnt oder auch eingeschränkt werden, wenn es erforderlich scheint. Um noch einmal zusammenzufassen, die Erlaubnis gilt für...« Und dann zählte die angenehme Baritonstimme sämtliche Anwesenden auf.

»Und für Jaxom«, fügte Piemur rasch hinzu, denn Jaxom war in Robintons Auftrag unterwegs, und jemand mußte schließlich für das dritte Mitglied der Gruppe sprechen, der Akki seine Entdeckung verdankte.

»Und Baron Jaxom von Ruatha«, ergänzte Akki. »Sie können über meine Dienste verfügen. Ist das richtig? Ausgezeichnet. Die jeweiligen Stimmabdrücke sind erfaßt, der von Baron Jaxom wurde schon früher aufgezeichnet. Bis auf weiteres wird diese Anlage niemand anderem und in Gegenwart keines Außenstehenden antworten.«

»Als zusätzliche Vorsichtsmaßnahme«, schlug Meister Robinton vor, »soll diese Liste nur in diesem Raum und in Anwesenheit eines Weyrführers, eines Gildemeisters und eines Burgherrn beziehungsweise eines jeweils ranggleichen Vertreters geändert werden können.« Er sah sich um, ob alle damit einverstanden waren.

In diesem Augenblick kam Esselin durch den Korridor gehastet und fragte, ob sie für die Nacht noch weitere Wünsche hätten.

»Ja, Esselin, stellen Sie den zuverlässigsten und am wenigsten neugierigen von Ihren Männern als Wächter an den Eingang. Nur Baron Jaxom und seinen Begleitern ist es heute nacht noch gestattet, das Gebäude zu betreten.«

Während Esselin F'lar wortreich seiner bedingungslosen Kooperationsbereitschaft versicherte, entspann sich zwischen Fandarel und Larad eine recht gereizte Diskussion darüber, welchen Gildehallen man vorrangig das Recht zugestehen sollte, bei Akki Unterricht zu nehmen.

»Wenn ich dazu einen Vorschlag machen dürfte«, schaltete sich Akki so laut ein, daß alle erschraken. »Diese Anlage läßt sich mit relativ einfachen Mitteln so erweitern, daß sie vielfältigen Ansprüchen gerecht zu werden vermag.« Als die Stille sich in die Länge zog, fügte die Stimme etwas sanfter, fast entschuldigend hinzu: »Immer vorausgesetzt, der Inhalt der Catherine-Höhlen ist noch vollständig und unversehrt vorhanden?«

»Meinst du die Höhlen an der Südseite des Landegitters?« fragte Piemur.

»Das müssen sie sein.« Zur Verwirrung der Zuschauer erschienen auf dem Schirm verschiedene Abbildungen. »Und dies sind die Dinge, die benötigt werden, um weitere Stationen zu schaffen.«

»Deine Platten mit den Perlen, Piemur.« Jancis zupfte mit einer Hand den Harfnergesellen am Ärmel und deutete mit der anderen aufgeregt auf den Schirm.

»Du hast recht«, sagte Piemur. »Was ist das, Akki? Das Zeug ist offenbar kistenweise vorhanden, aber in den verschiedensten Ausführungen.«

»Das sind Computerkarten.« Den Zuhörern schien es, als schwinge verhaltene Erregung in den gemessenen Worten mit. »Hat man auch Dinge dieser Art gefunden?« Kästen mit Bildschirmen wurden gezeigt, kleinere Versionen des Schirms vor ihnen, und mit Rechtecken, die Ähnlichkeit mit den von Akki so bezeichneten Kontaktplatten hatten.

»Ja«, sagte Meister Robinton überrascht. »Die habe ich gesehen, aber ich konnte mir nichts darunter vorstellen, sie waren in dicke Folie eingewickelt.«

»Falls funktionsfähige Teile in ausreichender Anzahl vorhanden sind, braucht es um den Zugriff auf diese Anlage keinen Streit zu geben. Es handelt sich hier um Restbestände der gewöhnlichen Prozessormodule. Alle mit Sprachsteuerung betriebenen Geräte wurden verpackt und in den Norden verfrachtet, wo sie offenbar verlorengingen, aber diese einfachen Modelle genügen den derzeitigen Anforderungen vollauf. Bei ausreichender Energieversorgung können ohne Verlängerung der Reaktionszeit bis zu zwölf Stationen eingerichtet werden.«

Wieder verfielen die Anwesenden in benommenes Schweigen.

»Habe ich dich richtig verstanden?« begann Fandarel, nachdem er sich geräuspert hatte. »Du kannst dich in zwölf Segmente *unterteilen?*«

»Das ist richtig.«

»Wie soll das gehen?« Fandarel breitete ratlos die Arme aus.

»Sie, Meisterschmied, begnügen sich doch gewiß auch nicht mit einem Herd, einem Amboß, einer Esse, einem Hammer oder einem Feuer?«

»Natürlich nicht, aber ich habe viele Männer …«

»Diese Anlage ist nicht mit einem einzelnen Feuer oder Hammer zu vergleichen, sondern mit vielen, und jedes Element vermag mit gleichem Einsatz zu arbeiten.«

»Das will mir nicht so recht einleuchten«, gestand Fandarel und kratzte sich kopfschüttelnd den Schädel mit dem schütteren Haar.

»Vor Ihnen steht eine Maschine, Meisterschmied, die imstande ist, sich so zu teilen, daß jedes Segment als eigenes Werkzeug dienen kann.«

»Ich ahne nicht einmal, wie du das anstellen willst, Akki, aber wenn es wirklich möglich ist, wäre damit zumindest das Problem der Vorrangigkeit gelöst.« Meister Robinton grinste von einem Ohr zum anderen. Es gab so viele ungelöste Fragen, die diese Wundermaschine nun beantworten konnte! Er nahm einen kräftigen Schluck Wein.

»Die Montage der einzelnen Stationen«, fuhr Akki fort, »wird gleich die erste von vielen Lektionen sein, die Sie sich erarbeiten müssen, ehe Sie darangehen können, Ihr Hauptziel, die Vernichtung der Fäden, in Angriff zu nehmen.«

»Dann laß uns sofort ans Werk gehen!« F'lar rieb sich die Hände. Zum erstenmal in den zermürbenden Umläufen seit Beginn dieser Phase regte sich so etwas wie Hoffnung in ihm.

»Dieser Raum ist aber zu klein, als daß ein Dutzend von uns mit einem Dutzend von dir sprechen könnten, Akki«, gab Baron Larad von Telgar nüchtern zu bedenken.

»In diesem Gebäude gibt es noch andere Räume, die sich nutzbar machen lassen. Es wäre sogar sinnvoll, verschiedene Arbeitsräume einzurichten und dazu vielleicht einen größeren Raum, in dem viele beobachten und lernen könnten. Am besten beginnen wir am Anfang«, fuhr Akki fort, und plötzlich schoben sich mehrere Blätter aus einem Schlitz an einer Seite des Hauptbildschirms. »Diese Dinge werden morgen früh benötigt, es sind Elemente, die zum Bau der zusätzlichen Stationen erforderlich sind, sowie ein Diagramm, das zeigt, wie dieses Gebäude umzubauen ist, um sie aufnehmen zu können.«

Piemur als der Nächststehende fing die ausgespuckten Blätter auf. Jancis kam ihm zu Hilfe.

»Der Drucker braucht bald neues Material«, fuhr Akki fort. »Einige Rollen müßten neben anderen Vorräten in den Catherine-Höhlen zu finden sein. Papier wäre ein annehmbarer Ersatz.«

»Papier?« rief Larad. »Papier aus Holzbrei?«

»Wenn nichts anderes erhältlich ist, genügt auch das.«

»Sieht so aus, Asgenar«, lachte F'lar leise, »als hätte Meister Bendarek sein neues Verfahren keinen Umlauf zu früh entwickelt.«

»Das Verfahren der Extrusion von Plastik aus Silikaten ist in Vergessenheit geraten?« fragte die Stimme. Meister Robinton glaubte, einen überraschten Unterton herauszuhören.

»Silikate?« fragte Meister Fandarel.

»Das ist bei weitem nicht das einzige, was wir verloren haben«, klagte Robinton. »Wir werden eifrige Schüler sein.«

Der Strom von Blättern versiegte, und beim Sortieren stellten Piemur und Jancis fest, daß von jeder Seite sechs Kopien vorhanden waren. Als sie alles geordnet hatten, blickten sie die Umstehenden erwartungsvoll an.

»Nicht mehr heute abend«, lehnte Lessa entschieden ab. »Am Ende brecht ihr euch in den dunklen Höhlen noch den Hals. Nachdem wir so lange gewartet haben, können wir uns auch noch bis morgen früh gedulden. Ich finde« – sie drehte sich um und fixierte den Meisterharfner mit strengem Blick – »wir sollten uns jetzt alle ein Bett suchen oder dahin zurückkehren, wo wir hingehören.«

»Meine liebe Weyrherrin«, begann Robinton und richtete sich auf. »Nichts, absolut gar nichts, nicht einmal Ihre schlimmsten Drohungen könnten mich bewegen…« Und dann erschlaffte er plötzlich und sank in sich zusammen. Piemur fing den Becher auf, der ihm aus der Hand geglitten war. Mit zufriedenem Lächeln stützte er den kraftlosen Körper seines Meisters.

»Außer dem Fellissaft natürlich, den ich ihm in seinen letzten Becher Wein getan habe«, erklärte er. »Bringen wir ihn zu Bett.«

F'lar und Larad traten sofort vor, aber Fandarel hob abwehrend seine Riesenpranke, nahm den hochgewachsenen Harfner auf beide Arme und bat Jancis mit einem Kopfnicken, ihm zu zeigen, wo er seine Last ablegen sollte.

»Du hast dich nicht verändert, was, Piemur?« Lessa sah ihn gespielt vorwurfsvoll an, mußte aber unwillkürlich schmunzeln. Da sie nicht wußte, was die Maschine von der Szene halten würde, fügte sie hinzu: »Meisterharfner Robinton läßt sich oft ohne Rücksicht auf seine Gesundheit von seiner Begeisterung mitreißen, Akki.«

»Diese Anlage ist in der Lage, Streßsymptome zu registrieren«, sagte Akki. »Tatsächlich befand sich der Meisterharfner in starker Erregung, die aber in keiner Weise schädlich war.«

»Bist du etwa auch ein Heiler?« rief F'lar.

»Nein, Weyrführer, aber diese Anlage ist darauf eingerichtet, die Lebensfunktionen aller in diesem Raum befindlichen Personen zu überwachen. Die gespeicherten medizinischen Daten wurden auf den damals neuesten wissenschaftlichen Stand gebracht, als die Expedition die Reise zu diesem System antrat. Möglicherweise wären Ihre Mediziner an solchen Informationen interessiert.«

F'lar stöhnte hörbar. »Meister Oldive muß so schnell wie möglich herkommen.«

»Der halbe Planet muß so schnell wie möglich herkommen«, sagte Lessa bissig. Dann stieß sie einen tiefen Seufzer aus. »Ich fürchte, auch zwölf Akkis sind bei weitem nicht genug.«

»Dann sollten wir systematisch vorgehen«, sagte Fandarel, der eben zurückkehrte. »Wir müssen unsere Erregung zügeln und unsere Energien möglichst effektiv einsetzen…« Das Lieblingswort des Meisterschmieds löste ringsum verhaltenes Gelächter aus. »Lachen Sie ruhig, aber effektive Arbeitsmethoden sind einfach vernünftig und zeitsparend, und im Moment würde jeder von uns am liebsten in mehrere Richtungen zugleich laufen. Natürlich regt dieses unerwartete Geschenk unserer Vorfahren unsere Phantasie an, aber wir dürfen nichts überstürzen. Wenn F'nor und Canth so freundlich wären, würde ich jetzt gern in die Schmiedehalle von Telgar zurückkehren.

Ich werde dort die notwendigen Vorbereitungen treffen und Leute dazu abstellen, mit uns in den Höhlen nach den benötigten Materialien zu suchen, außerdem muß ich geeignete Personen finden, die mit Akkis Diagrammen zurechtkommen. Aber dafür ist morgen noch Zeit. F'nor?« Fandarel sah den braunen Reiter mit hochgezogenen Augenbrauen an, nickte allen zu, verneigte sich höflich vor dem Bildschirm und empfahl sich.

»Einen Moment noch, F'nor«, sagte Larad. »Ich sollte auch nach Telgar zurück. Asgenar, kommst du mit?«

Asgenar sah sich um und lächelte bedauernd. »Ich glaube, ich muß wirklich gehen. In meinem Kopf purzeln tausend Fragen an Akki durcheinander, aber ich fürchte, im Moment brächte ich keinen einzigen vernünftigen Satz zustande. Ich komme morgen früh mit Bendarek wieder.«

Baron Groghe, der sehr wenig gesprochen hatte, aber ein sehr nachdenkliches Gesicht machte, bat N'ton, ihn zur Burg Fort zu fliegen.

»Jancis und ich bleiben hier, für den Fall, daß Meister Robinton aufwacht«, sagte Piemur zu Lessa und F'lar. Dann kam sein verschmitztes Grinsen wieder zum Vorschein. »Ich verspreche auch, meine achttausendfünfhundertundzweiunddreißig brennenden Fragen nicht alle auf einmal zu stellen.«

»Dann wünschen wir dir jetzt wohl alle eine gute Nacht, Akki«, sagte F'lar, dem dunklen Bildschirm zugewandt.

»Gute Nacht.« Die Lichter schwächten sich ab, bis nur noch ein matter Schimmer den Raum erhellte. Ein grünes Licht in der linken unteren Ecke des Bildschirms blinkte jedoch weiter.

Zwei Stunden später trafen Jaxom und Ruth mit Sebell und Menolly, den beiden Harfnermeistern, ein. Der weiße Drache war über und über mit Säcken behängt. Piemur hatte sich mit riesigen Mengen Klah aus den von Esselin bereitgestellten Kannen wachgehalten, um auf sie zu warten, aber Jancis hatte sich hingelegt.

»Einer von uns muß morgen ausgeschlafen sein, um die Leute herumzuscheuchen«, hatte sie dem jungen Harfnergesellen erklärt. »Und das kann ich besser als du, mein Schatz.« Ein Kuß hatte ihm die Bemerkung versüßt.

Piemur hatte nichts dagegen einzuwenden. Mit einem geradezu väterlichen Gutenachtkuß bettete er sie in dem Zimmer hinter Meister Robintons Schlafraum auf eine Pritsche.

Der Harfner hatte sein Versprechen, Akki nicht mit Fragen löchern zu wollen, gar nicht ernst gemeint, doch als er nun in den Akki-Raum zurückkehrte, war er auf Anhieb nicht fähig, auch nur einen einzige intelligente Äußerung zu formulieren. Statt dessen saß er, einen Becher in der Hand, die Kanne neben sich, in dem halbdunklen Raum, als habe es ihm die Sprache verschlagen.

»Akki?« begann er schließlich zaghaft.

»Ja, Geselle Piemur?« Der Raum wurde etwas heller, so daß Piemur deutlich sehen konnte.

»Wie machst du das?« fragte Piemur erschrocken.

»Die Tafeln, die Sie und Gesellin Jancis gestern freigelegt haben, können Energie von der Sonne beziehen, die sogenannte Sonnenenergie. Wenn alle Tafeln freigelegt sind, wird eine Stunde helles Tageslicht genügen, um diese Anlage zwölf Stunden lang zu betreiben.«

»Aber mit Normalbetrieb kannst du von jetzt an nicht mehr rechnen«, schnaubte Piemur.

»Eine Frage: Sie verwerten in Ihren Handleuchten offenbar einen lumineszierenden Organismus, verfügen aber über keinerlei Verfahren zur Stromerzeugung wie etwa die Hydroelektrik?«

»Hydroelektrik?« Piemurs geschultes Ohr befähigte ihn, das unbekannte Wort richtig zu wiederholen.

»Die Erzeugung von elektrischem Strom aus der Energie des fließenden Wassers.«

»In der Schmiedehalle von Telgar treibt Meister Fandarel die großen Hämmer und die Blasebälge mit Wasserrädern an, aber der Begriff ›elektrisch‹ ist uns nicht bekannt. Es sei denn, er bezeichnet das, was Fandarel mit seinen Säuretanks anstellt.«

»Säuretanks? Batterien?«

Piemur zuckte die Achseln. »Ich weiß nicht, wie er sie nennt. Ich bin nur ein einfacher Harfner. Was immer ›elektrisch‹ sein mag, solange es effektiv ist, wird Meister Fandarel davon begeistert sein.«

»Hat Meister Fandarels Apparatur vielleicht eine gewisse Ähnlichkeit mit diesem Gebilde?« Unvermittelt wurde der Schirm hell und zeigte das Diagramm eines Wasserrades.

»Ganz genau. Woher weißt du das?«

»Es ist die am häufigsten vorkommende primitive Anwendungsform. Haben Sie die Fundstätten von Landing erkundet, Geselle Piemur?«

»Du brauchst mich nicht ständig mit meinem Titel anzusprechen, Akki. Piemur allein genügt.«

»Das würde man nicht als respektlos empfinden?«

»Ich jedenfalls nicht, Akki. Der eine oder andere Burgherr ist da etwas heikel, aber das gilt weder für Jaxom noch für Larad und Asgenar. Lessa kann manchmal recht schwierig sein, F'lar dagegen überhaupt nicht, ebensowenig wie F'nor oder N'ton. Ja, ich habe die Fundstätten von Landing erkundet. Wonach hätte ich suchen sollen?«

Auf dem Bildschirm erschien ein komplizierter, am Fuß des Hügels am Fluß aufragender Mechanismus.

»Da ist nichts dergleichen mehr zu sehen.« Piemur schüttelte den Kopf.

»Nachdem Schmiedemeister Fandarel bereits mit

Wasserrädern arbeitet, ließe sich auch ein neues Werk errichten. Damit wäre diese Anlage nicht allein von den Solarzellen abhängig, deren Leistung für die eben erwähnten zu erwartenden Anforderungen nicht ausreichen wird.«

»In den Höhlen liegt kein Vorrat von diesen Tafeln?«

»Nein.«

»Wie kannst du dir da so sicher sein?« Akkis Besserwisserei ging Piemur allmählich auf die Nerven. Es wäre wirklich unfair, wenn diese – diese Intelligenz immer recht behielte.

»Die Listen der Bestände in den Catherine-Höhlen sind verfügbar, und Ersatztafeln sind darin nicht aufgeführt.«

»Es muß doch schön sein, immer alles zu wissen«, sagte Piemur.

»Genauigkeit gehört zu den wichtigsten Eigenschaften eines Akki-Systems – Genauigkeit und eine umfassende Datenbank, wohl das, was Sie als ›Wissen‹ bezeichnen würden. Nun *kann* eine Datenbank niemals ›alles‹ enthalten, glauben Sie das ja nicht. Aber sie reicht aus zur Realisierung der programmierten Aufgaben.«

»Genauigkeit verlangt man auch von einem Harfner«, murrte Piemur. Meister Fandarels Streben nach Effektivität hatte er stets mit Humor genommen. Nun beschlichen ihn leise Zweifel, ob er für Akkis Pedanterie ebensoviel Toleranz würde aufbringen können.

»Ein Harfner – jemand, der eine Harfe spielt, ein Musikinstrument?« fragte Akki.

»Das auch«, antwortete Piemur, und sein unberechenbarer Sinn für Humor regte sich wieder, als er erkannte, daß Akki keineswegs allwissend war, was das Pern der Gegenwart betraf. »In erster Linie ist es jedoch Aufgabe der Harfnerhalle, zu unterrichten, Kontakte herzustellen und notfalls bei Streitigkeiten zu vermitteln.«

»Sorgt sie nicht auch für Unterhaltung?«

»Gewiß – unter anderem, weil Unterhaltung eine gute Lehrmethode ist –, und viele von uns beschränken sich nur darauf, aber je besser die Ausbildung, desto vielfältiger die Aufgaben. Ich würde mir niemals anmaßen, Meister Robinton vorzugreifen und dir das alles zu erklären. Obwohl er genaugenommen gar nicht mehr *der* Meisterharfner von Pern ist. Das ist inzwischen Sebell, weil Meister Robinton fast an einem Herzanfall gestorben wäre und man ihn daraufhin bewogen hat, den aktiven Dienst in der Harfnerhalle zu quittieren. Was freilich nicht heißen soll, daß er sich wirklich zur Ruhe gesetzt hätte, auch wenn er jetzt auf dem Landsitz an der Meeresbucht lebt, weil nämlich inzwischen so viel geschehen ist. Erst hat Jaxom Landing entdeckt und dann die Luftschiffwiese und schließlich die Höhlen.« Piemur merkte, daß er ins Schwatzen geraten war, und hielt inne. Typisch für ihn, Akki mit seinem Wissen beeindrucken zu wollen, aber das war es nicht allein. Piemur spürte das dringende Bedürfnis, sich gegenüber dieser höheren Intelligenz hinter seinen persönlichen Wertvorstellungen zu verschanzen.

»Sebell, der jetzige Meisterharfner von ganz Pern, ist mit den Aufzeichnungen bereits hierher unterwegs«, fuhr er fort. »Zusammen mit Menolly. Die beiden mögen dir sehr jung vorkommen, aber sie sind in der Harfnerhalle die wichtigsten Leute. Du solltest freilich wissen, daß Meister Robinton der am meisten verehrte und geachtete Mann auf ganz Pern ist. Die Drachen haben ihn vor dem Tod bewahrt. So unentbehrlich ist er«, fügte er respektvoll hinzu.

»Dann war das Drachenexperiment erfolgreich?« wollte Akki wissen.

»Experiment?« fragte Piemur empört, dann lachte er verlegen. »Laß die Weyrführer lieber nicht hören, daß du ihre Drachen als ›Experimente‹ bezeichnest.«

»Vielen Dank für den Rat.«

Piemur musterte den Bildschirm mißtrauisch. »War das nun ernst gemeint oder nicht?«

»Gewiß doch. Kultur und Gesellschaftssystem des heutigen Pern haben sich weit von den ersten Anfängen der Kolonie entfernt. Dieser Anlage obliegt es nun, sich mit den neuen Sitten und Gebräuchen vertraut zu machen, um nicht unnötig Anstoß zu erregen. Die Drachen sind also über ihre ursprüngliche Rolle bei der Luftverteidigung des Planeten weit hinausgewachsen?«

»Sie sind die wichtigsten Geschöpfe auf dem ganzen Planeten. Ohne sie könnten wir nicht überleben.« Piemurs Stimme zitterte vor Stolz und Dankbarkeit.

»Ohne irgend jemanden beleidigen zu wollen, ist es inzwischen statthaft, auch abnorme Exemplare eines Geleges aufzuziehen?«

Piemur schnaubte verächtlich. »Du meinst Ruth? Er und Jaxom sind eine Ausnahme – von einer ganzen Reihe von Regeln. Zum einen ist er Burgherr und hätte als solcher niemals einem Drachen gegenübergestellt werden dürfen. Trotzdem hat er Ruth für sich gewonnen, und nur weil man glaubte, der Kleine würde ohnehin nicht lange leben, hat man Jaxom erlaubt, ihn aufzuziehen.«

»Das ist ein Widerspruch.«

»Ich weiß, aber Ruth ist eben ein Sonderfall. Er weiß immer, in welcher *Zeit* er sich befindet.«

Die nun folgende Pause trug viel dazu bei, Piemurs Minderwertigkeitsgefühle abzubauen. Er hatte das Akki aus dem Konzept gebracht.

»Diese Bemerkung ist nicht ganz verständlich.«

»Du weißt aber doch, daß die Drachen durch das

Dazwischen ohne Zeitverlust von einem Ort zum anderen gelangen können?«

»Das war eine wesentliche Eigenschaft der Zwergdrachen, aus deren Erbgut die Drachen mit den Mitteln der Gentechnik ursprünglich geschaffen wurden. Ähnlich der Fähigkeit zur Teleportation, die bei gewissen Spezies auf mehreren anderen Planeten auftritt.«

»Nun, Drachen sind imstande, durch das *Dazwischen* auch von einer Zeit in eine andere zu gelangen. Lessa hat es exerziert, und Jaxom ebenfalls.« Piemur grinste, war er doch einer der wenigen, die genau wußten, wann und warum Jaxom diesen ganz bestimmten Zeitsprung unternommen hatte. »Aber die Fähigkeit ist überaus gefährlich, und es wird eindringlich davor gewarnt, sie einzusetzen. Nur ganz wenige Drachen verfügen über Ruths räumliches und zeitliches Orientierungsvermögen. Wenn also ein Drachenreiter ohne ausdrückliche Genehmigung seines Weyrführers einen Zeitsprung macht, gibt es ein Donnerwetter, das sich gewaschen hat – immer vorausgesetzt, er hat die Eskapade unbeschadet überstanden.«

»Wären Sie so freundlich, mir zu erklären, unter welchen Umständen Zeitsprünge zulässig sind?«

Piemur machte sich bereits Vorwürfe, weil er Jaxoms Ausflug überhaupt erwähnt hatte. Er hätte sich besser mit Lessas Abenteuer begnügt, das ohnehin in die neuere Geschichte eingegangen war. So stürzte er sich nun auf dieses weniger heikle Thema und erzählte Akki in allen Einzelheiten von Lessas heldenhaftem Ritt auf Ramoth und wie sie die fünf verschwundenen Weyr von Pern aus der Vergangenheit geholt hatte, um die Menschen der gegenwärtigen Phase vor dem Untergang zu bewahren. Piemur wollte nicht in Selbstlob verfallen, aber er war von seinem eigenen Vortrag durchaus angetan. Akki unterbrach ihn kein einziges Mal, doch der Harfner spürte, daß seinem ungewöhnlichen Zuhörer nichts entging – und daß er jedes Wort behalten würde.

»Ein sensationelles Wagnis, eine ausgesprochen mutige Tat, ein wahres Heldenepos, auch wenn sie sich und die Königin Ramoth dabei in höchste Gefahr brachte. Immerhin rechtfertigte der Erfolg das Risiko«, stellte Akki fest. Soviel Lob hätte Piemur gar nicht erwartet. Er grinste befriedigt, weil es ihm gelungen war, sein Gegenüber zu beeindrucken.

»Sie erwähnten, das Lange Intervall habe die Autorität der Weyr und ihre Stellung in der Gesellschaft geschwächt«, fuhr Akki fort. »Wissen Sie, wie viele dieser Zyklusschwankungen es gab?«

»Zyklusschwankungen?«

»Ja. Wie oft sind keine Fäden auf Pern gefallen, obwohl der von Ihnen so genannte Rote Stern vorüberzog?«

»Ach, du meinst, wie viele Lange Intervalle wir hatten? In unserer Geschichte sind zwei verzeichnet. Man hat uns zwar gelehrt, daß es große Abstände geben würde, aber wer darüber Bescheid wußte, kann ich dir nicht sagen. Deshalb waren ja auch bis zum ersten Sporenregen in dieser Phase so viele Menschen der festen Überzeugung, daß die Fäden niemals wiederkommen würden.«

Piemurs goldene Feuerechse schlief auf ihrem Lieblingsplatz auf Piemurs Schulter, den Schwanz lose um seinen Hals gewickelt. Nun schreckte sie auf und piepste warnend.

»Die Sensoren melden, der Klumpen auf Ihrer Schulter sei in Wirklichkeit ein Lebewesen, das sich an Sie klammert.«

»Ach, das ist nur Farli, meine Feuerechsenkönigin.«

»Die Tiere haben also den Kontakt zu den Menschen aufrechterhalten?«

»Ja und nein.« Piemur fürchtete, nicht mehr genug Zeit zu haben, um Akki über die neuere Geschichte der Feuerechsen zu informieren. »Farli hat mir eben mitgeteilt, daß Ruth und Jaxom mit den Aufzeichnungen und mit Sebell und Menolly zurückgekehrt sind.« Piemur stand auf und trank den letzten Schluck Klah aus seinem Becher. »Jetzt wirst du alles erfahren, was sich in dieser Phase ereignet hat. Gelangweilt haben wir uns zwar auch bisher nicht, aber du – du bist sozusagen die Krönung.«

Piemur hörte leise Stimmen im Korridor und machte sich auf den Weg zum Eingang, für den Fall, daß Esselins Wachen einen übertriebenen Diensteifer an den Tag legen sollten. Doch schon nach den ersten Schritten kamen ihm mit schweren Säcken auf den Schultern Jaxom, Sebell und Menolly entgegen. Menolly erreichte ihn als erste. Ihr dunkles Haar war vom Reithelm noch ganz zerdrückt.

»Wo ist Meister Robinton?« fragte sie und sah sich um. In dem schmalen, feingeschnittenen Gesicht spiegelte sich die beständige Sorge um ihren Mentor.

»Da drin, Menolly.« Piemur zeigte auf den Raum. »Wir passen schon auf, daß ihm nichts passiert.«

Sie warf ihm den schweren Sack zu und schlüpfte durch die Tür, um sich selbst zu vergewissern. Piemur lächelte nachsichtig.

»Und dich hat man ganz allein bei Akki gelassen?« flüsterte Jaxom. »Hast du ihm schon sämtliche Geheimnisse des Universums aus der Nase gezogen?«

Piemur schnaubte. »Es war eher so, daß ich seine Fragen beantwortet habe. Trotzdem war es interessant. Und ich habe ihm auch ein paar Ratschläge gegeben.« Grinsend tippte er sich mit dem Finger an die Nase. »Wie es sich für einen guten Harfner gehört.«

Sebell wirkte in dem düsteren Korridor noch brauner als sonst. Der hochgewachsene Meisterharfner schenkte Piemur sein berühmt träges Lächeln, das sein anziehendes, intelligentes Gesicht noch reizvoller machte.

»Laut Jaxom spinnt dein Akki ein Garn, um das es selbst die Besten von uns beneiden würden. Angeblich weiß es genau Bescheid darüber, wer wir einmal waren und was wir werden können.«

»Nun, ich fürchte, Akki könnte mehr Probleme schaffen als lösen«, sagte Piemur. »Aber wir haben eine aufregende Zeit vor uns, das garantiere ich dir.« Er half Jaxom, die Aufzeichnungen vorsichtig aus den Säcken zu ziehen. »Akki interessiert sich brennend für dich und auch für Ruth.«

»Was hast du ihm denn alles erzählt?« fragte Jaxom mit seiner Burgherrenstimme, wie Piemur sie bei sich nannte.

»Ich? Nichts, was dir nicht recht wäre, mein Freund«, beruhigte Piemur ihn hastig. Gelegentlich reagierte Jaxom immer noch empfindlich, wenn andere Leute sich über Ruth unterhielten. »Ich war mehr damit beschäftigt, Lessas Ritt vorzutragen, und er – er hat gesagt, es sei ein wahres Heldenepos.« Er grinste von einem Ohr zum anderen.

Währenddessen hatte Sebell sich den Raum genau angesehen und auch die seltsame Wandverkleidung untersucht. Es war nicht seine Art, so hastig vorzupreschen wie der junge Geselle.

»Und dieses Akki hat seit unseren Anfangszeiten auf Pern überdauert?« Sebell pfiff anerkennend durch die Zähne. Er berührte eine der durchsichtigen Tafeln und sah sich um. »Wo bewahrt es seine Aufzeichnungen auf? Jaxom sagte, es habe auch ganz erstaunliche Bilder aus unserer Vergangenheit gezeigt.«

»Akki, warum antwortest du nicht selbst?« fragte Piemur großspurig, er war schon gespannt, wie Sebell – oder auch Menolly, die in diesem Augenblick eintrat – mit der Maschine umgehen würden. »Akki?« wiederholte er. »Das ist Sebell, der Meisterharfner von Pern, Meister Robintons Nachfolger, und Meisterin Menolly, Perns fähigste Komponistin.« Als von Akki immer noch keine Antwort kam, fuhr er zunehmend gereizt fort: »Sie haben dir die Aufzeichnungen gebracht.«

Akki blieb stumm.

»Vielleicht hat es die in den Solarzellen gespeicherte Energie aufgebraucht.« Piemur zwang sich zu einem unbekümmerten Tonfall, während er angestrengt überlegte, wie er Akki eine Reaktion entlocken könnte. Finster starrte er auf den toten Bildschirm mit dem grünen Blinklicht in der unteren Ecke. Das nichtsnutzige Ding war wach, also hörte es wohl auch zu. »Ich verstehe das nicht«, sagte er entrüstet zu den anderen. »Kurz bevor ihr gekommen seid, hat es mir noch fast die Ohren abgeschwatzt – oh, Splitter und Scherben!« Theatralisch schlug er sich mit der Hand gegen die Stirn. »Du und Menolly, ihr steht noch nicht auf seiner Liste.«

»Auf seiner Liste?« Jaxom zog verständnislos die Stirn in Falten.

»Ja, auf seiner Liste«, wiederholte Piemur und ließ sich mit einem verdrießlichen Seufzer auf den nächsten Hocker fallen. »Auf der Liste der Personen, mit denen er sprechen darf. Meister Robinton und die anderen haben beschlossen, nur einer begrenzten Anzahl von Leuten zu Akki Zugang zu gewähren.«

»Aber *ich* war doch hier«, rief Jaxom.

»Oh, dir wird er wahrscheinlich auch antworten, sobald Sebell und Menolly weg sind. Es wurde vereinbart, daß ein Weyrführer, ein Burgherr und ein Gildemeister anwesend sein müssen, um diese Liste der Privilegierten zu erweitern.«

»Nun, ich bin Burgherr«, begann Jaxom.

»Aber Piemur ist noch kein Meister, und ein Weyrführer ist erst recht nicht zugegen«, lachte Menolly. »Akki tut eben, was man ihm gesagt hat, was man von dir nicht immer behaupten kann, Piemur.«

»Mag ja sein, aber solange hier noch Ruhe und Frieden herrschen, hätte Akki die beste Gelegenheit, sich mit unserer Geschichte vertraut zu machen. Ehe Fandarel zurückkommt und ihn ganz mit Beschlag belegt.« Piemur seufzte und rieb sich das Gesicht. Die Aufregungen des Tages machten sich allmählich bemerkbar.

»Aber ich stehe doch auf der Liste, nicht wahr?« fragte Jaxom nicht ohne eine gewisse Schärfe.

»Sicher – du, ich und Jancis, Meister Robinton, eben alle, die im Raum waren, als Akki erwachte.«

»Und solange du allein warst, hat er mit dir gesprochen«, überlegte Jaxom. »Vielleicht spricht er auch mit mir, wenn Sebell und Menolly hinausgehen – nicht böse sein, ihr beiden –, dann könnte ich ihm ja die Aufzeichnungen einspeisen.«

»So leicht sind wir nicht gekränkt«, beruhigte ihn Menolly und blickte zu Sebell auf, der zustimmend nickte. Sebells vernünftige Einstellung und sein ausgeglichenes Naturell waren nur zwei von vielen Eigenschaften, die sie an ihm liebte und achtete. »Es gibt noch genügend freie Pritschen, Piemur, und du siehst ohnehin aus, als wolltest du gleich im Stehen einschlafen. Leg du dich mit Sebell zu Meister Robinton, ich mach's mir bei Jancis bequem. Wenn dieses Akki – wie viele Umläufe sagtest du, Jaxom? Zweitausendfünfhundert« – sie schauderte ein wenig – »gewartet hat, dann können wir uns auch noch bis morgen gedulden.«

»Ich sollte nicht alles auf Jaxom abschieben...«, sagte Piemur, aber die Vorstellung, sich eine Weile langzulegen, war doch unglaublich verlockend. Der letzte Becher Klah hatte nichts mehr gegen seine Erschöpfung auszurichten vermocht.

Menolly nahm ihn bei der Hand. »Ich decke dich sogar zu, genau wie meinen kleinen Robse.« Er schnaubte empört, aber sie grinste nur. »Du gibst genausowenig auf dich acht wie Meister Robinton.

Komm, jetzt wird geschlafen. Du auch, Sebell. Morgen – nein, hier ist es ja schon heute – nun, wahrscheinlich werden alle herumrennen wie aufgescheuchte Wherhühner. Dann ist es an uns, Ruhe und Gelassenheit an den Tag zu legen.«

Kaum hatten die anderen leise die Tür hinter sich geschlossen, als Jaxom sich an Akki wandte.

»Ich bin jetzt allein, Akki.«

»Das ist nicht zu übersehen.«

»Du hast dich vorhin nur an deine Anweisungen gehalten?«

»Wie es meine Pflicht ist.«

»Schön. Dann ist es jetzt meine Pflicht, dir unsere historischen Aufzeichnungen zu zeigen, weil Meister Robinton es nämlich so wollte.«

»Legen Sie die Aufzeichnungen bitte mit der Schrift nach unten auf das beleuchtete Feld.«

Jaxom wußte genau, daß Meister Arnor, der Archivar der Harfnerhalle, ihm den Kopf abreißen würde, wenn er auch nur eine einzige der kostbaren Seiten beschädigte, und so öffnete er mit gebührender Vorsicht den ersten Band, Gegenwärtige Phase, Erster Umlauf, und legte ihn mit der Schrift nach unten auf das grün leuchtende Feld.

»Weiter!«

»Was? Es lag doch noch kaum da.«

»Scannen geht sehr rasch, Baron Jaxom.«

»Das wird eine lange Nacht«, bemerkte Jaxom und schlug brav die nächste Seite auf.

»Geselle Piemur hat Ihren weißen Drachen als ganz besonderes Tier gerühmt«, begann Akki. »Ein Tier mit vielen ungewöhnlichen Eigenschaften.«

»Zum Ausgleich dafür, daß er klein, weiß und nicht daran interessiert ist, sich zu paaren.« Jaxom hätte gern gewußt, was Piemur über Ruth erzählt hatte, auch wenn er sicher sein konnte, daß der Geselle ihm und dem weißen Drachen treu ergeben war.

»Trifft die Aussage des Gesellen zu, Ruth wisse stets, *wo* in der Zeit er sich befinde, und er sei auch bereits durch die Zeit gereist?«

»Alle Drachen können durch die Zeit reisen, zumindest nach rückwärts«, antwortete Jaxom ein wenig zerstreut, denn er mußte sich konzentrieren, um die Seiten rasch und zugleich behutsam umzublättern.

»Aber Zeitsprünge sind verboten?«

»Zeitsprünge sind gefährlich.«

»Inwiefern?«

Achselzuckend blätterte Jaxom weiter. »Ein Drache muß genau wissen, welchen Zeitpunkt er ansteuert, sonst taucht er am Ende genau da aus dem *Dazwischen* auf, wo er sich in dieser früheren Zeit gerade befindet. Wird es zu knapp, so bedeutet das angeblich den Tod für Drache und Reiter. Es ist auch nicht ratsam, sich einen Ort auszusuchen, an dem man noch nie gewesen ist, deshalb sollte man nicht vorwärts springen, denn man wüßte ja nicht, wo man sich dort gerade aufhält.« Jaxom hielt inne und drückte einige Seiten auseinander, die besonders stramm gebunden waren. »Lessas Flug war eine ausgesprochene Sensation.«

»Geselle Piemur hat mir davon erzählt. Eine tapfere Tat, aber offenbar nicht ohne schmerzliche Folgen. Das Verfahren der Teleportation konnte niemals bis ins letzte ergründet werden, aber wenn man dem Bericht des Gesellen glauben darf, ist bei übermäßig weiten Reisen dieser Art mit sensorischer Deprivation zu rechnen. Sie haben mit Ihrem weißen Drachen ebenfalls einen Zeitsprung gemacht?«

»So nennt man das wohl«, sagte Jaxom gleichgültig, in der Hoffnung, damit weitere Fragen abzuwehren. Freilich war Akki kein Mensch, fiel ihm plötzlich ein, und deshalb vielleicht gar nicht in der Lage, seinem Tonfall oder seinen Worten zu entnehmen, wie unangenehm ihm das Thema war. »Die Episode ist nicht allgemein bekannt.«

»Verstanden«, antwortete die Stimme zu Jaxoms Überraschung. »Hätten Sie, Baron Jaxom, etwas gegen ein Gespräch über die Aufgaben der verschiedenen gesellschaftlichen Gruppen einzuwenden, die bisher in den Aufzeichnungen erwähnt wurden? Wie sehen zum Beispiel die Rechte und Pflichten eines Burgherrn aus? Oder eines Weyrführers? Eines Gildemeisters? Einige Begriffe sind für die Schreiber so selbstverständlich, daß sie nicht definiert werden. Dabei ist die genaue Kenntnis solcher Termini unerläßlich für die Erfassung der politischen und gesellschaftlichen Strukturen der Gegenwart.«

Jaxom lachte in sich hinein. »Danach solltest du besser einen Burgherrn fragen, der mehr Erfahrung hat: Groghe zum Beispiel, oder auch Larad oder Asgenar.«

»Sie sind hier, Baron Jaxom.«

»Ja, das ist nicht zu leugnen!« Die Schlagfertigkeit des Akki amüsierte Jaxom. Außerdem langweilte man sich beim Umblättern der Seiten gewiß weniger, wenn man sich dabei unterhalten konnte, und so kam er dem Wunsch der Stimme nach – um festzustellen, daß es ihm gar nicht schwerfiel, die ganze lange Nacht hindurch mit Akki zu reden. Wie geschickt er dabei ausgehorcht worden war, sollte er erst später erkennen. Wie wichtig seine Erklärungen noch werden sollten, ahnte er nicht einmal.

Jaxom hatte sich durch fünf Umläufe der gegenwärtigen Phase geackert, als seine Schultern zu schmerzen begannen. Er brauchte eine Pause. Als er daher hörte, wie sich etwas regte, rief er leise:

»Ist jemand wach?«

»Jancis. Du bist zurück – Oh!« Grinsend trat sie ein. »Soll ich dich ablösen? Du bist ja völlig erschöpft. Warum haben das nicht Sebell und Menolly übernommen?«

»Weil Akki kein Wort mit ihnen reden will, solange

sie ihm nicht in aller Form vorgestellt wurden. Von einem Burgherrn, einem Gildemeister und einem Weyrführer.«

Jancis verzog kläglich das Gesicht. »Manchmal stellt man sich wirklich selbst ein Bein. Und nun laß mich weitermachen, Jaxom. Hol du dir einen Becher Klah. Er müßte noch schön heiß sein.« Damit nahm sie ihm den Band aus den Händen und drückte die Seiten auf das Feld. »Meister Robinton und die anderen Anwesenden haben durchaus zu Recht beschlossen, den Zugang zu Akki zu begrenzen.«

»Hmmm, ja, wer weiß, was die Leute alles fragen würden«, stimmte Jaxom zu. Schließlich hatte er selbst geredet wie ein Wasserfall, auch wenn die Fragen Akki gestellt hatte.

Als er seinen Klah getrunken hatte – er hatte ihn munter gemacht, obwohl er nicht so heiß gewesen war, wie er es gern hatte –, war Jancis mit ihrem Band fertig und fing mit dem nächsten an.

Wie schnell, überlegte Jaxom, konnte er wohl Sharra, seine Gefährtin, auf die Liste bekommen? Sie war so aufgeregt gewesen, als er ihr erzählte, daß Akki nach eigenen Aussagen auch über medizinisches Wissen verfüge. Sharra betreute zwei Kleinpächter, die unter starken, mit Fellis nicht zu betäubenden Schmerzen litten und langsam dahinsiechten. Auch Meister Oldive, den sie um Rat gefragt hatte, wußte keine Erklärung für diesen körperlichen Verfall. Doch dann sagte sich Jaxom, daß Oldive als Meisterheiler sicher Vorrang haben würde. Der junge Baron pochte nur selten auf seine Vorrechte, aber in einem Fall, wo es um Leben und Tod ging, könnte man doch eine Ausnahme machen?

»Das wäre vorerst alles, Gesellin Jancis«, sagte Akki mit gedämpfter Stimme. »Die Energievorräte sind fast erschöpft. Zur Wiederherstellung der Stromzufuhr ist eine Stunde volles Sonnenlicht erforderlich. Wenn es möglich wäre, auch die übrigen Zellen freizulegen, dann stünde in Zukunft mehr Energie zur Verfügung.«

»Habe ich etwas falsch gemacht?« fragte Jancis verwirrt.

»Nein.« Jaxom lachte leise. »Es bekommt seine Energie von den Tafeln, die du und Piemur auf dem Dach gefunden haben. Sonnenenergie. Und die Sonne scheint schon seit Stunden nicht mehr.« Er gähnte herzhaft. »Es ist spät. Wir sollten beide schlafen gehen.«

Jancis überlegte, dann griff sie nach der fast leeren Klah-Kanne. »Nein, ich bin jetzt wach. Ich koche uns frischen Klah. Wenn erst die Besucher anrücken, können wir nicht genug davon haben.« Damit eilte sie davon.

Jaxom konnte Jancis gut leiden. Vor kurzem hatten sie noch gemeinsam in der Gildehalle der Schmiede beim Unterricht gesessen, und er erinnerte sich, daß sie viel fleißiger gearbeitet hatte als er – und daß sie ohne Zweifel Talent zum Schmiedehandwerk besaß. Sie hatte sich ihren Meisterrang ehrlich verdient. Als sie sich mit Piemur zusammengetan hatte, war er ein wenig überrascht gewesen, aber Sharra hatte sich herzlich darüber gefreut. Sie fand, Piemur habe sich auf seinen Wanderungen entlang der Küste des Südkontinents zu einem rechten Sonderling entwickelt. Eine feste Bindung sei genau das, was er brauche, um wieder normal zu werden. Und der unverschämte junge Harfner würde Jancis sicher ermutigen, etwas mehr Selbstbewußtsein zu zeigen und vielleicht auch einige Hemmungen abzulegen, die im Laufe ihrer Kindheit im Schatten ihres übermächtigen Großvaters Fandarel zwangsläufig entstanden waren. Wie gut sie zeichnen konnte, wußte Jaxom sowieso.

Müde, aber noch nicht bereit, sich schlafen zu legen, schlenderte er zum Eingang, nickte den beiden gelangweilten Wächtern zu, trat hinaus in die kühle Nachtluft und erklomm den bei den Ausgrabungen entstandenen Erdhaufen. Ruth schickte vom nächsten Hügelchen ein liebevolles Brummen herüber, und Jaxom streichelte den weißen Drachen mit einem zärtlichen Gedanken.

Jaxom hatte es nicht einmal Sharra eingestanden, aber er fühlte sich merkwürdig verbunden mit dem Plateau, das er und Ruth als erste entdeckt, besonders aber mit diesem Akki-Gebilde, das sie gemeinsam ausgegraben hatten. Seit er mit angehört hatte, wie Akki die Namen der ersten Kolonisten aufzählte, verfolgte ihn die Frage, wer wohl seine Vorfahren gewesen sein mochten. Bei dem Gedanken an seinen Erzeuger Fax war ihm nie so ganz wohl in seiner Haut, und das war auch der Hauptgrund, warum er von den traditionellen Vorrechten eines Burgherrn nur so selten Gebrauch machte. Larad von Telgar war nicht eitel, aber er mußte doch ungeheuer stolz auf seine Herkunft sein, seit er die Geschichte seiner Ahnen Sallah Telgar Andiyar und Tarvi Andiyar kannte. Groghe war ein vernünftiger Mann, aber seit er wußte, daß sein Urahn in direkter Linie allgemein als Held gegolten hatte, platzte der Baron von Fort wahrscheinlich vor Genugtuung. Wieso war Fort eigentlich nicht nach dem tapferen Admiral Benden benannt worden? Warum lag die Burg Benden im Osten? Und warum hatte Akki nicht mehr über die Drachen gewußt? Faszinierend. Und das waren gewiß noch nicht die letzten Offenbarungen gewesen.

Ruth kam auf Jaxoms Hügel zugeglitten. *Ich habe mitangehört, was dieses Akki-Wesen sagte. Ist es wahr, daß wir ein Experiment waren?* Der Drache schob sich dicht an seinen Weyrgefährten heran und stupste ihn mit dem Kopf an. *Was ist ein Experiment?*

Das klang so empört, daß Jaxom sich kaum das Lachen verbeißen konnte.

»Ein Glücksfall sondergleichen, mein Freund, und wie du und deine Artgenossen entstanden sind, kümmert mich keine Bleimarke«, sagte er resolut. »Außerdem hast du immer gewußt – so gut wie niemand sonst auf Pern –, daß die Drachen mit den Feuerechsen verwandt sind. Warum also sollte es dich stören, wie du geschaffen wurdest?«

Ich weiß nicht, gab Ruth merkwürdig bedrückt und unsicher zurück. *Ist dieses Akki etwas Gutes?*

»Ich denke schon.« Jaxom überlegte kurz. »Ich glaube, es hängt allein von uns ab, was wir aus den Informationen machen, die es uns gibt. Wenn es Pern von den Fäden befreit ...«

Falls es das kann, bedeutet das doch, daß wir Drachen nicht mehr gebraucht werden?

»Unsinn«, sagte Jaxom schroffer als beabsichtigt. Rasch legte er seinem Drachen den Arm um den Hals, streichelte ihm den Kopf und kuschelte sich an seine Schulter. »Drachen werden auf Pern immer gebraucht. Ihr könntet viel nützlichere und weit weniger gefährliche Dinge tun, als am Himmel Fäden zu versengen, glaube mir! Komm mir ja nicht auf die Idee, dir Sorgen um unsere Zukunft zu machen, mein Freund!«

Jaxom überlegte, ob F'lar, Lessa und F'nor von ihren Drachen ähnliche Bedenken zu hören bekommen hatten. Aber er war sicher, daß diese Sorge auch für sie nicht von Bedeutung wäre. Die Drachenreiter hatten nur den einen Wunsch, Pern von den Fäden zu befreien. Jedermann wußte, daß F'lar sich dies zur Lebensaufgabe gemacht hatte.

»Nein, Ruth, zerbrich dir deshalb nicht den Kopf. Ich fürchte, auf einen fädenfreien Himmel muß Pern noch lange warten! Dieses Akki mag sehr viel mehr über Oort'sche Wolken und Planeten und sonstiges wissen als wir, aber es ist doch nur eine sprechende Maschine. Und Worte sind billig.«

Jaxom strich weiter über Ruths Kopf und betrachtete dabei die Siedlung, in der einst seine Ahnen gewohnt hatten. Allenthalben verstellten Erdhaufen die Aussicht auf Gebäude, die man gierig aus dem Boden gescharrt hatte, um dann enttäuscht festzustellen, daß sie leer waren. Welche Ironie, daß der eigentliche Schatz erst ganz zum Schluß entdeckt worden war. Und nun hatte sich dieser Schatz auch noch als Schlüssel zu den Geheimnissen der Vergangenheit erwiesen. Ob er wohl auch die Zukunft erschließen würde? Trotz aller gegenteiligen Beteuerungen waren Ruths Zweifel auch Jaxom nicht fremd.

Vielleicht hatte F'lar unrecht, das Ende der Fädenplage herbeizuwünschen, wenn die Drachen damit zwangsläufig ihre Daseinsberechtigung einbüßten. Und doch, wenn man noch erleben dürfte, wie Pern sich die Fäden vom Halse schaffte... Wichtiger noch, wenn man mit Hilfe des immensen Wissens, über das Akki angeblich verfügte, das Leben auf dem Planeten zum Besseren verändern könnte – würden davon nicht alle profitieren?

In diesem Augenblick gingen in etlichen Gebäuden, die als Wohnheime für die Ausgräbertrupps dienten, die Lichter an. Es dämmerte noch nicht einmal, doch offenbar war Jaxom in dieser Nacht nicht der einzige, den die historischen Offenbarungen und die rätselhaften bewegten Bilder so beschäftigten, daß er kaum Schlaf gefunden hatte.

Und was war mit Akkis Versprechen, ihnen zu helfen? Es? Er? Von diesem – diesem Ding mit der vollen, wandlungsfähigen Männerstimme als ›es‹ zu sprechen, erschien ihm irgendwie unhöflich. Und doch bezeichnete Akki sich selbst als Maschine, als Produkt einer Kultur mit fortgeschrittener Technologie und, allem Wissen zum Trotz, als seelenlosen Apparat. Jaxom stellte sich Akki lieber als real vor, als ein Wesen aus Fleisch und Blut, wie er selbst es war.

Nun wurde ihm auch klar, daß er viele überkommene Vorstellungen würde revidieren müssen. Das würde ihm unter Umständen schwerfallen. Das Altvertraute war so bequem. Andererseits wurde er ganz aufgeregt, wenn er an die neue Herausforderung dachte – an diese unfaßbare Zukunft, von der er vor zwei Tagen, als er und Ruth mit Piemur und Jancis dieses eine unter den Hunderten von Gebäuden ausgruben, noch nichts geahnt hatte. Er war nicht müde – er war wie berauscht.

»Es wird spannend werden, Ruth. Sieh es doch einmal so, als eine spannende Herausforderung.« Er massierte mit den Knöcheln seiner Hand Ruths Augenwülste. »Eine Herausforderung, etwas Neues könnten wir alle beide gebrauchen. Das Leben ist in letzter Zeit recht eintönig geworden.«

Laß das Sharra lieber nicht hören, mahnte Ruth.

Jaxom grinste. »Wie ich meine Gefährtin kenne, denkt sie genauso.«

Ramoth, Mnementh, Canth, Lioth, Golanth und Monarth sind im Anflug, meldete Ruth deutlich fröhlicher.

»Die Verstärkungstruppen, was?« Jaxom schrubbte noch einmal kräftig über die Augenwülste. »Jetzt hast du wenigstens Gesellschaft.«

Ramoth ist schlecht gelaunt. Ruth war plötzlich auf der Hut. *Canth sagt, in Lessas Weyr hätte die ganze Nacht Licht gebrannt, und Ramoth hätte sich lange mit allen anderen Königinnen unterhalten*. Nun klang seine Stimme deutlich beunruhigt.

»Ruth, mach dir bitte keine Sorgen. Es wird alles gut werden. Wir stehen nur vor einem neuen Anfang, genau wie damals, als ich dich für mich gewonnen hatte! Wobei *das* übrigens der schönste Tag in meinem ganzen Leben war.«

Ruth hob den Kopf, und das trübe Blau seiner Augen hellte sich zu einem zufriedeneren Blaugrün auf.

Nun kreisten die Neuankömmlinge über ihnen, und die Drachenaugen funkelten wie leuchtend grüne und blaue Sterne durch das graue Zwielicht. Als die Drachen mit flatternden Schwingen und ausgestreckten Hinterbeinen zur Landung ansetzten, konnte Jaxom erkennen, daß jeder von ihnen mehrere Personen trug. Einige warteten nur, bis die Reiter abgestiegen waren, um sich sofort wieder in die Lüfte zu erheben und, sobald sie die erforderliche Höhe erreicht hatten, im *Dazwischen* zu verschwinden. Die anderen legten sich nieder, während ihre Reiter und die Passagiere auf das Verwaltungsgebäude zugingen.

Jaxom seufzte und gab Ruth zum Abschied einen liebevollen Klaps, dann rutschte er den staubigen Hang hinunter, um die Gäste in Empfang zu nehmen. Er begrüßte F'lar, Lessa und Meister Fandarel am Eingang und teilte ihnen mit, Akki ruhe sich aus.

»Was heißt, es ruht sich aus?« Lessa blieb so unvermittelt stehen, daß F'lar einen Schritt zur Seite treten mußte, um nicht gegen seine zierliche Weyrgefährtin zu prallen.

»Die Solarzellen liefern keinen Strom mehr«, antwortete Jaxom.

Meister Fandarel sah ihn bekümmert und zugleich ungläubig an. »Aber – aber Akki sagte doch, er sei imstande, zwölf voneinander unabhängige Stationen zur Verfügung zu stellen.«

»Bitte sprechen Sie leise, Meister Fandarel. Meister Robinton schläft noch.« Jaxom ging mit gutem Beispiel voran und dämpfte selbst seine Stimme. »Ich habe Sebell und Menolly mit den Aufzeichnungen hergebracht, die Meister Robinton Akki zeigen wollte. Jancis und ich sind bis zum sechsten Umlauf gekommen, dann hat Akki sich abgeschaltet. Er sagt, er braucht nur ein paar Stunden Sonnenlicht, dann ist alles wieder in Ordnung.«

»Das heißt also, wir kommen mitten in der Nacht

hierher, und das Ding funktioniert gar nicht?« sagte Lessa verärgert.

»Wir können aber doch so vieles tun, bis es wieder zum Leben erwacht«, beschwichtigte Fandarel.

»Was denn?« fragte Lessa. »Ich will nicht, daß die Leute in den dunklen Höhlen herumstolpern. Und dies ist wohl auch kaum der richtige Zeitpunkt, um mit größeren Umbauten anzufangen. F'lar und ich haben Akki einige Fragen zu stellen. Ein Wunder *versprechen* kann nämlich jeder, es zu vollbringen ist eine ganz andere Sache. Höflichkeitshalber sollten wir auch den übrigen Weyrführern gestatten, sich dieses Akki mit eigenen Augen anzusehen und mit eigenen Ohren zu hören, was es zu sagen hat, denn stellt euch vor«, scherzte sie, »sie wollten einfach nicht glauben, was hier passiert ist. Wenn sie nun allerdings kommen, und es gibt gar nichts zu sehen ...« Sie ließ den Satz drohend in der Luft hängen.

»Ich kann es ja selbst kaum fassen«, gestand F'lar und lächelte Jaxom wehmütig an. »Wie soll ich da anderen einen Vorwurf machen?«

»Wir haben mehr als genug Leuchtkörbe, um die Höhlen auszuleuchten«, flüsterte Meister Fandarel, soweit seine Stimme dazu fähig war, »und es dauert auch nicht mehr lange, bis es hell wird. Meine Leute können schon einmal anfangen, die Teile zusammenzutragen, die Akki braucht. Wo sind die Blätter, die er gemacht hat? Bendarek war ganz fasziniert, als ich ihm von den bedruckten Seiten erzählte, die sich einfach aus der Wand schoben. Er kommt übrigens gerade den Hügel herauf.« Meister Fandarel hatte offensichtlich keine Bedenken, Akkis Angebot anzunehmen und seine Aufzeichnungen von der Anlage wieder lesbar machen zu lassen.

»Wo sind Sebell und Menolly?« Lessa spähte neugierig in den Korridor, an dessen Ende Akkis Raum lag.

Jaxom mußte lachen. »Sie ruhen sich ebenfalls aus. Akki hat sich geweigert, in ihrer Gegenwart ein Wort zu sagen.«

»Wieso das denn?« fragte Lessa überrascht. »Wir hatten sie ihm doch angekündigt.«

»Aber sie stehen nicht auf der Liste. Und ich bin zwar Burgherr, und Piemur ist Harfner, aber ein Weyrführer war nicht anwesend.«

Lessa runzelte die Stirn.

»Genau das hatten wir uns ausbedungen, Lessa«, erinnerte sie F'lar. »Wenn jemand einen Befehl so gewissenhaft befolgt, spricht das für seine Vertrauenswürdigkeit. Besonders bei einem so mächtigen Jemand wie diesem Akki.«

Ein tiefes Poltern ließ alle zusammenfahren, doch gleich darauf hatten sie das Geräusch identifiziert. Fandarel lachte. »Eine Maschine hat nur das zu tun, wozu sie gebaut wurde. Ich finde das ausgezeichnet.«

»Sie sind für alles zu haben, was effektiv ist«, sagte Lessa. »Es braucht nicht unbedingt vernünftig zu sein.«

»Wir haben zu lange mit Drachen zusammengelebt.« F'lar sah lächelnd auf seine kleine Weyrgefährtin hinab. »Und sie verstehen immer, was wir meinen, auch wenn wir es nicht aussprechen.«

»Hmmm«, brummte Lessa und warf ihm einen verdrießlichen Blick zu.

»Ich glaube, wir alle müssen uns auf Neuerungen einstellen«, sagte Fandarel. »Wurde auch allmählich Zeit. Jaxom, ich brauche die Blätter, die Akki angefertigt hat, damit ich sie Bendarek geben kann.«

Jaxom holte sie gehorsam von der Arbeitsplatte, wo Piemur und Jancis sie liegengelassen hatten. »Jancis wollte frischen Klah kochen«, sagte er zu Lessa. »Sie müßte jeden Augenblick wiederkommen.«

»Dann ab mit euch«, rief Lessa und scheuchte sie mit beiden Händen davon. »Jaxom, wenn du schon so erpicht darauf bist, vor allen andern in den Höhlen zu sein, dann nimm doch bitte Fandarel auf Ruth mit. Auf diese Weise bricht er sich wenigstens nicht das Genick, wenn er im Finstern durch die Gegend taumelt. Ich warte auf Jancis und Akki.«

2

Bei Sonnenaufgang warteten schon viele Schaulustige vor dem Akki-Gebäude – die Nachricht hatte sich rascher verbreitet, als sich ein Fädenknäuel in die Erde eingraben konnte. Neugier und Skepsis sind ein starker Ansporn, und Neugier und Skepsis hatten Männer und Frauen aus allen Gildehallen, Burgen und Weyrn nach Landing gelockt. Freilich galt, wie mancherorts entrüstet festgestellt wurde, das brennende Interesse in den meisten Fällen nicht Akkis gewaltigem Fundus an neuem Wissen, sondern den bereits legendären bewegten Bildern, die dieses Wunderding angeblich erzeugte.

Fandarel war in den Catherine-Höhlen zugange und leitete die Suche nach den Bauteilen, die das Akki auf seiner Liste aufgeführt hatte. Breide, der die Asche- und Erdschichten auf dem Dach behutsam abtragen und die restlichen Solarzellen freilegen sollte, wußte sich vor Helfern kaum zu retten und machte rasche Fortschritte. Dennoch schimpfte Meister Esselin, der über Akkis Umbauplänen brütete, Breides Männer seien zu langsam und hinderten ihn, seinerseits ans Werk zu gehen. Breide verteidigte sich mit dem Vorwurf, Esselin habe noch nicht einmal die Gebäude ausgeschlachtet, die das Material für die Anbauten liefern sollten, was also habe er ständig zu meckern?

Lessa hörte sie streiten und befahl den beiden, sich nicht wie die Lehrlinge aufzuführen, sondern sich lieber an die Arbeit zu machen. Dann suchten sie, Menolly und Jancis sich unter den Frauen ein paar Freiwillige und gingen mit ihnen daran, die Wände seit langem leerstehender Räume abzuwaschen und die schwarze Asche hinauszuschaffen, die durch Tür- und Fensterritzen eingedrungen war. Der größte Raum, in dem nach Ansicht der Frauen wohl auch schon früher Konferenzen stattgefunden hatten, wurde wieder für diesen Zweck reserviert. Lessa rief sich in Erinnerung, was sie in der Höhle an Beständen gesehen hatte, und orderte das entsprechende Mobiliar: Tische, Schreibtische und so viele Stühle, wie man nur ergattern konnte, ohne Fandarel ins Gehege zu kommen. Nach einer gründlichen Säuberung erstrahlten die Möbel in kräftigen Farben und setzten freundliche Akzente in den sonst recht kahlen Räumen. Ein abgelegenes Kämmerchen wurde zum Refugium des Meisterharfners erklärt und mit einem bequemen Bett, einem Polstersessel und einem Tisch ausgestattet.

»Jetzt müssen wir ihn nur noch dazu bringen, sich auch gelegentlich hier aufzuhalten«, sagte Lessa und wischte mit ihrem Lappen ein letztes Mal über den Tisch. Schmutzflecken zierten ihre Wangen, die schmale Nase und das energische Kinn. Die langen schwarzen Zöpfe lösten sich allmählich auf. Menolly und Jancis sahen sich fragend an. Wer sollte ihr beibringen, daß ihr Gesicht schmutzig war? Jancis erschien diese Lessa, die mit so viel Enthusiasmus geputzt hatte und nun auch noch danach aussah, mit einemmal viel zugänglicher als sonst. Bisher hatte die berühmte Weyrherrin der jungen Schmiedemeisterin stets einen Heidenrespekt eingeflößt.

»Wer hätte gedacht, daß ich die Weyrherrin von Pern noch einmal schuften sehe wie eine Magd«, raunte sie Menolly zu. »Sie hat sich ja richtig ins Zeug gelegt.«

»Sie hatte ja auch Übung«, spöttelte Menolly. »Schließlich mußte sie sich lange genug vor Fax auf Ruatha verstecken, ehe sie Ramoth für sich gewinnen konnte.«

»Aber es schien ihr richtig Spaß zu machen«, wunderte sich Jancis. Dabei erging es ihr selbst nicht anders. In einem verwahrlosten Raum wieder Sauberkeit und Ordnung einkehren zu lassen, vermittelte ihr das Gefühl, etwas geleistet zu haben.

Als die Karten eintrafen, die Lessa aus Esselins Archiven angefordert hatte, hielten die Mädchen sie an die verschiedenen Wände, damit die Weyrherrin entscheiden konnte, wo sie schließlich hängen sollten.

»Ist es denn richtig, solch kostbare Artefakten auf so …« Jancis rang um den passenden Ausdruck.

»Banale Weise zu verwenden?« grinste Menolly.

»Genau.«

»Ursprünglich waren sie dafür gedacht.« Lessa kräuselte spöttisch die Lippen und zuckte die Achseln. »Was also spricht dagegen, sie wieder aufzuhängen?«

Bei der anstrengenden Arbeit hatte die Weyrherrin ihr seelisches Gleichgewicht wiedergefunden. Die Entdeckung des Akki und das Versprechen der Maschine, F'lar bei der Erreichung seines Lebensziels zu helfen, hatten sie tief erschüttert. Sie wünschte sich verzweifelt, kaum weniger verzweifelt als F'lar, daß diese Hoffnung sich erfüllen möge, aber sie hatte Angst vor den Folgen. Bei dieser Säuberungsaktion am frühen Morgen hatte sie sich einen Teil ihrer Unruhe von der Seele schrubben können. Nun fühlte sie sich wie neugeboren.

»Da die Karten nicht gelitten haben – erstaunlich, die Materialien dieser Siedler –, sehe ich keinen Grund, sie nicht wie vorgesehen zu verwenden«, fuhr sie munter fort. Sie hatte beschlossen, künftig von ›Siedlern‹ zu sprechen, das sei weniger einschüchternd als ›Vorfahren‹. Nun sah sie sich eine der Karten genauer an. »Ist dieser Südkontinent nicht wahrhaft riesig?« Sie lächelte vor sich hin. »Heben Sie Ihre Ecke noch ein wenig an, Jancis. So! Jetzt hängt sie gerade!«

Sie glättete das Blatt mit einer Hand. Dann setzte sie mit sichtlicher Befriedigung einen Nagel und hämmerte ihn mit einem rechteckigen Steinbrocken, den sie irgendwo aufgelesen hatte, in die Wand. Esselin hatte solche Umstände gemacht, als sie zwei Körbe und eine Schaufel verlangte, daß sie auf einen Hammer verzichtet hatte. Der Stein tat den gleichen Dienst.

Sie trat mit den beiden Mädchen zurück und betrachtete ihr Werk. Die Schrift auf den Karten bereitete ihr immer noch Mühe. Die Lettern waren vertraut und doch anders, auf jeden Fall größer. Wie war Akki wohl mit dem verkrampften Gekritzel von Meister Arnors Aufzeichnungen zurechtgekommen? Armer Meister Arnor.

Ganz zu schweigen von dem armen Robinton. Wie hatte er sich geschämt, als er erfuhr, daß sich die Sprache trotz aller Bemühungen der Harfnerhalle um ihre Reinerhaltung verändert hatte. Arnor war berüchtigt für seine geistige Unbeweglichkeit, und wenn der alte Knabe das hörte, traf ihn am Ende noch der Schlag. Übrigens konnte man die Entdeckung auch noch aus einer anderen Perspektive sehen. Dank seines Wissens und seiner unverkennbaren Intelligenz würde das Akki zu einer Art oberster Instanz auf jedem Gebiet werden – mit Ausnahme der Drachen vielleicht. Sie mochte sich täuschen, aber hatte die sonst so ruhige Stimme nicht leicht erregt geklungen, als sie auf die Drachen zu sprechen kam?

»Ja, hier sind die Karten am richtigen Platz, nicht wahr? Hier dienen sie nicht nur zur Zierde.« Sie lächelte Jancis und Menolly zu. Seit sie Piemurs kleine Freundin bei der Arbeit beobachtet hatte, war sie überzeugt, daß der Geselle und Fandarels Enkelin gut zusammenpaßten. Lessa hatte ihre Zweifel gehabt, als man Jancis auf Akkis Liste setzte, aber der heutige Morgen hatte sie zerstreut. Jancis verdiente den Platz auf dieser Liste, nicht nur, weil sie entscheidend an dem Fund beteiligt gewesen war und bewiesen hatte, daß sie zuzupacken verstand. Die junge Frau zeigte auch die richtige Einstellung zu Akki und zur Zukunft von Pern.

Jancis' Augen strahlten, als sie die Karte studierte. »Sie haben so viele wunderbare Dinge hergestellt, Dinge, die Jahrhunderte überdauerten, Materialien, denen die Fäden nichts anhaben konnten, Dinge, die auch unser Leben bereichern werden.«

»Natürlich, aber wie soll ich das« – Menolly deutete etwa in die Richtung des Akki-Raums – »zu einer Ballade verarbeiten, die den Leuten erklärt, was hier geschehen ist?«

Lessa lachte in sich hinein. »Das ist zur Abwechslung einmal ein ganz anderes Thema, was? Du wirst es schon schaffen, liebe Menolly. Du hast es noch immer geschafft, und zwar ganz hervorragend. Aber an deiner Stelle würde ich gar nicht erst versuchen, etwas zu erklären – ich glaube, ein Phänomen wie Akki könnte nicht einmal Meister Robinton ›erklären‹. Stell es doch einfach als Herausforderung hin, die uns alle aus dem typischen Weltschmerz in der Mitte einer Phase reißen kann.« Sie zog sich einen Stuhl heran, wischte zerstreut mit ihrem Lappen darüber und setzte sich mit einem lauten Seufzer. Dann betrachtete sie die beiden Jüngeren mit schiefgelegtem Kopf. »Ich weiß nicht, wie es euch geht, ich jedenfalls könnte einen Becher schönen, heißen Klah vertragen.«

Jancis sprang auf. »Und Obst und Fleischpasteten. Der Koch war noch vor dem Morgengrauen auf den Beinen und hat über die Heerscharen gejammert, die er so aus dem Handgelenk verköstigen müsse – und dann hat er so viel zu essen gemacht, daß es für ein ganzes Fest reichen würde. Ich bin gleich wieder da.«

Als sie gegangen war, wandte sich Menolly mit ernster Miene an Lessa. »Lessa, wird Akki eine positive

Herausforderung sein? Jaxom hat uns so unglaubliche Dinge erzählt. Manche Leute werden einfach nicht daran glauben, sie werden es nicht einmal versuchen.« Sie dachte an ihre engstirnigen Eltern und andere ebenso kleine Geister, die sie in ihrer Eigenschaft als Harfnerin kennengelernt hatte.

Lessa winkte resigniert ab. »Man hat es nun einmal gefunden. Ich will es nicht verwerfen, auch wenn uns diese Entdeckung auf einigen Gebieten zum Umdenken zwingt. Ich fand es faszinierend, wie die Siedler hierher gelangten – der Blick auf Pern vor dem schwarzen Himmel ist wahrhaft beeindruckend. Ich hätte mir niemals vorgestellt, daß es so aussehen könnte! Und wie tapfer sich unsere Vorfahren gegen die Fäden zur Wehr setzten – es war richtig aufregend. Wir sind es ja nicht anders gewöhnt – auch wenn *gewisse Leute* glaubten, vor vierhundert Umläufen sei unsere letzte Phase zu Ende gegangen.« Bei der Erinnerung an diese Zweifler bekam sie einen bitteren Zug um den Mund. »Aber für sie muß es ein entsetzlicher Schock gewesen sein.« Sie sah Menolly entschuldigend an und drückte ihr leicht die Hand. »Du gehörst zu den Menschen, die es wirklich verdient hätten, die Geschichte zu hören, Menolly, aber als man uns holen ließ, hatten wir ja noch keine Ahnung, was man da entdeckt hatte. Vielleicht könnte Akki seine Chronik für dich und die anderen Harfnermeister noch einmal wiederholen, denn die Gilde sollte sie unbedingt in Umlauf bringen. Jedes Kind müßte lernen, woher wir ursprünglich kommen. Dazu brauchen wir neue Lehrballaden. Aber das muß wohl Sebell entscheiden?« Wieder veränderte sich ihr Gesicht, einen Moment lang spiegelte sich Anerkennung in ihren Zügen und verschwand wieder, als sie eine Grimasse schnitt. »Eines kannst du mir glauben, ich wollte meinen Ohren nicht trauen, als Akki sagte, unsere Drachen seien eigentlich erst von den Siedlern

erschaffen – ›gen-tech-nisch erzeugt‹ worden, wie er sich ausdrückte.« In ihr Lächeln mischte sich eine Spur von Schadenfreude. »Ich bin fast froh, daß von den Alten nur noch so wenige am Leben sind. *Damit* hätten sie sich nur sehr schwer abgefunden.«

»Können Sie sich denn so ohne weiteres damit abfinden, daß die Drachen aus den Feuerechsen entwickelt wurden?« neckte Menolly. Lessa hatte aus ihrer Abneigung gegen die kleinen Verwandten der Drachen in den vergangenen Umläufen nie ein Hehl gemacht, und Menolly achtete immer darauf, daß ihre Schar der Weyrherrin nicht in die Quere kam.

Lessa schnitt abermals eine Grimasse, schien aber eher geistesabwesend als wütend zu sein. »Manchmal sind sie wirklich eine Landplage, Menolly. Hast du die deinen in der Harfnerhalle gelassen?«

»Nein.« Menolly streifte die Weyrherrin mit einem provozierenden Seitenblick. »Aber nur Prinzessin, Rocky und Taucher wollten heute morgen mitkommen, um Ruth Gesellschaft zu leisten. Sie vergöttern ihn ja seit eh und je.«

Lessa sah sie nachdenklich an. »Akki hat sich zu Ruth geäußert, über Ramoth, Mnementh und Canth schien er dagegen eher überrascht zu sein. Ich muß ihn bei nächster Gelegenheit fragen, wieso. Nun, wenigstens etwas, das *wir* ihm erklären können.« Sie seufzte tief auf. »Und wenn er uns helfen kann, die Fäden ein für allemal loszuwerden … ich hoffe nur, er kann es wirklich!«

Menollys feinem Harfnerohr entging der verzweifelte Unterton in Lessas Stimme nicht. Die Weyrherrin fing ihren Blick auf und nickte langsam. Ihre Augen waren traurig. »Gerade jetzt, mitten in einer Phase, brauchen wir dringend etwas, das uns Hoffnung macht, Menolly, Hoffnung auf einen fädenfreien Himmel, unter dem wir endlich das Leben führen können, das die Siedler sich von diesem Planeten versprochen hatten.«

»Jaxom hat uns erzählt, daß Akki eine *Möglichkeit* sieht.«

»Zumindest gibt Jaxom exakt wieder, was gesagt wurde«, bemerkte Lessa trocken. »Du hättest die Gerüchte hören sollen, die heute morgen im Weyr umgingen. Der Weyrharfner wird dafür sorgen müssen, daß sie widerlegt und die richtigen Informationen verbreitet werden. Hoffnung ist ja schön und gut, aber sie muß doch realistisch bleiben.«

»Und Akki hat wirklich gesagt, es sei möglich?«

Lessa nickte. »Möglich! Aber wir müssen hart arbeiten, um dieses Ziel zu erreichen. Wir haben so unendlich viel zu lernen.«

»Vielleicht hebt gerade das die Moral.« Menolly schlug einen forscheren Ton an: »Eigentlich ein Wunder, daß es unseren Vorfahren gelungen ist, eine Phase um die andere zu überleben und dabei nicht mehr von unserer Kultur einzubüßen.«

»Es blieb ihnen doch gar nichts anderes übrig, genau wie uns. Nebenbei bemerkt ging ja trotz allem eine ganze Menge verloren. Aber was hätten wir für eine herrliche Zukunft vor uns, wenn diese Gefahr erst einmal gebannt wäre!«

Menolly sah Lessa vielsagend an. »Wäre denn diese Zukunft auch für die Drachen und die Weyr so herrlich?«

»Ja!« Die Antwort kam erstaunlich prompt. »Ja, für die Drachen und die Weyr wäre sie sogar noch besser.« Lessa holte tief Atem, stieß die Luft wieder aus und tippte mit dem Finger auf die Karte. »Hier gibt es nämlich eine ganz neue Welt zu erkunden.« Sie trat näher heran und kniff die Augen zusammen. »Was dieses ›Honshu‹ wohl gewesen sein mag?«

In diesem Moment kam Jancis zurück und brachte einen Korb mit einer Kanne Klah, mehreren Bechern und reichlich Verpflegung mit. Außerdem hatte sie allerhand zu berichten.

»Ihr wißt ja gar nicht, was sich alles getan hat, während wir mit Putzen beschäftigt waren.« Sie lächelte breit. »Draußen hat sich eine Menschenmenge versammelt und wartet nur darauf, Akki begaffen zu können.« Lessa sprang auf, aber Jancis winkte ihr, sich wieder zu setzen. »F'lar, Sebell und Meister Robinton haben alles im Griff. Und wir brauchen erst einmal etwas zu essen. Hier, Lessa, frische Rotfrüchte und schöne, heiße Pasteten. Könntest du den Klah eingießen, Menolly?« bat sie, während sie Obst und Pasteten herumreichte.

»Sie haben die Effektivität Ihres Großvaters geerbt«, lobte Lessa und lehnte sich in ihrem Stuhl zurück. Der Geruch nach warmem Brot und Fleisch erinnerte sie daran, wie lange es schon her war, seit sie im Benden-Weyr hastig ihren Frühstücksbrei hinuntergeschlungen hatte. »Menolly, wenn du mit dem Essen fertig bist, möchte ich dich auf Akkis Liste setzen lassen.« Sie wandte sich an Jancis. »Seit wann ist Akki schon ...« Sie suchte nach dem passenden Wort. »Ansprechbar?«

Jancis lächelte ihr über den Becherrand hinweg zu. »Lange genug, um zu billigen oder zu verwerfen, was Großvater aus den Höhlen geholt und ihm vorgelegt hat. Meister Wansor und Terry versuchen bereits, nach einer Zeichnung die« – sie stockte kurz vor dem unbekannten Wort – »Komponenten zusammenzusetzen. Sie haben nach Glasmachermeister Norist geschickt, weil zwei von den Scheiben gesprungen waren. Akki möchte feststellen, ob wir die nötigen Fähigkeiten – er nannte es allerdings Technologie – besitzen, um das Material zu kopieren. Er behandelt die Leute wie rohe Eier, trotzdem spornt er sie zu Höchstleistungen an. Er ... es ...« Jancis schüttelte den Kopf und wandte sich hilfesuchend an Lessa. »Wie sollen wir das Ding nur nennen? Akki selbst bezeichnet sich zwar als Maschine, aber dank seiner wundervollen Stimme hört er sich doch sehr menschlich an.«

»Wundervolle Stimme?« fragte Menolly undeutlich. Sie hatte den Mund voll Rotfrucht und tupfte sich nun hastig das Kinn ab, ehe der Saft heruntertropfen konnte.

Lessa lachte leise über ihre Reaktion. »Ja«, sagte sie. »Eine wundervolle Stimme. Fast so schön wie die von Meister Robinton.«

»Tatsächlich?« Der Vergleich mit ihrem geliebten Meister ließ Menollys dichte Augenbrauen in die Höhe schnellen. »Wie raffiniert von unseren Vorfahren«, fuhr sie dann fort, ohne sich weiter von Lessa provozieren zu lassen.

Das Lächeln der Weyrherrin wurde zu einem Feixen. »Ja, man sollte dich anstandshalber warnen. Das Ding kann einen das Fürchten lehren.«

Menolly grinste zurück. »Zu freundlich von Ihnen. Ob er wohl etwas von alter Musik versteht?«

Lessa lachte. »Auf diese Frage habe ich gewartet.«

»Er sagte«, warf Jancis mit betont ausdrucksloser Miene ein, »in seinen Speichern befänden sich Datensätze über Planetenverbesserung und Kolonisierung sowie alle kulturellen und historischen Informationen, die von den Kolonisten als wichtig erachtet worden seien. Muß man die Musik nicht als unverzichtbares Kulturgut betrachten?«

Lessa verkniff sich ein Lächeln. Solche Sticheleien waren ganz nach ihrem Geschmack.

»Jedenfalls wäre es wünschenswert. Das wird meine erste Frage an dieses Akki sein«, gab Menolly ungerührt zurück und biß herzhaft in ihre Fleischpastete.

»Das Akki ist nun wirklich ein hochgradig komplexer Apparat, aber es hat eben nur diese eine, wenn auch überaus wohlklingende Stimme«, fuhr Lessa fort. »Folglich kann es auch nur mit einer Stimme singen, selbst wenn in seinen überwältigenden Datenbänken tatsächlich alte Musik enthalten sein sollte.«

F'lar erschien in der Tür und strich sich hektisch eine Locke aus der Stirn. »Da bist du ja, Lessa. Menolly, Robinton verlangt nach dir und Lessa, und wir müssen uns über die Länge dieser verdammten Liste einig werden. Einerseits hat *jeder* Fragen, die Akki beantworten sollte. Andererseits hat Piemur recht. Die meisten Leute glauben nicht, was sie gehört haben.« Er setzte sich auf den Tisch und brach sich ein Stück Fleischpastete ab. »Wahrscheinlich werden sie sich nicht einmal überzeugen lassen, wenn sie Akki mit eigenen Augen sehen dürfen.«

»Wie könnten wir ihnen das verdenken?« fragte Lessa. »Aber wir verschwenden nur Akkis – und unsere – kostbare Zeit, wenn wir den Zweiflern um den Bart gehen. Wir müssen eine Konferenz einberufen.«

Jancis sprang auf. Dabei war sie sicher nicht erwünscht.

»Nein, Kind, bleiben Sie nur hier. So schnell geht das mit der Konferenz nun auch wieder nicht«, prustete Lessa. »Jedenfalls nicht, solange noch alles völlig kopflos durch die Gegend rennt. Aber besorgen Sie doch noch ein paar Becher, frischen Klah und neue Verpflegung. F'lar, du mußt etwas essen.«

F'lar winkte ab. »Keine Zeit. Zuviel zu tun.« Dabei stopfte er sich noch ein Stück Pastete in den Mund.

»Und wann gedenkst du dir zum Essen Zeit zu nehmen?« fragte Lessa spitz, stand auf, zog ihn vom Tisch herunter und drückte ihn auf den nächsten Stuhl. Dann stellte sie den Rest der Pastete vor ihn hin, füllte ihren eigenen Becher mit Klah und gab so viel Süßwürze hinein, wie ihr Weyrgefährte es gern hatte. »Du hast letzte Nacht kein Auge zugetan, und wenn du jetzt nicht ißt, ist im entscheidenden Moment nichts mit dir anzufangen. Wer sitzt dir denn eigentlich im Nacken? Sind überhaupt genügend Burgherren, Gildemeister und Weyrführer anwesend, um eine beschlußfähige Mehrheit zustandezubringen?«

»Jeder Burgherr, den wir gestern nicht mit in den Raum gepfercht haben, steht heute auf der Matte, und alle Gildemeister dazu.« F'lar rang in theatralischer Verzweiflung die Hände.

»Du hast ihnen doch sicher erklärt…«

»Wir haben uns alle die Seele aus dem Leib geredet«, fiel ihr F'lar gereizt ins Wort. »Ich weiß ja, wie zartbesaitet einige unserer hochgestellten Persönlichkeiten sind, aber warum muß jeder so tun, als sei es eine persönliche Beleidigung, daß wir ihn gestern nicht sofort gerufen haben?« Er biß in die Pastete, spülte mit einem Schluck Klah nach und schluckte mit finsterer Miene. »Am lautesten schreien diejenigen, die sich bisher so gut wie nicht dafür interessiert haben, was hier in Landing geschah. Jetzt singen sie ein ganz anderes Lied, das kannst du mir glauben.«

Lessa sah ihn erstaunt an. »Wie haben sie es nur alle so schnell erfahren?«

F'lar lächelte ironisch zu Menolly hinüber. »Dreimal darfst du raten.«

Die Harfnerin schlug stöhnend die Hände vors Gesicht.

»Schon wieder diese verdammten Feuerechsen!« Lessa zog ärgerlich die Stirn in Falten und schüttelte den Kopf. »Und hergelangt sind die Nörgler vermutlich auf einem Drachenrücken.«

F'lar schnitt eine Grimasse und strich sich abermals das Haar aus der Stirn. »Ich hätte den Burgen und Gildehallen niemals eigene Drachenreiter zugestehen dürfen. Nun wird mein Entgegenkommen ausgenützt, und man behandelt die Drachen wie Renner.«

»Nun, man sollte immer beide Seiten sehen, und dein Entgegenkommen hat unser Verhältnis zu Burgen und Gildehallen entscheidend verbessert. Momentan ist es natürlich unangenehm. Andererseits ist es wichtig, daß Burgherren und Gildemeister Akki persönlich kennenlernen. Der eine oder andere wird ohnehin aus lauter Sturheit seinen eigenen Augen und Ohren nicht trauen. Wenn sie also schon einmal hier sind, sollen sie ihr Glück bei Akki ruhig versuchen.«

»Oh, sie sind schon emsig dabei.« F'lar schwenkte lässig seine zweite Fleischpastete. »Sebell schleust sie in kleinen Gruppen durch und unterbricht die Sitzungen, wenn Akki für die laufenden Arbeiten benötigt wird. Die meisten schütteln den Kopf, wenn sie herauskommen, und haben Mühe, ihre Verwirrung zu verbergen. Welche Bedeutung Akki für uns erlangen könnte, begreifen die wenigsten.« Er schlug mit der Faust auf den Tisch. »Wenn ich bedenke, was wir einst hatten und waren! Und was wir mit Akkis Hilfe wieder werden könnten!«

Lessa lächelte über seine Erregung. »Akki zufolge wurde nicht einmal Landing an einem Tag erbaut.« Sie begann, ihm Hals und Schultern zu massieren. »Iß, mein Liebster. Bisher sind wir mit den Zweiflern immer noch fertig geworden. Und auf unsere unnachahmliche Art werden wir es auch diesmal wieder schaffen.« Sie beugte sich hinab und küßte ihn auf die Wange.

F'lar grinste schief. »Und du manipulierst mich wie üblich, was?«

Lessa sah ihn mit gelinder Entrüstung an, setzte sich wieder auf ihren Stuhl und griff nach ihrer halb aufgegessenen Pastete. »Ich wollte dich nur ein wenig beruhigen, mein Herz.«

Mnemenths ungläubiges Schnauben drang in ihr Bewußtsein.

Mach mir nicht alles kaputt, beschwor sie den Bronzedrachen.

Wie käme ich dazu? antwortete Mnementh schläfrig. *Hier in Landing scheint die Sonne so herrlich warm.*

Ramoth pflichtete ihm bei.

Sebell erschien in der Tür, begrüßte die beiden Weyrführer mit einem Nicken und winkte Menolly zu sich.

»Meister Robinton möchte, daß Menolly auf die Liste gesetzt wird. N'ton vertritt die Weyrführer. Und Fandarel hat sich Jancis geschnappt, als sie auf dem Weg in die Küche war. Sie soll ein paar Zeichnungen für ihn anfertigen. Den Klah und das Essen bringt jemand anderer.« Sebell bemächtigte sich der letzten Fleischpastete. »Der Raum würde sich gut als Konferenzsaal eignen.« Er legte Menolly einen Arm um die Schultern und schob sie aus der Tür.

Lessa warf ihrem Gefährten einen unergründlichen Blick zu, und er schluckte grinsend den letzten Bissen seiner Fleischpastete hinunter und griff nach einer Rotfrucht.

»Stehst du denn schon auf der Liste?« fragte Menolly, als sie mit Sebell den Korridor entlangging.

Er lächelte verschmitzt und drückte sie an sich. Sie paßte sich seinem Schritt mühelos an. Sebell konnte es wieder einmal kaum fassen, daß ihm ein gütiges Schicksal Menolly zur Gefährtin gegeben hatte. Ein Teil ihrer Liebe gehörte zwar weiterhin Meister Robinton, aber das störte ihn nicht. Schließlich besaß der Meisterharfner auch ein Stück *seines* Herzens und daneben seine volle Loyalität und seinen Hochachtung. Doch Menolly war sein ganzes Glück.

»Wie lange müssen wir denn noch warten?« fragte Oterel von Tillek stirnrunzelnd, als die beiden Harfner im Korridor an ihm vorübergingen.

»Der Raum ist sehr klein, Baron Oterel, und es gibt heute viel zu tun«, sagte Sebell begütigend.

»Klein oder nicht, Fandarel und andere Handwerker von sehr viel niedrigerem Rang sind seit Stunden da drin, und nun hat der Schmied auch noch seine Enkelin mit hineingeschleppt«, nörgelte Oterel.

»Wenn Sie so saubere Diagramme zeichnen könnten wie Jancis, Baron Oterel«, schaltete sich Menolly ein, »hätte man Sie bestimmt längst dazugeholt.« Sie konnte den griesgrämigen Baron von Tillek nicht leiden, seit der so heftig dagegen protestiert hatte, daß man ihr den Meistertitel verlieh.

Oterel starrte sie wütend an. Baron Toronas von Benden, der hinter ihm stand, hielt sich die Hand vor den Mund, um ein Lächeln zu verbergen. »Sie sind unverschämt, junge Frau, viel zu unverschämt! Sie sind eine Schande für Ihre Gildehalle.«

Sebell brachte ihn mit einem eindringlichen Blick zum Schweigen und zog Menolly mit sich in den kleinen Raum. Drinnen war es heiß und stickig, und die Hocker standen so dicht beieinander, daß sie sich wunderte, wie Jancis, Piemur, Terry und ein weiterer Schmied, den sie nicht kannte, überhaupt zeichnen konnten. Fandarel stand über die jungen Leute gebeugt, während N'ton untätig an der gegenüberliegenden Wand lehnte. Dann entdeckte sie den Schirm, auf dem fremdartige Gegenstände so klar und deutlich zu sehen waren, als seien sie auf irgendeine Weise in dieses Akki hineingelangt und dort vergrößert worden.

»Sind nun alle Anschlüsse zu F-322 RH hergestellt« – Menolly entfuhr ein überraschtes Keuchen, als sie diese volle, wohllautende Stimme hörte. Sie blickte sich um, woher die Worte kamen, und bemerkte dabei, daß Sebell sie grinsend beobachtete – »so ist der Schaltkreis geschlossen. Nun setzen Sie diese Platine genau wie die anderen ein und kommen Sie wieder, wenn Sie zum nächsten Schritt bereit sind.«

Die drei erhoben sich folgsam und verließen in leisem Gespräch den Raum. Nun trat N'ton vor, und Fandarel räusperte sich.

»Wir drei – Weyrführer N'ton, ich, Gildemeister Fandarel, und Meisterharfner Sebell in Vertretung eines Burgherrn – ersuchen dich, Meisterin Menolly von der Harfnerhalle auf deine Liste zu setzen.«

»Könnte die Meisterin Menolly bitte ein paar Worte sprechen, damit ein Stimmabdruck hergestellt werden kann?«

»Ein Stimmabdruck?« fragte Menolly erstaunt.

»Ja, die menschliche Stimme eignet sich besser zur Identifizierung einer Person als die äußere Erscheinung, die schließlich kopiert werden könnte. Das ist bei einem Stimmabdruck nicht möglich. Deshalb müssen Sie ein paar Worte sprechen, damit der Abdruck Ihrer Stimme in die Erkennungsdatei aufgenommen werden kann.«

Menolly war offenbar so überwältigt von dem unerwarteten Ansinnen und der prachtvollen Stimme, daß sie keinen Ton herausbrachte. Hilfesuchend sah sie zu Sebell hinüber. Der schnippte aufmunternd mit den Fingern und grinste vergnügt, während N'ton ihr nur mit den Lippen zu soufflieren suchte.

»Ich heiße Menolly, ich stamme aus der Meeresburg an der Halbkreisbucht, und singen liegt mir mehr als sprechen«, stammelte sie verwirrt und regte sich prompt darüber auf, daß nun auch das Stottern mit erfaßt würde.

Meister Fandarel gestikulierte mit beiden Händen, was sie als Aufforderung zum Weitersprechen interpretierte.

»Ich gehöre der Gilde der Harfner an und bekleide den Rang einer Meisterin. Ich komponiere Musik und schreibe auch die Texte dazu. Meister Sebell ist mein Gefährte und wir haben drei Kinder. Genügt das?«

»Vollkommen ausreichend für eine Stimme von so unverwechselbaren Timbre«, sagte Akki. »Sind von Ihren Kompositionen Abschriften erhältlich? Für den Hauptspeicher?«

»Du willst meine Musik?« rief Menolly überrascht.

»Ihren Vorfahren war Musik sehr wichtig.«

»Dann besitzt du auch musikalische Werke aus ihrer Zeit?« Sie konnte ihre Aufregung kaum beherrschen.

»Es gibt einen umfangreichen Musikspeicher, der Werke aus mehr als zweitausend Jahren enthält.«

»Aber du hast doch nur eine Stimme?«

Eine auffallend lange Pause trat ein. »Es wäre nicht rationell, im Gesprächsmodus mehr als eine Stimme einzusetzen. Das System ist jedoch auf die Wiedergabe musikalischer Werke für die verschiedensten Instrumente eingerichtet.«

»Tatsächlich?« Menolly entging weder Sebells leises Glucksen noch N'tons Grinsen.

»Wir kommen schon noch an die Reihe, Liebes«, sagte Sebell leise. »Ich verspreche es dir. Auch Meister Robinton kann es kaum erwarten, aber andere Dinge haben eben Vorrang.«

Menolly schluckte ihre Enttäuschung hinunter und sah Sebell ratlos an.

»Ich muß jetzt gehen«, sagte Fandarel. »Wir wollen versuchen, dieses Kraftwerk wiederaufzubauen, Akki, außerdem sind bereits mehrere Drachenreiter mit meinen Nickel-Cadmium-Batterien, wie du sie nennst, hierher unterwegs.«

»Ist Meister Facenden darüber im Bilde, wie sie an die jeweiligen Steckdosen anzuschließen sind?« erkundigte sich Akki.

»Ja, ich habe mich vergewissert, daß er alles verstanden hat. Außerdem will er die Batterien mit einem Käfig umgeben, damit niemand versehentlich mit der Flüssigkeit oder den Drähten in Berührung kommt. N'ton, seien Sie doch so nett und stellen Sie ein paar Drachenreiter dazu ab, uns flußaufwärts zum Damm zu bringen.« Fandarel drehte sich auf dem Absatz um und schritt, begleitet von N'ton, den Gang hinunter. Keiner der beiden beachtete die Wartenden, die sie aufzuhalten suchten, um ihnen Fragen zu stellen. Sebell wies Menolly einen der Hocker an, dann rief er die Barone Oterel, Sigomal, Toronas und Warbret herein. Oterel drängte sich als erster durch die Tür. Seine siegessichere Miene verschwand rasch, und er sah sich erstaunt um. Als alle vier versammelt waren, stellte Sebell sie Akki vor.

»Sehr erfreut, Ihre Bekanntschaft zu machen, meine Herren«, erklärte Akki höflich. Menolly fiel auf, wie respektvoll die tiefe Stimme plötzlich klang. »Diese Anlage wird demnächst erweitert, dann können auch größere Gruppen Aufnahme finden.«

Sebell zog Menollys Blick auf sich und zwinkerte ihr zu. Beide bewunderten Akkis geschliffene Umgangsformen.

»Du kannst uns sehen?« fragte Oterel, der sich immer noch umblickte. Vermutlich suchte er etwas in der Art von Augen, dachte Menolly.

»Jeder von Ihnen wird von den optischen Sensoren registriert. Bei Ihrem nächsten Besuch werden Sie mit Sicherheit wiedererkannt werden.«

Menolly hielt sich hastig die Hand vor den Mund. Oterel durfte nicht merken, wie sie sich über seine Verwirrung amüsierte. Dieses Akki war fast ein Harfner. Woher wußte es nur so genau, wie es den alten Langweiler zu nehmen hatte? Ob es von Sebell vorbereitet worden war?

»Du hast aber gar keine Augen«, quengelte Oterel.

»Sensoren sind die Augen einer Maschine, Baron Oterel.«

»Wie ich höre, kanntest du unsere Vorfahren, Akki«, schaltete sich Baron Sigomal ein, während Oterel noch an der versteckten Andeutung zu knabbern hatte, Augen seien irgendwie minderwertig. »Kannst du mir sagen, von wem ich abstamme?«

»Baron Sigomal ...« Aus Akkis Stimme klang aufrichtiges Bedauern. »So weit gehen die vorliegenden Eingaben nicht ins Detail. Eine Namensliste derjenigen Siedler, die nach Fort emigrierten, ist in Arbeit und kann auf Anforderung jedermann zur Verfügung gestellt werden. In Ihrem Burgarchiv ist wahrscheinlich genauer aufgeführt, wer die Gründer von Bitra waren. Aber vielleicht ist es von Interesse, daß Ihre Provinz nach einer der Fährenpilotinnen benannt ist, einer Frau namens Avril Bitra.«

Menolly fiel auf, daß Akki diese Antwort bemerkenswert schroff herunterratterte. Die Stimme war unglaublich wandlungsfähig, erstaunlich dynamisch und nuancenreich. Vielleicht konnte man Meister Shonagar, den exzentrischen Lehrer für Stimmbildung in der Harfnerhalle, aus seinem Bau locken, damit er sich dieses wunderbare Organ anhörte.

»Namenslisten der Vorfahren, ist das alles, was du uns liefern kannst? Die werden uns nicht viel nützen!« Oterel war tief enttäuscht.

»In Ihrem Fall, Baron Oterel, darf man wohl davon ausgehen, daß Tillek entweder von Kapitän James Tillek gegründet oder zumindest nach ihm benannt wurde. James Tillek war Kapitän der *Bahrain*, ein hochintelligenter und enorm tüchtiger Seemann und Forscher.«

Oterel blähte sich im Vollgefühl seiner Wichtigkeit.

»Bedauerlicherweise wurden Ihre Burgen, Baron Toronas und Baron Warbret, erst gegründet, nachdem diese Anlage längst keine Eingaben mehr erhielt. Wäre es möglich, die Dokumente in Ihren Archiven dem Informationsspeicher für diesen Zeitabschnitt zugänglich zu machen? Das würde diese Anlage befähigen, den Aufbau einer Burg besser zu verstehen. Es müssen noch sehr viele Unterlagen zusammengetragen werden, bis alles, was Sie hier auf Pern geschaffen haben, voll gewürdigt werden kann.«

In diesem Augenblick trat Meister Wansor ein. Er

las murmelnd von einem Blatt ab, das er in der Hand hielt, und stieß dabei gegen den sitzenden Warbret. Während er sich noch wortreich entschuldigte, ging Oterel plötzlich wutentbrannt auf ihn los und verbat sich die Störung.

»Ich habe nur ein winziges Problem, aber es ist äußerst wichtig«, sagte Wansor mit seiner schüchternen Stimme, die stets so klang, als wolle er jemanden um Verzeihung bitten. Dann holte er erst einmal Atem.

»Meister Wansor, Sie brauchen nur Ihr Blatt auf das Feld zu legen, dann wird es eingelesen und Ihre Frage beantwortet«, erinnerte Akki ihn ausgesprochen höflich.

Menolly zog die Augenbrauen hoch. Nur wenige Menschen behandelten Meister Wansor so rücksichtsvoll, wie es einem Mann mit seinen Fähigkeiten eigentlich zustand.

»O ja, das vergesse ich immer wieder«, sagte Meister Wansor. Zaghaft schlängelte sich der rundliche, unscheinbare ältere Mann zwischen den Hockern hindurch, bis er das Schaltpult erreichte. Obwohl er so klein war, mußte er sich tief hinabbeugen, um mit seinen schwachen Augen die Stelle zu finden, wo er sein Blatt hinlegen sollte. Das Feld leuchtete auf. »Ach ja. Hier!« Sorgsam strich er das Papier glatt.

»Ihre Burg, Baron Toronas, bekam ihren Namen natürlich zum Andenken an Admiral Paul Benden«, sagte Akki. Mehrere Lichtblitze zuckten über das Feld unter Wansors Blatt, und Menolly nahm an, daß die Maschine sich zugleich auch darum kümmerte. Alle waren verblüfft, als auf dem Hauptschirm das Bild eines gutaussehenden Mannes mit charaktervollen Zügen erschien. Er machte einen vertrauenswürdigen Eindruck, fand Menolly. Doch dann überfiel sie die erschütternde Erkenntnis, daß Akki mit diesem Mann, der nun schon so lange tot und immer noch unvergessen war, persönlich gesprochen hatte. »Admiral Benden war ein guter Mann«, fuhr Akki fort. »Er hielt die Siedler zusammen und machte ihnen immer wieder Mut, unter seiner Führung überwanden sie alle Schwierigkeiten und fanden schließlich eine sichere Zuflucht auf dem Nordkontinent.«

»Bin ich etwa mit dem Admiral verwandt?« fragte Toronas, sehr viel bescheidener als Oterel. »Unsere ältesten Aufzeichnungen sind nämlich nicht mehr zu entziffern.«

Nur Menolly bemerkte, daß Wansor sich diskret entfernte, während die Barone auf Akkis Antwort warteten.

»Es ist durchaus möglich«, sagte Akki endlich, »ja sogar wahrscheinlich, daß Sie ein direkter Nachkomme sind. Aus Paul Bendens Ehe mit Ju Adjai gingen vier Kinder hervor. Sie sollten Ihre Aufzeichnungen demnächst hierher bringen, vielleicht gelingt es, sie zu entschlüsseln. Es existiert ein Programm, das mit Hilfe eines speziellen Lichts verschwundene Worte und Sätze oft wieder sichtbar machen kann.«

Wie gebannt hörte Menolly zu, als Akki sich nun an Sigomal und Warbret wandte und ebenso geschickt auf sie und ihre kleinen Schwächen einging.

Dann erschienen Jancis, Piemur und Benelek, jeder mit mehreren Blättern in der Hand, und blieben zögernd in der Tür stehen. Piemur raschelte mit seinem Stapel, um Sebells Aufmerksamkeit zu erregen, worauf der Meisterharfner den Baronen respektvoll erklärte, es gebe schon wieder neue Fragen an Akki, und ihnen mit einer höflichen Geste bedeutete, sich zu entfernen.

Oterel murrte, aber Sigomal erhob sich bereitwillig und reichte dem alten Burgherrn von Tillek seinen Arm. »Hier drin ist es ja zum Ersticken, Oterel. Miserable Luft. Ich weiß ja nicht, was Sie davon halten, ich gedenke jedenfalls, mir diese Aufzeichnungen herauszusuchen, dann werden wir ja sehen, was dieses Akki-Ding dazu zu sagen hat. Und nun kommen Sie.«

»Er läßt sie tanzen wie die Marionetten«, raunte Menolly ihrem Gefährten zu, nachdem er die Burgherrn in den Gang hinausbegleitet hatte.

»Meister Robinton hatte empfohlen, mit viel Takt und notfalls auch mit Schmeichelei vorzugehen«, sagte Akki. »Insbesondere bei Personen, denen nur ein kurzes Gespräch zugestanden werden kann.«

»Wieso konntest du mich hören?« Menolly war entsetzt, daß Akki ihre leisen Worte mitbekommen hatte.

»Meisterin Menolly, Sie sitzen neben einem Rezeptor, der auch Geflüster deutlich registriert.«

Sie fing Sebells belustigten Blick auf. Das hätte er ihr auch früher sagen können.

»Lenke Akki jetzt bitte nicht ab, Menolly«, sagte Piemur und schob seine Blätter auf das Leuchtfeld.

»Meisterin Menolly lenkt doch nicht ab«, tadelte Akki sanft. »Nächste Seite, bitte, Piemur.«

»Könntest du diese alten, verschimmelten Aufzeichnungen wirklich lesen?« fragte Menolly.

»Zumindest sollte der Versuch unternommen werden. Die Aufzeichnungen, die Sie mir gestern nacht freundlicherweise brachten, waren in wasserfester Tinte geschrieben, die auf bestimmte, dieser Anlage bekannte Verfahren anspricht. Dazu ist jedoch manuelle Hilfe von außen erforderlich, denn die Dokumente müssen vor dem Scannen aufbereitet werden. Das Projekt wurde vorerst auf Eis gelegt.«

»Auf Eis?« Die ungewohnte, aber plastische Wendung entzückte Menolly. »Wie anschaulich.«

Vom Gang her waren Geräusche zu hören, und eine Reihe von Menschen, mit Schachteln beladen, näherten sich zielstrebig der Tür. Auch F'lessan und F'nor waren unter ihnen.

»Ich gehe jetzt wohl besser«, sagte sie zögernd.

»Bleib aber in der Nähe«, bat Sebell.

»Ihr schleppt anscheinend den ganzen Höhleninhalt an. Wäre es nicht einfacher gewesen, Akki in die Höhlen zu verlegen?«

»Negativ!« In so scharfem Ton hatte Menolly die Stimme bisher noch nicht sprechen hören. »Diese Anlage darf ihre Position nicht verändern, sonst ist der Zugriff auf die *Yokohama* nicht möglich.«

»Das sollte nur ein Scherz sein, Akki«, entschuldigte Menolly sich reumütig und verdrehte dabei die Augen.

Als die Drachenreiter eintraten, stellte Menolly sich an die Wand, wo vorher N'ton gelehnt hatte, und sah zu, wie man Akki einen Karton nach dem anderen präsentierte. Was die Stimme nicht für unbrauchbar erklärte, ließ sie in die Nebenräume bringen, wo man bereits dabei war, die Geräte zusammenzubauen, die eine breitere Nutzung von Akkis Potential ermöglichen sollten. Menollys Anwesenheit schien keinen der Drachenreiter weiter zu überraschen, und F'lessans Grinsen war auch in Akkis Gegenwart so unverschämt wie eh und je. Freilich neigte F'lars und Lessas Sohn dazu, außer seinem Drachen Golanth alles auf die leichte Schulter zu nehmen. Dicht hinter T'gellan kam Mirrim; die beiden Drachenreiter aus dem Ost-Weyr waren unzertrennlich, seit sie sich zu einer festen Bindung entschlossen hatten. Mirrim war unter der Sonne von T'gellans Zuneigung regelrecht aufgeblüht und sehr viel ruhiger geworden, beobachtete Menolly.

»Ich habe dich vorher gar nicht gesehen«, flüsterte Mirrim ihr zu, während sie darauf wartete, daß Akki ihre Fracht begutachtete.

»Oh, ich bin spät nachts mit den Aufzeichnungen über diese Phase hier angekommen«, gab Menolly zurück. »Dann hat Lessa mich zum Putzen abkommandiert.« Sie hob ihre kräftigen Hände mit den schwieligen Fingern, die vom Putzwasser immer noch ganz schrumplig waren.

Mirrim verdrehte die Augen. »Da kann ich wohl noch froh sein, daß man uns als Mädchen für alles eingeteilt hat. Wir verschieben unseren Erfahrungsaustausch auf später, ja? Ich muß gehen«, fügte sie mit einem selbstzufriedenen Lächeln hinzu. »T'gellan winkt schon.« Sie schleppte ihren Karton vor Akkis Bildschirm.

Als Akki sein Urteil gesprochen hatte und die Reiter gegangen waren, winkte Sebell die Gildemeister herein und stellte sie vor. Akki sprach auch diesmal kurz, aber sehr höflich mit jedem einzelnen und brachte seine Bitte vor, die Aufzeichnungen der jeweiligen Gilde sehen zu dürfen. Als die Meister sich verabschiedet hatten, huschte Menolly an Sebells Seite.

»Wie in aller Welt soll Akki denn die Zeit finden, sich so viele Dokumente anzusehen?« flüsterte sie ihm ins Ohr.

»Er braucht keinen Schlaf, nur Energie«, antwortete Sebell. »Sobald wir ihn auch zu den Zeiten damit versorgen können, zu denen die Solarzellen nichts mehr liefern, wird er Tag und Nacht weitermachen. Du schläfst niemals, nicht wahr, Akki?«

»Diese Anlage arbeitet, solange genügend Energie vorhanden ist. Schlaf ist ein menschliches Bedürfnis.«

Sebell zwinkerte Menolly zu.

»Und du hast keine Bedürfnisse?« fragte sie, stemmte die Hände in die Hüften und sah den Bildschirm fest an.

»Diese Anlage ist darauf programmiert, je nach Bedarf ihrer menschlichen Herren optimale Leistungen zu erbringen.«

»Klang da eine Entschuldigung mit, Akki?« fragte sie.

»Diese Anlage ist darauf programmiert, keinen Anstoß zu erregen.«

Menolly mußte lachen. Später erkannte sie, daß sie in diesem Moment begonnen hatte, Akki als Individuum zu betrachten und nicht als einschüchterndes Überbleibsel aus der Zeit ihrer erfinderischen Vorfahren.

»Menolly?« rief der Meisterharfner vom anderen Ende des Korridors her, in dem zum erstenmal an diesem Tag keine lästigen Besucher warteten. »Ist Sebell bei dir?«

Sebell trat an die Tür und zeigte sich.

»Könntest du ihn ablösen, Menolly?« fragte Robinton. »Wir haben jetzt für eine Konferenz genügend Teilnehmer beisammen.«

Sebell umfaßte Menollys Arm mit beruhigendem Druck. »Du hast gesehen, wie ich die Sache handhabe«, sagte er. »Wenn noch jemand auftaucht, stellst du ihn einfach vor.«

»Das hat Piemur gestern abend auch versucht, aber es hat nicht funktioniert«, wandte Menolly ein.

Grinsend drückte Sebell ihren Arm noch einmal. »Meister Robinton und F'lar haben die erforderliche Änderung im Protokoll veranlaßt.«

»Ein neues Wort?«

»Akkis Umschreibung für höfliche Umgangsformen.« Er drückte ihr rasch einen Kuß auf die Wange. »Bei der Konferenz versäumst du sicher nichts.«

»Ich weiß, und ich bin froh, nicht schon wieder eine absitzen zu müssen«, rief sie ihm nach, als er den Gang entlangeilte, um Meister Robinton nicht warten zu lassen. Sebell wußte, wie sehr sie alles Zeremoniell haßte. Oder würde man künftig von Protokoll sprechen? Sie lächelte vor sich hin, bis ihr einfiel, daß sie endlich mit Akki allein war.

»Akki, könntest du mir eine Kostprobe alter Musik geben?«

»Vokal, instrumental oder orchestral?«

»Vokal«, antwortete Menolly ohne Zögern, beschloß aber, sich bei nächster Gelegenheit auch die anderen Gattungen anzuhören.

»Klassisch, antik oder modern; zeitgenössische Folklore oder Unterhaltungsmusik; mit oder ohne Instrumentalbegleitung?«

»Irgend etwas, solange wir noch Zeit haben.«

»Irgend etwas ist zu unbestimmt. Genauere Angaben, bitte.«

»Vokal, Unterhaltung, mit Instrumenten.«

»Dies wurde bei der Feier nach geglückter Landung aufgezeichnet.« Mit einemmal erfüllte Musik den ganzen Raum. Einige Instrumente hörte Menolly sofort heraus: eine Gitarre, eine Fiedel und eine Art Flöte; dann fielen die Stimmen ein, ungeschult, aber voll Begeisterung und sehr harmonisch. Die Melodie war ihr merkwürdig vertraut, der Text dagegen nicht, obwohl er gut zu verstehen war. Unglaublich war jedoch die Qualität der Wiedergabe. Diese Stimmen und Instrumente waren seit Jahrhunderten nicht mehr gehört worden, und doch klang jeder Ton so rein, als säßen die Musiker vor ihr. Als das Lied zu Ende war, brachte sie kein Wort heraus.

»Sind Sie nicht zufrieden, Meisterin Menolly?«

Sie schüttelte sich. »Es war ungeheuer, unvorstellbar befriedigend. Übrigens kenne ich die Weise. Wie haben die … Siedler« – ja, dachte sie, Lessa hatte recht, diese Bezeichnung ist längst nicht so einschüchternd – »sie genannt?«

»*Home on the Range*. Das Lied fällt unter die Kategorie Amerikanische Western-Folklore. Es wurde in mehreren Variationen aufgenommen, als man die Musikbibliothek im Hauptspeicher installierte.«

Sie hätte gerne noch mehr gehört, aber Piemur kam mit einem seltsamen Gebilde an, von dem ein dünnes, breites Band aus einzelnen bunten Schnüren herabhing. Die Vorderseite hatte Ähnlichkeit mit einem Teil von Akkis Tastenfeld, fünf Reihen von Vertiefungen unter einer dunklen Fläche, die ebenfalls aus Plastik zu sein schien.

»Halten Sie es doch bitte über das Sichtfeld, Piemur. Auf gleicher Höhe mit Ihrem Kopf.« Eine längere Pause trat ein, während Akki das Machwerk begutachtete. »Es scheint richtig montiert zu sein. Die endgültige Bestätigung werden erst Installation und Aktivierung liefern, aber dazu sind eine Energiequelle und die Anschlüsse an die Zentraleinheit erforderlich. Wie kommt Meister Terry mit der Verkabelung voran?«

»Ich weiß es nicht. Er ist in einem anderen Raum. Aber ich sehe gleich nach. Hier, Menolly, halt das mal. Ich lasse es am Ende noch fallen.« Piemur lächelte ihr aufmunternd zu, legte ihr das Ding in die Arme und rannte den Korridor hinunter.

»Was machst *du* denn damit« fragte Jancis, die mit einem ähnlichen Gegenstand in den Händen eintrat.

Menolly erklärte es ihr und beobachtete dann verwundert, wie Jancis Piemurs seltsamem Beispiel folgte. Dicht hinter ihr kam Benelek, Baron Groghes tüchtiger Sohn, der jetzt als Schmiedegeselle arbeitete. Fandarel hatte ihm enormen Erfindergeist bescheinigt, und so war Menolly nicht überrascht, daß er auch hier eine aktive Rolle spielte.

Nachdem Akki die Arbeit der beiden für gut befunden hatte, wollte Benelek wissen, wann man ihn anschließen würde.

»Sobald Energie zur Verfügung steht. Sie können ruhig noch ein Keyboard zusammenbauen, Geselle Benelek, während Sie darauf warten«, antwortete Akki. »Mit den bisher vorhandenen Teilen sind zehn Stück möglich. Zwei Monitore brauchen neue Scheiben, wenn der Glasmachermeister die Güte hätte.«

»Ich kann mir wirklich nicht vorstellen, wie du zwölf Leute auf einmal abfertigen willst, Akki«, sagte Menolly.

»Sie spielen mehr als ein Instrument, nicht wahr? Immer vorausgesetzt, diese Anlage hat die Unterrichtsprinzipien Ihrer Gilde richtig verstanden.«

»Das stimmt, aber nicht alle gleichzeitig.«

»In dieser Anlage sind viele Elemente enthalten, deren jedes für sich allein und zu gleicher Zeit mit den anderen in Betrieb sein kann.«

Menolly dachte schweigend über diese Vorstellung nach und wußte nicht, was sie dazu sagen sollte. Sie befürchtete schon, Akki könnte sie für unhöflich halten, wenn sie weiter stumm blieb, als Meister Terry, über und über mit Kabelschlingen behängt, den Korridor entlanggetrottet kam.

3

Im renovierten Konferenzraum am Ende des Korridors waren sieben Burgherren, acht Gildemeister, acht Weyrführer und vier Weyrherrinnen zu einer außerordentlichen Sitzung versammelt. Außerdem war Harfnergeselle Tagetarl anwesend, um eine ausführliche Niederschrift anzufertigen.

F'lar stand auf und übernahm den Vorsitz, obwohl nicht zu verkennen war, wie gern Meister Robinton das getan hätte. Der eine oder andere dachte sogar, der Harfner sehe so vital und unternehmungslustig aus wie schon seit langem nicht mehr, die Gerüchte über seinen schlechten Gesundheitszustand wären also wohl eine schamlose Übertreibung. Auch blieb nicht unbemerkt, daß die Weyrführer nicht mehr so sorgenvoll dreinschauten, sondern fast fröhlich – sogar optimistisch wirkten.

»Ich glaube, Sie alle haben Akki inzwischen kennengelernt«, begann F'lar.

Baron Corman von Igen schnaubte. »Kennengelernt? Eine sprechende Wand?«

»Es ist viel mehr als eine sprechende Wand«, rief Robinton streng und funkelte Corman wütend an. Der verdrehte bei dem unerwarteten Ausbruch des Harfners die Augen und versetzte seinem Nebenmann, Baron Bargen vom Hochland, einen Rippenstoß.

»Sehr viel mehr als nur eine Wand«, bestätigte F'lar. »Akki ist ein intelligentes Wesen, eine Schöpfung unserer Vorfahren, die diesen Planeten besiedelten. Es enthält alle Informationen, die unsere Vorfahren brauchten und verwendeten, kostbares Wissen, das uns lehren kann, die Verhältnisse in Burg, Gildehalle und Weyr zu verbessern.« Er holte tief Atem. »Und die Fäden endgültig zu vernichten.«

»Das glaube ich erst, wenn ich es mit eigenen Augen sehe«, schnaubte Corman ungläubig.

»Ich habe Ihnen zu Beginn dieser Phase ein Versprechen gegeben, Baron Corman, und dieses Versprechen kann ich nun einlösen!«

»Mit Hilfe einer Wand?«

»Ja, mit Hilfe dieser Wand«, antwortete Robinton zutiefst überzeugt. Er musterte den Baron voll Ingrimm.

»Sie wären nicht so skeptisch, wenn Sie gestern hiergewesen wären und Akki gehört hätten!« Larad sprang auf, in seiner Stimme bebte unterdrückter Zorn. Corman zuckte überrascht zurück.

»Mit allem schuldigen Respekt, F'lar, Robinton, Larad.« Warbret übernahm die Rolle des Friedensstifters. »Man hat uns so oft hierherzitiert, um uns unbrauchbare Rümpfe, leere Gebäude und Höhlen voller Scherben und Artefakten zu zeigen, daß ich für mein Teil einfach nicht einsah, warum es diesmal besonders dringend sein sollte. Ich bin doch sehr erstaunt, Weyrführer, daß ausgerechnet Sie auf sprechende Wände hereinfallen, nur weil sie Legenden aus grauer Vorzeit von sich geben.«

Robinton erhob sich und ließ ein solches Donnerwetter los, daß Warbret ganz verdutzt zu ihm aufschaute. »Leichtgläubig? Warbret, ich, Robinton vom Landsitz an der Meeresbucht, mag ein alter Mann sein, aber niemand wird mich als leichtgläubigen Narren bezeichnen ...«

»Ebensowenig wie mich«, fügte Fandarel hinzu. Auch er war aufgesprungen und hatte sich vor den fassungslos staunenden Burgherren aufgebaut. »Das ist keine *Wand*, Baron Corman.« Die Stimme des sonst so ausgeglichenen Meisterschmieds triefte vor Hohn. Den anderen fielen fast die Augen aus dem Kopf.

»Diese Maschine, dieses Akki, das unsere Vorfahren geschaffen haben, ist ein solches Wunderwerk an Effektivität, daß es Hunderte von Umläufen überdauert hat und immer noch funktioniert. *So etwas* bringt die beste Gildehalle der heutigen Zeit nicht zustande!« Er nickte mit seinem dicken Kopf, um seinen Respekt noch zu unterstreichen. »Hören Sie auf, unsere Intelligenz oder unsere Integrität in Zweifel zu ziehen, Baron Corman. Sie mögen nicht an Akki glauben, aber ich« – und er schlug sich mit seiner mächtigen Faust gegen die Brust, »Fandarel, meines Zeichens Gildemeister, ich glaube daran!«

Corman schwieg verwirrt.

»Und warum haben Sie uns zusammengerufen?« fragte Warbret.

»Aus Höflichkeit. Sie alle sollten sich der Bedeutung dieses Fundes baldmöglichst bewußt werden«, fauchte Lessa. »Die Weyr wollen nicht in den Verdacht geraten, ein doppeltes Spiel zu treiben oder wertvolle Artefakten zu unterschlagen.«

»Aber meine liebe Weyrherrin«, begann Warbret beschwichtigend.

»Nun, Warbret, vielleicht nicht Sie«, schaltete sich Baron Groghe ein, »aber ich könnte ein paar Namen nennen...« Er vollendete den Satz nicht. »Sie waren nicht hier, also konnten Sie im Gegensatz zu mir auch nicht zuhören, und ich bin nicht vertrauensseliger als Robinton, F'lar oder Fandarel. Aber wenn dieses Akki uns wirklich die Fäden vom Halse schaffen kann, bin ich unbedingt dafür, ihm jegliche Unterstützung zu gewähren.«

»Wenn es das kann«, provozierte Corman, »warum hat es diesen Gefallen dann nicht schon unseren Vorfahren getan?«

»Ja, warum nicht?« fragte auch Toronas von Benden.

»Weil zwei Vulkanausbrüche deren Pläne zunichte

machten«, erklärte F'lar geduldig. »Landing – wie unsere Vorfahren diesen Ort nannten – mußte geräumt werden. Und aus dem Norden kam niemand mehr zurück, um sich zu erkundigen, was Akki eventuell in Erfahrung gebracht hatte.«

»Oh.« Damit war auch Toronas der Wind aus den Segeln genommen.

»Es war nicht böse gemeint, F'lar«, lenkte Warbret ein. »Ich finde nur, Sie ziehen alle miteinander voreilige Schlüsse. Die Anhaltspunkte dafür, daß dieses Akki auch nur halb soviel vermag, wie Sie ihm zutrauen, sind doch mehr als dürftig.«

»Mir hat Akki bereits bewiesen«, Fandarels Poltern übertönte das Stimmengewirr, »daß es meiner Gilde Informationen zurückgeben kann, die ihr über die letzten tausend Umläufe verlorengegangen sind; Informationen, die nicht nur uns zugutekommen, sondern die Verhältnisse auf ganz Pern verbessern werden. Sie wissen sehr wohl, Baron Warbret, daß der Zahn der Zeit viele Aufzeichnungen unleserlich gemacht hat. Und daß viele der Annehmlichkeiten, die wir von unseren Vorfahren geerbt haben, allmählich den Dienst versagen. Außerdem habe ich von Akki Pläne für ein effektiveres Energiesystem bekommen. Es ist so effektiv«, der Meisterschmied deutete mit seinem dicken Zeigefinger auf den Baron von Igen, »daß mit Hilfe der Strömung Ihres Flusses Ihre Burg selbst im Hochsommer und in der größten Mittagshitze kühl gehalten werden könnte.«

»Tatsächlich? Dagegen hätte ich wahrhaftig nichts einzuwenden«, gestand Corman, ohne jedoch seine Skepsis aufzugeben. »Nur einmal angenommen«, fügte er mit einem verstohlenen Seitenblick auf F'lar hinzu, »dieses Akki hilft Ihnen tatsächlich, die Fäden zu vernichten, womit wollen sich die Drachenreiter dann in Zukunft beschäftigen?«

»Darüber werden wir uns den Kopf zerbrechen, nachdem die Fäden vernichtet sind.«

»Sie haben also selbst Ihre Zweifel, Weyrführer?« hakte Corman ein.

»Ich sagte *nachdem*, Baron Corman«, knirschte F'lar. »Oder fürchten Sie, wir hätten uns so an Ihre Abgaben gewöhnt, daß wir nicht mehr darauf verzichten wollten?« fragte der Weyrführer zynisch.

»Nein, ich meine, wir haben während der ganzen Phase bereitwillig unseren Tribut entrichtet...« Corman geriet ein wenig ins Schleudern und hob beide Hände. Es hatte immerhin eine Zeit gegeben, da seine Bereitwilligkeit zur Unterstützung des Benden-Weyrs nicht so groß gewesen war.

»Wie will Ihre sprechende Wand denn nun die Fäden vernichten, Weyrführer?« fragte Meisterglasmacher Norist. Er hatte hochrote Wangen, was nicht nur an den vielen infolge der Hitze an seinen Feuerstellen geplatzten Äderchen lag. »Will sie etwa den Roten Stern in die Luft sprengen?«

Larad beugte sich über den Tisch und sah Norist mit zusammengekniffenen Augen wütend an. »Ist es wichtig, wie das Ziel erreicht wird, Meister Norist, solange niemals wieder Fäden auf Pern fallen?«

»Hoffentlich darf ich diesen Tag noch erleben«, scherzte Corman.

»Ich bin fest dazu entschlossen.« F'lars Stimme und sein Gesicht waren hart wie Stahl. »Wenn wir nun ausreichend geklärt haben, warum zumindest die Drachenreiter Akki für wichtig halten...«

»Die Drachenreiter sind *nicht* die einzigen, F'lar.« Fandarel schlug mit seiner schweren Faust auf den Tisch, daß alles klirrte.

»Auch die Gildemeister nicht«, schloß Baron Asgenar sich mit fester Stimme an.

»Ich stehe ebenfalls auf Ihrer Seite«, sagte Groghe, als Corman wieder einmal verächtlich schnaubte.

»Manchmal sind Sie schon verdammt schwer zu überzeugen, Corman. Sie werden Ihre Meinung ändern, wenn Sie Akki *gehört* haben. So dumm sind Sie nämlich gar nicht.«

»Genug!« F'lar nahm das Heft wieder in die Hand. »Der Zweck dieses Treffens war, Sie von der Entdeckung des Akki in Kenntnis zu setzen und deutlich zu machen, welche Bedeutung diese Entdeckung unweigerlich für ganz Pern haben wird. Was hiermit geschehen ist, jedenfalls soweit Sie sich der Mühe unterzogen haben, unserer Einladung zu folgen. Weiterhin hoffe ich, daß auch die anderen Weyrführer« – sieben waren anwesend, und F'lar sah einen nach dem anderen an – »sich ein Beispiel an Benden nehmen und möglichst viel Nutzen aus dem Akki ziehen werden.«

»Nun hören Sie mal zu, F'lar. Sie können nicht willkürlich über etwas verfügen, das Burg, Gildehalle und Weyr gleichermaßen stark betrifft, wenn noch nicht einmal alle die Chance hatten, es sich selbst anzusehen«, begann Corman mit einem um Unterstützung heischenden Blick zu Warbret und Bargen. »Ich finde, das muß beim nächsten Quartalstreffen erörtert werden – bis dahin ist es schließlich nicht mehr lange.«

»Die Burgherren haben volle Entscheidungsfreiheit«, sagte F'lar.

»Die Gilden ebenfalls«, ergänzte Norist abweisend. Sein grimmiger Blick ruhte am längsten auf Fandarel.

»Es sollte aber rasch entschieden werden, wer über das Akki verfügen kann«, gab F'lar zu bedenken.

»Immer mit der Ruhe, F'lar«, sagte Groghe. »Sie haben doch bisher auf niemanden gewartet. Sind in dunklen Höhlen herumgekrochen und haben Lehrlinge und Gesellen vom ganzen Kontinent zusammengeholt, um sie eine merkwürdige Gerätschaft nach der anderen ausgraben zu lassen.« Als er F'lars besorgte Miene sah, hob er begütigend die Hand. »Ich persönlich bin ja ganz Ihrer Meinung, Weyrführer. Die Entscheidungsprozesse beim Quartalstreffen könnten selbst die Geduld eines Drachen überfordern. Aber ich habe Akki schließlich gesehen und gehört.» Er wandte sich mit einer leichten Drehung an die übrigen Burgherren. «Das Ding ist wirklich verblüffend, und es hat mich voll und ganz überzeugt!«

»Es gab eine Zeit, Corman« – F'lars schwaches Lächeln sollte den Baron daran erinnern, daß sich der Weyrführer von Benden schon einmal dem geschlossenen und sogar bewaffneten Widerstand der Burgherren gegenübergesehen und ihn überwunden hatte –, »als Sie und Ihre Standesgenossen mich fast kniefällig baten, den Fädeneinfällen ein Ende zu machen. Sie sind doch gewiß immer noch interessiert daran, daß ich Ihnen diesen Wunsch so rasch wie möglich erfülle?«

»Sie haben Ihre Pflicht getan«, erklärte Groghe und war darauf gefaßt, daß Corman protestieren würde.

»Das kann niemand bestreiten«, pflichtete ihm Toronas bei. Wieder einmal dachte F'lar bei sich, daß der neue Baron von Benden doch eine gewaltige Verbesserung gegenüber seinem Vorgänger, Baron Raid, darstellte.

»Immerhin«, fuhr der Weyrführer fort, »sollten wir uns der schmerzlichen Erkenntnis stellen, daß uns das Wissen unserer Vorfahren zum größten Teil abhanden gekommen ist. Unter Akkis Führung müssen wir wieder neu erlernen, was nötig ist, um die Fädenplage, die unseren Planeten in seiner Existenz bedroht, wirklich ein für allemal zu beseitigen.« F'lar sah erst Norist, Corman und Warbret an, dann streifte sein Blick die anderen Burgherren, die sich nicht an der Diskussion beteiligt hatten. »Ist es nicht vernünftig, mit diesem Programm so bald wie möglich zu beginnen? Um das Verlorene zurückzugewinnen?«

»Und nun erwarten Sie, daß wir uns alle von diesem Akki herumkommandieren lassen?« fragte Norist sarkastisch. Er hatte sich nur sehr zurückhaltend geäußert, als Akki ihn nach seiner Gilde befragte.

»Meister Norist«, begann Fandarel in seiner langsamen, bedächtigen Art. »Wenn man uns die Chance bietet, die Leistungen in unserem Handwerk zu verbessern, so ist es doch wohl unsere Pflicht, sie auch zu ergreifen?«

»Was dieses Akki in bezug auf das Handwerk verlangte, in dem ich den Meistertitel führe und seit dreißig Umläufen durchaus erfolgreich tätig bin, widerspricht allen anerkannten Arbeitsmethoden meiner Gilde!« Norist wollte um keinen Fußbreit nachgeben.

»Einschließlich der in Ihren ältesten Aufzeichnungen erwähnten, aber nicht mehr zu entziffernden Verfahren?« fragte Meister Robinton sanft. »Meister Fandarel hier kann es gar nicht erwarten, mit dem Wiederaufbau eines Kraftwerks unserer Vorfahren zu beginnen, und er ist durchaus bereit, von Akki neue Arbeitsweisen zu übernehmen.«

Ein höhnisches Lächeln umspielte Norists dicke, narbige Lippen. »Wir wissen doch alle, daß Meister Fandarel ständig an irgendwelchem technischen Firlefanz herumbastelt.«

»Der Firlefanz war aber bisher noch immer effektiv«, erklärte Meister Fandarel, ohne gekränkt zu sein. »Für mich ist klar, daß jede Gilde von dem Wissen profitieren kann, das sich in Akkis Speichern befindet. Erst heute morgen hat Bendarek einen vortrefflichen Rat erhalten, wie sich sein von Akki so genanntes Papier verbessern und die Produktion beschleunigen läßt. Eigentlich ganz simpel, aber Bendarek hat die Möglichkeiten sofort erkannt und ist nach Lemos zurückgekehrt, um diese weitaus effektivere Methode weiterzuentwickeln. Deshalb ist er auch jetzt nicht hier.«

»Ich lasse Ihnen und Bendarek« – Norist tat die Erzeugnisse dieses jüngsten Handwerksmeisters mit einem Fingerschnippen ab – »gerne den Vortritt. Ich selbst konzentriere mich lieber darauf, die hohe Qualität meiner Produkte zu erhalten, anstatt mich mit nutzlosen Spielereien zu verzetteln.«

»Aber Sie haben nichts dagegen«, schaltete sich Baron Asgenar grinsend ein, »sich die Spielereien anderer Gildehallen zunutze zu machen. Ich denke etwa an die Fuhre Papier, die Ihnen erst letzten Monat geliefert wurde. Bendarek hofft, die Produktion so weit steigern zu können« – Asgenars Grinsen wurde noch breiter – »daß niemand mehr auf Nachschub zu warten braucht.«

»Glas ist Glas, und es besteht aus Sand, Pottasche und rotem Blei«, beharrte Norist. »Da gibt es nichts zu verbessern.«

»Trotzdem hat Akki Ihnen Verbesserungsmöglichkeiten aufgezeigt«, gab Robinton so sachlich und überzeugend zu bedenken, wie er nur konnte.

»Ich habe hier schon genug Zeit vergeudet.« Norist stand auf und stolzierte hocherhobenen Hauptes aus dem Raum.

»Verdammter Narr«, murmelte Asgenar.

»Zurück zum Thema, F'lar.« Warbret beugte sich vor. »Die Beseitigung der Fäden. Wie hat sich dieses Akki das denn überhaupt gedacht? F'nors Vorstoß war ja damals nicht gerade von Erfolg gekrönt.«

F'lar mußte daran denken, wie knapp F'nor dem Tod entronnen war, als er versucht hatte, durchs *Dazwischen* direkt zum Roten Stern zu gelangen, und starrte einen Moment lang gedankenverloren ins Leere, doch dann riß er sich zusammen und sagte ruhig: »Baron Warbret, hören und sehen Sie sich doch erst einmal an, was Akki Ihnen zu erzählen hat, dabei wird Ihnen sicher klar werden, wieviel wir noch zu lernen haben, wenn wir auch nur seine Erklärungen verstehen wollen.«

»Und Akki legt eine Vorstellung hin, neben der ich mich mit meinen armseligen Fähigkeiten nur verstecken kann«, ergänzte Robinton ungewohnt bescheiden. »Er war nämlich dabei! Er kannte unsere Vorfahren. Er wurde auf dem Planeten geschaffen, von dem sie kamen! Er hat Ereignisse miterlebt und aufgezeichnet, die für uns nur noch Mythen und Legenden sind.« Auf seinen leidenschaftlichen Appell folgte respektvolles Schweigen.

»Ja, hören Sie sich Akki erst einmal an, Sie und Baron Cormen, ehe Sie dieses Geschenk zurückweisen«, sagte Lessa endlich leise, aber nicht weniger eindringlich.

»Ich habe ja gar nichts dagegen, mit Ihnen an einem Strang zu ziehen«, sagte Warbret nach kurzem Schweigen, »wenn uns das tatsächlich hilft, die Fäden auszurotten. Sie sagen, Weyrherrin, wir sollen uns die Entscheidung vorbehalten, bis wir dieses Akki angehört haben. Wann wäre das denn möglich?«

»Noch heute, hoffe ich«, antwortete F'lar.

»Die Batterien müßten inzwischen aufgestellt sein«, erinnerte ihn Fandarel. »Aber ich muß gehen. Akki wird noch weit mehr Energie brauchen. Und ich werde dafür sorgen, daß er sie bekommt.« Er erhob sich, blieb einen Moment stehen und betrachtete die Anwesenden. »Einige von uns werden nicht umhin können, die Gewohnheiten und Denkweisen ihres ganzen bisherigen Lebens aufzugeben, und das ist nicht einfach, aber es wird sich lohnen. Wir haben diese Fäden lange genug erduldet. Wenn sich uns nun die Chance bietet, uns von dieser Plage zu befreien, müssen wir mit beiden Händen zupacken, dann wird es auch gelingen! Facenden«, wandte er sich an seinen Gesellen, »Sie bleiben an meiner Stelle hier und erstatten mir später Bericht.«

Damit ging er, und seine schweren Schritte waren draußen im Korridor zu hören.

»Ich finde auch, wir haben jetzt lange genug getagt«, sagte Corman. »Machen Sie, was Sie wollen, Weyrführer. Das tun Sie doch sowieso fast immer.« Diesmal klang keine Bitterkeit aus seinen Worten. »Sorgen Sie nur dafür, daß das Konklave einen umfassenden Bericht über Ihre Aktivitäten erhält.«

Damit erhob sich auch er und stieß Bargen auffordernd an. Doch der Burgherr aus dem Hochland blieb sitzen und sah nur nachdenklich zu ihm auf.

»Wollen Sie nicht noch bleiben, um sich die Geschichte anzuhören, Corman?« fragte Robinton.

»In diesem stickigen Kabuff?« gab Corman empört zurück. »Mein Harfner soll sie auswendig lernen, dann höre ich sie mir in aller Gemütlichkeit in meiner Burg an, wann es mir paßt.« Damit ging er.

»Ich bleibe noch«, sagte Bargen. »Wozu hätte ich sonst den weiten Weg gemacht, auch wenn ich keineswegs sicher bin, ob es klug ist, diese übermächtige Maschine noch weiter zu ermuntern.«

»Hauptsache, Sie hören zu.« Robinton nickte anerkennend. »Sebell, wie viele Leute können wir in dem stickigen Kabuff bequem unterbringen?« Er sprach ganz nüchtern, dennoch entlockte er etlichen Weyrführern ein Lächeln.

»Bestimmt alle von den Anwesenden, die sich für Akki interessieren«, sagte Sebell. »Mittlerweile sind ausreichend Bänke und Hocker vorhanden, und selbst wenn ein paar von uns stehen müssen, hat das gestern, glaube ich, niemanden gestört. Mir macht es jedenfalls nichts aus.«

»Müssen wir dieses Wesen nicht erst um seine Einwilligung bitten?« erkundigte sich Bargen.

»Akki könnte nicht entgegenkommender sein.« Meister Robinton grinste breit.

Einer hinter dem anderen marschierten sie durch

den Korridor, drei von den Burgherrn, die Weyrführer und Weyrherrinnen und die Gildemeister. Terry war bereits da, er schien sehr mit sich zufrieden, scheuchte aber alle von dem Kabelstrang weg, der von Akki ausging und sich an der linken Wand entlang und in den Nebenraum hinausschlängelte. Hoch oben in der rechten Wand hatte man ein Fenster durchgebrochen, um den Raum mit Frischluft zu versorgen. Wie sich zeigte, reichten die vorhandenen Hocker und Bänke fast aus, auch Baron Groghe, der beschlossen hatte, sich Akkis Erzählung ein zweites Mal anzuhören, fand noch Platz. Menolly stellte sich neben Sebell. Als der Bildschirm hell wurde und den ersten Blick auf Pern im lichtlosen Raum zeigte, tastete sie nach seiner Hand.

»Das ist sensationell!« rief Bargen, und dann fiel kein Wort mehr, bis Akki seinen Bericht mit dem Bild eines Flugschlittens beendete, der in Richtung Westen im Ascheregen verschwand. Dann erst murmelte der Baron vom Hochland wie in Trance: »Corman ist ein alter Narr. Und Norist ebenfalls.«

»Vielen Dank, Akki.« Groghe von Fort erhob sich und lockerte seine steifen Glieder. »Ich habe das alles zwar schon gestern gesehen, aber es lohnt sich auch ein zweites Mal. Noch öfter, wenn möglich.« Er nickte F'lar bedeutungsvoll zu. »Meine Unterstützung haben die Drachenreiter, das wissen Sie. Und Ihre doch auch, nicht wahr, Warbret und Bargen?« Es war eher eine Aufforderung als eine Frage, und er sah die beiden Burgherren dabei mit so energisch vorgerecktem Kinn an, als wolle er ihre Zustimmung erzwingen.

»Wir können wohl gar nicht anders, Warbret.« Bargen erhob sich und wandte sich mit einer höflichen Verneigung zuerst an F'lar und dann an Meister Robinton. »Ich wünsche Ihnen einen guten Tag. Und viel Glück.«

Auch die anderen Burgherren verabschiedeten sich.

»Ich will wahrhaftig kein Spielverderber sein«, ließ sich nun G'dened vom Ista-Weyr vernehmen, »aber Akki hat sich nicht genauer dazu geäußert, *wie* wir die Fäden nun eigentlich beseitigen sollen.«

»Nein, das hat er nicht getan.« R'mart schüttelte den Kopf, um seine Benommenheit loszuwerden. »Unsere Vorfahren hatten eine sehr viel bessere Ausrüstung und viel mehr Geräte als wir und dazu noch diese Schlitten. Wie sollen wir uns die Fäden vom Halse schaffen, wenn nicht einmal sie es konnten?«

»Alles braucht seine Zeit«, sagte Akki. »Wie bereits gestern nacht erwähnt, ist diese Anlage zu mehreren Schlußfolgerungen gelangt. Die für Sie wichtigste lautet, daß es in vier Jahren, zehn Monaten und siebenundzwanzig Tagen möglich sein wird, den exzentrischen Planeten für immer aus seiner jetzigen Bahn zu drängen. Er wird sich dann näher am Orbit Ihres fünften Planeten bewegen, weit von Rubkat entfernt – auch wenn, wie Sie inzwischen ja wissen, die Fädenschwärme in seinem Gefolge immer noch an Pern vorüberziehen werden.«

Alle Anwesenden sahen wie gebannt auf den Bildschirm, als Akki dort eine schematische Darstellung des Rubkat-Systems erscheinen ließ. Die Planeten kreisten gemächlich um ihren Primärstern, während der Wanderer ihre Bahnen schräg durchquerte.

F'lar ließ ein mattes Lachen hören. »Perns Drachen sind stark und willig, aber ich glaube nicht, daß sie in der Lage sind, den Roten Stern zu bewegen.«

»Daran ist auch nicht gedacht«, sagte Akki. »Ein solcher Versuch brächte nicht nur ihr Leben, sondern auch das ihrer Reiter in Gefahr. Aber die Drachen können andere wichtige Aufgaben erfüllen und damit die Voraussetzungen schaffen, um die Bahn jenes Planeten auf Dauer zu verändern.«

Wieder herrschte tiefe Stille im Raum.

»Wenn ich diesen Tag noch erleben dürfte«, murmelte G'dened von Igen andächtig. »Um das zu vollbringen, würde ich noch einmal vierhundert Umläufe in die Zukunft gehen!«

»Wenn es möglich ist«, fragte R'mart wieder, »warum haben es dann unsere Vorfahren nicht getan?«

»Damals war die Planetenkonjunktion nicht günstig.« Das Akki legte eine kurze Pause ein, und als es fortfuhr, glaubte Meister Robinton einen leicht ironischen Unterton herauszuhören: »Und als die nötigen Berechnungen endlich abgeschlossen waren, hatte sich bereits alles nach Norden begeben und diese Anlage zurückgelassen, so daß sie keine Möglichkeit mehr hatte, ihre Betreiber darüber zu informieren.« Wieder hielt Akki inne. »Die Drachen, die dank Ihrer guten Pflege so groß und stark geworden sind, werden ausschlaggebend sein für den Erfolg des Projekts. Vorausgesetzt, Sie sind dazu bereit.«

»Wir sind bereit!« riefen T'gellan und T'bor wie aus einem Munde. Alle Drachenreiter sprangen auf. Mirrim umklammerte T'gellans Arm, in ihren Zügen stand wilde Entschlossenheit.

»F'lar ist nicht als einziger von dem Wunsch besessen, die Fäden für immer zu vernichten!« fügte N'ton hinzu

D'ram, dem ältesten Reiter, strömten Tränen übers Gesicht. »Natürlich sind wir bereit, Akki. Sogar ich alter Mann und mein uralter Drache.«

Draußen trompetete es vielstimmig, der satte Baß der Bronzedrachen, der erregende Sopran der Königinnen und der hohe, schrille Ton von Path, Mirrims grünem Weibchen.

»Es wird keine leichte Aufgabe«, warnte Akki, »und Sie müssen unermüdlich lernen, um die notwendigen Voraussetzungen zu schaffen. Erst dann kann dieser Tag von Erfolg gekrönt sein.«

»Wieso ausgerechnet in vier Jahren, zehn Monaten

und soundso vielen Tagen?« wollte K'van, der jüngste Weyrführer, wissen.

»Siebenundzwanzig Tage«, verbesserte Akki. »Weil sich genau in diesem Augenblick ein Fenster öffnen wird.«

»Ein Fenster?« K'vans Augen wanderten unwillkürlich nach oben zu dem neuen Fenster in der Wand.

»Sie müssen Ihrem Drachen immer exakte Bezugspunkte geben, ehe Sie ins *Dazwischen* fliegen, nicht wahr?« K'van war nicht der einzige Reiter, der zustimmend nickte. »Noch wichtiger ist Genauigkeit, wenn man sich im Weltraum bewegt«, fuhr Akki fort.

»Wir sollen in den Weltraum fliegen?« F'lar zeigte auf den Bildschirm, der ihnen einen kleinen Vorgeschmack darauf gegeben hatte.

»Sozusagen«, bestätigte Akki. »Mit der Zeit werden Sie die Fachausdrücke für die vor Ihnen liegenden Aufgaben verstehen und richtig deuten lernen. Im Lexikon der Raumfahrt wird ein Fenster als ein Zeitraum beschrieben, innerhalb dessen die Durchführung eines Projekts, aber auch eine Reise im Weltraum möglich ist. Wenn das Vorhaben gelingen soll ...«

»*Wenn?*« R'mart schrie es fast. »Aber Sie haben doch gesagt, es *ist* möglich!« Er starrte F'lar vorwurfsvoll an.

»Der Plan ist realisierbar und hat alle Aussicht auf Erfolg, *wenn* er mit der nötigen Sorgfalt ausgeführt wird«, erklärte Akki entschieden. »Er kann jedoch nur gelingen, wenn Sie sich neue Fertigkeiten aneignen und in neue Wissensgebiete vordringen. Drachenreiter sind zwar allgemein sehr engagiert, verfügen aber ganz offensichtlich nur über wenig freie Zeit. Andererseits sind die Drachen und ihre Reiter für diese Aufgabe unentbehrlich und müssen folglich von den Gilden und denjenigen Burgherren unterstützt werden, die bereit sind, Männer und Frauen als Hilfskräfte abzustellen. Am besten wäre es, alle Bewohner dieses Planeten in das Projekt mit einzubeziehen. Wie es bei Ihren Vorfahren der Fall war.«

»Ich verstehe immer noch nicht, warum unsere Vorfahren das Problem nicht selbst erledigt haben, als die Reihe an ihnen war«, sagte R'mart.

»Zur Zeit Ihrer Vorfahren waren die Drachen noch nicht so groß und intelligent wie heute. Die Gattung hat sich über den ursprünglichen genetischen Entwurf hinausentwickelt. Sehen Sie sich das an ...« Zwei Drachen erschienen auf Akkis Bildschirm. »Der Bronzedrache heißt Carenath, Sean O'Connell ist sein Reiter, die Königin ist Faranth mit ihrer Reiterin Sorka Hanrahan.« Zwei andere Drachen lösten die beiden ab, sie waren dreimal so groß. »Hier sehen Sie nun Ramoth und Mnementh. Die Größenverhältnisse stimmen.«

»Der Bronzedrache ist ja noch kleiner als Ruth«, rief T'bor und bat die Weyrführer von Benden mit einem raschen Seitenblick um Verzeihung.

»Sieht so aus«, bestätigte F'lar gelassen. »Wir haben verstanden, Akki. Nun, wo beginnen wir mit der Ausbildung, von der du gesprochen hast?«

»Gewiß nicht heute«, sagte Akki. »Oberste Priorität hat eine angemessene Energieversorgung, Meister Fandarel hat sich freundlicherweise bereiterklärt, sich auf seine bekannt effektive Art darum zu kümmern.« Meister Robinton fuhr herum und sah den Bildschirm scharf an. Akki fuhr fort: »An zweiter Stelle steht die Montage zusätzlicher Stationen. Drittens wird ein ausreichender Papiervorrat für Ausdrucke zum Unterricht und für Erläuterungen benötigt. Viertens ...«

F'lar grinste und winkte mit beiden Händen ab. »Genug, Akki. Bis die Handwerker alle deine Befehle ausgeführt haben, stehen auch wir zur Verfügung, um uns von dir unterrichten zu lassen. Das sei hiermit versprochen.«

»Gut.« Meister Terry erhob sich von seinem Hocker und rückte seinen schweren Werkzeuggurt zurecht. »Wird der Raum jetzt frei?« fragte er liebenswürdig. »Ich habe nämlich noch einige Anschlüsse zu machen, und dabei sind Sie mir nur im Weg.«

»Im Konferenzraum stehen inzwischen sicher Erfrischungen bereit«, sagte Lessa, um den Aufbruch zu beschleunigen.

Meister Robinton wartete, bis alle anderen im Korridor waren. Dann warf er einen Blick auf Terry, der vollauf mit seinen Kabeln beschäftigt war und selbstvergessen vor sich hinmurmelte.

»Akki?« flüsterte der Meisterharfner. »Hast du Humor?«

Die Antwort kam erst nach einer merklichen Pause. »Meister Robinton, diese Anlage ist nicht auf Gefühle programmiert. Sie ist auf die Interaktion mit Menschen programmiert.«

»Das ist keine Antwort.«

»Es ist eine mögliche Erklärung.«

Und damit mußte Meister Robinton sich zufriedengeben.

Die vier Drachenreiter aus dem Ost-Weyr zogen weite Kreise über dem Hang oberhalb des Dammes. Bisher hatte sich das Interesse an archaischen Siedlungen auf Landing konzentriert. Noch hatte niemand einen Grund gesehen, die umliegenden Hügel zu durchstreifen, um dort nach den Spuren der ersten Siedler Ausschau zu halten, deshalb stellte das Vorhandensein eines offensichtlich künstlich geschaffenen Sees – in seiner Lehrlings- und Gesellenzeit in der Gildehalle der Schmiede hatte Fandarel etliche Male geeignete Bäche gestaut und war daher mit den Geländeformen vertraut – eine weitere Überraschung dar.

Der See zeigte wie ein langer, glitzernder Finger zwischen zwei hohen Bergkämmen nach hinten. Der

Damm führte im Südosten quer über eine Landenge. Er hatte zwar mehrere Risse, und zwei Wasserfälle stürzten elegant aus großer Höhe in die darunterliegende Schlucht, doch es war immer noch der größte Damm, den Fandarel je gesehen hatte.

Das Erstaunliche war nicht, wie der Meisterschmied sofort erkannte, daß man diesen Damm hatte bauen können, sondern daß nach fünfundzwanzig Jahrhunderten noch so viel davon erhalten war. Als Pranith, D'clans Brauner, die Krone überflog, sah Fandarel freilich, daß der Zahn der Zeit durchaus seine Spuren hinterlassen hatte. Die Deckschicht wies Kerben auf, als habe ein Tier, größer als ein Drache, hineingebissen, und durch diese Öffnungen bahnten sich die Wasserfälle ihren Weg. Gewiß waren bei Hochwasser große und kleinere Gesteinstrümmer mit großer Wucht gegen den Wall geschleudert worden. Fandarel zupfte D'clan am Ärmel und deutete mit seinem dicken Zeigefinger energisch nach unten. Der Reiter nickte grinsend, im nächsten Moment wurden Praniths Spiralen enger, und schließlich setzte er auf der linken Dammseite, wo sich ein langer Bogen unbeschädigt über die Fluten spannte, weich auf.

Beneidenswert flink und gelenkiger als so mancher von den Jüngeren glitt Fandarel vom Hals des Braunen und landete geschickt auf den Füßen. Sofort ließ er sich auf Hände und Knie nieder und scharrte mit seiner Messerklinge die Kruste aus Schlamm und Erde beiseite, um zu untersuchen, woraus der Damm bestand. Dann schüttelte er den Kopf.

»Plasbeton, hat Akki gesagt«, murmelte er vor sich hin, als der Rest der Gruppe herankam. Evan, Fandarels Geselle, der die Pläne seines Meisters so oft greifbare Wirklichkeit werden ließ, war ein in sich gekehrter Mann, der nicht mit der Wimper gezuckt hatte, als die ›sprechende Wand‹ ihm ihre Anweisungen erteilte. Belteracs Haar war fast so grau wie das von

Fandarel; er war ein erfahrener Handwerker und arbeitete sehr zuverlässig, ganz im Gegensatz zu dem Lehrling Fosdak, der unberechenbar und schwierig war, dafür aber Kräfte hatte wie ein Zugtier. Als letzter kam Silton, ein tüchtiger, fleißiger junger Mann, der bereits etwas von Meister Terrys unbeirrbarer Zielstrebigkeit erkennen ließ. »Der Damm ist aus Plasbeton gebaut«, fuhr Fandarel fort. »Das Zeug soll Jahrtausende halten. Und es hat gehalten. Bei der Schale des Ersten Eis, es hat gehalten!«

Die drei Drachen fanden den Damm nicht weniger interessant als die Menschen: sie spazierten mit angelegten Schwingen über die breite Krone, und plötzlich rief V'line lachend, sein Bronzedrache Clarinath lasse anfragen, ob man wohl Zeit für ein Bad hätte. Das Wasser sehe so klar und sauber aus.

»Später, bitte«, wehrte Fandarel ab und setzte seine Untersuchung fort.

»Erstaunliche Konstruktion«, murmelte Evan und scharrte, während er auf die Seeseite zuging, mit seinen schweren Stiefeln den Untergrund auf. Vorsichtig spähte er über den Rand. »Man kann die Wasserhöhen deutlich erkennen Fandarel. Offenbar hat es seit mehreren Umläufen kein Hochwasser mehr gegeben, zuvor aber immer wieder einmal.«

Dann ging er zur Schluchtseite und deutete nach links unten. »Da, Meister, da hatten die Alten ihr Kraftwerk.«

Fandarel kniff die Augen zusammen und beschattete sie mit seiner riesigen Hand, dann nickte er befriedigt. Er hatte die Überreste des Gebäudes entdeckt. Irgend etwas war von oben daraufgestürzt, wahrscheinlich dieselben Gesteinsbrocken, die auch die Breschen in den Damm geschlagen hatten.

»D'clan, wären Sie und Pranith so freundlich, uns dort unten abzusetzen?« bat Fandarel mit einer Handbewegung. »Evan und mich zuerst, damit wir uns vergewissern können, daß auch keine Gefahr besteht.«

D'clan und Pranith waren gern dazu bereit und fanden neben den Ruinen auch genügend Platz zum Landen. Vom Gebäude selbst waren nur noch die massiven Träger übrig, die das Dach gestützt hatten, und die innere Mauer, die aussah, als habe man sie mit Zement an den nackten Fels geklebt. Dagegen hatte sich der Boden unter einer messerdicken Schicht verfestigter, mit Kieselsteinen vermischter Erde unversehrt erhalten.

»Hier können die jungen Leute mit den überschüssigen Kräften Ordnung schaffen, Evan«, sagte Fandarel. »D'clan, würden Sie die anderen bitte hier herunterwinken? Danach können die Drachen meinetwegen schwimmen gehen.«

»Sie sind ohnehin bald mehr im Wasser als in der Luft«, klagte D'clan. »Wenn sie nicht achtgeben, schrubben sie sich noch die Haut vom Leibe. Und ein Drache mit wundgeriebener Haut hat im *Dazwischen* nichts verloren.« Das klang freilich eher liebevoll als tadelnd.

Während die anderen darangingen, den Schmutz wegzuschaufeln, vermaßen Fandarel und Evan sorgfältig den ganzen Bereich, der umfriedet werden sollte, um dann zu berechnen, wo das neue Wasserrad stehen mußte. Mit raschen Strichen warf Evan eine provisorische Skizze der fertigen Anlage aufs Papier. Fandarel sah ihm über die Schulter und nickte beifällig. Dann blinzelte er an der hohen, glatten Dammfassade und den Hängen hinauf.

»Und nun« – er hatte analysiert, welche Anforderungen das Projekt stellte, und war zufrieden – »können wir nach Telgar zurückkehren und die einzelnen Bauteile montieren.« Er grinste Evan an. »Nach richtigen Plänen zu arbeiten, das ist doch etwas ganz Neues für uns, nicht wahr?«

Evan zog nur die Augenbrauen hoch. »Auf jeden Fall die effektivere Methode.«

»Mein lieber F'lar«, beruhigte Robinton den Weyrführer, der sichtlich enttäuscht war, weil er es nicht geschafft hatte, die Burgherren vollzählig auf seine Seite zu bringen. »Akki hat Larad, Asgenar, Groghe, Toronas, Bargen und Warbret für sich gewonnen, und Jaxom kommt natürlich noch dazu. Sieben von sechzehn, das ist für den Anfang nicht schlecht. Oterel ist sowieso senil, und bei Corman dauert es immer etwas länger, bis er alles gründlich durchgekaut hat. Wenn sich Laudeys Bettlerhöhlen wegen der verschiedenen Projekte, für die Sie hier Arbeitskräfte brauchen, noch weiter leeren, haben Sie auch seine Unterstützung.« Robinton faßte den Weyrführer von Benden an der Schulter und schüttelte ihn ein wenig. »F'lar, Sie wünschen sich so verzweifelt, die Fäden für immer zu beseitigen. Das ist Ihre wichtigste Aufgabe. Für die Barone stehen ihre Burgen an erster Stelle, und wir wissen doch beide, daß sie darüber manchmal die größeren Dinge aus dem Blick verlieren. Ja, K'van?« Der Harfner hatte bemerkt, daß sich der junge Weyrführer des Süd-Weyrs im Hintergrund herumdrückte. »Habe ich F'lar wieder einmal mit Beschlag belegt, während Sie ihn dringend brauchen?«

»Wenn ich kurz stören dürfte ...«, begann K'van.

»Mein Glas ist leer.« Mit genießerischem Lächeln strebte Robinton dem vollbeladenen Eßtisch zu, um nach einem Weinschlauch zu suchen.

»Hat man Baron Toric eingeladen?« fragte K'van zögernd.

»O ja, das hat man, K'van.« F'lar zog den jungen Mann in eine Ecke des Raumes, wo die Gefahr geringer war, in die angeregten Diskussionen der übrigen Weyrführer hineingezogen zu werden. »Ich habe Breide ausdrücklich ans Herz gelegt, ihn zu informieren.«

Ein flüchtiges Lächeln huschte über K'vans Züge – beide wußten, daß Breide in erster Linie nach Landing entsandt worden war, um den Burgherrn des Südens über alle interessanten Entwicklungen auf dem laufenden zu halten. Und Breide übertrieb es mit seiner Gewissenhaftigkeit und schrieb oft eine solche Fülle von Belanglosigkeiten auf, daß Toric sich offensichtlich nicht mehr die Mühe machte, die Berichte zu lesen.

»Im Moment trachtet er danach, genügend Männer auf die Insel zu schaffen, um Denol und seine Sippe zu vertreiben.« Jedermann wußte, wie wütend Toric darüber war, daß eine Horde von Rebellen versuchte, ihm die Insel abzunehmen, die er als Teil seines Herrschaftsgebietes beanspruchte.

»Ich dachte, die Sache sei längst erledigt.« F'lar war überrascht. »Toric ist doch sonst ein sehr entschlossener Mann.«

K'vans Grinsen wirkte bitter. »Er ist ja auch entschlossen, sich die Hilfe des Weyrs zu sichern.«

F'lar fuhr empört auf. »Das kommt nicht in Frage, K'van!«

»Das habe ich ihm auch immer wieder gesagt. Der Weyr ist nicht nur für ihn da.«

»Und?«

»Er will sich mit meinem Nein nicht abfinden, F'lar.« K'van stockte und zuckte hilflos die Schultern. »Ich weiß, ich bin für einen Weyrführer noch recht jung ...«

»Ihr Alter spielt keine Rolle, K'van. Sie sind ein guter Weyrführer, und das haben mir auch die älteren Reiter in Ihrem Weyr bestätigt.«

K'van war immerhin jung genug, um vor Freude über dieses Lob zu erröten. »Toric würde Ihnen nicht zustimmen«, antwortete er mit einem neuerlichen Schulterzucken.

F'lar konnte nicht leugnen, daß der eher schmächtige, jungenhaft wirkende K'van bei einer Auseinandersetzung mit dem hochgewachsenen, bulligen Baron des Südens schon rein äußerlich den kürzeren ziehen mußte. Damals, als K'vans Heth Adreas Königin beflogen hatte, war Toric von der Aussicht auf einen in Benden ausgebildeten Weyrführer hell begeistert gewesen. Aber damals hatte es auch diesen Unruheherd in seinem Herrschaftsgebiet noch nicht gegeben.

»Zuerst«, fuhr K'van fort, »hat er verlangt, der Weyr solle seine Soldaten auf die Insel schaffen. Als ich das ablehnte, meinte er, er würde sich auch damit zufriedengeben, wenn ich ihm als meinem Burgherrn sagte, wo die Rebellen ihr Lager aufgeschlagen hätten. Wir könnten die Insel ja während eines Fädenkampfes überfliegen, um zu sehen, wo sie sich versteckt hielten, dann hätte er es leichter, die Rebellion niederzuschlagen. Als ich abermals ablehnte, fing er an, einige der älteren Bronzereiter unter Druck zu setzen und ihnen einzureden, ich sei zu jung und kenne deshalb meine Pflichten gegenüber meinem Burgherrn nicht.«

»Womit er aber hoffentlich keinen Erfolg hatte«, sagte F'lar scharf.

K'van schüttelte den Kopf. »Nein, sie erklärten ihm, Aktionen dieser Art seien nicht Sache des Weyrs. Dann ...« Der junge Weyrführer zögerte.

»Dann?« ermunterte F'lar ihn grimmig.

»Er hat versucht, einen meiner blauen Reiter damit zu bestechen, daß er versprach, ihm einen passenden Freund zu besorgen.«

»Das reicht!« F'lars Miene verfinsterte sich, und er strich sich gereizt das Haar aus der Stirn. »Lessa!« rief er und winkte ungeduldig mit der Hand.

Die Weyrherrin war nicht weniger erbost, als F'lar ihr von K'vans Schwierigkeiten berichtete.

»Eigentlich sollte er inzwischen doch gelernt haben,

daß er die Drachenreiter nicht so einfach herumkommandieren kann«, sagte sie mit schneidender Stimme. Dann bemerkte sie K'vans ängstlichen Blick und klopfte ihm beruhigend auf die Schulter. »Was können Sie schon dafür, daß Toric so gierig ist wie ein Bitraner?«

»Wohl eher verzweifelt«, verbesserte K'van mit dem Anflug eines Lächelns. »Meister Idarolan hat mir erzählt, Toric habe ihm ein kleines Vermögen in Edelsteinen und einen schönen Hafen geboten, wenn er ihm seine Streitmacht auf die Insel brächte. Aber Idarolan wollte nicht und hat darüber hinaus allen anderen Schiffsmeistern verboten, Toric in diesem Fall behilflich zu sein. Sie werden ihm gehorchen.«

»Toric hat doch eigene Schiffe«, fauchte Lessa.

K'van hatte sich seinen Kummer von der Seele geredet und konnte wieder lachen. »Aber sie sind zu klein, um eine Streitmacht zu fassen, mit der er etwas ausrichten könnte. Bisher wurden noch alle Söldner, die er hinüberschickte, von den Rebellen in einen Hinterhalt gelockt und entweder so übel zugerichtet, daß sie nicht mehr zu gebrauchen waren, oder gefangengenommen.« Er grinste breit. »Eines muß man Denol lassen – er weiß sich zu helfen. Aber ich wollte ja nur, daß Sie von aus meinem Munde erfahren, was wirklich passiert ist, ehe Ihnen irgendwelche Gerüchte zugetragen werden – oder andere Burgherren sich über unsere Haltung beschweren.«

»Völlig korrekt, K'van«, sagte F'lar.

»Wir müssen uns unbedingt die Zeit für einen Besuch bei Baron Toric nehmen«, sagte Lessa, und in ihren Augen blitzte es wie Stahl. Dann lächelte sie, ein gefährliches Lächeln. K'van war froh, daß es nicht gegen ihn gerichtet war. »Baron Toric *muß* umfassend über Akki und sämtliche Vorgänge hier in Landing informiert werden. Meinst du nicht auch, F'lar, wir sollten uns persönlich darum kümmern?«

»Die Frage ist nur, wann«, seufzte F'lar. »Aber irgendwie werden wir es schon schaffen. K'van, Sie halten Ihren Weyr jedenfalls aus Torics Streitigkeiten heraus.«

»Das werde ich tun!« Und die Weyrführer von Benden zweifelten nicht daran. K'van war schon als Junge entschlossen und verantwortungsbewußt gewesen, als Erwachsener besaß er diese Eigenschaften in noch höherem Maße. Er würde Toric schon deshalb standhalten, weil der es ihm nicht zutraute.

»Als nächstes drücken Sie diesen Stecker« – Akki zeigte Piemur das entsprechende Teil auf dem Bildschirm – »in diese Buchse!« Piemur gehorchte, und Akki fuhr fort: »Im Sockel des Monitors müßte nun ein grünes Licht aufleuchten.«

»Nein«, jammerte Piemur und stieß einen tiefen Seufzer aus. Es war schwer, nicht die Geduld zu verlieren.

»Dann muß irgendwo eine schadhafte Lötstelle sein. Nehmen Sie die Deckplatte ab und überprüfen Sie Motherboard, Input-Output-Steuerung und Speicherplatine«, verlangte Akki. Der neuerliche Fehlschlag schien ihn völlig kalt zu lassen, doch davon wurde Piemurs Laune nicht besser. Es war einfach nicht normal, so verdammt gefühllos konnte niemand sein. »Keine Maschine kann richtig funktionieren, wenn sie nicht richtig montiert wurde. Das ist der erste Schritt. Haben Sie Geduld. Es geht doch nur noch darum, die schadhafte Lötstelle zu finden.«

Piemur merkte, daß er im Begriff war, den Schraubenzieher in seiner Hand zu verbiegen. Er holte tief Atem, dann entfernte er den Deckel, ohne einen Blick nach rechts oder links zu werfen, wo Benelek und Jancis vollauf damit beschäftigt waren, ihre eigenen Geräte zusammenzubauen. Das Ganze noch einmal.

Sie saßen an dieser langwierigen und mühsamen

Aufgabe, seit es Terry gelungen war, alle Drähte und Verbindungskabel zu Akkis Zufriedenheit zu ordnen. Für Piemur war es nur ein schwacher Trost, daß es dem technisch so begabten Benelek mit den geschickten Fingern nicht besser erging. Auch Jancis zeigte sich eher unbeholfen, doch sie tat ihm deswegen leid. Piemurs Schultern schmerzten, die knifflige Arbeit hatte seine Finger anschwellen lassen, und allmählich hing ihm das ganze Projekt zum Halse heraus. Dabei hatte alles ausgesehen, als sei es ein Kinderspiel. Holt euch die Kartons mit den Bauteilen aus den Höhlen, entfernt den Staub, setzt die Geräte in Gang, und fertig. Aber so einfach war es nicht. Zuerst hatte ihnen Akki die einzelnen Teile eines Computerterminals eingebleut – Keyboard, Flüssigkristallanzeige, Computergehäuse, Tastenfeld – dann die Codes für die verschiedenen ›Platinen‹, die das Gerät aktivierten. Zum Glück hatten Jancis und Benelek bereits Erfahrung beim Löten defekter Verbindungen. Piemur verbrannte sich dabei ein paarmal die Finger, aber er hatte den Bogen bald heraus. Als Musiker hatte er geschmeidige Finger, die sich rasch in die neue Aufgabe hineinfanden. Aber die anfängliche Begeisterung, die ihn schon vor Tagesanbruch aus dem Bett getrieben hatte, war längst verflogen. Er machte nur noch weiter, weil weder Jancis noch Benelek aufgaben.

»Wir beginnen noch einmal von vorn«, fuhr die ruhige Akki-Stimme unerbittlich fort, »und überprüfen jede einzelne Schaltplatte auf Brüche oder sonstige Schäden in den Schaltkreisen oder auf den Chips.«

»Das habe ich doch schon zweimal gemacht.« Piemur knirschte mit den Zähnen.

»Dann muß es eben noch ein drittes Mal sein. Nehmen Sie das Vergrößerungsglas. Aus gutem Grund sind alle unsere Platinen sichtbar und für Reparaturen zugänglich. Auf der Erde war eine visuelle Überprüfung in dieser Art nicht möglich. Das wurde in den

Verkaufsstellen maschinell erledigt. Hier müssen wir uns eben mit Geduld wappnen.«

Piemur nahm sich zusammen, ging die Chips Schaltkreis für Schaltkreis durch und begutachtete sämtliche Widerstände und Kondensatoren. Die Perlen und Silberfäden, die ihn einst so fasziniert hatten, waren ihm nun ein Greuel, sie machten ihm nichts als Schwierigkeiten, und ihre Namen erschienen ihm albern. Er wünschte sich, die verdammten Dinger niemals gesehen zu haben. Auch bei genauer Betrachtung fand er keine sichtbaren Schäden. Also steckte er jedes Teil mit äußerst vorsichtigen Fingern wieder zurück, so sorgfältig er konnte. Alle saßen fest.

»Achten Sie darauf, daß die Karten richtig in ihren Schlitzen sitzen«, mahnte Akki gewohnt ruhig.

»Das habe ich doch eben überprüft, Akki!« Piemur wußte, daß er sich wie ein trotziges Kind anhörte, aber bei so viel unerschütterlicher Ruhe fiel es ihm noch schwerer, sachlich zu bleiben. Doch dann gewann sein Sinn für Humor die Oberhand. Eine Maschine, rief er sich spöttisch in Erinnerung, tat eben nur, worauf sie programmiert war. Sie hatte keine Gefühle, die einen reibungslosen Arbeitsablauf behindert hätten – wenn dieser Ablauf erst einmal in Gang gekommen war.

»Ehe Sie die Deckplatte wieder aufsetzen, Piemur, blasen Sie leicht über das Innere, damit die Verbindungen auf keinen Fall durch Staubflusen blockiert werden.«

Meister Esselin betreute den Umbau des Akki-Gebäudes, doch bei den Arbeiten wurde viel Staub aufgewirbelt, und ein Teil davon drang trotz aller Vorsichtsmaßnahmen auch in diesen Raum.

Piemur blies vorsichtig. Setzte die Deckplatte wieder auf. Nahm den Stecker und drückte ihn in die Buchse. Es dauerte einen Moment, bis er so recht begriff, daß am Sockel des Monitors, genau da, wo es sein sollte, tatsächlich ein grünes Licht leuchtete, und daß auf dem Flüssigkristallbildschirm ein Buchstabe erschienen war. Dann stieß er einen Jubelschrei aus, der Jancis und Benelek zusammenfahren ließ.

»Mach das nicht noch mal, Piemur!« rief der junge Geselle und sah böse zu ihm auf. »Beinahe hätte ich die falschen Drähte verlötet.«

»Funktioniert es wirklich, Piemur?« Jancis sah ihn hoffnungsvoll an.

»Grünes Licht und Startbereitschaft!« gluckste Piemur und rieb sich die Hände, ohne Beneleks mißgünstige Blicke zu beachten. »Akki, wie geht's jetzt weiter.?«

»Tippen Sie auf den Tasten, die Sie vor sich sehen, das Wort README.«

Mühsam suchte Piemur sich die Buchstaben zusammen. Sofort erblühten Wörter, Zahlen und Buchstaben auf dem Monitor.

»He, ihr beiden, seht euch das an. Wörter! Mein Bildschirm ist voller Wörter!«

Benelek gönnte ihm nur einen ärgerlichen Blick, aber Jancis sprang auf, stellte sich hinter ihn und sparte nicht mit Bewunderung. Nach einem anerkennenden Schulterklopfen kehrte auch sie an ihre Arbeit zurück.

»Lesen Sie aufmerksam, was auf dem Schirm steht, und prägen Sie es sich ein«, sagte Akki. »Als nächstes lernen Sie, wie Sie auf die entsprechenden Programme zugreifen müssen, um die gewünschten Informationen zu erhalten. Doch zuerst müssen Sie sich mit den Bezeichnungen vertraut machen. Je besser sie Ihnen geläufig sind, desto effektiver können Sie mit Ihrem Terminal umgehen.«

Piemur las die Anweisungen mehrfach durch, ohne daraus klug zu werden. Statt dessen hatte er den Eindruck, als bedeuteten bisher vertraute Worte nicht mehr das, was sie eigentlich sollten. Seufzend kehrte er an den Anfang der Seite zurück. Ein Harfner hatte von Berufs wegen mit Wörtern zu tun, und er würde diese neuen Bedeutungen lernen, auch wenn er einen vollen Umlauf dazu brauchte.

»Geschafft!« rief Jancis überglücklich. »Auch bei mir leuchtet ein grünes Licht!«

»Und ich bin Nummer drei«, stellte Benelek selbstzufrieden fest. »Soll ich jetzt README tippen, Akki?«

»Die erste Lektion ist für alle gleich, Benelek. Ich darf Ihnen gratulieren! Haben sich für dieses Projekt noch weitere Schüler eingeschrieben? Es gibt viel zu tun.«

»Nur Geduld, Akki.« Piemur ahmte den Tonfall der Computerstimme nach und grinste dabei Jancis an. »Sie werden in Scharen herbeiströmen, sobald die Sache sich herumgesprochen hat.«

»Der Reiter des weißen Drachen, Baron Jaxom? Wird er auch dabei sein?«

»Jaxom?« fragte Piemur ein wenig überrascht. »Wo ist der eigentlich geblieben?«

4

Jaxoms Pläne waren den ganzen Vormittag lang so gründlich vereitelt worden, wie Piemur es sich nur wünschen konnte. Zuerst hatten er und Ruth fünf Ladungen Kartons von den Höhlen zum Akki-Gebäude gebracht, und kaum war die letzte Fuhre abgeladen, als Meister Fandarel die dringende Bitte äußerte, die beiden möchten Bendarek nach Lemos in seine Gildehalle zurückfliegen. Der Holzmeister konnte es kaum erwarten, Akkis Empfehlungen zur Verbesserung seiner Papierfabrikation in die Tat umzusetzen und die Qualität des Endprodukts zu steigern, indem er der Holzpulpe einen bestimmten Anteil Lumpen zusetzte.

Als Jaxom und Ruth wieder in Landing eintrafen, benötigte Meister Terry einen Helfer bei der Suche nach Kabeln und Drähten, die nach langem Herumstöbern schließlich in einer fast übersehenen Nische in den Höhlen entdeckt wurden. Selbstverständlich waren Jaxom und Ruth so freundlich, Meister Terry mit seinen Rollen zum Akki-Gebäude zurückzubefördern. Jaxom gab sich alle Mühe, sich nichts daraus zu machen, und redete sich immer wieder ein, das sei eben Dienst an der Allgemeinheit. Aber er und Ruth hatten sich den Tag doch ganz anders vorgestellt.

Der weiße Drache hatte sich schon darauf gefreut, sich die heiße Sonne des Südens auf die Haut brennen zu lassen. Der Winter im Norden war kalt und feucht gewesen, und man hatte die Sonne kaum zu sehen bekommen. Und Jaxom hatte sich sehnlichst gewünscht, sich wie Piemur, Jancis und Benelek mit Akkis merkwürdigen Apparaten zu beschäftigen.

Aber Jaxom hatte es sich zur Gewohnheit gemacht, sich stets entgegenkommend, freundlich und hilfsbereit zu zeigen. Bei keinem anderen Drachenreiter fiel es den Leuten so leicht, ihn um etwas zu bitten. Da Ruth niemals Einwände erhob, fühlte auch Jaxom sich verpflichtet zu helfen, wo immer er konnte. Sharra führte diese Haltung darauf zurück, daß er sich um jeden Preis von Fax, seinem despotischen Erzeuger unterscheiden wollte. Allerdings gingen ihr die Wiedergutmachungsbestrebungen ihres Gefährten manchmal etwas zu weit, und so griff sie immer sehr rasch ein, wenn sie das Gefühl hatte, daß er ausgenützt wurde. Leider war sie in Ruatha geblieben, und dies sollte offenbar einer jener Tage werden, an denen ihm seine eigene Gutmütigkeit ganz gewaltig auf die Nerven fiel.

Als Terry endlich seine Kabelrollen abgeladen hatte, knurrte Jaxom der Magen – kein Wunder, hatte er doch nichts als einen Becher Klah und eine Fleischpastete gegessen, und das am frühen Morgen, zusammen mit Menolly und Sebell. Sharra war immer sehr darauf bedacht, daß er sich Zeit zum Essen nahm, und Jaxom bemühte sich auch, sich daran zu halten. Ein Jammer, daß ihre Schwangerschaft sie daran hinderte, ihn zu begleiten, aber sie konnte es im Moment einfach nicht riskieren, ins *Dazwischen* zu gehen. Also schlenderte er zum Küchengebäude hinüber, ohne zu ahnen, daß F'lar gerade zu dieser Zeit seine außerordentliche Sitzung abhielt, sonst hätte er natürlich teilgenommen, um dem Weyrführer von Benden den Rücken zu stärken. In der Küche mußte er sich selbst bedienen, der Koch und die Mägde waren vollauf damit beschäftigt, einen Lehrling zu verarzten, der sich die Hand an einem heißen Spieß verbrannt hatte – und dabei fiel ihm wieder ein, daß er versprochen hatte, Meister Oldive nach Landing zu bringen. Wenn auch das erledigt war, konnten er und Ruth vielleicht endlich tun, was sie wollten.

Als Jaxom und Ruth über dem großen Hof der vereinigten Harfner- und Heilerhalle in Fort aus dem *Dazwischen* kamen, sah Ruth sich unversehens von einem Schwarm aufgeregt schnatternder Feuerechsen umringt, die ihn mit schrillen Rufen vor etwas zu warnen schienen.

»Was wollen sie denn, Ruth?« fragte Jaxom.

Meister Oldive läßt ausrichten, du sollst nicht im Hof landen, antwortete Ruth. *Sonst stürzen sich sofort die Harfner auf dich, sagt er, und dann kommt er nie nach Landing.* Das klang etwas ratlos, aber Jaxom lachte.

»Das hätte ich mir denken können. Und was schlägt Meister Oldive statt dessen vor?«

Ich weiß es nicht. Sie teilen ihm gerade mit, daß wir hier sind. Ruth glitt auf die anderen Seite des großen Harfnerhallenkomplexes, wo sie weder von der Gildehalle noch von der angrenzenden Burg Fort aus ohne weiteres zu sehen waren.

Er kommt, meldete Ruth, und schon waren sie wieder von einem Schwarm Feuerechsen umringt, die jetzt allerdings fröhlich zirpten und einen ihrer komplizierten Freudentänze aufführten. *Man hat uns von der Burg aus gesehen,* fügte er hinzu, als ein zweiter großer Schwarm mit wildem Kreischen auf sie zugeschossen kam. *Nein, wir haben im Moment Wichtigeres zu tun, wir haben keine Zeit für einen Besuch.* Ruth trompetete warnend, worauf die Neuankömmlinge erschrocken davonstoben und nur noch verschämt piepsten.

»Baron Groghe ist in Landing«, sagte Jaxom, den schon wieder sein Gewissen plagte, weil er nicht auf die Bitte eingegangen war. »Wenn er zurückkommt, wird er ihnen alles erzählen, was er für richtig hält.«

Seine Feuerechsenkönigin fliegt ständig mit Botschaften ein und aus. Sie wissen alles über dieses Akki, was es zu wissen gibt, grollte Ruth ein wenig neidisch.

Jaxom gab dem weißen Drachen einen zärtlichen Klaps auf den Hals. »Du würdest gar nicht in den

Raum passen, mein Freund. Piemur sagt, seine Farli sei eingeschlafen, sie hat sich für Akki nicht im mindesten interessiert.«

Wieder grollte Ruth. *Da kommt der Meisterheiler*. Er flog einen scharfen Bogen und schoß so steil in die Tiefe, daß Jaxom unwillkürlich nach den Gurten griff und sich weit zurücklehnte.

»Du hättest mich auch warnen können«, tadelte er sanft. Ruth liebte es, mit solch unerwarteten Manövern die Reflexe seines Reiters auf die Probe zu stellen. Zufrieden brummend, weil er mit seinem alten Trick wieder einmal Erfolg gehabt hatte, setzte der weiße Drache mit kräftigen Schwingenschlägen genau eine Drachenlänge vor Meister Oldive auf. Für einen Mann mit ungleich langen Beinen und einem krummen Rücken kam der Heiler in erstaunlichem Tempo auf sie zugelaufen. Hinter seiner gesunden Schulter hüpfte eine große Tasche auf und ab, und auf seinem Gesicht lag ein breites Grinsen, als er den beiden grüßend zuwinkte.

»Da sind Sie ja, Jaxom! Ich fürchtete schon, Sie hätten mich über all der Aufregung vergessen.« Er lehnte sich kurz gegen Ruth, um wieder zu Atem zu kommen. »Ich bin doch nicht ganz so gut in Form, wie ich mir immer einbilde«, sagte er. In diesem Moment hörten beide das Geschrei und sahen die Gestalten in Harfnerblau durch den Torbogen stürmen. »Schnell! Wenn die Sie erwischen, kommen wir hier nie wieder weg.«

Ruth kauerte sich nieder und streckte das linke Vorderbein aus, um den Meisterheiler aufsteigen zu lassen. Jaxom beugte sich zu Oldive hinunter und griff nach seinem Arm. Trotz seiner Atemnot zog sich der Heiler mit kräftigem Schwung auf Ruths Rücken und nahm hinter Jaxom Platz.

Sofort stieß Ruth sich vom Boden ab, die weißen Schwingen führten den ersten entscheidenden Schlag nach unten aus, und schon schwebten sie in die Höhe. Die enttäuschten Stimmen blieben rasch hinter ihnen zurück.

»Bist du soweit, Ruth?« Jaxom stellte sich das Akki-Gebäude vor und vergaß auch nicht, die Veränderungen bei den Erdhügeln zu berücksichtigen, damit Ruth nicht etwa in der falschen Zeit landete. Seit der ersten Ausgrabung hatte man nämlich vor dem Gebäude eine Fläche freigeräumt, die groß genug war, um als Landeplatz für mehrere Drachen zu dienen.

Die Kälte des *Dazwischen* drohte ihnen alle Wärme aus dem Körper zu saugen, und dann schien plötzlich die helle, heiße Nachmittagssonne des Südens auf sie herab. Die Feuerechsen kamen scharenweise angeflattert, um Ruth, ihren Liebling, zu begrüßen. Wie im Süden üblich, bestand der Schwarm zur Hälfte aus wilden Tieren, während die anderen am Hals die Farbmarkierungen ihrer Besitzer trugen.

»Beim ersten Ei, der Ort ist ja nicht wiederzuerkennen«, rief Oldive fassungslos, als Ruth zur Landung ansetzte.

»Ich weiß auch nicht, ob ich mich noch zurechtfinde.« Jaxom lächelte Oldive über die Schulter hinweg an. »Einen Anbau hat Meister Esselin schon fast fertig.« Er zeigte auf die rechte Seite des Akki-Gebäudes, wo Arbeitstrupps in fieberhafter Eile Wände hochzogen.

»Man verwertet ja Teile der alten Häuser!« rief Oldive.

»Ein Vorschlag von F'lar! Durchaus vernünftig übrigens, wozu Material heranschaffen, wenn so viele Bauten leerstehen?«

»Oh, gewiß, gewiß.« So ganz überzeugt klang das freilich nicht.

»Man schlachtet auch nur die kleineren Gebäude aus – die Familienhäuser, wie Akki sie nennt. Und die gibt es zu Hunderten«, fuhr Jaxom fort, um den Heiler zu beruhigen. Terry hatte ihn über das Morgentreffen mit Akki und die geplanten Renovierungsarbeiten informiert, als sie miteinander die Catherine-Höhlen durchsuchten.

»Sind denn alle Weyrführer hier?« fuhr Oldive fort, als er die lange Reihe sich sonnender Drachen auf dem Bergkamm über der Siedlung bemerkte.

Jaxom lachte. »Seit Akki versprochen hat, bei der Vernichtung der Fäden zu helfen, hängen sie sozusagen an seinen Lippen.« Oldive kletterte von Ruths Rücken, und Jaxom streckte die Hand aus, um ihn zu stützen.

»Wie?« Der alte Mann war so überrascht, daß er fast den Halt verloren hätte. Jaxom konnte ihm gerade noch beispringen und erwischte auch die Tasche, die nach vorne zu schwingen und den Heiler gänzlich aus dem Gleichgewicht zu bringen drohte.

»Das weiß ich auch nicht genau.« Jaxom zuckte die Achseln. Wieder übermannte ihn der Zorn, weil er schon den ganzen Tag abseits stehen mußte. »Ich hatte gehofft, im Laufe des Vormittags mehr zu erfahren, aber ich war ständig anderweitig beschäftigt.«

Oldive legte ihm die Hand auf den Arm und sah ihn verständnisvoll an. »Als Beförderungsmittel für Schaulustige?«

»Oh, das macht mir nichts aus, Oldive.« Er grinste verschmitzt. »Aber Sie könnten daran denken, Akki nach den beiden Patienten zu fragen, die Sharra so große Sorgen bereiten.«

»Sie stehen als erste auf meiner Liste, Jaxom, das versichere ich Ihnen. Sharra ist eine großartige Frau, niemals geizt sie mit ihren Kräften, sie opfert sich auf, genau wie Sie!«

Jaxom wandte den Kopf ab, das Lob beschämte ihn, schließlich hätte er den Vormittag viel lieber damit verbracht, sich von Akki neue Kenntnisse vermitteln zu lassen. Aber nun war er ja endlich hier, und er konnte es kaum erwarten, wie Meister Oldive auf Akki reagieren würde.

Im Inneren des Gebäudes veranstalteten Esselins Handwerker mit ihrem Gehämmere einen ohrenbetäubenden Lärm. Alles war voll Staub. Staunend sah Jaxom, wieviel bereits geleistet worden war. Die frisch gereinigten Wände erstrahlten in bunten, fröhlichen Farben. Jaxom überlegte, daß man das Material wohl damit getränkt haben mußte, denn getünchte Flächen, wie er sie kannte, sahen ganz anders aus. Irgendwo zu seiner Linken unterhielt man sich lebhaft; F'lars Stimme war herauszuhören, aber er erkannte auch T'gellan und R'mart. Er führte Meister Oldive nach rechts, und als sie vor der Tür zu Akkis Raum standen, erfüllte ihn wieder die gleiche Erregung wie gestern kurz vor der großen Entdeckung.

Jaxom klopfte höflich an die Tür, und als er sie öffnete und sah, wie emsig hier gearbeitet wurde, wäre er fast an seinem Groll erstickt. Man hatte eine Platte über mehrere leere Kartons gelegt, und an diesem behelfsmäßigen Tisch saßen Piemur, Jancis und Benelek tief über die Geräte gebeugt, die mit seiner Hilfe aus den Catherine-Höhlen geborgen worden waren. Und der Gipfel der Ungerechtigkeit war, daß die verfluchten Dinger tatsächlich funktionierten! Seine drei Freunde tippten eifrig auf den Tastaturen herum. Er atmete tief durch die Nase, um seinen Neid zu unterdrücken: er wollte sich diese kleinliche Reaktion nicht durchgehen lassen.

Piemur wandte den Kopf, um zu sehen, wer gekommen war. »Guten Tag, Meister Oldive. Willkommen in Akkis Heiligen Hallen. Wo hast du dich bloß den ganzen Tag herumgetrieben, Jaxom?«

»Wenigstens habt *ihr* die Zeit gut genützt, wie ich sehe.« Jaxom gab sich alle Mühe, seinen Ärger nicht zu zeigen, aber es gelang ihm nicht ganz. Als er Meister Oldives kritischen Blick bemerkte, rang er sich ein

Lächeln ab. »Aber jetzt bin ich hier, und du kannst mir alles beibringen, was ich wissen muß.«

»Kommt gar nicht in Frage«, gab Piemur gewohnt unverschämt zurück. »Du mußt genauso von vorne anfangen wie wir auch. Befehl von Akki.«

»Ich habe ja auch gar nichts dagegen.« Jaxom versuchte, die Schrift auf dem nächststehenden – Jancis' – Monitor zu entziffern.

Sie hatte innegehalten, um Meister Oldive, ihrem alten Freund, ein Lächeln zuzuwerfen. Als sie nun Piemurs Worte hörte, rümpfte sie die Nase. »Manchmal bist du wirklich unausstehlich. Jaxom, nebenan liegen alle Bauteile korrekt sortiert beieinander. Wenn er dir nicht helfen will, dann tue ich es eben.«

Benelek sah nicht von seiner Arbeit auf. »Er muß alleine zurechtkommen, Jancis, sonst lernt er es nie.«

Sie verdrehte die Augen über soviel Dogmatismus. »Er wird es ja auch selbst machen, aber ein gelegentlicher Hinweis kann doch nichts schaden. Übrigens gehen wir am besten alle nach nebenan. Ich ertrage es nämlich nicht, wenn Meister Oldive in die blutigen Details geht, und genau dazu ist er schließlich hier.« Sie zwinkerte dem Heiler zu. »Wahrscheinlich hat jedes Handwerk seine Schattenseiten.«

»Ja, lassen wir die beiden eine Weile unter sich«, stimmte Piemur zu und erhob sich.

»Störungen, nichts als Störungen«, murrte Benelek verdrossen. Aber auch er stand auf, um sein Gerät behutsam in den Nebenraum zu befördern.

»Vorhin habe ich die Weyrführer gehört«, begann Jaxom, der das Einführungsprotokoll rasch hinter sich bringen wollte. »Soll ich einen holen?«

»Ist nicht nötig«, sagte Piemur. »Akki weiß bereits, daß es sich hier um eine Ausnahme von der Regel handelt. Es genügt, wenn du ihm Meister Oldive vorstellst.«

Jaxom gehorchte und war sehr froh, daß er danach

ohne weitere Verzögerung darangehen konnte, den Vorsprung seiner Freunde aufzuholen.

»Sehr erfreut, einen Mann kennenzulernen, der allseits soviel Anerkennung genießt«, sagte Akki.

Meister Oldive sah sich bestürzt um, als er die volle, so überaus menschlich klingende Stimme vernahm.

»Akki ist in diesem Raum sozusagen allgegenwärtig«, erklärte Jaxom, als er sah, wie sehr der Heiler außer Fassung war. »Zugegeben, anfangs ist das alles ein bißchen viel. Auch wir waren zu Tode erschrocken.«

Piemur war dabei, den provisorischen Tisch abzubauen, und lächelte Meister Oldive verständnisvoll zu. »Aber man kann sich sehr schnell an eine körperlose Stimme gewöhnen, besonders wenn sie so vernünftige Dinge sagt.«

»Ein bißchen Vernunft könnte auch Ihnen nicht schaden, mein lieber Piemur«, scherzte Akki zur allseitigen Überraschung.

»Jawohl, Sir, Meister Akki, selbstverständlich, Sir«, spottete Piemur, verneigte sich untertänig und wollte, mit der Tischplatte in beiden Händen, rückwärts das Zimmer verlassen. Da er jedoch nicht daran dachte, das Brett vor der Tür zu senken, hätte er sich beinahe selbst den Schädel eingeschlagen.

Jancis ging nach ihm und Benelek hinaus und zog die Tür hinter sich zu.

»Bitte, machen Sie es sich bequem, Meister Oldive«, forderte Akki den Heiler auf. »Haben Sie zufällig neuere Aufzeichnungen aus Ihrer Halle mitgebracht? Die Unterlagen des Harfners, des Meisterschmieds und des Holzmeisters wurden bereits in die Speicher integriert, aber für eine umfassende Bewertung der Leistungen Ihrer Gesellschaft werden dringend weitere Dokumente aus Gildehallen, Burgen und Weyrn benötigt.«

Meister Oldive hatte geistesabwesend Platz genommen, und nun drohte ihm seine schwere Tasche von der Schulter zu rutschen. Er bekam sie gerade noch am Riemen zu fassen. Kopfschüttelnd nahm er seine fünf Sinne zusammen.

»Baron Groghe sagt« – Meister Oldive zögerte für einen Moment, weil er überlegte, wie er sein Gegenüber korrekt anreden sollte –, »*du* wüßtest, nun ja, ohnehin schon alles.«

»Die Datenbänke dieser Anlage enthalten sämtliche Informationen, die verfügbar waren, als die Kolonistenschiffe sich auf den Weg ins Rubkat-System machten. Das gilt auch für den medizinischen Bereich.«

»Darf ich fragen, wie diese Informationen gegliedert sind?«

»Grundlagen der Anatomie, Mikroanatomie, Physiologie, Autokrinologie, medizinische Biochemie und viele weitere Kategorien wie etwa Immunologie und Neuropathologie – die heute, wenn die Vermutung erlaubt ist, vielleicht nicht mehr bekannt sind.«

»Ganz recht. Uns sind so viele Kenntnisse, so viele Heilverfahren abhanden gekommen.« Oldive war sich seiner Wissenslücken noch nie so schmerzlich bewußt gewesen.

»Sie machen sich ganz unnötige Sorgen, Meister Oldive, denn alle Personen, die ich bisher kennengelernt habe, sind gesundheitlich in ausgezeichneter Verfassung und überschreiten nach den medizinischen Maßstäben Ihrer Vorfahren bei weitem die Normwerte für Gewicht und Größe. Eine nichtindustrialisierte Zivilisation hat doch einiges für sich.«

»Industrialisiert? Der Begriff ist mir nicht geläufig, ich erkenne nur den Wortstamm.«

»*Industrialisieren*«, begann Akki sofort. »Transitives Verb: die Einführung industrieller Produktionsmethoden, wie in: einen Betrieb industrialisieren; die Einführung des Wirtschaftssystems des Industrialismus, wie in: eine Nation industrialisieren. Eine industrialisierte Gesellschaft stünde im Gegensatz zu einer agrarisch geprägten wie der Ihren.«

»Vielen Dank. Warum sollte eine industrialisierte Gesellschaft Menschen hervorbingen, die weniger gesund sind?«

»Verschmutzung der Atmosphäre und der Umwelt durch Industrieabfälle, schädliche Dämpfe, chemische Abwässer, Verseuchung der Agrarprodukte, um nur einige Probleme zu nennen.«

Meister Oldive war sprachlos.

»Die ersten Siedler auf Pern wollten eine agrarisch geprägte Gesellschaft gründen. Aus diesem Grund waren sie aufgeschlossen für viele industriefeindliche Kulturformen wie die der alten Zigeuner, aber auch für pensionierte Militaristen. In Ihrer, der heutigen Zeit wurde das Ziel erreicht«, fuhr Akki fort.

»Tatsächlich?« Meister Oldive konnte gar nicht glauben, daß Pern noch andere Leistungen vollbracht haben sollte, als neun Phasen von Fädeneinfällen zu überleben.

»Und zwar in mehr als einer Hinsicht, Meister Oldive, nur sind Sie zu eng mit dieser Gesellschaft verbunden, um sie objektiv beurteilen zu können. In Anbetracht der Belastungen durch diesen Organismus, die Fäden, haben Sie viel erreicht.«

»Im Gespräch mit dir, Akki, wird mir klar, daß wir auch viel verloren haben.«

»Weniger vielleicht, als Sie glauben, Meisterheiler.«

»Ich *weiß*, daß wir in meiner Gilde in vielen Fällen nicht mehr die Mittel haben, um Schmerzen zu lindern, und daß wir keine Vorsorge treffen konnten gegen die Seuchen, die unsere Bevölkerung immer wieder einmal fast ausgelöscht hätten ...«

»Die Starken haben überlebt, und die Bevölkerung hat sich erneuert.«

»Aber dabei ging, vor allem in meiner Gilde, sehr viel Wissen unwiederbringlich verloren.«

»Dagegen ist ein Kraut gewachsen.«

Das klang für Meister Oldive so sehr nach einem Wortspiel, daß er verwundert innehielt. Aber eine Maschine konnte doch wohl nicht... Er räusperte sich, aber Akki sprach bereits weiter.

»Würde es Sie beruhigen, wenn Sie wüßten, daß auch in der Zeit Ihrer Vorfahren selbst die besten Mediziner so mancher Seuche hilflos gegenüberstanden? Daß sie ständig nach neuen Methoden suchten, um Schmerzen zu lindern und Gebrechen zu beheben?«

»Vielleicht sollte es mich beruhigen, aber dem ist nicht so. Darf ich zu wichtigeren Dingen übergehen, Akki?«

»Gewiß, Meister Oldive.«

»Es handelt sich um mehrere Patienten, drei leiden unter starken Schmerzen, die wir nicht lindern können, sie siechen zusehends dahin. Könntest du eine Diagnose stellen, wenn ich dir die Symptome schildere?«

»Schildern Sie die Symptome. Wenn sich im Speicher entsprechende Fälle befinden, ist eine Diagnose möglich. Da diese Anlage auf drei Komma zwei Milliarden Krankengeschichten zurückgreifen kann, läßt sich mit einiger Wahrscheinlichkeit auch ein adäquater Therapievorschlag ausfindig machen.«

Mit vor Hoffnung zitternden Fingern schlug Meister Oldive sein Patientenbuch auf, um Akki den ersten von Sharras Patienten vorzustellen. Das war er Jaxom schuldig.

»Was macht ihr da eigentlich?« fragte Jaxom. Er verstand nicht, warum die anderen so angestrengt auf ihre kleinen, grauen Monitore starrten. Akkis großer Bildschirm sah ganz anders aus.

Benelek schnaubte ungeduldig, beugte sich tiefer

über die Tasten und hackte, völlig wahllos, wie es Jaxom schien, mit beiden Zeigefingern darauf herum.

»Wir finden uns allmählich mit der Keyboard-Konfiguration zurecht.« Piemur grinste schadenfroh über Jaxoms verständnislose Miene. »Und arbeiten uns durch die einzelnen Befehle. Aber laß dich nicht aufhalten, bastle du erst einmal dein eigenes Gerät zusammen. Du hinkst schon einen halben Tag hinterher.«

»Du bist gemein, Piemur.« Jancis nahm Jaxom bei der Hand und führte ihn zu den erst teilweise ausgepackten Kisten und Kartons. »Nimm dir ein Keyboard und einen von diesen großen Kästen. Den stellst du auf den Tisch, und dann holst du dir einen von den LCD-Schirmen.«

»Was soll ich mir holen?«

»Einen davon.« Sie zeigte es ihm. »Und geh vorsichtig damit um. Akki sagte, sie sind zerbrechlich, und wir haben nicht allzu viele. Nimm die Plastikfolie ab, du mußt sie mit dem Messer aufschneiden. Das Zeug ist unglaublich zäh. Als nächstes ...« Sie reichte ihm einen winzigen Schraubenzieher und ein Vergrößerungsglas. »– schraubst du den großen Kasten auf. Du mußt alle Schaltkreise überprüfen und dich vergewissern, daß sich kein Draht gelöst hat. Mit der Lupe kannst du eventuelle Schäden rasch erkennen.«

Plötzlich stieß Benelek einen lauten Fluch aus und hämmerte mit den Fäusten auf den Tisch. »Jetzt ist alles weg. Aber auch wirklich alles.«

Ein solcher Ausbruch war ungewöhnlich für den jungen Schmied. Piemur blickte verwundert auf. »Dann mußt du eben neu booten.« Das fremde Wort ging ihm mühelos von der geschulten Harfnerzunge.

»Du verstehst nicht!« Benelek fuchtelte wild mit den Händen in der Luft herum. »Alles, was ich getippt habe, ist weg. Und dabei war ich fast fertig!«

»Hast du gesichert?« fragte Jancis mitfühlend.

»Ja, schon, bis auf die letzten paar Zeilen.« Beneleks Verzweiflung war schon wieder verflogen. Fasziniert beobachtete Jaxom, wie der Geselle auf verschiedene Tasten drückte, um dann erleichtert aufzuatmen.

»Du sollst nicht trödeln, Jaxom«, grinste Piemur boshaft. »Sieh lieber zu, daß du bald in unseren erlauchten Kreis aufgenommen wirst, wo man jederzeit mit einem Tastendruck die Arbeit einer ganzen Stunde zunichte machen kann.«

»Akki hat gleich gesagt, daß wir viel lernen müssen«, wiegelte Jancis ab. »Scherben! Jetzt habe ich auch etwas falsch gemacht.« Sie starrte auf den leeren Bildschirm, dann betrachtete sie stirnrunzelnd das Keyboard. »Welche Taste habe ich denn eigentlich gedrückt?«

Jaxom zog sein Messer aus dem Gürtel und fragte sich dabei, warum er es nicht erwarten konnte, mit dieser Tätigkeit anzufangen, die doch offensichtlich nichts als Enttäuschungen einbrachte.

Unversehens brach die Tropennacht herein. Leise über die Störung fluchend, hastete Piemur im Raum herum und deckte die Leuchtkörbe ab. Aber das Licht schien nicht im richtigen Winkel auf den Schirm, also verrückte er unter neuen Verwünschungen seinen Stuhl. Benelek folgte zerstreut seinem Beispiel, ohne mit dem Tippen aufzuhören. Jancis und Jaxom saßen richtig und konnten ihre Übungen fortsetzen.

»Ist hier jemand?« ertönte Lessas Stimme im Korridor. Die Tür ging auf, und sie steckte den Kopf herein. »Hier habt ihr euch also verkrochen. Jaxom, Meister Oldive braucht dich und Ruth noch einmal, ich glaube, es ist sowieso höchste Zeit, daß du hier Schluß machst. Dir sind die Augen ja schon fast in den Kopf gebrannt. Und die anderen sehen nicht besser aus.«

Benelek hob kaum den Kopf. »Wir können jetzt nicht aufhören, Weyrherrin.«

»Ihr *werdet* aber aufhören, Benelek«, erklärte sie in einem Ton, der keinen Widerspruch duldete.

»Aber Weyrherrin, ich muß mir doch all die neuen Begriffe einprägen, damit ich ...«

»Akki!« Lessa hob die Stimme und drehte den Kopf nach rechts. »Kannst du diese Dinger abschalten? Deine Schüler übertreiben. Nicht, daß ich etwas dagegen hätte – theoretisch –, aber sie sollten alle wieder einmal eine Nacht richtig durchschlafen.«

»Ich habe nicht gesichert ...« Benelek breitete empört die Arme aus und starrte entsetzt auf seinen Monitor, der plötzlich dunkel geworden war und nicht mehr reagierte.

»Ihre Arbeit wurde gesichert«, beruhigte ihn Akkis Stimme. »Sie haben sich den ganzen Tag abgemüht, ohne sich Erholung zu gönnen, Geselle Benelek. Jede Maschine muß gewartet werden, und auch den menschlichen Körper kann man als eine Art Maschine betrachten, die ohne häufige Nahrungszufuhr nicht arbeiten kann. Stärken Sie sich, und kommen Sie morgen mit neuer Energie und Konzentration wieder.«

Einen Moment lang sah es so aus, als wolle Benelek rebellieren. Doch dann schob er seufzend den Tisch zurück, über dem er schon seit Stunden kauerte, und grinste Lessa verlegen an. »Ich werde etwas essen und mich ausruhen. Und morgen fange ich von vorne an – aber ich hätte niemals gedacht, daß es so viel zu lernen gibt.«

»Das ist wahr«, bestätigte Meister Oldive, der eben, einen dicken Stapel Papier in der einen und seine Tasche in der anderen Hand, aus dem Akki-Raum kam. Verwirrt schaute er in die Runde. »Viel mehr, als ich mir je hätte träumen lassen.« Er hielt mit einem zufriedenen Seufzer seinen Stapel in die Höhe. »Aber es ist ein guter Anfang. Ein sehr guter Anfang.«

»Ehe Jaxom Sie irgendwo hinbringt, trinken Sie erst einmal einen Becher Klah, Meister Oldive«, bestimmte

Lessa. Sie faßte den Heiler energisch am Arm und forderte Jancis und Jaxom mit einem Nicken auf, ihm seine Siebensachen abzunehmen.

Von der Tasche trennte er sich bereitwillig, aber den Stapel drückte er fest an sich.

»Lassen Sie mich die Blätter wenigstens zusammenlegen, Meister Oldive«, bat Jancis. »Ich bringe schon nichts durcheinander.«

»Das wäre auch nicht weiter schlimm.« Oldive winkte mit seiner langen, schmalen Hand müde ab. »Sie sind numeriert und nach einzelnen Fachgebieten sortiert.« Trotzdem mußte ihm Jancis mit sanfter Gewalt die Finger auseinanderbiegen. »Ich habe so viel, so unglaublich viel dazugelernt«, murmelte er und lächelte versonnen, als Lessa ihn den Gang hinunterführte. Die anderen folgten, auch ihnen war ihre Müdigkeit schlagartig zu Bewußtsein gekommen.

Du warst sechs Stunden da drin, Jaxom, und wenn du jetzt nichts ißt, macht Sharra mir Vorwürfe, mahnte Ruth. *Du bist nämlich sehr müde.*

Oh, ich weiß, ich weiß. Jaxom war nicht sicher, ob der Klah ihn noch munter machen konnte.

»Sind wir jetzt an der Reihe?« fragte Terry, der gerade mit mehreren eifrigen Gesellen vom Eingang her um die Ecke bog. Als Lessa nickte, jagte er sein Gefolge im Laufschritt den Gang entlang.

Jaxom fand so viel Energie fast anstößig. Am Ende eines langen Tages hatte niemand mehr das Recht, derart vital zu sein. Als die Gruppe an ihm vorbeizog, sah er jedoch an ihren Schulterknoten, daß sie von Tillek kam, und das lag so weit im Westen, daß es für die Männer noch früh am Tag war. Er seufzte.

Lessa drückte Meister Oldive auf einen Stuhl und winkte den Mägden, den Klah und die Platten mit Braten und Wurzelgemüse aufzutragen. Es war ein einfaches Mahl, aber für Jaxom duftete es verführerisch. Er leerte seinen Teller im Handumdrehen und griff noch einmal zu, als man ihn dazu aufforderte.

Auch Meister Oldive machte sich über seine reichliche Portion her, und seine Wangen bekamen wieder etwas Farbe. Benelek aß mit andächtigem Eifer, die Augen in unbestimmte Fernen gerichtet, und nickte gelegentlich wie zur Bestätigung seiner eigenen Grübeleien mit dem Kopf. Jaxom stellte fest, daß er vor Müdigkeit keinen klaren Gedanken mehr fassen konnte. Morgen war auch noch ein Tag. Sharra würde ihn verstehen. Brand hoffentlich auch, denn er würde seinen Verwalter wieder einmal mit den Problemen der Burg Ruatha allein lassen müssen. Brand schien das nie etwas auszumachen. Lytol mochte anders denken, aber Meister Robinton würde Jaxoms altem Vormund sicher erklären, wie wichtig Akki war.

»Ich muß eine Botschaft an Wansors jungen Gesellen schicken«, sagte Oldive zu Lessa. Sein längliches Gesicht strahlte. »Ich brauche ein Gerät ähnlich dem, das man im Benden-Weyr gefunden hat. Damit lassen sich Blut und Gewebe vergrößern und die Erreger von Krankheiten und Infektionen identifizieren.« Er griff nach seinen Papieren, die Jancis inzwischen sauber gestapelt hatte, und begann darin zu blättern. »Akki hat ausdrücklich betont, wie wichtig der Einsatz eines Mikroskops für die Verbesserung der medizinischen Diagnostik und auch für die Behandlung ist. Außerdem hat er mir noch andere diagnostische Tests und ihre Durchführung genauestens erklärt.«

»Ein Mikroskop?« fragte Lessa freundlich. Sie schätzte den Meisterheiler sehr, erst vor kurzem hatte er ihr eine Frau geschickt, die mit fast übernatürlichem Geschick noch die zerfetztesten Schwingenmembranen und die gräßlichsten Fädenverbrennungen zu heilen vermochte.

»So lautet das Wort.« Oldive fuhr sich mit der Hand über die Stirn. »Akki hat in meinen armen Kopf so viel hineingestopft, daß es ein Wunder ist, wenn ich meinen Namen noch weiß.«

»Er lautet Oldive«, soufflierte Piemur scheinbar hilfsbereit. Lessa warf ihm einen drohenden Blick zu, aber er verdrehte nur die Augen. Erst als Jancis ihm einen Rippenstoß versetzte, fügte er sich ganz brav.

Als alle mit dem Essen fertig waren, erklärte sich Jaxom bereit, Meister Oldive zur Harfnerhalle zurückzubringen.

»O nein, Jaxom, ich möchte direkt nach Ruatha. Ich habe gute Nachrichten für Sharra.« Ein Lächeln der Befriedigung verklärte die Züge des alten Heilers.

»Akki kennt ein Mittel?« fragte Jaxom.

Meister Oldive nickte zu seinem Stapel hin. »Ein Mittel? Vielleicht. Auf jeden Fall aber verschiedene Untersuchungsverfahren, die letztlich Erleichterung schaffen könnten.« Er seufzte. »Im Lauf der Jahrhunderte sind so viele medizinische Erkenntnisse in Vergessenheit geraten. Akki hat natürlich nichts dergleichen gesagt, aber er war merklich erschüttert, als er hörte, daß wir keine chirurgischen Korrekturen vornehmen. Dagegen hat er unsere Präventivmaßnahmen und die konservativen Heilmethoden in den höchsten Tönen gelobt. Ach...« Er winkte müde ab. »Ich könnte stundenlang weitererzählen.« Er lächelte über sich selbst. »Bei wem muß ich mich melden, um weitere Gesprächstermine mit Akki zu vereinbaren? Verschiedene Meister und Gesellen meiner Gilde könnten von Unterredungen mit ihm ungeheuer viel profitieren.«

Lessa blickte auf und sah F'lar in der Tür stehen. Er zuckte die Achseln.

»Ich hatte noch gar nicht daran gedacht, für Akki einen Zeitplan aufzustellen«, sagte der Weyrführer.

»Wenn die Zusatzstationen erst funktionieren«, versprach Piemur, »gibt es vier weitere Anschlußmöglichkeiten.«

»Die Heilerhalle sollte Vorrang haben«, fügte Lessa stirnrunzelnd hinzu und rieb sich erschöpft das Gesicht.

»Die Konsolen sind aber für den Unterricht gedacht«, murrte Benelek.

»Für uns vielleicht«, schränkte Piemur ein. »Aber wenn sie eine Verbindung zu Akki darstellen, lassen sie sich auch zu anderen Zwecken verwenden. Jedenfalls nehme ich das an.«

»Du bist Harfner, kein Mechanikergeselle.«

»Ich bin Schmiedemeisterin«, warf Jancis scharf ein, »und ich darf dich daran erinnern, daß Piemur als erster von uns dreien sein Gerät fertig hatte.«

»Genug!« Lessa schlug energisch mit der Hand auf den Tisch. »Wir sind alle mit unseren Kräften am Ende.« Sie erhob sich unvermittelt. »Ramoth!« Von draußen war das Trompeten der goldene Drachenkönigin zu hören. »Ihr werdet jetzt *auf der Stelle* aus diesem Gebäude verschwinden!« Sie sah erst Benelek und dann die anderen streng an. »Und wir ebenfalls.« Ihr Blick heftete sich auf F'lar, der grinsend beide Arme hob, wie um sich zu schützen. »Die beiden Häuser links von hier wurden als Wohngebäude eingerichtet. Marsch!« Sie fuchtelte so lange mit beiden Händen und verschoß grimmige Blicke, bis alles sich in Bewegung setzte.

Meister Oldive lachte leise in sich hinein, als er mit Jaxom das Gebäude verließ. »Dabei gibt es so viel zu verarbeiten und zu überdenken, daß ich in dieser Nacht wohl kaum ein Auge zutun werde. Wissen Sie, Jaxom, obwohl ich heute so viel erfahren habe, war es doch nur ein winziger Brosame des medizinischen Wissens, das Akki gespeichert hat! Er hat mir die Augen für mehrere Krankheitsbilder geöffnet, denen ich bisher ratlos gegenüberstand. Meister Ampris, unser Kräuterspezialist, muß ihm unser Arzneibuch bringen.« Ein mattes Lächeln erhellte Meister Oldives

Gesicht. »Er sagt, wir wüßten die einheimischen Pflanzen gut zu nützen, viele hat er wiedererkannt, weil unsere Vorfahren sie von der Erde mitgebracht hatten. Die Erde!« Oldive blickte zu den Sternen auf und drehte seinen verwachsenen Körper, um tief in die dunklen Weiten des Himmels zu blicken. »Ist eigentlich bekannt, wo sich die Erde von Pern aus gesehen befindet?«

»Ich glaube nicht.« Jaxom war ein wenig überrascht. »Ich kann mich nicht erinnern, daß Akki derartige Angaben gemacht hätte. Vielleicht hat er es bewußt vermieden. Unsere Vorfahren sind hierher gekommen, um einem Krieg zu entgehen, einem Kampf von solchem Ausmaß und solcher Tragweite gegen einen weit schrecklicheren Feind als die Fäden, daß sie die Erde vergessen wollten.«

»Wirklich? Kann es denn etwas Schrecklicheres geben als die Fäden?« fragte der Heiler bestürzt.

»Ich kann es mir auch kaum vorstellen«, pflichtete ihm Jaxom bei.

Ruth hatte sich auf den Hügeln gesonnt. Nun landete er auf dem freien Platz vor dem Akki-Gebäude und senkte den Kopf. Sein Weyrgefährte versetzte ihm einen zärtlichen Klaps.

»Du hast dich ja regelrecht braten lassen!«, Jaxom schüttelte seine Hand, als habe er sich verbrannt.

Ja, das hat gut getan. Ramoth und Mnementh warten darauf, daß wir die Fläche frei machen, sagte Ruth. *Eigentlich wäre für alle genügend Platz, aber du kennst ja Ramoth. Sie schikaniert mich nun einmal gern.*

Jaxom lachte leise. Als er sich auf Ruths Rücken schwang, merkte er, daß ihn die Müdigkeit schwerfällig machte. Ohne daß es einer Aufforderung bedurft hätte, kauerte sich der weiße Drache nieder, um Meister Oldive den Aufstieg zu erleichtern. Als Jaxom den Heiler hinaufzog, spürte er die Erschöpfung noch mehr. Aber bald würden sie zu Hause sein. Innerlich

stöhnte er: Und dann müssen wir noch einmal los, um Oldive in seine Gildehalle zurückzubringen.

Sharra behält ihn sicher über Nacht da. Sie werden lange miteinander reden, und dann läßt sie ihn nicht mehr gehen, behauptete Ruth.

Als der Drache vom Boden abhob, bekamen Jaxom und Oldive einen Eindruck davon, welch reges Leben inzwischen in Landing herrschte. Vom Akki-Gebäude gingen wie die Speichen eines Rades Wege aus, die von Leuchtkörben erhellt wurden. Ebenfalls im Schein von Leuchtkörben vollendeten Schreiner und Zimmerleute die letzten Handgriffe am Dach des stattlichen Anbaus. Alle Häuser in der unmittelbaren Umgebung waren hell erleuchtet, und die warme Abendluft war gesättigt von Bratenduft. In der Dunkelheit ringsum funkelten die großen, strahlend blauen Facettenaugen der Drachen wie riesige Edelsteine auf schwarzblauem Untergrund. Ein Augenpaar setzte sich in Bewegung und glitt unter ihnen vorbei, während Ruth immer höher stieg.

Dann mal los, Ruth, bring uns nach Hause, nach Ruatha! Dankbar konzentrierte sich Jaxom auf die Burg, auf den großen Hof vor der breiten Treppe und auf den kleineren Hof, wo er als Kind mit Ruth gewohnt hatte. Wütend biß die Kälte des *Dazwischen* in die abgekämpften Körper und den müden Geist. Das matte Sonnenlicht und die frostige Winterluft über Ruatha änderten daran nicht viel. Jaxom spürte, wie Oldive hinter ihm fröstelte. Aber Ruth war nur noch wenige Schwingenschläge von der Burg entfernt und glitt nun sanft in den Haupthof hinab. Die Feuerechsen von Ruatha waren so beglückt über seine Ankunft, daß sie wahre Freudentänze aufführten.

Sharra kam, in einen dicken Pelzumhang gehüllt, die Treppe heruntergelaufen. Sie begrüßte die beiden überschwenglich, half Meister Oldive beim Absitzen und fing seine Tasche auf, als sie ihm von der Schulter glitt. Jaxom wurde mit einem strahlenden Lächeln bedacht, und Ruth versetzte sie mit der freien Hand einen liebevollen Klaps. Sie stellte keine Fragen, aber Jaxom kannte seine Frau gut genug, um zu wissen, daß sie vor Neugier fast platzte. Er legte ihr einen Arm um die Schultern und küßte sie auf die Wange. Als er ihre glatte Haut spürte und ihr Duft ihm in die Nase stieg, wurde er wieder munter. Die beiden führten Oldive rasch die Treppe hinauf und ins warme Innere der Burg.

Ich gehe sofort nach drinnen, erklärte Ruth seinem Reiter. *Sonst ist die ganze Sonnenwärme verloren.* Damit begab er sich zu seinem Weyr in der alten Küche, wo ihn sicher bereits ein prasselndes Feuer erwartete.

Sharra ließ Speisen und Getränke kommen und schob die beiden Männer in den kleinen Arbeitsraum, damit sie nicht von den vielen Leuten gestört würden, die unbedingt hören wollten, was Jaxom über die Vorgänge in Landing zu berichten hatte. Sie wurden alle mit einem entschiedenen »Später, später« vertröstet, und dann fiel die Tür ins Schloß.

Ehe Oldive zu Jaxom und Sharra ans Feuer trat, legte er seine Tasche ordentlich auf den breiten Tisch, hinter dem Jaxom gewöhnlich Platz nahm, wenn er sich mit Verwaltungsaufgaben zu befassen hatte. Auch jetzt wartete ein ganzer Stapel Botschaften und Aufzeichnungen auf ihn. Es kratzte an der Tür, und dann trat der Verwalter persönlich mit einem vollbeladenen Tablett ein.

»Oh, Brand, das ist wirklich nett von dir«, sagte Jaxom. »Lessa hat uns nicht fortgelassen, ohne uns eine Mahlzeit aufzunötigen, Sharra, aber einen Becher Klah können wir gut gebrauchen. Mit einem kräftigen Schuß von dem Branntwein, den Brand umsichtigerweise mitgebracht hat.« Jaxom lächelte dem untersetzten Mann, der ihm seit seiner Kindheit ein guter Freund und nun sein wertvollster Helfer war, dankbar zu. »Nein, Brand, bleib hier! Schließlich hast du ein Recht darauf zu erfahren, was mich ständig von meinen eigentlichen Pflichten fernhält.«

Brand winkte protestierend ab und reichte dann zusammen mit Sharra die Getränke herum. Der scharfe Branntweingeruch überdeckte den Duft des Klah. Schon beim ersten vorsichtigen Schluck spürte Jaxom, wie wohltuend sich die Wärme in seinem ganzen Körper ausbreitete. Auch Meister Oldive schien wieder etwas aufzuleben und ließ sich in den Sessel sinken, den Brand für ihn ans Feuer gerückt hatte.

»Ihre Patientin leidet unter einer Funktionsstörung der Gallenblase, meine Liebe«, teilte der alte Heiler Sharra mit. »Der Mann hat, wie wir ja bereits vermuteten, leider tatsächlich ein Krebsgeschwür. Der Frau können wir helfen, ich habe spezielle Medikamente bekommen, um den Grieß im Inneren des Organs aufzulösen, aber dem Mann können wir nur das Sterben erleichtern.« Meister Oldive hielt inne, seine erregt glänzenden Augen öffneten sich weit. »Akki verfügt über einen unglaublichen Vorrat an medizinischen Informationen, und er ist durchaus bereit, diesen Schatz mit uns zu teilen. Er kann uns sogar helfen, chirurgische Verfahren zur Korrektur von Mißbildungen wiederzubeleben, und Sie wissen ja, wie sehr mir das am Herzen liegt. Bisher mußte sich unsere Gilde mangels angemessener Schulung darauf beschränken, nur zur Beseitigung von Schäden zum Messer zu greifen, aber er kann uns helfen, große Teile dieser in Vergessenheit geratenen Kunst von neuem zu erlernen.«

»Das wäre großartig, Meister, aber können wir auch die Vorbehalte unserer Gilde gegen operative Eingriffe überwinden?« rief Sharra, und die Hoffnung ließ ihre Augen erstrahlen.

»Mit einem Mentor, dessen Integrität keinem Zweifel unterliegt, lassen sich diese Bedenken meiner Ansicht nach ausräumen, wenn wir erst einmal die Vorteile für diejenigen Patienten demonstriert haben, bei denen eine Heilung ohne radikale Maßnahmen nicht möglich ist.« Er leerte seinen Becher und stand entschlossen auf. »Ein paar Minuten auf Ihrer Krankenstation, meine liebe Sharra, und die Medizin für Ihre Gallenblasenpatientin ist fertig. Der zweite arme Wicht ...« Oldive zuckte die Achseln, in seinen Zügen spiegelte sich tiefes Mitgefühl.

»Kommen Sie, Sie müssen mir die medizinischen Zusammenhänge eingehend erklären, und Jaxom und Brand würden sich dabei zu Tode langweilen.« Sharra lächelte ihrem Gefährten liebevoll zu.

»Du hast mich *noch nie*« – Jaxom legte eine Pause ein, um dem Adverb genügend Nachdruck zu verleihen – »gelangweilt, Sharra.« Der zärtliche Blick, den sie ihm daraufhin zuwarf, heizte ihm mehr ein als der Klah.

»Du siehst müde aus, Jaxom«, sagte Brand, als die beiden die Tür hinter sich geschlossen hatten.

»Ich bin auch müde, Brand, und ich habe in den letzten zwei Tagen so viel gesehen und gehört, daß mir der Kopf zu zerspringen droht. Aber ich glaube ... ich glaube ...« Jaxom hielt inne und ballte eine Hand zur Faust. »Auf Pern ist nichts mehr von vergleichbarer Bedeutung geschehen, seit« – er lachte – »unsere Vorfahren hier gelandet sind.« Er lachte wieder, aber diesmal klang es nicht mehr so unbekümmert. »Dabei ist mir klar, daß das nicht jedermann so sehen wird.«

»Es gibt immer Leute, die sich gegen Veränderungen wehren.« Brand zuckte ergeben die Achseln. »Hat dir das Akki genauer erklärt, wie es die Fäden auszurotten gedenkt?«

»Wir sind ahnungslos wie die Kinder, Brand, wir müssen hart arbeiten und viel lernen, ehe Akki uns Genaueres sagen kann. Aber du hättest Fandarel sehen sollen.« Jaxom lachte schallend. »Und Benelek. Die beiden haben sich gedreht wie zwei Kreisel, um möglichst alles auf einmal tun zu können. Als Ruth und ich endlich vom Transportdienst befreit waren, durfte ich eine von Akkis Stationen zusammenbauen.« Er betrachtete die Finger seiner rechten Hand, die Brandblase vom Löten und die Schnittwunden, wo ihm der Schraubenzieher abgerutscht war. »Ich lerne gerade, Wissen abzurufen. Vielleicht komme ich morgen sogar so weit, daß ich etwas von Akkis gespeicherter Weisheit lesen darf. Glaube mir, Brand, die nächsten paar Wochen werden hochinteressant.«

»Willst du mir auf diese Weise beibringen, daß du häufig abwesend sein wirst?« grinste Brand.

»Nun, abgesehen von der Aufsicht bei Fädeneinfällen gibt es jetzt, mitten im Winter, doch ohnehin nicht viel zu tun?« verteidigte sich Jaxom.

Lachend klopfte ihm Brand auf die Schulter, eine Vertraulichkeit, die er sich als alter Freund gestatten durfte. »Du hast ganz recht, mein Junge. Aber ich wüßte zu gern, ob Akki ein Verfahren kennt, um eiskalte Burgen zu beheizen.«

»Ich werde ihn fragen!« versprach Jaxom allen Ernstes. »Ich werde ihn fragen.« Und dann beugte er sich vor, um sich abermals die Hände zu wärmen.

5

Trotz Meister Robintons flehentlicher Bitten hatte F'lar den Harfner zum Landsitz an der Meeresbucht zurückgebracht.

»Sie brauchen Ruhe, Robinton«, erklärte er streng. »Und die werden Sie nicht finden, wenn wir Ihnen gestatten, auch diese Nacht wieder in Landing zu verbringen. Sie sind ja völlig erschöpft.«

»Aber es ist doch herrlich, auf diese Weise müde zu werden, F'lar! Jedesmal, wenn ich mich umdrehe, fällt mir etwas Neues ein, wonach ich Akki fragen muß.« Robinton lachte leise. »Es ist fast so, als hätte man den erlesensten Jahrgang im Glas. Man weiß nicht, soll man trinken oder lieber bewundern.«

F'lar warf ihm einen belustigten Blick zu. »Ein treffender Vergleich, wenn man bedenkt, aus welchem Munde er kommt.«

»Man tut, was man kann! Aber Sie können mir doch sicher nachfühlen, warum ich nicht fort möchte?« Der Harfner sah den Weyrführer beschwörend an.

»Oh, nachfühlen kann ich Ihnen das schon, Robinton.« Grinsend half ihm F'lar beim Abstieg von Mnemenths mächtiger Schulter. »Aber Lessa macht mir die Hölle heiß, wenn ich zulasse, daß Sie sich übernehmen.«

»Dabei ist das alles für mich wie ein Jungbrunnen, F'lar. Ich hätte nie erwartet, noch einmal soviel neue Hoffnung zu spüren.«

»Ich auch nicht«, stimmte F'lar begeistert zu. »Und deshalb müssen wir um so mehr auf Sie achtgeben – wir brauchen Sie schließlich als Dolmetscher.«

»Wozu einen Dolmetscher? Er drückt sich doch ganz schlicht und verständlich aus.«

»Es geht nicht um Akki, Robinton, sondern darum, wie die Bevölkerung sich zu ihm stellt. Mir wie allen Drachenreitern bleibt gar nichts anderes übrig, als auf sein Angebot, uns von den Fäden zu befreien, ohne Rücksicht auf die Zukunft der Weyr und des Drachenvolks einzugehen. Doch manche Menschen ängstigen sich bereits jetzt vor dem, was Akki uns zu sagen oder zu geben hat, oder fühlen sich von ihm bedroht.«

»Ja, solche Überlegungen sind mir auch schon durch den Sinn gegangen«, gab Robinton ganz ernst zu, doch verzog sich sein Gesicht zu einem spitzbübischen Grinsen. »Aber ich verscheuche sie sofort wieder. Das Positive wird das Negative bei weitem überwiegen.«

»Nun schlafen Sie sich erst einmal richtig aus, Robinton. Benden muß morgen Fäden bekämpfen, aber D'ram bringt Sie sicher gern nach Landing zurück.«

»D'ram!« Robintons gute Laune war wie weggeblasen. »Er ist schlimmer als jede Amme.« Übergangslos sprach er mit D'rams Stimme weiter. »›Das würde ich an Ihrer Stelle aber nicht tun, Robinton! Haben Sie auch genug gegessen, Robinton? Wäre das nicht eine gute Gelegenheit, sich ein wenig in die Sonne zu setzen?‹ Puh! Ständig bemuttert er mich!«

»Morgen bestimmt nicht. D'ram kann es nämlich auch nicht erwarten, mehr von Akki zu sehen und zu hören«, tröstete F'lar, und dann schwang sich Mnementh in die Lüfte.

Ich habe Tiroth ans Herz gelegt, Sie morgen nur mitzunehmen, wenn Sie ausgeruht sind, sagte der Drache. Zair, der seinen Bronzeschwanz um den Hals des Harfners gewickelt hatte und mit den Krallen leicht sein rechtes Ohr umfaßt hielt, zirpte beifällig.

»Ach, ihr!« Einerseits ärgerte sich Robinton über so viel übertriebene Fürsorge, andererseits freute es ihn, daß Mnementh ihn angesprochen hatte. Er würde nie vergessen, wieviel er den Drachen verdankte, die ihn vor zwei Planetenumläufen an jenem Unglückstag im Ista-Weyr am Leben erhalten hatten, als sein überlastetes Herz zu versagen drohte.

Als Robinton sein wunderschönes Haus endlich erreichte, konnte er nicht mehr umhin, sich seine Müdigkeit einzugestehen. Obwohl er bis zur Treppe nur ein paar Schritte gegangen war, rang er nach Atem. Im großen Wohnraum brannte noch Licht: D'ram und Lytol warteten sicher auf ihn.

Zair bestätigte diese Vermutung mit einem neuerlichen Zirpen. Nun, die beiden würden ihn nicht übermäßig strapazieren, und sie hatten auf jeden Fall Anspruch auf einen kurzen Bericht über die Geschehnisse dieses Tages. Aber wie sollte er sich kurz fassen bei allem, was sich getan hatte, seit er heute morgen aufgestanden war? Wirklich erst *heute* morgen? Was er seither an Wissen und Erkenntnissen gewonnen hatte, wäre genug gewesen für mehrere Planetenumläufe.

Doch als er den behaglichen, hell erleuchteten Raum betrat, wollten D'ram, der ehrwürdige Ex-Weyrführer, und Lytol, ehemaliger Drachenreiter und später Jaxoms Mentor, kein Wort von ihm hören, sondern verfrachteten ihn ohne Umschweife in sein Zimmer und befahlen ihm, sich erst einmal auszuruhen.

»Alle bahnbrechenden Veränderungen, die sich seit meinem Weggang ergeben haben mögen, können auch bis morgen früh warten«, erklärte D'ram.

»Trinken Sie Ihren Wein«, fügte Lytol hinzu und reichte dem Harfner seinen prächtigen blauen Glaspokal. »Ja, ich habe etwas hineingetan, damit Sie schlafen können, weil ich nämlich auf den ersten Blick gesehen habe, wie dringend Sie Ruhe brauchen.«

Robinton schloß die Hand um den Pokal. Norist mochte ein engstirniger Gildemeister sein, aber wenn er seinen Stolz dareinsetzte, blies er erlesenes Glas und traf auch genau den richtigen Ton des Harfnerblau. »Aber ich habe doch so viel zu erzählen«, protestierte der Harfner nach dem ersten Schluck.

»Das können Sie sicher noch viel besser, wenn Sie ausgiebig geschlafen haben«, beharrte Lytol. Als er sich obendrein noch bücken wollte, um seinem alten Freund die Stiefel auszuziehen, schob ihn der empört zur Seite und erklärte sehr förmlich: »So müde bin ich nun auch wieder nicht, Lytol, vielen Dank.«

Lachend verließen D'ram und Lytol den Raum. Robinton nahm noch einen Schluck Wein, dann löste er die Schnürbänder seiner Stiefel. Einen dritten Schluck, ehe er sich die Tunika über den Kopf zog. Und einen vierten, während er mit der freien Hand den Gürtel öffnete. Das genügt, sagte er sich, leerte das Glas und legte sich zurück. Es kostete ihn Überwindung, die leichte Decke über sich zu ziehen, aber gegen Morgen wehte vom Meer her oft ein kühler Wind. Er nahm noch wahr, daß Zair sich auf dem zweiten Kissen zusammenrollte – und dann hörte und sah er nichts mehr.

Am nächsten Morgen wurde er nur langsam wach. Er wußte noch, daß er in der Nacht einen zugleich erfreulichen und verwirrenden Traum gehabt hatte, aber als er ihn in sein Bewußtsein holen wollte, verflüchtigte sich die Erinnerung. Einen Moment blieb er noch liegen, um sich zu orientieren. Morgens hatte er des öfteren Mühe, sich das Datum und seine Pläne für den jeweiligen Tag ins Gedächtnis zu rufen.

Heute traten diese Schwierigkeiten nicht auf. Alle Geschehnisse des gestrigen Tages standen ihm erstaunlich klar vor Augen. Ah, das war gut. Die neue Herausforderung beflügelte seine schwindenden Kräfte. Und Corman wollte ihm Leichtgläubigkeit unterstellen! Von wegen! Zair, immer noch auf dem Kissen, grummelte ermunternd und rieb sein Köpfchen an Robintons Wange.

»Könntest du bekanntgeben, daß ich mich vollkommen ausgeruht fühle?« bat er die Bronzeechse.

Zair betrachtete ihn mit schiefgelegtem Kopf und leicht grünlich schillernden Augen und zirpte befriedigt. Dann stand er auf, streckte sich, spreizte seine durchsichtigen Schwingen, schüttelte sie schließlich aus und legte sie fest an.

»Ich möchte bald aufbrechen. Sind Tiroth und D'ram schon wach?«

Zair beachtete ihn gar nicht, sondern beschäftigte sich angelegentlich mit den Krallen seines linken Hinterfüßchens.

»Soll das heißen, ich muß zuerst baden und essen?« Beim Aufstehen bemerkte Robinton, daß er in seiner Hose geschlafen hatte – schon die zweite Nacht. Er streifte sie ab, griff sich ein großes Handtuch, öffnete die Tür zu der großen Veranda, die das grelle Sonnenlicht vom Inneren des Hauses abhielt, und trat ins Freie. Viel elastischer, als er die Treppe am Abend zuvor heraufgestiegen war, sprang er sie nun hinunter und lief in leichtem Trab über den Sandweg zum Meer. Zair zog über ihm seine Kreise und gurrte beifällig, als Robinton das Handtuch in den weißen Sand warf und sich in das angenehm warme Wasser der Bucht stürzte. Der Kleine ließ sich direkt neben seinem Herrn in die nächste Welle fallen, als Robinton wieder auftauchte und mit kräftigen Stößen zu kraulen begann. Dann wurden die beiden von einem Schwarm wilder Feuerechsen entdeckt, die Tierchen glitten neben ihnen dicht über der Wasseroberfläche dahin oder sausten, eine Berührung nur knapp vermeidend, im Sturzflug genau vor Robintons Gesicht herab. Schwimmer waren immer wieder eine Sensation für die Echsen, obwohl sie nun schon so viele badende Menschen gesehen hatten.

Robinton kehrte um und ließ sich von den Wellen wieder ans Ufer tragen. Die See war ruhig an diesem

Morgen, aber die sportliche Betätigung hatte seinen Muskeln gut getan. Nachdem er sich abgetrocknet hatte, wickelte er sich das Handtuch um die Hüften und ging zum Haus zurück, wo D'ram und Lytol ihn bereits auf der Veranda erwarteten. »Sag ihnen, Zair, daß ich mich vollkommen frisch fühle und nur so strotze vor Energie.«

»Sind Sie jetzt wach?« rief D'ram. »Wurde ja auch langsam Zeit. Es ist weit nach Mittag.«

»*Nach* Mittag?« Robinton blieb stehen wie vom Donner gerührt. Hatte er wirklich so viel Zeit mit Schlaf vergeudet? Und inzwischen wer weiß wie viele neue Offenbarungen von Akki versäumt? »Sie hätten mich wecken sollen!« Er gab sich gar keine Mühe, den Ärger aus seiner Stimme herauszuhalten.

»Ihr Körper ist vernünftiger als Sie.« Lytol erhob sich aus der Hängematte in einer Ecke der Veranda. »Sie haben den Schlaf eben dringend gebraucht, Robinton. Schenken Sie ihm einen Becher Klah ein, D'ram, während ich sein Frühstück – und unser Mittagessen fertigmache.«

Als Robinton die Treppe hinaufging, stieg ihm der Klah-Duft in die Nase und brachte ihm zu Bewußtsein, daß sein Körper nach Nahrung verlangte. Er setzte sich, machte sich über das herzhafte Frühstück her, das Lytol ihm servierte, und berichtete seinen Freunden zwischen den einzelnen Bissen die jüngsten Neuigkeiten.

»Und damit nimmt das Wunder seinen Anfang«, beendete er seine Erzählung.

»Sie haben also keinerlei Zweifel, Robinton«, fragte Lytol mit gewohnter Skepsis, »daß dieses Akki wirklich imstande ist, Pern von den Fäden zu befreien?«

»Beim ersten Ei, Lytol, wie sollte man denn jetzt noch zweifeln? Die Wunderdinge, die wir gesehen haben, allein schon die Tatsache, daß unseren Vorfahren diese unglaubliche Reise von unserem Ursprungsplaneten bis hierher gelang, machen Akkis Verheißung glaubhaft. Wir brauchen uns die Kenntnisse, die uns verlorengegangen sind, nur wieder anzueignen, dann können wir diesen uralten Feind auch besiegen.«

»Schön, aber warum haben uns dann nicht die Alten mit ihren unglaublichen Fähigkeiten und der Technologie, die wir nicht mehr beherrschen, von den Fäden befreit?« gab Lytol zu bedenken.

»Sie sind nicht der einzige, der sich diese Frage stellt, Lytol«, räumte Robinton ein. »Aber Akki hat erklärt, die Vulkane seien zu einem besonders kritischen Zeitpunkt ausgebrochen, und deshalb seien die Siedler auf der Suche nach einem sicheren Hafen nach Norden gezogen und hätten ihre Pläne zur Vernichtung der Fäden erst einmal zurückgestellt.«

»Warum sind sie nicht wiedergekommen, als die Fädeneinfälle aufhörten?«

»Das wußte Akki nicht.« Robinton mußte einsehen, daß der Bericht nicht ohne Lücken war. »Und doch… Musikinstrumente oder auch Fandarels Maschinen können immer nur das tun, wozu sie bestimmt sind. Folglich konnte auch ein so hochentwickeltes Gerät wie Akki nur ausführen, wozu es/er gebaut worden war. Daß es/er« – ich muß mich wirklich für eine Sichtweise entscheiden, dachte Robinton – »uns belügt, halte ich für unwahrscheinlich. Auch wenn ich den Verdacht habe, daß er« – jetzt hatte Robinton seine Wahl getroffen – »nicht die ganze Wahrheit sagt. Es fiel uns schon schwer genug, das aufzunehmen und zu verarbeiten, was er uns zugemutet hat.«

Lytol schnaubte und verzog spöttisch das Gesicht, aber D'ram ließ sich, wie Robinton erleichtert feststellte, von seinem Zynismus nicht anstecken.

»Ich würde gerne glauben, daß es möglich ist!« fügte Robinton hinzu.

»Wer würde das nicht?« Lytol lenkte ein wenig ein.

»Ich glaube Akki«, sagte D'ram. »Er scheint zu wissen, wovon er spricht. Er hat erklärt, wir müßten in vier Jahren – das sind Planetenumläufe – zehn Monaten und siebenundzwanzig – heute nur noch sechsundzwanzig – Tagen so weit sein. Der Zeitpunkt sei wesentlich für den Erfolg.«

»Erfolg wobei?« beharrte Lytol.

»Auch *das* wissen wir noch nicht.« Robinton lachte verlegen. »Ich will nicht lange um den heißen Brei herumreden, Lytol, uns fehlen einfach die Voraussetzungen, um Akkis Erklärung zu verstehen. Er hat es versucht – er sagte etwas von Fenstern und daß man Pern genau im richtigen Moment verlassen müsse, um den Roten Stern oder vielmehr den Planeten, den wir auf einem so großen Teil seiner Bahn als roten Stern sehen, am Himmel abzufangen. Er hat uns auch ein Diagramm gezeigt.« Er merkte, daß er sich in die Defensive hatte drängen lassen, und schüttelte sich. »Fragen Sie ihn doch selbst, Lytol, das läßt sich sicher einrichten.«

Lytol sah ihn herablassend an. »Es gibt vermutlich Leute, die bessere Gründe haben, sich an Akki zu wenden.«

»Aber Sie *müssen* sich unsere Geschichte von ihm erzählen lassen, Lytol.« D'ram beugte sich vor. »Dann werden Sie auch begreifen, warum wir ihm und seinem Versprechen so bedingungslos glauben.«

»Er geht Ihnen wirklich unter die Haut, was?« Lytol schüttelte den Kopf über so viel Vertrauensseligkeit.

»Wenn Sie ihn erst einmal angehört haben, werden auch Sie überzeugt sein.« Robinton stand auf. Er mußte das Handtuch festhalten, damit es nicht hinunterrutschte, und das nahm seinen Worten viel von ihrer Würde. »Ich ziehe mich jetzt an, und dann möchte ich zurück nach Landing. D'ram, wären Sie und Tiroth wohl so freundlich?«

»Ausgeruht scheinen Sie ja zu sein«, D'ram musterte seinen Hausgenossen mit einem langen, forschenden Blick, »da tun wir Ihnen den Gefallen natürlich gern. Lytol, möchten Sie sich nicht anschließen?«

»Nicht heute.«

»Fürchten Sie, trotz Ihrer Vorbehalte umgestimmt zu werden?« fragte Robinton.

Lytol schüttelte langsam den Kopf »Das ist unwahrscheinlich. Aber gehen Sie nur. Und genießen Sie Ihren Traum von einem fädenfreien Himmel.«

»Der letzte echte Skeptiker«, murmelte Robinton vor sich hin. Lytols hartnäckige Zweifel hatten ihn doch ein wenig beunruhigt. Glaubte der Burgverwalter etwa, das Alter habe Robintons Verstand oder seine Urteilsfähigkeit getrübt? Oder hielt er ihn, wie Corman, für so leichtgläubig, daß er auf jede einigermaßen plausible Geschichte hereinfiel?

»Nein«, versicherte ihm D'ram, als er dem alten Weyrführer auf dem Weg zu Tiroth, dem Bronzedrachen, der sie am Strand erwartete, seine Bedenken vorlegte. »Er ist einfach zu sehr Pragmatiker. Erst gestern hat er mir vorgehalten, wir seien viel zu aufgeregt, um uns ganz sachlich zu überlegen, welche Auswirkungen Akki auf unser aller Leben haben würde. Veränderung der Grundstrukturen unserer Gesellschaft und ihrer Werte und ähnliches Geschwätz.« D'ram tat diese Ansicht mit einem verächtlichen Schnauben ab. »Sein Leben wurde mehrfach umgekrempelt, da ist er von einem neuen Umbruch natürlich nicht begeistert.«

»Und wie steht es mit Ihnen?«

D'ram lächelte Robinton über die Schulter hinweg zu, während er es sich zwischen Tiroths Nackenwülsten bequem machte. »Ich bin Drachenreiter, Harfner, ich habe mein Leben der Ausrottung der Fäden geweiht. Wenn auch nur die Spur einer Hoffnung besteht...« Er zuckte die Achseln. »Tiroth, bring uns nach Landing!«

»Vorsichtig, D'ram«, warnte der Harfner. »Seit gestern mittag, als Sie abflogen, hat sich eine ganze Menge getan.«

Das sagt auch Monarth. Der Harfner wußte zwar, daß Tiroth direkt mit D'ram sprach, aber es schmeichelte ihm doch sehr, daß er mithören durfte. *Er hat mir das neue Bild übermittelt. Landing sieht wirklich ganz anders aus.*

Klang da ein gewisses Mißvergnügen mit?

Der große Bronzedrache ging jedoch ohne weiteres ins *Dazwischen*, tauchte am Berg westlich des Akki-Gebäudes wieder auf und kreiste über dem Ausläufer, auf dem sich eine ganze Reihe von Drachen sonnten. Robinton blickte neugierig hinunter, ob er einen der Bronzenen oder der Königinnen erkannte, bis ihm wieder einfiel, daß Benden heute einen Kampfeinsatz flog.

Sie glitten auf das Gebäude zu, aber erst, als Tiroth nach rechts schwenkte und mit wild schlagenden Flügeln auf dem großen Hof landete, sahen Robinton und D'ram, wieviel sich wirklich verändert hatte.

»Ich hatte ja keine Ahnung!« keuchte D'ram und wandte sich staunend zum Harfner um, der nicht weniger überrascht war.

Robinton bemäntelte seine Reaktion rasch mit einem beruhigenden Lächeln. Nach allem, was er hier sah, befand sich Lytol offensichtlich in der Minderheit: die Umbauten hatten ausnahmslos den Zweck, den Zugang zu Akki zu erleichtern. Der ursprüngliche Flügel war inzwischen dreimal so groß wie vorher, an drei Seiten wölbten sich seltsame Nebengebäude wie Röcke nach außen. Als der Harfner abgesessen war, entdeckte er, daß in diesen Schuppen Fandarels Batterien untergebracht waren – bis zur Fertigstellung der neuen und leistungsfähigeren Wasserturbinen sollten sie vermutlich so viel Energie liefern, daß die Anlage Tag und Nacht in Betrieb sein konnte.

Auf dem großen, neuen Hof standen sich zwei Gruppen gegenüber und beschimpften sich lautstark, und darüber flatterten schrill kreischend die Feuerechsen. Die meisten der Streithähne trugen die Meister- und Gesellenknoten verschiedener Gilden, die Embleme an ihren Tuniken verrieten, daß sie auch von verschiedenen Burgen stammten.

»Jeder gegen jeden?« fragte D'ram, als er neben Robinton zu Boden sprang.

»Hört sich jedenfalls so an.« Robinton erkannte keinen der Unzufriedenen, nahm aber zur Kenntnis, daß vier von Meister Esselins kräftigsten Arbeitern sich vor den verschlossenen Türen des Gebäudes postiert hatten. Er holte tief Atem und trat vor.

»Was ist hier eigentlich los?« fragte er laut. Es dauerte nur einen Moment, bis die Eiferer erkannten, wer sich da einmischen wollte. Sofort war der Harfner umringt, und beide Seiten verlangten seine Aufmerksamkeit. *»Einen Augenblick bitte!«* brüllte er. Die Bronzedrachen und die Königinnen auf dem Berg hinter ihm unterstützten ihn mit respekteinflößendem Trompeten, bis endlich Stille eintrat. Robinton wies auf einen der Kontrahenten mit dem Knoten eines Bergwerksmeisters und den Farben von Crom.

»Meister Esselin will uns nicht einlassen«, rief der Mann unerschrocken.

»Und mein Burgherr« – ein anderer, an seinen Knoten als Oberster Verwalter von Boll zu erkennen, drängte sich nach vorne – »verlangt, daß wir herausfinden, was es mit diesem rätselhaften Wesen auf sich hat.«

»Deckter hat mir den gleichen Auftrag gegeben«, rief ein Verwalter von Nabol, der offenbar noch aufgebrachter war als die beiden anderen. »Wir wollen die Wahrheit über dieses Akki erfahren. Und ich soll mir das Wunderding mit eigenen Augen ansehen, ehe ich nach Nabol zurückkehre.«

»Ja, es ist wirklich unerhört«, beschwichtigte Robinton. »Dabei *wissen* die Glücklichen unter uns, die Akki persönlich erleben durften, daß man ihn selbst gesehen haben muß, um sich vorstellen zu können, was er für uns alle, für Burg, Gildehalle und Weyr bedeuten kann. Nun, selbst *mir* hat man erst jetzt gestattet, hierher zurückzukehren«, rief er mit gespielter Empörung. Daß man auch dem allseits geachteten Meisterharfner von Pern den Zutritt verweigert haben sollte, schien die Wogen tatsächlich zu glätten. »Nun sollten Sie freilich wissen, daß der Raum, in dem Akki sich befindet, nur sehr klein ist, auch wenn man ihn, wie ich sehe, zu vergrößern sucht.« Er drehte den Kopf, wie um zu prüfen, wieviel er bereits an Größe gewonnen hatte. »Hmmm. Ja, offenbar arbeitet man Tag und Nacht. Wirklich sehr lobenswert. Wenn Sie nun einen Augenblick hier warten, werde ich sehen, ob sich Ihre durchaus berechtigte Bitte nicht erfüllen läßt und Sie einen Blick auf Akki werfen dürfen.«

»Ich will es nicht nur *sehen*«, klagte der Bergmann. »Ich möchte von ihm erfahren, wie ich die Hauptlagerstätte einer ungeheuer ergiebigen Erzader erreiche. Die Alten haben sämtliche Erzvorkommen lokalisiert. Wenn es schon alles über Pern weiß, dann kann es mir auch sagen, wo ich graben soll.«

»Beileibe nicht alles, mein Lieber«, widersprach Robinton, obwohl es ihn nicht überraschte, daß Akki bereits als allwissend angesehen wurde. Ob er wohl näher darauf eingehen sollte, daß Akki nur – nur? dachte er zusammenhanglos – eine Maschine sei, ein Apparat, in dem die Vorfahren ihre Informationen aufbewahrt hatten? Nein, obwohl die meisten der Anwesenden Handwerker waren, steckte ihr technisches Verständnis noch in den Kinderschuhen. Ein derart komplexes Gebilde überstiege bei weitem ihre Vorstellungskraft, und mit dem Begriff der *künstlichen* Intelligenz wären sie heillos überfordert. Damit kam ja nicht einmal der Meisterharfner selbst so ganz zurecht. Seufzend fand er sich mit den Gegebenheiten ab. »Über das heutige Pern weiß es nur sehr wenig, über das Pern von vor zweitausendfünfhundert Umläufen allerdings eine ganze Menge. Vermutlich hat Ihnen niemand gesagt, Sie möchten die Aufzeichnungen Ihrer jeweiligen Gilden mitbringen? Akki hat den dringenden Wunsch geäußert, sich eingehend über die jetzigen Verhältnisse in Burg, Gildehalle und Weyr zu informieren.«

»Von Aufzeichnungen war nie die Rede«, sagte der Bergmann erstaunt. »Wir haben gehört, es wüßte schon alles.«

»Akki ist der erste, der zugeben wird, daß er zwar auf vielen Gebieten beschlagen ist und viele Verfahrensweisen kennt, zum Glück aber *nicht* alles weiß. Er ist ... so etwas wie ein sprechendes Archiv, aber weitaus genauer als unsere Aufzeichnungen, die durch die Tunnelschlangen, das hohe Alter und andere Unbilden vielfach beschädigt und unleserlich gemacht wurden.«

»Uns hat man gesagt, es wüßte alles!« beharrte der Bergmann.

»Nicht einmal *ich* weiß alles«, gab Robinton sanft zurück. »Und auch Akki hat das kein einziges Mal von sich behauptet. Aber er weiß natürlich sehr viel mehr als wir, deshalb werden wir alle von ihm lernen. Und nun will ich mich bei Meister Esselin für Sie verwenden. Sie sind, mal sehen, wie viele?« Er zählte rasch durch. »Vierunddreißig. Nun, alle auf einmal können sicher nicht hinein. D'ram, lassen Sie das Los entscheiden. Sie alle kennen D'ram als ehrlichen Mann. Jeder kommt an die Reihe – jeder darf Akki sehen, wenn auch vielleicht nur kurz.«

Meister Esselin begrüßte den Harfner sehr erfreut, war jedoch entsetzt, als er hörte, welche Lösung Robinton für die aufgebrachten Leute im Hof gefunden hatte.

»Wir können sie in dieser Stimmung nicht einfach wegschicken, Esselin. Sie haben genau soviel Recht wie jeder Burgherr, Akki zu sehen. Sogar noch mehr, denn sie sind es ja, die Akkis große Pläne in den nächsten Jahren *ausführen* werden. Wer ist denn im Augenblick bei ihm?«

»Meister Terry mit Meistern und Gesellen aus allen Schmiedehallen der Welt.« Esselin bekam vor Angst ganz große Augen. »Und Meister Hamian von der Burg des Südens mit zweien seiner Lehrlinge.«

»Ach, hat Toric endlich jemanden geschickt?« Robinton wußte nicht so recht, ob ihn diese Nachricht freute oder beunruhigte. Er hatte eigentlich gehofft, sich noch nicht gleich mit Torics Raffgier herumschlagen zu müssen.

»Ich glaube nicht, daß er im Auftrag von Baron Toric hier ist.« Esselin schüttelte den Kopf, in seinen Augen stand immer noch die Angst. »Meister Hamian sagte zu Meister Terry, seine Schwester, Baronin Sharra von Ruatha, habe ihm empfohlen, alles stehen und liegenzulassen und sofort hierherzueilen.«

»Womit sie recht hatte. Vollkommen recht«, bekräftigte Robinton liebenswürdig. Es wäre ausgezeichnet, wenn Hamian sich hier engagieren würde. Der intelligente, für alles Neue aufgeschlossene Mann hatte in seinem Bergwerk auf dem Südkontinent bereits einiges wiederverwendet, was die Alten zurückgelassen hatten. »Ich werde mich erkundigen, wann man die Sitzung für ein paar Minuten unterbrechen kann. Glauben Sie mir, Esselin, es wird sich lohnen, wenn man den Leuten da draußen Gelegenheit gibt, sich Akki mit eigenen Augen anzusehen.«

»Aber es sind doch nur Verwalter und kleine Bergleute …«

»Von denen es mehr gibt als Burgherren und Gildemeister und Weyrführer, Esselin, und von denen jeder einzelne Anspruch darauf hat, mit Akki zu sprechen.«

»So habe ich das aber nicht verstanden!« Meister Esselin reckte kampflustig das Doppelkinn vor. Er schien entschlossen, sich wie gewohnt querzulegen.

Robinton sah ihn so lange mitleidig an, bis selbst der dickhäutige Esselin begriff, wie untragbar der Harfner sein Benehmen fand.

»Ich glaube, Sie werden noch heute einsehen, daß es genau so und nicht anders zu verstehen ist, Meister Esselin. Und wenn Sie mich nun entschuldigen würden...« Damit betrat Meister Robinton den Korridor und strebte mit langen Schritten dem Akki-Raum zu.

Akkis sonore Stimme war schon von draußen zu hören, der durchdringende Klang ließ darauf schließen, daß er vor einer größeren Gruppe sprach. Robinton öffnete leise die Tür und sah verblüfft, wie viele Menschen in dem Raum standen, gleich darauf bemerkte er, daß sich in den neuen Flügeln zu beiden Seiten der Akki-Anlage noch mehr drängten. Zu diesen Anbauten hatte man je eine Tür durchgebrochen. Die zwei Wände, von denen Akki eingeschlossen wurde, hatte man natürlich nicht angetastet, dennoch fanden nun sehr viel größere Besuchergruppen Platz. An diesem Nachmittag bestand das Publikum aus Schmieden, zumeist großen, kräftigen Gestalten. Meister Nicat, der Bergwerksmeister, saß mit Terry und zweien seiner besten Meister ganz vorne auf einer Bank, und alle drei kopierten eifrig die Graphiken auf Akkis Hauptbildschirm. Auch Jancis war da, sie saß in einer Ecke über ein Zeichenbrett gebeugt, das sie auf dem Schoß hielt. Auch andere Anwesende zeichneten, so gut sie konnten, manche verwendeten den Rücken des Vordermannes als Unterlage. Robinton konnte mit dem komplizierten Muster nichts anfangen, aber der gebannten Aufmerksamkeit nach zu urteilen war es für die Schmiede sehr wichtig. Akki gab Erklärungen ab und schloß numerierte Beschreibungen an, die dem Harfner ebenfalls unverständlich waren. Dann forderte die ruhige Stimme die Zuhörer auf, ohne Scheu zu fragen, wenn etwas unklar geblieben sei.

»Du hast alles so ausführlich erklärt« – Meister Nicats dunkles Gesicht zeigte tiefen Respekt –, »daß es selbst der einfältigste Lehrling hätte begreifen müssen.«

»Äh, wenn es dir nichts ausmacht, Akki...« Einer von den Bergleuten – Robinton kannte ihn, er war Obermeister in einer der größeren Eisengießereien von Telgar – hob die Hand. »Wenn eine minderwertige Schmelze auf Normqualität verbessert werden kann, dann müßte es doch auch möglich sein, Ausschuß aus früherer Zeit verwertbar zu machen?«

»Das ist richtig. Das Verfahren läßt sich auch auf gebrauchte Metalle anwenden. Sehr oft verbessert die Verwendung von Altmetall sogar das Endprodukt.«

»Auch bei Metallen, die von den Alten hergestellt wurden?« fragte Meister Hamian. »Wir haben in Dorado einiges gefunden, vermutlich in der ursprünglichen Grube der Andiyar-Besitzung.«

»Im Schmelztiegel werden alle Verunreinigungen ausgebrannt.« Dann fuhr Akki zu Robintons Verwunderung fort: »Guten Tag, Meister Robinton. Wie kann ich Ihnen behilflich sein?«

Robinton wurde verlegen. »Ich wollte nicht stören...«

»Sie stören nicht.« Terry stand auf und streckte sich. »Stimmt's, Nicat?« wandte er sich an den Bergwerksmeister, der ihn ansah, als könne er nur hoffen, seine Befehle auch richtig verstanden zu haben.

Die anderen Handwerker begannen sich leise mit ihren Nachbarn zu unterhalten, und die am nächsten bei der Tür Sitzenden falteten sorgfältig ihre Skizzen und Aufzeichnungen zusammen und verließen nach und nach den Raum.

Als Robinton näher trat, drang ihm penetranter

Schweißdunst in die Nase, vermischt mit ätzendem Metallgeruch und dem charakteristischen Mief tiefer Bergwerksschächte. Erst als sich der Raum zunehmend leerte, konnte er so richtig würdigen, wieviel Platz man über Nacht geschaffen hatte.

»Schön, schön«, murmelte er, als er die Fenster zu beiden Seiten bemerkte. Sie standen weit offen, und sobald die letzten Handwerker draußen waren, ging ein frischer Wind durch den Raum. Nur Jancis war in ihrer Ecke sitzengeblieben und kritzelte unermüdlich weiter.

Nun blickte sie auf und lächelte den Harfner an. »Wir sind heute weit vorangekommen, Meister Robinton«

»Hast du letzte Nacht überhaupt ein Auge zugetan, junge Frau?«

Verschmitzte Grübchen erschienen in ihren Wangen. »O ja, und wie!« Dann errötete sie. »Ich meine, wir haben beide geschlafen. Will sagen, Piemur ist zuerst eingeschlafen – ach, verdammt!«

Robinton lachte herzlich. »Ich habe dich schon richtig verstanden, Jancis, aber es wäre ohnehin nicht von Bedeutung. Ihr werdet euch von all dem Wirbel und vor lauter Begeisterung doch hoffentlich nicht von der offiziellen Bekanntgabe eurer Verbindung abhalten lassen?«

»Nein«, sagte sie entschieden. »Ich möchte die Sache hinter mich bringen.« Sie errötete hold, ohne jedoch den Blick zu senken. »Es würde so vieles vereinfachen.« Sie packte ihre Sachen zusammen. »Die anderen sind alle im Computerraum. Möchten Sie es nicht auch einmal probieren?«

»Ich?« Der Harfner war sprachlos. »Das ist wohl mehr etwas für junge, belastbare Köpfe wie den deinen und den von Piemur und Jaxom.«

»Lernen können nicht nur die Jungen, Meister Robinton«, mischte Akki sich ein.

»Nun, wir werden sehen«, wich der Harfner aus und fuhr sich nervös mit der Hand übers Gesicht. Er war sich schmerzlich bewußt, daß es ihm immer schwerer fiel, die Texte und Noten neuer Lieder zu behalten, und zweifelte kaum daran, daß diese Schwäche sich auch auf anderen Gebieten äußern würde. Obwohl er sich weder für eitel noch für übermäßig stolz hielt, wollte er sich auch nicht gerade von seiner schlechtesten Seite zeigen. »Wir werden sehen. Vorerst haben wir da ein kleines Problem...«

»Mit der Meute da draußen, die fest entschlossen ist, Meister Esselins Widerstand zu überwinden und zu Akki zu gelangen?« fragte Jancis.

»Hmm, ja, ein kleines Problem mit kleinen Leuten.« Robinton stöhnte über seine eigenen Worte.

Jancis tat ihm den Gefallen und lachte. »Treffend beschrieben«, sagte sie. »Sie *müssen* Akki sehen, um ihren Burgherren und Gildemeistern melden zu können, sie hätten ihn gesehen?«

»So in etwa. Akki, mit deinem Einverständnis schleuse ich sie ganz rasch durch, es genügt, wenn jeder sagen kann, er sei in diesem Raum gewesen.«

»Entspricht das wirklich Ihren Wünschen?«

Robinton räusperte sich. »Mein Wunsch wäre, daß so viele Männer und Frauen auf diesem Planeten wie nur irgend möglich von deinem Wissensschatz profitieren könnten, aber das ist auch nach der Erweiterung der Räumlichkeiten nicht möglich, und es wäre auch nicht klug. Kleine Geister neigen dazu, Belanglosigkeiten aufzubauschen. Wer Sorgen hat, hält entweder seine Schwierigkeiten für absolut unüberwindbar oder dich für so allwissend, daß du jedes Problem lösen kannst.«

»Das war schon immer so, Meister Robinton.« Akki fand sich wie stets mit den Gegebenheiten ab. »Seit eh und je setzen die Menschen größtes Vertrauen in Orakel.«

»Orakel?« Das Wort war dem Harfner nicht geläufig.

»Eine umfassende Erläuterung dieses Phänomens sollte auf einen Termin verschoben werden, zu dem Sie vierundvierzig Stunden Zeit haben, der Religionsspeicher ist nämlich sehr umfangreich. Was schlagen Sie vor, um die Bittsteller draußen vorerst zufriedenzustellen?«

»Ich würde sie in kleinen Gruppen hereinlassen, damit sie dich kurz sehen und dir einige Fragen stellen können.«

»Warum lassen Sie nicht alle zugleich eintreten? Die Außensensoren zeigen an, daß es genau so viele sind, wie dieser Raum mittlerweile zu fassen vermag.«

Unter Meister Esselins bestürzten und mißbilligenden Blicken eilte die ganze Schar durch den Korridor.

»Guten Tag, meine Herren.« Akkis einschmeichelnde Stimme erschreckte die Neuankömmlinge so sehr, daß sie entsetzt verstummten. »Im Inneren der Wände, vor denen Sie stehen, befindet sich das Akustische Kommunikationssystem einer Künstlichen Intelligenz. Dieses System speichert Informationen, um sie auf Anfrage zugänglich zu machen. Die korrekte Abkürzung lautet Akki. Es wurde registriert, daß sich unter Ihnen Angehörige der Bergwerksgilde befinden. Gewiß ist Ihnen nicht entgangen, daß die letzte Vorlesung hier auch von etlichen Bergwerksmeistern besucht wurde. Es wäre für Sie von großem Nutzen, sich bei diesen Männern über die neuen Methoden der Erzverhüttung zu informieren. Diese Anlage hofft, daß die beiden Verwalter von Crom und Nabol die Aufzeichnungen ihrer Burgen mitgebracht haben. Sie sind sehr wichtig für die Beurteilung der gegenwärtigen und die Einschätzung der künftigen Produktivität der Besitzungen, die Sie mit soviel Sachverstand für Ihre Burgherren verwalten. Die Glasmachermeister und -gesellen aus den Gildehallen von Igen und Ista finden in den Sandgruben beziehungsweise den Bleibergwerken auf dem jeweiligen Burggebiet die besten Silikate dieser Welt, was dafür verantwortlich ist, daß Sie das feinste und haltbarste Glas auf dem ganzen Planeten herstellen. Wenn diese Anlage Ihren Gildehallen in irgendeiner Weise zu Diensten sein kann, so wenden Sie sich bitte an Meister Robinton, um einen Termin für ein längeres Gespräch zu vereinbaren.«

Die meisten Besucher rissen nur Mund und Augen auf und sahen sich vergeblich nach der körperlosen Stimme um. Der Glasmacher aus Ista trat zögernd einen Schritt nach vorne und schluckte krampfhaft.

»Meister Akki, Meister Oldive hat mich gebeten, die Linse für ein Mikroskop herzustellen«, sprudelte er endlich heraus.

»Ja, ein solches Instrument ist für die Heilerhalle von größter Wichtigkeit.«

»Ich habe unsere Aufzeichnungen durchsucht, Meister Akki.« Er zog ein paar brüchige Blätter voller Stockflecken und Löcher aus seiner Tunika. »Aber wie Sie sehen …« Er hielt den Stapel vor den Bildschirm.

»Legen Sie die Seiten einzeln auf das beleuchtete Feld auf der Arbeitsfläche, Glasmachermeister.«

Der Istaner zögerte und sah sich hilfesuchend um, bis der Harfner ihn nach vorne scheuchte. Die anderen bewunderten ihn sichtlich ob seiner Kühnheit. Eine Seite zerfiel ihm unter den Händen, ehe er sie auf das Feld legen konnte. Sein Geselle stürzte mit dem Mut der Verzweiflung nach vorne und schob die abgelöste Ecke an das restliche Blatt heran.

Der Schirm leuchtete auf und zeigte das Bild der unvollständigen Zeichnung. Wie durch Zauberei ergänzte ein unsichtbarer Punkt die fehlenden Linien, und während die Zuschauer noch atemlos staunten, war das Diagramm bereits wiederhergestellt. Ein Blatt schob sich aus dem Druckerschlitz, aber der verdutzte

Geselle nahm es erst auf Akkis Aufforderung hin an sich.

»Seht nur! Seht doch nur! So feine Striche bringt selbst unser bester Zeichner nicht zustande!« rief der Mann aufgeregt.

»Nächste Seite bitte«, sagte Akki, und der Glasmachermeister gehorchte mit zitternden Fingern.

In kürzester Zeit waren die Lücken in Skizzen und Erläuterungen geschlossen, und alle im Raum hatten Gelegenheit erhalten, die Rekonstruktionen zu begutachten.

»Haben Sie noch Probleme in bezug auf die Fertigung des Gehäuses, die Vorrichtung zur Schärfeneinstellung oder die Linsen?« erkundigte Akki sich höflich.

Der Geselle stellte eine oder zwei Fragen; sein Meister war so benommen, daß er keinen vernünftigen Satz herausbrachte.

»Sollten bei der Fabrikation weitere Schwierigkeiten auftauchen ...«

»Wobei?« fragte der Geselle erschrocken. Das Wort kannte er nicht.

»Bei der Herstellung, so schicken Sie Ihre Fragen entweder an Meister Robinton oder kommen Sie wieder, um zusätzliche Erklärungen oder weitere Anleitungen abzurufen.«

Nun war es für Robinton ein leichtes, die Gruppe aus dem Raum und durch den Gang ins Freie zu komplimentieren.

»Das waren zehn Minuten«, stellte Akki leise fest. »Und die Zeit war sinnvoll angewendet.«

»Hat man dir empfohlen, mich zu deinem Adjutanten zu ernennen?« fragte Meister Robinton belustigt.

»Sie sind weithin berühmt für Ihre Unvoreingenommenheit, Meister Robinton, und Ihr feines Gerechtigkeitsempfinden haben Sie eben erst wieder bewiesen. Meister Esselin orientiert sich merklich an

Rang und Namen, wenn er über die Dringlichkeit einer Anfrage entscheidet. Dabei brauchte der Glasmachermeister die gespeicherten Informationen wirklich so dringend, daß man ihn heute morgen sofort nach seiner Ankunft hätte vorlassen müssen. Aber Meister Esselin hat ihn gar nicht angehört.«

»Tatsächlich?« Robinton war verärgert.

»Wenn Sie dafür sorgen könnten, daß er seine ohnehin sehr begrenzten Befugnisse nicht überschreitet, ließe sich in Zukunft gewiß viel böses Blut vermeiden.«

»Ich werde mich sofort darum kümmern, Akki.«

»Sollten Sie nicht willens sein, seine Funktion zu übernehmen, so wäre dafür eventuell auch D'ram der Bronzereiter geeignet. Er genießt unter seinesgleichen, aber auch in Burgen und Gildehallen höchste Achtung. Trifft es zu, daß er vierhundert Planetenumläufe weit in die Zukunft gekommen ist, um gegen die Fäden zu kämpfen? Obwohl er bereits einen großen Teil seines Lebens dieser beschwerlichen Aufgabe gewidmet hatte?«

»Das ist richtig, Akki.«

»Ihre wie auch seine Generation sind wahrhaft imponierend, Meister Robinton.« Die Stimme sprach ganz ruhig, aber der bewundernde Unterton war nicht zu überhören, und Robinton nahm stolz die Schultern zurück.

»Ganz deiner Meinung.« Dann fuhr der Harfner schroff fort: »Als dein Adjutant, Meister Akki, werde ich nun Meister Esselin darüber belehren, daß über die Dringlichkeit einer Anfrage nicht ohne vorherige Rücksprache mit dir zu entscheiden ist. Du kannst dich darauf verlassen, daß er dir in Zukunft ebenso prompt gehorchen wird wie mir oder den Weyrführern.«

Als Meister Esselin sich im Vorraum in weitschweifige Erklärungen und Entschuldigungen flüchten wollte, schnitt Robinton ihm einfach das Wort ab. D'ram fand er in einem Raum, in dem Piemur, Jancis, Jaxom und Benelek an den kleinen Monitoren saßen und ihre Lektionen heruntertippten. Jeder arbeitete offenbar an einem anderen Projekt; Jancis stellte auf irgendeine Weise eine Kopie des Diagramms her, das Akki den Bergleuten gezeigt hatte.

»Kommen Sie, Meister Robinton.« Piemur blickte von seinem Monitor auf. »Ich habe Ihnen eine Station eingerichtet, an der Sie experimentieren können.«

Robinton wehrte mit erhobenen Händen ab. »Nein, nein, ich habe mich selbst für den heutigen Nachmittag zu Meister Akkis Adjutanten ernannt. Es ist nicht zu glauben, wie albern sich Esselin benimmt.«

»O doch, ich glaube Ihnen aufs Wort!« rief Piemur theatralisch.

»Er ist so dumm, als hätte er zwei Bretter vor dem Kopf«, knurrte Benelek. »Es paßt ihm nicht, daß wir nach Belieben hier aus und ein gehen.«

»Ich komme ganz gut mit ihm zurecht.« In Jancis' Augen funkelte der Schalk. »Ich brauche ihm nur einen Becher Klah oder etwas zu essen zu geben, wenn ich das Tablett hereintrage.«

»Darüber muß ich mit dem alten Kalkgebirge auch noch ein Wörtchen reden«, rief Piemur hitzig. »Du bist *keine* Küchenmagd. Hat er denn das Meisteremblem an deinem Kragen noch nie bemerkt? Weiß er nicht, daß du Fandarels Enkelin bist und in deiner Gilde ganz oben stehst?«

»Oh, ich denke, jetzt weiß er es«, bemerkte Jaxom, ohne von seiner Tastatur aufzublicken, die er mit fliegenden Fingern bearbeitete. »Ich habe ihn heute morgen bei seiner patriarchalischen Nummer erwischt und ihn daran erinnert, daß Jancis korrekterweise als ›Schmiedemeisterin‹ anzureden ist. Ich glaube, er hatte die Kragenspiegel tatsächlich übersehen.«

»Das ist keine Entschuldigung«, gab Piemur zurück. Wahrscheinlich würde er so lange schmollen, bis er die Rechnung mit dem alten Mann persönlich beglichen hatte.

»Vielleicht sollte man Meister Esselin in sein Archiv zurückschicken«, sagte D'ram. »Dort gehört er nämlich hin.«

»Und zu mehr taugt er wohl auch nicht«, murrte Piemur.

»Allerdings muß jemand hier die Verantwortung übernehmen, und deshalb sollte ich mich vielleicht zu seinem Nachfolger ernennen.«

»Eine großartige Idee, D'ram«, lobte Robinton, und die anderen stießen einen Jubelschrei aus. »Akki hatte Sie ohnehin empfohlen. Er hat gehört, Sie seien ein weithin geachteter und peinlich ehrlicher Mensch. Natürlich kennt er Sie nicht so gut wie ich.« Der Harfner quittierte D'rams ängstlichen Blick mit einem boshaften Grinsen. »Im übrigen finde ich, wir sollten auch Lytol noch hierherlocken. Oder wären drei ehrliche Männer zuviel?«

»Ehrliche Männer hat man nie genug«, erklärte Jaxom entschieden und sah von seinem Monitor auf. »Ich glaube, Lytol könnte es nicht schaden, wieder mehr gefordert zu werden.« In seinem Gesicht stand tiefe Sorge um seinen alternden Vormund. »Sie beide sehen schon sehr viel besser aus, seit Sie Ihre Erfahrungen nutzbringend verwerten können. Und die Aufsicht hier sollte wirklich jemand führen, der einigermaßen bei klarem Verstand ist.«

»Dem kann ich nur beipflichten«, sagte eine Stimme von der Tür her. Schmiedemeister Hamian trat ein. »Ich mußte den alten Narren regelrecht beiseite schieben, er wollte mich nicht noch einmal hereinlassen. Jetzt weiß ich, was Sharra meinte, Jaxom, als sie sagte, daß ihr in dieser Arbeit völlig aufgeht.« Er lächelte dem Gefährten seiner Schwester nachsichtig zu, dann begrüßte er die übrigen Anwesenden mit einem höflichen Nicken. »Ich wollte meine Gildegenossen nicht übermäßig in Verwirrung stürzen, Meister Robinton, aber könnte Meister Akki jemandem von uns – am besten mir, denn ich brenne darauf – erklären, wie die Vorfahren ihr haltbares Plastikmaterial hergestellt haben?«

»Hurra!« jubelten Piemur und Jancis wie aus einem Munde. Und Piemur sprang auf und trommelte Hamian vor Begeisterung mit beiden Fäusten auf den Rücken.

Der Schmied aus der Burg des Südens war nicht so groß und kräftig wie Meister Fandarel, aber er hielt Piemurs derben Schlägen stand, ohne mit der Wimper zu zucken. Seine ebenmäßigen Zähne blitzten weiß in seinem gebräunten Gesicht, als er seinen Freund angrinste. »Freut mich, daß jemand mir zustimmt. Wie steht es mit Ihnen?« Er sah den Harfner offen an.

Robinton warf einen fragenden Blick auf D'ram. »Wollen wir unsere Autorität gleich zum erstenmal auf die Probe stellen?«

»Ich würde sagen, Hamian ist genau der richtige Mann, um etwas – jedenfalls für uns – derartig Neues auszuprobieren«, nickte D'ram.

»Dann kommt es nur noch auf den an, der Bescheid weiß.« Robinton deutete mit einer Kopfbewegung zu Akkis Raum hinüber. »Fragen wir ihn.«

Bis auf Benelek trotteten alle mit, um zu hören, was Akki zu sagen hatte. Robinton winkte Hamian, sich breitbeinig vor den Schirm zu stellen, doch dann fiel es dem bulligen Schmied plötzlich schwer, die Frage zu formulieren, und der Harfner mußte ihm einen Schubs geben.

»Nur zu. Er beißt nicht«, sagte Robinton.

»Bis jetzt noch nicht.« Piemur mimte den Besorgten.

»Ähem, Meister Akki ...« Hamian stockte.

»Sie wollen lernen, Kunststoffe auf Silikatbasis herzustellen, wie Ihre Vorfahren sie als Baumaterial verwendeten, Meister Hamian?«

Hamian nickte nur, hatte aber überrascht die Augenbrauen hochgezogen, was recht komisch aussah. »Woher weiß er das?« fragte er den Harfner leise.

»Er hat lange Ohren«, antwortete Robinton belustigt.

»Das ist nicht korrekt, Meister Robinton«, verbesserte Akki. »Die Rezeptoren dieser Anlage sind weit empfindlicher als Ohren, Meister Hamian, und da die Tür zum Nebenraum offenstand, konnten sie das Gespräch auffangen. Noch einmal: Sie, Meister Hamian, wollen sich also in der Herstellung des Plastiks ausbilden lassen, das Ihre Vorfahren verwendeten.«

Hamian baute sich vor dem Bildschirm auf und warf den Kopf in den Nacken. »Ja, Meister Akki, das will ich. Schmiede, die danach streben, die Qualität von Eisen, Stahl, Messing und Kupfer zu verbessern, gibt es zur Genüge, aber seit ich gesehen habe, wie dauerhaft das Plastikmaterial der Alten ist, möchte ich mich darauf spezialisieren. Ich bin der festen Überzeugung, daß dieser Stoff für uns ebenso wichtig werden könnte, wie er einst für unsere Vorfahren war.«

»Ihre Vorfahren hatten die Kunst der Plastikherstellung aufs höchste verfeinert. Aus verschiedenen Polymeren entstanden unterschiedliche Endprodukte, die je nach der angewandten chemischen Formel biegsam, halbelastisch oder starr sein konnten. Da in der Nähe des Drake-Sees an der Oberfläche befindliches Petroleum entdeckt wurde, spricht nichts dagegen, die Fabrikation von organischem Plastik wiederaufleben zu lassen. Sie werden sich jedoch sehr viel mehr mit Chemie befassen müssen, als es derzeit bei der Meisterausbildung verlangt wird. Die Herstellung selbst kann als kontinuierlicher Massengewinnungsprozeß beschrieben werden. Zwei Fertigungsanlagen wurden von Joel Lilienkamp in den Catherine-Höhlen deponiert.«

»Lilienkamp?« Piemur drehte sich auf dem Absatz um und deutete mit beiden Zeigefingern auf Jancis, die ebenfalls ausrief: »Lilcamp?«

»Wer *war* Joel Lilienkamp?« wollte Piemur wissen.

»Der Versorgungsoffizier der Expedition: der Mann, der all die vielen Artefakte in den Catherine-Höhlen einlagern ließ.«

»Jayge muß ein Nachkomme von ihm sein«, krähte Piemur und entschuldigte sich sofort für die Unterbrechung.

»Bei den beiden großen Geräten zur Polymerisation ist keine Sicherheitsverpackung verzeichnet. Das heißt, sie waren nicht vor Verfall geschützt und sind wahrscheinlich nicht betriebsbereit. Aber man kann sie als Vorlage verwenden. Beim Nachbau werden Sie vieles lernen, Meister Hamian, und noch mehr bei den chemischen und physikalischen Experimenten, die diese Anlage Ihnen aufgeben wird.«

Hamian grinste von einem Ohr zum anderen. »Es ist mir ein Vergnügen, Meister Akki, es ist mir ein Vergnügen.« Er rieb sich erwartungsvoll die großen, schwieligen Hände. »Wann kann ich anfangen?«

»Zuerst müssen Sie die Prototypen in der Höhle ausfindig machen.« Akkis Bildschirm wurde hell und zeigte zwei dicke Würfel mit Ausbuchtungen in vielen verschiedenen Formen. »Suchen Sie nach diesen Geräten. Sie sind schwer und lassen sich sicher nicht leicht transportieren.«

»Ich habe schon Dinge bewegt, die sperriger und gewichtiger waren, Meister Akki.«

Ein Blatt mit Abbildungen der erforderlichen Ausrüstung schob sich aus dem Schlitz, und Piemur reichte es dem Schmied vom Südkontinent.

»Sie werden eine Werkstatt brauchen, um die Fertigungsanlagen zu zerlegen. Dann müssen Sie feststellen, welche Materialien Ihnen zum Bau eines modernen Modells zur Verfügung stehen. Es wäre ratsam, sich die wissenschaftlichen Grundlagen nicht als einziger zu erarbeiten. Zur Erzeugung der erwünschten Polymere werden Sie einen umfangreichen Stab von Mitarbeitern brauchen, die über chemische und physikalische Kenntnisse verfügen.«

Hamian lächelte wehmütig. »Offenbar muß man schon wissenschaftlich gebildet sein, um nur die Fremdworte zu verstehen, mit denen du um dich wirfst.«

»Man kann wohl davon ausgehen«, Meister Robinton sah Piemur und Jancis vielsagend an, »daß du in diesem Fach noch mindestens drei bis vier weitere Schüler unterrichten wirst, Akki. Sie, Hamian, legen gewiß Wert darauf, daß auch einige Angehörige Ihrer eigenen Gilde an der Ausbildung teilnehmen.«

»Ich habe ein oder zwei geeignete Kandidaten im Sinn, soviel ist sicher«, bestätigte Hamian. Er atmete tief ein und ließ die Luft langsam ausströmen. »Vielen Dank, Meister Akki.«

»Gern geschehen, Meister Hamian.«

»Wie bist du Toric entkommen?« fragte Piemur leise hinter vorgehaltener Hand.

»Ich habe es nicht nötig, ihm zu entkommen, Piemur.« Wieder schnitt Hamian eine komische Grimasse. »Schließlich bin ich mein eigener Herr. Ich habe die Bergwerke des Südkontinents so organisiert, daß sie produzieren, ob ich mich nun auf jemanden stützen kann oder nicht. Nun gedenke ich, ähnlich wie Toric, meinen Horizont zu erweitern. Ich danke Ihnen, Meister Robinton, und auch Ihnen, D'ram. Wo die Höhlen sind, weiß ich. Ich mache mich sofort auf den Weg.« Damit verließ er zielbewußt den Raum und strebte den Gang hinunter.

Sobald der Schmied um die Ecke gebogen war, kam

Meister Esselin mit beleidigtem Gesicht aus einem der seitlichen Schlafräume gehuscht.

»Meister Robinton, ich habe dem Schmied gesagt, er darf nicht…«

»Meister Esselin…« Robinton setzte sein gewinnendstes Lächeln auf, legte dem Mann einen Arm um die fleischigen Schultern und drehte ihn zu sich herum. D'ram näherte sich von der anderen Seite, und Esselin wurde unerbittlich zur Eingangshalle geführt. »Ich finde, man hat Sie in letzter Zeit wirklich schändlich behandelt.«

»Mich?« Esselins Empörung schlug um in Überraschung, und er faßte sich mit einer pummeligen Hand ans Herz. »Wissen Sie, Meister Robinton, wenn Rüpel wie dieser Südländer meine Anweisungen nun so ganz und gar mißachten…«

»Sie haben vollkommen recht, Meister Esselin. In höchstem Maße schändlich, ich finde, man hat Ihre Gutmütigkeit ausgenützt. In Ihrer Eigenschaft als Archivar sind Sie für diese Stätte von unschätzbarem Wert, doch hier wurden Sie entsetzlich ausgebeutet. Deshalb haben Weyrführer D'ram, Burgverwalter Lytol und ich selbst entschieden, Ihnen diese beschwerliche Pflicht abzunehmen, damit Sie wieder an Ihre eigentlichen Aufgaben zurückkehren können.«

»Aber Meister Robinton…« Esselin wäre gern langsamer geworden, aber das ließen die beiden anderen nicht zu. »Ich wollte damit nicht sagen, daß ich nicht *willens* wäre…«

»Sie waren die Bereitwilligkeit in Person«, sagte D'ram kopfschüttelnd. »Alle Anerkennung, Meister Esselin, aber wir wollen doch gerecht bleiben, und man hat Ihr Entgegenkommen schon über Gebühr beansprucht. Nun werden wir Sie ablösen.«

Meister Esselin hörte nicht auf zu protestieren, bis das Trio auf dem Weg zum Archivkomplex angekommen war. Dort versetzten ihm der Weyrführer und der Harfner einen letzten, sanften Stoß und wandten sich lächelnd und nickend ab, ohne seine mehrfach wiederholten Einwände noch im geringsten zu beachten.

»So!« sagte D'ram, als sie wieder im Gebäude waren, und rieb sich befriedigt die Hände. »Ich übernehme die erste Wache, Robinton.« Er wandte sich an einen der Wächter. »Von jetzt an habe ich hier die Leitung. Wie heißen Sie?«

»Gayton, Sir.«

»Ich wäre Ihnen sehr verbunden, Gayton, wenn Sie aus der Küche etwas Kühles zu trinken besorgen könnten. Genug für uns alle hier. Nein, Robinton, er wird Ihnen vorerst noch keinen Wein mitbringen. Sie brauchen nämlich einen klaren Kopf für Ihre Schicht als Wachhabender.«

»Oh, Sie alter Trottel!« rief Robinton. »Mein Kopf bleibt immer klar, wieviel Wein ich auch trinke. Was für eine Unterstellung!«

»Verschwinden Sie, Robinton.« Grinsend scheuchte D'ram ihn fort. »Sie können anderswo Unfug treiben.«

»Unfug?« grummelte der Harfner in gespielter Entrüstung, doch in diesem Augenblick war ein Triumphschrei von Piemur zu hören, und er eilte davon, um nachzusehen, was geschehen war.

»Ich hab's geschafft! Ich hab's geschafft!« Piemur tobte noch immer, als der Harfner den Raum betrat. Jancis und Jaxom sahen ein wenig neidisch zu; Benelek gab sich distanziert.

»Was hast du geschafft?«

»Ich habe ganz allein ein Programm geschrieben.«

Der Harfner betrachtete blinzelnd die rätselhaften Wörter und Buchstaben auf dem Bildschirm und sah dann seinen Gesellen an. »Das … ist ein Programm?«

»Und ob! Kinderleicht, wenn man's mal begriffen hat!« Piemurs Begeisterung war ansteckend.

»Piemur«, entfuhr es dem Harfner, »D'ram hat die erste Wache übernommen, und ich habe gerade ein paar Stunden Zeit. Hast du nicht gesagt, ihr hättet so ein Maschinchen übrig, oder habe ich mich verhört?«

»Es ist so, Meister.« Tief befriedigt und ohne eine Spur seiner gewohnten Unverschämtheit, fuhr Piemur von seinem Sitz hoch und schoß hinüber zu dem Regal, wo die Bauteile ordentlich aufgereiht lagen.

»Ich fürchte, das werde ich noch bereuen«, sagte der Meisterharfner mehr zu sich selbst.

»Es steht zu hoffen, daß es dazu nicht kommt, Meister Robinton«, beruhigte Akki ihn leise.

Robinton schreckte hoch, weil Zair ihn ins Ohr gezwickt hatte. Er saß weit zurückgelehnt in seinem Sessel, den Kopf auf der Lehne, die Beine auf dem Tisch, und beim Aufwachen spürte er als erstes seinen steifen Hals. Als er die Beine herunternahm, wollten sich seine Knie zuerst nicht beugen lassen. Er stöhnte, und Zair zwickte noch einmal zu. Seine Facettenaugen flackerten rötlichgelb.

Mit einem Schlag war der Meisterharfner hellwach. Vom Ende des Ganges hörte er, wie Akkis Stimme etwas erklärte, immer wieder unterbrochen von der helleren Stimme eines fragenden Schülers. Das war soweit in Ordnung. Er blickte zu Zair auf, die kleine Echse starrte durch die Tür in die Nacht hinaus. Erst jetzt vernahm Robinton ein leises Knacken und ein noch leiseres Plätschern.

Innerlich seine alterssteifen Gelenke verwünschend, die ihm nicht mehr so ohne weiteres gehorchen wollten, erhob er sich und schlich mit möglichst leisen Schritten durch die Eingangshalle und hinaus in die Nacht. Er wußte, daß es fast Morgen war; die Insekten, die ihn auf seiner Wache in den Schlaf gesummt hatten, waren verstummt, und die Geräusche des Tages hatten noch nicht eingesetzt. Zu seiner Linken, an der Wand, wo Fandarels Batterien standen, bewegten sich dunkle Schatten. Zwei Männer. Zwei Männer, die eifrig damit beschäftigt waren, die Glasbehälter für die Batteriesäure zu zerschlagen.

»Was fällt euch eigentlich ein!« rief er empört. »Zair! Pack sie! *Pie ... mur! Jancis! Zu Hilfe!*« Er rannte los, zu allem entschlossen, um weitere Schäden an Akkis Energieversorgung zu verhindern.

Später konnte er nicht mehr begreifen, wie er überhaupt auf die Idee gekommen war, es in seinem Alter und ohne Waffen mit zwei Zerstörungswütigen aufnehmen zu wollen. Doch auch als die beiden mit erhobenen Keulen, Eisenstangen oder womit sie auch immer die Batterietanks zerschlagen hatten, auf ihn losgingen, spürte er keine Angst: nur schlichte, ehrliche Wut.

Zum Glück hatte wenigstens Zair eine Waffe, nämlich seine zwanzig scharfen Klauen, und als die kleine Bronzeechse herabstieß, um dem ersten Mann die Augen auszukratzen, griffen auch Piemurs Farli, Jancis' Trig und ein halbes Dutzend weiterer Feuerechsen in den Kampf ein. Robinton bekam einen Mann an seiner Tunika zu fassen und wollte ihn zu Boden werfen, doch der riß sich mit einem heftigen Ruck los, stieß einen lauten Schmerzensschrei aus, als ihm die Feuerechsenklauen das Gesicht zerfetzten, und gab Fersengeld. Sein Kumpan schlug blindwütig auf die fliegenden Gegner ein und flüchtete dann in einer anderen Richtung. Die Feuerechsen teilten sich in zwei Gruppen und verfolgten alle beide.

Bis endlich menschliche Hilfe eintraf, waren die Schritte der Flüchtigen bereits in der Nacht verklungen.

»Keine Sorge, Meister Robinton«, sagte Piemur. »Wir brauchen nur nach jemandem zu suchen, der ein zerkratztes Gesicht hat. Wir werden sie finden! Alles in Ordnung, Meister?«

Robinton rang nach Luft und faßte sich ans Herz, und obwohl er Piemur und den anderen aufgeregt bedeutete, die Verbrecher zu verfolgen, galt ihre Anteilnahme zuerst einmal ihm selbst.

»Mir fehlt nichts, mir fehlt überhaupt nichts!« rief er, um sich ihren besorgten Fragen zu entziehen. Doch dann bekam er, weniger auf Grund von Überanstrengung denn aus Enttäuschung, einen Hustenanfall, und als es ihm endlich gelang, seine Getreuen über seinen Zustand zu beruhigen, waren die Feuerechsen bereits zurückgekehrt und taten sich viel darauf zugute, die Eindringlinge verjagt zu haben. Zutiefst empört, weil ihnen die Strolche durch die Lappen gegangen waren, schnappte Robinton sich einen Leuchtkorb und führte die anderen zum Schauplatz der Tat.

»Fünf sind zerstört, und wenn Sie den Lärm nicht gehört hätten...«, begann Piemur.

»Ich habe gar nichts gehört. Das war Zair.« Robinton hätte sich ohrfeigen können, weil er eingenickt war.

»Das läuft doch auf eins hinaus.« Piemur grinste spitzbübisch. »Und sie haben nicht genug Tanks zerbrochen, um die Energieversorgung zu gefährden. Regen Sie sich nicht auf, Meister. Im Magazin gibt es Ersatz.«

»Ich rege mich auf, weil so etwas überhaupt passieren konnte!« Robinton merkte selbst, wie seine Stimme vor Zorn überschnappte.

»Wir werden die Schurken schon finden«, versicherte Piemur seinem Meister. Dann führte er den alten Harfner zu seinem Sessel zurück und schenkte ihm einen Becher Wein ein.

»Hoffentlich«, fauchte Robinton. Er wußte, daß die Feindseligkeit gegen Akki immer größer wurde, aber mit einem regelrechten Anschlag auf die Anlage hätte er doch nie gerechnet.

Wer könnte das gewesen sein? überlegte er, während er schlückchenweise seinen Wein trank und dabei allmählich ruhiger wurde. Esselin? Soviel Courage traute er dem fetten alten Narren nicht zu, auch wenn er über den Verlust seines Pöstchens noch so aufgebracht sein mochte. Ob an diesem Tag wohl einer von Norists Glasmachern in Landing gewesen war?

»Regen Sie sich nicht auf«, wiederholte Piemur, der seinen Meister immer noch mit Sorge betrachtete. »Sehen Sie? Zair muß einen blutig gekratzt haben. Keine Angst, wir werden sie finden.«

Doch die Männer wurden auch am nächsten Morgen nicht entdeckt, obwohl Piemur diskret die ganze Belegschaft von Landing überprüfen ließ. Er ging sogar so weit, Esselin aus dem Bett zu holen, lange bevor der träge alte Mann von selbst aufgewacht wäre, aber das dicke Vollmondgesicht war unversehrt.

»Sie müssen einfach immer weitergelaufen sein«, berichtete er dem tief beunruhigten Harfner, der den Austausch der Batterien beaufsichtigte.

»Wir müssen eine Barriere vor die Tanks bauen«, sagte Robinton. »Und sie müssen rund um die Uhr bewacht werden. Akki darf nicht noch einmal in Gefahr geraten.«

»Haben Sie sich schon überlegt, wer am ehesten als Verdächtiger in Frage kommt?« fragte Piemur mit einem argwöhnischen Blick in das müde Gesicht seines Meisters.

»Als Verdächtiger? In Frage kommen einige. Beweise, keine!«

Piemur zuckte die Achseln. »Dann müssen wir eben schärfer aufpassen.« Plötzlich fiel ihm noch etwas ein: »Warum hat Akki eigentlich nicht Alarm geschlagen? Er ist doch Tag und Nacht munter und weiß im allgemeinen, was ringsum vorgeht.«

Als man Akki dazu befragte, erklärte er, die Strolche hätten unterhalb des Erfassungsbereichs der Außenkameras operiert, und die Akustiksensoren hätten nur die Geräusche ganz normaler nächtlicher Aktivitäten aufgefangen.

»Und hier drin?« fragte Robinton.

»Diese Anlage ist sicher. Vandalismus im Inneren ist nicht zu befürchten.«

Robinton war keineswegs beruhigt, aber er konnte nicht weiter nachhaken, da inzwischen bereits die ersten Schüler eintrafen.

»Wir behalten den Vorfall einstweilen für uns, Piemur«, sagte er in einem Ton, der keinen Widerspruch zuließ.

»Wie wäre es mit einer Botschaft an alle Harfner, nach Gesichtern mit Klauenspuren Ausschau zu halten?«

Robinton zuckte die Schultern. »Ich schätze, sie werden sich so lange nicht in der Öffentlichkeit zeigen, bis die Kratzer verheilt sind, aber du kannst die Nachricht trotzdem abschicken.«

6

Wie sich in den nächsten Wochen zeigte, war es ein ausgesprochener Glücksfall, daß der Harfner, der alte Weyrführer und der einstige Burgverwalter sich selbst zu Akkis Hütern ernannt hatten. Niemand hatte etwas dagegen einzuwenden, daß drei Männer, die bereits den Ruf hatten, besonders rechtschaffen und unparteiisch zu sein, den Zugang zu Akki regelten. Und ihre langjährigen Erfahrungen als Harfner, Weyrführer und Burgverwalter kamen bei der Wiederbelebung von Landing und seiner Verwaltung voll zum Tragen.

Einige Besucher – die lediglich Neugierigen – waren rasch ernüchtert, wenn sie feststellen mußten, daß Akki törichte oder egozentrische Fragen einfach ignorierte. Nur wer bereit war, sich unterweisen zu lassen und sich das neue Wissen in harter Arbeit anzueignen, hielt durch und konnte die geborenen Möglichkeiten auch nützen.

So lange, bis zehn Zusatzstationen einsatzbereit waren, vergaben die drei Hüter Termine für Akki, wobei sie dringende Fälle geschickt dazwischenschoben, ohne jemanden vor den Kopf zu stoßen. Und weil Akki keine Ruhepausen brauchte, wurden konzentrierte Unterrichtseinheiten wie etwa die für Meister Oldive und andere Heiler in die frühen Morgenstunden des Landing-Tages gelegt.

Nicht nur die großen Gildehallen schickten ihre Vertreter; auch für die Burgherren wurde es zur Prestigefrage, ihre hoffnungsvollen Sprößlinge sowie aussichtsreiche Kandidaten von kleineren Gehöften nach Landing zu entsenden. Anfangs kamen so viele, darunter auch einige, die so offensichtlich unfähig waren, sich mit radikal neuen Vorstellungen auseinanderzusetzen, daß es sich schließlich als gnädiger und auch einfacher erwies, jeden Bewerber einer Aufnahmeprüfung zu unterziehen, einem Eignungstest, wie Akki sich ausdrückte. Jedenfalls wurden damit die Faulpelze und die ungenügend Begabten ausgesondert.

Lessa und F'lar konnten sich mit der Computerkonsole nie so recht anfreunden, nach Einschätzung des Harfners hauptsächlich deshalb, weil sie nie genug Zeit erübrigten, um sich die Grundlagen zu erarbeiten; aber sie beherrschten die elementaren Befehle und konnten Informationen abrufen. F'nor befaßte sich erst gar nicht mit den neuen Maschinen, aber seine Gefährtin Brekke schloß sich der Gruppe um den Meisterheiler an, die sich mit Feuereifer um die im Lauf der Zeit abhanden gekommenen medizinischen Techniken bemühte. Mirrim wollte keinesfalls hinter T'gellan zurückstehen, sie machte trotz erheblicher Anfangsschwierigkeiten weiter und hatte schließlich Erfolg. K'van ging irgendwann genauso selbstverständlich mit den Geräten um wie Jaxom oder Piemur.

Zur freudigen Überraschung seiner Freunde entwickelte sich der schweigsame Lytol zum begeisterten Computerbenutzer und rief Informationen aus den unterschiedlichsten Themenbereichen ab. Er bestand stets darauf, die Spätschicht zu übernehmen, da er ohnehin nicht mehr als vier Stunden Schlaf brauchte.

»Lytol war immer schon ein schwer durchschaubarer Mensch mit unvermuteten Energiereserven – sonst hätte er nicht so lange überlebt«, antwortete Jaxom, wenn jemand sich über Lytols neue Leidenschaft äußerte. »Ich begreife allerdings nicht, warum ihn gerade die trockenen Geschichtsabhandlungen so fesseln, wo es doch so vieles andere gibt, was sich auf das *Leben* und die Arbeit im Hier und Jetzt anwenden läßt.«

»Ganz im Gegenteil, Jaxom«, widersprach der Harfner. »Vielleicht werden Lytols Forschungen für uns noch einmal außerordentlich wichtig.«

»Wichtiger als Fandarels neues Turbinenwasserkraftwerk?«

Der Meisterschmied hatte mit großer Genugtuung ein Modell des geplanten Stromgenerators vorgeführt, während seine Gießerei Tag und Nacht arbeitete, um die Bauteile für die große Anlage fertigzustellen.

»Das ist momentan sicher sehr wichtig.« Der Harfner wählte seine Worte mit Bedacht. »Aber es löst die Frage der allgemeinen Anerkennung nicht.«

Man hatte etliche Räume für Unterrichtszwecke eingerichtet, jeden für ein anderes Gebiet. Zwei der größeren Räume wurden in Laboratorien umgewandelt, und dort lehrte Akki jene Wissenschaften, die er für unerläßliche Grundlagen hielt: Chemie, Physik und Biologie. Ein Raum war für kurze Besprechungen reserviert, ein anderer für allgemeine Unterweisung; ein ziemlich großes Zimmer war den Heilern vorbehalten, und bald bedeckten dort Schaubilder ›makaberster Art‹ – nach Jancis' Empfinden – die Wände. Außerdem verlangte Akki einen eigenen Raum, in dem ausgewählte Schüler auf verschiedenen Gebieten Intensivunterricht erhalten konnten: Jaxom, Piemur, Jancis, K'van, T'gellan, N'ton, Mirrim, Hamian mit dreien seiner Gesellen und einem Lehrling, vier weitere junge Bronzereiter, zwei braune, vier blaue und drei grüne Reiter. Andere sollten folgen, sobald in den einzelnen Gruppen Plätze frei wurden, denn die Weyr waren am meisten darauf erpicht, sich Akkis Wissen zunutze zu machen.

Robinton genoß es, hin und wieder den Gang entlangzugehen und beim Unterricht zuzuhören. Als er eines Tages einen Blick in den Raum warf, wo Jaxom, Piemur, Jancis und zwei Schmiedegesellen unterrichtet wurden, bot sich ihm ein erstaunlicher Anblick.

Die Schüler standen vor einem hohen Experimentiertisch, über dem in einer Höhe von vielleicht zwei Zoll ein Ring aus mattem Metall schwebte. Als sie die Hände ausstreckten, um ihn zu berühren, glitt er wie auf unsichtbaren Rollen die Platte entlang. Akki setzte seine Erläuterungen unbeirrt fort.

»Die diesem Ring induzierten magnetischen Kraftlinien verlaufen genau entgegengesetzt zu den Elektromagneten, die das Feld erzeugen.«

Robinton drückte sich fest gegen die Türzarge, um die gebannt lauschenden Schüler nicht zu stören.

»Bei sehr niedrigen Temperaturen läuft dieser Versuch weitaus dramatischer ab, denn da unter diesen Bedingungen der elektrischer Widerstand gegen Null geht, werden die Ringe zu Supraleitern, die der Strom ohne Reibungsverluste durchfließt. Wir sind hier auf derartige Versuche nicht eingerichtet, aber in drei oder vier Wochen werden Sie so weit sein, daß wir zum Kapitel Supraleitfähigkeit übergehen können. Jaxom kann schon früher damit beginnen; Piemur muß sich noch eingehender mit elektromagnetischen Spulen und ihren Ringwicklungen beschäftigen. Geselle Manotti, Ihre Metallformen entsprechen noch nicht der Norm, aber Sie haben ja noch eine Woche Zeit, um sie zu verbessern.«

Robinton schlich auf Zehenspitzen davon, um die Schüler nicht in Verlegenheit zu bringen. Aber auf dem Weg zurück zur Eingangshalle lächelte er: Es war das Kennzeichen eines guten Lehrers, daß er seine Schüler je nach Bedarf mit Lob, Ermunterung oder Ermahnungen traktierte.

In den größeren Gebäuden, die man in Landing freigelegt hatte, richteten die Schmiede-, die Glasmacher- und die Holzgilde Zweigwerkstätten ein und besetzten sie mit Meistern, Gesellen und Lehrlingen.

Eines Morgens wurden Lytol und Robinton von einer lauten Explosion aufgeschreckt und rannten zu

Meister Moriltons Glaswerkstatt, wo der Knall hergekommen war. Meister Morilton und Jancis waren schon dabei, Caselon, einem Lehrling des Glasmachers, das Blut abzutupfen, das ihm aus einem Netz feiner Schnitte über das Gesicht lief. Überall waren winzige Spiegelglasscherben verstreut.

»Nun seht ihr auch«, wandte sich Meister Morilton ganz ruhig an alle anderen, »warum die Schutzbrille so wichtig ist. Caselon hätte leicht sein Augenlicht verlieren können, als das Thermosglas zersprang. So wie es aussieht...« Morilton warf Jancis einen fragenden Blick zu.

»Wie es aussieht«, grinste sie spöttisch, »wird er nur ein hochinteressantes Narbengitter zurückbehalten. Oh, keine Sorge«, fügte sie hinzu, als der Junge entsetzt zurückfuhr. »Die Schnitte werden sauber verheilen und hinterher kaum noch zu sehen sein. Und nun laß die Grimassen, bis ich die Heilsalbe aufgetragen habe, sonst blutet es nur noch mehr.«

Lytol wandte sich der Schar von hereindrängenden Schaulustigen zu, während Robinton sich umsah. Meister Morilton hatte hier eine regelrechte Gildehalle geschaffen. In einer Ecke ratterte eine Pumpe vor sich hin, an der ein Schlauch befestigt war. An der Ledermanschette an seinem anderen Ende hing ein verspiegelter Flaschenhals. Der Rest des Gefäßes war in unzähligen winzigen Splittern überall im Raum verteilt.

»Scherben«, murmelte Caselon. Er mußte sich sehr beherrschen, um unter Jancis' fürsorglichen Händen nicht zu zucken. »Das wäre mein zwanzigster gewesen!«

Jetzt erst bemerkte Robinton die neunzehn ordentlich aufgereihten Vakuumkolben auf Caselons Hälfte des Arbeitstischs; zwölf weitere Kolben standen gegenüber, wo Vandentine, ein anderer Lehrling, arbeitete. Wieso sie vor den herumfliegenden Glassplittern verschont geblieben waren, konnte er sich nicht erklären.

»Wir liefern uns hier kein Wettrennen, Caselon«, mahnte Meister Morilton mit streng erhobenem Zeigefinger. »Was ist denn nun eigentlich passiert? Ich war mit Bengel und seinem Lesestift beschäftigt.«

»Keine Ahnung.« Caselon zog ratlos eine Schulter in die Höhe.

»Akki?« fragte Meister Morilton. Die Glaswerkstatt hatte einen Direktanschluß zu Akki.

»Er hat es versäumt, beim Schmelzen die Blasen mit Ultraschall oder auch, wie Sie es ihm beigebracht hatten, durch Klopfen aus der Glasmischung zu entfernen. Er war zu sehr damit beschäftigt, seinen Partner abzuhängen. Die Blasen im Glas führten dazu, daß der Kolben im Vakuum implodierte. Aber Sie können jetzt mit zweien seiner Behälter die Eigenschaften flüssiger Gase demonstrieren.«

Dank der Heilsalbe hatte Caselons Gesicht zu bluten aufgehört, und Meister Morilton winkte ihn und Vandentine in einen Nebenraum. Robinton kam ebenfalls mit. In diesem Raum befand sich eine Pumpe anderer Art; aus einer reifbedeckten Tülle tropfte eine blaßblaue Flüssigkeit im Sekundentakt in einen dicken, verspiegelten Auffangbehälter.

»Die blaue Flüssigkeit ist Luft, Luft aus diesem Raum«, erklärte Akki. »Wir komprimieren sie und lassen sie dann so rasch expandieren, daß sie abkühlt. Das wiederholen wir so lange, bis sich ein winziger Bruchteil davon verflüssigt.«

»Faßt die Radiatorspeichen nicht an«, mahnte Meister Morilton. »Sonst bekommt ihr Blasen an den Fingern. Dies hier, Meister Robinton« – er lächelte dem Gast zu –, »ist ein Mehrphasenkühler, etwas ganz anderes als der Eisschrank, mit dem Sie auf Ihrem Landsitz an der Meeresbucht Fruchtsäfte und Lebensmittel kühlhalten.«

Robinton nickte verständnisinnig.

»Die letzte Phase ist die schwierigste«, sagte Akki, und Meister Morilton forderte Caselon mit einem Wink auf, seinen Kolben zu füllen. Die flüssige Luft begann zu brodeln, bis sie Caselons Kolben auf die gleiche Temperatur heruntergekühlt hatte, und der Raum füllte sich mit Nebel. Robinton trat zur Seite, als etliche perlmuttfarbene Tropfen über den Fußboden auf ihn zugelaufen kamen. »Und nun, Caselon«, ordnete Akki an, »kehren Sie an Ihren Arbeitsplatz zurück, um dort die ungewöhnliche Verhaltensweise flüssiger Luft zu beobachten.«

Caselon war bereits damit beschäftigt, als er den Raum verließ.

»Spiele mit Luft?« fragte Robinton verdutzt, dann bemerkte er Meister Moriltons wissendes Lächeln.

»Flüssiges Helium«, fuhr Akki fort, »beziehungsweise alle derartigen Flüssigkeiten können gleichzeitig in entgegengesetzte Richtungen fließen; sie kriechen aus hohen Gefäßen oben heraus, ohne auf dem Boden etwas zurückzulassen, und durch winzig kleine Löcher dringen sie schneller, sehr viel schneller sogar als durch große. Füllen Sie sich doch selbst einen Kolben mit flüssiger Luft, Meister Robinton, und experimentieren Sie damit. Dies ist einer der gefährlichsten und deshalb lehrreichsten Versuche für die Schüler. Jancis, Sharra, auch für Sie sind Kolben vorhanden; dieses Experiment ist für Sie beide wichtig.« Die beiden Mädchen grinsten sich so verlegen an, daß Robinton vermutete, sie wüßten nicht, warum. »Sobald Sie sich mit flüssiger Luft vertraut gemacht haben, können wir anfangen, uns mit den besonderen Eigenschaften von flüssigem Wasserstoff und insbesondere von flüssigem Helium zu beschäftigen.«

»Wenn es gefährlich ist, warum machen wir es dann?« fragte der Harfner.

»Gefahren können ein ausgezeichnetes Mittel der Erziehung sein«, antwortete Akki. »So ist es zum Beispiel unwahrscheinlich, daß Caselon noch einmal vergißt, seine Mischung abzuklopfen, ganz gleich, wie viele Glaseinsätze er von nun an bläst.«

Erst eine Stunde später kehrten Robinton und Lytol, den der Meisterharfner ebenfalls für die Flüssiggasexperimente hatte begeistern können, an ihre gewohnten Pflichten zurück.

Immer mehr Gebäude in Landing wurden bezogen. Man hatte viele der Artefakte, die so lange in den Catherine-Höhlen gelagert hatten, wieder in Gebrauch genommen, allerdings verlangten die Hüter, daß jeweils ein Exemplar zurückbehalten und in Meister Eselins Archivgebäude ausgestellt werden müsse. In der einst verlassenen Stadt herrschte wieder reges Treiben. Wo man Wege und kleine Höfe freigelegt hatte, spitzten sogar schon wieder Gras und Unkraut aus der Erde.

»Ist es nicht verrückt, diese Siedlung wieder zum Leben zu erwecken?« fragte Lessa eines Abends. Sie und F'lar hatten zusammen mit Jaxom, Robinton, D'ram, Piemur und Jancis im Akki-Gebäude gespeist. »Die Vulkane könnten doch von neuem ausbrechen.«

»Ich habe Akki darauf angesprochen«, sagte Lytol, »und er antwortete, er würde die seismische Aktivität natürlich überwachen. Einige der Instrumente, die der Vulkanologe der Siedler aufstellte, arbeiten immer noch. Außerdem hat er mir versichert, daß sich in der ganzen Kette kaum etwas regt.«

»Und das ist positiv?« fragte Lessa immer noch skeptisch.

»Akki sagt, ja«, antwortete Lytol.

»Es wäre schrecklich, alles zu verlieren, was wir wiederaufgebaut haben«, sagte F'lar.

»Leider«, bemerkte Lytol, und ein ironisches

Lächeln umspielte seine Lippen, »kann Akki nicht verlegt werden.«

»Dann wollen wir uns nicht über Dinge den Kopf zerbrechen, die sich vielleicht gar nicht zum Problem auswachsen«, entschied Robinton. »Wir haben genügend andere Sorgen. Zum Beispiel, wie wir mit Meister Norist verfahren wollen. Wie Sie wissen, hatte er gedroht, Meister Morilton den Meistertitel abzuerkennen und alle Gesellen und Lehrlinge aus der Gilde zu verstoßen, die mit Akkis, ähem, inkorrekten Verfahren und Techniken Glas herstellen.«

»Er nennt Akki ›das Monstrum‹!« sagte Piemur und lachte boshaft. »Akki sagte ...«

»Du hast das Akki doch nicht etwa *erzählt?*« Jancis war entsetzt über soviel Taktlosigkeit.

»Es hat ihn nicht gestört. Ich hatte eher den Eindruck, als amüsiere er sich darüber.«

Meister Robinton warf Piemur einen langen Blick zu. »Hattest du – hatte irgend jemand von euch – schon öfter das Gefühl, daß Akki sich über uns amüsiert?«

»Natürlich«, antwortete Piemur vergnügt. »Mag sein, daß er eine Maschine ist und so weiter, aber ich verstehe inzwischen sehr viel mehr von Maschinen als früher, und er ist eine wahre Meistermaschine, er kann mit Menschen in Kontakt treten, und deshalb braucht er Kriterien, um Spaß und Ernst unterscheiden zu können. Er prustet vielleicht nicht los wie andere Leute, wenn ich mit meinen Witzen und Anekdoten komme, aber er hört sie sich auf jeden Fall gerne an.«

»Hmmm.« Der Harfner äußerte sich dazu nicht weiter. »Zurück zu Norist ... Als rechtmäßig gewählter Gildemeister und Vorsteher seiner Gildehalle kann er nur von der Vollversammlung aller Meister abgesetzt werden. Leider ist die Glasmacherhalle nicht sehr groß, und die meisten Gildemeister sind nicht weniger dogmatisch als Norist. Andererseits werde ich nicht dabeistehen und zusehen, wie Meister Morilton verstoßen, schikaniert oder sonstwie gedemütigt wird, nur weil er etwas gelernt hat, was Norist ihm nicht beibringen konnte. Mit den neuen Verfahren kommt er jedenfalls sehr gut zurecht.«

»Norist sitzt auch dem armen, alten Wansor schwer im Nacken«, sagte Lytol. »Zum Glück scheint Wansor gar nicht zu merken, wie man ihn kritisiert, und offenbar ahnt er auch nicht, daß ihn die gleiche Strafe treffen könnte wie Morilton. Trotz der Verurteilung durch Norist ist es Morilton übrigens gelungen, eine ganze Reihe von Gesellen und Lehrlingen auf seine Seite zu ziehen, die sich von Norists striktem Beharren auf den im Archiv dokumentierten Verfahren gegängelt fühlten.«

»Wenn Norist Druck auf Wansor ausübt, warum setzen wir ihn dann nicht unsererseits unter Druck?« fragte Jaxom.

»Einverstanden«, antwortete Lytol mit schwachem Lächeln. »Mit dem größten Vergnügen. Ein Mann, der nicht über seine eigene Nasenspitze hinauszusehen vermag, ist als Gildemeister fehl am Platz!« Das Lächeln verschwand, seine Miene wurde streng.

»Hört! Hört!« jubelte der Harfner.

»Außerdem ist mir zu Ohren gekommen, daß Norist Morilton den Zugang zu den besten Sandgruben verwehrt«, fuhr Lytol stirnrunzelnd fort.

»Das ist überhaupt kein Problem. Sand gibt es an dieser Küste in Hülle und Fülle«, rief Piemur.

»Schwachkopf! Zum Glasmachen nimmt man nicht den Sand, der am Strand herumliegt«, erklärte Jaxom abschätzig. »Das wirklich feine Material findet sich in den Gruben von Igen und Ista.«

»Und zu denen hat Norist Morilton den Zutritt verboten«, erklärte Lytol.

»Aber Baron Jaxom von Ruatha nicht!«

»Und D'ram auch nicht.« Der alte Bronzereiter wirkte nicht weniger entschlossen als der junge Burgherr.

Das war ein Mittel gegen Norists Unnachgiebigkeit, das sogar Lytol ein Grinsen entlockte. »Für Mikroskope wird nämlich ein sehr hochwertiges Glas gebraucht.«

»Wie auch immer, ich sehe keine größeren Schwierigkeiten«, sagte D'ram mit einem Blick auf Jaxom. »Ruth und Tiroth haben gegen einen kleinen Ausflug sicher nichts einzuwenden.« Jaxom nickte bereitwillig. »Sie nehmen sich Ista vor, ich fliege nach Igen.«

»Auf der Karte der Siedler sind keine nähergelegenen Vorkommen verzeichnet? Vielleicht ließe sich ja der Transportweg verkürzen«, meinte F'lar.

Robinton hob den Finger. »Das werden wir gleich sehen.« Und schon tippte er erstaunlich flink eine Anfrage in das im Raum befindliche Gerät ein.

Sofort flimmerte eine Liste mit Standorten und den jeweils vorkommenden Sandtypen über den Monitor. Die besten Sorten für medizinisches Glas waren mit einem Sternchen versehen, aber Akki empfahl namentlich den Sand von der Paradiesflußbesitzung und aus einer im Landesinneren gelegen Grube in der Nähe des alten Cardiff.

D'ram erbot sich, das Vorkommen bei Cardiff anzufliegen, wußte er doch, wie sehr Jaxom sich freuen würde, Jayge und Aramina wiederzusehen, die sich am Paradiesfluß angesiedelt hatten.

»Hmmm.« Der Harfner starrte immer noch auf seinen Monitor. »Akki erinnert mich, daß er noch mehr grüne und Bronzereiter für sein Spezialtraining braucht.«

»Könnte er nicht auch ein paar Braune nehmen?« fragte F'lar. »Von meinen Reitern haben sich mehrere angeboten. Akki scheint irgendwie eine Abneigung gegen die mittleren Größen zu haben.«

»Ich habe ihn danach gefragt«, sagte D'ram, »weil es auch mir merkwürdig vorkam, daß er nur die größten und die kleinsten Drachen verlangte. Er sagte, sie allein seien für das Unternehmen geeignet, mehr war dazu nicht aus ihm herauszubekommen. Er hat nur noch erklärt, er brauche eine genügend große Anzahl von Kandidaten, um sich die mit den besten Erfolgsaussichten aussuchen zu können und dennoch ausreichend geschultes Ersatzpersonal zu haben.« D'ram zuckte die Achseln. Mehr wußte auch er nicht.

»Ich *wünschte*«, sagte Lessa, »er würde sich hin und wieder genauer äußern. Dann könnten wir den Leuten, die wir abweisen müssen, wenigstens einen Grund nennen. Ich kann keine verbitterten Drachenreiter gebrauchen. Allgemein würde ich freilich sagen, daß sich die Stimmung in den Weyrn gebessert hat. Und« – sie schnitt eine Grimasse – »alle Weyr wollen sich beteiligen.«

»Akki hat einmal erwähnt, die jüngeren Drachenreiter ließen sich leichter ausbilden«, fuhr D'ram fort, »weil ihr Denken noch nicht in so festgefahrenen Bahnen verliefe. Einige wenige Ausnahmen gibt es natürlich«, ergänzte er, sichtlich zufrieden, sich selbst dazu zählen zu dürfen.

»Ist damit alles klar?« fragte Jaxom. »Dann fliege ich nämlich nach Ruatha zurück.« Er grinste verlegen. »Den Sand vom Paradiesfluß hole ich morgen, aber vorher muß ich mich wirklich wieder einmal zu Hause sehen lassen.«

»Jagt man dich sonst mit Schimpf und Schande aus der Burg?« Piemur grinste unverschämt.

Jaxom würdigte den jungen Harfnergesellen keiner Antwort, aber Jancis stieß ihm heftig den Ellbogen zwischen die Rippen.

»Dann fort mit dir«, sagte F'lar mit einem Seitenblick auf Lessa.

»Ich will Akki nur noch bitten, mir die Position der

Sandgrube auszudrucken.« D'ram erhob sich, um den jungen Baron zu begleiten.

Lytol war offenbar nicht so ganz einverstanden mit diesem raschen Aufbruch.

»Lassen Sie nur, Lytol«, beruhigte ihn Lessa. »Sharra hat allen Grund, verärgert zu sein, weil Jaxom soviel Zeit hier verbringt.«

»Wie ich sie kenne, kann sie es noch dazu kaum erwarten, am Unterricht für die Heiler teilzunehmen«, sagte Jancis. »Aber hast du es nicht auch bemerkt, Piemur? Jedesmal, wenn Jaxom einen Tag fehlt, will Akki ganz genau wissen, warum.«

»Hmm, ja, das ist mir auch aufgefallen.« Piemur wurde nachdenklich. Doch dann winkte er sorglos ab. »Akki verlangt von Jaxom auch mehr als von uns allen, Mirrim und S'len einmal ausgenommen.«

»S'len?« fragte F'lar. »Ist das nicht der junge, grüne Reiter von Fort?«

»Genau der. Und Mirrim wurde von Akki so lange gedrillt, bis sie uns eingeholt hatte«, fügte Piemur hinzu.

»*Warum* legt Akki nur so großen Wert auf die grünen Drachen?« fragte Lessa.

»Einfach deshalb, weil sie klein sind«, mutmaßte Piemur.

»Klein?«

»Nun ja, es ist eine reine Vermutung, aber Ruth ist der kleinste Drache überhaupt«, fuhr Piemur fort. »Und ich bin ganz sicher, daß die beiden in Akkis Großem Plan eine ganz besondere Rolle spielen werden.«

Lessa und Lytol sahen ihn betroffen an.

»Oh, machen Sie sich bloß Jaxoms wegen keine Sorgen«, rief Piemur unbekümmert. »Er ist der beste von uns allen. Er begriff sogar die Navigationsmathematik, mit der Akki uns ständig plagt, und kommt mit den räumlichen Relationen zurecht.«

»Hat er denn noch gar nichts angedeutet?« fragte Lessa Robinton und Lytol. Beide schüttelten den Kopf.

Doch dann grinste Robinton. »Mir kommt er immer mit literarischen Zitaten wie etwa: ›Ein jegliches hat seine Zeit, und alles Vorhaben unter dem Himmel hat seine Stunde: große Dinge haben ihre Zeit, und kleine Dinge haben ihre Zeit.‹* Das soll wohl heißen, daß momentan die Zeit für die kleinen Dinge ist, zum Beispiel für Akkis Basiskurse; während die Zeit für die großen Dinge immer noch vier Planetenumläufe, sieben Monate und wer weiß wie viele Tage in der Zukunft liegt.«

»Literarische Zitate?« fragte F'lar überrascht. Der Unterricht, den Akki ihm erteilte, war eher praktischer Natur: Taktik, mathematische Projektionen der Fädeneinfälle und Heilmethoden für Drachen – obwohl er sich mit letzteren nicht befaßte, verfolgte er die von Akki empfohlenen Neuerungen mit Interesse.

»O ja. Akki gibt zwar zu, daß er Werke auswählt, von denen er glaubt, daß sie meinem Geschmack entsprechen, aber unsere Vorfahren kannten so viel faszinierendes und vielschichtiges Schrifttum aus so vielen Kulturkreisen, daß wir uns direkt schämen müssen. Einige unserer Heldensagen hat er als Übertragungen terranischer Originale identifiziert. Faszinierend.«

»Ich finde meine Studien nicht weniger fesselnd.« Lytol beugte sich vor, sein Gesicht strahlte vor Begeisterung. »Ich glaube, bisher war niemandem von uns bewußt, daß unsere heutige Gesellschaftsstruktur direkt auf die Verfassung zurückgeht, die unsere Vorfahren einst mit hierherbrachten. Akki zufolge ist das historisch gesehen sehr ungewöhnlich.«

»Wieso denn?« fragte F'lar überrascht. »Auf diese

---

* Prediger 3. Frei zitiert nach ›Die Bibel‹ nach der Übersetzung Martin Luthers, Stuttgart 1984, S. 650.

Weise können Weyr, Burg und Gildehalle ohne Eingriffe von außen funktionieren.«

»Ja, aber solche Eingriffe waren ein wesentlicher Faktor der terranischen Politik«, gab Lytol zurück. »Ausgelöst von territorialen Erfordernissen, allzu oft aber auch von schierer Habgier.«

Lytol drohte wieder einmal ins Dozieren zu geraten. Lessa unterbrach ihn geschickt, indem sie sich erhob und Robinton und den beiden Gesellen zunickte. »Wir müssen zurück in den Weyr. Akki hat mir eine neue Arzneimischung verraten, die ich an Lisaths Schwinge ausprobieren möchte. Sie will einfach nicht so recht zusammenheilen.«

Ich habe Aramina gesagt, daß wir kommen, teilte Ruth seinem Reiter mit, als Jaxom aufstieg. *Sie weiß immer gern im voraus Bescheid,* fügte er in vertraulichem Ton hinzu.

Jaxom wäre es lieber gewesen, Ruth hätte sie nicht auf diese Weise auf den Besuch bei Aramina und Jayge festgelegt. Eigentlich sollte er wirklich sofort nach Ruatha zurückfliegen und erst, wie geplant, am nächsten Morgen den Paradiesfluß aufsuchen.

»Wir halten uns auf keinen Fall lange auf«, sagte er und gab Ruth einen nachsichtigen Klaps.

Der weiße Drache hing sehr an der jungen Frau, die als Kind so mühelos – und so permanent – die Gespräche der Drachen hatte mitanhören können und müssen, daß sie, um nicht den Verstand zu verlieren, Jayge von der Lilcamp-Handelskarawane dazu angestiftet hatte, sie soweit von den Tieren fortzubringen wie nur möglich. Auf dem Weg zum Südkontinent hatten sie Schiffbruch erlitten und waren von Geleitfischen gerettet und ans Ufer geschleppt worden. Die uralten Gebäude, die sie dort entdeckten, hatten sie wieder instand gesetzt, ohne sich der Bedeutung ihres Fundes bewußt zu sein. Piemur war auf seiner Erkundungsreise entlang der Küste auf das Paar gestoßen und hatte dafür gesorgt, daß ihnen die Paradiesflußbesitzung auch offiziell als Eigentum übertragen wurde. Seither hatten sie so viele Freunde nachkommen lassen, daß aus dem einstigen Anwesen eine stattliche Siedlung geworden war, zu der auch eine Fischerhalle gehörte. Der ehemalige Händler war höchst überrascht gewesen, als Piemur und Jancis ihm erzählten, er habe väterlicherseits einen Vorfahren mit Namen Liliencamp, dem es zu verdanken sei, daß in den Catherine-Höhlen so viele nützliche Dinge die Zeiten überdauert hatten.

Akkis Angaben folgend, tauchten Jaxom und Ruth über nahezu ebenem Grasland aus dem *Dazwischen*. Sie mußten den angegebenen Standort mehrmals überfliegen, bis Jaxom eine leicht abschüssige, mit Gras und Sträuchern überwucherte Stelle entdeckte, wo es da und dort weiß durch das Grün schimmerte. Hier ließ er Ruth landen, scharrte mit Händen und Füßen die Pflanzendecke beiseite und hob eine Handvoll staubfeinen Sand auf. Beim Füllen der mitgebrachten Säcke geriet er gehörig ins Schwitzen. Erhitzt und müde bestieg er erneut seinen Drachen.

Er hatte sich abgekühlt, als Ruth in einem genau bemessenem Bogen in die Tiefe glitt und vor dem geschmackvollen, aus alter Zeit stammenden Wohnhaus der Paradiesflußbesitzung sanft aufsetzte.

»Einen guten Tag wünsche ich, Baron Jaxom und Ruth!« Jayge kam die breite Verandatreppe herunter. »Seit Ruth uns mitgeteilt hat, Sie seien hierher unterwegs, preßt Ara frischen Saft aus. Ich bin froh, daß Sie kommen, es ist nämlich etwas geschehen!«

Ich gehe schwimmen. Die Feuerechsen haben versprochen, mir den Rücken zu schrubben. Ruths Augen schillerten grün vor Begeisterung. Als Jaxom zustimmte, entfernte sich der weiße Drache halb hüpfend, halb fliegend in Richtung des Flusses. Mehrere Schwärme wilder und markierter Feuerechsen kreisten verzückt zirpend über ihm.

»Will sich wohl schrubben lassen?« fragte Jayge. Er war mittelgroß, seine nackte Brust war tiefbraun gebrannt, und auch die Beine waren braun, aber nicht ganz so dunkel. Das auffallendste an dem sonnenverbrannten Gesicht, das eine starke Persönlichkeit und einen tiefen, inneren Frieden verriet, waren die merkwürdig gesprenkelten Augen. Als Jayge seinen Gast nun auf die kühle Veranda führte, glitt freilich ein leiser Schatten über seine Züge. »Ich bin froh, daß Sie vorbeigekommen sind, Jaxom. Wie kann man denn im *Dazwischen* so in Schweiß geraten?«

»Ich habe Sand gestohlen.«

»Tatsächlich?« Jayge sah ihn nachdenklich an. »Und wozu brauchen Sie Sand vom Paradiesfluß? Aber das werden Sie mir sicher gleich erzählen.« Er wies Jaxom mit einer Handbewegung die Hängematte zu, während er sich, die Arme vor der Brust verschränkt, an die Verandabrüstung lehnte.

»Die Siedler hatten irgendwo da hinten in Ihrem Buschland eine Sandgrube. Sie schätzten den Sand vom Paradiesfluß sehr – für die Glasherstellung.«

»Es ist sicher genug davon da. Konnten Piemur und Jancis mit diesen Dingern ...«

»Chips?« verbesserte Jaxom grinsend.

»Dann eben mit diesen Chips tatsächlich etwas anfangen?«

»Nun, wir konnten die noch verwendbaren Transistoren und Kondensatoren bergen, aber eingebaut haben wir sie bisher noch nirgends.«

Jayge warf ihm einen langen, mißtrauischen Blick zu, dann grinste er. »Ganz wie Sie meinen!«

In diesem Augenblick kam klein Readis, nur mit einem Stück Stoff um die Lenden, auf die Veranda und rieb sich den Schlaf aus den Augen. Dann sah er Jaxom unverwandt an. »Ruth?«

Jaxom zeigte zum Fluß, wo sich der weiße Drache, umringt von emsig schrubbenden Feuerechsen, im seichten Wasser suhlte.

»Er kann doch auf mich aufpassen?« fragte Readis seinen Vater und legte in einer Weise den Kopf zurück, die Jaxom frappant an Jayge erinnerte.

»Ruth badet im Moment, und außerdem möchte ich, daß du Jaxom erzählst, was dir und Alemi neulich zugestoßen ist«, sagte Jayge.

»Bist du nur gekommen, um dir das anzuhören?« Readis' Grinsen enthielt auch ein Fünkchen Eitelkeit. Jaxom kam mit einem Schlag zu Bewußtsein, wie sehr er seinen eigenen Sohn Jarrol, niedliche zwei Planetenumläufe alt, vermißte.

»Nun, das war ein Grund«, log Jaxom. »Aber was ist dir und Alemi denn nun widerfahren?«

Aramina kam aus dem Haus, ihre zappelnde Tochter unter einem Arm, ein Tablett in der freien Hand. Jayge sprang sofort auf, um ihr das Tablett abzunehmen, aber sie gab ihm statt dessen die zwei Umläufe alte Aranya und reichte Jaxom ein großes Glas mit kühlem Saft und ein paar frisch gebackene Kekse. Es dauerte noch ein paar Minuten, bis auch Readis auf einem Stuhl saß und sein kleines Glas und zwei Kekse griffbereit hatte. Als Aramina ebenfalls Platz genommen hatte, sah Readis seinen Vater fragend an. Konnte man nun endlich zur Sache kommen?

»Vor drei Tagen hat mich Onkel Alemi im Skiff zum Fischen mitgenommen. Da draußen trieb sich nämlich ein Schwarm von großen Roten rum.« Readis zeigte mit seinem braunen Ärmchen nach Norden. »Wir wollten ein Picknick am Strand machen, um den Tag von Swackys Namensgebung zu feiern, und da brauchten wir große Fische zum Grillen. Am Rand des Schwarms gab's aber nur kleine Tintenfische. Und dann hatte mein Onkel ganz plötzlich einen ganz großen am Haken, und der zog uns mitsamt dem Boot« – Readis' Augen strahlten noch jetzt vor Aufregung – »mitten in die Strömung hinein. Aber Onkel Alemi hat ihn an Bord geholt, und er war so« – er breitete die Arme so weit aus, wie er nur konnte – »groß. Ganz ehrlich!« Er warf einen wütenden Blick auf seinen Vater, der sich schnell die Hand vor den Mund hielt, um das Lachen zu verbergen. »Er war riesig! Kannst ja Alemi fragen! Er hat jedenfalls nicht losgelassen, und ich hab' ihm geholfen, den Fisch ins Boot zu ziehen. Dann hat meine Spule angefangen, sich zu drehen, und Onkel Alemi und ich hatten ganz schön zu tun, um auch den zweiten noch reinzuholen. Deshalb haben wir nicht gemerkt, wie das Gewitter aufzog.«

Jaxom warf einen fragenden Blick auf Jayge und Aramina. Alemi verstand sein Handwerk, er würde nie jemanden in Gefahr bringen.

»Es war ein ordentliches Gewitter, das kannst du mir glauben.« Readis bewegte nach Art guter Geschichtenerzähler das Kinn hin und her, um bestimmte Einzelheiten noch zu betonen. »Wir wurden ganz schön durchgeschüttelt, und das Skiff hat sich gedreht, weil das Segel bei dem Wind unmöglich halten konnte. Dann ist eine große Welle gekommen und hat uns umgeworfen, und ich bin hustend und spuckend wieder aufgetaucht. Onkel Alemi hat meinen Arm so fest gepackt, daß ich dachte, er bricht ihn mir.« Das braune Gesichtchen war ganz ernst geworden. »Ich hatte schreckliche Angst, das gebe ich gerne zu. Der Himmel war ganz schwarz, und es hat in Strömen geregnet, so daß wir das Ufer nicht mehr sehen konnten. Aber ich kann gut schwimmen, und jetzt verstehe ich auch, warum Onkel Alemi immer verlangt, daß ich die Schwimmweste anziehe, auch wenn sie mir meistens zu heiß ist und am Rücken scheuert. Siehst du?« Er drehte sich zur Seite und hob einen Arm, um Jaxom zu zeigen, wo die Haut aufgeschürft war. »Und dann ist es passiert!«

»Was ist passiert?« fragte Jaxom wie aufs Stichwort.

»Ich hatte die Arme ausgebreitet und versuchte, den Kopf über Wasser zu halten, als etwas voll gegen meine rechte Hand geschlagen hat. Und dann wurde ich auf einmal gezogen. Onkel Alemi hat gerufen, daß alles in Ordnung ist. Daß wir in Sicherheit sind. Und daß ich mich nur festhalten soll, er macht es genauso.«

»Geleitfische?« fragte Jaxom mit einem ungläubigen Blick auf Readis' Eltern. Er wußte, daß Jayge und Aramina diesen Fischen ihr Leben verdankten, und auch Meister Idarolan beteuerte immer wieder, die riesigen, schnittigen Meerestiere hätten schon des öfteren Menschen aus einem Sturm gerettet.

»Eine ganze Herde«, sagte Readis stolz. »Und jedesmal, wenn ich mit der Hand abgerutscht bin, kam gleich dahinter der nächste, an dem ich mich festhalten konnte. Onkel Alemi sagt, es müssen zwanzig oder dreißig gewesen sein. Sie haben uns so weit gezogen, bis wir den Strand sehen und uns allein in Sicherheit bringen konnten. *Und*« – er legte eine Pause ein, um den letzten Worten besonderen Nachdruck zu verleihen – »am nächsten Morgen lag das Skiff neben dem Fischerhaus am Strand, als ob sie genau gewußt hätten, wo es hingehört.«

»Das war wirklich eine tolle Geschichte, Readis. Du bist der geborene Harfner. Was für eine erstaunliche Rettung. Wirklich erstaunlich.« Jaxom war aufrichtig bewegt. Er warf einen Blick auf Jayge, und der nickte ihm zu. »Die Rotfische wurden nicht zufällig wieder ins Skiff gelegt?« sagte er dann.

»Nein.« Readis tat die Frage mit einer Handbewegung ab. »Die sind ertrunken. Deshalb mußten wir ja auch zähes, altes Wherfleisch essen statt schöner, saftiger Rotfischsteaks. Soll ich dir noch was sagen?«

»Ja, was denn?« fragte Jaxom höflich.

»Die Geleitfische haben die ganze Zeit geredet, während sie uns gerettet haben. Onkel Alemi hat sie auch gehört.«

»Was haben sie denn gesagt?«

Readis runzelte angestrengt die Stirn. »Die einzelnen Worte weiß ich nicht mehr genau. Der Wind hat so laut gepfiffen, aber ich weiß, daß sie uns zugerufen haben. Als ob sie uns Mut machen wollten.«

Jaxom hielt das eher für eine kindliche Ausschmückung dieser ohnehin recht abenteuerlichen Rettungsaktion, bis er Jayges Blick suchte und sah, daß der abermals bestätigend nickte.

»Readis, willst du nicht zum Fluß laufen und nachsehen, ob die Feuerechsen Ruth auch tüchtig schrubben?« schlug Jayge vor.

Der stämmige Kleine sprang auf. »Darf ich? Wirklich?« Er strahlte Jaxom an.

»Du darfst wirklich«, versicherte ihm Jaxom und überlegte dabei, ob Jarrol mit fünf wohl auch so entzückend sein würde wie dieser Knirps.

»Juchuuu!« schrie Readis und sauste ans Flußufer zu Ruth, der sich bereits im Wasser treiben ließ.

»Und genau so ist die Geschichte passiert?« fragte Jaxom.

»Er hat nichts dazuerfunden.« Aramina war sichtlich stolz auf ihren Sohn. »Alemi sagte, Readis sei nicht in Panik geraten und habe aufs Wort gehorcht. Sonst...« Sie brach ab. Ihr Gesicht war unter der Bräune totenblaß geworden.

Jayge beugte sich zu Jaxom. »Ich habe mir gedacht, Sie könnten dieses Akki-Ding vielleicht einmal fragen, was es über Geleitfische weiß. Auch Alemi schwört, er hätte sie Worte sprechen hören, obwohl der Wind und das Rauschen des Meeres so laut waren, daß er sie nicht direkt verstehen konnte. Er meint, sie wollten ihm Anweisungen geben oder ihn beruhigen. Piemur hat einmal ganz kurz große Fische – Dell-fine – erwähnt, die diesem Akki zufolge von Terra hierher gebracht worden seien. Ich habe ihn gebeten, sich genauer zu erkundigen, aber das hat er wohl wieder vergessen.«

Jaxom hatte sich inzwischen angewöhnt, immer einen kleinen Block und einen Bleistift in seiner Gürteltasche mitzuführen. Nun machte er sich eine Notiz. »Ich werde bestimmt daran denken«, versicherte er den beiden, steckte Block und Bleistift wieder ein und klopfte zur Bekräftigung auf die Tasche.

Jaxom ließ Ruth noch etwas Zeit, in der Sonne zu trocknen, dann rief er ihn zurück. Readis quiekte vor Begeisterung, als der Drache ihm erlaubte, auf seinen Rücken zu klettern und sich das kurze Stück tragen zu lassen. Aramina gab Jaxom ein volles Netz mit frischen Früchten für Sharra und Jarrol mit, und er bedankte sich überschwenglich.

Als Ruth sich in sicherer Höhe befand, meldete sich Jaxoms schlechtes Gewissen, weil er – schon wieder – so lange von Ruatha ferngeblieben war, und er faßte einen Entschluß.

Ruth, wir gehen drei Stunden zurück. Dabei kann gar nichts passieren, und wir kommen gerade dann nach Ruatha, wenn alles aufsteht.

Du weißt, daß es Lessa nicht recht ist, wenn wir Zeitsprünge machen.

Wir haben seit mehreren Umläufen keinen mehr gemacht, Ruth.

Sharra wird es merken.

Sie wird sich hoffentlich so sehr freuen, mich zu sehen, daß es ihr nichts ausmacht – es ist ja nur dies eine Mal. Jaxom streichelte beschwörend Ruths Hals. *Um meine Gefährtin kümmere ich mich schon.* Ruth mochte weder Sharra noch Lessa belügen. *Ich würde Sharra doch gar nicht belügen. Ich käme nur zur Abwechslung einmal früh nach Hause. Das ist doch nicht zuviel verlangt.*

Na schön, das eine Mal ist wohl nicht so schlimm. Außerdem weiß ich immer, in welcher Zeit wir uns befinden.

Als sie jedoch über Ruatha aus dem *Dazwischen* kamen, bereute Jaxom schon fast, überhaupt nach Hause geflogen zu sein. Über den Bergen tobte ein heftiger Schneesturm, und die Burg war kaum zu erkennen.

Nur gut, daß ich auch immer weiß, wo *ich bin.* Ruth reckte den Hals und blinzelte, weil ihm der Wind die Eiskristalle in die Facettenaugen trieb.

Kannst du genug sehen, um zu landen, Ruth? Ich bin gar nicht auf die Idee gekommen, mich nach dem Wetter zu erkundigen. Jaxom hielt sich die behandschuhten Hände vors Gesicht. Allmählich drang die Kälte auch durch die dicke Reitjacke. Seine Beine in der leichten, für den Südkontinent durchaus geeigneten Sommerhose fühlten sich bereits an wie Eiszapfen.

Ich auch nicht. Ruth verzieh ihm sofort. *Es dauert nur noch einen Moment. Ich bin direkt über dem Burghof.*

Plötzlich schlug er heftig mit den Flügeln, und Jaxom wurde ordentlich durchgeschüttelt. Dann setzte der weiße Drache ungewohnt hart auf.

Tut mir leid. Schneewehe.

Jaxom ließ sich schleunigst zu Boden gleiten, aber der Weg zu den großen Toren, hinter denen Ruths Weyr lag, war von dicken Schneemassen versperrt. Er mußte erst etwas Schnee zur Seite räumen und den einen Torflügel einen Spaltbreit öffnen, so daß Ruth mit seinen Klauen Halt fand und das massive Metalltor mit seinen Drachenkräften ganz aufziehen konnte.

Hinein mit dir. Los, befahl Ruth seinem Reiter, und Jaxom gehorchte nur zu gern.

Im Inneren des Weyrs war es nur deshalb wärmer, weil man vor Frost und Windböen geschützt war. Drache und Reiter zogen mit aller Kraft das Tor wieder zu. Jaxom rieb sich kräftig die gefühllosen Beine, dann rannte er über den Steinboden zu der großen Feuerstelle, wo alles für ein Feuer bereitlag. Mit steifen Fingern betätigte er den Anzünder, und endlich sprang der Funke über, und die Flammen leckten gierig an dem trockenen Holz. Dankbar spürte Jaxom die Wärme.

»Gewöhnlich macht mir die Kälte nichts aus«, sagte er, zog seine Jacke aus und schüttelte den Schnee ab. »Aber nach diesem herrlichen Wetter …«

Meer sagt, Jarrol ist stark erkältet, und Sharra war die ganze Nacht auf und fühlt sich nicht besonders, berichtete Ruth seinem Weyrgefährten. Seine Augen schillerten gelblich vor Sorge.

»Kleine Kinder sind zu dieser Jahreszeit oft erkältet«, beruhigte ihn Jaxom, aber er wußte, daß Jarrol gerade in diesem Winter schon viel zu oft Schnupfen gehabt hatte. Und die arme Sharra war völlig erschöpft, weil sie die Pflege ihres Erstgeborenen niemand anderem überlassen wollte. »Manchmal bin ich wirklich ein Dummkopf, Ruth«, rief er plötzlich aus. »Warum in aller Welt soll Sharra eigentlich nicht nach Süden kommen, das schöne Wetter genießen und bei Akki studieren?«

Wie denn? Mit dem Baby im Leib darf sie nicht ins Dazwischen.

»Sie kann doch mit dem Schiff fahren. Wir brauchen Meister Idarolan nur zu fragen, wann er sie mitnehmen kann. Er segelt schließlich oft genug hinunter. Ja, genau das machen wir. Wir ziehen alle in den Süden. Hier passiert zu dieser Jahreszeit ohnehin nichts, womit Brand nicht ohne mich fertig würde.«

Mit einem Schlag fühlte Jaxom sich sehr viel besser. Und als er etwas später bei Sharra im warmen Zimmer saß, wo sie ihren quengeligen Sohn wiegte, war sie ebenso begeistert von seiner Idee. Über seine ungewöhnlich frühe Ankunft fiel kein Wort. Und nachdem Jarrol wieder eingeschlafen war und in seinem

Bettchen lag, bewies Sharra ihrem entzückten Gefährten, wie sehr sie sich freute, ihn wieder zu Hause und bei sich im Bett zu haben.

Mit tiefen Sorgenfalten im Gesicht kam Harfnergeselle Tagetarl aus dem Akki-Komplex und trat an Robintons Schreibtisch in der Eingangshalle. »Akki möchte Sie und Sebell sprechen, sobald Sie es einrichten können«, sagte er.

»Oh? Was heckt er denn jetzt wieder aus?« fragte der Harfner. Die ungewohnte Erregung des Gesellen war ihm nicht entgangen.

»Die Harfnerhalle soll eine Druckerpresse bauen«, stöhnte Tagetarl verzweifelt und strich sich mit beiden Händen nervös die Haare aus dem Gesicht.

»Eine Druckerpresse!« Robinton seufzte tief auf, dann hob er die Hand und stupste seine schlafende Bronzeechse an. »Zair, bitte suche Sebell und bitte ihn, zu uns zu kommen.«

Zair zirpte schläfrig, löste aber willig den Schwanz vom Hals des Harfners. Dann spazierte er über Robintons Arm zur Tischplatte hinab, streckte sich ausgiebig, machte schließlich einen Satz und flog zur offenen Tür hinaus.

»Sebell kann nicht weit sein, wenn Zair nicht einmal ins *Dazwischen* geht«, bemerkte Robinton. »Trink doch erst einmal einen Becher Klah. Du siehst so aus, als könntest du ihn gebrauchen. Was hat Akki denn plötzlich darauf gebracht, daß die Harfnerhalle eine Druckerpresse benötigt?«

Dankbar schenkte Tagetarl sich einen Becher ein, zog sich einen Stuhl an Robintons Tisch heran und strich sich noch einmal, diesmal schon sehr viel ruhiger, das lange, schwarze Haar aus der Stirn.

»Ich fragte ihn, ob wir vielleicht Kopien von den Streichquartetten haben könnten, die er uns neulich abends vorgespielt hat. Domick wollte unbedingt eine

Abschrift. Er sagt, er ist es allmählich leid, immer nur dabeizustehen, wenn wir von den alten Werken schwärmen. Dann hat er noch erklärt« – Tagetarl lächelte kläglich –, »man habe so viele Meister und Gesellen hierher geholt, daß er unmöglich selbst kommen könne, um sich die Musik anzuhören.«

Robinton grinste, denn ihm war klar, daß Tagetarl die bissigen Bemerkungen des Komponisten wahrscheinlich nur in abgeschwächter Form wiedergegeben hatte.

»Akki sagte, er müsse mit dem restlichen Papier sparsam umgehen – er ist bei den letzten zwei Rollen angelangt – und da die Nachfrage so groß sei, habe die Musik als nicht unbedingt lebenswichtig eben zurückzustehen. Und deshalb meint er nun, wir bräuchten eine eigene Vervielfältigungsmaschine.«

»Hmm. Das klingt durchaus einleuchtend.« Robinton bemühte sich, eine gewisse Begeisterung in seine Stimme zu legen, da Tagetarl von der Vorstellung sehr angetan zu sein schien. Dabei war er keineswegs sicher, wieviel mehr an angeblich ›unentbehrlichen‹ Maschinen man wohl noch würde schaffen können. Schon jetzt arbeiteten so viele Leute aus so vielen Gildehallen mit Hochdruck an einem halben Dutzend wichtiger Projekte. »Es läßt sich nicht leugnen, daß es vieles an Informationen zu verbreiten gäbe. Besonders an die weit entfernten Gildehallen und Gehöfte, die keine Vertreter hierher entsenden können.«

Zair kehrte zurück und tat mit leisem Zirpen kund, er habe seinen Auftrag ausgeführt. Kaum lag er wieder quer über Robintons Schultern, als Sebell auch schon angelaufen kam. Er war offenbar in größter Hast in seine Kleider gefahren, und sein Haar war noch feucht.

»Immer mit der Ruhe, Sebell. Es hat keine Eile.« Robinton hob beschwichtigend die Hand. »Hoffentlich hast du Zairs Botschaft nicht falsch aufgefaßt.«

Keuchend und mit spöttisch verzogenen Lippen salutierte Sebell vor seinem Meister. »Es ist mir so in Fleisch und Blut übergegangen, jedem Ruf von Ihnen unverzüglich zu folgen, daß ich es mir nicht mehr abgewöhnen kann.«

»Obwohl du jetzt Meisterharfner von Pern bist?« Robinton grinste verschmitzt. »Als Meisterharfner von Pern solltest du doch wenigstens deine morgendlichen Waschungen in Ruhe beenden dürfen.«

»Klah?« fragte Tagetarl, und als Sebell dankbar nickte, schenkte ihm der Geselle einen Becher ein.

»Ich kam gerade aus der Dusche«, sagte Sebell und nahm den Becher. »Aber nun bin ich schon einmal hier, also, wie kann ich Ihnen helfen?«

Robinton deutete auf Tagetarl.

»Eigentlich möchte Akki Sie und Meister Robinton sprechen«, sagte der Geselle. »Er braucht eine Druckerpresse, und er sagt, nach seinem Verständnis unserer heutigen Strukturen sollte sie der Harfnerhalle unterstellt sein.«

Sebell nickte vor sich hin, während er zuhörte. Robinton erkannte in dieser Marotte eine seiner eigenen Angewohnheiten wieder. Auch er hatte immer genickt, wenn jemand eine unerwartete Forderung an ihn herantrug.

»Tatsächlich sind Nachrichtenverbindungen in jeder Form Sache der Harfnerhalle. Aber was genau ist überhaupt eine Druckerpresse?« fragte Sebell, nachdem er bedächtig ein paar Schluck Klah getrunken hatte.

»Ein Fortschritt gegenüber Meister Arnors Krakeleien, wie ich inständig hoffe«, bemerkte Robinton freundlich. Die beiden anderen Harfner verdrehten die Augen. »Wenn sie Schriftzeichen erzeugt, die nur annähernd so gut zu lesen sind wie die von Akki, wäre sie wahrhaftig eine große Hilfe.«

»Akki ist offenbar der einzige auf dieser Welt, der

Arnors Schrift mühelos entziffern kann. Wo liegt also das Problem?« wollte Sebell von Tagetarl wissen.

»Domick sitzt mir schon die ganze Zeit im Nacken, weil er Abschriften von der herrlichen Musik will, die Akki uns immer wieder vorspielt.«

Sebell nickte verständnisvoll. »Das konnte nicht ausbleiben. Und die Bitte ist auch durchaus berechtigt, schließlich muß er einen großen Teil der Verwaltung übernehmen, damit wir hierbleiben können.«

»Laßt euch von Domick nicht mit unausgesprochenen Vorwürfen unter Druck setzen«, warnte Robinton mit erhobenem Zeigefinger. »Obwohl er von der Streichmusik mit Sicherheit begeistert sein wird.«

»Das sind wir doch alle.« Sebell erhob sich. »Wir müssen erst einmal genau in Erfahrung bringen, was alles für dieses Projekt erforderlich ist. Das technische Interesse unserer Gildehalle hält sich doch sehr in Grenzen, auch wenn wir unsere Instrumente selbst bauen.« Die drei Harfner machten sich auf den Weg, um sich mit Akki zu beraten.

»Mag sein, daß Harfner kein Interesse an Technik haben«, antwortete Akki, als Sebell seine Bedenken vortrug, »aber es mangelt ihnen gewiß nicht an Geschicklichkeit und Intelligenz, Meister Sebell. Zur Replikation oder Duplizierung von Schriftstücken gibt es die verschiedensten Methoden, und das mühsame Kopieren von Hand, wie Sie es hier praktizieren, ist die fehleranfälligste von allen. Mit Resten von anderen Maschinen und den Teilen, die noch in den Catherine-Höhlen lagern, müßte sich ein weit effektiveres Verfahren zur massenhaften Vervielfältigung sowohl wichtiger Informationen als auch der Partituren entwickeln lassen, die Ihr Kollege in der Harfnerhalle angefordert hat.«

Aus dem Druckerschlitz fielen mehrere Blätter, die Tagetarl geschickt auffing.

»Diese Skizzen stellen Dinge dar, die in den Höhlen zu finden sein sollten, sowie die wenigen Teile, die Meister Fandarel für Sie wird anfertigen müssen. Es liegt auch in seinem Interesse, Ihnen behilflich zu sein.« Nun folgte eine jener Pausen, aus denen Robinton immer gerne auf Akkis jeweilige Stimmung schloß. Diesmal, davon war er überzeugt, wollte Akki mit seinem Schweigen daran erinnern, wieviel die Schmiedehalle bereits von seiner Hilfe profitiert hatte. »Nachdem selbst die Lehrlinge Ihrer Gilde über eine so beträchtliche Intelligenz verfügen, sollte es möglich sein, die Maschine fertigzustellen, bis Meister Fandarel so weit ist, daß er seine Wasserturbine in Gang setzen kann. Dann steht auch genügend Energie zum Betreiben der Druckerpresse zur Verfügung. Erfreulicherweise ist es Meister Bendarek bereits gelungen, Endlospapier in Rollenform zu produzieren, was für dieses Verfahren ebenfalls von größter Bedeutung ist.

Das Schneiden der einzelnen Lettern und Ziffern sowie der musikalischen und wissenschaftlichen Symbole für einen gut lesbaren Typensatz dürfte für manuell geschickte Personen nicht weiter schwierig sein.« Ein neues Blatt, auf dem ein Satz ausnehmend klar umrissener Typen abgebildet war, schob sich aus dem Schlitz. »Geselle Tagetarl ist ein ausgezeichneter Holzschnitzer.« Tagetarl war baß erstaunt und konnte sich nicht vorstellen, wie Akki von seiner Freizeitbeschäftigung erfahren hatte. »Vielleicht finden sich noch weitere Talente dieser Art, die ihm behilflich sein könnten.«

»In den Catherine-Höhlen steht nicht zufällig noch eine Druckerpresse herum?« fragte Sebell sehnsüchtig.

»Leider nein. Die Verfahren zur Replikation und Speicherung von Daten waren über dieses schwerfällige Stadium längst hinausgewachsen. Für Ihre Bedürfnisse wird die Methode jedoch noch einige Zeit ausreichen.«

Sebell hatte Tagetarl das Blatt mit dem Typensatz abgenommen. »Es wäre schön, wenn man lesen könnte, ohne die Augen zusammenzukneifen oder ein Vergrößerungsglas zu benützen.« Er schüttelte den Kopf. »Meister Arnor wird davon nicht sehr erbaut sein.«

Robinton verzog das Gesicht und stieß einen bedauernden Seufzer aus. »Vielleicht ist es für ihn höchste Zeit. Mittlerweile ist er nämlich fast blind. Und diese verflixten Lehrlinge tanzen ihm einfach auf der Nase herum. Erst letzte Woche hat mir Menolly von einem Vorfall erzählt. Ein Frechdachs hat anstelle der verlangten Ballade ein paar unflätige Verse eingereicht – und der arme Meister Arnor hat sie durchgehen lassen.«

Tagetarl mußte ein Grinsen unterdrücken. »Den Streich spielt man Meister Arnor nicht zum erstenmal.«

»Diese Druckerpresse könnte helfen, deine Reserven zu schonen, Akki?«

»Gewiß, aber das war nicht der eigentliche Grund für die Empfehlung, sich um eine so grundlegende Verbesserung im Umgang mit Informationen zu bemühen. Sie werden mit der Zeit feststellen, daß Sie mehr als eine Presse benötigen, daher wäre es ratsam, sich das Prinzip anzueignen und es gegebenenfalls zu verfeinern.«

»Ich finde« – Robinton hielt inne und sah Sebell an, denn er war sich bewußt, daß er mit dieser Anregung in die Kompetenzen des neuen Meisterharfners eingriff –, »diese erste Druckerpresse sollte hier in Landing gebaut werden.«

Sebell erriet den eigentlichen Grund für den Vorschlag seines Mentors und nickte. »Das wäre sicher weniger kränkend für Meister Arnor.« Er sah sich zusammen mit Tagetarl die Blätter an. »Dulkan ist bereits hier, und er kann wunderschöne Harfenrahmen aus Messing anfertigen. Außerdem warten vier von den älteren Lehrlingen darauf, den Kurs für Allgemeinwissenschaft besuchen zu können. Bis sie an der Reihe sind, könnten wir sie hiermit beschäftigen.«

Robinton strahlte die beiden Männer an und freute sich, daß sie mit solchem Eifer an das Projekt herangingen.

»Übrigens ist Terry momentan in den Catherine-Höhlen. Wenn wir uns beeilen, können wir auch ihn noch um Rat fragen«, meinte Tagetarl.

Die beiden jungen Männer verabschiedeten sich denkbar knapp, aber doch tadellos höflich von Robinton, verließen den Akki-Raum und gingen, angeregt über mögliche Vorgehensweisen diskutierend, den Gang hinunter.

Manchmal, dachte Robinton, während er sich langsam auf den nächstbesten Stuhl sinken ließ, empfand er soviel Energie eher als ermüdend denn als anregend. Nicht, daß er von dieser Druckerpresse nicht begeistert gewesen wäre. So viele Kopien, wie man brauchte? Was für eine Vorstellung!

Er fand es immer wieder erstaunlich, wie viele Geräte es inzwischen gab, die man zuvor nie vermißt hatte. Die Auswirkungen auf Gildehalle, Burg und Weyr, gerade erst in Ansätzen zu spüren, würden tiefgreifend sein. Lytol, der sich eingehend mit der Geschichte und der Politik ihrer Vorfahren befaßt hatte, machte sich bereits jetzt Sorgen um den Werteverfall, wie er es nannte, und die Zerstörung der Tradition durch immer weiter steigende Wünsche. Das Versprechen – die Möglichkeit, verbesserte Robinton sich streng – daß die Fäden endgültig ausgerottet werden könnten, war für alle bis auf eine Handvoll Andersdenkender ein Ansporn. Selbst die konservativsten unter den noch lebenden Alten hatten sich bekehren lassen und unterstützten nun die Weyrführer von Benden.

Doch womit sollten sich die Drachen und ihre Reiter denn nun wirklich beschäftigen, wenn die Fäden als Daseinsberechtigung für die Weyr wegfielen? Robinton wußte, obwohl darüber bisher nicht öffentlich gesprochen wurde, daß F'lar und Lessa Anspruch auf ausgedehnte Ländereien hier im Süden zu erheben gedachten. Aber würden die Burgherren, die selbst begehrliche Blicke auf die unermeßlichen Weiten des riesigen Südkontinents warfen, auf diese Ansprüche auch eingehen? Der ehrgeizige Toric hatte es noch immer nicht verwunden, sich mit einem so kleinen Teil des Südens zufriedengegeben zu haben. Robinton vertrat die Ansicht, die Weyr hätten Pern jahrhundertelang treu gedient, und dafür stünde ihnen zu, was immer sie verlangten, aber würden die Burgherren und die Gildemeister dem zustimmen? Das bereitete ihm die größten Sorgen, dagegen schienen sich die Weyrführer in dieser Hinsicht weiter keine Gedanken zu machen. Und wenn nun der Große Plan am Ende der bewußten vier Umläufe, zehn Monaten und drei Tage scheiterte? Was dann?

Vielleicht, und der Gedanke heiterte ihn jäh wieder auf, wären alle Burgen und Gildehallen so sehr mit den technischen Neuheiten beschäftigt, daß sie die Weyr darüber vergaßen. Burgen und Gildehallen hatten es schließlich immer recht gut verstanden, die Weyr zwischen den Annäherungsphasen aus ihrem Gedächtnis zu verdrängen. Möglicherweise waren Dinge wie Kraftwerke und Druckerpressen tatsächlich wertvoll, aber nicht nur aus den offensichtlichen, sondern aus sehr viel abwegigeren Gründen.

»Akki«, meldete sich Robinton und zog gewissenhaft die Tür hinter sich zu. »Auf ein Wort.« Er räusperte sich. Warum war er in Akkis Gegenwart nur manchmal so nervös wie der jüngste Lehrling? »Was diese Druckerpresse angeht…«

»Sie halten eine solche Maschine nicht für notwendig?«

»Ganz im Gegenteil.«

»Was beunruhigt Sie dann? Ihre Stimme verrät eine gewisse Unsicherheit.«

»Akki, als uns zum erstenmal aufging, welch ungeheure Mengen an Wissen du repräsentierst, hatten wir noch kaum eine Vorstellung, was uns im Lauf der Jahrhunderte alles abhanden gekommen war. Inzwischen vergeht kaum ein Tag, ohne daß plötzlich ein neues Gerät auf der Liste der unentbehrlichen Dinge erscheint. Unsere Handwerker haben so viele Aufträge, daß sie bis zum Ende der Phase ausgelastet sind. Sag mir ehrlich, brauchen wir diese Maschinen und Geräte denn wirklich alle?«

»Nicht für das Leben, das Sie bisher führten, Meister Robinton. Wollen Sie aber erreichen, was sich offenbar die Mehrheit der Bevölkerung auf Pern sehnlichst wünscht, nämlich die endgültige Vernichtung der Fäden, so ist ein gewisser Fortschritt unverzichtbar. Ihre Vorfahren legten keinen Wert auf den damals höchsten technischen Standard, sie zogen es vor, ihr Ziel mit möglichst geringem Einsatz technischer Mittel zu erreichen. Derzeit wird der damalige Stand wiederhergestellt. Genau diesen Wunsch haben Sie bei unserem ersten Gespräch schließlich geäußert.«

Robinton war nicht sicher, ob er sich den leichten Vorwurf in Akkis Tonfall nur eingebildet hatte. »Energie aus Wasserkraft…«, begann er.

»Die Ihnen bereits zur Verfügung stand.«

»Druckerpressen?«

»Ihre Aufzeichnungen wurden bereits früher gedruckt, aber nach einem mühsamen und zeitraubenden Verfahren, bei dem sich leider auch Fehler einschleichen konnten, um dann verewigt zu werden.«

»Die Unterrichtscomputer?«

»Es gibt auch Harfner, die anhand von festen Lektionen unterrichten. Sogar die Kunst der Papierherstellung hatten Sie bereits wiederentdeckt, ehe Sie Kontakt zu dieser Anlage aufnahmen. Die meisten Techniken der Papierherstellung, Meisterharfner, sind nur Verfeinerungen von Verfahren, die bereits angewendet werden, sie werden durch einfache Maschinen erleichtert, die gegenüber dem, was Ihre Vorfahren mitbrachten, keinen Fortschritt darstellen. Im Moment werden eigentlich nur tiefsitzende Fehler und Irrtümer korrigiert. Die Einstellung der ursprünglichen Kolonisten ist unverändert erhalten geblieben. Selbst die technischen Mittel, die eingesetzt werden müssen, um die Bahn des Wanderplaneten zu verändern, entsprechen dem Entwicklungsstand Ihrer Vorfahren. Möglicherweise stehen den terranischen Wissenschaftlern inzwischen andere, fortgeschrittenere Methoden zur Verfügung, die man anwenden könnte, wenn dieser Planet noch Kontakt zur Erde hätte. Als damals die Kolonistenschiffe das Sonnensystem der Erde verließen, hieß es, man komme im Bereich der Kosmologie mit Riesenschritten voran. In die Datenspeicher dieser Anlage wurde davon jedoch nichts aufgenommen. Sobald Sie den erforderlichen Bildungsstand wieder erreicht haben, steht es ganz in Ihrem Belieben, ob Sie auf diesem Wege weitergehen oder nicht.«

Robinton rieb sich nachdenklich das Kinn. Es gab nichts daran auszusetzen, wenn Akki tat, worum man ihn ausdrücklich gebeten hatte, nämlich Pern das Wissen zurückzugeben, das es ursprünglich besessen hatte. Auch hielt die Anlage sich allem Anschein nach an die gestellten Bedingungen und ließ lediglich das wiederaufleben, was wirklich gebraucht wurde. Niederschmetternd war nur die Erkenntnis, wieviel man verloren hatte.

»Diese Welt hat überlebt, Meister Robinton, ehrenvoller und mit mehr Würde, als Ihnen bewußt ist – Burgverwalter Lytol steht im Begriff, genau dies im Zuge seiner historischen Entdeckungsreisen zu erkennen.«

»Vielleicht habe ich seinen Studien nicht die nötige Beachtung geschenkt.«

»Das war eine ganz und gar inoffizielle Beurteilung, Meister Robinton. Burgverwalter Lytol muß seine Schlüsse auf Grund seiner Studien selbst ziehen.«

»Es würde mich interessieren, ob seine Schlüsse mit deiner objektiven Beurteilung übereinstimmen.«

»Sie sollten sich mit Geschichte befassen und sich eine eigene Meinung bilden, Meister Robinton.« Hier legte Akki wieder eine seiner rätselhaften Pausen ein. »Gedruckte Bücher würden Ihnen das sehr erleichtern.«

Robinton starrte gebannt auf das grüne Licht an der Außenseite der Akki-Anlage und zerbrach sich wieder einmal den Kopf, woraus sich wohl eine ›künstliche Intelligenz‹ zusammensetzte. Er hatte die Frage schon mehrmals direkt gestellt, war aber jedesmal wieder mit einer Übersetzung des Akronyms abgespeist worden. Mit der Zeit hatte er begriffen, daß es Dinge gab, die Akki entweder nicht erklären konnte oder aufgrund seiner Programmierung nicht erklären durfte.

»Ja, gedruckte Bücher wären eine große Erleichterung«, stimmte der Harfner schließlich zu. »Aber nach allem, was du uns gezeigt hast, verfügten die Siedler über andere, sehr viel kompaktere Möglichkeiten.«

»Diese Technologie ist zu fortgeschritten, um gegenwärtig in Betracht zu kommen, sie würde Verfahren erfordern, die einstweilen Ihre Fähigkeiten wie Ihre Bedürfnisse übersteigen.«

»Nun, dann will ich mich mit Büchern begnügen.«

»Das wäre vernünftig.«

»Und auch du wirst weiterhin Vernunft walten lassen bei dem, was du uns wiederentdecken läßt?«

»Das ergibt sich von selbst aus dem Hauptziel dieser Anlage.«

Mit dieser Antwort gab sich Robinton zufrieden. Doch als er schon die Hand auf dem Türknopf hatte, drehte er sich noch einmal um. »Könnte diese Druckerpresse auch Musikpartituren drucken?«

»Gewiß.«

»Das wäre eine gewaltige Erleichterung für die gesamte Gilde«, sagte der Harfner. Als er durch den Korridor zur Eingangshalle zurückging, fühlte er sich so beschwingt, daß er zu pfeifen begann.

7

Lessa schreckte unvermittelt hoch und öffnete die Augen. Es war so dunkel, daß der Tag gewiß noch Stunden entfernt sein mußte. F'lar lag neben ihr, alle viere von sich gestreckt, seine Stirn berührte ihre Schulter, einen Arm hatte er quer über sie gelegt, mit einem Bein drückte er ihre beiden nieder. Sie hatten ein überbreites Bett, aber er schaffte es unweigerlich, den größten Teil davon zu beanspruchen. Sie war tatsächlich nur noch eine Handbreit von der Kante entfernt. Offenbar hatte sie sich vorgenommen, um diese barbarische Zeit aufzuwachen – dazu war sie schon immer fähig gewesen. Aber wozu? Sie war zu schlaftrunken, um sofort eine Antwort parat zu haben.

Auch Ramoth schlief noch tief und fest. Und Mnementh erst recht! Der ganze Benden-Weyr lag in tiefem Schlummer, einschließlich, wie sie erbost feststellte, des Drachen und seines Reiters, die eigentlich am Kraterrand Wache halten sollten. Sie würde ihm die Hölle heiß machen, aber erst einmal mußte sie dahinterkommen, wieso sie mitten in der Nacht wach war.

Dann fiel ihr das beleuchtete Zifferblatt auf dem Nachttisch ins Auge. Drei Uhr früh! Der Fortschritt war doch ein zweischneidiges Schwert. Mit einem zuverlässigen Zeitmesser, der zudem im Dunkeln zu sehen war, wurden die Dunkelheit und das frühe Aufstehen nur noch unangenehmer. Allerdings rief ihr die Uhr wieder in Erinnerung, warum sie zu diesem Zeitpunkt aus den Federn kriechen mußte. Sie stieß F'lar an. Er war immer nur sehr schwer munter zu bekommen, wenn nicht gerade Mnementh nach ihm rief.

»F'lar, wach auf! Zeit zum Aufstehen.« *Ramoth, Liebes, aufwachen! Wir müssen nach Landing. Akki legt gerade auf* unsere *Anwesenheit besonderen Wert.* Ungeduldig rüttelte sie F'lar an der Schulter, zog mühsam ihre Beine unter den seinen hervor und verließ, wenn auch ungern, das weiche, warme Bett. »Wir sollen ganz früh am Morgen in Landing sein. Nach *dortiger* Zeit.«

Es gab Augenblicke, und dies war ein solcher, in denen Lessas Begeisterung für den Großen Plan merklich abflaute. Sollte dies jedoch der Tag sein, an dem Akki die Ergebnisse von zwei Umläufen eifrigen Studiums und harter Arbeit in einen Zusammenhang brachte, so wäre das frühe Aufstehen nur ein geringes Opfer.

Im größeren Raum des Königinnen-Weyrs hörte sie Ramoth grollen und ächzen, die goldene Königin wollte ebensowenig vom Aufstehen wissen wie F'lar.

»Wenn ich mich aufrappeln muß, dann bleibst du auch nicht liegen«, sagte sie herzlos und zog ihrem Weyrgefährten den Schlafpelz weg.

»Was zum ...« F'lar wollte den Pelz festhalten, aber Lessa riß ihn ihm mit leisem Lachen aus der Hand.

»Du mußt aufstehen.«

»Verdammt, Lessa, es ist mitten in der Nacht«, beschwerte er sich. »Der nächste Fädeneinfall ist erst in eineinhalb Tagen angesagt.«

»Akki will, daß wir um fünf Uhr Landing-Zeit bei ihm sind.«

»Akki?« Er fuhr erschrocken in die Höhe, riß die Augen weit auf und strich sich das zerzauste Haar aus dem Gesicht.

Seine Reaktion entlockte Lessa nur ein verächtliches Schnauben.

»Mein Hemd ...«, rief er und zitterte heftig in der Nachtkälte. »Grausames Weib!«

Sie schnappte sich Hemd und Hose vom Stuhl und warf sie ihm zu. »So grausam nun auch wieder nicht.«

Sie deckte einen Leuchtkorb ab und begab sich selbst auf die Suche nach frischen Kleidern. F'lar machte einen kurzen Abstecher in die Badehöhle, während sie den Klah einschenkte. Als er herauskam, ging sie mit dem Becher in der Hand hinein, wusch sich rasch und flocht ihre Zöpfe neu.

»Der Wachreiter schläft«, teilte sie ihrem Gefährten mit, als sie in den Weyr zurückkam, wo er gerade in die Stiefel fuhr und die Reitjacke überstreifte.

»Ich weiß. Ich habe Mnementh schon losgeschickt, damit er den beiden den Schrecken ihres Lebens einjagt.« Er lauschte mit schiefgelegtem Kopf, denn in diesem Moment erscholl ein mächtiges Brüllen, gefolgt von einem ängstlichen Wimmern. »Das wird ihnen eine Lehre sein.«

»Eines Tages wird Mnementh einen Wachdrachen und seinen Reiter so erschrecken, daß sie über den Rand stürzen!« gab sie zurück.

Er grinste sie an. »Bis jetzt ist alles gutgegangen! Hier!« Er hielt ihr die Reitjacke und die Kappe hin. Als sie mit den Armen in die Jacke fuhr, beugte er sich herab und küßte sie in den Nacken. F'lar hatte am frühen Morgen oft erotische Gelüste.

»Da überläuft es mich ganz kalt!« Aber sie wich nicht zurück, und so küßte er sie noch einmal und drückte sie zärtlich an sich. Dann führte er sie, immer noch einen Arm um ihre Schulter gelegt, in Ramoths Weyr hinaus.

Der Schwanz der goldenen Königin befand sich noch im Weyr; sie selbst war bereits draußen auf dem Sims. Und als F'lar und Lessa zu ihr traten, streckte Mnementh, der über dem Königinnen-Weyr hauste, den Kopf über die Kante und spähte mit blaugrün funkelnden Augen durch die Dunkelheit.

Wen hast du da oben aus dem Schlaf geschreckt, Mnementh? fragte Lessa.

B'fol und den Grünen Gereth. Die schlafen nicht mehr

ein, wenn sie auf Wache sind. Das klang sehr streng, aber Lessa hatte dagegen durchaus nichts einzuwenden, denn B'fol und Gereth waren für solche Nachlässigkeiten wirklich zu alt.

»Beim nächsten Fädenfall werden die beiden Feuersteinsäcke transportieren«, bemerkte F'lar, der das Gespräch verfolgt hatte. Gerade jetzt durfte man im Benden-Weyr keine Schlamperei dulden. »Haben wir noch Zeit für eine Schale Frühstücksbrei?« fragte er hoffnungsvoll.

In Anbetracht der Tatsache, daß an Landing-Tagen im allgemeinen pausenlos gearbeitet wurde, hielt Lessa ein gutes Frühstück nur für vernünftig, auch wenn es bereits später war als vorgesehen. »Wir werden Zeit schaffen«, sagte sie, und aus ihrer Stimme klang der Schalk.

»Aber Lessa«, begann er gespielt vorwurfsvoll, »allen anderen verbieten wir die Zeitsprünge ...«

»Ein paar Vorrechte stehen einem als Weyrführer doch wohl zu, und mit einem ordentlichen Frühstück im Magen kann ich auch besser denken«, sagte sie. »Wir werden also ein klein wenig Zeit schaffen. Schließlich warst du so schwer zu wecken.« Sie lachte leise, als er empört protestierte. »Wenn ich bitten darf, Ramoth!« Die Königin kauerte sich nieder, um ihre Reiterin aufsitzen zu lassen. »Du hast doch nichts dagegen, F'lar ein Stück mitzunehmen, Liebste? Ich möchte nicht, daß er mir da oben vom Sims fällt, wenn er im Dunkeln versucht, auf Mnemenths Rücken zu klettern.«

Ramoth wandte den Kopf zu F'lar und zwinkerte ihm zu. *Natürlich nicht.*

Mnementh wartete, bis beide Reiter auf dem Nacken der Königin saßen, dann erst stieß er sich vom oberen Sims ab und glitt neben ihnen auf den Boden des Weyrkessels. Unten angekommen, sahen sie die Nachtlichter in den Unteren Höhlen und das abgedeckte Feuer im kleinen Herd, auf dem ein großer Kessel mit Frühstücksbrei vor sich hinköchelte. Den riesigen Klahtopf hatte man ein wenig zur Seite geschoben, damit der Inhalt nicht zu stark und damit ungenießbar wurde.

Froh, daß sie die Küche für sich allein hatten, füllte Lessa zwei Schalen mit dem dampfenden Brei. Die Bäcker mußten eben erst gegangen sein – der große Tisch neben dem großen Herd stand voll mit abgedeckten Brotformen. F'lar brachte zwei Becher Klah herüber, schaufelte unglaubliche Mengen Süßwürze in den seinen und streute dann fast noch einmal so viel über den Brei, den Lessa ihm vorsetzte.

»Ein Wunder, daß du von all dem süßen Zeug nicht zunimmst«, begann sie.

»Und daß mir nicht die Zähne ausfallen«, ergänzte er die altbekannte Klage und klopfte sich grinsend mit dem Löffel gegen die Zähne. »Aber bisher ist weder das eine, noch das andere eingetreten.« Er machte sich über sein Frühstück her.

Lessa trank zuerst einen Schluck Klah, um auch den letzten Rest von Schläfrigkeit zu vertreiben.

»Glaubst du, Akki nimmt heute das Projekt in Angriff?«

F'lar hatte den Mund voll Brei und zuckte nur die Achseln. Dann schluckte er. »Ich kann mir nicht vorstellen, warum er sonst genau diese Gruppe zu dieser Stunde zu sich bestellt hätte. Dem ursprünglichen Zeitplan nach müßten wir eigentlich soweit sein. Auch wenn manche Kritiker anderer Meinung sind«, fügte er mit einer Grimasse hinzu, die nichts mit dem kochendheißen Brei auf seinem Löffel zu tun hatte, »pflegt er nämlich zu halten, was er verspricht.«

»Bis jetzt jedenfalls«, schränkte Lessa mürrisch ein.

»So ist es!« F'lar sah seine Weyrgefährtin an. »Du glaubst nicht so recht daran, daß er halten kann, was er in bezug auf die Fäden versprochen hat?«

»Ich kann mir einfach nicht vorstellen, wie er mit uns erreichen will, was den Siedlern nicht gelungen ist!« Zugleich erleichtert und verlegen, weil sie die Zweifel ausgesprochen hatte, die sie zunehmend quälten, sah sie ihn an.

F'lar legte seine Hand auf die ihre. »Bisher hat er noch jedes Versprechen eingelöst. Und ich glaube ihm nicht nur, weil ich als Drachenreiter gerne glauben möchte, sondern weil er seiner Sache offenbar so sicher ist.«

»Aber F'lar, jedesmal, wenn man ihn fragte, hat er nicht etwa *versprochen*, daß es uns gelingen wird, die Fäden auszurotten. Er hat nur gesagt, es ist *möglich*. Das ist nicht das gleiche.«

»Wollen wir nicht abwarten, was der heutige Tag bringt, Liebes?«

F'lar sah sie mit diesem wissenden Blick an, für den sie ihm manchmal am liebsten die Augen auskratzen wollte. Sie holte tief Atem und verkniff sich eine scharfe Erwiderung. Der heutige Tag konnte vieles bringen, und obwohl sie sich wünschte, F'lar möge zu Recht so großes Vertrauen in Akki gesetzt haben, mußte sie ihn doch auf eine mögliche Enttäuschung vorbereiten.

»Angenommen, heute geht alles schief, schmälert das dann nicht unseren Einfluß, wenn nächste Woche beim Konklave auf Tillek Oterels Nachfolger gewählt werden soll?«

F'lar runzelte die Stirn. »Die Gefahr ist mir bewußt, und ich bin relativ sicher, daß das auch für Akki gilt. Ich würde sogar sagen, daß er das heutige Treffen aus diesem Grund angesetzt hat. Bis jetzt hat er immer ein sagenhaftes Gefühl für den richtigen Zeitpunkt bewiesen.«

»Er und Lytol haben die politische Seite gründlich ausgelotet, was? Man wünscht sich fast, Lytol wäre immer noch Burgverwalter von Ruatha. Dann hätte

Groghe die Unterstützung, die er braucht. Das Gemurre, daß Ruathas junger Burgherr sich viel öfter hier unten aufhält als in seiner Burg, ist sogar mir zu Ohren gekommen.«

»Wenigstens kann niemand behaupten, daß Ranrel für einen Burgherrn zu jung wäre, Lessa«, bemerkte F'lar. »Er ist Mitte dreißig und hat fünf Kinder. Und er ist mit Sicherheit der einzige von Oterels Söhnen, der jemals so etwas wie Initiative gezeigt hat. Sein Hafensanierungsprojekt war genial.« F'lar lachte leise. »Auch wenn er alles noch schlimmer gemacht hat, als er darauf bestand, für die neuen Kais und die Verstärkung der Piers Hamians Baustoff zu verwenden.«

Lessa grinste bei dem Gedanken daran, wie Ranrel mit seinen modernen Techniken all jene in Aufruhr versetzt hatte, die sämtliche nützlichen Erzeugnisse des ›Monstrums‹ verhöhnten oder rundheraus ablehnten. F'lar kratzte sich schläfrig den Kopf und gähnte.

»Und gerade als die anderen Brüder Ranrels Projekt heruntermachen wollen, kommt Meister Idarolan daher und schwärmt in höchsten Tönen von den neuen Einrichtungen«, fuhr sie fort.

»Das kann ihm beim Konklave der Barone nicht schaden. Seine Gefährtin ist Webermeisterin. *Sie* möchte nur zu gern einen mechanischen Webstuhl. Ich weiß nicht, woher sie überhaupt erfahren hat, daß es so etwas gibt.«

Lessa breitete die Arme aus. »*Alle Welt* ist vom Mechanisierungswahn befallen.«

»Immerhin werden einem damit die stumpfsinnigen Arbeiten abgenommen.«

»Hmm. Ja. Und nun iß auf. Sonst kommen wir noch zu spät.«

F'lar grinste, dann drehte er seinen Klahbecher um. »Es ist bereits zu spät. Nur gut, daß du uns einen Zeitsprung gestattest.« Er lachte nur über ihren giftigen Blick.

Nachdem sie das Geschirr zum Einweichen ins große Becken gestellt hatten, machten sie Jacken und Helme zu und verließen die Höhle.

»Wir hätten vor einer halben Stunde dort ankommen sollen, Ramoth«, erklärte Lessa ihrer Drachenkönigin beim Aufsteigen. »Und wir müssen pünktlich sein.«

Wenn du unbedingt meinst. Ramoth war nicht begeistert.

Die anderen waren bereits im Konferenzraum versammelt, als die Weyrführer von Benden eintrafen. Robinton wirkte noch recht verschlafen, aber Jaxom, Mirrim, Piemur – die goldene Echse Farli lag zusammengerollt quer über seinen Schultern – und die drei männlichen, grünen Reiter schienen hellwach zu sein.

Jaxom nahm die Schultern zurück und zupfte an seiner leichten, ärmellosen Tunika, die an seinem schweißnassen Rücken klebte. Piemur, unverbesserlich wie eh und je, mußte dieses Zeichen von Nervosität natürlich belächeln. Mirrim war ebenfalls nervös, und L'zal, G'ranat und S'len, die anderen grünen Reiter, traten unruhig von einem Fuß auf den anderen.

Seit Akki vor zwei Tagen dieses frühmorgendliche Treffen angesetzt hatte, warteten seine Eliteschüler in fieberhafter Spannung darauf, daß nun *der Plan* anlaufen würde. Aber sie hatten ihre Aufregung unterdrückt, um nicht noch mehr Gerüchte in Umlauf zu setzen. Nicht einmal Piemur hatte es gewagt, Akki um eine Bestätigung zu bitten.

Die jungen Leute hatten in den letzten zwei Umläufen mit Feuereifer studiert, auch wenn sie ihnen oft sinnlos erschienen, diese nicht enden wollenden Lektionen und Übungen, die so lange wiederholt werden mußten, bis man sie, wie Jaxom einmal Piemur gegenüber äußerte, im Schlaf beherrschte.

»Vielleicht will Akki genau das erreichen«, hatte Piemur achselzuckend erwidert. »Ich werde ebensowenig daraus schlau wie aus den Aufgaben, die ich mit Farli üben muß.«

Jaxom beobachtete, wie er seiner Echsenkönigin den Rücken streichelte, als sie den Gang entlang zu Akkis Raum gingen. Die Lichter wurden heller, und Piemur grinste vor sich hin: Meister Moriltons ›Glühbirnen‹ funktionierten genauso gut wie die Originale. Wieder ein kleiner Triumph für den Glasmachermeister, der nach den Vorgaben des ›Monstrums‹ arbeitete. Beim Gedanken an diesen Beinamen verfinsterte sich Piemurs Gesicht – Meister Norist war längst nicht mehr der einzige, der Akki so bezeichnete. Das konnte sich natürlich rasch ändern, falls heute wirklich zum Angriff gegen die Fäden geblasen wurde, und dann bräuchte man sich über die wachsende Zahl von Andersdenkenden keine Sorgen mehr zu machen.

»Guten Morgen.« Akkis Stimme hätte nicht höflicher und unverbindlicher klingen können. »Wenn Sie sich bitte setzen wollen, werde ich Ihnen das heutige Vorhaben erläutern.« Er wartete, bis alle ihre Plätze eingenommen hatten und das erregte Getuschel verstummt war.

Auf dem Schirm erschien ein Bild, das mittlerweile allen vertraut war: die Brücke der *Yokohama*. Allerdings gab es diesmal mehr zu sehen als sonst: über einer der Steuerkonsolen lag zusammengesunken eine Gestalt in einem Raumanzug. Wie auf Kommando hielten alle den Atem an, weil sie erkannten, daß es sich dabei um die Leiche Sallah Telgars handeln mußte, die so tapfer in den Tod gegangen war, um die Kolonie zu retten. Dann war dies also die echte Brücke der *Yokohama* – nicht die Abbildung, die Akki ihnen im Unterricht immer wieder gezeigt hatte. Der Blickwinkel veränderte sich, die Konsolen hinter der Gestalt glitten vorbei, und schließlich rückte ein Schaltpult mit der Aufschrift LEBENSERHALTUNGSSYSTEM ins Zentrum.

Jaxom sah, wie Piemur die Hand hob, um Farli zu streicheln, die den Bildschirm unverwandt anstarrte. Sie ließ ein leises Zirpen hören, auch sie hatte das Schaltpult erkannt. Seit einem Monat übte sie nun schon an einer Attrappe davon, zwei Kippschalter umzulegen und drei Tasten in bestimmter Reihenfolge zu drücken. Inzwischen schaffte sie es in weniger als dreißig Sekunden.

In den beiden letzten Umläufen hatte sich Akki ganz unauffällig über die Eigenschaften der Feuerechsen wie der Drachen informiert. Am wichtigsten war ihm die Fähigkeit beider Lebensformen, zehn Minuten lang mit dem in ihrem Organismus befindlichen Sauerstoff auszukommen, ohne sich dabei übermäßig unwohl zu fühlen oder gar Schaden zu nehmen. Diese Spanne ließ sich bis auf fünfzehn Minuten ausdehnen, doch danach brauchten Feuerechsen wie Drachen mehrere Stunden, um über die Nachwirkungen des Sauerstoffentzugs hinwegzukommen.

Eine der gestellten Aufgaben hatten weder die Drachen noch die Feuerechsen lösen können. Sie waren nicht fähig, Gegenstände von einem Ort zum anderen zu bewegen. Telekinese hatte Akki das genannt, doch diese Vorstellung stürzte – trotz geduldiger Erklärung – die Drachen ebenso in heillose Verwirrung wie die Feuerechsen. Sie gingen zwar bereitwillig ins *Dazwischen,* konnten aber das Verlangte nur herbeischaffen, indem sie es ganz konkret in die Krallen nahmen. Akki hatte behauptet, wenn Drachen und Feuerechsen fähig seien, sich selbst telekinetisch von einem Ort zum anderen zu befördern, müßten sie logischerweise auch Gegenstände zu sich *heranholen* können.

»Heute, Piemur, sollen Sie Farli zur *Yokohama* schicken, damit sie dort die Schalter betätigt, wie sie es gelernt hat. Die Brücke ist im Moment ohne Sauerstoff, und ehe wir zum nächsten Schritt übergehen können, muß unbedingt das Lebenserhaltungssystem aktiviert werden. Einer der anderen Schalter bewirkt, daß ein Bericht über den Allgemeinzustand der *Yokohama* hierher übertragen wird.«

»Oh!« hauchte Piemur, dann stieß er einen tiefen Seufzer aus und streichelte Farli. Sie zirpte abermals, ohne jedoch den Blick vom Bildschirm zu wenden. »Irgendwie habe ich erwartet, daß du das sagen würdest.«

»Sie ist eine ausgezeichnete Schülerin, Piemur, und sie ist gewohnt, Ihnen zu gehorchen, folglich dürfte es keine Schwierigkeiten geben.«

Piemur holte tief Atem. »Nun gut, Farli.« Er löste ihren Schwanz von seinem Hals und hob zum Zeichen, daß er ihr etwas mitzuteilen habe, den Arm.

Vorsichtig spazierte Farli mit eingezogenen Krallen über seinen bloßen Arm, und als sie den Unterarm erreichte, wandte sie sich mit aufmerksam kreisenden Augen zu ihm um.

»Paß auf...« Piemur hob die rechte Hand. »Heute machen wir es ein klein wenig anders, Farli. Ich möchte, daß du in den Himmel fliegst, an den Ort, den du in meinem Geist siehst.« Er schloß die Augen und stellte sich mit aller Kraft die Brücke und das Schaltpult vor, das sie aktivieren sollte.

Farli piepste fragend, blickte über die Schulter auf das Bild auf dem Schirm, schnatterte kurz und legte die Flügel wieder an.

»*Nein*, Farli, nicht in den Bildschirm hinein. Hol dir das ›Wo‹ aus meinem Geist.« Wieder schloß Piemur die Augen und konzentrierte sich auf den Ort, den sie ansteuern sollte. Besonderen Nachdruck legte er auf das Schaltpult für das Lebenserhaltungssystem neben der zusammengesunkenen Gestalt. Als sie erneut, diesmal fast ungeduldig, piepste, gab er auf und wandte sich mit einem Seufzer an die anderen.

»Sie versteht mich einfach nicht.« Er gab sich große

Mühe, sich seine Enttäuschung nicht anmerken zu lassen. *Sie* konnte schließlich nichts dafür. Meist schickte er sie nur an Orte, wo sie bereits gewesen war. Wie sollte er ihr den Unterschied zwischen einem Flug um den Planeten und einer Reise in den Weltraum klarmachen? Noch dazu, wenn er mit dieser Vorstellung selbst überfordert war.

Farli demonstrierte ihre Ratlosigkeit, indem sie von seinem Arm in den Raum flitzte, wo sie ihre Übungen gemacht hatte, gleich darauf zurückkehrte und versuchte, das Bild auf dem Schirm anzufliegen.

Piemur grinste matt. »Wetten, daß sie gerade eben ihre Übung noch einmal wiederholt hat? Soweit kommt sie nämlich mit!«

Die allgemeine Enttäuschung war fast mit Händen zu greifen. Piemur hielt den Blick starr geradeaus auf den Schirm mit der aufreizend unerreichbaren Szene gerichtet.

»Und?« fragte F'lar. »Was machen wir nun, Akki?«

Nach einer langen Pause antwortete Akki. »Die Denkweise einer Feuerechse weicht ab von den gespeicherten Aufzeichnungen tierischer Verhaltensmuster.«

»Das überrascht mich nicht. Du hast ja nur Aufzeichnungen von terranischen Gattungen gespeichert«, bemerkte Piemur. Er war bemüht, das Versagen seiner kleinen Königin nicht allzu tragisch zu nehmen. Sie war die beste Feuerechse des ganzen Schwarms, sogar noch besser als Menollys Prinzessin, die nun wirklich gut ausgebildet war. Aber er hatte so sehr gehofft, daß sie diesen ungewöhnlichen Flug schaffen würde. »Es ist auch ein weiter Weg für sie, vor allem, weil vorher noch nie jemand dort war.«

Wieder legte sich Schweigen über den Raum.

»Eigentlich gibt es nur einen Drachen«, sagte F'lar langsam und nachdenklich in die Stille hinein, »der jemals den Planeten verlassen hat.«

»Canth!« rief Lessa.

»F'nors Brauner Canth ist zu groß«, sagte Akki.

»Ich dachte nicht an seine Größe«, antwortete Lessa. »Sondern an seine Erfahrung. Er hat von diesem Planeten abgehoben, folglich kann er Farli vielleicht begreiflich machen, was man von ihr will.« Ihr Blick verschwamm, als sie mit Canth Verbindung aufnahm.

Ja, wir kommen sofort, antwortete der Braune auf ihre Bitte.

Fieberhafte Unruhe erfaßte die Wartenden in Akkis Raum. Piemur streichelte Farli, die auf seinen Arm zurückgekommen war, und raunte ihr leise zu, sie sei eine großartige Feuerechse, die beste Echse der Welt, aber die Schalter, die sie umlegen, und die Knöpfe, die sie drücken solle, seien eben nicht die im Nebenraum, sondern ganz gleich aussehende oben auf der *Yokohama*, weit über ihren Köpfen am dunklen Himmel. Sie bewegte ihr Köpfchen hin und her, und ihr Hals pulsierte vor Anstrengung, aber sie begriff immer noch nicht, was man von ihr verlangte.

»Aha, sie sind gelandet«, sagte Lessa. »F'nor wird gleich da sein.«

F'nor kam im Laufschritt herein. Er sah aus, als sei er in Windeseile in seine Kleider gefahren. »Canth meinte, es sei wichtig«, wandte er sich nach einem fragenden Blick in die Runde erwartungsvoll an Lessa.

»Akki möchte, daß Farli auf die Brücke der *Yokohama* fliegt«, erklärte sie. »Aber Farli versteht die Koordinaten nicht. Du und Canth, ihr seid die einzigen Wesen auf Pern, die jemals den Planeten verlassen haben. Deshalb dachten wir, vielleicht könnte Canth die Anweisungen für Farli so erläutern, daß sie begreift, was man von ihr erwartet.«

Während sie sprach, hatte F'nor seinen Reithelm abgenommen und die schwere Reitjacke ausgezogen. Als sie geendet hatte, verzog er spöttisch das Gesicht.

»Tja, Lessa, das ist ein Problem. Ich weiß nämlich bis heute nicht so genau, wie Canth und ich diesen Unglücksflug überhaupt zuwege gebracht haben.«

»Weißt du wenigstens noch, woran du gedacht hast?« fragte F'lar.

F'nor lachte in sich hinein. »Ich dachte, ich müßte etwas unternehmen, um dich davon abzuhalten, zum Roten Stern zu fliegen.« Dann wurde er ernst. »Wenn ich recht überlege, war ich damals mit Meron zusammen, und er versuchte, seine Feuerechse dorthin zu schicken. Sie war mit einem Schlag verschwunden, und ich weiß nicht, ob sie jemals zu ihm zurückgekehrt ist.«

»Farli hat keine Angst«, erklärte Piemur im Brustton der Überzeugung. »Sie versteht nur nicht, wo sie die Übung ausführen soll, auf die man sie gedrillt hat.«

F'nor breitete in einer beschwörenden Geste die Arme aus. »Wenn es nicht einmal Farli kapiert, dann schafft es keine Echse.«

»Aber könnte Canth ihr nicht erklären, daß er den Planeten verlassen hat? Daß er in den Weltraum gegangen ist?« fragte Lessa.

Könntest du das, Canth? fragte F'nor seinen Braunen. Canth war gerade im Begriff, sich auf dem Felsgrat über Landing auszustrecken, um sich von der aufgehenden Sonne wärmen zu lassen.

Du hast mir gezeigt, wohin ich fliegen sollte. Dann bin ich geflogen.

F'nor wiederholte Canths Antwort. »Ein Planet ist ein größeres Ziel als ein Raumschiff, das man von hier nicht sehen kann.«

Farli weiß nicht, was sie tun soll, fügte Canth hinzu. *Sie hat das, was man von ihr wollte, nur am gleichen Ort gemacht wie immer.*

Canth, fragte Lessa den Drachen direkt, *verstehst du, worum wir Farli bitten?*

Ihr wollt, daß sie zum Schiff hinauffliegt und das macht, was man sie hier gelehrt hat! Aber sie begreift nicht, wohin sie fliegen soll. Sie ist niemals dort gewesen.

Jaxom rutschte unruhig auf seinem Stuhl herum. Piemur hatte so fleißig mit Farli trainiert, ein Jammer, daß das kleine Ding nun das Wesentliche nicht erfaßte.

Ruth, ist dir klar, worum es geht? fragte er den weißen Drachen. Manchmal hörten die Feuerechsen auf Ruth, auch wenn sie sonst für niemanden ansprechbar waren.

Ja, aber der Weg ist weit und kalt für eine Feuerechse, wenn sie ihn noch nie geflogen hat. Sie gibt sich große Mühe.

In Jaxoms Bewußtsein überstürzten sich die Gedanken. Die wichtigste Überlegung war, daß Ruth *nicht* zu groß war für die Brücke – vorausgesetzt, er legte die Schwingen fest an und landete genau vor der Lifttür auf dem Fußboden. Auch müßte er sich ganz still verhalten, denn Akki hatte gesagt, auf der Brücke herrsche keine Schwerkraft. Ruth würde sich im freien Fall befinden. Akki sah darin keine Schwierigkeit, da Drachen wie Feuerechsen an das Gefühl des Fliegens gewöhnt waren. Jaxom wußte auch, daß Akki ihm unter anderem deshalb immer und immer wieder den Grundriß der Brücke eingehämmert und ihm Vorträge über die Bedingungen bei Schwerelosigkeit gehalten hatte. Doch Ruth und Jaxom konnten erst an Bord der *Yokohama* gehen, wenn Farli ihre Übung absolviert und das Lebenserhaltungssystem auf der Brücke wieder in Betrieb gesetzt hatte.

Akki hatte mehrere Mannschaften beauftragt, die Catherine-Höhlen eingehend nach ›Raumanzügen‹ zu durchsuchen. Zwei hatten sie gefunden – leider waren nur noch verrottete Stoffetzen und bunte Plastikteile davon übrig. Sauerstoffzylinder hatte man herstellen können, denn sie besaßen eine gewisse Ähnlichkeit mit den Agenodrei-Tanks. HNO_3, verbesserte er sich, kannte er doch jetzt die genaue chemische Zusammensetzung der flammenerzeugenden Mixtur. Aber für den empfindlichen menschlichen Körper gab es keinen Schutz vor der unbeschreiblichen Kälte und dem Vakuum, die gegenwärtig noch auf der Brücke der *Yokohama* herrschten.

Jaxom nahm an, Akki würde vorschlagen, die entsprechende Ausrüstung anfertigen zu lassen, denn er hatte bereits mehrere lange Gespräche mit Meisterweber Zurg geführt. Aber eine solche Alternative kostete Zeit – die erforderlichen Versuche in Zurgs und Hamians für alles Neue aufgeschlossenen Gruppen noch gar nicht mitgerechnet –, und das bedeutete auch Zeit für die enttäuschten Burgherren, Landing langsam aber sicher ihre Unterstützung zu entziehen.

Wenn Farli doch nur ein Licht aufginge, dachte Jaxom und zerbrach sich weiter den Kopf, welche Hinweise er oder Ruth der Kleinen vielleicht geben könnten. Ruth hatte den Unterschied begriffen, aber er war ja auch viel klüger als Farli. Er verstand so viel – genausoviel wie ich, dachte Jaxom voller Stolz.

Was du verstehst, verstehe auch ich. Das klang fast vorwurfsvoll. *Durch das* Dazwischen *ist der Weg eigentlich gar nicht so weit, aber es ist so hoch oben.*

Jaxom sprang auf und schrie: »Nein, Ruth, nein!« aber es war zu spät. Ruth war bereits im *Dazwischen* verschwunden.

»Jaxom!« Lessa war totenbleich. »Du hast ihn nicht losgeschickt?«

»Natürlich nicht. Er hat sich einfach davongemacht.« Jaxom war fassungslos, und Farli begann protestierend zu kreischen und mit den Flügeln zu schlagen. Ihre Augen glommen in erschrockenem, wütendem Rot.

Draußen begannen Ramoth und Mnementh zu trompeten.

Ramoth! Mnementh! Laßt das! rief Lessa. »Ihr weckt mir noch ganz Landing auf, und dann weiß jeder, daß hier etwas schiefgegangen ist.« Sie drückte sich an F'lar, krallte sich an ihm fest in ihrer Angst um Ruth – und um Jaxom.

»*Jaxom?*« brüllte F'lar, als er Jaxoms starres Gesicht sah. Mirrim stand, aschgrau unter ihrer Sonnenbräune, mit den anderen drei Reitern bereits neben ihm, alle beobachteten ihn besorgt und hielten sich bereit, ihn notfalls aufzufangen. Robinton und F'nor waren noch zu benommen, um reagieren zu können, und so blieb es Jancis überlassen, den Bildschirm zu beobachten und die Sekunden zu zählen.

»Es geht ihm gut«, würgte Jaxom heraus. Sein Mund war entsetzlich trocken. Die sonst so starke Verbindung zu Ruth war nur noch ein Hauch. »Ich kann ihn hören.«

»Hast du ihm das aufgetragen?« F'lars Augen funkelten so wütend, daß sogar Lessa zurückzuckte.

Jaxom musterte den Weyrführer von Benden mit unergründlichem Blick. »Verdammt, er ist einfach losgeflogen! Ruth hat seinen eigenen Kopf!«

Jancis sprang auf und deutete aufgeregt auf den Bildschirm. »Da! Da! Da ist er! Schlag zehn ist er eingetroffen.«

Tatsächlich, da auf der Brücke, die Flügel fest angelegt, so klein zusammengekauert wie nur möglich, war Ruth. Nun schwebte er vor aller Augen, erstaunt um sich blickend, in die Höhe, bis er mit dem Kopf die Decke berührte.

»Ah! Gut gemacht, Ruth! Jaxom!« Akkis Triumphschrei übertönte die staunenden Ausrufe von allen Seiten. »Jaxom, sagen Sie Ruth, er braucht sich nicht zu wundern, wenn er schwebt. Er befindet sich im freien Fall, wo es keine Schwerkraft und kein Oben und Unten gibt. Warnen Sie ihn vor heftigen Bewegungen. Kann er Sie verstehen, Jaxom?«

»Ja, ja. Er versteht mich.« Jaxom starrte wie gebannt auf den Schirm.

»Siehst du, Farli!« Piemur streckte eifrig die Hand aus. »Ruth hat dir den Weg gezeigt.« Aber die kleine Königin war von dem unerwarteten Jubel so verwirrt, daß Piemur mit zwei Fingern ihr Köpfchen fassen und es zum Bildschirm drehen mußte – zu Ruth! »Flieg zu Ruth!« Farli kreischte kurz auf, stieß sich von Piemurs Arm ab und war verschwunden.

»Jaxom, du sagst Ruth, er soll auf der Stelle zurückkommen!« Lessa hatte den Schock überwunden. »Von wegen eigener Kopf! Ich werde ihn schon lehren, daß er zu gehorchen hat.«

»Bitte beruhigen Sie sich wieder, und schauen Sie genau hin!« Erneut übertönte Akkis Stimme das Tohuwabohu. »Ruth ist nichts geschehen. Und ... Farli hat den Weg gefunden.«

Piemur entfuhr ein überraschter Aufschrei, den in der plötzlichen Stille alle deutlich hören konnten. Denn Farli hatte tatsächlich den Weg auf die Brücke der *Yokohama* gefunden, sie hatte sich mit einer Kralle am Rand der Computerkonsole festgehakt, legte eifrig Schalter um und drückte auf Knöpfe. Auf dem Schaltpult blinkten Lichter auf.

»Mission beendet«, sagte Akki. »Nun können sie zurückkommen.«

Farli ist hier und hat ihre Arbeit getan, sagte Ruth, ohne zu bedenken, daß Jaxom ja alles sehen konnte. *Ich schwebe. Du kannst jetzt loslassen, Farli. Es ist ganz anders als im* Dazwischen. *Ein unbeschreibliches Gefühl. Auch mit Schwimmen nicht zu vergleichen.*

Auch für die Zuschauer war es ein unbeschreibliches Erlebnis, Ruth sanft durch den Brückenraum schweben zu sehen, eine Handbreit über den im

Bogen angeordneten Konsolen und mit eingezogenem Kopf, um nicht an der Decke anzustreifen.

Sobald Farli das Schaltpult losließ, schwebte auch sie durch den Raum. Erschrocken spreizte sie die Flügel und versetzte sich dadurch in eine langsame Drehung um sich selbst, bis sie gegen Ruth stieß. Der Drache streckte eine Schwinge aus, um sie wieder ins Gleichgewicht zu bringen, die beiden wurden weiter abgetrieben und näherten sich schließlich dem großen Plasglas-Fenster im Bug des Brückenkomplexes. Plötzlich kicherte Jancis, und das löste die Spannung.

Ich finde, ihr habt jetzt lange genug herumgealbert, Ruth. Jaxom bemühte sich um einen strengen Tonfall, obwohl er, genau wie alle anderen, unwillkürlich über die Kapriolen der beiden Geschöpfe lächeln mußte. *Du hast mich zu Tode erschreckt! Komm jetzt wieder herunter.*

Ich wußte doch genau, wo ich hinmußte. Ich habe Farli den Weg gezeigt. Ich hatte keinerlei Probleme, und das hier macht mir richtig Spaß. Ruth stieß sich lässig mit einer Schwinge ab, vollführte in der Luft eine gekonnte Wendung und schwebte dann zum Lift zurück. *Wir kommen doch noch öfter hierher?*

Nur, wenn du mit Farli auf der Stelle wieder hier unten antanzst!

Na schön. Wenn du meinst.

In Jaxom brodelte eine Mischung aus Erheiterung, tiefer Erleichterung und Wut, als er lachend den Gang entlang und nach draußen stürmte. Die anderen folgten ihm dicht auf den Fersen, jubelnd über den Erfolg und ebenfalls wie erlöst. In Lessa tobte dagegen noch immer der Zorn, weil Ruth ein solches Risiko eingegangen war, und sie sah an F'lars starrer Miene, daß er genauso empfand.

Mitten im Gang ergriff er ihren Arm. »So empört du auch sein magst, Lessa, wir dürfen uns da nicht einmischen. Außerdem hat Ruths Sprung vermutlich nicht nur dich, sondern auch mich etliche Sekunden meines Lebens gekostet.«

»Man darf ihm diesen Leichtsinn nicht durchgehen lassen«, fauchte sie. »Jaxom ist doch auch nicht so. Ich begreife nicht, wie es Ruth einfallen konnte, derart eigenmächtig zu handeln. Ramoth käme so etwas niemals in den Sinn.«

»Ruth und Jaxom sind eben nicht im Weyr aufgewachsen. Aber keine Sorge, Ruth wird sicher einiges zu hören bekommen.« Er rang sich ein schiefes Lächeln ab. »Nach seinem Gesichtsausdruck zu schließen, wird Jaxom diesen Schrecken sein Leben lang nicht vergessen, und das wird Ruth weit mehr bremsen als alle Drohungen von deiner oder meiner Seite.« Er schüttelte sie ein wenig. »Wichtiger noch, je weniger Aufhebens wir im Moment davon machen, desto weniger Gerüchte werden entstehen.«

Lessa stieß einen tiefen Seufzer aus, sah ihn erbost an und schüttelte seine Hände ab.

»Sicher wollen wir nicht, daß das überall breitgetreten wird – jedenfalls jetzt noch nicht. Aber eines sage ich dir, und das werde ich auch Jaxom sagen, Sekunden wie diese möchte ich nicht noch einmal erleben. Ich konnte nur noch daran denken, wie in aller Welt wir das Lytol erklären sollten.«

F'lar grinste spöttisch. »Und dabei kann Lytol den heutigen Tag als Wendepunkt in der neueren Geschichte von Pern verzeichnen.«

»Und ob er das tun wird!«

Aus Gründen der Diskretion fielen die Glückwünsche an die tapferen Abenteurer nur gedämpft aus, aber jedermann tätschelte Ruth und streichelte ihm die Augenwülste, bis seine Augen vor Behagen zu kreisen begannen. Als Farli sich endlich auf Piemurs Schulter niederließ, wurde auch sie mit Zärtlichkeiten überhäuft. Am östlichen Horizont zeigte sich gerade der erste helle Streifen, man konnte also davon ausgehen, daß die meisten Leute noch schliefen und sich deshalb auch nicht fragen würden, was der ganze Wirbel zu bedeuten hatte.

»Ich finde«, begann Robinton, als der Jubel sich legte, »wir sollten zu Akki zurückkehren. Zumindest ich würde gerne erfahren, wie es nun weitergeht.«

»Das hängt davon ab, was Akki von den Instrumenten erfährt, die Farli eben eingeschaltet hat«, antwortete Jaxom. »Wenn die Brücke funktioniert, wenn die Heizung anspringt und noch genügend Sauerstoff in den Tanks ist, die diesen Bereich versorgen, gehen Ruth und ich hinauf – gemeinsam.« Er grinste. »Dann werden wir das Teleskop darauf programmieren, die Position der Planeten dieses Systems zu überprüfen – besonders die unseres alten Feindes, des Roten Sterns.«

Das war jedoch noch nicht alles, was Akki vorhatte, als gegen Abend des nächsten Tages feststand, daß auf der Brücke zufriedenstellende Bedingungen herrschten.

»Piemur, ich möchte, daß Sie Jaxom begleiten«, sagte Akki, als die Gruppe sich erneut versammelt hatte.

»Ich bin doch für diesen Ausflug gar nicht eingeplant«, rief Piemur.

»Ursprünglich nicht. Doch nun steht ein Projekt an erster Stelle, für das zwei Männer erforderlich sind. Um die gebührende Hochachtung vor Sallah Telgar zu demonstrieren, sollten ihre sterblichen Überreste nach Pern zurückgeholt und ordnungsgemäß bestattet werden. Baron Larad würde gewiß mit Freuden eine wie auch immer geartete zeitgemäße Trauerfeier ausrichten.«

Robinton räusperte sich und zerriß damit die tiefe Stille.

»Ja, das wäre ein angemessenes Zeichen des Respekts und eine längst überfällige Ehrung für eine so tapfere Frau. Ich werde Baron Larad unverzüglich davon in Kenntnis setzen.«

»Ob ihr Raumanzug nach so langer Zeit wohl noch dicht ist?« fragte Piemur neugierig. Erst Jancis' schockierter Blick brachte ihm verspätet zu Bewußtsein, wie gefühllos das klang, und er vergrub stöhnend sein Gesicht in der Armbeuge. Farli legte ihm tröstend den Schwanz um den Hals.

»Es steht zu hoffen, daß der Raumanzug nach einigen kleinen Reparaturen funktionsfähig ist«, antwortete Akki in so gelassenem Ton, daß Robinton überzeugt war, die Bergung von Leiche und Raumanzug sei von Anfang an geplant gewesen. »Sie beide müssen sich möglichst warm anziehen, denn auf der Brücke herrscht gegenwärtig eine Temperatur von zehn Grad unter Null.«

Jaxom nahm diese Information recht ungerührt zur Kenntnis, war er doch an die schreckliche Kälte des *Dazwischen* gewöhnt, aber Piemur erschauerte theatralisch und zog die Schultern hoch, als friere er bereits jetzt.

»Kann Farli auch mitkommen?« fragte er.

»Das wäre zu empfehlen«, sagte Akki. »Und wenn Jancis' Trig sich bereitfände, Farli zu begleiten, dann hätten wir bereits zwei Feuerechsen, die mit dieser Art von Flug durch das *Dazwischen* vertraut sind.«

Obwohl Trig, Jancis' kleiner Bronzener, sich sichtlich abgeneigt zeigte, befahl ihm Jancis, sich auf Piemurs rechte Schulter zu setzen. Dann gingen Jaxom und Piemur allein nach draußen, damit kein Außenstehender auf die Idee kommen sollte, dieser Flug sei in irgendeiner Weise etwas Besonderes. Die sperrigen Sauerstofftanks, die sie auf Akkis Drängen hin vorsichtshalber mitnehmen wollten, waren bereits auf Ruths Rücken festgeschnallt, aber Jaxom überprüfte noch einmal die Stricke, ehe er mit Piemur aufstieg.

»Bist du bereit?« fragte Jaxom über die Schulter hinweg.

»Soweit ich das jemals sein kann«, antwortete der Harfner und faßte mit der Hand in Jaxoms breiten Gürtel. »Aber ich finde es sehr beruhigend, daß Ruth schon einmal oben war.«

Sag Piemur, er braucht sich nicht zu fürchten. Schweben macht Spaß! bemerkte Ruth und stieß sich ab.

Als Jaxom diese aufmunternde Botschaft weitergab, verriet ihm ein krampfhafter Ruck an seinem Gürtel, daß auch der Harfner nervös war. Nicht daß er Ruth nicht zugetraut hätte, sie sicher an Ort und Stelle zu bringen. Es war nur eine so weite Reise!

Das *Dazwischen* war Jaxom noch nie so kalt und die Zeit noch nie so lang erschienen, dabei hatte er stumm die Sekunden gezählt und war nur bis zehn gekommen, als sie auf dem Brückendeck der *Yokohama* auftauchten.

»Sind wir schon da?« fragte Piemur, die Hände um Jaxoms Gürtel gekrampft. Als Jaxom den Kopf nach hinten drehte, um ihm Mut zu machen, sah er, daß sein Freund die Augen fest zugekniffen hatte.

Anstatt ihn auszulachen, räusperte er sich, schaute wieder nach vorne – und ließ sich an Ruths rechter Halsseite hinabgleiten.

»Scherben! Was machst du denn da?« Piemur riß die Augen auf. Da er den Gürtel nicht losließ, setzten sie beide die Rutschpartie so lange fort, bis sie gegen die kalte Wand stießen.

Keine ruckartigen Bewegungen, warnte Ruth.

»Ich hab's gehört ich hab's gehört«, antwortete Piemur. Die Kälte der Wand brannte sich wie Feuer durch das Leder seines Helms und seiner Jacke. »*Kalt* ist es hier oben!«

Jaxom nickte nur. »Ich ziehe uns wieder hoch.« Er faßte vorsichtig nach einem Nackenwulst und manövrierte sich und Piemur auf Ruths Rücken zurück. Farli löste ihren Schwanz von Jaxoms Hals und blinzelte mit aufmunterndem Zirpen zu ihm hinauf.

»Das hat mir grade noch gefehlt«, sagte Piemur sarkastisch, »daß meine Feuerechse mir erzählt, wie man sich im freien Fall verhält!« Farli stieß sich von seiner Schulter ab und schwebte nach oben. Trig kreischte, doch auf Farlis neuerliches Zirpen hin löste er seine Klauen, folgte ihrem Beispiel und trieb ebenfalls davon. An der Decke kamen die beiden unter regem Geschnatter zum Stillstand.

»Das reicht, ihr beiden«, schimpfte Piemur entrüstet.

»Es kann ihnen nichts passieren«, beruhigte ihn Jaxom, »und Ruth sagt, wenn wir uns langsam bewegen, haben auch wir nichts zu befürchten. Es gibt übrigens jede Menge zu tun. Paß auf, Piemur, ich steige jetzt ab – ganz vorsichtig –, dann kannst du die Sauerstofftanks losschnallen. Ruth sagt, sie sind sperrig, und er wird sich erst bewegen, wenn wir sie losgemacht haben. *Er* will nämlich aus dem Fenster schauen.«

»Typisch für ihn!«

Jaxom hörte die Selbstverachtung in Piemurs Stimme und grinste. »Die beiden haben eben schon Übung.«

»Hmmm! Ein seltsamer Geruch hier, irgendwie tot.«

»Mit den neuen Tanks wird die Luft wahrscheinlich besser«, hoffte Jaxum.

Noch recht zaghaft machte sich Jaxom auf der rechten Seite des weißen Drachen an den Abstieg. Wenn er zwischen Ruth und der Wand blieb, konnte er vielleicht vermeiden, daß er einfach davonschwebte.

Du hast dich genau richtig plaziert, Ruth, lobte er seinen Weyrgefährten, während er sich behutsam von einem Nackenwulst hinabließ.

Sonst passe ich doch nirgends hin, bemerkte Ruth und drehte langsam den Kopf nach rechts, um den Abstand zu begutachten. *Ich halte mich irgendwo mit dem Schwanz fest, damit ich beim Abladen nicht davongetrieben werde.*

Jetzt weiß ich endlich, wozu die Drachen Schwänze haben! kicherte Jaxom nervös.

»Nicht lachen«, warnte Piemur. Er hatte gerade ein Bein über Ruths Rückenkamm geschwungen und griff nun rasch nach dem Schwingengelenk, um nicht noch weiter nach oben zu schweben.

»Ich habe nicht über dich gelacht, Piemur. Ruth hat nur eben eine Möglichkeit gefunden, sich zu verankern. Achte auf seinen Schwanz. Und steig nach rechts ab, nicht nach links. Du solltest dich übrigens nicht so fest in das Gelenk verkrallen. Schwingen reißen leicht ein.«

»Ich weiß, ich weiß. Entschuldige, Ruth.« Jaxom beobachtete ihn besorgt und sah, wie sehr Piemur sich überwinden mußte, um seinen Griff zu lockern. »Ich habe in meinem Leben schon einige Verrücktheiten hinter mir, ich habe Feuerechseneier gestohlen, bin in Transportsäcke gekrochen und an einsamen Meeresküsten entlanggewandert – aber das hier schlägt zweifellos alles«, murmelte Piemur, während er sich, getreu Jaxoms Beispiel, von Ruths Rücken schob. Endlich berührte er mit den Füßen das Deck. »Geschafft!« rief er.

Eingekeilt zwischen der Wand und seinem Drachen, machte Jaxom sich daran, die Stricke zu lösen, mit denen die Sauerstofftanks auf Ruths Rücken festgebunden waren.

»Puh!« rief er überrascht, als der erste Tank schon nach leichtem Antippen auf das Deck zutrieb. »Runter geht's leichter als rauf! Genau wie Akki sagte.« Er grinste, als dem jungen Harfner vor Staunen der Mund offen stehenblieb. »Überhaupt kein Gewicht.«

Mit einem Finger stieß er den zweiten Tank hinterher.

»He, wenn die Arbeit hier das reine Kinderspiel ist, könnte ich mich glatt an diese Umgebung gewöhnen«, grinste Piemur. Allmählich entspannte er sich.

»Hier – wir stapeln sie an der Wand auf. Beim ersten Ei!« Jaxom wendete versehentlich mehr Kraft auf als nötig, um den Tank anzuheben, und hätte ihn fast über Ruth hinweggestoßen.

»Du meine Güte!« Piemur streckte sich, um das Ding festzuhalten, und hob dabei vom Boden ab. Aber er reagierte sofort und griff nach Ruths Schwinge, um gegenzusteuern. »Ja, dieser freie Fall hat eindeutige Vorzüge! Mit dem Rest werde ich allein fertig.«

Ehe Jaxom sich versah, hatte Piemur mit beiden Händen Ruths Nackenwulst umfaßt und schwang sich mit einem Salto mühelos über den Rücken des weißen Drachen hinweg.

»Hui!« Ein halb erfreuter, halb überraschter Ausruf, denn mit diesem unkonventionellen Manöver hatte er sich genau in den schmalen Spalt zwischen dem Drachen und dem Geländer katapultiert, das um den oberen Teil der Brücke herumführte. »Das macht Spaß!«

»Vorsichtig, Piemur. Wir wollen doch nicht, daß die Tanks irgendwo dagegenkrachen.«

»Ich werde sie einfach festbinden.«

»Es empfiehlt sich, alle losen Gegenstände an Bord eines Raumschiffs zu sichern«, stimmte Akki mit gewohnter Gelassenheit zu. »Sie machen das gut. Die Temperatur auf der Brücke steigt weiter, und bisher wurde kein Annäherungsalarm ausgelöst.«

»Annäherungsalarm?« Piemurs Stimme wurde schrill vor Überraschung.

»Ja, diese Anlage empfängt derzeit die Funktionsmeldungen und die Schadensanalyse«, fuhr Akki fort. »In Anbetracht des langen Aufenthalts im Weltraum weist die Hülle der *Yokohama* keine nennenswerten Risse auf. Die mit Sonnenenergie betriebenen Deflektorschilde funktionieren einwandfrei. Wie Sie sich gewiß aus dem Unterricht erinnern, versorgen die Solarzellen auch die kleinen Schubdüsen, die das Schiff auf seinem geosynchronen Orbit halten, mit Energie. In den äußersten Sektoren der Hauptsphäre gab es ein paar kleinere Lecks, die jedoch automatisch abgedichtet wurden. Keiner dieser Sektoren wird im Moment benötigt. Die Frachtraumtore stehen noch offen, und hier wird eine Funktionsstörung angezeigt. Die Ihnen zugewiesenen Aufgaben haben jedoch Vorrang. Bitte fahren Sie fort. Der Sauerstoffgehalt ist weiterhin normal, aber infolge der niedrigen Temperaturen ist bald mit einem Nachlassen der manuellen Beweglichkeit zu rechnen. Die gymnastischen Übungen sind deshalb möglichst kurz zu halten.«

Jaxom verbiß sich ein Lachen und hoffte, daß niemand außer ihm Piemurs unverschämte Bemerkung über nichts als Arbeit und kein Vergnügen gehört haben möge.

Vorsichtig schlüpfte Jaxom unter Ruths Hals hindurch und umfaßte das Geländer mit festem Griff. Verwundert sah er Piemur wie erstarrt über der breiten Treppe schweben, die zum Kommandostand der Brücke führte. Er wagte einen Blick nach oben und war ebenfalls gefesselt: Unter ihnen lag Pern, backbords blitzten die blauen Meere, während steuerbords die Küste und die kräftigen Grün-, Braun- und Beigetöne des Südkontinents zu sehen waren.

»Beim Ei, genau wie die Bilder, die Akki uns gezeigt hat«, murmelte Piemur andächtig. »Eine wahre Pracht.«

Unversehens traten ihm die Tränen in die Augen, und auch Jaxom mußte krampfhaft schlucken, während er seine Welt aus der gleichen Perspektive betrachtete wie einst seine Vorfahren am Ende ihrer langen Reise! Das mußte ein überwältigender Augenblick gewesen sein, dachte er.

»Sie ist so groß!« Piemur war regelrecht eingeschüchtert.

»Es *ist* immerhin eine ganze Welt«, gab Jaxom leise zurück, dabei fiel es auch ihm schwer, sich auf diese unglaublichen Dimensionen umzustellen.

Die Szene veränderte sich unmerklich, majestätisch drehte sich die Planetenoberfläche unter der Zwielichtzone weiter.

»Jaxom? Piemur?« Akki rief sie an die Arbeit zurück.

»Wir bewundern nur die Aussicht von der Brücke«, verteidigte sich Piemur. »Das muß man gesehen haben, sonst glaubt man es nicht.« Ohne den Blick von dem riesigen Fenster zu wenden, schwebte er zur Treppe und zog sich Hand über Hand am Geländer zum Flugdeck hinunter. Von dort steuerte er, jeden Haltegriff nützend, den er nur finden konnte, das Schaltpult an, das er programmieren sollte. Jetzt erst riß er sich von dem sensationellen Panorama los, um sich seiner nächsten Aufgabe zu widmen.

»Ich sehe für meinen Geschmack viel zu viele rote Lichter«, erklärte er Akki, als er sich in seinem Sessel festschnallte.

Jaxom hatte sich ein Stockwerk höher zu den wissenschaftlichen Meßstationen vorgearbeitet. Auch dort flackerten rote Lichter an den Schaltpulten. Er zog sich in einen Sessel und legte die Haltegurte an.

»Ich habe auch welche!« sagte er. »Aber nicht bei der Teleskopeinstellung.«

»Jaxom, Piemur, schalten Sie mit den entsprechenden Befehlen die Automatik ab, und gehen Sie auf Handbetrieb.«

Sofort erloschen mehr als die Hälfte der Störungslichter auf Jaxoms Schaltpult. Drei rote und zwei orangefarbene blieben übrig. Aber davon hatte keines mit dem Programm zu tun, das er aufrufen sollte. Mit einem kurzen Seitenblick sah er, daß Piemur bereits eifrig auf die Tasten seines Keyboards einhämmerte.

Jaxom machte sich an die Arbeit. Hin und wieder hielt er inne, um seine steifen Finger wieder geschmeidig zu machen und den großartigen Blick auf Pern zu bestaunen. Mit diesem Schauspiel konnte sich nichts messen, nicht einmal die beiden Feuerechsen, die aufs komischste in der Schwerelosigkeit herumturnten, wobei Farli den kleinen Trig zu immer gewagteren Manövern herausforderte. Seltsamerweise trug ihr aufgeregtes Kreischen und Schnattern jedoch dazu bei, der phantastischen Umgebung das Gefühl des Unwirklichen zu nehmen.

Sobald Jaxom sich ernsthaft an die Programmierung des Teleskops machte, löste Ruth seinen Schwanz und schwebte würdevoll an das große Brückenfenster, um den Anblick Perns vor dem Hintergrund des schwarzen Sternenhimmels zu genießen. Die Feuerechsen setzten ihr Geschnatter fort.

Ich weiß auch nicht, was es ist, sagte Ruth. *Aber sie sind hübsch.*

Was ist hübsch? Jaxom blickte auf. *Kannst du die beiden anderen Schiffe sehen?*

Nein. Da fließen Dinge an uns vorbei.

Dinge? Jaxom beugte sich vor, soweit es ging. Aber der Drache und die beiden Feuerechsen hatten ganz rechts die Köpfe an das Panoramafenster gedrückt und versperrten ihm die Sicht.

Plötzlich fuhren alle drei heftig zurück und wurden, torkelnd wie Betrunkene, auf Piemur und Jaxom zugetragen.

»He, paßt doch auf!« Jaxom duckte sich, und Ruth sauste über ihn hinweg. Im gleichen Augenblick hörte er ein lautes Prasseln.

»Wir werden getroffen!« rief Piemur. Rasch öffnete

er seinen Gurt, stemmte sich aus dem Sessel und schwebte zum Fenster.

»Wovon werden Sie getroffen?« wollte Akki wissen.

Piemur prallte gegen die Scheibe und schaute nach rechts und links. »Jaxom, frag Ruth, was er gesehen hat. Ich sehe nämlich nichts.« Er drückte die linke Wange an das Plasglas und versuchte, um die starke Wölbung herumzublicken.

Dinge – ähnlich wie Feuerechseneier –, die direkt auf uns zukommen, antwortete Ruth.

»Jetzt ist da draußen nichts mehr.« Piemur begab sich zurück auf seinen Posten und erwischte im letzten Moment die Lehne seines Sessels. Fast wäre er über das Ziel hinausgeschossen.

»Akki?« fragte Jaxom.

»Das Klirren läßt darauf schließen, daß die Schirme einen Schauer von kleineren Objekten ablenkten«, stellte Akki gelassen fest. »Es wird kein Schaden gemeldet. Wie Sie bereits aus dem Unterricht wissen, ist der Weltraum nicht steril und leer. Vielmehr befinden sich überall zahllose winzige Teilchen in ständiger Bewegung. Was Ruth und die Feuerechsen erschreckt hat, war ohne Zweifel ein Schauer irgendwelcher Art. Sie wären gut beraten, Ihre Arbeit fortzusetzen, solange Sie bei den extremen Temperaturen noch dazu fähig sind.«

Jaxom bemerkte, daß auch Piemur mit dieser Erklärung nicht ganz zufrieden war. Aber die Eiseskälte kroch tatsächlich immer weiter durch die Kleidungsschichten, und so wandten die Männer ihre Aufmerksamkeit wieder den Konsolen zu, während Ruth und die Feuerechsen zögernd und mit viel Gekreische und Gezirpe ans Fenster zurückkehrten.

Jaxom beeilte sich, so sehr er konnte, aber trotz der Daunenhandschuhe, die ihn bei Fädeneinfällen stundenlang warm hielten, machte ihm die Kälte zunehmend zu schaffen. Vielleicht war es im Weltraum tatsächlich kälter als im *Dazwischen*, dachte er und bewegte seine froststarren Finger.

»Akki, hast du nicht gesagt, die Brücke würde beheizt?« klagte er. »Meine Hände sind schon fast gefühllos.«

»Die übermittelten Werte zeigen, daß die Brückenheizung nicht die volle Leistung bringt. Wahrscheinlich sind die keramischen Speicherelemente in den Heizkörpern kristallisiert. Die Reparatur kann warten.«

»Wie erfreulich.« Jaxom kontrollierte noch einmal seine Eingabe. Dann richtete er sich auf. »Ich bin fertig – Programm steht.«

»Aktivieren«, befahl Akki.

Jaxom war ziemlich beklommen zumute, als er die entsprechende Taste drückte – aber beim Ei, wie hätte er denn etwas falsch machen können, so oft, wie Akki ihn die Zeichenfolgen für Stellung, Belichtungszeit und Raumsektoren hatte wiederholen lassen? Trotzdem war er sehr mit sich zufrieden, als die im schnellen Vorlauf über den Schirm huschenden Ziffern seine Programmierung bestätigten.

»Diese Konsole ist viel schneller als die Stationen, die wir verwenden«, bemerkte er.

»Als die Konzessionäre der Pern-Gruppe das Schiff in Auftrag gaben, wurde die *Yokohama* nach dem neuesten Stand der Technik ausgerüstet«, sagte Akki. »Kurze Rechenzeiten waren wichtig für die Astronavigation.«

»Ich hab' dir ja gesagt, daß wir nur mit Kinderkram arbeiten«, murmelte Piemur.

»Ehe ein Kleinkind laufen kann, muß es krabbeln lernen«, erwiderte Akki.

»Kann das jeder mithören?« wollte der Harfner empört wissen.

»Nein.«

»Vielen Dank, du bist wirklich gnädig! Übrigens läuft inzwischen auch mein Programm.«

»Das ist richtig. Nun zu Phase Zwei des Plans. Sie finden die Sauerstoffvorräte hinter Verkleidung B-8802-A, -B und -C«, erklärte Akki.

Piemur schüttelte seine Finger aus, ohne den Handschuh auszuziehen. »So kalte Hände hatte ich überhaupt noch nie! Ich wette gegen jeden Bitraner, daß es auf dieser Brücke kälter ist als im *Dazwischen*.«

»Das entspricht«, bemerkte Akki, »nicht den Tatsachen. Aber Sie halten sich bereits sehr viel länger unter diesen extremen Temperaturen auf, als Sie jemals im *Dazwischen* waren.«

»Da hat er recht«, bestätigte Jaxom, während sie sich am Treppengeländer hinaufzogen. »Unglaubliches Gefühl, diese Schwerelosigkeit.« Er grinste den Harfner freundschaftlich an.

Piemur pflichtete ihm feixend bei. In diesem Moment erschienen Farli und Trig Purzelbäume schlagend über ihren Köpfen, sie mußten sich ducken – und prallten von den Stufen ab.

»Achtung!« rief Jaxom und streckte so fließend wie möglich die Hand nach dem Geländer aus.

»Ohoo!« Piemur trieb weiter auf die Decke zu.

Als Jaxom endlich, mit einer Hand am Geländer hängend, den schwebenden Piemur am Knöchel erwischt und wieder zu sich herabgezogen hatte, wußten sie beide nicht, ob sie über ihre Ungeschicklichkeit lachen oder fluchen sollten. Das kleine Malheur lehrte sie jedoch, mehr als bisher auf ihre Bewegungen zu achten. Sie fanden, öffneten und untersuchten die Kammer für die Sauerstoffreserve, entfernten vorsichtig den darin befindlichen leeren Tank, ersetzten ihn durch die vier mitgebrachten Behälter und schlossen diese an allen erforderlichen Stellen an das System an.

»Nun kann Phase Drei eingeleitet werden«, erklärte Akki, nachdem sie alle Verbindungen überprüft hatten.

Jaxom suchte Piemurs Blick, und der junge Harfner verzog das Gesicht und wandte sich achselzuckend der Gestalt im Raumanzug zu, um die sie bisher alle beide einen großen Bogen gemacht hatten.

Ruth, würdest du bitte an den Treppenabsatz kommen, sagte Jaxom, während er und Piemur in gemessenem Tempo auf Sallahs Leiche zusteuerten. Er mußte krampfhaft schlucken.

Der Körper, der über dem Schaltpult zusammengebrochen war, behielt dank des starren Raumanzugs seine Haltung bei, als sie ihn aus dem Sessel hoben, in dem er 2500 Planetenumläufe lang gesessen hatte. Jaxom versuchte, Ehrfurcht in sich zu wecken für die Persönlichkeit, die dieser gefrorenen Hülle einst innegewohnt hatte. Sallah Telgar hatte ihr Leben hingegeben, um zu verhindern, daß Avril Bitra, die Verräterin, den Treibstoff aus den Tanks der *Yokohama* pumpte, um damit das Rubkat-System zu verlassen. Es war Sallah sogar gelungen, das Schaltpult zu reparieren, das diese Bitra vor Wut über die Vereitelung ihrer Pläne kurz und klein geschlagen hatte. Seltsam, daß man nach einer solchen Frau eine Burg benannt hatte, aber die Bitraner waren schon immer ein sonderbares Völkchen gewesen. Jaxom schalt sich selbst für diesen Gedanken. Es gab unter den Bitranern durchaus ehrenwerte Menschen – jedenfalls einige wenige –, die sich nicht wie so viele ihrer Landsleute mit Wetten und all den anderen Formen des Glücksspiels abgaben. Baron Sigomal lebte sehr zurückgezogen, was allerdings den notorischen Ausschweifungen des verstorbenen Barons Sifer weit vorzuziehen war.

Mit den gleichen Stricken, die auf dem Herflug die Tanks gehalten hatten, banden Jaxom und Piemur nun die vornübergebeugte Leiche zwischen den Schwingen auf Ruths Rücken fest. Farli und Trig hatten den Stimmungsumschwung gespürt und das Herumtoben eingestellt, und als Piemur nun erneut den weißen Drachen bestieg, ließen sie sich ganz ruhig auf seinen Schultern nieder.

Jaxom saß kaum auf Ruths Rücken, als seine Zähne hemmungslos zu klappern begannen. Hatte auch Sallah in ihren letzten Stunden diese schleichende Kälte gespürt? War sie letztlich vielleicht sogar daran gestorben, allein und verlassen hoch über dem Planeten? Seine Finger waren wie taub, er konnte kaum Ruths Nackenwulst ertasten.

Ruth, bring uns nach Landing zurück, ehe wir zu Eis erstarren, bat er.

»Können wir aufbrechen, ehe wir zu Eis erstarren?« fragte Piemur kläglich, ohne zu ahnen, daß er Jaxoms stumme Bitte fast wörtlich wiederholt hatte.

Los! Sehnsüchtig übermittelte Jaxom seinem Drachen das Bild des warmen, milden Landing.

Als sie in die eisige Schwärze des *Dazwischen* eintauchten, konnte er noch immer nicht entscheiden, was nun kälter war.

Als Lessa spät am Abend dieses denkwürdigen Tages endlich Gelegenheit fand, sich hinzusetzen und über alles nachzudenken, fragte sie sich, wie Akki – wahrscheinlich mit Lytols stillschweigendem Einverständnis – es wohl angestellt hatte, ein so sensationelles Ereignis wie die Bergung von Sallahs Leiche genau zum richtigen Zeitpunkt eintreten zu lassen. Die Wirkung auf die gesamte Bevölkerung, auf den Norden wie auf den Süden, auf die Zweifler wie auf die Gläubigen, würde erheblich sein. Sallah Telgars heldenhafter Opfertod war in den vergangenen zwei Umläufen zu einer beliebten Harfnerballade verarbeitet worden, die das Publikum bei allen größeren Festen und Abendunterhaltungen immer wieder hören wollte. Daß es gelungen war, diese Frau aus ihrem einsamen Grab nach Pern zurückzuholen, sollte eigentlich als überzeugende Rechtfertigung des Unternehmens Landing gewertet werden.

Baron Larad war erst einmal sprachlos, als Robinton mit Mnementh und F'lar nach Telgar kam, um ihm mitzuteilen, man habe die sterblichen Überreste seiner Vorfahrin geborgen.

»Ja, ja, gewiß stehen Sallah die höchsten Ehren zu. Natürlich müssen wir eine diesem Anlaß entsprechende Zeremonie abhalten.« Larad sah Robinton hilfesuchend an.

Trauerfeiern waren auf Pern gewöhnlich nur sehr kurz, auch wenn es sich um hochgeachtete Persönlichkeiten handelte. Man hielt es für angemessener, die Taten und Verdienste außergewöhnlicher Menschen in Liedern und Harfnerballaden weiterleben zu lassen.

»Eine konzertante Aufführung der Ballade der Sallah Telgar wäre sicher am Platze«, regte Robinton an. »Mit voller Instrumentalbegleitung, Chor und Solostimmen. Ich werde mit Sebell darüber sprechen.«

»Ich hätte nie gedacht, daß ich noch einmal Gelegenheit haben würde, unserer tapferen Vorfahrin die letzte Ehre zu erweisen«, sagte Larad und wußte schon wieder nicht mehr weiter.

Zum Glück kam ihm Lady Jissamy, seine kluge und tüchtige Frau, zu Hilfe. »Nördlich des Haupthofs gibt es doch die kleine Höhle, die beim letzten Steinschlag freigelegt wurde. Sie wäre gerade groß genug...« Sie stockte, dann fing sie sich wieder. »Und auf jeden Fall gut zugänglich und leicht wieder zu verschließen.«

Larad streichelte ihr dankbar die Hand. »Ja, genau der richtige Platz. Äh... wann?« fügte er zaghaft hinzu.

»Übermorgen?« schlug Robinton vor und mußte sich beherrschen, um nicht triumphierend zu grinsen. Das wäre genau einen Tag vor dem Konklave der Barone, bei dem über die Nachfolge des verstorbenen Oterel entschieden werden sollte.

Larad warf ihm einen mißtrauischen Blick zu. »Sie haben das nicht zufällig so geplant, Meisterharfner?«

»Ich?« Robinton besaß jahrelange Übung darin, glaubhaft den Überraschten zu mimen. Zusätzlich wies er die Unterstellung mit einer Handbewegung zurück.

F'lar unterstützte ihn mit einem empörten Schnauben. »Wohl kaum, Larad. Wir alle wußten, wo sie sich befand, auch Sie. Akki hatte ihren Opfertod in seinem historischen Abriß erwähnt. Heute hatten wir wirklich zum erstenmal Gelegenheit, an sie heranzukommen. Und ich fand, es schicke sich einfach nicht – nun ja, die Überreste einfach zu lassen, wo sie waren.«

»Sie soll nach dieser langen Zeit im kalten Weltraum endlich Ruhe finden«, sagte Jissamy mit einem leichten Schauder. »Es wurde ja auch höchste Zeit. Soll die Feier öffentlich sein?«

»Das halte ich für angebracht. Die Ehre gebührt natürlich Telgar, aber sicher wollen viele ihren Respekt bekunden.« Robinton hatte eine feierliche Miene aufgesetzt. Hoffentlich würde das Ereignis in Burgen und Gildehallen auch wirklich genügend Beachtung finden. Immerhin konnte man auch mit Besuchern rechnen, die sich zwar nicht für Sallah interessierten, aber sehen wollten, wer sonst noch anwesend war.

Als Jaxom, Piemur und Ruth wieder in Landing eintrafen, hatten sie ihre Fracht nur zu gern Meisterheiler Oldive und zweien seiner Meister übergeben. Nun ruhten Sallah Telgars sterbliche Überreste in einem aus Meister Bendareks besten Holzplatten kunstvoll gearbeiteten Sarg.

Als man Akki den gereinigten Raumanzug vorlegte, versicherte er, das Loch in der Ferse und die übrigen kleinen Risse ließen sich schließen. Lytol gegenüber bemerkte er, da diesen Anzug wohl auch irgend jemand tragen solle, sei es ein wahres Glück, daß Aberglaube kein Bestandteil der pernesischen

Kultur sei. Lytol widersprach, und sofort entspann sich zwischen den beiden eine so angeregte Diskussion über primitive Religionen und mythische Glaubensvorstellungen, daß Robinson ganz froh war, mit F'lar zum Telgar-Weyr fliegen zu können. Der Harfner überlegte kurz, ob er nicht besser bleiben und sich die sicher faszinierende Debatte hätte anhören sollen, aber dann reizte es ihn doch zu sehr, als Überbringer einer so sensationellen Nachricht auftreten zu dürfen.

Einer der älteren Telgar-Söhne kam mit einem Tablett mit Weingläsern und einer Karaffe aus feingeschliffenem Kristall, nach einem der neuen Entwürfe von Glasmachermeister Morilton, wie Robinton vermutete. Der nächste Sohn trug eine Platte mit dampfend heißen Pastetchen und dem guten Bergkäse von Telgar auf. Als Robinton schließlich auch noch weißen Benden in seinem Glas hatte, war er endgültig mit sich und der Welt zufrieden.

»Sie sagten doch«, begann Larad, »daß tatsächlich jemand auf dem alten Schiff gewesen sei? War das klug?«

»Es war notwendig«, erklärte F'lar. »Und auch ganz ungefährlich. Piemurs kleine Feuerechse hat genau das getan, was Akki ihr beigebracht hatte. Nun hat die Brücke Luft und wird, wenn auch langsam, beheizt. Morgen fliegt Jaxom mit Ruth noch einmal hinauf, um festzustellen, wieso die Frachtraumtüren immer noch offenstehen. Akki meint, es handle sich wahrscheinlich nur um einen geringfügigen Defekt. Alles in allem« – F'lar unterbrach sich, um einen Schluck Wein zu trinken – »war es ein vielversprechender Anfang. Durchaus vielversprechend.«

»Freut mich zu hören, F'lar.« Larad nickte feierlich. »Freut mich wirklich sehr.«

»Nicht halb so sehr, wie es mich freut, Ihnen eine so gute Nachricht bringen zu können«, gab der Weyrführer von Benden zurück.

8

Hältst du mich bitte fest, Ruth? Vorsichtig schwang Jaxom sein rechtes Bein über den Nackenwulst des weißen Drachen. Gestern, als er und Piemur sich gegenseitig hatten stützen können, war er mit dem freien Fall besser zurechtgekommen und hatte auch den Trick mit den langsamen, wohlbedachten Bewegungen bewältigt. Heute dagegen behinderte ihn der unförmige Raumanzug, und er kam sich vor wie ein Tolpatsch. Besonders schwerfällig waren die Füße in den schweren Stiefeln mit den Magnetsohlen. Blitzschnell suchte er Halt an Ruths Hals, als er spürte, daß sein Körper anderswohin zu schweben drohte als *nach unten.* Ruth packte ihn am Knöchel, plötzlich stimmte die Richtung, und dann hielten ihn die Stiefel sicher am Deck fest.

Er wußte, daß seine Mitschüler ihn beobachteten, und hoffte inständig, er möge nicht so lächerlich aussehen, wie er sich fühlte. Sharra hatte ihm wiederholt versichert, sie habe ihn tags zuvor in der Schwerelosigkeit ganz und gar nicht komisch gefunden. Er solle sich beruhigen, er und auch Piemur hätten sich sehr wacker geschlagen. Sie habe sich nur gewünscht, die Aussicht auf Pern, die die beiden so sehr gefesselt hatte, ebenfalls betrachten zu können.

»So kenne ich Piemurs Gesicht gar nicht. Jancis war ganz beeindruckt.«

»Und wie habe ich ausgesehen?«

»Wie vom Blitz getroffen, genau wie Piemur«, grinste sie schalkhaft. »Ähnlich wie damals, als man dir Jarrol zum erstenmal gezeigt hat.«

Wenigstens hatte Jaxom seine Bewegungen heute einigermaßen unter Kontrolle – solange er mit den

Füßen auf dem Deck blieb. Den schweren Stiefel mühsam vom Boden lösend und ihn vor sich wieder aufsetzend, machte er den ersten Schritt. Ruth war an der gleichen Stelle direkt neben der Lifttür gelandet. Jaxom brauchte nur unter dem Hals des Drachen hindurchzutauchen, um die Schalttafel zu erreichen, die laut Akkis Aussagen angeblich funktionierte.

Ich mache dir Platz, erbot sich Ruth zuvorkommend, stieß sich mit den Hinterbeinen ab und steuerte mit mehreren Rückwärtssaltos dem Fenster zu. *Die Aussicht von hier ist noch besser als von den Sternensteinen auf Benden oder den Feuerhöhen von Ruatha.* Jaxom hatte den Finger in dem dicken Handschuh noch nicht auf der Druckplatte, als Ruth bereits seine Nase gegen das Plasglas preßte und in den Weltraum hinausstarrte.

Immer noch wurde Jaxom das Gefühl nicht los, ein Eindringling zu sein. Tags zuvor war es besonders stark gewesen. Er ging da, wo seine Vorfahren gegangen waren, und betätigte dieselben Knöpfe, Schalter und Tastaturen wie einst sie. Gestern hatte er sich noch eingeredet, das Unbehagen hänge mit ihrem makabren Auftrag, der Bergung der Leiche Sallah Telgars zusammen. Wenn er heute in einer ganz anderen Mission wiederkäme, würde es hoffentlich verschwinden. Leider war dem nicht so.

Obwohl es ihm und Piemur wie durch ein Wunder gelungen war, die Computerkonsolen zu aktivieren und die notwendigen Programmierungen durchzuführen, hatte Akki nicht feststellen können, warum die Frachtraumtüren immer noch offenstanden. Und so hatte er Jaxom im Schnellverfahren die nötigen Kenntnisse vermittelt und ihm aufgetragen, in die Frachtetage hinunterzufahren und zu versuchen, diese Tore mit Hilfe des Computers, notfalls auch per Handsteuerung zu schließen.

»Es steht sehr zu hoffen, daß wenigstens eines der beiden Systeme betriebsbereit ist«, sagte Akki.

»Wieso?«

»Weil Sie anderenfalls das Schiff verlassen müßten, um festzustellen, wodurch der Schließmechanismus blockiert wird.«

»Oh!« Jaxom hatte genügend Lehrfilme gesehen, um daran zu zweifeln, daß er den Mut zu einem Raumspaziergang aufbringen würde.

Der Lift öffnete sich, und er trat ein. Die Tür ging zu. Noch einmal studierte er den Plan, den er in der Hand hielt – obwohl er ihn längst auswendig kannte –, dann drückte er den Knopf mit der Aufschrift FR für Frachtraum, ohne sich vorher zu vergewissern, wie viele Etagen dieser Fahrstuhl anfuhr. Akki hatte ihm zwar versichert, die Solarzellen der *Yokohama* lieferten genügend Energie, um den Brückenlift zu betreiben, dennoch dauerte es einen bangen Moment, bis der so lange nicht mehr benützte Mechanismus widerwillig ansprang.

»Der Lift funktioniert«, erklärte er möglichst ungerührt. »Ich fahre abwärts.« Akki hatte ihn angewiesen, laufend Bericht zu erstatten. Jaxom war von Natur aus kein Schwätzer und fand es albern, jeden Handgriff melden zu müssen, auch wenn er unter keineswegs normalen Bedingungen operierte. Akki hatte daraufhin lediglich wiederholt, das sei so üblich, wenn jemand allein in einer potentiell feindlichen Umgebung arbeite.

»Plan fortsetzen«, befahl Akki.

Die Fahrt schien kein Ende zu nehmen und war doch im Nu vorüber. Eine Sirene schrillte, und eine rote Schrift – ACHTUNG: VAKUUM! – erschien über der Lifttür.

»Was mache ich jetzt, Akki?«

»Drücken Sie auf der rechten Seite den Knopf mit der Aufschrift ABPUMPEN und warten Sie, bis das Warnlicht erlischt.«

Jaxom gehorchte. Sein Anzug blähte sich auf und

wurde noch ein wenig plumper. Kaum hatte er sich an die Veränderung gewöhnt, als ein melodisches *Ding* ertönte, die Tür lautlos beiseite glitt – und er sich einem riesigen, schwarzen Rechteck gegenübersah, hinter dem sich eine noch tiefere, mit zahllosen Sternen durchsetzte, schwarze Leere auftat. Der beruhigende Ausblick auf das sonnenbeschienene Pern fehlte. Jaxom stand wie angewurzelt da.

Nicht nervös werden. Ich würde dich holen, falls du hinausfallen solltest, tröstete Ruth.

»Ich habe den Frachtraum erreicht«, meldete Jaxom mit einiger Verzögerung. »Die Lichtverhältnisse sind ungenügend.« Das war wohl die schamloseste Übertreibung seines Lebens!

»Tasten Sie links von der Tür die Wand ab. Sie werden dort eine Platte finden«, ertönte Akkis gelassene Stimme in seinem Ohr. Erst jetzt merkte er, daß er die ganze Zeit den Atem angehalten hatte, und ließ ihn ausströmen. »Bewegen Sie die Hand über diese Platte, dann schaltet sich die Notbeleuchtung ein.«

Hoffentlich, dachte Jaxom bei sich. Doch als er Akkis Anweisung zaghaft befolgte, sah er zu seiner unsäglichen Erleichterung auf allen Seiten des riesigen Frachtraums Lichtbalken aufflammen. Die Schwärze des Weltraums hob sich nun zwar noch deutlicher ab, dennoch verringerte die matte Beleuchtung sein Unbehagen. »Ja, die Lichter brennen.« *Der Raum ist noch größer als die Brutstätte von Fort*, übermittelte er Ruth und sah sich andächtig um.

»An der Innenwand des Frachtraums führt ein Handlauf entlang«, fuhr Akki im Plauderton fort. »Zu Ihrer Linken sehen Sie ein Leuchtband, und darunter sollte die Computerkonsole zu erkennen sein.«

»Richtig.«

»Hand über Hand kommen Sie am schnellsten voran, Jaxom«, fuhr Akki fort. »Und es ist ganz ungefährlich. Alles andere wäre eine unnötige Strapaze.«

Jaxom hatte den Verdacht, Akki wisse genau, wie sehr er sich fürchtete. Aber woher sollte er? Jaxom holte tief Atem, hob den linken Fuß, streckte die Hand aus und umfaßte das Geländer. Es lag rund und fest in seiner Hand und wirkte für so ein dünnes Stück Metall erstaunlich beruhigend auf ihn. »Ich fahre nach Anweisung fort.«

Er legte auch die zweite Hand um das Geländer, stieß sich mit dem rechten Fuß ab, wartete einen Moment, bis er die Bewegung ausgeglichen hatte, und zog dann seinen schwerelosen Körper Hand über Hand vorwärts.

»Wie konnten meine Vorfahren nur auf diese Weise Schiffe beladen?« fragte er, weil ihm nichts anderes einfiel.

»Beim Beladen wurde in diesem Raum unter halber Schwerkraft gearbeitet, während im übrigen Schiff volle Schwerkraft herrschte.«

»Das war möglich? Beachtlich!« gab Jaxom pflichtschuldigst zur Antwort. Inzwischen hatte er fast die Hälfte des Weges zurückgelegt, und die Wölbung der Frachtraumwand versperrte ihm den Blick auf die beängstigende, sternendurchsetzte Leere des Weltraums. Jaxom hätte gern sein Tempo gesteigert, zwang sich aber zu einem Rhythmus, bei dem er nicht befürchten mußte, plötzliche und ruckartige Bewegungen zu machen. Er spürte, wie ihm der Schweiß auf die Stirn trat und wie daraufhin sofort eine kleine, im Helm eingebaute Saugpumpe ansprang und die Feuchtigkeit beseitigte. Das Phänomen beschäftigte ihn so lange, bis er die beleuchtete Konsole tatsächlich erreicht hatte.

Als er sie aktivierte, flackerte eine ganze Reihe roter und orangefarbener Lichter auf. Jaxom bekam einen gelinden Schock, der sich aber legte, als er die Anzeigen las. Gegen einige der roten Lichter war weiter nichts einzuwenden, sie zeigten nur pflichtgemäß an, daß die Frachtraumtüren offen standen. Er seufzte erleichtert auf und bemühte sich dann, mit seinen neu erworbenen Kenntnissen auch die restlichen Aufschriften zu entziffern. Als er sicher war, welchen Kode er eingeben mußte, begann er zu tippen. Ein orangefarbenes Licht unter der Aufschrift ZEITSCH. begann zu flackern. Er erstattete Meldung.

»Das ist die Erklärung«, sagte Akki. »Die Frachtraumtüren wurden über eine Zeitschaltung gesteuert, die wohl irgendwann ausgefallen ist. Sie versuchen es am besten mit dem manuellen Öffnungshebel, Jaxom. Er befindet sich unterhalb des Terminals. Klappen Sie den Glasdeckel auf, und ziehen Sie am Griff.«

Jaxom tat, wie ihm geheißen. Als nichts geschah, zog er beim zweiten Mal kräftiger. Zum Glück hatte er danach nicht losgelassen, denn durch den Ruck schwebte er plötzlich nur noch an einem ausgestreckten Arm hoch über dem Deck. Ein seltsames Gurgeln hallte ihm in den Ohren.

»Was ist geschehen, Jaxom?« Akkis Stimme klang ruhig wie immer.

Jaxoms Panik flaute ab. Verdrießlich beschrieb er seine Lage.

»Bewegen Sie sich wieder auf das Deck zu, indem Sie Druck auf den Griff ausüben, und schieben Sie dann ganz langsam die Füße nach vorne«, empfahl Akki.

Jaxom gehorchte und war sehr erleichtert, als er mit beiden Beinen wieder fest auf dem Boden stand. Er war so damit beschäftigt, sich von dem Schrecken über seine unbedachte Aktion zu erholen, daß er gar nicht gleich bemerkte, wie sich die Beleuchtung veränderte. Doch dann nahm er aus dem rechten Augenwinkel eine Bewegung wahr, drehte – nur ja nicht zu hastig – den Kopf zur Seite und sah mit einem wachsenden Gefühl der Geborgenheit, wie sich die riesigen Frachtraumtüren langsam nach innen falteten.

Die roten Lichter auf dem Schaltpult wurden grün, und mit einemmal erlosch auch die lästige orangefarbene Warnlampe.

»Operation beendet«, meldete Jaxom, obwohl er am liebsten einen Freudenschrei ausgestoßen hätte.

»Das genügt für heute. Kehren Sie auf dem gleichen Weg zum Stützpunkt zurück.«

Als Robinton, Lytol und D'ram am Spätnachmittag zu einer Geheimkonferenz zusammenkamen, wartete Akki mit neuen interessanten Enthüllungen auf.

»Das Verhalten Ihres Wanderplaneten ist extrem unbeständig«, begann er. »Inzwischen hatte diese Anlage Gelegenheit, die meisten der ihr zur Verfügung gestellten Aufzeichnungen auszuwerten. Selbst die unleserlichsten Texte konnten mit Hilfe verfügbarer Rekonstruktionsverfahren entziffert werden. Der Rote Stern, wie er fälschlicherweise genannt wird, bewegt sich auf einer schwankenden Linie, die Perns Bahn *nicht* alle zweihundertundfünfzig Jahre kreuzt. Die Bahnlänge differierte im Lauf von vier Phasen um fast zehn Jahre – dreimal zweihundertundachtundfünfzig und einmal zweihundertundvierzig Jahre. Die Länge der Phasen schwankte zwischen sechsundvierzig Jahren in der Zweiten, zweiundfünfzig in der Fünften und achtundvierzig in der Siebenten Periode. Als Erklärung für die beiden Intervalle von vierhundert Jahren ließe sich denken, daß der Planet entweder nicht bis zur Oort'schen Wolke gelangte oder auf unerklärliche Weise aus seiner gewohnten Bahn gedrängt wurde, wobei die erste Theorie die wahrscheinlichere ist. Eine weitere Möglichkeit wäre« – die Skepsis in der klangvollen Stimme war nicht zu überhören –, »daß er Abschnitte passierte, in denen die Dichte des Kometenmaterials geringer war. Von größerer Bedeutung ist die auf Berechnungen von der Brücke der *Yokohama* basierende

Prognose, daß die gegenwärtige Phase um drei Jahre unter der Norm liegen wird.«

»*Das* ist nun wirklich eine gute Nachricht«, sagte D'ram. »Aber ich begreife nicht, wie bei den Aufzeichnungen solche Fehler unterlaufen konnten.«

»Darum geht es jetzt nicht«, antwortete Akki. »Allerdings begünstigt die Datierungsmethode auf diesem Planeten derartige Ungenauigkeiten.«

»Hätten wir damit nicht die Erklärung für die Aufstellung der Sternsteine gefunden?« fragte Lytol. »Denn sie gestatteten den Weyrn, trotz aller Datierungsfehler den Beginn einer Annäherungsphase genau zu bestimmen.«

»Eine sinnreiche, wenn auch keineswegs originelle Methode, sich der exakten Position eines Planeten zu versichern«, antwortete Akki.

»Gewiß, gewiß«, pflichtete Lytol ihm hastig bei. »Du hast mir von Stonehenge und der Triangulation der Eridani erzählt. Hat es mit den Ungenauigkeiten noch eine andere Bewandtnis?«

»Die betreffenden Informationen werden derzeit zueinander in Beziehung gesetzt und auf den neuesten Stand gebracht. Wenn man optimistisch sein will, kann man die Abweichungen als gutes Omen für den Erfolg des Plans werten.«

»In dieser Hinsicht können wir Burgen und Gildehallen also beruhigen?« fragte Robinton, von neuer Hoffnung erfüllt.

»Ohne Bedenken.«

»Dann hast du also dieses Treffen angesetzt, um festzulegen, welche Informationen veröffentlicht werden dürfen?«

»Ja.«

»Was können wir sonst noch bekanntgeben?«

»Was Sie wissen.«

Robinton lachte leise. »Das ist nicht sehr viel.«

»Aber dafür sind es Dinge von enormer Bedeutung«, erwiderte Akki. »Die beiden Flüge zur *Yokohama* waren außerordentlich erfolgreich. Darüber hinaus können Sie ankündigen, daß bei der nächsten Expedition auch die vier grünen Reiter mit von der Partie sein werden. Es ist von größter Wichtigkeit, daß sie möglichst viele Sprünge auf die Brücke unternehmen, um die Untersuchungen fortzusetzen, die Jaxom und Piemur eingeleitet haben. Für die Arbeit an Bord wird jedem Reiter eine besondere Aufgabe zugewiesen.«

»*Warum* mußte Jaxom die Frachtraumtüren unbedingt heute schließen? Du hast doch gesagt, dieser Bereich würde noch längere Zeit nicht gebraucht«, fragte D'ram neugierig.

»Jemand muß üben, im freien Fall zu arbeiten und mit einem Raumanzug zurechtzukommen. Jaxom kann am besten mit dem Computer umgehen, und Ruth ist der mutigste Drache.«

Robinton entging nicht, wie stolz Lytol über dieses Lob für seinen Zögling war.

»Spielt es denn gar keine Rolle, daß er in seiner Eigenschaft als Burgherr auch in diesem Kreis über seine Expedition berichten kann?« fragte Robinton belustigt.

»Ein Gesichtspunkt, der bei der Auswahl tatsächlich berücksichtigt wurde, doch den Ausschlag gaben seine Kompetenz und die Tatsache, daß er Drachenreiter ist.«

Robinton lachte wieder in sich hinein. »Und wer ist nun als nächster an der Reihe?«

»Nachdem Ruth den Anfang gemacht hat, werden sich die grünen Drachen genötigt fühlen, es ihrem kleinsten Artgenossen gleichzutun. Man wird sie paarweise losschicken: Mirrim und Path, G'rannat und Sulath passen von ihrem Temperament und ihren Fähigkeiten her am besten zusammen.«

»Du verstehst es wirklich, Menschen zu manipulieren«, lachte Robinton.

»Das hat nichts mit Manipulation zu tun, Meister Robinton. Es geht einfach darum, die persönliche Grundstruktur des jeweiligen Auszubildenden zu durchschauen.«

»Der Frachtraum wäre auch für die Bronzedrachen groß genug«, tippte D'ram an.

»Erst müssen sie genügend Atemluft vorfinden. Sie werden in späteren Phasen eine wichtige Rolle spielen, D'ram«, versprach Akki. »Aber als nächstes sollten im Hydroponikbereich wieder sauerstofferzeugende Algen angesiedelt werden, um die Luft in den wenigen noch nutzbaren Bereichen der *Yokohama* zu reinigen. Das Teleskop muß in regelmäßigen Abständen justiert werden. Eine Sonde ist noch vorhanden, vielleicht funktionsfähig, vielleicht auch nicht. Jedenfalls könnte sie wertvoll sein. Ist sie nicht einsatzbereit, so wäre es eine große Hilfe, wenn ein Bronzedrache und sein Reiter sich hinauswagten, um Proben des Oort-Materials zu beschaffen.«

»Was?« riefen die drei Männer erschrocken wie aus einem Munde.

»Den Kolonisten ist es nie gelungen, Fäden einzufangen, ehe sie als Sporenregen niedergingen, obwohl mehrere Versuche unternommen wurden. Eine Analyse«, Akki hob die Stimme, um die neuerlichen Proteste seiner drei Hüter zu übertönen, »könnte im einzigen noch verwendbaren Labor der *Yokohama* im Kälteschlafbereich durchgeführt werden. Der Erkenntnisgewinn nach einer fachkundig durchgeführten, wissenschaftlichen Analyse des Sporenmaterials stünde in keinem Verhältnis zum eventuellen Risiko, das nach allem, was die Bronzedrachen und ihre Reiter bisher an Fähigkeiten und Intelligenz an den Tag gelegt haben, ohnehin minimal wäre – Voraussetzung sind natürlich exakte Koordinaten für die Drachen und Schutzanzüge für die Reiter.«

In fassungslosem Staunen starrten die drei auf den Bildschirm.

»Im Kapselstadium sind die Sporen harmlos«, fuhr Akki fort, als habe er die Reaktion der drei Hüter auf sein Ansinnen nicht bemerkt. »Sie verändern sich erst, wenn sie auf günstige Bedingungen treffen. Zum Zwecke der Analyse läßt sich das Präparat in einer der Kälteschlafkammern sicher verwahren. Von den begabtesten Biologiestudenten haben sieben schon fast den Wissensstand erreicht, um eine derartige Untersuchung durchführen zu können, und von diesen ist wiederum Lady Sharra die beste. Da oben finden sich noch viele Instrumente zur Erforschung tiefgefrorenen menschlichen und tierischen Gewebes. Sogar ein Elektronenmikroskop steht im kryogenischen Labor – es wäre also als Forschungszentrum geradezu ideal.«

Was Akki sagte, klang vollkommen vernünftig, logisch und eindeutig wie alle seine Vorschläge, aber Robinton scheute vor dem Gedanken an ein solches Unterfangen zurück. D'ram oder Lytol wagte er erst gar nicht anzusehen.

»Wer eine Gefahr beseitigen will, muß sie sowohl als Ganzes als auch in ihren einzelnen Erscheinungsformen erkunden«, fuhr Akki fort.

»Wie sollen wir denn die Fäden vernichten, wenn das wahr ist, was du uns über diese Oort'sche Wolke erzählt hast?« fragte der Harfner.

»Was Sie erfahren haben, entspricht den Tatsachen.«

»Tatsachen sind nicht die einzige Wahrheit«, gab Lytol zu bedenken.

»Wir sollten nicht vom Thema abkommen«, mahnte Robinton mit einem strengen Blick auf seinen Freund. Der ehemalige Drachenreiter und Akki konnten sich endlos mit semantischen und philosophischen Haarspaltereien beschäftigen, wenn sie unter sich waren.

»Man muß eben die Tatsachen ändern«, fuhr Akki

fort, als habe Lytol ihn nicht unterbrochen. »Das ist der Plan.«

»Ich wünschte«, Robinton beugte sich erwartungsvoll vor, »du würdest uns deinen Plan endlich verraten.«

»Meister Robinton, lassen Sie mich darauf mit einem Vergleich antworten. Sie würden von einem neuen Schüler nicht erwarten, daß er gleich beim erstenmal eine ganze Partitur fehlerfrei liest, nicht wahr?« Als Robinton dies bejahte, fuhr Akki fort: »Ebensowenig würden Sie von diesem Schüler, und wäre er auch noch so begabt, erwarten, daß er auf einem ihm unbekannten Instrument perfekt die schwierigsten Stücke spielt?«

»Ich habe verstanden.« Robinton hob die Hände, zum Zeichen, daß er sich geschlagen gab.

»Sie können ganz beruhigt sein, wenn Sie sich ansehen, was bereits erreicht, welch großes Pensum bisher bearbeitet und auch verstanden wurde. Wir machen Fortschritte auf dem Weg zu unserem großen Ziel, aber es wäre falsch, Ihre wackeren Leute mit Erklärungen zu überfordern, ehe sie durch Ausbildung und eigene Erfahrung ausreichend darauf vorbereitet sind.«

»Du hast recht, Akki, vollkommen recht.« Robinton konnte über seine törichte Ungeduld nur selbst den Kopf schütteln.

»Wie wichtig ist dieses Konklave der Barone für Pern und für dieses Projekt, Meister Robinton?« fragte Akki.

Robinton verzog das Gesicht. »Das ist die große Frage. Aber wenn alle Barone sich versammeln, besteht immer die Gefahr, daß kleinere Reibereien zu einem heftigen Streit eskalieren. Wir – Sebell, Lytol, D'ram und ich – haben Grund zu der Befürchtung, daß einige unzufriedene Konservative Zweifel an Landing und an unserem Projekt anmelden werden.

Morgen, nach Sallah Telgars Beisetzung, werden wir die Reaktionen besser einschätzen können.«

»Werden viele an der Zeremonie teilnehmen?«

In Robintons Grinsen mischte sich eine Spur von Ironie. »Es wird alles da sein, was auf Pern Rang und Namen hat! Meister Shonagar hat seine Lehrlinge und Gesellen erbarmungslos gedrillt; Domick hat sich fast zu Tode geschuftet, um die passende Musik zu schreiben, sogar zu schmetternden Fanfarenstößen hat er sich verstiegen. Ihr zu Ehren wird der ganze Himmel voller Drachen sein.« Unversehens wurde dem Harfner bei dem Gedanken an all die Huldigungen, die man für die legendäre Vorfahrin geplant hatte, die Kehle eng. »Neben anderen steht auch Perschar bereit, um Illustrationen anzufertigen.«

»Solche Skizzen wären eine große Bereicherung für die Archivspeicher über das Pern der Neuzeit«, bemerkte Akki.

»Selbstverständlich bekommst du sie«, versprach ihm Robinton.

»Und von jedem von Ihnen einen mündlichen Bericht über die Veranstaltung.«

»Von jedem von uns?« fragte D'ram überrascht.

»Man muß ein Ereignis oft aus verschiedenen Perspektiven betrachten, um es in vollem Umfang würdigen zu können.«

Am nächsten Abend war Robinton nicht mehr sicher, ob es jemals gelingen würde, Sallah Telgars Bestattung in *vollem* Umfang zu dokumentieren. Es war ein ereignisreicher Tag gewesen, und ausnahmsweise gestand er sich auch ein, daß er sehr, sehr müde war.

Larad und seine Frau hatten die Feier aufs glanzvollste aufgezogen. Unter Domicks persönlicher Leitung sollte die ›Ballade von Sallah Telgar‹ von Sängern aus allen Teilen des Kontinents und von wahren Meistern auf verschiedenen Instrumenten virtuos vorgetragen werden. Die großen Feuergruben von Telgar waren pausenlos in Betrieb, um die vielen Gäste sattzubekommen, die schon seit dem Vortag nach und nach eintrafen. Zwar hatten die meisten vorsichtshalber ihre Verpflegung selbst mitgebracht, aber Telgar knauserte nicht. Alle in irgendeiner Weise bedeutenden Persönlichkeiten wurden in Teilen der großen Burg einquartiert, die seit der letzten Seuche nicht mehr bewohnt waren. Robinton konnte sich des Verdachts nicht erwehren, daß man sämtliche Pächter von Telgar zu Reinigungsdiensten herangezogen hatte; Lady Jissamy war eine durchaus gewissenhafte Hausfrau, die auch den entlegensten Winkel ihres Reiches in jedem Planetenumlauf mindestens einmal inspizierte, aber nun blitzte und funkelte alles wie noch nie.

Man hatte die Bestattung für den Nachmittag angesetzt. Jeder Drache brachte so viele Passagiere mit, wie er nur tragen konnte. Sogar Toric kam auf K'vans Heth angeflogen, begleitet von seiner Frau Ramala, die sich sonst kaum je in der Öffentlichkeit zeigte. Der hochgewachsene Baron des Südens hatte nichts Eiligeres zu tun, als die anderen Burgherren zu beknien, sie möchten ihm für seinen Kampf gegen die Rebellen Männer zur Verfügung stellen, stieß aber, wie Robinton an seiner unzufriedenen Miene ablesen konnte, wohl zumeist auf taube Ohren. Als der Harfner Gelegenheit hatte, mit Sebell über seine Beobachtungen zu sprechen, erfuhr er, daß die Barone einhellig der Ansicht waren, dies sei eine denkbar ungünstige Zeit für irgendwelche Strafaktionen – was bedeutete, daß Toric sein Anliegen dem Konklave vortragen würde. Wieder eine Diskussion, bei der man sich die Köpfe heißreden konnte. Robinton schwankte noch, ob er überhaupt teilnehmen sollte: verpflichtet war er dazu nicht mehr, aber man hatte ihn eingeladen, und obwohl Sebell ihm zuverlässig und genau Bericht erstatten würde, zog er es doch vor, sich auf Grund eigener Beobachtungen eine Meinung zu bilden.

All diese kleineren Reibereien und größeren Konflikte verblaßten jedoch zur Bedeutungslosigkeit, als die Trauerfeierlichkeiten begannen. Die Ballade wurde hervorragend dargeboten. Im Anschluß daran erschienen auf ein Stichwort von Ruth und Jaxom die Drachenscharen am Himmel über Telgar. Robinton stiegen die Tränen in dic Augen, nicht nur, weil der toten Sallah so viel Ehre zuteil wurde, sondern weil er an die letzte derartige Gelegenheit vor fast zwanzig Umläufen dachte, als die fünf Verlorenen Weyr über Telgar am Himmel aufgetaucht waren, um zusammen mit Bendens tapferen Geschwadern gegen die Fäden zu kämpfen. Heute trugen Lessas Ramoth und Telgars alte Drachenkönigin Solth zwischen sich eine Hängematte mit Sallahs Sarg. Die goldenen Beschläge und Griffe blitzten in der Sonne, so daß es aussah, als wolle selbst Rubkat der tapferen Frau huldigen. Die Menge hielt andächtig den Atem an. Über den beiden Königinnen formierten sich die Weyr in sieben Gruppen, Schwingenspitze an Schwingenspitze, ein Meisterstück des Formationsflugs.

Die ganze Schar folgte den beiden Königinnen nach unten, blieb aber in der Luft, während Ramoth und Solth ihre Last sanft auf der Bahre absetzten und die Hängematte elegant zu beiden Seiten fallen ließen. Eine aus Burgherren bestehende Ehrengarde trat vor, um den Sarg über die wenigen noch verbleibenden Drachenlängen zu seiner letzten Ruhestätte zu tragen.

Dann schwangen sich die Drachenscharen wieder in die Lüfte, ohne aus der Weyrformation auszubrechen, und landeten entweder auf Telgars Feuerhöhen oder bildeten einen Kreis um die Menge. Nun trat Larad vor, gefolgt von seinen Söhnen, alles, wie Akki glaubhaft versichert hatte, direkte Nachkommen von Sallah Telgar und Tarvi Andiyar.

»Möge der heutige Tag ein Tag der Freude sein, kehrt doch eine tapfere Frau zurück auf die Welt, für deren Rettung sie einst ihr Leben hingab. Nun möge sie ruhen mit anderen ihres Geblüts auf der Burg, die ihren Namen trägt und wo man sie schätzt vor allen Ahnen.«

Mit diesen schlichten Worten trat Larad beiseite, die Ehrengarde hob den Sarg auf und trug ihn gemessenen Schrittes auf den Schultern zum Grabmal. Als er im Inneren abgestellt wurde, hoben sämtliche Drachen die Köpfe und stießen ihren Klageruf aus. Gewöhnlich zerriß es einem dabei fast das Herz, doch diesmal glaubte Robinton, dem die Tränen über das Gesicht liefen, einen seltsam triumphierenden Unterton herauszuhören. Wie als Antwort auf die Drachenklage erhob sich ein gewaltiges Rauschen, und wohl sämtliche Feuerechsen aus Nord und Süd, wild oder zahm, schossen wie ein breiter Schleier tief über die Köpfe der Ehrengarde und das noch geöffnete Grabmal hinweg und sangen glockenklar den Diskant zu den dunkleren Stimmen der Drachen. Dann stiegen sie an Telgars schroffer Klippe in die Höhe und waren mit einemmal verschwunden.

Robinton hatte sich schon gefragt, wo Zair sich wohl herumtrieb, doch erst jetzt fiel ihm auf, daß auch die Umstehenden, die sich gewöhnlich mit einer Feuerechse zierten, seit dem Augenblick, an dem die versammelten Drachengeschwader am Himmel erschienen waren, leere Schultern hatten.

Noch etwas benommen von diesem letzten Höhepunkt des feierlichen Geschehens, trat die Garde zurück, und die Maurer von Telgar, zum Schutz ihrer Festkleider mit Schürzen angetan, begaben sich nach vorne, um die Öffnung zu verschließen.

In respektvollem Schweigen – der Auftritt der Drachen und Feuerechsen hatte selbst die Jüngsten eingeschüchtert – warteten die Versammelten, bis das Grab völlig zugemauert war und die Maurer sich entfernten. Nun stellten sich Larad und Jissamy vor den Eingang und verneigten sich tief, die Ehrengarde tat es ihnen nach. Alle Anwesenden wiederholten die Huldigung.

Dann machten Larad, seine Frau und die Garde kehrt und strebten dem großen Burghof von Telgar zu. Domicks Musiker setzten sich ans Ende der Menge, die sich allmählich zerstreute, um die Gastfreundschaft von Telgar zu genießen, und stimmten zum Ende der Zeremonie ein feierliches, getragenes Stück an.

Robinton freute sich schon darauf, von den Rostbraten zu kosten, die sich auf den großen Spießen drehten, ganz zu schweigen von einem guten Benden-Jahrgang, wie Larad ihn sicher auftischen würde, als ihn jemand am Arm berührte.

»Robinton!« Jaxom sprach leise, aber in seinen Augen glitzerte die Wut. »Man hat einen Anschlag auf Akki versucht. Kommen Sie!«

»Versucht?« wiederholte Robinton erschrocken. Er hatte noch gar nicht begriffen, was Jaxom eben gesagt hatte.

»Versucht!« wiederholte Jaxom grimmig und steuerte Robinton am Ellbogen durch die Menschenmassen, die gemächlich auf den Hof zuschlenderten. »Farli hat nur ein paar flüchtig hingeworfene Zeilen gebracht, mehr weiß ich also nicht, auf jeden Fall kann ich aber nicht länger *hier* herumstehen.«

»Ich auch nicht!« Robintons Herz raste und würde sich erst wieder beruhigen, wenn er mit eigenen Augen sah, daß Akki keinen Schaden genommen hatte. Allein die Vorstellung, auf das Wissen verzichten zu müssen, das ihnen tagtäglich von der Anlage zuteil wurde, drohte einen neuen Herzanfall auszulösen. Er beschloß, die Information erst weiterzugeben, wenn er sich persönlich vom Stand der Dinge überzeugt hatte. Scherben! Er wurde allmählich alt. Warum hatte er nicht erkannt, daß heute – wo Landing fast ausgestorben war – die beste Gelegenheit für einen Direktangriff wäre! Wer sich irgendwie freimachen konnte, befand sich hier oben in Telgar.

»Noch ein Stückchen, Meister Robinton. Jetzt ist es nicht mehr weit bis zu Ruth. Wir fliegen einfach nach Landing und sehen nach, was geschehen ist. Ich finde, man sollte den Leuten hier die Stimmung nicht verderben.« Jaxom deutete auf die vielen Festgäste.

»Wohl gesprochen, Burgherr.« Robinton steuerte mit neuem Eifer auf Ruth zu, der ihnen so unauffällig wie möglich entgegengekommen war. Niemand würde sich darüber wundern, wenn Jaxom und der weiße Drache Meister Robinton den Fußmarsch zur Burg ersparen wollten. Also stiegen sie auf, und Ruth schwang sich in die Lüfte. Über der Klippe von Telgar verschwand er unvermittelt im *Dazwischen*.

Genau über dem freien Platz vor dem Akki-Gebäude tauchte der weiße Drache wieder auf. Robinton und Jaxom gingen auf den Eingang zu, und die Menge teilte sich und ließ sie durch. Der Gesichtsausdruck der Menschen war dem Harfner ein Rätsel: Zorn hätte er verstanden, Erheiterung dagegen nicht.

Lytol hatte an diesem Tag die Stellung gehalten – jemand mußte schließlich dafür sorgen, daß die Schüler planmäßig zum Unterricht kamen –, um D'ram und Robinton die Teilnahme an der Zeremonie in Telgar zu ermöglichen. Er saß auch auf seinem gewohnten Platz, trug aber einen Kopfverband, und seine Kleider waren zerrissen. Jancis und der Heiler von Landing kümmerten sich um ihn, aber die junge Schmiedemeisterin lächelte den Neuankömmlingen beruhigend zu.

»Keine Sorge! Ein Schädel von dieser Härte geht nicht so leicht kaputt«, sagte sie fröhlich. Dann lenkte sie mit einer weit ausholenden Handbewegung die Aufmerksamkeit auf Akki. »Und *er* hat ein paar Tricks auf Lager, von denen er uns bisher kein Wort gesagt hat.«

»Sehen Sie sich's an«, empfahl Lytol mit einem ganz ungewohnt schadenfrohen Lächeln.

Robinton war als erster am Ende des Ganges. Er trat zwei Schritte in den Raum, dann blieb er so unvermittelt stehen, daß Jaxom gegen ihn prallte. Piemur und sechs der kräftigsten Studenten hielten mit schweren Knüppeln in der Hand Wache. Zwei von ihnen hatten ebenfalls die Köpfe verbunden. Die Angreifer lagen bewußtlos am Boden; die schweren Äxte und Metallstangen, mit denen sie Akki hatten zertrümmern wollen, hatte man außer Reichweite auf einen Haufen geworfen.

»Akki weiß sich zu schützen«, grinste Piemur und schwenkte seine Keule an ihrem Riemen im Kreis herum.

»Was ist passiert?« fragte Robinton.

»Wir machten gerade Mittagspause«, erzählte Piemur. In diesem Moment kam auch Jancis herein. »Da brach hier drin ein Höllenlärm los. Wir rannten sofort zurück. Lytol, Ker und Miskin waren niedergeschlagen worden, und die Kerle da führten sich auf, als stünde ihr Gehirn in Flammen. Was übrigens, nach dem zu urteilen, was *wir* noch hörten, gar kein schlechter Vergleich ist.«

»Aber was ...«

»Diese Anlage ist darauf eingerichtet, gegen sie gerichtete Angriffe abzuwehren.« Akkis Stimme war im ganzen Korridor zu vernehmen. Der Tonfall war ganz sachlich, aber Robinton spürte auch einen Hauch von Befriedigung, den er unter den gegebenen Umständen für durchaus legitim hielt. »Gewisse Töne, in hinreichender Lautstärke produziert, können Menschen bewußtlos machen. Als die Eindringlinge mit Gewalt gegen Lytol, Ker und Miskin vorgingen, erschien es ratsam, diese Verteidigungsmaßnahme einzuleiten.

Bedauerlicherweise kann es dabei zu einer Dauerschädigung des Gehörs kommen, aber die meisten der Betroffenen müßten binnen weniger Stunden das Bewußtsein wiedererlangen. Sie haben eine größere Schalldosis abbekommen, als normalerweise benötigt wird – würde –, um jemanden von einem derartigen Vorhaben abzubringen.«

»Ich – wir – hatten keine Ahnung, daß du über Verteidigungseinrichtungen verfügst.« Robinton war vor Überraschung, aber auch vor Erleichterung noch ganz flau zumute.

»Sie sind Bestandteil jeder Akki-Anlage, Meister Robinton, auch wenn sie nur selten benötigt werden. Die Speicher enthalten immerhin wirtschaftlich und politisch wertvolle Informationen, die auch für politische Gegner attraktiv sein könnten. Unbefugtem Zugriff und/oder zerstörerischen Aktionen muß demzufolge wirksam begegnet werden, was von jeher eine Sekundärfunktion jeder Akki-Anlage ist.«

»Das beruhigt mich sehr, wie ich zugeben muß, aber wieso hast du es uns nicht früher mitgeteilt?«

»Die Frage hat sich nie gestellt.«

»Aber du wußtest doch von dem Versuch, die Batterien für deine Stromversorgung zu zerstören«, begann Jaxom.

»Vandalismus in dieser primitiven Form stellte keine Gefahr für die Anlage dar. Und Sie haben umgehend geeignete Maßnahmen ergriffen, um eine Wiederholung solcher Sabotageakte zu verhindern.«

»Aber warum hast du damals nicht gemacht, was immer du heute getan hast?« fragte Jaxom.

»Solche Maßnahmen werden am besten während eines Direktangriffs eingesetzt, wo sie auch am effektivsten sind.«

»Was hast du nun eigentlich mit ihnen gemacht?« Jaxom wies auf die reglosen Gestalten.

»Schallbombardement«, grinste Piemur. »Ein schriller Ton, der durch Mark und Bein geht. Muß schlimm gewesen sein.« Er deutete auf einen auf dem Rücken liegenden Mann. Seinen verzerrten Zügen war noch anzusehen, wie sehr er gelitten hatte, ehe ihn eine gnädige Ohnmacht erlöste. Piemur stieß ihn verächtlich mit der Fußspitze an. »Wo Norist diese Typen wohl aufgegabelt hat?«

»Norist?« rief Robinton.

Piemur zuckte die Achseln. »Wer sonst? Er schreit doch am lautesten, das ›Monstrum‹ müsse zerstört werden. Und hier...« Er bückte sich und ergriff die schlaffe Hand eines Angreifers. »Das sieht mir ganz nach Schwielen von einem Glasrohr aus, und an den Armen hat er alte Brandnarben. Allerdings ist er damit der einzige, aber wenn sie wieder aufwachen, können wir ihnen ja ein paar Fragen stellen. Und dafür sorgen, daß sie auch beantwortet werden.« Piemurs Stimme war hart geworden.

»Wer weiß sonst noch davon?« fragte der Meisterharfner.

»Jeder, der momentan in Landing ist.« Piemur zuckte die Achseln, doch dann grinste er verschmitzt. »Das sind allerdings nicht viele, denn jeder, der irgendwie einen Platz auf einem Drachenrücken ergattern konnte, ist nach Telgar geflogen. Wie war eigentlich die Trauerfeier?«

»Eindrucksvoll.« Das klang etwas zerstreut, denn Robinton war dabei, sich auch die anderen Übeltäter der Reihe nach anzusehen. »Drachen *und* Feuerechsen haben Sallah Telgar auf ihre Art die letzte Ehre erwiesen.«

»Ruth hat mir vorher nicht einmal Bescheid gegeben.« Jaxom zog ein saures Gesicht.

Das war richtig so. Alle Drachen waren sich einig. Die Feuerechsen taten es ihnen nach, aber auch das war in Ordnung, erklärte Ruth, und Jaxom teilte es den anderen mit.

Robinton entdeckte unter den Angreifern kein einziges bekanntes Gesicht. Bedrückt überlegte er, ob wohl tatsächlich Norist der Drahtzieher dieses Überfalls war. »Und Lytol fehlt wirklich nichts?« fragte er leise mit einem Blick zum Vordereingang.

»Er hat eine riesige Beule«, sagte Jancis, »und der Heiler sagt, er hat sich eine Rippe gebrochen, als er gegen die Tischkante fiel, aber sein Stolz hat mehr gelitten als sein Schädel. Sie hätten hören sollen, wie er sich beschwerte, Ker und Miskin bewegten sich einfach zu langsam, um ihm eine echte Hilfe zu sein.«

»Gegen acht Männer mit Äxten und Stangen?« fragte Robinton entsetzt. Erst jetzt kam ihm so recht zu Bewußtsein, wie schwer man mit solchen Waffen seine Freunde und erst recht Akki hätte verletzen können. Plötzlich wollten ihn seine Beine nicht mehr tragen.

Piemur fing ihn sofort auf, schrie Jaxom an, die andere Seite zu übernehmen, und befahl Jancis, den Heiler und einen Becher Wein zu holen. Gemeinsam führten sie Robinton in den Nebenraum und setzten ihn in einen Sessel. Er wollte Einwände erheben, erschrak aber selbst über seine zittrige Stimme.

»Höchste Zeit, Lessa und F'lar einzuweihen«, sagte Jaxom. »Und unter welchem Vorwand sie sich von Larad loseisen, ist mir verdammt egal. Ruth!«

Robinton hob abwehrend die Hand, sah jedoch an Jaxoms Gesicht, daß der die Botschaft bereits weitergegeben hatte. Jancis kam mit einem Riesenbecher Wein, und Robinton nippte dankbar daran, während der Heiler ihn nervös umsorgte.

»Der Meisterharfner hat keinen Schaden genommen; alle Lebensfunktionen haben wieder zufriedenstellende Werte erreicht«, sagte Akki. »Beruhigen Sie sich, Meister Robinton, kein Mensch hat nicht wiedergutzumachende Schäden erlitten, und diese Anlage blieb völlig unversehrt.«

»Darum geht es gar nicht, Akki.« Jaxom fuhr herum. »Ein solcher Versuch hätte niemals auch nur in Betracht gezogen, geschweige denn unternommen werden dürfen.«

»Ein frischer Wind wird nicht überall freudig begrüßt. Das war nicht anders zu erwarten.«

»Du hast es erwartet?« Jaxom ärgerte sich über Akkis unerschütterliche Gelassenheit. Warum hatte denn niemand erkannt, wie günstig dieser Tag für Andersdenkende wie Norist war? Sie hatten natürlich gewußt, daß Robinton und D'ram an der Trauerfeier für Sallah Telgar teilnehmen, und daß auch sonst niemand in Landing bleiben würde, der Gelegenheit hatte, von einem Drachen mitgenommen zu werden.

»Genau wie ich. Immer mit der Ruhe, mein Junge.« Lytol war in den Raum gekommen. »Ich war auf einen Anschlag gefaßt. Deshalb habe ich auch Ker und Miskin hierbehalten. Aber ich hatte nicht mit so vielen Gegnern gerechnet. Wir waren hoffnungslos unterlegen.« Er sah Robinton scharf an. »Hm. Sie sehen ganz so aus, wie ich mich fühle.« Behutsam ließ er sich in den nächsten Sessel sinken. »Meister Esselin war ebenfalls anwesend, als die Meute hereinstürmte, aber er fiel in Ohnmacht. Ich hatte nicht daran gedacht, die Schüler zu bewaffnen. Sie waren ganz in der Nähe, und fünfzehn Mann hätten eigentlich als Abschreckung genügen müssen.«

In diesem Augenblick kamen zwei von Esselins Lehrlingen, lauthals nach Piemur rufend, durch den Korridor gelaufen.

»Ruhe!« brüllte Piemur und verzog sofort bedauernd das Gesicht.

»Harfner, wir haben ihre Renner gefunden, sie waren gleich neben der alten Küstenstraße in einem Wäldchen angebunden«, meldete der ältere von beiden. »Silfar und ich sind auf zweien davon zurückgeritten, aber vorher haben wir sie noch alle von dort weggebracht, falls jemand entkommen sein sollte. Trestan und Rona sind bei ihnen geblieben, weil Rona nämlich eine Feuerechse hat.« Der Junge hatte die Augen weit aufgerissen, sein Gesicht glühte vor Aufregung, und er rang keuchend nach Atem. Eine Bronzeechse, deren Augen in hektischem Orange schillerten, krallte sich in seine Schulter.

»Gut gemacht, Deegan«, lobte Piemur. »Ihr habt die Renner doch nicht zuschanden geritten?«

»Nein, Harfner!« Deegan war entrüstet, daß man ihm zutraute, ein wertvolles Tier zu mißhandeln. »Sie laufen phantastisch. Für einen solchen Renner muß man schon einen ganzen Haufen Marken auf den Tisch legen.«

»Du schickst zuallererst deine Echse los, damit sie Rona beruhigt, und dann holt ihr auch die anderen Tiere hierher. Vielleicht gibt uns ihr Zaumzeug irgendwelche Aufschlüsse.«

»In den Satteltaschen war nur Verpflegung, Sir«, entschuldigte sich Deegan. »Ich habe nachgesehen, weil ich dachte, ich finde einen Hinweis.«

Wieder nickte Piemur beifällig. »Und jetzt ab mit euch.« Er wandte sich zornig an die anderen. »Da steckt nicht nur Norist mit seinen Wirrköpfen dahinter. Wie kommen so teure Renner in den Süden? Von wem stammen die Marken, die es gekostet hat, acht Tiere zu kaufen und hierherzuschaffen?«

»Heißt das, daß auch ein Fischermeister in die Sache verwickelt ist?« fragte Jaxom.

»Die einzige Gilde, die nicht sehr viel von den Informationen in Akkis Speichern profitiert hat.« Piemur runzelte nachdenklich die Stirn.

Robinton schüttelte den Kopf, doch das Wort ergriff Lytol. »Keineswegs, Piemur. Meister Idarolan war Akki ausnehmend dankbar für die Karten von Kapitän Tillek, auf denen Meerestiefen und Strömungen so detailliert verzeichnet sind. Die Übersichten aus dem Weltraum sind wirklich grandios.« Lytol legte eine respektvolle Pause ein, dann zuckte er die Achseln. »Natürlich hat sich die Küstenlinie seither verändert, aber Karten von solcher Genauigkeit lassen sich ohne großen Aufwand auf den neuesten Stand bringen. Jeder Meister hat Duplikate bekommen, außerdem werden jedem Fischer Detailkarten für sein Gebiet zur Verfügung gestellt. Und was Meister Idarolan billigt, wird von jedem Meister seiner Gilde akzeptiert.«

»Gewiß«, antwortete Piemur, um dann zynisch fortzufahren: »Ich kann mir allerdings, ohne Namen zu nennen, durchaus den einen oder anderen besonders konservativen und engstirnigen Fischermeister vorstellen, der Meister Norists Unzufriedenheit teilt. Denken Sie nur an die vielen Menschen, die damals trotz aller Verbote in den Südkontinent gelangen konnten.«

»Eine volle Börse stopft so manches Maul«, ergänzte Lytol sarkastisch.

»Wir sollten keine voreiligen Schlüsse ziehen«, mahnte Robinton.

»Lessa läßt ausrichten, sie und F'lar seien zur Zeit unabkömmlich«, unterbrach Jaxom die Debatte. »Aber F'nor ist unterwegs. Beide Weyrführer sind zutiefst empört und möchten wissen, wie es zu einem solchen Anschlag kommen konnte.«

Einer der Übeltäter regte sich und wimmerte.

»Das werden wir herausfinden!« riefen Jaxom und Piemur wie aus einem Munde und sahen sich grimmig entschlossen an.

»Dürfte ich vorschlagen, die Burschen zu fesseln, bevor sie wieder zu sich kommen?« fragte Robinton, dem die Angreifer doch sehr viel kräftiger erschienen als ihre eher schmächtigen Bewacher.

»Ja, und ich weiß auch schon, womit.« Schadenfroh grinsend griff Piemur nach einer dicken Kabelrolle.

»Nun kommt schon, Leute«, wandte er sich an die Schüler, »laßt uns diese Schwachköpfe ordentlich verschnüren.«

Alle Männer wurden gefesselt, dann durchsuchte man ihre Taschen, fand aber nichts. Alte Narben, verdickte Ohren und gebrochene Nasenbeine verrieten, daß fünf von den acht Übeltätern mehr als eine Schlägerei hinter sich hatten. Die typischen Spuren des Glasmacherhandwerks wies nur einer auf, doch auch die beiden anderen hatten offenbar ein recht wildes Leben geführt.

»Vielleicht kennt Swacky den einen oder anderen«, meinte Piemur. »Er war im Lauf der Jahre auf so vielen Burgen als Ordnungshüter tätig, daß ihm viele von den Stammkunden bekannt sein müßten.«

»Man hätte doch gewiß keine Männer ausgesucht, die wir erkennen würden?« gab Robinton zu bedenken. »Wenn Swacky freilich einen identifizieren könnte, wüßten wir wenigstens, in welcher Richtung wir zu suchen hätten. Akki, wie lange werden sie noch bewußtlos sein?«

Akki erklärte, das sei von Fall zu Fall verschieden. »Je dickfelliger die Zielperson, desto stärker muß das akustische Bombardement ausfallen. Wie Sie sehen, standen sie dicht an der Schwelle des Todes.«

»Das gefällt mir ganz und gar nicht«, platzte Robinton heraus.

»Sie hätten diese Schwelle jedoch nicht überschritten«, versicherte ihm Akki.

Schaudernd trank Robinton seinen Wein aus. »Sehen wir zu, daß wir sie von hier wegbringen. Wir haben doch sicher ein festes Gebäude, wo wir sie einsperren können. Es ist fast – fast schamlos, sie einfach so liegenzulassen.«

»Eben rücken die Hilfstruppen an«, meldete Jaxom.

Von draußen erscholl das kämpferische Trompeten vieler Drachenstimmen – F'nor, T'gellan, Mirrim und ein fast vollständiges Geschwader aus dem Ost-Weyr waren eingetroffen.

»Von jetzt an wird Akki ständig von Drachen bewacht«, entschied F'nor, als er Lytols knappen Bericht vernommen hatte.

»Der Ost-Weyr besteht darauf, diesen Ehrendienst zu übernehmen«, erklärte T'gellan.

»Ich wünschte nur, es wäre nicht so weit gekommen.« Robinton schüttelte müde den Kopf.

»Mein lieber Freund.« Lytol legte dem Harfner tröstend die Hand auf die Schulter. »Es mußte dazu kommen. Hätten Sie sich wie ich die Zeit genommen, sich mit Geschichte zu beschäftigen, dann wären Sie besser auf den kulturellen Umbruch vorbereitet gewesen, der allerorten Burg, Gildehalle und Weyr erschüttert.«

»Ich hatte gehofft, Akki würde uns in eine strahlende Zukunft führen...« Robinton hob wie im Überschwang beide Arme, ließ sie jedoch gleich darauf mit einer resignierten Geste auf die Knie zurücksinken.

»Sie sind eben ein unverbesserlicher Optimist«, lächelte Lytol traurig.

»Was nicht das schlechteste ist«, stellte Piemur entschieden fest und warf Lytol einen warnenden Blick zu. Dem jungen Gesellen tat es in der Seele weh, seinen Meister so bedrückt und teilnahmslos dasitzen zu sehen. Der Verwalter wandte sich achselzuckend ab und behielt seine zynischen Bemerkungen fortan für sich.

T'gellan schickte einen Reiter los, um Swacky von der Paradiesflußbesitzung holen zu lassen. Vielleicht würde er tatsächlich einen der Eindringlinge erkennen. Jayge kam gleich mit, denn er war in seiner Zeit als Händler viel auf den Gehöften im Osten herumgekommen und hoffte daher ebenfalls, ihnen behilflich sein zu können.

»Ja, die beiden habe ich schon gesehen.« Swacky

drehte den Kopf eines Bewußtlosen von einer Seite auf die andere. »Aus Bitra, wenn ich mich recht erinnere. Für genügend Marken tun diese Bitraner alles.«

»Fällt Ihnen auch ein Name dazu ein, Swacky?« fragte F'nor finster.

Swacky zog seine muskulösen Schultern hoch und ließ sie wieder fallen. »Nein. Die Bitraner sind ein verschlossener Menschenschlag, und ich glaube nicht, daß Sie aus denen viel herausbekommen werden. Zu stur, um nachzugeben, und zu dumm, um aufzugeben. Wenn die sich kaufen lassen, dann bleiben sie auch dabei«, fügte er mit widerwilligem Respekt hinzu.

Jayge kniete neben einem anderen Mann nieder und betrachtete ihn kopfschüttelnd. »Bekannt ist er mir, aber ich weiß nicht, woher. Eines kann ich allerdings sagen – er hatte mit Fischernetzen zu tun. Sehen Sie sich die triangelförmigen Narben an Fingern und Handflächen an. Das sind ehemalige Netzrisse.«

Robinton stieß einen tiefen Seufzer aus, und Lytol wirkte noch grimmiger als sonst.

Als am späten Abend endlich der erste der Männer das Bewußtsein wiedererlangte, drehte er in blinder Panik den Kopf nach allen Seiten. Bald zeigte sich, daß er völlig taub war. Auf schriftliche Fragen schüttelte er nur den Kopf. Akki und der Heiler beratschlagten, ob es möglich sei, ihm das Hörvermögen zurückzugeben, kamen aber zu keinem Ergebnis.

»Die extreme Methode der Abschreckung, die erforderlich war, um ein Eindringen zu verhindern, kann leider zu einer Dauerschädigung geführt haben«, bedauerte Akki.

Als die Renner der Saboteure gebracht wurden, untersuchte man das Zaumzeug, ohne jedoch feststellen zu können, woher es stammte. Die Sättel waren neu, trugen aber keinen Gerberstempel; die Tiere hatten keine Kerben in den Ohren und auch keine Brandzeichen; ihre Nervosität verriet, daß sie noch sehr unerfahren waren.

»Wahrscheinlich vor der Frühlingsmusterung aus den Herden von Keroon oder Telgar gestohlen«, lautete das Urteil von Herdenmeister Briaret, den man am nächsten Tag zu den Ermittlungen zuzog. »Wer immer sie ausgewählt hat, verstand etwas von Rennern und hat Tiere genommen, die von Mutter- oder Vaterseite keine besonderen Kennzeichen geerbt hatten. Sie waren kaum zugeritten«, fügte er hinzu, während er dem einen ins Maul schaute und auf die Bißnarben wies, »wurden nie beschlagen und gelangten auf dem Seeweg hierher.« Er deutete auf die blanken Stellen an Hüften, Rumpf und Schultern, die daher rührten, daß die Tiere sich an den Seiten der schmalen Boxen auf den Transportschiffen gerieben hatten. »Glaube nicht, daß wir herausfinden werden, wo sie gestohlen wurden, aber ich werde meinen Gildehallen ans Herz legen, die Augen offenzuhalten.«

Das Zaumzeug, so erklärte er, sei samt und sonders Lehrlingsarbeit und habe Mängel, mit denen es keine anständige Gerberhalle zum Verkauf hätte anbieten können.

»Möglicherweise wurde es über den Zeitraum von einem oder zwei Umläufe von Lehrlingen aus verschiedenen Hallen erworben, die Marken für ein Fest brauchten. Ich würde sagen, wer immer hinter diesem Anschlag steckt, hat sorgfältig geplant und sich viel Zeit gelassen«, faßte der Herdenmeister zusammen.

Die solide, aber abgetragene Kleidung hätte nach Schnitt und Material von überallher stammen können, und auch die Zeltausrüstung war alles andere als neu.

»Möglicherweise haben sie schon eine ganze Weile hier gelagert und einfach auf eine günstige Gelegenheit gewartet«, vermutete Briaret. »Wie etwa die Zeremonie in Telgar.«

In einer Satteltasche fand sich ein kleines, ausziehbares Teleskop von der Sorte, wie es die Fischer verwendeten, aber abgesehen vom üblichen Stempel der Schmiede von Telgar auf dem Metallrand des Okulars trug es keinerlei Kennzeichnung.

Als man Meister Idarolan nach seiner Meinung fragte, zeigte er sich empört, daß jemand von seiner Gilde mit im Spiel sein sollte. Er versprach, Nachforschungen anzustellen, und gestand ein, daß es leider einige Leute gebe, die ihrem Stand keine Ehre machten und denen es durchaus zuzutrauen sei, daß sie nach einer schlechten Saison für einen vollen Markenbeutel klammheimlich eine Fahrt machten. Namen wolle er vorerst noch keine nennen, aber er wisse schon, auf wen er zu achten habe, versicherte er immer wieder.

Swacky erbot sich, in Landing zu bleiben und die Eindringlinge zu bewachen, vielleicht ließe sich der eine oder andere doch noch dazu bewegen, sich ihm anzuvertrauen.

Auch Jayge hatte es nicht eilig, auf sein Anwesen zurückzukehren, und schließlich gestand er Piemur und Jancis, er würde sich nur zu gern mit Akki unterhalten, wenn sich das irgendwie einrichten ließe.

»Kein Problem, Jayge.« Piemur grinste breit. »Du wirst doch nicht zu der Einsicht kommen wollen, daß all das neumodische Zeug doch seinen Sinn haben könnte?«

Jayge lachte verlegen. »Ich möchte nur wissen, ob Readis und Alemi drauf und dran sind, den Verstand zu verlieren. Sie schwören nämlich Stein und Bein, sie hätten sich schon wieder mit Geleitfischen – Delphinen – unterhalten. Die Delphine hätten gesagt, sie seien mit den ersten Siedlern gekommen.« Jayge schob das Kinn vor, als erwarte er, von den beiden ausgelacht zu werden.

»Die Delphine sind tatsächlich mit den Siedlern gekommen, Jayge«, versicherte ihm Piemur. Auch Jancis nickte. Dann verzog der junge Harfner betreten das Gesicht. »Wir waren so mit dem Weltraum beschäftigt, daß wir uns um andere wichtige Dinge tatsächlich noch nicht gekümmert haben. Komm! Im Moment dreht sich alles um die Eindringlinge, Akki ist frei.«

»Die Delphine sind sehr wohl in der Lage, sich mit Menschen zu verständigen«, antwortete Akki auf Jayges Frage. »Genetische Veränderungen durch Mentasynthese sind erblich, deshalb kann auch diese Fähigkeit über beliebig viele Generationen weitergegeben werden. Die Delphine waren das erfolgreichste Mentasynthese-Experiment, und es ist sehr erfreulich, daß die Gattung überlebt hat. In welcher Zahl? Ihrer Frage, Grundbesitzer Jayge, läßt sich entnehmen, daß der Kontakt nicht aufrechterhalten wurde. Ist das richtig?«

»Nein, er wurde nicht aufrechterhalten«, bedauerte Jayge. »Obwohl meine Frau und ich ihnen ebenso unser Leben verdanken wie mein Sohn und Fischermeister Alemi.«

»Die Gattung hatte von jeher eine enge Bindung an die Menschheit.«

»Und die Delphine sprechen eine Sprache, die auch wir Menschen erlernen könnten?«

»Gewiß, schließlich haben Menschen ihnen diese Sprache beigebracht. Allerdings handelt es sich dabei um die Sprache Ihrer Vorfahren, nicht das gegenwärtig gebräuchliche Idiom. Diese Anlage war imstande, die linguistischen Veränderungen zu verarbeiten, doch dazu dürften die Delphine ungeachtet ihrer großen Intelligenz nicht fähig sein.«

»Die Geleitfische sind intelligent?« fragte Piemur überrascht.

»Sie verfügen über eine Intelligenz, die dem Verstand der meisten Menschen vergleichbar, wenn nicht sogar deutlich überlegen ist.«

»Das kann ich kaum glauben«, murmelte Piemur.

»Glauben Sie es ruhig«, antwortete Akki. »Grundbesitzer Jayge, sollten Sie daran interessiert sein, die Verbindung zu den Delphinen wiederaufleben zu lassen, so wäre Ihnen diese Anlage dabei gern behilflich.«

Jayge schnitt eine Grimasse. »Es geht nicht um mich, Akki. Ich war nur gerade hier, und es hat mich interessiert. Mein Sohn Readis und unser Fischermeister Alemi waren diejenigen, die meinten, die Delphine sprechen zu hören.«

»Für die Fischer und alle anderen Seefahrer könnte die Wiederaufnahme dieser Verbindung von großem Vorteil sein. Diese Anlage kann Zeit für dementsprechende Studien erübrigen.«

»Ich werde es Alemi ausrichten. Er wird sich sehr darüber freuen.«

»Und Ihr Sohn?«

»Ach, Readis ist ja noch ein Kind.«

»Kinder haben am wenigsten Schwierigkeiten, neue Sprachen zu erlernen, Grundbesitzer Jayge.«

Jayge fielen vor Staunen fast die Augen aus dem Kopf. »Aber er ist erst fünf!«

»In diesem Alter ist der Mensch sehr aufnahmefähig. Diese Anlage würde den kleinen Readis mit größtem Vergnügen unterrichten.«

»Ich hatte eure Berichte über dieses Akki für maßlos übertrieben gehalten«, sagte Jayge leise, als seine beiden Freunde ihn grinsend aus dem Raum begleiteten, »aber diesmal wart ihr ehrlich wie die Harfner.«

»Akki hat keine Übertreibung nötig«, versicherte Piemur herablassend.

»Du wirst Readis doch herbringen?« fragte Jancis. »Ara kannst du sagen, daß ich gut auf ihn aufpassen werde.« Sie kicherte. »Geleitfische sind klüger als Menschen! Das ist das Beste, was ich je gehört habe.«

»Ich finde, wir sollten es lieber für uns behalten«,

warnte Piemur mit ernster Miene. »Wir haben ohnedies genug Schwierigkeiten, und auf diese Aussage hin ginge die Schlangenjagd erst richtig los. Selbst bei sonst durchaus vernünftigen Leuten.«

»Ich finde es großartig«, wiederholte Jancis und grinste boshaft. »Phantastisch. Alemi wird ganz aus dem Häuschen sein.«

Jayge sah sie bekümmert an. »Ara noch mehr. Sie hat tausend Eide geschworen, die Delphine hätten mit ihr gesprochen, als sie uns damals vor dem Ertrinken gerettet haben.«

»Dann bring doch auch Ara mit«, schlug Piemur vor. »Wenn nur zwei Personen die Delphinsprache erlernen, ist das ohnehin zuwenig. Hör mal, vielleicht wäre es keine schlechte Idee, neben Readis noch andere Kinder zu unterrichten. Ich will Akki ja nicht herabmindern, aber stellt euch einmal vor, wir würden verbreiten, daß er in erster Linie *Kinder* unterrichtet, dann bräuchten die Erwachsenen nicht mehr mißtrauisch zu sein. Mir ist es damit nämlich bitter ernst, Leute. Ich finde wirklich, wir sollten mit dieser Intelligenzgeschichte nicht hausieren gehen.«

»Ich gebe dir recht«, sagte Jancis.

Jayge zuckte die Achseln. »Das könnt ihr sicher besser beurteilen. Jedenfalls bringe ich Readis und Alemi hierher, und alle anderen, die er für geeignet hält. Mit Geleitfischen reden! Mann! Das ist die Wucht!« Als seine Freunde ihn zu V'line und seinem Bronzedrachen Clarinath begleiteten, die ihn zur Paradiesflußbesitzung zurückbringen sollten, schüttelte er immer noch staunend den Kopf.

Einen Tag vor dem Konklave der Barone hielten die Weyrführer von Benden auf dem Landsitz an der Meeresbucht eine kurze Besprechung ab, bei der es darum ging, ob man den Anschlag auf Akki vor diesem Gremium zur Sprache bringen sollte oder nicht.

Inzwischen waren alle acht Männer aus dem Akustikkoma erwacht: zwei waren zu nichts mehr zu gebrauchen; sein Hörvermögen hatte keiner wiedererlangt. Drei baten schriftlich um Linderung ihrer unerträglichen Kopfschmerzen, was nach Verabreichung beträchtlicher Mengen Fellissaft schließlich auch gelang. Da keiner der Männer bereit war, sich über seine Auftraggeber zu äußern, blieb Akkis Hütern nichts anderes übrig, als sie allesamt in die Bergwerke von Crom zu schaffen und dort mit anderen verstockten Verbrechern unter Tage arbeiten zu lassen.

»Warum müssen wir das Thema überhaupt ansprechen? Sollen doch die Gerüchte für uns arbeiten«, schlug Meister Robinton hinterlistig vor. »Falls wirklich jemand eine Erklärung will, kann er uns ja darum bitten.«

»Sie werden doch nicht zur Abwechslung einmal meinen Standpunkt vertreten?« fragte Lytol zynisch.

»Die Gerüchte brodeln, und sie sind phantasievoll wie noch nie«, sagte Jaxom und lächelte Piemur verschwörerisch zu.

»Ich weiß nicht, ob das wirklich klug ist«, zweifelte Lessa.

»Wer konnte jemals die Gerüchte steuern?« wollte Robinton wissen.

»Sie!« gab Lessa prompt zurück, und ein breites Lächeln erhellte ihre finsteren Züge. Es galt dem Mann, der so oft gezielt Gerüchte ausgestreut hatte.

»Eigentlich nicht«, widersprach Robinton selbstgefällig. »Jedenfalls nicht mehr, wenn erst die Originalversion im Umlauf war.«

»Was wird denn nun herumgetragen?« fragte F'lar.

»Akki soll die Motive aller Menschen durchschauen, die sich ihm nähern, und jeden Unwürdigen vernichten.« Piemur zählte eifrig die einzelnen Lesarten an den Fingern ab. »Angeblich soll er harmlose Bittsteller entsetzlich verstümmelt haben, weil sie die

Kühnheit besaßen, sich frühmorgens an ihn zu wenden, nachdem sie belauscht hatten, wie er mit Baron Jaxom ein Komplott schmiedete.« Diese Variante war Jaxom offenbar bereits bekannt, denn er schnaubte nur. »Weiter heißt es, wir hätten zur Verteidigung des Gebäudes einen ganzen Trupp von Raufbolden angeheuert, die jeden zusammenschlügen, dessen Nase ihnen nicht gefällt; ein volles Drachengeschwader, das aus irgendeinem Grund völlig unter Akkis Einfluß stehe, halte ununterbrochen Wache; keine Feuerechse wage sich mehr nach Landing, sie fürchteten alle um ihr Leben; Akki verfüge über schreckliche Waffen, mit denen er jeden zu lähmen vermöge, der sich nicht mit Leib und Seele seinen Plänen für Perns Zukunft verschrieben habe. Sämtliche Weyrführer und Burgherren würden von Akki beherrscht...« Piemur mußte warten, bis sich die Empörung der anwesenden Weyrführer gelegt hatte. »...Akki werde die Herrschaft über den Planeten übernehmen, und nur allzubald würden die drei Dämmerschwestern auf Pern herabfallen und jeder Burg und Gildehalle, die Akki nicht unterstütze, nicht wiedergutzumachenden Schaden zufügen. Und wenn die Dämmerschwestern nicht mehr am Himmel stünden, würden auch alle anderen Sterne außer Kontrolle geraten, und auf diese Weise werde Akki alle künftigen Fädeneinfälle verhindern, denn Pern werde so völlig verwüstet sein, daß sich nicht einmal die Sporen hier noch wohlfühlen könnten.« Piemur holte tief Atem und fragte mit belustigt glitzernden Augen: »Reicht das fürs erste?«

»Mir jedenfalls schon«, sagte Lessa scharf. »Vollendeter Quatsch.«

»Gibt es jemanden, der dieses Geschwätz ernst nimmt?« F'lar beugte sich vor.

Lytol holte tief Atem. »Diese Dummheiten könnten wenigstens teilweise erklären, warum die Delegation von Nerat, die um Rat bei der Bekämpfung eines

Pflanzensterbens bitten wollte, so überaus nervös war. Meisterfarmer Losacot mußte sie fast mit Gewalt in den Raum schieben. Ich habe den Vorfall in meinem Tagesbericht erwähnt.«

»Hat Akki ihre Unsicherheit bemerkt?« wollte Lessa wissen

»Eine solche Frage würde ich ihm niemals stellen. Vollkommen unerheblich«, antwortete Lytol entrüstet und warf der Weyrherrin einen scharfen Blick zu. »Wichtig ist, daß sie offenbar eine positive Antwort erhielten, denn als sie gingen, unterhielten sie sich darüber, wie sie seine Empfehlungen in die Tat umsetzen könnten. Meister Losacot blieb noch bei mir stehen und bedankte sich, weil ich sie so rasch eingeschleust hatte. Ich hielt die Angelegenheit für ziemlich dringend.«

»Ich behaupte immer noch«, sagte Robinton, »je mehr Menschen Akki persönlich kennenlernen, desto mehr Unterstützung wird er für seine Pläne erhalten.«

»Nicht in jedem Fall«, widersprach Lytol leise.

Dann lächelte er dem Harfner zu. »Aber wir beide haben uns schließlich geeinigt, in dieser Frage uneins zu sein, nicht wahr?«

»So ist es«, bestätigte der Harfner liebenswürdig, doch in dem Blick, den er dem alten Burgverwalter zuwarf, lag ein Schatten von Trauer.

»Und wie werden wir uns nun morgen beim Konklave verhalten?« fragte Lessa. »Vorausgesetzt natürlich, die Weyrführer werden überhaupt zugelassen.«

»Oh, das ganz gewiß«, versicherte Jaxom. »Larad, Groghe, Asgenar, Toronas und Deckter würden niemals dulden, daß man die Weyrführer von Benden und vom Hochland ausschließt!« Er grinste. »Ich finde, wir sollten es *ihnen* überlassen, das Thema anzuschneiden.«

»Morgen ist ein wichtiger Tag, Jaxom.« Lytol sah sein einstiges Mündel streng an.

»Nicht alles ist wichtig, und wenn es sein muß, kann ich auch Haltung bewahren, alter Freund.« Jaxom schenkte Lytol ein gewinnendes Lächeln, ohne Piemurs Schnauben zu beachten. »Da so viele von uns nach Tillek fliegen sollen, haben T'gellan und K'van die Drachengarde hier verdoppelt.«

»D'ram führt die Aufsicht«, fügte Robinton hinzu. »Er bestand darauf, schließlich müssen Lytol und ich notgedrungen am Konklave teilnehmen.«

»Als ob Sie sich das entgehen lassen würden«, bemerkte Lessa mit hochgezogenen Augenbrauen.

»Diesmal schon gar nicht«, gab Robinton ihr freundlich recht.

9

Im Frühling war die Burg von Tillek am schönsten, denn unter dem strahlend blauen Himmel wirkten die Granitfelsen heller, und manchmal glitzerten einige Flächen für einen flüchtigen Moment wie Silber in der Sonne. Aus den luftigen Höhen des obersten Stockwerks hatte man nach Norden wie nach Süden eine wunderbare Aussicht; an klaren Tagen wie dem heutigen konnte man über das Vorgebirge und das dahinter steil abfallende Gelände bis zur Südküste sehen. Heute wehten Fahnen aus allen Fenstern, Tücher in kräftigen Farben, die sich vom grauen Stein abhoben wie leuchtendbunte Intarsien.

Das tief eingeschnittene, natürliche Hafenbecken unterhalb der Burg und die kleineren Gehöfte und Katen auf den Terrassen, aus denen sich die Siedlung Tillek zusammensetzte, waren ebenfalls mit Fahnen, bunten Bändern und sogar mit Girlanden aus verschiedenen gelben Frühlingsblumen geschmückt. Ranrels jüngste Umbauten an den Hafenanlagen wurden nun auf die Probe gestellt. Viele Leute hatten sich entschlossen, die Westküste heraufzusegeln, um am Konklave und den Festlichkeiten im Anschluß an die Wahl des neuen Burgherrn teilzunehmen. Aber die Ankerplätze waren so zahlreich, daß nicht einmal diese Unmenge von großen und kleinen Schiffen das Fassungsvermögen des Hafens sprengte.

Zu Jaxoms Überraschung kam Ruth über dem Hafenbecken aus dem *Dazwischen*, so daß er und Sharra einen ausgezeichneten Blick auf das rege Treiben hatten. Offenbar hatte man auch noch das letzte kleine Paddel- oder Ruderboot für den Fährdienst zwischen den Besucherschiffen und dem neuen Kai eingesetzt.

An jeder Ufertreppe schaukelte eine ganze Kette von Kähnen, die darauf warteten, ihre festlich gekleideten Insassen an Land setzen zu können.

Nun verstand Jaxom auch, warum Ruth über dem Wasser kreiste. Über der Burg drängten sich bereits so viele Drachen, daß sein Weyrgefährte trotz seiner vielgepriesenen Geschicklichkeit Mühe gehabt hätte, einen Zusammenstoß zu vermeiden.

»Wir hätten Jarrol und Shawan doch mitnehmen sollen, Jax«, schrie ihm Sharra ins Ohr. »Die vielen bunten Farben und der Trubel hätten ihnen sicher gefallen.«

Jaxom zuckte nur die Achseln; er war ganz froh, daß man Sharra diesen Plan ausgeredet hatte. Der Tag würde anstrengend genug werden, auch ohne daß er ständig zwei lebhaften und unternehmungslustigen kleinen Jungen hinterherlaufen mußte. Außerdem wollte er Sharra heute ganz für sich allein haben.

»Das ist sicher nicht die letzte Wahl eines Burgherrn, zu der wir geladen sind, mein Liebes, und wenn die beiden erst älter sind, haben sie mehr davon«, rief er ihr über die Schulter zu.

Ruth ging in Sinkflug, aber mit mehr Würde als sonst, damit sich der schwere Stoff von Sharras Robe nicht im Wind blähte.

»Die unvermuteten Gefahren des Drachenreitens«, murrte Sharra und hielt die Röcke fest, so gut sie konnte, während Ruth in langsamen Spiralen tieferging und sich im Gewühl des Vorhofs einen Landeplatz suchte. Dann fügte sie hinzu, auf ein Gespräch zurückkommend, bei dem sie der Eintritt ins *Dazwischen* unterbrochen hatte: »Darf ich übermorgen wirklich mit dir auf die *Yokohama?*«

»Aber gewiß.« Jaxom war glücklich über die Vorfreude in ihrer Stimme. »Akki sagt, wir brauchen das Sauerstoffrecycling, um die Zeit an Bord sinnvoll zu nützen, auch wenn wir uns längst nicht in allen Teilen des Schiffes aufhalten werden. Um im Frachtraum und im Maschinenraum eine atembare Atmosphäre zu erzeugen, ist eine ganze Menge Sauerstoff erforderlich, und wir können nicht ständig Tanks hin- und herschleppen. Du und Mirrim, ihr schafft das bestimmt. Schließlich sind euch die Programme und die Anweisungen zum Aussetzen der Algen in Fleisch und Blut übergegangen. Du hast die einzelnen Schritte noch im Schlaf vor dich hingemurmelt.« Er drehte sich um und lächelte sie strahlend an. Nun würde er Gelegenheit bekommen, gemeinsam mit ihr vom Weltraum aus auf Pern hinabzuschauen, und auch sie würde endlich mit in das Projekt einbezogen werden, das ihn, wie er sich ganz offen eingestand, mit Haut und Haaren zu verschlingen drohte. »Außerdem sagt Akki, das Programm sei zwar völlig narrensicher, aber zuerst müsse das computergesteuerte Porenverfahren zur Umwandlung von CO_2 in O_2 genügend Sauerstoff liefern. Das System braucht nur in Gang gebracht und regelmäßig überwacht zu werden. Wenn ihr beiden euch damit vertraut gemacht habt, werdet ihr die anderen grünen Reiter einweisen. Path und Mirrim und du und Ruth, das reicht für die Kontrolle. Die Grünen sollen inzwischen Sauerstofftanks hinaufschaffen, um die Zeit zu überbrücken, bis das System wieder voll einsatzfähig ist.«

»Wenn du Ruth darum bittest, nimmt er auch jeden anderen mit hinauf«, wandte sie ein. Es war zwar ihr sehnlichster Wunsch, zusammen mit ihrem Gefährten zur *Yokohama* zu fliegen, aber sie war sich auch durchaus darüber im klaren, daß die Mission nicht ganz ungefährlich war. Immerhin ging es inzwischen nicht mehr nur um sie allein, sie hatte auch an zwei Kinder zu denken.

Aber am liebsten trage ich dich, Sharra, schaltete Ruth sich ein. *Maynooth sagt, ich kann jetzt im Vorhof landen, aber ihr sollt so schnell wie möglich absteigen,* fügte er hinzu. *Maynooths Reiter hat schreckliche Angst davor, daß es während seiner Wache zu einem Zusammenstoß kommen könnte.* Für solche Befürchtungen hatte Ruth nur ein verächtliches Schnauben übrig.

Jaxom half Sharra, die Gurte zu lösen und abzusteigen, und nahm sich dabei sehr in acht, damit sich die weiten Röcke ihrer brandneuen Robe weder im Reitgeschirr verfingen noch allzu sehr zerknittert wurden. Das Festgewand schillerte in einer bemerkenswert dynamischen Mischung aus Grün- und Blautönen und war nach einer Vorlage geschneidert, die Meisterweber Zurg in Akkis Speicher gefunden hatte. Wieder einmal war Jaxom hingerissen von Sharras zarter Schönheit. Einerseits war er unbändig stolz auf seine geliebte Frau, andererseits mußte er befürchten, daß andere Männer sie völlig in Beschlag nehmen würden, wenn erst der Tanz begann. Lächelnd half er ihr aus der nicht weniger kleidsamen ledernen Reitjacke, einen Ton dunkler gehalten als das Kleid, aber mit ihrem Pelzfutter für das sonnige Tillek einfach zu warm. Dann reichte er seiner Frau den Arm und überließ es Ruth, sich einen Platz auf den sonnenbeschienenen Höhen zu suchen. Lächelnd und immer wieder Freunde und Bekannte begrüßend, schritt das hochgewachsene und auffallend gutaussehende Paar durch das Gedränge im Vorhof dem Eingang der Burg zu.

Sharra lachte leise. »Wie ich sehe, hat jeder, der es sich leisten konnte, seinen Obolus an die Webergilde entrichtet.«

»Meister Zurg machte einen sehr zufriedenen Eindruck, als wir vorhin an ihm vorbeikamen.«

»Dazu hat er auch allen Grund. Alle Welt trägt neue Kleider, natürlich auch Blesserel, dieser elende Stutzer, und unser guter Meister Zurg hat jedes einzelne Stück entweder selbst geschneidert oder zumindest den Stoff dafür verkauft. Du bist die einzige Ausnahme.« Sharra rümpfte die Nase. »Dabei hätte es gar nicht soviel Zeit gekostet, dich für den heutigen Tag neu ausstaffieren zu lassen.«

»Wozu? Was ich anhabe, ist weder schäbig noch farblos«, gab Jaxom zurück. Ihm gefielen die satten Braun- und Rottöne, er fand, sie paßten gut zu Sharras Azurblau. »Und so alt sind die Sachen nun auch wieder nicht. Ich habe sie mir zu unserem letzten Fest angeschafft.«

Wieder rümpfte Sharra die Nase. »Das war vor einem halben Umlauf. Dir ist es egal, was du anhast, Hauptsache, es ist bequem. Sieh dir nur an, wie phantasievoll die anderen sich kleiden.«

Jaxom legte seine rechte Hand auf die ihre und drückte sie. »Dein Glanz reicht für uns beide.«

Sharra warf ihm einen spöttischen Seitenblick zu. »Ich hatte dir einen wunderschönen Feststaat ausgesucht, wenn du dir nun auch noch Zeit für die Anproben genommen hättest, würden wir alles überstrahlen, mein Schatz.« Seufzend fand sie sich mit ihrem Schicksal ab. »Ich finde es zu schade, daß die Handwerksmeister bei der Wahl des Nachfolgers nichts mitzureden haben.«

»Dabei wäre das nicht mehr als recht und billig«, antwortete Jaxom. »Wenn auf Pern alles glatt läuft, sind sie dafür nicht weniger verantwortlich als jeder Burgherr.«

»Ssscht!« mahnte Sharra, doch ihre Augen funkelten vergnügt ob dieser Ketzerei. »Du hast schon genügend Burgherren in Angst und Schrecken versetzt, auch ohne *diese* Reform noch vorzuschlagen.«

»Sie wird kommen«, sagte Jaxom. »Sie wird kommen. Spätestens dann, wenn alle konservativen Elemente unter den Grundbesitzern ausgewechselt sind.«

»Und wenn Ranrel es nicht schafft? Brand sagte doch, es würde Widerstände geben, weil er die neuen Materialien des ›Monstrums‹ verwendet hat.»

Jaxom schnaubte. »Obwohl praktisch jedermann Kleider aus ebenso neuem Material trägt? Außerdem ist Ranrel der einzige von Oterels Sprößlingen, der jemals ehrlich gearbeitet hat. Und die Burg hat von seinem Einsatz profitiert. Das müßte doch für ihn sprechen.«

»Ja, aber er hat auch den Rang eines Gesellen erworben, und für Männer wie Nessel und Corman ist das ein Eingeständnis, daß er sich selbst nicht für einen geeigneten Burgherrn hält.«

»Und Blesserel und Terentel mit ihren weichen Händen und den Riesenschulden sollen besser geeignet sein? Ein Gesellenknoten der Fischergilde besagt zumindest, daß ein Mann über Geschicklichkeit, Kraft und Ausdauer verfügt. Und im Umgang mit *Menschen* hat er auf jeden Fall mehr Erfahrung als die beiden anderen Taugenichtse«, sagte Jaxom.

»Brand erwähnte, Blesserel habe sich sehr bemüht, sich die Unterstützung Cormans von Keroon, Sangels und Begamons zu sichern – sogar Toric soll er aufgesucht haben.«

»Falls er Toric versprochen haben sollte, ihm gegen Denol und seine Inselrebellen behilflich zu sein, dann hätte er sich damit keinen Gefallen getan«, sagte Jaxom abschätzig.

»Ich weiß nicht so recht, Jax, ich weiß wirklich nicht.« Sharra runzelte die Stirn. »Mein Bruder ist nicht einfach nur starrköpfig, er kann auch heimtückisch sein.« Sie lächelte, weil sie Toronas und seine Frau auf sich zukommen sah.

»Vier Stimmen würden ohnehin nicht genügen«, murmelte Jaxom noch, ehe der junge Baron von Benden sie erreichte, aber ganz überzeugt war er selbst nicht.

Robinton hatte frühzeitig in Tillek eintreffen wollen, um ein wenig umherzuschlendern und die Atmosphäre zu erspüren. Irgendwie war es Lytol jedoch gelungen, den Aufbruch zu verzögern, und so setzte T'gellan sie erst kurz vor Beginn des eigentlichen Konklaves ab. Lytol beschaffte dem Harfner einen übergroßen Pokal mit Bendenwein und bestand darauf, daß er sich auf eine der wenigen Wandbänke im Vorhof setzte, ›um das Geschehen von oben zu überblicken‹. Diese Möglichkeit hatte er zwar, aber er hätte sich viel lieber unter die Menge gemischt, um zu sehen, wie die Stimmung war.

»Ständig bevormunden Sie mich, Lytol!« nörgelte er.

»Sie werden noch genug Aufregung ...«

»Da unten sind einige Leute, mit denen ich sprechen möchte!«

»Eine halbe Stunde vor Beginn können Sie am Ausgang des Verfahrens sowieso nichts mehr ändern, Robinton«, antwortete Lytol.

»Das können wohl nur Sie!« Robinton wußte selbst, daß er seinen alten Freund nur deshalb so schlecht behandelte, weil er eifersüchtig war.

»Ich werde tun, was der gesunde Menschenverstand mir eingibt, Harfner, und zwar dann, wenn die Wirkung am größten ist.« Lytol entdeckte Blesserel, Oterels Erstgeborenen, in einem auffallend konventionell geschnittenen Anzug in gedeckten Farben. »Als ob die Leute deshalb vergessen würden, daß er jahrelang herumgelaufen ist wie ein Lackaffe!« murmelte er verächtlich.

»Ich kann Ranrel nirgends sehen«, beklagte sich Robinton.

»Er steht links von Ihnen auf der dritten Stufe und redet mit Sigomal«, sagte Lytol und deutete in die angegebene Richtung.

»Nun, er hat ganz recht. Wozu sein Licht unter den Scheffel stellen?« sagte Robinton nach einem kurzen Blick. Der jüngste von Oterels zur Wahl stehenden Söhnen trug die Farben der Fischergilde und hatte neben dem Rangabzeichen von Tillek seinen Gesellenknoten angesteckt. »Ista und das Hochland werden das Kompliment zu würdigen wissen. Und Meister Idarolan ebenfalls.«

»Das wird ihm nicht viel nützen.«

»Wenn nun auch die Gildemeister eine Stimme hätten...«, sinnierte Robinton, halb, um Lytol zu ärgern, halb, weil dies wirklich ein Wunschtraum von ihm war. Erstaunlicherweise ließ Lytol nur ein Knurren hören, dabei war er früher absolut gegen derartige Neuerungen gewesen. Bekam Jaxom allmählich doch einen gewissen Einfluß auf seinen einstigen Vormund? fragte sich Robinton.

»Idarolan ist ein vernünftiger Mann, der es schafft, die meisten Querköpfe in seinem Haufen auf Kurs zu halten – jedenfalls die meiste Zeit«, sagte Lytol. »Aber die Binnenländer würden sich von seiner Ansicht gewiß niemals umstimmen lassen.«

»Sangel von Boll kann man wohl kaum als Binnenländer bezeichnen«, widersprach Robinton.

»Was freilich noch lange nicht heißt, daß er seinen Verstand gebraucht«, gab Lytol zurück. »Aber es sind schließlich die noch unentschlossenen Burgherren, die für die eine oder andere Seite gewonnen werden müssen: Sigomal, Nessel und Deckter.«

»Deckter wird Ranrels Hafenerneuerung zu würdigen wissen. Er denkt in solchen Dingen wie ein Kaufmann. Blesserel und Terentel haben nichts getan, um Tillek zu fördern.«

»Sigomal wird sich auf Blesserels Seite stellen, wenn auch nur, weil er es dem Jungen ermöglichen will, seine Spielschulden zu bezahlen. Sie wissen doch, Bitra wendet sich stets markenwärts.«

Der Burgtrompeter erschien an der massiven Eingangstür und blies das Zehnminutensignal. Das Stimmengewirr verstummte kurz, um wieder erregt anzuschwellen, sobald die fünfzehn Burgherren der

Treppe zustrebten. Lytol suchte nach Jaxom und winkte ihn unauffällig zu sich, als er, Arm in Arm mit Sharra, aus der Menge auftauchte. Jaxoms Gesicht leuchtete auf, als er neben seinem früheren Vormund den Harfner entdeckte.

»Meine liebe Baronin, Sie strahlen heller als der Tag.« Robinton erhob sich und drückte Sharra herzlich die Hand. »Hat denn jeder hier dazu beigetragen, daß Zurg reicher wurde?«

Sharra lachte über das übertriebene Kompliment. Trotz ihrer Größe mußte sie sich auf die Zehenspitzen stellen, um dem Harfner einen Kuß auf die Wange zu drücken. »Sogar Meister Norist«, flüsterte sie ihm ins Ohr und wies kichernd mit einer Kopfbewegung auf den Glasmachermeister, dessen prächtiger, gelbroter Staat aus der Menge hervorstach. »Hat niemand den Mut aufgebracht, ihm zu sagen, wie sehr Zurgs Gilde von den Informationen des ›Monstrums‹ profitiert hat?«

Robinton brach in schallendes Gelächter aus und überwand allmählich seinen Groll auf Lytol.

Sharra befühlte anerkennend seinen elegant gebauschten, dunkelblauen Ärmel. »Sie haben die vielen Anproben und Stecknadeln also auch über sich ergehen lassen?«

»Das ist mir erspart geblieben«, erklärte Robinton von oben herab. »Meister Zurg hat seit Jahren meine Maße, und diese bunten Fetzen hat er mir im Namen seiner Gilde zum Dank für die ergiebigen Gespräche mit Akki zum Geschenk gemacht.«

Sharra sah ihn mit gespieltem Abscheu an. »Und ich habe Sie für den ehrlichsten Menschen auf ganz Pern gehalten.«

»So ehrlich ist nicht einmal Lytol.« Robinton zeigte auf den Rücken des ehemaligen Ruatha-Vormunds, der gerade im Begriff war, neben Jaxom den Großen Saal von Tillek zu betreten. »Aber Lytol als ehemaliger Weber hat schon immer großen Wert auf Kleidung gelegt.«

»Wenn Jaxom diese Marotte nur von ihm übernommen hätte!« Sharra krauste die Nase. »Ich hatte einen so wunderbaren Stoff ausgesucht, eines von diesen neuen Brokatgeweben in einem herrlich satten Blaugrün, und er hat es geschafft, zu keiner einzigen Anprobe zu gehen.«

»Ich fürchte, er hat andere Dinge probiert.« Robinton konnte sich das Wortspiel nicht verkneifen.

»Sie sind unmöglich!« Sharra verdrehte die Augen und lachte.

Was für ein wohlklingendes, perlendes Lachen, dachte Robinton lächelnd. Zair, der auf der Schulter des Harfners hockte, zirpte beifällig.

In diesem Moment schlug der Verwalter von Tillek das große Burgtor so energisch zu, daß es über den ganzen Vorhof hallte. Der Harfner und Sharra standen so nahe, daß sie sogar das Klirren vernahmen, mit dem der Schlüssel umgedreht wurde. Alle Gespräche verstummten. Die Küchentüren gingen auf, und eine ganze Prozession von Mägden strömte heraus, um den Gästen mit Tabletts voller Klah, gekühltem Fruchtsaft und Knabberzeug das Warten bis zur Verkündung der Entscheidung erträglicher zu machen.

Für die im Großen Saal versammelten Burgherren war das Klirren ein Zeichen, ihre Plätze um den runden Tisch einzunehmen, wo bereits feine Gläser, kleine Kannen mit Klah, Krüge mit Wein und Schalen mit saftigen Früchten bereitstanden.

Am Abend zuvor hatte Jaxom zusammen mit den Weyrführern von Benden, Lytol, Meister Robinton, D'ram und Sebell an einer Besprechung in kleinem Kreis teilgenommen. Das Thema war er selbst gewesen. Er war der jüngste Burgherr, und obwohl er längst bewiesen hatte, daß er mindestens ebenso fähig, wenn nicht sogar fähiger war als so mancher von den Älteren, hatten ihm viele seine Jugend noch immer nicht verziehen.

»Schon gar nicht«, ergänzte Sebell und sah Jaxom um Verzeihung heischend an, »seit du so eng mit Akki zusammenarbeitest.«

»Das hätte ich mir denken können«, seufzte Jaxom mit tiefer Verachtung. »Und wie viele von den Alten bezeichnen Akki als ›Monstrum‹?«

Sebell grinste und zwinkerte Jaxom zu. »Genau die, von denen man es erwarten würde: Corman, Sangel, Nessel, Sigomal und Begamon.«

»Fünf also?« stöhnte Jaxom. »Das heißt, Ranrel hat keine klare Mehrheit, und ich muß den ganzen Tag im Konklave herumsitzen.«

»Und darf kaum etwas sagen«, ergänzte Lytol grimmig.

Händeringend sprang Jaxom auf und ging im Zimmer auf und ab. »Und wieviel länger muß ich noch den Idioten spielen, bis meine Meinung« – er tippte sich mit dem Daumen auf die Brust – »endlich zählt?«

»In diesem Fall zählt nur«, antwortete Lytol knapp, »was du nicht sagst.«

»Lytol!« Robinton sah den alten Vormund fest an und zog warnend eine Augenbraue in die Höhe. »Seine Taten sprechen lauter als Worte.«

»Auch wenn sie mich bei diesen engstirnigen Fossilen nur noch mehr in Verruf bringen«, sagte Jaxom verbittert. »Schon gut, schon gut.« Er breitete beschwichtigend die Arme aus, um nicht noch eine Predigt über sich ergehen lassen zu müssen. »Ich bin mir der Umstände ja bewußt und werde mich damit begnügen, so zu stimmen, wie ich es für richtig halte. Ich werde die Höflichkeit selbst sein, wenn man sich über Akki und alles, was wir tun, abfällig äußert, aber beim ersten Ei, ich weiß über die Verwaltung einer

Burg in Vergangenheit und Gegenwart mehr, als sie bereits vergessen haben.«

Er hatte Sharra von diesem Treffen nichts erzählt, aber es nagte immer noch an ihm – besonders, weil die öffentliche Meinung über Akki und ihn solchen Schwankungen unterworfen war.

Wie es sich gehörte, nahm Jaxom mit würdevoller Zurückhaltung zwischen Baron Groghe von Fort und Asgenar von Lemos Platz. Er war von Natur aus nicht nachtragend, und deshalb erheiterte es ihn, daß die bekannten Ranrel-Anhänger sich an einem Viertel des Tisches zusammendrängten. Wie nicht anders zu erwarten, hatten sich auch Blesserels und Terentels Gefolgsleute in einem Block zusammengesetzt, wobei nicht zu erkennen war, wer jeweils welchen älteren Sohn unterstützte.

Ihm gegenüber saßen Sangel von Boll, Nessel von Crom, Laudey von Igen, Sigomal von Bitra und Warbret von Ista, und er nickte ihnen freundlich zu. Dem Vernehmen nach würden sie alle für Blesserel, Oterels ältesten Sohn, stimmen. Von Begamon von Nerat, Corman von Keroon und überraschenderweise auch von Toric von der Burg des Südens munkelte man, sie zögen Terentel vor. Dabei war Toric vermutlich nur eigensinnig, er kannte schließlich keinen von Oterels Söhnen gut genug, um eine fundierte Entscheidung zu treffen. Ihm genügte es, daß der Gefährte seiner Schwester zusammen mit Benden, Nerat, Telgar und Lemos für Ranrel war.

Jaxom holte tief Atem und beschloß, sich von seiner besten Seite zu zeigen, wie sehr es ihn auch reizen mochte, dem einen oder anderen von den alten Schwachköpfen die Lage zu ›erklären‹. Er griff nach der Klahkanne und erbot sich mit einem höflichen Blick, Groghe einzuschenken, was dieser freilich mit einem knappen Kopfschütteln ablehnte. Der beleibte Baron betastete seine wulstigen Lippen, während er in die Runde schaute. Jaxom entging freilich nicht, daß sein Blick immer wieder zu Toric wanderte.

Der von der Sonne des Südens braungebrannte Toric mit dem fast weißblonden Haar stach deutlich ab von den älteren Burgherren, zwischen denen er saß. Neben ihm wirkte Sangel noch faltiger als sonst, und Nessel erschien regelrecht eingetrocknet. Laudey von Igen, der auf Nessels anderer Seite Platz genommen hatte, machte mit seinem braunen Teint von den Älteren noch den gesündesten Eindruck.

»Glauben Sie, Toric wird Ranrel unterstützen?« erkundigte sich Groghe hinter vorgehaltener Hand bei Jaxom.

Jaxom schüttelte unauffällig den Kopf und antwortete ebenso diskret: »Toric spielt den Querulanten, seit Denol vor zwei Umläufen auf die Große Insel übergesetzt hat. Zudem hat Ranrel von Hamian Material bezogen, und Toric ist mit seinem Bruder zerstritten und nimmt es den Drachenreitern übel, daß sie ihm nicht helfen wollen, Denol von der Großen Insel zu vertreiben. Nachdem ich aus meiner Vorliebe für Ranrel kein Hehl gemacht habe *und* noch dazu Drachenreiter bin, zeigt Toric seinen Protest nun in aller Öffentlichkeit.«

Groghe schnaubte. »Er spielt diese Denol-Affäre viel zu sehr hoch.«

»Dann sagen Sie ihm das doch, Baron Groghe. Wie ich die Tradition der Inbesitznahme verstehe, kann er die Insel gar nicht verlieren, ganz gleich, wer sie kultiviert – sie bleibt in jedem Fall Teil seiner Landzuweisung. Niemand kann sie ihm streitig machen, schon gar nicht jemand wie Denol.«

Groghe fuhr herum und sah Jaxom erstaunt an. »Sind Sie da ganz sicher? Ich meine, was das Besitzrecht angeht? Daß niemand seinen Anspruch anfechten kann?«

»Aber natürlich.« Jaxom grinste listig. »Diese Form von unwiderruflicher Zuweisung wird in der Verfassung der Siedler erwähnt, und die in dieser Verfassung niedergelegten Ge- und Verbote haben – was sehr ungewöhnlich ist – auf Pern immer noch Gültigkeit und werden auch durchgesetzt, selbst wenn die halbe Welt davon keine Ahnung hat. Ist also die Landzuweisung einmal erfolgt, so kann sie nicht widerrufen werden. Das Besitzrecht kann auch nicht an Personen abgetreten werden, die mit dem ursprünglich Begünstigten weder verwandt noch verschwägert sind. Stirbt das Geschlecht aus, so entscheidet ein Duell über den neuen Besitzer.«

Groghe lächelte grimmig, als er an das Duell zwischen F'lar und Fax dachte, das Jaxom zum Erben der Burg Ruatha gemacht hatte.

»Man hat Toric diese Gebiete auf dem Südkontinent doch gerade als Entschädigung dafür zugestanden, daß er während der Amtszeit der Alten im Südweyr die Kolonisierung vorangetrieben hat«, fuhr Jaxom fort. »Wenn Sie sich erinnern, liegt die Große Insel innerhalb seiner Zuweisung. Was immer Denol auch unternimmt, er kann nichts daran ändern. Toric ist und bleibt der rechtmäßige Besitzer der Insel.«

»Selbst wenn Toric dort keine eigenen Pächter angesiedelt hat?«

Jaxom grinste. »Als Denol erstmals nach Süden kam, hat er sich bereiterklärt, in Torics Namen zu siedeln. Davon kann er sich jetzt nicht distanzieren. Er dachte wohl, nachdem man anderen das Recht zugestanden hatte, in eigenem Namen Land in Besitz zu nehmen, brauche er nur übers Meer zu fahren und Anspruch auf die Große Insel zu erheben. Aber so geht es nicht.« Zufrieden registrierte Jaxom, wie respektvoll Groghe ihn ansah, als er ihm die juristischen Feinheiten erklärte. Der Baron von Fort war ihm stets zugetan gewesen, doch heute hatte er das Gefühl, ihn in seiner guten Meinung noch bestärkt zu haben. Groghes Wohlwollen bedeutete ihm sehr viel, deshalb trug dieses Gespräch einiges dazu bei, seinen verletzten Stolz zu heilen. »Seit damals hat Denol mit jeder Kate und jedem Schuppen, die er gebaut, und mit jedem Getreidehalm, den er gepflanzt hat, den Wert der Insel erhöht. Ja«, Jaxom grinste schadenfroh, »Toric bräuchte eigentlich nur ein Wort zu Idarolan zu sagen, und alles, was Denol an marktfähigen Produkten erzeugt, könnte abgeholt und im Norden verkauft werden. Der Gewinn ginge an Toric!«

»Damit wäre das Problem doch aber gelöst.«

»Gewiß, nur will Toric nicht auf Botschaften aus Landing hören und sie erst recht nicht lesen«, bedauerte Jaxom.

»Hmmm, ja.« Nachdenklich zupfte Groghe an seiner vorstehenden Unterlippe. »Nun, auf mich wird er hören, beim ersten Ei! Das Beste am Altwerden ist, daß man genügend Einfluß hat und die Leute zwingen kann, einem zuzuhören.« Er unterstrich diese Feststellung mit einem ruckartigen Kopfnicken.

Jaxom verkniff sich sowohl ein Grinsen als auch die Bemerkung, daß ein Mensch älter werde, bedeute nicht zwangsläufig, daß es sich auch lohne, ihm zuzuhören. Immerhin war Groghe aufgeschlossener als viele seiner Altersgenossen, und das rechnete Jaxom ihm hoch an.

»Sie waren gestern wieder oben, wie ich höre.« Groghe wechselte das Thema. »Was haben Sie denn diesmal getrieben?«

»Ein paar Türen zugemacht.« Jaxom zuckte verlegen die Achseln. Er hatte nämlich auch lange Zeit neben Ruth am Fenster geschwebt und die grandiose Aussicht aus dem Weltraum auf Pern genossen. Nicht einmal Piemur mit seinen Harfnerkünsten war es gelungen, diese Szene angemessen zu beschreiben oder auszudrücken, wie tief sie ihn berührt hatte, und auch Jaxom hatte dies nicht vermocht, obwohl er sich bemüht hatte, Sharra etwas von dem zu vermitteln, was dieser erhabene Anblick in seinem Inneren ausgelöst hatte. Seither hatte er die Vision eisern in einen entlegenen Winkel seines Bewußtseins verbannt. Wenn nur mehr Burgherren Gelegenheit bekommen könnten, das zu sehen, dachte er, dann hätte das kleinliche Gezänk rasch ein Ende.

»Türen zugemacht? Sonst nichts?« Groghe war überrascht.

»Es gibt noch viel zu tun, bis die *Yokohama* wieder in Schuß ist. Da oben ist es nicht ungefährlich«, antwortete Jaxom. Das war leicht übertrieben, allerdings hatte Akki immer wieder darauf hingewiesen, der Weltraum sei eine prinzipiell feindliche Umgebung und die Menschen müßten lernen, die nötige Vorsicht walten zu lassen, um Unfälle zu vermeiden. »Sobald die Sicherheitseinrichtungen funktionieren, wäre es Ruth und mir ein Vergnügen, Sie mit hinaufzunehmen.«

Damit hatte Groghe sichtlich nicht gerechnet, und er druckste nervös herum. »Wir werden sehen, mein Junge, wir werden sehen«, sagte er endlich.

Jaxom nickte nur und fragte liebenswürdig: »Glauben Sie, wir müssen den ganzen Vormittag hier herumsitzen?«

»Wahrscheinlich.« Groghe schnaubte, dann hielt er sich die Hand vor den Mund, so daß nur Jaxom seine nächsten Worte hören konnte. »Sigomal setzt sich nur deshalb so sehr für Blesserel ein, weil er sonst sein Geld nie wiedersieht. Der junge Mann hat sich ganz darauf verlassen, daß er Baron wird und dann die Markentruhen der ganzen Burg zu seiner Verfügung hat.«

Jaxom hatte bereits vermutet, daß sich Oterels ältester Sohn bis über beide Ohren beim Baron von Bitra verschuldet hatte.

»Wird eigentlich Terentel von jemandem unterstützt?« Jaxom konnte sich kaum vorstellen, daß irgend jemand Oterels mittleren Sohn favorisieren sollte. Manche Leute schienen die geborenen Verlierer zu sein: Terentel gehörte dazu.

»Eigentlich«, sagte Groghe und zog verwundert die Augenbrauen hoch, »tippe ich auf Begamon. Corman ebenfalls, aber wahrscheinlich nur, weil er Blesserel nicht leiden kann und über das große Interesse an den Projekten von Landing verärgert ist. Überzeugt ist er nämlich immer noch nicht.«

»Von der Burg Keroon ist niemand daran beteiligt, aber von den kleineren Gehöften sind so viele Leute gekommen, daß man sich in Landing wegen seines Widerstands keine allzu großen Sorgen macht«, antwortete Jaxom. »Keroon ist ohnehin eher landwirtschaftlich orientiert.«

»Und Corman ist ein sturer, alter Narr«, fügte Groghe hinzu und musterte Jaxom mit kritischem Blick.

Der begnügte sich mit einem Grinsen. Dann stieß Asgenar ihn an, und er wandte sich nach rechts.

»Larad meint, Deckter von Nabol, der von uns allen Ranrels Harfenreparaturen am besten zu würdigen weiß, wir beide, Sie und Toronas stehen auf einer Seite«, sagte der Burgherr von Lemos. »Wohin tendiert Lytol?«

Jaxom zuckte die Achseln. »Er folgt seinem Gewissen.«

»Dann ist er sicher für Ranrel«, bemerkte Asgenar ruhig. »Wir glauben, daß auch Bargen vom Hochland mit uns stimmen wird.«

»Tatsächlich? Ich hätte gedacht, er hält es eher mit den anderen … äh … älteren Baronen.«

»Wissen Sie nicht mehr, wie tief er von Akki beeindruckt war? Er hat seinen eigenen Kopf, und Blesserels Verschwendungssucht behagt ihm ebenso wenig wie Terentels Apathie.«

»Damit hätte Ranrel im ersten Wahlgang acht Stimmen. Nicht schlecht. Vielleicht dauert es doch nicht allzu lange.«

»Wie ging's denn gestern bei Ihnen?«

»Kein Problem«, antwortete Jaxom zögernd. »Mußte nur die Frachtraumtore schließen.«

»Tore, was?« Asgenar rückte näher und fragte so leise, daß nur Jaxom es hören konnte: »Wie war das eigentlich, Jaxom, als Sie Sallah Telgar zurückbrachten?«

Jaxom war ganz starr vor Überraschung. Er hätte Asgenar nicht für so makaber gehalten. »Man hat mich immer wieder einmal mit ungewöhnlichen Aufträgen betraut, Asgenar«, antwortete er, »aber das war doch der bisher ausgefallenste.«

»Akki sagte, sie müsse nach ihrem Tod steif gefroren sein. Konnten Sie ihr Gesicht erkennen? Wie sah sie denn aus?«

»Wir konnten gar nichts sehen«, log Jaxom. Soviel morbide Neugier hätte er nicht einmal Larad zugestanden, und der war Sallahs Nachfahre. »Die Sichtscheibe des Helms war beschlagen.«

Asgenar schien enttäuscht. »Ich habe mich nur gefragt, ob sie wenigstens eine gewisse Ähnlichkeit mit uns hatte.«

Jaxom schnaubte verächtlich. »Aber selbstverständlich. Die Siedler waren doch Menschen, genau wie wir. Was hätten Sie denn erwartet?«

»Ich weiß nicht ... aber ich ...« Asgenar stockte.

Jaxom war unsagbar froh, daß Lytol genau in diesem Moment die Sitzung eröffnete. Man hatte ihm als dem ehemaligen Burgverwalter von Ruatha die Leitung dieser Zusammenkunft übertragen. Außerdem gestand man ihm zum Zeichen der Achtung vor seiner Rechtschaffenheit und Ehrlichkeit bei der Erziehung des Erben von Ruatha weiterhin das Stimmrecht zu.

»Wir haben uns hier versammelt, weil die drei legitimen Söhne des verstorbenen Oterel Anspruch auf die Herrschaft über diese Burg erheben. Wie es ihr gutes Recht ist, stellen sich Blesserel, der älteste, Terentel und Ranrel zur Wahl.«

»Machen Sie voran, Lytol.« Groghe wedelte ungeduldig mit der Hand. »Lassen Sie uns abstimmen, damit wir wissen, wo wir stehen.«

Lytol sah Groghe einen Moment lang an. »Es gibt für solche Verfahren feste Regeln, und an die werden wir uns halten.«

»Hatte eher den Eindruck, sie stürzen sich Hals über Kopf in die neuen Sitten«, ließ Sangel sich sarkastisch vernehmen.

Lytol betrachtete den Baron von Boll so lange mit schmalen Augen und ausdruckslosem Gesicht, bis jener unruhig wurde und Nessel einen hilfesuchenden Blick zuwarf. Nessel lächelte ein wenig, wandte sich seinem rechten Nachbarn Laudey zu und murmelte etwas.

Ungerührt fuhr Lytol fort: »Vielleicht ist es von Interesse, daß die Art und Weise, wie in diesem Konklave die anstehenden Fragen abgehandelt werden, seit der Einsetzung dieses Gremiums vor zweitausendfünfhundert Umläufen gleichgeblieben ist. Die Satzung ist allen Anwesenden bekannt, und darin sind alle Eventualitäten berücksichtigt. Wir werden wie immer verfahren.«

Sichtlich überrascht, beugte sich Warbret von Ista zu Laudey hinab und flüsterte ihm etwas zu. Laudeys finstere Miene hellte sich nicht auf.

»Wenn es keine weiteren Wortmeldungen gibt«, sagte Lytol, nachdem er alle Gesichter mit prüfendem Blick gestreift hatte, »können wir zur ersten Abstimmung schreiten. Ich brauche in dieser Runde wohl niemanden daran zu erinnern, daß eine Mehrheit von zwölf Stimmen benötigt wird, um einen der Kandidaten als Nachfolger zu bestätigen. Notieren Sie mit einer Ziffer, wem Sie Ihre Stimme geben wollen: die Eins steht für Blesserel, die Zwei für Terentel und die Drei für Ranrel.«

Er nahm seinen Platz wieder ein, griff zur Füllfeder und kritzelte hinter vorgehaltener Hand ein Zeichen auf seinen Block. Dann faltete er das Blatt zusammen und löste es vom Klebefalz.

Jaxom beobachtete, wie alle am Tisch Sitzenden Lytols Beispiel folgten, und fragte sich, ob sie sich dabei wohl bewußt waren, daß sie in Ausübung ihres althergebrachten Wahlrechts neue Produkte verwendeten.

Die Stimmzettel wurden an Lytol weitergereicht, und der mischte sie, nachdem er sie in Empfang genommen hatte, um zu vermeiden, daß an der Reihenfolge, in der er sie schließlich öffnete, zu erkennen war, woher sie kamen. Nach dem Lesen sortierte er sie säuberlich in drei Stapeln. Dann zählte er jeden Stapel gewissenhaft durch und verkündete schließlich das Ergebnis.

»Für Blesserel fünf Stimmen; für Terentel drei; für Ranrel sieben. Keine klare Mehrheit.«

Jaxom holte tief Atem. Das Ergebnis war so ausgefallen, wie er erwartet hatte, dennoch waren sieben Stimmen im ersten Wahlgang ein kleiner Triumph für Ranrel. Lytol knüllte die Stimmzettel zusammen, legte sie ins Feuerbecken und wartete, bis sie verbrannt waren, ehe er sich abermals von seinem Platz erhob.

»Wer spricht für Blesserel, den ältesten?« fragte er dann, wie es die Satzung verlangte.

Jaxom ließ sich tief in den schweren Sessel sinken und war froh um die dicken Polster, in denen es sich wenigstens einigermaßen bequem saß. Er haßte diesen Teil, den langweiligsten des Verfahrens. Die älteren Burgherren würden kein Ende finden, wenn sie erst einmal zu reden angefangen hatten. Plötzlich fiel ihm wieder ein, daß er ja auch als geheimer Kontaktmann tätig sein sollte.

Ruth, richte Meister Robinton doch bitte aus, der erste Wahlgang habe sieben Stimmen für Ranrel, fünf für Blesserel und drei für Terentel ergeben. Ich bin ziemlich sicher, daß Toric für Terentel gestimmt hat. Das kann nicht sein Ernst sein, aber manchmal will er einfach Unruhe stiften, teilte Jaxom seinem Weyrgefährten mit.

Ich habe dem Harfner Bescheid gesagt. Er hat mit diesem Ausgang gerechnet.

Das haben wir beide, trotzdem wird es ein langer Tag werden.Hast du es bequem in der Sonne?

O ja! Es ist ein herrlicher Tag.

Für dich!

Du hast später noch genug Zeit zum Feiern und Tanzen. Jetzt mußt du erst einmal Burgherr sein.

Jaxom entfuhr unwillkürlich ein Kichern, das er als Husten tarnte. Als ihn die finsteren Blicke der anderen trafen, griff er mit Unschuldsmiene nach seinem Becher und entschuldigte sich mit einem Kopfnicken bei Sangel, weil er dessen gemessene Lobeshymne auf Blesserel gestört hatte. Als nächster erhob sich Begamon und versuchte, mit einer Reihe recht zusammenhangloser Behauptungen zugunsten von Terentel Stimmung zu machen. Jaxom hatte den Verdacht, jeder andere wäre ein besserer Fürsprecher für den mittleren Sohn gewesen als ausgerechnet der Baron von Nerat.

Im zweiten Wahlgang verlor Terentel zwei Stimmen an Blesserel. Der älteste Sohn bekam sieben Stimmen, während Ranrel acht erhielt. Wie zuvor verbrannte Lytol die Zettel. Das war knapp gewesen, Jaxom hatte Mühe, sein nervös zuckendes Bein unter Kontrolle zu halten.

Groghe bat ums Wort, und Lytol erteilte es ihm.

»Ich bin nicht der älteste in diesem Kreise, aber mit Ausnahme von Sangel stehe ich meiner Burg länger vor als jeder andere hier.« Groghe verneigte sich lächelnd vor dem Baron von Boll. »Tillek wurde als dritte Burg gegründet …«

»Eine Aussage des Monstrums?« fragte Sangel hinterhältig.

»Akki hat inzwischen die Aufzeichnungen aller Burgen gesichtet und ergänzt, eine Tätigkeit, die wohl kaum als monströs zu bezeichnen ist – wenn auch vielleicht als langweilig, immer vorausgesetzt, Ihre Vorfahren haben auch so viele Belanglosigkeiten niedergeschrieben wie die meinen …«

»Zur Sache, Groghe!« rief Laudey unwirsch.

»Ich will darauf hinaus, daß James Tillek, der Gründer dieser Burg, ein vorausschauender Mann war, der die Küstenlinie kartographisch erfaßte und die erste Fischergilde ins Leben rief. Tillek ist von jeher der sicherste Hafen an der Westküste, mit der größten Flotte und den meisten Meistern; seine Burgherren haben unsere Fischer stets ermuntert und unterstützt. Ranrel hat auf sein Erbe so viel Wert gelegt, daß er den Meisterknoten der Fischergilde erwarb …«

»Aber nur, weil Oterel ihn von der Burg verwiesen hat«, konterte Sangel.

»Ruhe!« donnerte Lytol ungewohnt laut, und Sangel fügte sich.

»Wie dem auch sei«, fuhr Baron Groghe fort, »er ist mit Sicherheit der einzige von Oterels Söhnen, der jemals auch nur einen Tag lang ehrlich gearbeitet hat. Ich finde, er hat sich die Burg verdient. Fort wird ihn als Herrn von Tillek nach Kräften unterstützen!«

Ein gemurmeltes ›Wohl gesprochen‹ ging durch den Raum, und Groghe errötete vor Freude, als er sich setzte.

Dann meldete sich Larad zu Wort, und er faßte sich kurz. Oterel sei in seinen letzten Monaten zu krank gewesen, um sich viel um die Verwaltung der Burg zu kümmern, und der einzige seiner Söhne, der sich dafür interessiert habe, sei Ranrel. Sollten freilich Blesserel oder Terentel irgendwelche Entscheidungen im Namen ihres Vaters getroffen haben, so würde er gerne davon erfahren.

»Raffiniert«, raunte Jaxom Asgenar zu.

Sigomal hob die Hand.

»Blesserel hatte die schwere Aufgabe übernommen, seinen kranken Vater zu pflegen«, sagte er, »und er hat gewissenhaft alles getan, um Oterel die Qualen seiner tödlichen Krankheit zu erleichtern. Er ist ein anständiger Mann ...«

»Er hat seine Spielschulden bezahlt«, flüsterte Asgenar, »so oft er Oterel ein paar Marken abluchsen konnte.«

»... mit vier prächtigen Söhnen und einer Frau, die eine gute Baronin abgeben wird ...«

»Ranrels Frau ist nicht nur Webermeisterin, sie ist auch sehr viel umgänglicher als Lady Esrella«, murmelte Asgenar.

»Dann setzen Sie sich doch für ihn ein, Asgenar«, forderte Jaxom ihn auf.

»Warum tun Sie das nicht selbst?«

»Um ihm die Aussichten endgültig zu verderben?« Jaxom tat so, als mache er sich nichts daraus.

Asgenar bestätigte mit einem Kopfnicken, was Jaxom mit seiner Bemerkung hatte ausdrücken wollen: auf die Meinung des jüngsten Burgherrn legten die anderen keinen großen Wert.

Inzwischen war Sigomal am Ende seiner weitschweifigen Ausführungen angekommen und setzte sich mit einem zornigen Blick auf Jaxom, der seinerseits den Kopf drehte und Asgenar ansah. Der Baron von Lemos erhob sich, um für Ranrel zu sprechen.

»Wenn ein Mann nicht wartet, bis ihm die Ehrungen von selbst zufallen, sondern mit seiner Hände Arbeit den Meistertitel einer Gilde erwirbt, so hat er dabei bereits vieles gelernt, was für einen vernünftigen und umsichtigen Burgherrn wichtig ist. Unter seiner Führung wird Tillek blühen und gedeihen. Wir könnten uns keinen besseren Mann wünschen als Ranrel. In jeder Beziehung.«

»Mir ist zu Ohren gekommen«, Toric hatte sich erhoben, ohne Lytols Erlaubnis abzuwarten, »daß Ranrel mit Oterel Streit hatte und daß Oterel seinem Sohn verbot, sich in Tillek jemals wieder blicken zu lassen. Darf dieses Konklave den ausdrücklichen Wunsch eines Vaters so ganz außer acht lassen?«

Bargen war bereits aufgesprungen und bat Lytol erst nachträglich mit einem Blick ums Wort.

»Oterel hat diesen Befehl in meiner Gegenwart, zwei Siebenspannen vor seinem Hinscheiden zurückgenommen«, verkündete er, nachdem Lytol ihm zugenickt hatte. »Ranrel ist der einzige unter den legitimen männlichen Erben, der sich aus eigener Kraft Verdienste erworben hat. Gegen Ende war Oterel stolz auf den Jungen, und deshalb hat Ranrel meine volle Unterstützung.«

»Aber zum Nachfolger hat Oterel ihn nicht bestimmt?« fuhr Toric mit einem rätselhaften Lächeln fort.

»Zweifeln Sie etwa an *meinem* Wort?« Bargen funkelte den Baron des Südens wütend an.

»Mit Zweifeln hat das nichts zu tun, Bargen. Der Vorfall ist belegt.«

»Deshalb ist die Nachfolge ja auch strittig«, sagte Lytol. »Und für das Recht jedes männlichen Nachkommen, sich ungeachtet aller ehemaligen Differenzen zwischen Vater und Sohn um die Nachfolge zu bewerben, gibt es zahlreiche Beispiele.«

Groghe beugte sich vor und sagte in seinem verbindlichsten Tonfall quer über den Tisch zu Toric: »Baron Toric hat gewiß Verständnis dafür, daß Vater und Sohn sich manchmal darauf einigen können, uneins zu sein.«

Toric sah den Baron von Fort an, als wolle er ihn mit seinem Blick durchbohren, dachte Jaxom. Groghe zuckte nur die Schultern. Woher wußte der Burgherr, daß Toric die Fischerhalle seiner Familie in Ista im Zorn verlassen hatte? Allgemein bekannt war das nicht, und Sharra hätte ihrem Bruder gegenüber auch nie den Treuebruch begangen, es jemandem zu verraten.

»Und doch ist es so, wie Baron Toric sagte.« Sigomal rieb sich nervös die Hände und machte ein Gesicht, als bedauere er diesen Umstand zutiefst. »Oterel hat Ranrel verstoßen, und das sollte berücksichtigt werden. Man sollte seine Bewerbung für null und nichtig erklären.«

»Blesserels Schulden bei Sigomal müssen wirklich beträchtlich sein«, murmelte Asgenar, ohne eine Miene zu verziehen.

»Möchte jemand für Terentel Fürsprache einlegen?« fragte Lytol in das Schweigen hinein. Als Begamon nicht reagierte, fuhr er fort: »Dann bleiben für die nächste Abstimmung nur noch zwei Kandidaten: Blesserel und Ranrel.«

In diesem Wahlgang bekam Ranrel zehn Stimmen, aber da Blesserel weiterhin fünf Anhänger auf seiner Seite hatte, war die erforderliche Mehrheit noch nicht erreicht.

»Ich beraume hiermit eine kurze Sitzungspause an, meine Herren, damit Sie sich untereinander besprechen können.« Lytol erhob sich und verließ die Runde.

Die anderen folgten seinem Beispiel.

»Zwei Stimmen brauchen wir noch«, murmelte Groghe, als er mit Jaxom, Asgenar und Larad zu den Tischen mit den Erfrischungen ging.

»Toric muß die dritte Stimme für Terentel abgegeben haben. Daß Corman und Begamon ihn unterstützt haben, ist mir nämlich bekannt«, sagte Larad.

»Hofft Toric etwa, von diesem Schwachkopf Terentel bewaffnete Männer für seinen Überfall auf die Große Insel zu bekommen?«

»Etwas dergleichen, aber ich werde einmal unter vier Augen mit ihm reden.« Groghe zwinkerte Jaxom zu und grinste breit.

»Komm schon, Asgenar.« Larad zog den Baron von Lemos hinter sich her. »Wir geben Ihnen Rückendeckung, Groghe.«

Jaxom brachte seinem alten Vormund einen Teller mit Gewürzkuchen, weil er wußte, daß Lytol ihn gerne aß, beobachtete aber die ganze Zeit verstohlen, wie die drei sich angeregt mit Toric unterhielten. Als der Baron des Südens sich unvermittelt nach ihm umdrehte und ihn mit unergründlicher Miene musterte, wandte er sich schnell ab. Hatte Groghe etwa verraten, woher er seine Weisheit bezog? Dann richtete Toric mit scharfer Stimme eine Frage an Larad. Groghe antwortete, Larad ergänzte ein paar Worte, und Asgenar nickte, einen Mundwinkel spöttisch hochgezogen.

»Ich glaube, wir haben eben eine weitere Stimme für Ranrel gewonnen«, sagte Jaxom leise zu Lytol, sorgsam darauf bedacht, daß seinem Gesicht nichts anzumerken war.

Larad und Asgenar blieben noch ein wenig bei Toric stehen, während Groghe auf die beiden Ruathaner zusteuerte.

»Das scheint er ohne weiteres geschluckt zu haben, Jaxom. Ein raffinierter Schachzug. Allerdings würde ich Denol nicht raten, um ein Treffen mit Toric nachzusuchen, wenn er herausfindet, daß er selbst nichts verdienen kann. An wen können wir sonst noch herantreten?«

»Ich trete an niemanden heran, wissen Sie das nicht mehr? Ich habe mich zu weit mit dem Monstrum eingelassen.« Jaxom schnaubte angewidert. »Ich werde

Ranrel nicht die Chancen verderben, indem ich den Mund aufmache.«

»Damit erweisen Sie sich einen schlechten Dienst, mein Junge«, sagte Groghe freundlich.

»Besser mir als Ranrel, Baron Groghe.«

Als Groghe sich abwandte, nützte Jaxom die Gelegenheit, Ruth von den Vorgängen zu unterrichten, und bat ihn, auch Sharra zu informieren.

Meister Robinton hat sich schon gedacht, daß es so laufen würde, antwortete Ruth. *Er will wissen, ob du es Toric gesagt hast? Aber er sagte nicht, was.*

Groghe hat es ihm gesagt, und Larad und Asgenar haben ihm den Rücken gestärkt, antwortete Jaxom. *Jedenfalls hat Toric jetzt Stoff zum Nachdenken. Ich hätte ihn dazu nie gebracht. Im Moment ist Sitzungspause. Das Kontingent von der Westküste braucht mehr Klah, damit sie wach genug werden und zuhören können. Ich halte euch auf dem laufenden.*

Kurz darauf erklärte Lytol die Pause für beendet und fragte die Burgherren, ob jemand etwas hinzufügen oder dem Konklave mit neuen Informationen aufwarten wolle.

»Ich bin für eine neue Abstimmung, Lytol«, sagte Deckter. »Es gibt auch noch andere Dinge zu besprechen.«

Jaxom hatte bemerkt, daß Deckter sich eingehend mit Warbret unterhalten hatte, und hoffte, er habe etwas erreicht. Zwei Stimmen, mehr brauchten sie nicht – es sei denn, Toric wollte noch mehr Schwierigkeiten machen als sonst.

Diesmal zählten alle mit, als Lytol die Zettel sortierte, und so wußte man schon vor der offiziellen Bekanntgabe, daß Ranrel gewonnen hatte. Sigomal sah aus, als würde er am liebsten Nägel spucken, und schleuderte wütende Blicke auf Toric und Warbret, die ihn im Stich gelassen hatten.

»Ranrel konnte die erforderliche Mehrheit von

zwölf Stimmen auf sich vereinen und ist daher in aller Form als Nachfolger seines Vaters zum Baron von Tillek gewählt.« Lytol streifte Jaxom mit einem warnenden Seitenblick, den der junge Ruathaner sofort verstand: Er sollte das Ergebnis nicht vorzeitig durch Ruth bekanntgeben lassen.

»Daneben gibt es in diesem Konklave zwei weitere wichtige Themen zu erörtern. Ich bitte nun Baron Jaxom von Ruatha, uns zu berichten, inwieweit man mit dem Vorhaben, die Fädeneinfälle endgültig abzustellen, Fortschritte erzielt hat.« Lytol nickte seinem ehemaligen Mündel höflich zu und setzte sich.

Jaxom erhob sich so ruckartig, daß er die Aufmerksamkeit des ganzen Tisches auf sich zog. Die Sätze, die er so oft geprobt hatte, entströmten nun unaufhaltsam seinem Mund und rissen auch dann nicht ab, als er hörte, wie jemand sich in leisen Verwünschungen über den ›verderblichen Einfluß des Monstrums‹ erging.

»Nach umfassender Ausbildung durch das Akki begab ich mich mit dem Harfnergesellen Piemur auf Ruth ins *Dazwischen* und landete heil auf der Brücke der *Yokohama*. Wir ergänzten die Programmierung des Teleskops, so daß Akki es nun von Landing aus steuern kann, und veranlaßten die Erfassung und Meldung aller Schäden am Raumschiff. Wir bargen die sterblichen Überreste Sallah Telgars, die inzwischen mit allen Ehren in der Burg Telgar beigesetzt wurden.« Er verneigte sich tief vor Larad. »Am nächsten Tag brachte Ruth mich abermals auf die Brücke, und ich begab mich in den Frachtraum, um die äußeren Tore zu schließen, die infolge einer Störung im Programm der Fernbedienung offen geblieben waren. Danach kehrte ich auf die Brücke und von dort nach Landing zurück. Um die Leistung der lebenserhaltenden Systeme zu steigern, beziehungsweise um die Algentanks neu zu bepflanzen, werden weitere Flüge zur *Yokohama* erforderlich sein. Zusätzliches Personal muß an die Bedingungen des freien Falls gewöhnt werden, außerdem sollen verschiedene Gruppen mit Hilfe von grünen Drachen in mehreren Einsätzen die Stellung des Teleskops verändern, um es optimal nutzbar zu machen.«

»Und was heißt das alles in ganz gewöhnlicher Alltagssprache?« fragte Corman.

»Daß die *Yokohama* als Stützpunkt dienen kann, um von dort aus die Fäden im Weltraum anzugreifen, Baron Corman.«

»Also fliegen alle Drachen zum Raumschiff hinauf und kämpfen fern vom Planeten gegen die Sporen?« Die sarkastische Bemerkung erschien ihm selbst wohl nicht weniger kindisch als allen anderen, denn er errötete und wich Jaxoms Blick aus.

»Nein, so ist es nicht gedacht, Baron Corman. Der Plan sieht vor, die Fädeneinfälle abzulenken, damit sie unseren Planeten erst gar nicht mehr treffen.«

»Und wie nahe sind Sie diesem ersehnten Ziel bereits gekommen?« fragte Laudey, allerdings nicht ganz so abfällig wie Corman.

»Noch haben wir zwei Umläufe, fünf Monate und sieben Tage Zeit, um unser Ziel zu erreichen, Baron Laudey.«

»Und nun wollen Sie uns vermutlich bitten, noch mehr Gesellen aus unseren Gildehallen und mehr Dienstboten aus unseren Burgen für Ihre Aufgaben verpflichten zu dürfen?«

»Nein, Sir, wir ›verpflichten‹ niemanden.« Jaxom konnte ein Grinsen nicht unterdrücken – die Schwierigkeit war vielmehr, ungeeignete Leute wieder aus Landing wegzuschicken, ohne daß sie deshalb gekränkt waren.

»Sie sind wahrscheinlich todunglücklich, weil sich in Ihren Höhlen kaum noch Bettler und Tagediebe herumtreiben?« fragte Groghe spitz.

»Werden sie denn auch nach Ihren zwei Umläufen, fünf Monaten und wer weiß wie vielen Tagen noch alle eine nützliche Beschäftigung haben?« konterte Laudey.

»Wollen Sie die Sporen loswerden oder nicht, Baron Laudey? Baron Corman?« fragte Jaxom. »Zugegeben, in zweihundertundfünfzig Umläufen ist es für *Sie* nicht mehr von Bedeutung, ob wir Erfolg haben oder nicht. Aber für Ihre Nachkommen um so mehr!«

»Sprechen Sie jetzt als Burgherr oder als Drachenreiter, Jaxom?« fragte Nessel höhnisch.

»Beides, Baron Nessel!«

»Wenn ihr Erfolg habt, brauchen wir keine Drachenreiter mehr«, brüllte Sigomal. »Was wollt ihr Drachenreiter dann anfangen?«

Jaxom lächelte ihn an. »Ich glaube, Baron Sigomal, Sie werden feststellen, daß Pern seine Drachenreiter behalten *will*.«

»Wie kommen Sie denn auf die Idee?« fragte Sigomal.

»Die Drachenreiter tun für Sie und alle hier Anwesenden sehr viel mehr, als nur den Himmel von Fäden freizuhalten. Denken Sie darüber nach, Baron Sigomal.« Jaxom lächelte geheimnisvoll. Sollten sie sich doch das Gehirn zermartern. »Baron Toric weiß sicher, was ich damit sagen möchte.«

Toric zuckte zusammen, sah den Gefährten seiner Schwester durchdringend an und legte langsam die Stirn in Falten.

»Ich verstehe nicht ganz, was Sie meinen, junger Mann.« Sangel wirkte ziemlich erregt.

»Baron Sangel, ich dachte eigentlich, das sei so offensichtlich, daß es keiner weiteren Erklärung bedürfe. Kann ich fortfahren, Baron Lytol?« Als Lytol ihm zunickte, sprach Jaxom weiter. »Lassen Sie mich noch erzählen, daß Harfner Piemur und ich vom Weltraum aus beobachten konnten, wie unser herrlicher Planet sich durch Tag und Nacht drehte. Ein unbeschreibliches Erlebnis!« Er wußte, daß seine Stimme zitterte, aber er schämte sich dessen nicht. »Sobald wir sicher sein können, daß die lebenserhaltenden Systeme – zur Erzeugung von Sauerstoff und Wärme – zuverlässig arbeiten, sind Ruth und ich gerne bereit, jeden Burgherrn, der dies wünscht, auf die Brücke der *Yokohama* zu bringen, damit er selbst sieht, wie großartig die Welt ist, auf der wir leben, und wie wichtig es für uns ist, die Fäden für alle Zeit loszuwerden.«

Jaxom schaute in die Runde, ob jemand sein Angebot annahm. Als er nur erschrockene Gesichter, nervöses Räuspern und Scharren mit den Füßen zur Antwort bekam, wurde sein Blick scharf und herausfordernd.

»Ich würde gerne mitkommen«, sagte Larad leise, und Asgenar hob ebenfalls die Hand.

»Ich auch«, fügte Lytol hinzu.

»Vom Norden sieht man von der Brücke der *Yokohama* aus nicht allzu viel«, räumte Jaxom ein. »Aber Akki hofft, die beschädigten Sichtgeräte an der Backbordseite reparieren zu können. Dann müßte vom Weltraum aus ein Teil der Ostküste zu erkennen sein.« Er sah Toronas spöttisch an, bis der merklich zögernd die Hand hob.

»Wieviel kann man vom Südkontinent sehen?« bellte Toric heiser.

»Mehr, wenn wir auch die Sichtgeräte am Heck instandsetzen können.« Jaxom freute sich, daß er Toric eine Reaktion entlockt hatte.

»Ich weiß nicht, was das alles bringen soll«, nörgelte Begamon. »Da werden Menschenleben aufs Spiel gesetzt, nur weil man einem törichten Sonnentraum nachjagt und glaubt, die Sporenplage ausrotten zu können, die uns seit Hunderten von Umläufen begleitet. Ich sage es noch einmal, wenn die Alten so klug waren, warum haben Sie das Zeug dann nicht in *ihrer* Zeit vernichtet? Hm? Warum nicht?«

»Diese Frage konnte Akki mir längst zufriedenstellend beantworten«, erklärte Lytol entschieden. »Und vergessen Sie nicht, die Projekte, die wir seit seiner Entdeckung in Angriff genommen haben, gereichen allen Menschen auf diesem Planeten zum Segen.«

»Inwiefern? Sagen Sie, inwiefern?« wollte Begamon wissen.

Lytol nahm den Block, die Füllfeder und ein Blatt der Wettervorhersage, die Akki seit zwei Umläufen zum Entzücken und zum Nutzen aller großen und kleinen Grundbesitzer erstellte, in die Hand und hielt sie hoch. Dann zeigte er auf die reichverzierte Wanduhr, auf der die Minuten der Konferenz vertickten, und auf Begamons Kleider, die aus einem der feinsten und neuartigsten von Meister Zurgs Stoffen gefertigt waren.

»Außerdem habe ich gehört, daß Sie mit Hilfe der neuen Energie Ihre Felder bewässern und bei Frost mit tragbaren Öfen ihre Obstgärten beheizen«, antwortete Lytol. »Ganz zu schweigen davon, daß Ihre jüngste Enkelin nur noch dank Meister Oldives neuer chirurgischer Verfahren am Leben ist.«

»Das sind Dinge, die wir verwenden, sehen und mit Händen greifen können, Lytol.« Begamon wedelte erregt mit der Hand durch die Luft. »Nichts Unbekanntes, das unser Begriffsvermögen übersteigt.«

»Dann lassen Sie sich doch überzeugen von den Dingen, die Sie verwenden, sehen und mit Händen greifen können, daß es noch mehr zu lernen, zu erkunden, zu verstehen gilt, um unser Leben besser und sicherer zu machen.« Jaxom sprach mit solchem Ernst und solcher Souveränität, daß ihm selbst die ältesten, engstirnigsten Barone mit einem gewissen Respekt zuhörten.

»Vielen Dank für Ihren Bericht, Baron Jaxom.« Geschickt beendete Lytol das lange Schweigen. »Wir wollen uns nun dem nächsten Thema …« Er hob die Hand, um dem verdrossenen Gemurre Einhalt zu gebieten. »Sie alle werden ausreichend Gelegenheit haben, mit Baron Jaxom zu sprechen, wenn alle Tagesordnungspunkte dieses Konklaves abgehandelt sind. Die zweite Angelegenheit, mit der wir uns beschäftigen sollten, ist eine Mitteilung der Gildemeister von Pern.«

»Nicht *aller* Gildemeister.« Corman reckte streitlustig das Kinn vor.

Lytol sah ihn nur ganz ruhig an, aber das genügte, um Corman zu beschämen, weil er ihm so grob ins Wort gefallen war. »Die Gildemeister von Pern, mit Ausnahme von Meister Norist von der Gilde der Glasmacher, teilen diesem Konklave mit, daß sie beabsichtigen, zwei neue Gilden zu gründen: Erstens die Druckergilde, die eine lockere Bindung an die Harfnergilde behalten, aber dennoch unabhängig und autonom sein soll und drei große Gildehallen zu errichten gedenkt: als Hauptsitz ist Landing vorgesehen, Außenstellen sollen in Ruatha angesiedelt werden, das gegenwärtig noch keine Gildehalle beherbergt, sowie, in Verbindung mit der Papierindustrie von Holzmeister Bendarek, in Lemos. Als zweite neue Gilde ist in losem Verbund mit der Schmiedehalle die Gilde der Techniker geplant. Sie soll sich mit den Problemen beschäftigen, die aus dem Umgang mit den neuen Geräten erwachsen …«

»Dazu sage ich sofort nein«, rief Sigomal und sprang auf. »Das ist Wasser auf die Mühlen des Monstrums und …«

»Derart vulgäre Bezeichnungen sind an diesem Tisch nicht zugelassen, Baron Sigomal«, sagte Lytol mit aller Strenge. »Auch brauche ich wohl nicht eigens darauf hinzuweisen, daß die Gildemeister nicht auf Ihre Zustimmung angewiesen sind. Sie brauchen ja keines der Produkte zu kaufen, das eine von Ihnen nicht erwünschte Gildehalle herstellt. Da mir allerdings bekannt ist, daß bei etlichen Ihrer Projekte neue technische Geräte verwendet werden, die nur von Akki stammen können, wäre es klüger, sich im Konklave solch offensichtlicher Heucheleien zu enthalten.«

Sigomal sank mit offenem Mund in seinen Sessel zurück.

Jaxom gelang es, trotz der Verlegenheit des Barons von Bitra ernst zu bleiben. Einer der an dem Anschlag auf Akki beteiligten Männer stammte aus Bitra, aber das ließ sich wohl kaum als Beweis werten, daß der Baron etwas mit der Sache zu tun hatte. Bitraner verdingten sich bei jedem, der genug zahlte. Gleichwohl hatte er eben zum erstenmal mit eigenen Ohren gehört, wie Sigomal in aller Öffentlichkeit von Akki als dem ›Monstrum‹ sprach.

»Man wird uns freundlicherweise informieren, sobald man die neuen Gildemeister ernannt und den Rahmen ihrer beruflichen Tätigkeit abgesteckt hat. Ich möchte die Barone noch einmal daran erinnern, daß derartige Ausweitungen einer Gildehalle nicht der Zustimmung dieses Konklaves bedürfen, da die Gildehallen von alters her autonom sind. Es handelt sich nur um eine formelle Absichtserklärung.«

»Steht auch das in der ursprünglichen Verfassung, Lytol?« fragte Sangel gehässig.

»Nein.« Lytol ließ sich nicht aus der Ruhe bringen. »Die ersten Gildehallen wurden kurz vor dem Ende der ersten Annäherungsphase von den Burgen Fort, Ruatha und Benden mit der Absicht ins Leben gerufen, Erfahrungen und Fertigkeiten zu bewahren und junge Männer und Frauen in den verschiedenen, dringend benötigten handwerklichen Tätigkeiten zu unterweisen. Ursprünglich«, fuhr Lytol lächelnd fort und streifte Corman mit einem Seitenblick, »beherbergte Ruatha den Herdenmeister und den Meisterfarmer, bis die weiten Ebenen von Keroon erschlossen wurden und man erkannte, daß sie für die Tierzucht besser geeignet waren.«

Larad erhob sich und wandte sich an das Konklave. »Es verdient auch Erwähnung, daß Meisterschmied Fandarel und Meisterharfner Sebell durchaus befugt sind, die Gründung weiterer selbständiger Gildehallen anzuregen, ohne die anderen Gildemeister zu fragen. Dennoch haben sie deren Rat eingeholt und volle Unterstützung erhalten …«

»Von voller Unterstützung kann nicht die Rede sein, wenn ein Gildemeister sich enthält!« nahm Nessel mit seiner weinerlichen Stimme Cormans Einwand wieder auf.

»Meister Norist hat an dem Treffen nicht teilgenommen, obwohl man ihn in aller Form eingeladen hatte«, stellte Larad klar. »Die Drucker- wie auch die Technikerhalle werden die Spezialausbildung übernehmen, die künftig erforderlich ist und nirgendwo sonst geleistet werden kann. Wir alle haben von der neuen Technik profitiert, besonders seit sie uns Lehrbücher und Aufzeichnungen in gut leserlicher Druckschrift liefert. Damit solche Annehmlichkeiten weiteren Kreisen zugute kommen, müssen mehr Handwerker in den dazu nötigen Fertigkeiten ausgebildet werden.«

»Warum kann man die Drucker nicht Meister Sebell und die Reparierer Meister Fandarel unterstellen?« wollte Corman wissen. »Warum soviel Aufwand mit neuen Gildehallen?«

»Meister Fandarel arbeitet ohnehin schon von früh bis spät, um die Nachfrage nach neuen Geräten zu befriedigen«, sagte Larad. »Er hat weder die Zeit noch das Personal, um noch einen weiteren Handwerkszweig zu beaufsichtigen.«

»Dieses Druckerhandwerk könnte doch von Ihrem

Holzmeister geleitet werden, Asgenar«, schlug Corman vor. »Er ist nicht überarbeitet.«

Asgenar lachte. »Er ist es, ich bin es, und trotzdem können wir nicht Schritt halten mit der Nachfrage nach Papier in den verschiedensten Größen, Qualitäten und Sorten, auf das offenbar keine Burg und keine Gildehalle mehr verzichten will.« Er schüttelte den Kopf. »Meister Bendarek hat die ganze Halle voller Lehrlinge, aber nur zwei Gesellen und bisher noch keinen zweiten Meister. Er braucht jedes Paar Hände, das er bekommen kann, aber er kann nicht auch noch das Drucken überwachen. Die Papierfabrikation beansprucht seine ganze Zeit und Energie.«

»In Meister Fandarels Auftrag soll ich weiterhin erklären, daß wir Spezialisten brauchen werden, wenn all die neuen Geräte die optimale Leistung erbringen sollen«, fuhr Larad fort. »Wir haben inzwischen Maschinen, die nur von einer Handvoll Leuten verstanden werden und repariert werden können, während andere zwar in der Lage sind, sie zu bedienen, nicht aber, auftretende Schäden zu beheben. Mit der Zeit werden wir Männer und Frauen haben, die beides beherrschen, aber im Augenblick sind wir davon noch weit entfernt.«

»Warum lernt ihr dann nicht erst gehen, ehe ihr zu rennen versucht?« schnaubte Corman. »Ich habe die Erfahrung gemacht, daß man einen Jährling kein Rennen mitlaufen lassen kann und daß ein noch nicht ausgewachsenes Herdentier weder zur Zucht noch als Milchspender zu gebrauchen ist.«

Jaxom wollte sich erheben, aber Groghe legte ihm warnend die Hand auf den Arm. Es kostete den jungen Mann viel Überwindung, diesem stummen Befehl zu gehorchen. Er wünschte sich so sehr, seine Sache selbst vertreten zu dürfen, mußte aber verbittert einsehen, daß die älteren Barone ihn nicht als ihresgleichen gelten lassen würden. Ob sie ihm wohl gleiche

Rechte zugestanden, wenn erst einmal mit seiner Hilfe die Fäden ausgerottet worden waren? Oder würden sie ihn dann immer noch als den Burgherrn betrachten, dem seine Burg in den Schoß gefallen war?

»Bei Maschinen ist das eben ein wenig anders, Corman.« Groghe lächelte den Herrn von Keroon gönnerhaft an. »Wenn eine Maschine einmal fertig ist, dann tut sie das, wozu man sie gebaut hat. Wenn sie versagt, ersetzt man das schadhafte Teil. Beim Vieh geht das nicht.«

»Nein, aber krankes Vieh kann man schlachten und essen. Was machen Sie mit unbrauchbaren Maschinen? Ehe Sie sich's versehen, rosten in allen Burgen und Gildehallen Schrotthaufen vor sich hin. Wahrscheinlich auch in den Weyrn, sie sind schließlich an allem schuld.«

»Baron Corman!« Zitternd vor Empörung entriß Jaxom Groghe seinen Arm, sprang auf und ballte die Fäuste. »In meiner Gegenwart werden Sie kein Wort gegen die Weyr sagen!«

Er nahm kaum wahr, daß Baron Groghe neben ihm stand und mit beiden Händen seinen linken Arm umklammerte, während Asgenar ihn auf der anderen Seite festhielt. Larad protestierte lauthals, unterstützt von Toronas, Deckter, Warbret, Bargen und – Jaxom vermochte es kaum zu fassen – auch Toric.

»Baron Corman, Sie werden sich auf der Stelle vor dem gesamten Konklave für diese Bemerkung entschuldigen!« brüllte Lytol.

Angesichts der zehn aufgebrachten Barone hatte Corman keine andere Wahl und murmelte eine Entschuldigung. Lytol forderte ihn eiskalt auf, so laut zu sprechen, daß jeder ihn verstehen könne, um dann jeden der stehenden Burgherren so lange durchbohrend anzusehen, bis alle wieder auf ihren Plätzen saßen.

»Wenn wir die Fädenplage ausrotten wollen, brauchen wir die dazu nötige Ausrüstung, und wir müssen in der Lage sein, diese Ausrüstung herzustellen, zu bedienen und instandzuhalten. Die Vernichtung der Fäden ist das Bestreben aller Weyr seit der Gründung von Fort. Alle Burgen und Gildehallen arbeiten auf dieses Ziel hin. Wenn wir, um die Fäden vollständig und für immer zu beseitigen, neue Wege gehen und nutzlose oder veraltete Traditionen über Bord werfen müssen, so ist das kein zu hoher Preis für einen Himmel ohne Fäden.« Lytol hielt kurz inne, er schien selbst erstaunt über seine Sprachgewalt. »Über diesen Vorfall wird außerhalb des Konklaves kein Wort verlauten.

Und nun«, fuhr er entschlossen fort, »sollten wir wenigstens etwas Einmütigkeit beweisen und die beiden neuen Gildehallen befürworten. Wie lautet Ihr Spruch, meine Herren? Schreiben Sie ›Ja‹ oder ›Nein‹.«

Corman saß mit hochgezogenen Schultern da und brütete vor sich hin, das einzige leere Blatt, das Lytol erhielt, stammte wahrscheinlich von ihm. Zweimal stand in kühnen Druckbuchstaben ›Nein‹ auf dem Papier, aber es gab genügend ›Jas‹, um den beiden betroffenen Handwerksmeistern das Einverständnis des Konklaves übermitteln zu können.

»Wer entscheidet, wer Gildemeister wird, und wer kommt für die Errichtung dieser Hallen auf?« fragte Nessel.

»Die Gildemeister wurden noch nicht bestimmt, aber es stehen geeignete Kandidaten zur Verfügung. In Landing wurden für die beiden neuen Gilden bereits leerstehende Gebäude umgestaltet«, fuhr Lytol nach einem Blick in seine Notizen fort, »und die neuen Hallen sollen von den Leuten gebaut werden, die danach streben, als Lehrlinge in die neue Gilde aufgenommen zu werden. Wer sich an die Drucker-

oder die Technikerhalle versetzen lassen will, braucht dazu die Genehmigung seines Meisters und des Gildemeisters seiner jetzigen Gilde.«

»Was ist mit denen, die ohne Genehmigung ihres Gildemeisters arbeiten?« fragte Sangel abfällig. Jedermann wußte, daß er auf Morilton anspielte.

»Das ist eine interne Angelegenheit der Gilden«, erklärte Lytol. »Das Problem ist von den betroffenen Parteien zu lösen, nicht von diesem Konklave.«

»Aber wenn wir nun kein Glas mehr...«

»An Glas herrscht kein Mangel«, sagte Groghe knapp. »Wir kaufen, was wir wollen und von wem wir wollen. So einfach ist das! Und viele von uns ziehen die eine Gildehalle der anderen vor. Das war immer so und wird auch immer so sein. Es ist nur vernünftig und entspricht dem Wesen des Menschen.«

Meister Robinton fragt an, warum sich die Bekanntgabe so lange verzögert, meldete sich Ruth.

Nur Gerede. Die Entscheidung ist gefallen, aber Lytol zieht mir die Haut ab, wenn ich ihm zuvorkomme. Ruths Stimme wirkte sehr beruhigend auf Jaxom, der vor Wut über die mehr oder weniger raffiniert geführten Intrigen schäumte. Immerhin wußte er jetzt, auf welche Burgherren er ein Auge haben mußte: Corman, Nessel, Sangel und Begamon. Corman redete wenigstens, wie ihm der Schnabel gewachsen war, aber die anderen kochten das Süppchen ihres Grolls und ihre Vorbehalte nun schon so lange im geheimen, und das war ungesund. Worauf war ihre Unnachgiebigkeit nur zurückzuführen, auf die Angst vor Akki oder auf einen starren, uneinsichtigen Widerstand gegen jegliche Veränderung?

»Stehen noch weitere Fragen an?« erkundigte sich Lytol, wie es das Protokoll verlangte.

»Ich habe eine Frage«, sagte Toric und stand auf.

»Ja, Baron Toric?«

»Wer wird Baron von Landing?«

Das brachte sogar Lytol aus der Fassung, er starrte den Baron des Südens verständnislos an.

Ein zufriedenes Lächeln spielte um Torics Mundwinkel. »Ein so wichtiger Ort wie Landing braucht doch wohl eine ordentliche Führung.« Das klang ganz und gar vernünftig, aber Jaxom hätte beinahe laut herausgelacht, als er die betroffenen Gesichter der übrigen Burgherren sah. Die Mienen der Barone verrieten ganz deutlich, wer von ihnen Landing für wichtig hielt und wer nicht; Jaxom registrierte vor allem, bei wem das nicht der Fall war, und seine Vermutungen bestätigten sich: Sangel, Nessel, Sigomal, Corman, Begamon und Laudey, wobei ihm der Baron von Igen eher unschlüssig als feindselig zu sein schien.

»Über die Einzelheiten sind Sie im Osten offenbar nicht auf dem laufenden«, hörte Jaxom sich selbst belustigt sagen. »Burgverwalter Lytol, Meisterharfner Robinton und D'ram, Tiroths Reiter, verwalten Landing gemeinsam und vertreten auch in schöner Ausgewogenheit die Interessen von Burg, Gildehalle und Weyr. Die Aufgabenteilung funktioniert ausgezeichnet. Sie sind in Landing stets willkommen, Baron Toric.«

»Unmittelbar nach Akkis Entdeckung«, nahm Lytol entschlossen das Heft wieder in die Hand, »wurde an Ort und Stelle ein Treffen einberufen. Acht Barone, acht Gildemeister und sieben Weyrführer faßten einstimmig den Beschluß, den Bereich um Landing angesichts seiner historischen Bedeutung und seines gegenwärtigen Status als Bildungseinrichtung weiter als Allgemeinbesitz bestehen zu lassen, ohne Herrschaftsansprüche zu stellen.«

Corman knurrte Nessel gereizt etwas zu, verstummte aber mürrisch, als Lytol ihn mit einer Handbewegung zum Sprechen ermunterte.

»Wie groß ist das Gebiet?« Toric überfiel Lytol regelrecht mit dieser Frage.

Der warf ihm einen tadelnden Blick zu, ehe er antwortete: »Es handelt sich natürlich um die gleiche Fläche, wie sie auf den Karten der Siedler verzeichnet ist.«

Toric verzog das Gesicht und setzte sich. Verstohlen musterte er die Mienen der anderen am runden Tisch. Jaxom, der den Kopf in die Hand gestützt hatte, um den gierigen Südländer durch die Finger unbemerkt beobachten zu können, bemühte sich vergeblich zu erraten, was dem Mann in diesem Moment durch den Sinn ging. Er mußte doch wissen, daß er bei Burg, Gildehalle und Weyr – besonders bei den Weyrn – auf Widerstand stoßen würde, wenn er noch mehr Land verlangte. Jaxom bereute schon, ihm eine Lösung für sein Problem mit der Großen Insel angeboten zu haben: immerhin hatte es Toric volle zwei Umläufe lang davon abgehalten, nach Osten zu schielen. Manchmal führte die Lösung eines Problems nur zur Entstehung eines halben Dutzends weiterer.

So war er sehr erleichtert, als Lytol ohne weiteres Hin und Her das Konklave für beendet erklärte. Aus einigen Ecken gab es Proteste und Vorwürfe, aber Lytol achtete nicht darauf, und das war sein gutes Recht. Jaxom wäre am liebsten unverzüglich aus dem Großen Saal gestürmt, doch zuvor mußte er noch eine weitere Formalität über sich ergehen lassen.

Die Sitzung ist geschlossen, teilte er Ruth mit.

Lytol setzte sich an die Spitze des Zuges, Jaxom schlüpfte flink zwischen Larad und Asgenar hindurch und reihte sich mit einem entschuldigenden Lächeln vor dem Baron von Fort ein. Wie es die Tradition verlangte, schlug Lytol dreimal mit der Faust gegen die Tür, die daraufhin sofort vom Verwalter der Burg Tillek geöffnet wurde. Wieder einmal bestätigte sich Jaxoms Eindruck, daß alle Verwalter über einen geheimen sechsten Sinn verfügten, der ihnen verriet, wann eine Besprechung zu Ende war. Auf Lytols Nicken drehten die Männer zu beiden Seiten des großen Tors mit aller Kraft an dem eisernen Schleusenrad, um die zwei Hälften auseinanderzudrücken. Fast noch mehr als vom hellen Sonnenschein war das Auge von den festlich gekleideten Menschen geblendet, die sich auf der Treppe drängten. Zuvorderst standen die drei Rivalen: Blesserel hatte sich genau in der Mitte postiert und wirkte viel zu selbstbewußt. Terentel stand ein Stück links von ihm und sah fast wie ein Schwachsinniger drein; Ranrel hatte sich unauffällig ganz nach rechts geschoben. Hinter ihm hatten sich Meister Robinton, Sharra, Sebell, Menolly und die Weyrführer von Benden aufgestellt.

Jaxom verzog die Mundwinkel zu einem kaum sichtbaren Lächeln und sah die Erleichterung auf den Gesichtern seiner Freunde, noch ehe Lytol mit seiner offiziellen Ankündigung begonnen hatte.

»Im dritten Wahlgang wurde die erforderliche Mehrheit von zwölf Stimmen erzielt«, sagte er, als die schwatzende Menge sich so weit beruhigt hatte, daß er sich verständlich machen konnte. »Das Konklave hat einen Burgherrn bestimmt. Baron Ranrel, darf ich Ihnen als erster zu Ihrer neuen Würde gratulieren?«

Während die Jubelrufe von Tilleks Granitmauern widerhallten, sah Ranrel sich aufrichtig erstaunt um und schien seinen Ohren nicht zu trauen. Blesserel warf mörderische Blicke um sich, und Terentel zuckte lediglich die Achseln, drehte sich auf dem Absatz um und drängte sich durch die Menge, um zum nächsten Weinfaß zu gelangen. Von den Feuerhöhen trompeteten die Drachen ihre Glückwünsche, und über den Köpfen der Menge schwirrten die Feuerechsen und sangen die Oberstimme dazu.

Baron Ranrel war schnell von Gratulanten umringt, die ihm auf den Rücken schlugen, die Hände schüttelten und ihre guten Wünsche zuriefen. Auch Blesserel wurde belagert, von Sigomal, Sangel, Nessel und Begamon. Jaxom kümmerte sich nicht weiter darum, wie er die Niederlage aufnahm. Sigomals Gesicht war starr vor Zorn, und er hatte einen verschlagenen Zug um den Mund, der nichts Gutes verhieß.

»War es sehr schlimm?« fragte Sharra und umarmte Jaxom. »Ruth sagte, du seist schrecklich wütend gewesen, aber warum, wußte er nicht.«

»Ich war es, und ich bin es noch. Gib mir deinen Becher.« Er brauchte einen Schluck zur Beruhigung. »Komm, laß uns zu Sebell und zu Meister Robinton hinübergehen. Ich habe einiges zu berichten, was auch sie hören sollten. Dein Bruder wollte wissen, wen man zum Baron von Landing zu machen gedenke.«

Sharra verdrehte entgeistert die Augen. »Wird er denn niemals klug? Was hat man ihm denn gesagt?«

»Die Wahrheit«, antwortete Jaxom. »Du erinnerst dich sicher noch, daß wir Breide eigens aufforderten, Toric auch ja mitzuteilen, was für eine wichtige Entdeckung wir mit Akki gemacht hätten.«

Sharra zog die Nase kraus, eine Angewohnheit, die Jaxom immer noch bezaubernd fand. »Er war so geladen, weil Denol seine Insel besetzt hatte, daß er an nichts anderes mehr denken konnte.« Sie sah ihren Mann scharf an. »Hast du ihn darauf hingewiesen, daß Landzuweisungen unwiderruflich sind?«

»Nicht ich, sondern Groghe. Wir brauchten seine Stimme für Ranrel.«

»Er hat doch nicht etwa für Blesserel gestimmt?« Sharra war entsetzt.

Jaxom grinste. »Was im Konklave passiert, ist nicht für die Öffentlichkeit bestimmt.«

»Seit wann ist deine Frau die Öffentlichkeit?«

Sie drängten sich durch die Menge auf die stille Ecke zu, wo Robinton und die anderen warteten.

»Vom Unmut dieser Burgherren haben auch meine Harfner schon berichtet, Jaxom«, sagte Sebell, als Jaxom mit seiner Zusammenfassung zu Ende war. »Etwas dergleichen habe ich heute morgen gegenüber Meister Robinton und Lytol erwähnt. Außerdem habe ich alle Lehrlinge mitgebracht, die auch nur einen Funken Verstand besitzen, damit sie Augen und Ohren offenhalten.«

»Ich bin fast erleichtert, daß die Aufrührer nun bekannt sind«, sagte Meister Robinton.

»Wirklich?« Jaxom war skeptisch. Sein eigener Bericht hatte ihn deprimiert. Die Zukunft könnte so viel Gutes bringen – vorausgesetzt, es gelang, die Tücken und Intrigen der Gegenwart unbeschadet zu überstehen.

Sharra spürte seine Niedergeschlagenheit und lehnte sich gegen ihren hochgewachsenen Mann. Er ließ sich gern von ihr trösten. Schließlich hatte man Ranrel gegen allen Widerstand in Amt und Würden gebracht. Und die Gegenpartei war zahlenmäßig schwach und bestand aus lauter alten Männern.

10

Der erste, der sich an Baron Ranrels Festtag nicht mehr auf den Beinen halten konnte, war Meister Idarolan. Er sprach dem Alkohol sonst nur selten zu, aber da für ihn am meisten auf dem Spiel gestanden hätte, wäre Ranrel nicht gewählt worden, hatte er offenbar schon beim Frühstück in seiner Gildehalle mit dem Trinken angefangen und den ganzen langen Vormittag weitergemacht, bis das im Konklave erzielte Ergebnis verkündet wurde. Da der Meisterfischer sich allgemein großer Beliebtheit erfreute, sah man über seinen ungewohnten Zustand großzügig hinweg. Und als er auf die Ecke des Hofes zugetorkelt kam, wo Jaxom, Sharra, Robinton, Sebell, Menolly und Tagetarl in ernstem Gespräch beieinandersaßen, empfand man seine Ausgelassenheit dort sogar als angenehme Abwechslung.

»Wir Fischer«, verkündete Idarolan in trunkener Leutseligkeit, »hätten unsere Gildehalle hier niemals halten können, wenn Blesserel Burgherr geworden wär'. Ehe wir gewußt hätten, wie uns geschieht, hätt' er uns Masten, Spieren, Rümpfe und Anker unterm Hintern weggepfändet!« Sein Überschwang war ansteckend, und Jaxom war nicht der einzige, der unwillkürlich grinste. »Ich wär' mit der ganzen Gilde samt Meistern, Gesellen und Lehrlingen in den schönen Hafen gezogen, der auf den alten Karten als Monaco verzeichnet ist. Jawoll, genau so hätt' ich's gemacht, wenn 'n anderer Baron geworden wär' und nich' Ranrel.«

»Aber nun ist Ranrel ja Burgherr, und Sie sind aller Sorgen ledig«, versicherte Robinton dem Meisterfischer und bedeutete zugleich Sebell und Jaxom, für den Mann einen Hocker herbeizuschaffen, ehe seine Beine unter ihm nachgaben. Menolly und Sharra boten ihm ein paar ausgesuchte Leckereien an, in der Hoffnung, damit der Wirkung des Weins gegenzusteuern.

»Was soll ich meine Zeit mit Essen verschwenden, kommt sowieso bald alles wieder hoch.« Idarolan schob die Teller zur Seite und entschuldigte sich, als er aufstoßen mußte. »Einfach nicht drauf hören, meine Damen. Mir ist ein Stein vom Herzen gefallen, aber anderswo drückt's dafür noch ganz gehörig, wenn Sie die Bemerkung verzeihen. Baron Jaxom …« Er beugte sich gefährlich weit vor und sah den jungen Mann mit verschwimmendem Blick an. »Wären Sie wohl so freundlich, mir den Weg zu weisen, damit ich danach weitertrinken kann?«

Jaxom bat Sebell mit einem Wink, ihm zu helfen, dann faßten die beiden Idarolan rechts und links unter und steuerten mit ihm an der Küche vorbei, wo reger Betrieb herrschte, auf die nächste Toilette zu.

»Wirklich, Freunde, hab' 'ne Heidenangst gehabt, daß dieser Blesserel das Rennen macht. Dann wär'n wir nämlich erledigt gewesen, wir anständigen, fleißigen Fischersleute, das könnt ihr mir glauben«, faselte Idarolan weiter. »Nüchtern hätt' ich das lange Warten nicht ausgehalten. Da braucht man einfach 'n Glas zur Stärkung, vielleicht auch zwei oder drei«, grinste er, zum Zeichen, daß er sich über seine Verfassung vollkommen im klaren war. »Aber ihr kennt mich ja, Jungs, an Bord keinen Tropfen. Niemals. Und für meine Meister gilt das gleiche – für die jedenfalls, die auf der Gildenrolle stehen.«

Jaxom beförderte ihn in eine Kabine. Sebell öffnete ihm flink die Kleider. Dann wandten sie sich beide höflich ab. Idarolan stimmte ein Seemannslied an, brachte aber nur ein heiseres Lallen zustande, obwohl er in Anbetracht der genossenen Weinmenge noch recht deutlich sprechen konnte. Er erleichterte sich so ausgiebig, daß die beiden Freunde sich erstaunt ansahen. Was mußte der alte Mann für eine Blase haben! Jaxoms Grinsen ging über in ein unterdrücktes Lachen, und schließlich platzte auch Sebell heraus. Idarolan grölte unbeirrt weiter.

Schließlich hatte der Meisterfischer sein Geschäft erledigt und sank in sich zusammen.

»Hoppla! Festhalten«, rief Jaxom erschrocken. Nur mit Mühe gelang es ihm, sich Idarolans schlaffen Arm über die Schulter zu legen, ehe ihm der alte Mann wegrutschen konnte.

»Jetzt ist er hinüber, Jaxom, völlig hinüber.« Sebell schüttelte grinsend den Kopf. »Vielleicht wäre es am besten, ihn einfach hierzulassen, damit er seinen Rausch ausschlafen kann.«

»Das würde uns Meister Robinton niemals verzeihen. Lauf schnell in die Küche, Sebell, und schnappe dir einen Kanne Klah. Wir werden ihn schon wieder nüchtern kriegen. Warum soll er nur einen halben Tag feiern dürfen? Das Beste kommt schließlich erst noch.« Jaxom klappte den Deckel herunter, ließ Idarolan auf den Sitz sinken und drückte ihm eine Hand gegen die Brust, damit der schlaffe Körper nicht vornüberkippen konnte.

»Bin gleich wieder da.« Sebell huschte aus der Kabine und zog sorgsam die Tür hinter sich zu. Jaxom hörte seine Stiefel über den Steinboden schlurfen, dann wurde eine zweite Tür geöffnet und wieder geschlossen.

Er bemühte sich, Idarolan in eine andere, möglicherweise bequemere, auf jeden Fall aber praktischere Stellung zu bringen, denn der Mann drohte ihm durch die Finger zu schlüpfen wie ein Fisch auf einem Schiffsdeck. Dazu legte er ihm, den Rumpf stets senkrecht haltend, die kraftlosen Arme und Hände auf den Schoß. Die Knie drückte er ihm aneinander, so daß die Zehen nach innen zeigten. Dabei fiel ihm erstmals auf, wie groß Idarolans Füße in den eleganten Lederstiefeln waren.

In diesem Moment wurde die äußere Tür aufgestoßen. Wieder hörte Jaxom Schritte auf dem Steinpflaster und entschied voll Stolz auf sein scharfes Gehör, daß es sich um mehrere Männer handeln mußte, die keine Arbeitsstiefel trugen, sondern Lederschuhe. Rasch beugte er sich vor und verriegelte die Kabinentür, um Idarolan nicht in Verlegenheit zu bringen.

»Er ist nicht der einzige Erbe. Er ist nicht einmal unmittelbar erbberechtigt«, ließ sich ein Mann vernehmen.

»Das wissen wir«, sagte ein zweiter Mann mit rauher Stimme. »Seine Mutter war nur eine – allerdings reinblütige – Kusine dritten Grades. Aber die Cousine zweiten Grades lebt noch, ihre Abstammung ist belegt, und ihren Sohn sähen wir gern an seiner Stelle. Der Junge wäre leicht zu lenken. Bildet sich ein, er sei reinrassig.«

»Was ja auch stimmt«, schaltete sich eine hellere Stimme ein.

»Vergeßt nicht, daß die Söhne ihres Sohnes ebenfalls in direkter Linie erbberechtigt sind, auch wenn seine Mutter ihn von der Nachfolge ausgenommen hat«, sagte die rauhe Stimme.

Jaxom hatte keine Ahnung, wer gemeint sein könnte, denn Ranrels Abstammung hatte bisher niemand in Zweifel gezogen. Er besaß die hellen Augen seines Vaters und die groben Züge seiner Großmutter mütterlicherseits. Doch der Ton, in dem sich die Männer unterhielten, die Art, wie sie achtlos mit Söhnen und Reinblütigen um sich warfen, beunruhigte ihn zutiefst.

»Das heißt noch lange nicht, daß er nicht in Frage kommt«, sagte der erste Mann erbittert.

»Er ist in einem Weyr aufgewachsen, nicht in einer Burg, und er ist Drachenreiter, also kann er kein Burgherr sein.«

»Seine Söhne sind noch zu klein, sie kommen nicht in Betracht, nicht einmal mit einem Vormund. Nein, der Einheimische ist genau richtig. Er braucht nur ein wenig Zuspruch.«

»Wir müssen also nur bei passender Gelegenheit einen Unfall inszenieren, und schon ist die Nachfolge wieder umstritten?«

»Genau«, bestätigte die rauhe Stimme.

»Ja, aber wie?« fragte die helle Stimme.

»Er bekämpft doch Fäden, nicht wahr? Und er fliegt hinauf zu den Dämmerschwestern? Das ist gefährlich. Wir warten nur den richtigen Zeitpunkt ab, und schon…« Er brauchte das grauenvolle Vorhaben gar nicht weiter auszuführen.

Ungläubig schüttelte Jaxom den Kopf. Sein Magen krampfte sich zu einem eiskalten Klumpen zusammen, als ihm endlich aufging, daß die Männer nur über ihn selbst, Lessa und F'lessan gesprochen haben konnten. Der ›Einheimische‹ mußte Pell sein, denn seine Mutter Barla war eine direkte Verwandte derer von Ruatha.

»Ich will aber schön auf festem Boden bleiben«, rief der zweite Mann. Die Stimmen entfernten sich, die Männer hatten ihr Geschäft erledigt.

»Das kannst du ja auch«, beschwichtigte der erste mit eiskaltem Lachen. »Wir haben…« Dann fiel die Tür zu, und der Rest des Satzes ging verloren.

Jaxom merkte, daß er die ganze Zeit die Luft angehalten hatte, und atmete aus. Er zitterte am ganzen Körper. Sauerstoffmangel, beruhigte er sich und füllte seine Lungen in tiefen Zügen. Idarolan stöhnte auf und drohte zu Boden zu gleiten, weil Jaxom unversehens seinen Griff gelockert hatte.

»Nun mach schon, Sebell. Beeil dich!« Wenn Sebell

genau in diesem Moment zurückkäme, könnte er noch sehen, wer eben die Toilette verlassen hatte. »*Mach schon*, Sebell.«

Ich sage seiner Feuerechse Bescheid, meldete sich plötzlich Ruth in seinem Bewußtsein. Seine Stimme klang besorgt. *Was beunruhigt dich? Ich spüre es deutlich. Ist der Fischer krank?*

Nein, Ruth, nur sehr betrunken. Bitte Kimi, Sebell zu sagen, er soll sich beeilen. Aber wahrscheinlich ist es sowieso schon zu spät, fügte er bedrückt hinzu. Er hatte keine der Stimmen erkannt und auch keinen Akzent herausgehört, den er irgendeiner Burg oder Gildehalle hätte zuordnen können.

Die Tür wurde krachend aufgestoßen. »Jaxom? Was ist los?«

»Du hast nicht zufällig drei Männer hier herauskommen sehen?« rief Jaxom aufgeregt.

»Was ist denn nur geschehen? Kimi hat es furchtbar dringend gemacht. Was für Männer meinst du? Da draußen im Hof ist die halbe Welt versammelt.«

Sebell rüttelte an der Kabinentür, bis Jaxom den Riegel zurückzog. Der Meisterharfner sah besorgt auf den apathisch dasitzenden Fischer hinab, um dann Jaxom erstaunt zu mustern. Er trug in einer Hand eine Kanne und hatte sich einen Becher unter den Arm geklemmt.

»Schon gut, jetzt ist es zu spät.« Jaxom fühlte sich, als habe er eine Schlacht verloren. Er beschloß, Sebell nichts von dem Gespräch zu berichten, um ihn nicht zu beunruhigen. Möglicherweise handelte es sich ja nur um Wunschphantasien einiger Unzufriedener. Worte taten nicht weh, sagte er sich, obwohl sich das eben belauschte Gespräch keineswegs harmlos angehört hatte. Er stieß einen schicksalsergebenen Seufzer aus.

»Nun sag schon, was ist passiert?«

Sebell hatte einen ausgeprägten Harfnerinstinkt,

dachte Jaxom grimmig. Aber schließlich war der Mann darauf gedrillt, die Augen offenzuhalten und auch das zu hören, was nicht ausgesprochen wurde.

Jaxom schaffte es, sich unbeteiligt zu geben. »Man mußte wohl damit rechnen, daß nicht jeder glücklich ist über Ranrels Wahlerfolg.«

Sebell sah ihn durchdringend an. »Nein, aber hier haben wir jemanden, der darüber sehr glücklich ist. Halt ihm den Kopf. Vielleicht weckt der Klah-Duft seine Lebensgeister. Übrigens ist Verstärkung unterwegs.«

»Es macht mir nichts aus...«, begann Jaxom. Er wollte keinesfalls als arroganter Laffe dastehen, der es für unter seiner Würde hielt, einem betrunkenen Freund beizustehen.

Grinsend bewegte Sebell den vollen Klah-Becher unter Idarolans Nase hin und her. Der Mann begann sich zu regen. »Ja, ich weiß, Jaxom, du bist in solchen Dingen sehr geschickt, aber seine Leute machen sich Sorgen um ihn, also überlaß es ihnen, sich diskret um ihn zu kümmern.«

Wieder wurde die Tür aufgestoßen, und mehrere Männer eilten herein. »Meister Sebell?«

Sebell drückte die Kabinentür auf. »Hier sind wir!«

Rasch löste man sich ab, und beim Hinausgehen hörten Jaxom und Sebell an den unverwechselbaren Geräuschen, daß Idarolans Vorhersage eingetroffen war. Sie grinsten sich an.

»Ich hatte schon immer ein ausgezeichnetes Gefühl für den richtigen Zeitpunkt«, sagte Sebell. »Das hat mir sogar Meister Shonagar bestätigt. Ah, die Musik hat angefangen.«

Jaxom blieb zögernd in der Tür stehen. Nun war ihm auch klar, wieso Sebell die drei Männer beim Herauskommen nicht bemerkt hatte. Sie hatten sich nicht lange mit Idarolan in der Toilette aufgehalten, doch in dieser Zeit hatte sich der Hof mit Gästen gefüllt, die alle in weinseliger Stimmung waren und sich mit so vielen Köstlichkeiten vollstopften, wie die Mägde auf ihren Tabletts nur heranschleppen konnten.

»Wann bist du mit Menolly an der Reihe?«

Sebell zwinkerte ihm zu. »Sobald der liebe Baron Ranrel uns zum Singen auffordert!«

»Ein neues Lied?«

»Was sonst? Schließlich wurde heute ein Burgherr gewählt!«

Sebells Fröhlichkeit machte auch Jaxom Mut. Wozu Gespenster heraufbeschwören? Wahrscheinlich war alles nur so dahingesagt. Aber er würde dennoch die Augen offenhalten.

Jaxoms Stimmung hatte sich entschieden gebessert, als er und Sharra den Tanzboden verließen. Sie wären gerne noch geblieben, aber die Pflicht rief: Sporenregen waren angesagt, anfangs nur über Wasser, später würde sich die Front jedoch von Süden her bis über die Grenze von Ruatha vorschieben. Jaxom versäumte nie einen Einsatz, auch wenn er noch so sehr mit Akki in Landing beschäftigt war, und er schloß sich auch bereitwillig den Geschwadern von T'gellans Ost-Weyr an, wenn dort Fäden fielen. Einerseits war das Ehrensache für den jungen Baron, andererseits empfand er, genau wie sein Drache, die bei jedem Fädeneinfall latent vorhandene Gefahr auch als anregend und genoß die Atmosphäre in den Kampfgeschwadern.

»Sieh nur, Jaxom.« Sharra zeigte zum Himmel, als sie sich anschickten, die Burg zu verlassen. Im Schein der zahllosen Lichter, die seit Sonnenuntergang auf jeder Mauer, in jedem Gehöft und jeder Kate und auf jedem Schiff funkelten, war gerade noch eine ganze Schar von Drachenleibern zu erkennen. »Der gesamte Fort-Weyr hat anscheinend den Heimflug angetreten.«

Jaxom war damit beschäftigt, Sharra die Reitriemen so anzulegen, daß sie ihre Robe nicht beschädigten, und warf daher nur einen kurzen Blick nach oben. »Das mag schon sein.«

»Mach keine großen Umstände wegen meiner Röcke, Jax, da hängt ohnehin so viel Staub vom Tanzboden drin, daß nicht mehr viel zu verderben ist.«

Jaxom brummte nur, doch als Sharra ihm das Haar zauste, grinste er. Er hatte schon befürchtet, sie habe sich beim Tanzen völlig verausgabt, aber wenn sie noch zu Späßen aufgelegt war, konnte sie so müde nicht sein. Sie würden rechtzeitig nach Ruatha kommen. *Ruth?*

Ich mache Zeitsprünge, wenn es einen guten Grund dafür gibt, aber das ist jetzt nicht der Fall.

Ach, wirklich nicht? Jaxom grinste von einem Ohr zum anderen, als er sich auf den Rücken des weißen Drachen schwang. Auch Sharra lächelte, legte beide Arme fest um ihn und bemühte sich, mit den Fingern unter die Reitjacke zu gelangen, um seine nackte Haut zu liebkosen.

Du hast Zeit genug. Damit stieß Ruth sich elegant vom Boden ab und vollführte den ersten entscheidenden Schwingenschlag.

»Wie wunderschön!« rief Sharra Jaxom ins Ohr. »Bitte sag Ruth, er soll noch eine Schleife drehen. In solcher Pracht sehen wir Tillek niemals wieder.«

Ruth gehorchte und beschrieb gemächlich, mit gesenktem Kopf, um seinerseits den Anblick zu genießen, einen weiten Bogen. Die Augen des weißen Drachen glänzten tiefblau; in jeder der vielen Facetten spiegelten sich die Lichter von Tillek als winzige Punkte. Die Burg, die Katen und alle Schiffe im Hafen waren in strahlendes Licht getaucht. Wahrscheinlich hatte man sämtliche Leuchtkörbe aus dem ganzen Umkreis ins Freie geholt.

Jaxom spürte Ruths Seufzer in den Hinterbacken,

als er dem weißen Drachen anstelle dieses herrlichen Anblicks ein Bild von Ruathas kahlen Höhen übermittelte und ihn bat, sie dorthin zu bringen.

Am nächsten Morgen fiel das Aufstehen schwer, obwohl Sharra bereits im Morgengrauen das Bett hatte verlassen müssen, weil der kleine Shawan zu weinen anfing. Der Fädeneinfall war erst für den frühen Nachmittag angesagt, und so ließ sich Jaxom noch ein wenig Zeit, um die erste Tasse Klah zu genießen. Sharra kam mit Shawan herein, der wieder fröhlich lachte. Jarrol, die Bäckchen vom Schlaf gerötet, den Lockenkopf zerzaust, fand sich ein, sobald er die Stimme seines Vaters hörte, hopste auf dem Bett herum und wollte gekitzelt werden. Nach Abschluß dieses Rituals leistete er seinem Vater beim Waschen und Anziehen Gesellschaft. Inzwischen wurde im Wohnraum das Frühstück aufgetragen.

Jaxom gab Jarrol den Auftrag, Brand zu ihm zu bitten. Dies war eine günstige Gelegenheit, alle dringenden Burggeschäfte zu erledigen, die sich während der Siebenspannen seit seinem letzten Besuch auf Ruatha angesammelt haben mochten. Da Sharra und Jarrol ihn am nächsten Tag nach Landing begleiten wollten, waren auch noch andere Dinge zu regeln.

Erst nachdem Sharra ihn mit Brand alleingelassen hatte, um mit den beiden Jungen ihren eigenen Pflichten nachzugehen, fiel ihm das merkwürdige Gespräch in der Toilette von Tillek wieder ein.

»Sag mal, Brand, was treibt eigentlich der junge Pell, der Sohn von Barla und Dowell, zur Zeit?«

»Er geht bei seinem Vater in die Lehre, aber er wäre viel lieber in Landing.«

»Wie die meisten Jungen aus dem Norden.« Jaxom lehnte sich in dem schönen Holzstuhl zurück, den Dowell ihm geschnitzt hatte. »Taugt er denn zum Tischler?«

»Wenn er sich Mühe gibt, ist er durchaus fähig.« Brand zuckte gleichmütig die Achseln. »Warum fragst du?«

»In Tillek auf dem Abort habe ich ein sonderbares Gespräch mitangehört. Vielleicht waren es nur ein paar verbitterte Anhänger eines der anderen Kandidaten, die ihrer Enttäuschung Luft machten. Pell könnte durchaus Anspruch auf Ruatha erheben, nicht wahr?«

Brand richtete sich auf, in seinen Zügen malte sich Betroffenheit. »Was redest du da, Jaxom?« schalt er, genau wie früher, wenn er Jaxom als kleinen Jungen bei irgendeinem Unfug ertappt hatte. »Mit dir ist doch alles in bester Ordnung, du hast zwei prächtige Söhne, und wahrscheinlich kommen noch mehr dazu.« Er runzelte die Stirn. »Was wurde denn genau gesprochen? Hast du Lytol unterrichtet?«

»Nein, und du hältst auch den Mund. Das bleibt unter uns, eine Sache zwischen Burgherr und Verwalter oder zwischen zwei Freunden, Brand. Damit das ganz klar ist.«

»Selbstverständlich«, versicherte Brand hastig. Dann hob er mahnend den Zeigefinger. »Aber nur, wenn du mir haarklein erzählst, was du gehört hast.«

Jaxom hatte volles Vertrauen zu Brand, und deshalb empfand er es als wahre Wohltat, sich alles von der Seele zu reden. Er hatte gehofft, die Geschichte würde dabei ihren Schrecken verlieren, aber Brand nahm sie sehr ernst.

»Wäre es möglich, daß jemand einen Unfall inszeniert, während du mit Ruth da oben bist?« fragte er.

Jaxom schnaubte. »Ich versichere dir, daß ich künftig in der Wahl meiner Begleiter sehr vorsichtig sein werde. Aber ich glaube nicht, daß das so einfach zu machen wäre.«

»Die beiden Flüge, die du bereits unternommen hast, waren nicht ohne Gefahr.«

Jaxom schüttelte entschieden den Kopf. »Da konnte nichts passieren, Ruth war zu nahe bei mir. Und ich stand ununterbrochen mit Akki in Verbindung. Beim erstenmal waren außerdem noch Piemur und Farli und Trig dabei. Morgen geht Sharra mit hinauf – wußtest du das? Gut. Mirrim und S'len sind für den folgenden Tag eingeteilt. Von ihnen wäre niemand für ein Komplott gegen mich zu gewinnen. Außerdem würde Ruth verhindern, daß mir etwas zustößt.«

Da kannst du ganz sicher sein.

Jaxom grinste, und als Brand die Anzeichen eines Ruth-Jaxom-Dialogs erkannte, beruhigte er sich und gestattete sich sogar ein kleines Lächeln.

»Offensichtlich unterschätzt man dich und Ruth, und da du nun gewarnt bist...« Brand runzelte die Stirn, seine Augen wurden schmal. »Aber ich werde mit dem jungen Pell ein Wörtchen reden. Jung ist er zwar, und stolz auf seine Abstammung, aber nicht töricht genug, um auf dem Weg über deinen Tod Burgherr werden zu wollen. Außer dir und deinen Söhnen wären außerdem noch F'lessans drei Sprößlinge zu berücksichtigen. Als Lessas Enkel sind sie direkt erbberechtigt, auch wenn sie bei deiner Geburt ihren Anspruch an dich abgetreten hat. Ich kann mir nicht vorstellen, daß die älteren Burgherren die Jungen von der Erbfolge ausschließen würden, nur weil F'lessan Drachenreiter ist. Der wichtigste Aspekt wäre der Verwandtschaftsgrad, und schon deshalb glaube ich nicht, daß Pell eine Chance hätte. Jedenfalls nicht bei der gegenwärtigen Zusammensetzung des Konklaves. Außerdem wird sich die Frage ohnehin nicht stellen!« Der überzeugte Tonfall seines alten Freundes trug viel dazu bei, Jaxoms quälende Unruhe zu lindern.

Dann nahm Brand die Schultern zurück, wie er es immer tat, wenn er das Thema wechseln wollte. »Was für ein Fest!« bemerkte er. Als Oberster Verwalter von

Ruatha hatte auch er an den Feierlichkeiten auf Burg Tillek teilgenommen. »Ich muß schon sagen, so einladend hat Tillek noch nie ausgesehen. Mit Ranrel als Burgherrn müssen wir uns wohl auf einschneidende Veränderungen gefaßt machen. Freut mich für dich, daß es nun einen zweiten Baron gibt, der etwa in deinem Alter ist.«

Jaxom schnitt eine Grimasse. »Ja, vielleicht darf ich jetzt sogar im Konklave hin und wieder den Mund aufmachen.«

Brand grinste. »Wie ich höre, hat deine Botschaft Toric schließlich doch erreicht.«

»Hmmm, ja, allerdings mußte ich Groghe als Mittelsmann einschalten. Und was hast du für mich? Ich muß nach dem Mittagessen zum Fädenkampf.«

»Mehr oder weniger sind es Kleinigkeiten, die zu besprechen wären, Baron Jaxom. Mal sehen.« Brand hob das oberste Blatt von dem mitgebrachten Stapel ab.

Während er mit Ruth über dem Fort-Weyr kreiste, versuchte Jaxom wieder einmal, sich vorzustellen, wie es wohl zugegangen war, als die ersten Drachenreiter den alten Krater bewohnten. Hatten sie sich ebenso wie die Drachen dieses Jahrhunderts, um die Befehle ihres Anführers entgegenzunehmen, am Kraterrand in einer Reihe aufgestellt, die von den Sternsteinen bis zu der Stelle reichte, wo der Weyrkessel von Fort vor Urzeiten bei einem Erdrutsch eingebrochen war? Wie viele Drachenreiter waren es gewesen, bis es nötig wurde, auf den Benden-Weyr auszuweichen? Niemand wußte es – und in Jaxom stieg ein Gefühl der Trauer auf um diese vergessenen Zeiten, ein bittersüßer Schmerz, der noch dadurch verstärkt wurde, daß man Teile der Geschichte mit Akkis Hilfe inzwischen hatte wiederaufleben lassen. Freilich war der Blick aus der Luft auf den Weyr auch ungeachtet der glanzvollen Vergangenheit von atemberaubender

Schönheit. Obendrein flog Fort im Moment in voller Stärke, denn auch die Jungreiter aus diesem Planetenumlauf waren in die Geschwader aufgenommen worden. Hinter den Geschwaderzweiten mit ihren Bronzedrachen reihten sich Scharen von Grünen, Blauen und Braunen, lauter gesunde, kräftige Tiere, deren Haut in der Mittagssonne glänzte.

Bronzedrache Lioth mit seinem Reiter N'ton stand wie eine Statue vor den Sternsteinen. Ruth erwiderte Lioths schrilles Trompeten und landete präzise auf seinem gewohnten Platz zur Rechten des Weyrführers von Fort. N'ton grüßte Jaxom mit erhobenem Arm und zeigte dann in den Kessel hinab, wo gerade vier Königinnenreiterinnen ihre Flammenwerfer in Empfang nahmen.

Ein blauer Patrouillenreiter, der einen Erkundungsflug unternommen hatte, tauchte unvermittelt über ihnen auf und signalisierte wie von alters her mit beiden Armen das Nahen der Fädenfront. N'ton bestätigte, und sofort drehten alle Drachen fast gleichzeitig die Köpfe nach hinten und nahmen von ihren Reitern den Feuerstein in Empfang. Die Königinnen taten lautstark ihre Kampfbereitschaft kund, stießen sich nacheinander vom Boden des Weyrkessels ab und schwebten in Spiralen nach oben, um sich zur Linken von N'ton und Lioth zu postieren. Der große Bronzedrache kaute bedächtig den ersten der vielen Feuersteinbrocken, die er vor Ende des Fädeneinfalls noch würde zerkleinern müssen. Auch Jaxom reichte Ruth einen Klumpen und lauschte andächtig, während die Drachenzähne das phosphorhaltige Gestein zermalmten. Inzwischen konnte er zwar wissenschaftlich erklären, wie die Drachen das Gestein in ihrem zweiten Magen verdauten und die dabei entstehenden Gase in einem Feuerstrahl ausrülpsten, aber das hatte seiner Hochachtung vor dem Drachengeschlecht keinen Abbruch getan.

Jaxom beobachtete Ruth sehr aufmerksam, dann und wann biß sich nämlich jeder Drache beim Kauen in die Zunge oder in die Wangen, ein an sich harmloses Mißgeschick, das ihm dennoch die Teilnahme an diesem Einsatz verbieten würde.

Als Lioth fertig war, stieß er abermals einen lauten Schrei aus, und N'ton bewegte mehrmals den Arm auf und ab, das uralte Zeichen, sich in die Lüfte zu schwingen. Lioth stieß sich mit einem mächtigen Satz vom Kraterrand ab, Ruth folgte ihm einen Atemzug später. Im nächsten Moment schwebten auch die Königinnen elegant über dem Boden. Lioth gewann an Höhe und schwenkte nach Südosten, und nun stieg ein Geschwader nach dem anderen auf und nahm Kampfposition ein: drei über N'ton und Ruth, drei dicht hinter ihnen, die dritte Gruppe darunter, und das Königinnengeschwader noch eine Ebene tiefer.

Die Augen aller Reiter waren auf N'ton gerichtet; alle Drachen hörten auf Lioths Wort. So oft Jaxom auch schon zugesehen hatte, wie die Drachenschwärme ins *Dazwischen* gingen, so oft er selbst dabei gewesen war, der Vorgang begeisterte ihn immer wieder von neuem.

Im Dazwischen *ist es doch kälter als im Weltraum,* erklärte er Ruth. Einen Atemzug später schwebten sie über Ruathas Südgrenze, unter ihnen wand sich der breite Fluß wie eine silberne Schlange. Und im Osten fiel der Silberregen, den sie zerstören sollten.

Die Geschwader trafen auf die Fäden, spien Feuer auf die dicken Knäuel und sahen ihnen nach, wenn sie sich in den Flammen ringelten, zusammenschrumpften und als harmlose Ascheflocken in die Tiefe sanken. Die oberen Geschwader schossen blitzschnell über den Himmel, und ganz unten verfolgten die Königinnenreiterinnen die wenigen Fäden, die bis dahin der Vernichtung entgangen waren, mit zischenden Strahlen aus flüssigem Feuer.

Wieder einmal führten Jaxom und Ruth mit all den anderen den uralten Kampf zum Schutze Perns, fanden sich in seinen Rhythmus hinein, vermieden seine Gefahren, gingen ins *Dazwischen* und tauchten wieder auf, glitten über die ganze Breite der Fädenfront und sengten Schneisen durch den tödlichen Regen. Beide handelten auf Grund von Reflexen, die sich in langer Übung herausgebildet hatten und unabhängig von den bewußten Anweisungen des einen oder anderen Partners funktionierten.

Sie hatten die Front mindestens acht Mal durchflogen und waren dabei immer weiter nach Südosten geraten, als unmittelbar vor ihnen ein blauer Drache aufschrie und im *Dazwischen* verschwand. Wie erstarrt wartete Jaxom einen Herzschlag lang auf die Rückkehr des Blauen. Hunderte von Längen tiefer tauchte er wieder auf. Seine linke Schwinge war mit Brandwunden übersät.

Es hat ihn schlimm erwischt, sagte Ruth, als der Blaue wieder verschwand. Sicher würde er in den Weyr zurückkehren, wo man ihn bereits erwartete, um die verletzte Schwinge mit Heilsalbe zu bestreichen und die Schmerzen zu betäuben. *Einer von den neuen Jungreitern. Immer wieder ist einer dabei, der die Augen nicht offenhalten kann.*

Jaxom war nicht sicher, ob Ruth den Drachen oder den Reiter meinte. Der weiße Drache wich so unvermittelt einem dicken Fädenknäuel aus, daß die Reitriemen in Jaxoms linken Oberschenkel schnitten. Dann wendete er fast auf der Stelle, stieß auf den Klumpen hinab und vernichtete ihn mit einem gewaltigen Feuerstrahl. Als er sich wieder aufgerichtet hatte, streckte er gebieterisch den Kopf nach hinten. Gehorsam fütterte Jaxom ihn mit neuem Feuerstein. Während Ruth kaute, stieg er nach oben, sah sich um, wo sein nächster Flammenstoß den größten Schaden anrichten würde, und schwenkte nach rechts. Wieder wurde Jaxom mit seinem ganzen Gewicht ins Reitgeschirr gepreßt. In diesem Moment spürte er, wie der vordere Gurt sich dehnte und der Sattel locker wurde. Rasch griff er mit der rechten Hand nach einem Nackenwulst, legte beide Beine fest an und umklammerte die linksseitigen Riemen.

Ruth reagierte auf der Stelle und hielt mitten im Nichts an, bis Jaxom das Gleichgewicht wiedergefunden hatte. Ein dünnes Flämmchen drang aus seinem Maul, als er sich verblüfft zu seinem Reiter umdrehte.

Der Gurt ist gerissen? Die Frage klang erstaunt.

Jaxom tastete das Leder mit behandschuhten Fingern ab. Die abgewetzte Stelle gleich unter der Schnalle war leicht zu finden, aber der Gurt hatte sich zum Glück nur gedehnt. Dennoch war Jaxom lediglich um Haaresbreite dem Tode entronnen. Ein wenig mehr Zug, der Gurt wäre entzweigegangen und der Reiter aus dem Sattel geflogen.

Mit schmerzhafter Deutlichkeit erinnerte sich Jaxom nun an das ominöse Gespräch, das er belauscht hatte. Sie konnten den Plan doch unmöglich über Nacht ausgeführt haben? »Ein Unfall«, hatte es geheißen. Was wäre unverdächtiger als ein defekter Reitriemen?

Jeder Drachenreiter war selbst für sein Geschirr verantwortlich, erneuerte es häufig und kontrollierte es vor jedem Fädenfall auf Abnutzungen und Beschädigungen. Jaxom war wütend auf sich selbst. Er hatte sein Geschirr heute morgen gar nicht richtig angesehen, als er es von seinem Haken in Ruths Weyr nahm, einem Ort, der jedem Bewohner von Ruatha offenstand. Und jedem zufälligen Besucher.

Es gab etwas, das noch kälter war als das *Dazwischen* oder der Weltraum. Die Angst!

Gerissen ist er nicht, Ruth. Aber das Leder ist stark überdehnt. Laß uns nach Fort zurückfliegen, dann schnorre ich beim Ausbilder der Jungreiter einen Ersatzgurt. Sag

Lioth Bescheid, warum wir ausscheren. Es dauert sicher nicht lange.

Jaxom hörte sich die wohlverdiente Strafpredigt von H'nalt, dem Ausbilder der Jungreiter, geduldig an, denn als sie den Lederriemen genauer untersuchten, stellten sie fest, daß er eindeutig unter der Kälte gelitten hatte und Dehnungsrisse aufwies. Wenigstens waren die Metallteile an den Knebeln blank genug, um den Ansprüchen des alten H'nalt zu genügen. Voller Erleichterung, daß die Probleme in diesem Fall mit ganz normalen Abnutzungserscheinungen zu erklären waren, kehrten Jaxom und Ruth zu ihrem Geschwader zurück und kämpften bis zum Ende des Fädenfalls.

Kaum war Jaxom wieder auf Ruatha, als er sich als erstes neue Riemen aus dem dicken, tiefbraunen Leder schnitt, das auf seiner Burg gegerbt wurde. Am gleichen Abend ölte er die Riemen mit Jarrols Hilfe ein und nähte die Schnallen daran fest. Sharra gegenüber erwähnte er nichts davon, wie knapp er mit dem Leben davongekommen war, und sie war zum Glück daran gewöhnt, daß Jaxom den ganzen Abend lang an seinem Reitgeschirr herumbesserte. Als er sich später noch einmal vergewisserte, daß es Ruth in seinem Weyr auch an nichts fehlte, hängte er die geflickten Riemen an den Haken, versteckte jedoch von da an das Geschirr, das er tatsächlich verwendete, und auch das Zweiergeschirr für sich und Sharra. Gewarnt sein heißt gewappnet sein, sagte er sich.

Jaxom erwachte, Stunden bevor in Ruatha der Morgen graute, gerade rechtzeitig für den Flug nach Landing, und half Sharra, den schlafenden Jarrol in seinen warmen Reitanzug zu packen. Shawan war noch viel zu klein, um ihn der Kälte des *Dazwischen* ausgesetzt zu werden, er sollte während der Abwesenheit seiner Mutter von seiner Amme betreut werden. Die

Reise bot genügend Attraktionen, um Sharra von ihren mütterlichen Pflichten wegzulocken: sie würde mit eigenen Augen sehen, warum Jaxom sich seiner Aufgabe so ganz mit Haut und Haaren verschrieben hatte; sie würde Gelegenheit bekommen, ihren Beruf auszuüben; und sie würde ihre besten Freunde wiedersehen. Jancis hatte sich bereiterklärt, sich neben ihrem eigenen Pierjan auch um Jarrol zu kümmern, während Sharra sich auf der *Yokohama* befand. Ihre beiden Feuerechsen, der Bronzefarbene Meer und der Braune Talla, waren noch aufgeregter als sie, und Ruth schalt sie wegen ihrer Zappeligkeit, als er sich vom dunklen Burghof von Ruatha in die Lüfte erhob.

In Landing war es kühl, denn auf dem Südkontinent herrschte Winter, aber so trostlos braun und kahl wie im winterlichen Ruatha war es dort nie. Sharra liebte Ruatha – es war Jaxoms Zuhause, und ihre Kinder waren dort geboren worden – ihre Jugend hatte sie jedoch auf dem Südkontinent verbracht.

Sobald sie das Akki-Gebäude betraten, kam ihnen bereits Mirrim entgegengelaufen, die mit D'ram geplaudert hatte.

»Ich bin soweit, ich warte nur noch auf euch«, verkündete sie.

»Nicht so stürmisch, Mädchen!« lachte Jaxom. Seit sie mit T'gellan zusammenlebte, war sie wesentlich ruhiger geworden, dennoch neigte sie immer noch zum Übereifer, wenn sie sich für etwas begeisterte. Nicht unbedingt ein Nachteil, das sah Jaxom ein, aber für ihre Umgebung manchmal doch recht strapaziös.

»Nun, ich bin jedenfalls soweit, ich muß meiner Path nur noch die beiden Fässer und die Tanks aufschnallen. Und wenn wir jetzt noch nicht wissen, was wir zu tun haben« – sie warf Sharra einen schnellen Blick zu –, »lernen wir's auch nicht mehr. Dabei ist es doch ganz einfach. Die Päckchen öffnen, Wasser zufügen und umrühren.«

»Nicht ganz«, lächelte Sharra. »Was Zeit kosten wird, ist das Ausrichten der Spiegel, und deren richtige Position ist wiederum entscheidend für den Erfolg der Algenvermehrung.«

»Ich weiß, ich weiß.« Mirrim winkte ungeduldig ab.

»Wartet S'len etwa auch schon?« fragte Jaxom.

»S'len!« stöhnte Mirrim ironisch. »Der studiert die Aufnahmen von der Brücke, obwohl wir die Koordinaten doch direkt von Ruth bekommen sollen.«

»Wer trägt die Wasserfässer?« Sharra nahm Mirrim bei der Hand und zog sie mit sich, um diese kleine Frage zu klären.

»Wie ich höre, haben Sie Toric einen guten Rat gegeben.« D'rams Augen funkelten boshaft.

»Nein«, antwortete Jaxom ganz ruhig. »Das war nicht ich, sondern Baron Groghe. Sollte ich sonst noch etwas über Landing wissen?« fragte er dann spitz.

»Was Sie über Landing wissen müssen, erfahren Sie von Akki.« D'ram scheuchte ihn den Korridor entlang. »Er erwartet Sie schon.«

Akki umriß das Arbeitsprogramm, als sei Jaxom keinen einzigen Tag fortgewesen.

»Im Ökologischen Sektor ist jetzt genügend Sauerstoff vorhanden, dennoch müssen die anstehenden Aufgaben zügig erledigt werden. Die Feuerechsen sollen Lady Sharra und Mirrim, die grüne Reiterin, begleiten, da sie besonders empfindlich auf plötzlichen Druckabfall oder Sauerstoffmangel reagieren. Außerdem ist es ein wesentliches Ziel dieser Expeditionen, möglichst viele Echsen auf den Transfer vom Planeten zur *Yokohama* zu trainieren.«

»Wann wirst du uns *diese* Finesse deines Gesamtplans erklären?« fragte Jaxom und formte lautlos die Worte, die nun unweigerlich kommen mußten.

»Wenn die Zeit reif ist. Warum fragen Sie, Jaxom, wenn Sie die Antwort bereits kennen?«

Jaxom tat so, als wolle er mit beiden Händen nach

Akki schlagen. Dem Ding entging doch wirklich kaum etwas – nicht einmal eine stumme Frechheit.

»Nur zur Sicherheit«, gab er liebenswürdig zurück. »Es hätte ja sein können, daß die Zeit während meiner Abwesenheit reif geworden ist.«

»Es gibt noch sehr viel zu tun, bis es soweit ist. Gerade Ihnen, der Sie auf der *Yokohama* waren, müßte das doch einleuchten.«

»Noch zwei Umläufe?«

»Fünf Monate und zwölf Tage im Hinblick auf die Position des exzentrischen Planeten. Inzwischen können die Feuerechsen lernen, genau wie hier auf der Planetenoberfläche Botendienste zu leisten und im Rahmen ihrer Möglichkeiten Gegenstände auf die *Yokohama* zu bringen, die dort benötigt werden.«

Jaxom schluckte seine Enttäuschung hinunter. Sie hatten keine andere Wahl, sie mußten das Tempo akzeptieren, das Akki ihnen vorgab. Aber was sollten die Feuerechsen nach Akkis Vorstellungen denn – letztendlich – befördern? Jaxom konnte es sich nicht vorstellen.

Da es ohnehin keinen Sinn hatte, noch weiterzubohren, kehrte er zu den anderen zurück, um mit ihnen die letzten Vorbereitungen für den heutigen Ausflug zu treffen. Es standen genügend Helfer bereit, um Ruth, Path und S'lens Bigath mit Sauerstofftanks und Wasserfässern zu beladen, dennoch machte Mirrim schrecklich viele Umstände, bis sie mit dem Sitz der Tanks auf ihrer geliebten Path endlich zufrieden war.

»Das ist reine Zeitverschwendung, Mirrim«, mahnte Jaxom endlich, als sie es sich nicht nehmen ließ, auch noch die Knoten auf Paths Rücken zu polstern. »Die Ladung liegt wunderbar auf, außerdem ist es ja auch kein normaler Flug.« Insgeheim hatte er den Verdacht, daß Mirrim nur ihre Nervosität bemänteln wollte. Sharra beherrschte sich ausgezeichnet und

S'len ebenfalls, allerdings zeigte sein Gesicht eine hektische Röte.

»Ich will nur vermeiden, daß sie rutschen«, verteidigte sich Mirrim steif.

»Sie werden auf jeden Fall rutschen. Von hier zur *Yokohama*«, grinste S'len.

»Genug. Wir brechen auf! Ruth!« Jaxom spürte, wie Sharras Hände sich fester in seinen Gürtel krallten. Er übermittelte Ruth das Bild der Brücke und hörte mit, wie der weiße Drache die Koordinaten an Path und Bigath weitergab.

Wie Jaxom an Akki vieles nicht verstand, so hatte auch die künstliche Intelligenz einige Mühe, mit den Fähigkeiten der Drachen zurechtzukommen. So wollte Akki etwa wissen: Wieviel Gewicht vermag ein Drache zu tragen? Und die Antwort darauf war eine Gegenfrage: ›Wieviel Gewicht *glaubte* der Drache denn tragen zu können?‹ Für Akki war das Haarspalterei – und gewiß keine Hilfe, wenn exakte Zahlen benötigt wurden.

Dann war da die Frage: ›Woher wissen Drachen, wohin sie fliegen sollen?‹ ›Von ihren Reitern‹, war für Akki keine ausreichende Erklärung dessen, was dabei vor sich ging. Akki räumte zwar ein, daß so etwas wie Teleportation existierte, konnte aber nicht einsehen, warum man den Drachen und Feuerechsen einfach nicht vermitteln konnte, was es mit Telekinese auf sich hatte. Noch dazu, seit Ruth tatsächlich etwas begriffen hatte, wozu Farli nicht fähig gewesen war: die Bedeutung eines Fluges zur *Yokohama*.

Als Jaxom die einzelnen Vorbereitungen für diesen Gemeinschaftsflug traf, hatte er Ruth gefragt, ob er imstande sei, zwei Reiter und zwei gepolsterte Fässer, eines mit reinem und eines mit kohlensäurehaltigem Wasser, zu tragen. Ruth hatte dies ohne weiteres bejaht, während Akki der Ansicht war, eine solche Ladung sei eigentlich zu schwer für den zierlichen Knochenbau des Drachen.

»Wenn Ruth glaubt, daß er es kann, dann kann er es auch.« Mehr hatte Jaxom dazu nicht zu sagen. »Schließlich ist es ja nicht allzu weit.«

Vielleicht wäre es einfacher, bemerkte der weiße Drache, als er sich in die Lüfte erhob, *gleich vom Boden aus ins* Dazwischen *zu gehen, anstatt sich erst abzustoßen.*

Wird dir die Ladung nun doch zuviel? neckte ihn Jaxom.

Natürlich nicht. Sie ist nur sperrig! Alles hinsetzen. Es geht los!

Die fünf Feuerechsen kreischten nur einmal kurz, dann stießen die Tanks auch schon klirrend gegen die Wand der Brücke. Die drei Neulinge schrien überrascht auf.

Jaxom hörte, wie Sharra vor Staunen der Atem stockte. Grinsend drehte er sich um und sah, wie sie mit andächtig geweiteten Augen die phantastische Aussicht auf Pern betrachtete, das inmitten der grenzenlosen Schwärze des Weltraums unter ihnen lag. Ihre Feuerechsen Meer und Talla hatten den Sprung genau wie Mirrims Reppa, Lok und Tolly gut überstanden und schlugen nun mit entzücktem Gekreische Purzelbäume in der Schwerelosigkeit.

»Oh!« sagte sie nur, und ihre Augen strahlten. »Jetzt kann ich verstehen, mein Herz, warum dich das alles so gefangennimmt! Von hier oben ist Pern so schön, so heiter. Man sollte den verbitterten alten Streithähnen da unten unsere Welt einmal aus diesem Blickwinkel zeigen... Ist es nicht unfaßbar, Mirrim?« Sie bekam keine Antwort. »Mirrim?«

Jaxom wandte sich nach der grünen Reiterin um, die durch das Panoramafenster starrte, als wollten ihr die Augen aus dem Kopf fallen.

»Das ist Pern?« krächzte Mirrim. »Da unten?« Sie deutete kraftlos mit dem Finger auf das Deck.

»Das ist Pern! Ist die Aussicht nicht großartig?« Jaxom bemühte sich, die sichtlich überwältigte Mirrim mit seinem Geplauder wieder in die Gegenwart zurückzuholen. »S'len? Alles in Ordnung?«

»Ich g-g-glaube s-s-schon.« Ganz überzeugt war der zweite grüne Reiter offenbar nicht.

Jaxom lächelte Sharra an. »Es ist beeindruckend«, erklärte er so unbeschwert, wie nur jemand sein konnte, der das erste Staunen bereits hinter sich hatte. »Jetzt aber los! Denkt an Akkis ständige Ermahnungen. Wir dürfen keinen Sauerstoff vergeuden.«

»Wieso eigentlich nicht?« Mirrim hatte ihr Selbstbewußtsein zurückgewonnen. »Wir brauchen doch nur mehr Tanks heraufzubringen?« Mit energischen Bewegungen öffnete sie ihr Reitgeschirr.

»Vorsichtig, Mirrim, du bist ... äh ... hoppla.« Jaxom verstummte. Mirrim hatte tatsächlich vergessen, wie man sich im freien Fall bewegte, und trieb bereits auf die Decke zu. »Du mußt eine Hand ausstrecken und dich behutsam von oben wieder abstoßen. So ist es richtig.«

Mirrim war der Schreckensschrei im Halse steckengeblieben; außerdem wollte sie sich auch nicht unbedingt blamieren. Nun befolgte sie Jaxoms Anweisungen und brachte sogar ein mattes Lächeln zustande, als sie Paths Schnauze zu fassen bekam, die das Drachenweibchen ihr hilfsbereit entgegenstreckte. Zum Glück war die Grüne einigermaßen fest zwischen dem Geländer und der Wand eingeklemmt und deshalb den Launen des freien Falls nicht unterworfen.

»Steigen Sie jetzt ab, S'len, aber bewegen Sie sich dabei ganz langsam und sachte. Halten Sie sich an einem Nackenwulst oder sonst irgendwo fest«, mahnte Jaxom. Ehe er seine eigenen Reitriemen löste, nickte er Sharra zu. Für sie galt das gleiche wie für S'len.

Das Abladen begleitete er mit einem nicht abreißenden Strom von Ermunterungen und Ratschlägen. S'len jauchzte vor Begeisterung, als er merkte, daß man die schweren Tanks nur ganz vorsichtig mit einem Finger anzustupsen brauchte.

»Unhandlich sind sie immer noch«, stellte Mirrim fest, als sie einen davon in Richtung Lagerraum dirigierte. Dann grinste sie. »T'gellan sollte mich sehen können. Jetzt ist mir auch klar, warum Akki ausdrücklich grüne Drachen verlangt hat.«

»Endlich bekommen einmal die Grünen die besten Aufträge«, fügte S'len stolz hinzu.

»Grüne Drachen sind weitaus vielseitiger, als man gemeinhin annimmt«, erklärte Mirrim überzeugt. »Was man von grünen Feuerechsen nicht unbedingt behaupten kann«, fügte sie mit einem verdrießlichen Blick auf Reppas und Loks kindische Kapriolen hinzu. Die beiden schlugen mit begeistertem Geschnatter einen Salto nach dem anderen. Meer, Talla und Tolly, ihr eigener Brauner, hatten von diesen Albernheiten bereits genug, sie klebten mit schlaff herabhängenden Flügeln am Fenster und betrachteten wie gebannt die Aussicht.

Sobald die Drachen ihrer Lasten ledig waren, forderte Ruth Path und Bigath auf, mit ihm ans Fenster zu kommen. Während der weiße Drache in aller Ruhe von oben herabschwebte, hatten Path und Bigath einige Schwierigkeiten, die den menschlichen Zuschauern Anlaß zur Heiterkeit boten.

»Sie lernen rasch«, sagte Jaxom anerkennend. »Immerhin sind sie ja ans Fliegen gewöhnt.«

Nachdem die Sauerstofftanks festgezurrt waren, bekamen auch die anderen Gelegenheit, den herrlichen Ausblick auf den riesigen Planeten zu genießen.

»Wendet er uns immer die gleiche Seite zu?« fragte Mirrim. »Ich kann Benden von hier aus nicht sehen.«

»Ruatha auch nicht«, fügte Sharra hinzu.

»Der Ost-Weyr ist gerade noch zu erkennen«, warf

S'len ein, »und dabei hatte ich ihn für ziemlich groß gehalten!«

»Das versteht man unter einem geosynchronen Orbit, Freunde, das Schiff bleibt in bezug auf die Planetenoberfläche immer in der gleichen Position«, erklärte Jaxom. »Aber steuert doch einmal dort drüben das erste Schaltpult an – ganz sachte!« Er bekam Mirrim zu fassen, ehe sie sich zu heftig vom Fenster abstoßen konnte. »Auf dem Heckmonitor sieht man die Küste von Nerat und einen Teil von Benden, aber«, er nickte Sharra zu, »die Burg des Südens liegt hinter dem Horizont.«

»Dann brauchst du Toric gar nicht erst heraufkommen zu lassen«, warnte sie ihn mit einem spöttischen Lächeln. »Er will sowieso nur den Südkontinent unter sich liegen sehen.«

Alle gelangten ohne Zwischenfälle zur Navigationskonsole, wo Jaxom den Heckmonitor aktivierte.

»Das ist gar nichts!« Mirrim nahm wieder einmal kein Blatt vor den Mund. »Viel zu klein.«

»Einen Augenblick bitte«, antwortete Jaxom und hob die Hand, während er im Geiste noch einmal die Schritte durchging, die erforderlich waren, um ein anderes Bild auf dem Hauptschirm erscheinen zu lassen. Dann tippte er den Kode ein. Voller Genugtuung beobachtete er den Bildwechsel.

»Beim Ei, das ist unglaublich!« staunte S'len mit weit aufgerissenen Augen. »Wie haben Sie das gemacht, Jaxom?«

Jaxom sagte die Eingabe her, und S'len nickte und murmelte den Kode leise vor sich hin.

»Jetzt werde ich den Mädchen helfen, die Fässer in die Ökologie zu bringen. Wenn Ruth und ich Sie auf die *Bahrain* begleiten sollen ...«

»Nein, nein, das ist gewiß nicht nötig.« Mit beleidigter Miene knöpfte S'len sich die Jacke zu.

Er bestieg seinen Bigath.

Ruth, könntest du ihre Koordinaten überprüfen? bat Jaxom seinen Drachen.

Keine Sorge, Bigath weiß genau, wohin er fliegt, antwortete Ruth, ohne den Kopf vom Fenster abzuwenden.

Als Bigath und S'len die Brücke verlassen hatten, klatschte Jaxom in die Hände.

»Schön, ihr Mädchen, bringen wir die Fässer in die Ökologie hinunter«, sagte er und winkte ihnen zu. »Die betreffende Sektion liegt nur eine Ebene tiefer. Von dort aus könnte notfalls die Brücke versorgt werden.«

Sie brachten die Fässer in den Lift und fuhren eine Etage nach unten.

»Sagtest du nicht, Akki würde hier heizen?« rief Sharra und rieb sich kräftig die Arme.

Jaxom grinste. »Glaube mir, es ist schon viel wärmer als beim erstenmal.«

Mirrim klapperte mit den Zähnen, verdrehte die Augen und beeilte sich, die Hand auf die Druckplatte zu legen, um die Lifttüren zu öffnen. »Mann! So groß hätte ich mir das nicht vorgestellt«, sagte sie, als sie den weißen Raum betrat, die Schränke sah, die eine ganze Wand einnahmen, und die riesigen Tablettspiralen, die sich langsam um die Mittelstützen drehten, damit auch jedes Teilstück die zur Vermehrung der Algen erforderliche Menge Licht bekam.

»Komm zurück, Mirrim«, sagte Jaxom und beförderte mit sanftem Fußtritt ein Faß aus dem Lift.

Zu dritt hatten sie das erforderliche Zubehör rasch aufgebaut. Jaxom erbot sich, den beiden Mädchen beim Bestücken der Tabletts mit feuchten Wattepolstern zu helfen, auf denen die Algensporen ausgelegt werden sollten, aber sie schickten ihn fort. Er wartete noch, bis sie auch die Päckchen mit Algen und Nährstoffen gefunden hatten, die der Flüssigkeit vorsichtig zugesetzt werden mußten.

»Wo ist das Schalt...«, begann Sharra, doch da hatte sie es bereits gefunden. Wer immer die Anlage abgeschaltet hatte, war so fürsorglich gewesen, es zuzudecken. »Schön, mein Lieber.« Sie schenkte ihrem verdutzten Gefährten ein zerstreutes Lächeln und entließ ihn mit einer Handbewegung. »Wir haben alles, was wir brauchen. Du kannst dich jetzt um deine eigene Arbeit kümmern.«

Als Jaxom keine Anstalten machte, sich zu entfernen, warf ihm Mirrim, die neben den Regalen kauerte, einen finsteren Blick zu. »Raus!«

Oben auf der Brücke klebten Ruth und die fünf Feuerechsen immer noch am Fenster. Jaxom aktivierte die Sichtverbindung zwischen den beiden Schiffen und spürte S'len auf, der gerade ganz gewissenhaft die Wattepolster auf einem Tablett benetzte und dabei ständig eine Hand über das Faß halten mußte, damit das Wasser nicht herausströmte.

Jaxom war beruhigt, die anderen kamen offenbar ganz gut zurecht, und so setzte er sich schließlich an die Navigationskonsole und aktivierte das Teleskop. Dann nahm er Kontakt mit Akki auf und ließ sich die neuen Zeichenfolgen geben, um das Teleskop so zu programmieren, daß es die von Pern aus sichtbaren Sterne abtastete. Bis er zusammen mit Akki das neue Programm mehrmals geprüft hatte, waren Sharra und Mirrim bereits wieder auf die Brücke zurückgekehrt. Inzwischen bewegten sie sich in der Schwerelosigkeit schon sehr viel sicherer.

»S'len ist noch beschäftigt?« fragte Mirrim. »Dann wird es Zeit, daß wir uns die *Buenos Aires* vornehmen.« Sie schloß die Schnallen ihrer Jacke und bedeutete Sharra mit einem Nicken, es ihr nachzutun. »Akki, Farli hat doch hoffentlich die lebenserhaltenden Systeme eingeschaltet?«

»Gewiß. In den Bereichen der *Buenos Aires*, auf die es ankommt, ist Sauerstoff vorhanden.«

Sharra blinzelte Jaxom verständnisinnig zu. Mirrim liebte es nun einmal, das Kommando an sich zu reißen.

Ruth, begann Jaxom. Er hatte zwar volles Vertrauen zu Mirrim und Path, aber immerhin war es Sharra, die mit ihnen zur *Buenos Aires* fliegen sollte.

Mirrim würde es dir nie verzeihen, wenn Path mich dabei ertappte, wie ich sie überwache, antwortete der weiße Drache und sah seinen Reiter kläglich an.

Schon gut, schon gut. Entweder hat man Vertrauen, oder man hat es nicht. Und ich habe Vertrauen. Ich werde mich zurückhalten.

Ich auch. Der weiße Drache ließ grinsend den Unterkiefer fallen.

Als die beiden Mädchen auf Paths Rücken saßen, winkte Mirrim ihm zum Abschied zu. »Warte nicht auf uns. Wir fliegen direkt nach Landing zurück.«

Ehe er Einwände erheben konnte, war Path bereits verschwunden, und die Feuerechsen mit ihr. Jaxoms Finger flogen über die Tasten und stellten die Verbindung zur *Buenos Aires* her, gerade als Path mit den Mädchen und den Feuerechsen dort eintraf.

Ruth schnaubte so verächtlich, daß er sich selbst ein Stück vom Fenster wegblies.

»Na schön, Großauge.« Jaxom schaltete den Computer ab. »Ich bin fertig mit meiner Arbeit, wir können nach Landing zurückkehren.«

Als Sharra und Mirrim in Landing eintrafen, wurden sie von Brekke und Meister Oldive erwartet. Brekke, F'nors schweigsame Gefährtin, ging oft den Heilern im Benden-Weyr zur Hand und war deshalb gern bereit, an einem Fortbildungslehrgang in Wundbehandlung teilzunehmen.

»Meister Morilton hat heute die Petrischalen geliefert«, erklärte sie den beiden. »Akki sagte, wenn ihr nicht zu müde seid, könnte er seinen letzten Vortrag über Bakterien und ihre Bekämpfung mit An-ti-bi-oh-ti-kka, wie er es nennt, noch weiter ergänzen.«

Sharra und Mirrim sahen sich an, aber der Einsatz am Vormittag hatte sie eher aufgeputscht als ermüdet. Sharra war begeistert von dem Plan, bestimmte Bakterien zu isolieren und durch die Entwicklung spezieller Bakteriophagen neue Wege der Infektionsbekämpfung zu beschreiten. Also marschierten sie in den Laborraum – und brachen in lautes Freudengeschrei aus, als sie sahen, daß genügend Mikroskope für alle vorhanden waren. Brekke lächelte still.

»Wir brauchen uns nicht mehr abzuwechseln!« rief Mirrim. »Ganz allein für mein Auge!« Sie schwang sich auf den hohen Hocker und spähte durch das Okular. »Hmmm. Das sieht man also, wenn man nichts sieht.«

»Begeben Sie sich bitte an die Mikroskope.« Akki hatte einen ganz speziellen Tonfall angeschlagen, der zu besonderer Aufmerksamkeit mahnte. »Nicht genug damit, daß Meister Morilton die Petrischalen liefern konnte, damit Sie darin nach Belieben Ihre Bakterien züchten können, und die Mikroskope, damit jeder die Möglichkeit hat, sein Arbeitstempo selbst zu bestimmen, hat Meister Fandarel außerdem ein Ultraschallgerät entworfen, mit dem sich die Bakterien zerlegen lassen, so daß wir imstande sind, ihren Aufbau chemisch zu untersuchen. Meister Fandarel hat sich nicht umsonst mit Elektromagnetik beschäftigt. Dies ist nur eine Anwendungsmöglichkeit – aber eine für Sie sehr wichtige.

Die Bakterien für die heutige Lektion stammen aus Wunden«, fuhr Akki fort, offenbar ohne Mirrims wüste Grimassen zu bemerken oder darauf zu achten. »Aus Wunden, wie sie jedem von Ihnen in seinem Bereich schon begegnet sind. Wunden infizieren sich. Isolieren wir nun die Bakterien, so lassen sich Parasiten finden, die – meist in Symbiose – in ihrem Inneren leben. Indem wir diese kleinen Symbionten so verändern, daß sie in ein pathogenes Stadium eintreten, sie also sozusagen zu Räubern machen – Sie erinnern sich an den Unterschied zwischen einem Räuber und einem Parasiten?«

»Aber selbstverständlich, Akki«, grinste Mirrim. »Die einen bewundert man, vor den anderen ekelt man sich.«

»Wenn es um solche Unterschiede geht, funktioniert Ihr Gedächtnis sehr zuverlässig, Mirrim. Hoffentlich bleibt Ihnen auch diese Materie so gut in Erinnerung.« Mirrim zog frech die Nase kraus, aber Akki fuhr ungerührt fort. »Man kann also einen symbiotischen Parasiten so modifizieren, daß er zum Räuber wird, und schon hat man einen Nützling, der ein bestimmtes Bakterium vernichtet. Wie Sie noch sehen werden, ist das oft sinnvoller als der Einsatz von Antibiotika.«

»Wie viele Bakterien gibt es?« fragte Brekke.

»Sie sind so zahllos wie die Sandkörner an Ihren Stränden.«

»Und wir müssen sie alle finden?« Mirrim war nicht als einzige entsetzt von dieser Aussicht.

»Sie werden hinreichend Gelegenheit haben, sich auf eigene Faust damit zu beschäftigen, wenn Sie das wollen. Es handelt sich jedoch nur um einen Schritt auf dem Weg zur Verringerung bakterieller Infektionen. Sie werden nun als erstes mit dem Ausfluß aus einer Wunde oder einer bluthaltigen Substanz eine Kultur anlegen, um daraus eine einzige Bakteriensorte zu isolieren.«

11

Wahrscheinlich sollten wir froh sein, daß immer noch genügend junge Leute Drachenreiter werden wollen, obwohl Landing uns so stark Konkurrenz macht.« Lessa betrachtete verbittert die zweiundsechzig Kandidaten in der Brutstätte.

F'lar sah lächelnd auf seine kleine Weyrgefährtin hinab. »Für ein Gelege von Ramoth stellt sich *jeder* zur Verfügung. Groghe hätte fast einen Freudentanz aufgeführt, als seine jüngste Tochter bei der Kandidatensuche erwählt wurde.«

»Wenn sie die Königin für sich gewinnen kann, wird er nicht mehr zu ertragen sein«, lachte Lessa leise. »Was für ein hübsches Kind. Woher soviel Schönheit wohl kommt?«

»Lessa!« F'lar spielte den Empörten. »Groghe sollte nicht damit rechnen, nun jedesmal das Rennen zu machen. Immerhin wurde Benelek zum ersten Meister der Technikergilde gewählt, und Groghe hat noch einen Sohn und eine Tochter, die in Akkis Studiengruppe ausgezeichnete Leistungen erbringen.«

»Zumindest hat sich Groghe seinen Sinn für Proportionen bewahrt. Da kommt er übrigens.« Sie zeigte auf Baron Groghe, der an der Spitze der Fort-Delegation in die Brutstätte einmarschierte. Inmitten der protzig gekleideten Menschenmenge wirkte seine Aufmachung fast schlicht. Lessa nickte anerkennend. »Sehr vernünftig, daß er Stiefel angezogen hat«, fuhr sie fort, als der stämmige Baron mit langen Schritten den heißen Sand überquerte, während einige seiner Begleiter zusammenzuckten und die Füße hochrissen, weil die Hitze durch die dünnen Ledersohlen drang.

»Der Tanz auf dem Brutstättensand«, fügte sie hinzu und verbiß sich ein Lachen.

»Komm, wir begeben uns auf unsere Plätze.« F'lar reichte ihr den Arm. »Mal sehen, ob die Einlegesohlen, auf die Meister Ligand so stolz ist, den Fuß tatsächlich auch gegen Hitze schützen, nicht nur gegen die Kälte des *Dazwischen*.«

Lessa streifte ihre neuen roten Stiefel mit einem bewundernden Blick, ehe sie seinen Arm nahm. »Die Pflanzenfasern, die er für den Filz verwendet hat, isolieren gegen beide Extreme.«

Sie hatte sich für diese Gegenüberstellung von Kopf bis Fuß neu eingekleidet – in Weinrot. Immerhin gab es in diesem Gelege – Ramoths fünfunddreißigstem – zum erstenmal seit zwölf Paarungen ein Königinnenei. Die große Drachenkönigin legte selten weniger als zwanzig Eier, und dieses Gelege enthielt sinnigerweise genau fünfunddreißig.

Die acht Weyrführer waren sich bereits einig, daß die Gründung eines neunten Weyrs unumgänglich war. Die acht bisherigen waren voll besetzt, aus Platzmangel hausten etliche zweijährige Drachen sogar noch in der Jungdrachenhöhle. Die Weyrführer waren natürlich stolz darauf, ein großes Aufgebot stellen zu können, aber auf eine angemessene Unterbringung konnte man nicht verzichten, schon um die Würde der Drachen zu wahren. Der neue Weyr sollte auf dem riesigen Südkontinent angesiedelt werden, am besten auf halbem Wege zwischen K'vans Süd-Weyr und T'gellans Ost-Weyr, nicht nur, weil es im Norden keine geeigneten Areale mehr gab, sondern auch, weil sich immer mehr Menschen im Süden niederließen. Die Würmer mochten den Boden und die Pflanzen schützen, doch um die Fäden von den Wohnstätten der Menschen und den Stallungen der Tiere abzuwehren, waren die Drachen immer noch durch nichts zu ersetzen. Einige Umbesetzungen in den bestehenden

Weyrn, und man hätte genügend ältere Drachenreiter zur Verfügung, um den Überschuß an jungen Leuten auszugleichen. Und die Drachen wie die Reiter wären dankbar für eine Versetzung in den Süden, wo das milde Klima den alten Knochen und den steifen Gelenken wohltat.

Lessa errötete vor Stolz. Sie hatten doch eine ganze Menge zuwege gebracht in den vergangenen Umläufen, die ehemalige Magd auf Ruatha und der Bronzereiter von Benden, den niemand für voll genommen hatte. Als sie zu ihrem Gefährten aufblickte, bemerkte sie schon wieder neue Silberfäden in seinem dichten, schwarzen Haar. Die Sonnenfältchen um seine Augen hatten sich vertieft, auch das eine Alterserscheinung, obwohl seine Vitalität gänzlich ungebrochen schien. Vielleicht wäre es an der Zeit, Benden jüngeren Reitern mit mehr Energie zu überlassen, grübelte sie. Wenn sie beide weniger Verantwortung zu tragen hätten, könnten sie all den phantastischen Projekten in Landing mehr Zeit widmen. Aber das waren alles Wunschträume, sie würde F'lar niemals aus Benden weglocken können, ehe er die Fäden nicht für immer vom Himmel vertrieben hatte.

F'lessan hatte ihr des langen und breiten erklärt, sobald im Frachtraum der *Yokohama* eine atembare Atmosphäre herrsche, könne auch ein Drache von der Größe Ramoths den Sprung auf das Schiff wagen und seinem Reiter den Blick auf Pern aus dem Weltraum ermöglichen. Lessa wußte zwar nicht so recht, ob sie und ihre Königin diese weite Reise überhaupt unternehmen wollten, aber sie freute sich sehr, daß sich ihr etwas verwegener Sohn mit der Zeit zu einem verantwortungsbewußten und engagierten Mitglied des Akki-Teams entwickelte. Sie liebte das einzige Kind, das sie F'lar hatte schenken können, von ganzem Herzen, aber sie machte sich keine Illusionen über den Jungen.

»Bist du in Gedanken ins *Dazwischen* gegangen, Liebes?« F'lar beugte sich mit einem belustigten Funkeln in seinen bernsteinfarbenen Augen zu ihr herab. »Groghe winkt uns zu.«

Lessa verließ die heiße Sandfläche, setzte ihr strahlendstes Lächeln auf, suchte den Baron von Fort in der Menge und erwiderte seinen Gruß. Schon waren die Sitzreihen voll belegt mit Menschen, die entweder dabei sein wollten, wenn ein Sohn oder eine Tochter einen Drachen für sich gewann, oder nur gekommen waren, weil eine Gegenüberstellung immer ein denkwürdiges Ereignis war.

»Die neuen Einlegesohlen sind ein voller Erfolg«, bemerkte F'lar, als er sie die Treppe hinaufführte.

»Hmmm, nicht wahr?« Sie entdeckte Larad und Asgenar mit ihren Frauen und den Kindern in der zweiten Reihe und winkte ihnen fröhlich zu. Meister Bendarek saß nur ein Stück daneben, unterhielt sich aber so angeregt mit dem jüngst ernannten Meisterdrucker Tagetarl, daß er sie gar nicht bemerkte.

Sie suchte die hinteren Reihen nach Meister Robinton und D'ram ab, die kaum je eine Gegenüberstellung versäumten, und hatte sie dank ihres prächtigen Feststaats rasch gefunden. Die intensive Beschäftigung mit dem Akki-Projekt hatte diese beiden genau wie Lytol mit neuer Tatkraft erfüllt und ihrem Dasein wieder einen Sinn gegeben. Warum nur blühten manche alte Männer unter den ungewohnten Anforderungen regelrecht auf, während andere wie Sangel, Norist, Corman, Nessel und Begamon all das neue Wissen, das Pern geschenkt wurde, einfach ablehnten? Dabei war es gar nicht neu, man hatte es nur zurückgewonnen. Noch dazu während einer Annäherungsphase, wo jedermann einen Hoffnungsschimmer so dringend nötig hatte.

Zerstreut erwiderte sie Grüße von mehreren Seiten, um dann ihren Platz in der ersten Reihe einzunehmen.

Es ist fast soweit, teilte Ramoth ihrer Reiterin mit und bewegte den Kopf eifersüchtig über dem Königinnenei hin und her.

Erschrecke mir die Mädchen nicht, Liebes.

Ramoths Augen schillerten in allen Regenbogenfarben. Sie sah ihre Reiterin starr an. *Wenn sie sich erschrecken lassen, sind sie meiner Tochter nicht würdig.*

Gestern haben sie dir noch recht gut gefallen.

Heute ist nicht gestern.

Da hast du recht, stimmte Lessa freundlich zu, kannte sie doch die Launen ihrer Drachenkönigin zur Genüge. *Heute schlüpft deine Tochter.*

Schon hatten die versammelten Drachen von Benden ihr Begrüßungssummen angestimmt. Der Laut ging Lessa durch Mark und Bein, sie wandte sich F'lar zu und lächelte sanft. Er lächelte zurück und faßte nach ihrer Hand. Dieses ergreifende Vorspiel war für sie beide im Lauf der Zeit zu einem ganz besonderen Augenblick geworden, in dem sie sich gegenseitig ihre Liebe bestätigten und die Bindung an ihre eigenen Drachen erneuerten.

Unvermittelt wurde es still auf den Rängen, auch das Publikum hatte den unverkennbaren Laut vernommen. Feuerechsen kamen hereingehuscht und suchten sich einen Platz auf den obersten Simsen. Ramoth verfolgte die kleinen Geschöpfe zwar immer noch mit blitzenden Augen, aber sie stieß keinen Warnschrei mehr aus, sobald sie sich in der Brutstätte zeigten. Lessa hatte von Akki erfahren, mit welcher Begeisterung die Feuerechsen ihre ersten riesigen Verwandten nach dem Ausschlüpfen empfangen hatten, sie hatte auch Ramoth davon erzählt, und seither brachten sie beide den Kleinen etwas mehr Sympathie entgegen.

In der größten Gruppe begannen mehrere Eier leicht zu schaukeln, und die siebenundfünfzig Jungen traten näher, die sauber gewaschenen Gesichter voll gespannter Erwartung. Die fünf Mädchen gingen langsam, aber entschlossen auf Ramoth zu, die das gefleckte Königinnenei mit ihrem gewaltigen Leib verdeckte.

Tritt zurück, Liebes, bat Lessa sanft.

Leise knurrend, machte Ramoth einen Schritt nach hinten und ließ die Zunge über das Ei schnellen.

Ramoth!

»Die üblichen Spielchen?« fragte F'lar.

»Hmmm.« *Bitte, Liebes, noch zwei Schritte, und behalte deine Zunge im Maul. Man muß sich ja schämen.* Lessa sprach sehr entschieden, und Ramoth schwenkte ein letztes Mal demonstrativ den Kopf herum, doch dann trat sie zurück – fünf Schritte, absichtlich mehr als verlangt –, kauerte sich nieder und funkelte alle mit orangerot glühenden Augen an.

Lessa musterte prüfend die fünf jungen Frauen vor dem Königinnenei. Groghes Tochter, kaum fünfzehn Umläufe alt, war die kleinste, ein feingliedriges Kind. Sie hatte bereits zwei Bronzeechsen für sich gewonnen, und Lessa konnte nur hoffen, daß die sich zurückhalten würden, bis die Gegenüberstellung vorüber war. Ramoth mochte die Tierchen in der Brutstätte dulden, aber das hieß noch lange nicht, daß sie ihr um den Kopf flattern durften. Immerhin war Nataly gut erzogen, und auch ihre beiden Echsen hatten sich seit ihrer Ankunft in Benden einwandfrei benommen.

Breda, die durchgeistigt wirkende Blonde, kam aus Crom. Merkwürdig, daß Nessel die Kandidatensuche gebilligt hatte, obwohl er es den Weyrn verübelte, daß sie Akki so tatkräftig unterstützten. Breda war ein sehr ruhiges Mädchen, von Beruf Webergesellin und mit zweiundzwanzig die älteste Kandidatin.

Cona stammte aus Nerat, und Manora hatte berichtet, daß sie in der Siebenspanne, seit sie in Benden war, bereits mit drei Bronzereitern den Weyr geteilt hatte. Für eine Königinnenreiterin stellte ein Übermaß an Sinnlichkeit keinen Nachteil dar, zuviel war auf jeden Fall besser als zuwenig.

Warum die Drachen Silga ausgewählt hatten, verstand niemand so recht. Das Mädchen wäre beim ersten Flug ins *Dazwischen* fast gestorben vor Angst, und das war kein gutes Zeichen.

Tumara, das letzte Mädchen, war eine Cousine von Sharra. Sie war so heilfroh, die einsame Fischerinsel vor der Küste von Ista endlich verlassen zu können, daß Manora geäußert hatte, sie werde ihr mit ihrer Hilfsbereitschaft schon fast lästig.

Willfährigkeit war eine gute Eigenschaft, aber zuviel davon schlug leicht um in Kriecherei, und das war nicht mehr erwünscht. Entschiedenes Auftreten, Gerechtigkeit und ein harmonisches Verhältnis zu ihrer Königin, das wurde von einer Weyrherrin verlangt. Wobei gerade dieses Paar wohl kaum je die Führung eines Weyrs übernehmen würde.

Es gab noch viel zu tun, doch zuerst mußte ein geeigneter Platz für den neuen Weyr gefunden werden. Dann würde die junge Königin, die – von wo auch immer – als nächste zum Paarungsflug aufstieg, von allen ungebundenen Bronzedrachen beflogen werden. Das siegreiche Paar würde den Weyr erst einmal nur provisorisch führen, bis es sich bewährt hatte. Da im Lauf der nächsten Monate vermutlich drei Viertel der Drachenköniginnen auf Pern in Hitze kommen würden, war dies wohl ein einigermaßen faires Verfahren zur Bestimmung der neuen Weyrführer.

Inzwischen hatte sich das Summen immer weiter verstärkt. Das erste Ei – Lessa seufzte erleichtert auf, als sie ein bronzefarbenes Köpfchen und bronzefarbene Schwingen auftauchen sah – war glatt entzweigebrochen, und der Kleine war bereits draußen. Ein hübscher, kräftiger Bronzedrache, natürlich noch wackelig auf den Beinen, aber doch fähig, die feuchten Schwingen auszubreiten und das Köpfchen hin- und herzuschwenken, um mit verschwommenem Blick die vielen Gestalten zu betrachten.

Dann stieß er ein triumphierendes Kreischen aus und landete mit einem gewaltigen Satz vor einem untersetzten Jungen – aus einer Schmiedehalle in Igen, wenn Lessa sich recht erinnerte. Manchmal verschmolzen die eifrigen jungen Gesichter all der Kandidaten, die in den letzten dreiundzwanzig Jahren, seit sie Weyrherrin war, in dieser Brutstätte auf das Ausschlüpfen gewartet hatten, in ihrer Erinnerung rettungslos miteinander. Atemlos wurde sie wieder einmal Zeuge jenes magischen Augenblicks: Der Junge begriff, daß der Drache ihn erwählt hatte, und kniete mit verzücktem Gesicht nieder, um das kleine Ding zu streicheln, das ihn gebieterisch mit dem Kopf anstieß. Freudentränen liefen ihm über die Wangen, als er beide Arme um den feuchten, bronzefarbenen Hals schlang.

»Oh, Braneth, du bist der schönste Bronzedrache der Welt!«

Das Publikum jubelte und applaudierte, während die Drachen ihr Summen unterbrachen, um den Artgenossen mit lautem Trompeten willkommenzuheißen.

Nun zersprang, zerfiel oder zerbröckelte ein Ei nach dem anderen und kippte seinen Inhalt in den warmen Sand. Braune, blaue und grüne Drachenjunge suchten und fanden einen passenden Gefährten.

»Zwölfmal Bronze, wunderbar.« F'lar hatte mitgezählt. »Ein paar Braune mehr wären nicht schlecht – es sind nur vier –, aber die Verteilung von Blauen und Grünen ist genau richtig.«

Nachdem die ersten drei Jungdrachen geschlüpft waren, hatte Lessa ihre Aufmerksamkeit auf das Königinnenei gerichtet, das anfangs zaghaft, dann mit gehörigem Schwung zu schaukeln begonnen hatte. Noch zeigten sich freilich keine Sprünge in der Schale, und das war beunruhigend. Gewöhnlich brachen sich kleine Königinnen sehr stürmisch Bahn. Doch dann erschien die Nasenspitze, die beiden Krallen an den Schwingenenden, und schließlich – fast als habe die Kleine kräftig mit den Schultern gezuckt – fiel die Schale auseinander, und da stand sie, eingerahmt von den beiden Hälften, und sah sich mit großer Würde um.

»Was für ein niedliches Ding«, murmelte F'lar Lessa zu. »Sieh doch nur, sie beherrscht alles, was ihr unter die Augen kommt.«

Mit der unglaublichen Geschmeidigkeit aller Nestlinge beugte die kleine Königin den Kopf nach hinten, bis er fast das Rückgrat berührte, und sah Ramoth lange an, dann schwenkte sie ihn wieder nach vorne, betrachtete die fünf vor ihr stehenden Mädchen und trat mit zierlichen Schritten aus den Schalenhälften. Ganz gelassen und von oben herab schweiften ihre funkelnden Augen noch einmal über die Gruppe, die auf ihre Entscheidung wartete. Lessa bezweifelte, ob in diesem kritischen Augenblick auch nur eines der Mädchen zu atmen wagte.

»Ich wette eine Marke auf Cona«, sagte F'lar.

Lessa schüttelte den Kopf. »Die verlierst du. Es kann nur Nataly sein. Die beiden sind wie füreinander geschaffen.«

Doch die kleine Königin hatte ihren eigenen Kopf. Sie stolzierte zum einen Ende des Halbkreises und musterte dabei jedes einzelne Mädchen eingehend. Sie kam gar nicht bis zu Cona und Nataly – vor Breda blieb sie stehen, machte den Hals lang und stieß die hochgewachsene junge Frau ganz sanft mit dem Köpfchen an.

»Soviel«, sagte F'lar und schnippte mit den Fingern, »zu unserem Urteil.«

Lessa lachte leise. »Der Drache weiß es immer am besten.« Gleichwohl stockte ihr einen Moment lang der Atem, denn als Breda niederkniete, um den Kopf der kleinen Königin an ihre Brust zu drücken, lag auf ihrem sonst eher unscheinbaren Gesicht ein völlig verklärter Ausdruck, der sie in eine strahlende Schönheit verwandelte.

Breda sah mit leuchtenden Augen zu Lessa auf. »Sie heißt Amaranth, sagt sie!«

»Gut gemacht, Breda. Meinen Glückwunsch!« Lessa mußte schreien, um den Applaus zu übertönen, der die Wahl der kleinen Königin begrüßte. *Bist du zufrieden?* fragte sie Ramoth, die das Paar mürrisch betrachtete.

Wenn sie nicht geeignet wäre, hätte man sie bei der Suche nicht ausgewählt. Wir werden sehen, wie sie mit Amaranth zurechtkommt. Das ist nämlich eine wahre Tochter von mir. Mnementh, der hoch über ihr saß, stieß einen ohrenbetäubenden, aus drei Tönen bestehenden Trompetenschrei aus. Ramoth reckte den Kopf, ihre Augen pulsierten in allen Farben. *Gut hast du mich beflogen.*

F'lar grinste Lessa an, denn diese Bemerkung hatten sie beide gehört. »Und jetzt an die Arbeit, mein Liebes«, sagte er, legte den Arm um Lessas schmale Taille und führte sie die Treppe hinunter auf den Sand der Brutstätte.

Ramoth stellte ihr mütterliches Einverständnis ungewöhnlich deutlich zur Schau, indem sie Lessa und F'lar folgte, als die beiden Weyrführer zusammen mit Breda die kleine Amaranth aus der riesigen Höhle geleiteten.

»Niemals hätte ich erwartet, daß ihre Wahl auf mich fallen würde, Weyrherrin Lessa«, sagte Breda. »Ich habe Crom noch nie verlassen, nicht einmal zu einem Fest.«

»Ist deine Familie auch gekommen?«

»Nein, Weyrherrin Lessa, meine Eltern sind tot. Ich bin in der Gildehalle aufgewachsen.«

Lessa legte Breda die Hand auf den Arm, was sonst gar nicht ihre Art war. »Du kannst mich einfach Lessa nennen, meine Liebe. Schließlich sind wir beide Königinnenreiterinnen.«

Bredas Augen wurden groß.

»Wer weiß, meine Liebe?« F'lar sprach halb im Scherz. »Vielleicht bist auch du schon bald Herrin über einen Weyr.«

Das Mädchen blieb stehen wie vom Blitz getroffen. Schrill kreischend vor Hunger, stieß Amaranth sie an.

Lessa führte Breda mit festem Griff den Weyrbewohnern zu, die ihnen mit riesigen Schalen voller Herdentierfleisch entgegenkamen. »Die Möglichkeit besteht. Aber jetzt wollen wir dir erst einmal zeigen, wie du Amaranth füttern mußt. Laß dich von ihrem Geschrei nicht stören. Nach dem Ausschlüpfen bilden sie sich immer ein, sie würden im nächsten Moment Hungers sterben.«

Breda hatte kaum Anweisungen nötig, sie fand sich so rasch zurecht, daß Lessa vermutete, sie habe in der Gildehalle, wo sie aufgewachsen war, das Füttern der Kleinkinder übernommen. Im Weyr würde Bredas Leben ganz anders verlaufen: sie hatte soeben eine riesige Familie bekommen.

Dann wandte Lessa sich der unangenehmsten Aufgabe eines Gegenüberstellungstages zu, die erfolglosen Kandidaten wollten schließlich getröstet werden. F'lar hatte sich bereits der Knaben und der jungen Männer angenommen. Lessa sah sich nach Nataly und Baron Groghe um und entdeckte die beiden inmitten einer Schar von Familienangehörigen an einem der Tische. Manora war schon dabei, Wein, Klah und Fruchtsäfte zu servieren. Nataly gab sich alle Mühe, ihre Enttäuschung zu verbergen, und sie hielt sich auch ganz tapfer, wie Lessa fand. Besser jedenfalls als Silga und Tumara, die in Tränen zerflossen, während ihre Angehörigen nicht so recht wußten, was sie dagegen tun sollten. Cona war nirgendwo zu sehen. Lessa hätte gerne gewußt, mit wem sie wohl verschwunden war, dachte sich dann aber, bei ihrer Lieblingsbeschäftigung würde das Mädchen ihren Kummer vielleicht am schnellsten überwinden.

Sie blieb nur kurz bei Nataly und Baron Groghe stehen und ging dann weiter, um Silga und Tumara ein paar aufmunternde Worte zu sagen.

Die Harfner hatten zu spielen begonnen, und die Musik würde sicher auch bald die letzten deprimierten Gesichter aufhellen. Die Weyrbewohner gingen schon eifrig mit den Weinschläuchen herum und trugen riesige Platten mit gebratenem Herdentier- und Wherfleisch auf. Essen war doch immer noch die beste Medizin, überlegte Lessa.

Als die Jungdrachen endlich gesättigt und auf ihren Strohsäcken in den Unterkünften eingeschlafen waren, gestattete der Ausbilder den neuen Drachenreitern, sich zu ihren Familien zu gesellen. Mit der Anwesenheit der Ehrengäste kam das Fest erst so richtig in Gang.

»Die junge Königin läßt kaum Wünsche offen, hmm?« Robinton schob sich auf den freien Platz an Lessas Seite und trank F'lar zu, der ihr gegenüber saß. »Ein beachtlicher Auftritt.«

Lächelnd erbot sich Lessa, Robinton aus dem Schlauch mit Bendenwein nachzuschenken, der an ihrem Stuhl hing.

»Ist Amaranth der Grund, warum F'lessan sich so brennend für die verlassenen Besitzungen auf dem Südkontinent interessiert?« Robinton stellte die Frage so betont harmlos, daß F'lar und Lessa sofort Bescheid wußten. Der Harfner hatte erraten, daß ein neuer Weyr gebraucht wurde.

F'lar schnaubte verständnisvoll. »Er hat sich freiwillig angeboten.«

»Er hält sich ohnehin mehr in Landing auf als hier«, fügte Lessa trocken hinzu. F'lessan hatte drei Söhne von ebenso vielen Mädchen aus dem Weyr und hielt daher auf Abstand, um nicht völlig vereinnahmt zu werden. Er hatte gut für die Kinder gesorgt, war aber, nicht anders als alle anderen jungen, hübschen und begehrten Bronzereiter, nicht bereit, schon jetzt seßhaft zu werden. Manora hatte sogar durchblicken lassen, der junge Charmeur solle dem Weyr ruhig eine Weile fernbleiben, vielleicht würde sich dann das eine oder andere der Mädchen entschließen, eine festere, dauerhaftere Verbindung mit einem älteren Reiter einzugehen.

Robinton zog eine Augenbraue hoch, woraus Lessa schloß, daß er über F'lessans Situation durchaus im Bilde sei. »Sie hätten keinen besseren Kundschafter finden können. Ist ein Standort für einen neuen Weyr das einzige, wonach er suchen soll?«

F'lar wurde hellhörig. »Wieso? Juckt Toric etwa schon wieder das Fell?«

Robinton nahm bedächtig einen Schluck Wein. »Eigentlich nicht. Seit der Streit mit Denol um den Besitz der Großen Insel beigelegt ist, holt Toric bei Akki nach, was er bisher versäumt hat.«

»Und?« ermunterte ihn F'lar.

»Er hat seine Erschütterung recht gut kaschiert, als er herausfand, wie… hmmm… nahezu unermeßlich der Südkontinent in Wirklichkeit ist. Zum Glück ist er zu der Ansicht gelangt, die beiden neuen Handwerkszweige müßten auch im Süden ihre Gildehallen errichten. Ich glaube, er und Hamian hatten eine recht lautstarke Auseinandersetzung wegen der Füllpflanze, aus der Hamian sein Isoliermaterial entwickelt hat.«

»Das faserige Zeug, von dem Bendarek andauernd

redet?« fragte Lessa. »Wissen Sie, er macht sich aufrichtig Sorgen, weil so viele Bäume geopfert werden müssen, um die Nachfrage nach Papier zu befriedigen.«

»Richtig.« Robinton stimmte mit nachdrücklichem Kopfnicken zu. »Es wäre sicher sinnvoller, eine Pflanze zu verwenden, die auf dem Südkontinent wild wuchert, anstatt seine herrlichen Wälder abzuholzen.«

»Ich dachte, Sharra hätte die Pflanze entdeckt und auch ihren Wert erkannt«, fügte Lessa hinzu.

»Das halte ich für eine Schutzbehauptung von Toric.« In Robintons Augen funkelte der Schalk. »Angeblich hat sie das Zeug auf seinem Land gefunden, während sie in seinem Auftrag auf Erkundung war.«

»Kann man diesen Mann denn niemals zufriedenstellen?« fragte Lessa aufgebracht.

»Ich bezweifle es«, antwortete Robinton ruhig.

»Müssen wir am Ende etwa noch gegen ihn kämpfen, um im Süden Land zu erhalten?« Lessa bestrafte ihn für seine Teilnahmslosigkeit mit einem wütenden Blick.

»Meine liebe Lessa, niemand, absolut niemand wird einen Mann oder eine Frau zum Kampf herausfordern, der oder die auf einem Drachen sitzt! Hoffentlich kommt es nie so weit, daß dies auch nur im entferntesten möglich wäre.«

»Und was war mit dem Südweyr?« erinnerte F'lar den Harfner schroff.

»Tja, nun, das war kein Angriff – das war eine Entführung.« Robinton hatte allen Grund, sich an die Zeit zu erinnern, als Ramoths Ei aus der Brutstätte verschwunden war. Damals war ein Kampf der Drachen von Benden gegen die Drachen der Alten auf dem Südkontinent nur um Haaresbreite vermieden worden. Um die Weyrführer, die ihn damals in Acht und Bann getan hatten, nicht in Verlegenheit zu bringen, hob er sein Glas und warf einen sehnsüchtigen Blick auf den Weinschlauch an Lessas Stuhl. Sie schenkte ihm nach. »Im übrigen haben Sie ganz recht, wenn Sie F'lessan die verlockenden Möglichkeiten des Südkontinents auskundschaften lassen. Wann soll er denn aufbrechen?«

Lessa grinste und zog vielsagend die Augenbrauen hoch. »Er müßte eigentlich schon angekommen sein.«

Rasch glitten die weiten Ebenen unter F'lessan und Golanth weg, als der große Bronzedrache auf einer hohen Thermik nach Südwesten schwebte. F'lessans Gewissen regte sich und verdarb ihm ein wenig die Freude an der Landschaft. Eigentlich hätte er für Akki, den man in dem Glauben gelassen hatte, der junge Bronzereiter werde bei der Gegenüberstellung in Benden benötigt, diese Gleichungen erarbeiten sollen. Aber da F'lessan keine Lust hatte, Nera, Faselly und Brinna zu erklären, warum er sich für keine von ihnen entscheiden könne, war er nur zu gerne auf F'lars und Lessas Bitte eingegangen und hatte sich einen Tag Urlaub genommen.

Golanth amüsierte sich so gut, daß F'lessan zu der Ansicht kam, seine Schuldgefühle seien unnötig und ganz fehl am Platze. Bisher war er ein ausnehmend fleißiger Schüler gewesen – und es hatte ihm sogar Spaß gemacht. Wenn er auf die vergangenen zwei Umläufe zurückblickte, mußte er sich eingestehen, daß er mehr Zeit bei Akki verbracht hatte als im Weyr – ausgenommen bei Fädeneinfällen. Da flog er oft als Geschwaderzweiter bei T'gellan und dem Ost-Weyr oder bei K'van und dem Süd-Weyr mit. Er liebte den Kampf gegen die Sporen, und bisher hatten er und Golanth mit großem Geschick jede Verletzung vermieden.

Eine Frage hatte er Lessa und F'lar nicht zu stellen gewagt: Angenommen, er fand das geeignete Gelände für einen weiteren Weyr, war er dann als Weyrführer vorgesehen? F'lessan schlug sich den Gedanken sofort wieder aus dem Sinn, er wußte sich durchaus realistisch einzuschätzen. Als Geschwaderführer war er nicht schlecht, er verstand sich auf den Umgang mit den Drachen, er kannte die besten Reiter aus jedem Weyr und die aussichtsreichsten Jungreiter von Benden mit Namen, aber daß ihn jemand spontan als nächsten Weyrführer vorschlagen würde, hielt er für eher unwahrscheinlich. Außerdem wußte er genau, wie solche Dinge entschieden wurden: in einem offenen Paarungsflug für alle ungebundenen Bronzedrachen.

Ich bin groß und stark, ließ sich Golanth ein klein wenig prahlerisch in seinem Bewußtsein vernehmen. *Ich hätte beim letztenmal auch Lamanth zu fassen bekommen, wenn Litorth nicht dieses waghalsige Sturzflugmanöver ausgeführt hätte. Er hatte mit den Grünen trainiert!* fügte er gekränkt hinzu.

F'lessan beschwichtigte seinen Drachen mit Hand und Stimme. Darüber hatte er sich damals selbst geärgert. Sicher, Celina war kaum jünger als Lessa, aber Golanth setzte nun schon lange seinen ganzen Stolz darein, eine Königin zu befliegen, und Celina war nicht übel. Mit ihr konnte jeder auskommen.

Eine Staubwolke zog F'lessans Aufmerksamkeit auf sich, und er bat Golanth, darauf zuzuhalten.

Ich bin im Moment nicht hungrig, wehrte Golanth ab, als sie nahe genug waren, um die Schar flüchtender Herdentiere zu erkennen.

Könntest du trotzdem etwas tiefer gehen, Golanth? Solche Tiere habe ich noch nie gesehen. Braunweiß und schwarzweiß. Und riesengroß. Die wären schön saftig, lockte F'lessan.

Wenn ich wieder Appetit habe, sind sie sicher noch ein Stückchen gewachsen.

F'lessan lachte in sich hinein. Manchmal war Golanth durch nichts abzulenken. Er warf einen Blick auf das Zifferblatt an seinem Arm und verglich die dort angezeigte Zeit mit dem Stand der Sonne. Recht genau. Eine Uhr, so nannte Akki das Gerät – und als F'lessan es zum erstenmal anlegte, hatte er wie gebannt den langen Sekundenzeiger auf seiner Kreisbahn beobachtet. Jancis hatte das Ding eigens für ihn entworfen und angefertigt und es ihm dann zum Geburtstag geschenkt. So war F'lessan zum stolzen Besitzer einer der wenigen Armbanduhren auf Pern geworden. Jancis hatte nur sechs Exemplare hergestellt: Eines davon trug natürlich Piemur; mit den anderen hatte sie Baron Larad und seine Frau Jissamy, Meister Robinton und Meister Fandarel beglückt.

Nun waren er und Golanth schon seit fünf Stunden in der Luft. Wenn das Ziel nicht bald in Sicht käme, würde er Golanth zum Landen auffordern, um seinen Mittagsimbiß einzunehmen und sich die Beine zu vertreten. Bei Fädenfall waren sechs Stunden Flug eine Kleinigkeit – da war man unaufhörlich in Bewegung und viel zu beschäftigt, um die Unbequemlichkeiten zu spüren. Auf normalem Weg an einen neuen Ort zu fliegen, war dagegen etwas ganz anderes – und wurde nach einiger Zeit unweigerlich langweilig. Aber bei einem Flug zu einem unbekannten Ziel gab es keine andere Möglichkeit, es sei denn, man hatte eine genaue Beschreibung erhalten oder konnte dem Bewußtsein eines anderen Drachen oder seines Reiters ein Bild entnehmen – was heute nicht der Fall gewesen war. Golanth kam gut voran, er nützte jede Thermik und jede Luftströmung aus, um seine Geschwindigkeit zu steigern, dennoch schien der Flug kein Ende nehmen zu wollen.

Trotz alledem freute sich F'lessan, endlich einmal der erste sein zu dürfen. Obwohl von Natur aus nicht eifersüchtig, wurde er den Verdacht nicht los, Piemur und Jaxom seien bei ihren Entdeckungen mehr vom

Glück begünstigt gewesen. So hatte er sich sehr gefreut, als Lessa und F'lar ihn mit diesem Auftrag betrauten. Sie hätten auch einen der älteren Bronzereiter oder F'nor losschicken können. Dennoch schwebten nun F'lessan und Golanth über die weiten Ebenen dem großen Binnensee, den die Siedler einst als Kaspisches Meer bezeichnet hatten, und einer Besitzung namens Xanadu entgegen.

Plötzlich sah F'lessan zu seiner Rechten etwas aufblitzen, ein Sonnenreflex auf – auf Wasser?

Nach rechts, Golly, sagte er aufgeregt.

Ein großes Wasser, ergänzte Golanth.

Wieder einmal überlegte F'lessan, ob er mit den Facettenaugen eines Drachen wohl schärfer, besser und weiter sehen könnte.

Ich kann doch alles für dich sehen, was du nur willst, gab Golanth ihm gutmütig zur Antwort.

F'lessan klopfte ihm liebevoll den Hals. *Ich weiß, mein Großer, und ich bin dir für deine Hilfe wie immer sehr dankbar. Ich habe mir nur ausgemalt, wie es wohl wäre, das ist alles.*

Golanth zog kraftvoll die Schwingen durch. *Thermik,* erklärte er, und F'lessan beugte sich über den mächtigen Bronzehals, um den Steigflug nicht zu behindern. Dann spürte er, wie sich die Windrichtung änderte, und stieß einen triumphierenden Jauchzer aus, als Golanth sich streckte und die Flügel spreizte, um auf der warmen Luft dahinzugleiten.

Auch das ist etwas, was du mir voraushast – ich kann die Luftströmungen nicht spüren. Wie in aller Welt weißt du nur immer sofort, wo eine Thermik ist?

Meine Augen nehmen wahr, wie sich die Luft verändert, ich kann den Unterschied riechen, und mit der Haut spüre ich die Schwankungen im Druck.

Tatsächlich? F'lessan war beeindruckt. *Hast du zugehört, als Akki mir Unterricht in Aerodynamik erteilte?*

Golanth überlegte. *Ja. Du hörst ihm zu, und da dachte*

ich mir, warum nicht? Ruth tut es auch, und Path sowieso. Ramoth und Mnementh lauschen nie. Sie schlafen lieber in der Sonne, wenn Lessa und F'lar hier sind. Bigath, Sulath und Beerth dagegen schon. Clarinath hin und wieder, aber Pranith immer und Lioth immer dann, wenn sein Reiter hier unten ist. Manchmal erfährt man sehr interessante Dinge. Manchmal auch nicht.

Das war nicht nur eine für Golanths Verhältnisse ungewöhnlich lange Rede gewesen, sie warf auch eine ganze Menge Probleme auf und gab F'lessan so viel Stoff zum Nachdenken, daß er immer noch damit beschäftigt war, als die Küste des riesigen Binnenmeeres in Sicht kam.

Wie sieht es mit den Luftströmungen aus, Golanth? Überqueren wir das Wasser, oder umfliegen wir es?

Wir überqueren, erklärte Golanth prompt und im Brustton der Überzeugung.

Wir müssen uns nach Nord-Nordwest halten, Golanth, um die Stelle zu erreichen, wo die Alten gesiedelt haben. Obwohl ich nicht glaube, daß wir viel finden werden.

Beim Flug über das Wasser gerieten sie mehrfach in eine Bö und bemerkten viele kleine Inselchen und merkwürdig geformte Felsnadeln, die wie knochige Finger oder geballte Fäuste gen Himmel ragten. Hier und dort krallten sich bizarr verkrümmte Bäume in einem Rest Erde in den Spalten fest. An zwei steinernen Türmen schlängelten sich Wurzeln auf der Suche nach mehr Humus und Nahrung den glatten Fels hinab. Dichte Baumkronen neigten sich mit dem Wind, als wollten sie umfallen. Oder waren es nur einzelne Äste, die den Gipfeln und der Sonne entgegenstrebten? Davon mußte er Sharra erzählen – sie liebte solche Kuriositäten.

Endlich kam die Westküste in Sicht, eine hohe Klippenwand. Das Wasser dieses Binnenmeers mußte sich in einer riesigen Senke gesammelt haben, überlegte F'lessan. Geologische Formationen dieser Art waren ihm aus Akkis Vorlesungen über Vermessungskunde bekannt. Damit wären auch die Türme und die Inseln erklärt: die Gipfel versunkener Berge. Wenn diese ferne Felswand nun auch noch Höhlen enthielte, so hätte er den idealen Platz für einen Weyr gefunden. So viel Wasser! Die Drachen würden gar nicht wieder trocken werden.

Als sie jedoch nahe genug herangekommen waren, erlebte er eine Enttäuschung. Die ganze Klippe bestand aus massivem Granit.

Im Süd- und im Ost-Weyr haben die Drachen auch keine Felshöhlen, und sie beklagen sich nicht, bemühte sich Golanth, ihn aufzumuntern.

Ich weiß, aber man hat mich ausdrücklich gebeten, ein paar brauchbare alte Krater ausfindig zu machen.

Sonnen kann man sich auch auf einer Lichtung, und auf diesem Kontinent wachsen recht wohlriechende Bäume.

F'lessan lächelte über Golanths gutgemeinten Trost und gab dem Bronzedrachen einen Klaps. *Das ist nicht die einzige Gegend, die ich begutachten soll. In den Ausläufern des Südlichen Grenzgebirges gab es einst eine Siedlung namens Honshu. Aber wenn wir nun schon einmal hier sind, wollen wir uns doch nach dieser Xanadu-Besitzung umsehen.*

Golanth entdeckte mit scharfem Blick ein paar nicht natürlich entstandene Umrisse auf einem kleinen Vorsprung unweit einer tiefen Schlucht, die ein breiter Fluß vom äußeren zum inneren Meer gegraben hatte. F'lessan war nicht überzeugt, daß es sich um Ruinen handelte, konnte aber nicht leugnen, daß jemand breite Stufen in die Steilwand geschlagen hatte, offenbar, um einen bequemen Zugang zum Seeufer zu schaffen. Golanth landete dicht neben der verdächtigen Stelle. F'lessan sah sich um und dachte anfangs, der Drache habe sich geirrt und unter der dichten Pflanzendecke sei überhaupt nichts zu erkennen.

Das ist nicht natürlich. Golanth stieß mit dem Fuß

gegen ein Gewirr aus Ranken und Flechten, das senkrecht vor ihnen aufragte. Dann breitete er eine Schwinge aus, faßte mit der Kralle einen krummen Ast und zog das ganze Grünzeug herunter. Zahllose Insekten huschten davon, als sie vom Sonnenlicht getroffen wurden. F'lessan sah sich einem hohen Kamin aus behauenen Steinen gegenüber. Alles übrige waren dann wohl Überreste von Hauswänden.

F'lessan schüttelte den Kopf. Wie konnte man nur so töricht sein, inmitten so vieler Pflanzen zu bauen, wo man den Sporen doppelt soviel Angriffsfläche bot? Er holte eine Fleischpastete aus seinem Beutel und tat sich daran gütlich, während er um die Mauern herumging und mit seinem Gürtelmesser so lange daran kratzte, bis die längst überwucherten, behauenen Steine sichtbar wurden. Es mußte ein großes Gebäude gewesen sein. Golanth, der sich in den dichten Wald vorgearbeitet hatte, rief nun nach seinem Reiter. Er hatte noch mehr Ruinen gefunden.

»Stattliche Siedlung!« F'lessan stieß mit dem Fuß ein paar Trümmer beiseite. »Muß wohl Xanadu sein.« Er ging zum Hauptgebäude zurück und pflückte sich unterwegs eine reife Rotfrucht von einem Ast. Genüßlich an dem saftigen Fruchtfleisch kauend, betrachtete er die Aussicht auf den See und das ferne Ufer, an der sich gewiß schon die ursprünglichen Bewohner erfreut hatten. Großartig! Hätte es die Fäden nicht gegeben, man wäre sich vorgekommen wie im Paradies. »Wir müssen uns noch einen anderen Ort ansehen, Golanth«, sagte er unvermittelt und schüttelte die leise Trauer um die längst dahingegangenen Siedler ab.

Er bat Golanth, noch einmal über der Stätte zu kreisen, um sich das Bild für spätere Besuche genau einzuprägen. Wenn – nein, verbesserte F'lessan sich trotzig, *sobald* der Himmel von Pern frei war von Fäden, wäre dieses Gelände ideal für einen offenen Weyr.

Golanth nützte einen Aufwind, der sie rasch in die Weströmung zurücktrug. Sie hatten noch einen weiten Weg vor sich. F'lessan hielt sich die Hand vor die Augen und blinzelte in die sinkende Sonne, dann erst sah er, verärgert über seine Vergeßlichkeit, auf seine Armbanduhr. Noch vier Stunden, bis es dunkel wurde. Nicht daß Golanth gegen einen Nachtflug etwas einzuwenden gehabt hätte, und es wäre auch nicht die erste Nacht gewesen, die F'lessan zusammengerollt zwischen den Vorderpranken seines Drachen verbracht hätte, aber wenn sie sich nicht beeilten, würden sie das, wozu sie die weite Reise unternommen hatten, nicht mehr sehen können.

Unermüdlich trugen Golanths Schwingen sie durch die Lüfte, und endlich verwandelte sich der blaßblaue Streifen am Horizont in eine gigantische, violette, alles beherrschende Gipfelkette. Das Südliche Grenzgebirge lag vor ihnen.

H-o-o-h-e Berge! F'lessan dehnte das Adjektiv. *So etwas findet man bei uns im Norden nicht unterhalb der Eiswüste.*

Da oben ist die Luft sicher sehr dünn, bemerkte Golanth. *Müssen wir die Berge überfliegen?*

Ich glaube nicht. F'lessan durchwühlte seine Jackentasche, bis er die Karte fand, die Akki ihm ausgedruckt hatte. Sie flatterte so heftig im Wind, daß er kaum etwas erkennen konnte. *Nein, diese Honshu-Besitzung liegt in den Vorbergen unterhalb der eigentlichen Kette. Aber wir sind zu weit entfernt, sie zeichnen sich noch nicht ab.*

Im letzten Licht des prachtvollen Sonnenuntergangs erreichten sie ihr Zielgebiet. Honshu entdeckten sie nur, weil Golanth mit seinen scharfen Augen eine Schar von Herdentieren durch eine breite Öffnung im Fuß der Klippe schlendern sah.

Bist du dir da auch ganz sicher? F'lessan war überrascht. *Sie hätten das Vieh bei ihrem Abzug doch sicher mitgenommen.*

Vielleicht sind es wilde Tiere, die hier Unterschlupf gefunden haben, vermutete Golanth. Mit raschen Flügelschlägen landete er, gerade als im Westen das letzte Abendrot verglühte, am Fuß der schroffen Klippe.

Der breite, ausgetretene Pfad, der auf die Felswand zu und durch ein großes Tor schräg ins Innere führte, war nicht zu verfehlen. Als F'lessan durch die Öffnung spähte, mußte er husten. Der Gestank war überwältigend. Hoch oben in den Wänden gab es Fensterschlitze, durch die aber nicht genügend Licht eindrang, und der Geruch war schlimm genug, um ihn von einer genaueren Untersuchung abzuhalten. Die Herdentiere blökten, als sie ihn sahen, und wichen erschrocken zurück. Offenbar stand er am Eingang einer gewaltigen Höhle. Der intensive Ammoniakgeruch raubte F'lessan den Atem und trieb ihm das Wasser in die Augen. Er flüchtete ins Freie zurück, lehnte sich gegen die Felswand und sog in tiefen Zügen die frische Abendluft ein.

»Sieht so aus, als hättest du Honshu gefunden, Golanth«, sagte er und fuhr mit der Hand am Stalltor entlang. »Die Kanten sind so glatt, als habe man mit einem glühenden Messer einen Käse durchgeschnitten. Genau wie in der Burg und im Weyr von Fort – als die Alten noch Strom für ihre Steinschneider hatten. Demnach muß dies Honshu sein.« Seine Finger ertasteten eine Tür, die ordentlich in die Wand hineingeschoben war. »Immerhin wollte man uns den Zugang nicht verwehren. Komm, Golanth, wir schlagen irgendwo ein Nachtlager auf. Mit einem Feuerchen sieht die Nacht gleich freundlicher aus. Ich weiß zwar nicht, ob die großen Katzen, von denen Sharra und Piemur erzählt haben, so weit nach Süden kommen, aber ...«

Mit mir würde sich keine Katze anlegen!

»Jedenfalls nicht, wenn sie den morgigen Tag noch erleben will«, lachte F'lessan und spähte ins Dunkel, um einen geeigneten Lagerplatz zu finden.

Folge mir, sagte Golanth und trottete gemächlich nach links.

»Du bist besser als jede Fackel.« Sorgsam darauf bedacht, ihm nicht auf den Schwanz zu treten, ging F'lessan hinter seinem Drachen her.

Trockenes Holz war nicht schwer zu finden, es gab auch genügend Steine, um einen Ring um das Feuer zu legen, und so lehnte F'lessan schon bald bequem an Golanths Schulter, kaute an seinem Reiseproviant und tat sich am Bendenwein gütlich, den ihm Manora auf gutes Zureden hin in die Feldflasche gefüllt hatte. Da es sonst nicht viel zu tun gab, entrollte er nach kurzer Zeit das Fell, mit dem er Golanths Nackenwulst ausgepolstert hatte, kuschelte sich behaglich zwischen die Vorderbeine des Drachens und schlief ein.

Er erwachte, als der Himmel im Osten hell wurde. Unter der Asche fand sich noch so viel Glut, daß er das Feuer zum Leben erwecken konnte, um sich seinen Morgen-Klah zu wärmen und mit einer warmen Fleischpastete zu stärken. Golanth trottete zum Fluß hinunter und trank in tiefen Zügen.

Ein guter Platz zum Schwimmen – wenn erst die Sonne aufgegangen ist, verkündete er sachkundig. *Und auf der Klippe kann man sich nach dem Schwimmen herrlich aufwärmen. Die Sonne heizt das Gestein nämlich auf, und dann strahlt es Wärme ab.*

Grinsend nippte F'lessan an seinem heißen Klah. *Du hast beim Zuhören wirklich einiges gelernt.*

Nur Dinge, die mir einleuchten.

Dann hörte F'lessan die Tiere, die in der Höhle Schutz gesucht hatten, leise blöken und winseln.

Bleib, wo du bist, Golanth, sonst kommen sie nicht heraus, und ich möchte doch die Höhle erkunden.

Nichts dagegen, gab Golanth gleichmütig zur Antwort, *obwohl sie gar nichts zu befürchten haben, weil ich noch nicht hungrig bin.*

Ich habe so meine Zweifel, daß sie dir das glauben würden, mein Herz. F'lessan wärmte sich einen zweiten Becher Klah und deckte dann sein Feuerchen mit Kies und Erde ab, damit der Holzrauch die Tiere nicht verschreckte.

Er brauchte nicht lange zu warten. Kaum erreichten die ersten Sonnenstrahlen den Eingang, als die Tiere – mehrere verschiedene Arten von Herdentieren, wie sich nun zeigte – auch schon nacheinander herauskamen, um den Tag auf der Weide beim Grasen zu verbringen. Die meisten hatten Junge bei sich. Ohne sich zu regen, beobachtete F'lessan den Auszug. Erst als alle den Pfad hinuntergetrottet waren und sich nach verschiedenen Richtungen zerstreuten, trat der Bronzereiter auf die Öffnung zu.

»Puuuh!« Der Gestank warf F'lessan immer noch fast um – an manchen Stellen lag der Kot knietief. Mit angehaltenem Atem streckte er den Kopf durch die Öffnung. Die Höhle war riesig, soweit er das in den schmalen Lichtstreifen, die von oben durch die Fensterschlitze hereinfielen, erkennen konnte. Erst jetzt bemerkte er, daß rechts von ihm eine Treppe nach oben führte.

Golanth! Ich gehe rein. Da sind Stufen. F'lessan zog sich den Kragen über Mund und Nase, rannte auf die Treppe zu und sprang hinauf bis zum ersten Absatz. Dort blieb er stehen. Zu seiner Rechten befand sich eine breite Tür, einst mit einem Schloß gesichert, das jetzt nur noch eine rostige Hülle war und zu Staub zerfiel, sobald er es berührte. Hinter dieser Tür befand sich wieder ein Treppenabsatz, von dem aus Stufen in einen großen, hohen Raum hinabführten. Durch die schlitzförmigen Fenster drang gerade so viel Licht herein, daß er ein massiges, offenbar mit einer Plane abgedecktes Gebilde etwa von der Größe eines halben Drachen erkennen konnte.

Ich habe ein altes Artefakt gefunden! berichtete er Golanth und sprang hinunter, wobei er in seiner Aufregung zwei Stufen auf einmal nahm.

Die Abdeckung stammte aus alter Zeit. Nachdem er die graue Staubschicht weggewischt hatte, kam ein sattgrünes Gewebe zum Vorschein, das sich glatt und seifig anfühlte. F'lessan hob eine Ecke an und erblickte den Bug eines Fahrzeugs. Ein Irrtum war nicht möglich. Mühsam legte er das seltsame Gebilde weiter frei, und als er sich die Bänder ins Gedächtnis rief, die Akki ihnen vorgespielt hatte, konnte er es schließlich als Schlitten der größeren Sorte identifizieren.

Warte nur, bis Meister Fandarel und Benelek das zu sehen kriegen, Golanth! Die drehen durch! F'lessan dachte an das Aufsehen, das er mit diesem Wunderding erregen würde, und jauchzte vor Freude. Er zog die Abdeckung noch weiter zurück und bewunderte dabei, mit welcher Sorgfalt die einstigen Besitzer das Fahrzeug eingemottet hatten. Warum sie es wohl zurückgelassen hatten? *Wahrscheinlich, weil es keinen Treibstoff mehr gab.*

Es wirkt ziemlich unbeholfen, bemerkte Golanth.

Keine Sorge, mein Lieber, ich würde dich niemals gegen so etwas eintauschen. Nach allem, was in den Aufzeichnungen steht, haben die Dinger ihre Mucken. Ständig müssen sie gewartet werden und brauchen neue Teile. Die Probleme hat man mit einem Drachen nicht. F'lessan mußte herzlich lachen, als er sich vorstellte, wie die Schmiede um den Schlitten herumwimmeln würden – obwohl sie doch gar nichts davon hätten. Immerhin war es ein Glücksfall, eine derartige Antiquität zu finden, die noch dazu so liebevoll erhalten worden war. Von den alltäglichen Gebrauchsgegenständen der Siedler hatte man bisher nämlich kaum etwas entdeckt. Erst jetzt bemerkte F'lessan die Regale mit staubbedecktem Werkzeug an der Wand, einen Stapel leerer Plastiksäcke, in denen die Siedler gern alles mögliche verstaut hatten, und, ebenfalls mit einer feinen Staubschicht bedeckt, Plastikbehälter in den damals so beliebten bunten Farben.

Nun, wenn ich Akki erzähle, was wir hier gefunden haben, wird er sich wegen meiner Abwesenheit nicht mehr aufregen, fuhr F'lessan fort. *Aber ich sollte mir alles genau ansehen, damit ich einen vollständigen Bericht abgeben kann. Akki hält sehr viel von vollständigen Berichten.*

Er sprang in langen Sätzen bis zum Treppenabsatz hinauf und von dort weiter nach oben. Einige Stufen waren mit Kothaufen und schlammverschmierten Hufspuren verunziert, aber die endeten zum Glück an einem weiteren verschlossenen Zugang.

Diese Tür ließ sich in die Wand schieben – freilich erst, als F'lessan sich ächzend und mit aller Kraft dagegenstemmte. Er öffnete sie nur so weit, daß er sich hindurchzwängen konnte, und trat dann auf einen weiteren Treppenabsatz, von dem aus eine Treppe in eine riesige Höhle hinabführte – einen Arbeitsraum, der Vielzahl von Tischen und Schränken nach zu urteilen. Verwundert erkannte der Drachenreiter eine Schmiede und einen riesigen Brennofen sowie mehrere Werkbänke. Hier entdeckte er auch die ersten Anzeichen für einen überstürzten Aufbruch der einstigen Bewohner, denn einige Schubladen waren halb herausgezogen, und auf drei Tischen standen einzelne, nicht ganz geschlossene Kartons. Er stieg nicht hinunter, um sich genauer umzusehen, denn die Treppe führte auf der anderen Seite noch weiter nach oben.

Ich dringe in immer größere Höhen vor, Golanth, und habe Akki schon wieder von neuen Wundern zu berichten. Du meine Güte, diese Besitzung ist die reinste Schatztruhe. Die Bewohner sind zwar abgezogen, haben aber ausnahmsweise nicht allzu viel mitgenommen. Robinton und Lytol werden begeistert sein!

Golanth antwortete mit einem tiefen Knurren, das in F'lessans Ohren widerhallte. Der Bronzereiter lachte laut auf über diesen Mangel an Begeisterung, um dann voll Ungeduld weiter die Stufen hinaufzuhasten.

Und er wurde nicht enttäuscht. Durch die Tür auf der nächsten Ebene gelangte man in eine Art Vorhalle. Hinter einem eleganten Bogen befand sich der einstige Wohnraum. Hier kam sich F'lessan erstmals wie ein Eindringling vor und blieb deshalb im Eingang stehen. Mit leisem Rascheln huschten die Tunnelschlangen davon. Er kniff die Augen zusammen, aber in dem riesigen Raum war es so dunkel, daß er nur ein paar von Tüchern verhüllte Blöcke zu unterscheiden vermochte. Dafür bemerkte er dünne Lichtstreifen, die sich wohl um die Fensteröffnungen zogen.

Er kehrte in die Eingangshalle zurück und stieß das große, zweiflügelige Haupttor auf. Die grelle Morgensonne blendete ihn. Das Anwesen lag nach Nordosten, wie es sich für eine Besitzung im Süden gehörte, und der leichte Morgenwind brachte die dicken Staubpolster auf dem Boden in Bewegung. Jetzt war es hell genug, daß er die hoch über seinem Kopf befindlichen Fenster sehen konnte; und er fand auch die lange Stange, mit der sie sich öffnen ließen. Fünf der zehn Läden hatte er bereits aufgestoßen, als sein Blick auf die Wand darüber fiel.

Golanth! Das mußt du dir ansehen! Unglaublich!

Was muß ich mir ansehen? Wo bist du jetzt? Ist dort genug Platz für mich?

»Ich g-glaube sch-schon.« F'lessan hörte sein eigenes Gestammel vom Deckengewölbe widerhallen, einer Decke mit farbenprächtigen Gemälden, die nichts von ihrer Leuchtkraft eingebüßt hatten. Plötzlich wußte er auch, welche Geschichte diese Bilder erzählten. »Das müßte allen Zweiflern den Mund stopfen – eine unabhängige Bestätigung für Akkis Bericht!« murmelte er vor sich hin. Nach dem ersten flüchtigen Blick begann er, die Wände eingehend zu untersuchen. Die Fresken fesselten ihn so, daß er einen Moment brauchte, um das Geräusch einzuordnen, mit dem Golanths Klauen über den Steinboden scharrten.

Die Tür ist zu schmal für mich, sagte Golanth deutlich verärgert. F'lessan sah sich um und beherrschte sich gerade noch, sonst wäre er laut herausgeplatzt. Golanth hatte Kopf und Hals durch die Öffnung gezwängt, aber die mächtigen Schultern wollten einfach nicht mehr durchpassen.

»Du steckst doch hoffentlich nicht fest?« fragte der Bronzereiter besorgt.

Wenn sie schon dabei waren, hätten sie die Tür auch noch ein klein wenig höher und breiter machen können.

»Wahrscheinlich hatten sie einfach nicht an Drachen von deiner Größe gedacht, Golanth. Aber siehst du diese Wandmalereien? Eine Szene handelt sogar von Drachen – genau über dir. Oh, du kannst nicht alles sehen, aber ich bin ganz überwältigt. Für jedes wichtige Ereignis gibt es ein eigenes Gemälde ...« F'lessan zeigte auf die jeweiligen Darstellungen und erklärte sie. »Die Landung mit der Fähre; die Fahrzeuge auf der Schiffswiese; ja, da ist ein Schlitten wie der, den ich unten gefunden habe; die Errichtung von Siedlungen; Menschen, die das Land bearbeiten; und dann die Fäden. Das Bild ist ihnen zu anschaulich geraten. Da dreht sich einem ja beim Ansehen der Magen um. Und jede Menge Schlitten und kleinere Fahrzeuge und Flammenwerfer und – ach, ganz oben an der Decke sieht man sogar Rubkat mit all ihren Planeten. Warum haben wir diese Besitzung nicht schon längst entdeckt ...« F'lessan schwieg lange und ließ den Blick von einer prächtigen Abbildung zur nächsten wandern. »Bald werden sie alle kommen, um das zu sehen«, seufzte er endlich tief befriedigt.

»Das haben wir gut gemacht, Golanth, mein Herz. Und wir waren die ersten!«

Er sah sich ein letztes Mal um und beschloß, es damit gut sein zu lassen. Auch andere sollten das Anwesen noch so vorfinden, wie es zurückgeblieben war. Dann schloß er sorgfältig alle Fenster.

Golanth steckte immer noch in der Tür und verrenkte sich den Hals, um möglichst viel zu sehen. Als F'lessan zu ihm trat, schob er sich vorsichtig nach rückwärts auf das breite Sims, das auf dieser Ebene nach draußen ragte. F'lessan schloß die Türen hinter sich und staunte wieder einmal über die Qualität der Verarbeitung. Die schweren Metallflügel waren jahrhundertelang nicht bewegt worden, dennoch drehten sie sich leicht in den Angeln. Er blickte an der Fassade hinauf: über ihm waren noch drei Fensterreihen zu erkennen.

»Weder ein Weyr noch eine Burg, aber es könnte gehen.« F'lessan war eben erst wieder eingefallen, wonach er eigentlich suchen sollte. »Natürlich erst, nachdem sich die Artefaktensammler und die Handwerksmeister gründlich umgesehen haben.«

Für Drachen wäre das Gelände bestens geeignet, F'lessan, versicherte ihm Golanth. *Zum einen ist da der Fluß mit seinem tiefen, klaren und wohlschmeckenden Wasser, und dann gibt es viele Simse, die den ganzen Tag von der Sonne beschienen werden.* Der Bronzedrache schwenkte den Kopf nach links und nach rechts, um seinen Reiter auf die betreffenden Stellen aufmerksam zu machen. *Das wäre wirklich ein sehr guter Weyr.*

»Und genau so werden wir es melden.«

12

Die Entdeckung von Honshu wurde ein wenig in den Hintergrund gedrängt, als S'len im Bereitschaftsraum für Raumspaziergänge auf der *Yokohama* achtzehn noch brauchbare Raumanzüge fand. Nach Ansicht von Meister Robinton versetzte diese Meldung Akki weit mehr in Erregung als der Bericht über die gut erhaltene Besitzung. Dank dieser Anzüge, so erklärte die Stimme, ließe sich der Zeitplan sehr viel flexibler gestalten, außerdem erübrigten sich damit einige umständliche und potentiell gefährliche Alternativen. Für eine Reihe von Angehörigen der Schmiedegilde und für viele Harfner war dagegen Honshu der bedeutendere und zumindest im Moment nützlichere Fund.

Während Akki seinen Plan dementsprechend revidierte, wies Meister Fandarel Jancis und Hamian an, sämtliche in Honshu vorgefundenen Werkzeuge aufzulisten und, falls ihr Zweck nicht sofort erkennbar war, herauszufinden, wozu sie einst gedient hatten. Akki ging auch insoweit auf das lebhafte Interesse ein, als er sich die Zeit nahm, eine Bedienungsanleitung für den Schlitten auszudrucken, gab aber zu bedenken, alle Hoffnungen in dieser Richtung seien illusorisch, da er nicht behilflich sein könne, ihn in Gang zu bringen. Damit erregte er einigen Unmut, denn verschiedene Leute waren der Meinung, die Luftfahrt dürfe nicht den Drachenreitern und ›wenigen Auserwählten‹ vorbehalten bleiben.

Akkis wies diesen Vorwurf zurück, indem er aufzählte, was alles an neuen Verfahren und technischen Verbesserungen – Dinge, die von den meisten Beschwerdeführern theoretisch ohnehin abgelehnt wurden – erforderlich sei, um motorisierte Luftfahrzeuge zu bauen. Unter anderem erwähnte er auch die Entwicklung einer zweiten zuverlässigen Energiequelle.

»Die Siedler verwendeten Energiezellen«, erinnerte Akki die Fragesteller. Das Thema wurde nicht zum erstenmal erörtert. »Diese Zellen waren wiederaufladbar, aber kein einziges Ladegerät ist erhalten geblieben.«

»Kannst du uns denn nicht sagen, wie man die Energiezellen herstellt?«

»In den Naturwissenschaften gibt es zwei Kategorien«, begann Akki in gewohnter Weitschweifigkeit. »Die angewandte und die Grundlagenforschung. Erstere verwendet nur, was bereits bekannt ist – und sich im Alltag bewährt hat –, um vorher berechnete und berechenbare Ergebnisse zu erzielen. Die Grundlagenforschung dagegen rüttelt immer wieder an bereits bekannten Gesetzmäßigkeiten – und manchmal gelingt es ihr, die Grenzen zu überschreiten. Bei den Projekten, an denen Sie bisher arbeiten, war es Ihnen dank der bereits vorhandenen Kenntnisse und Erfahrungen möglich, sich das nötige Wissen zum Verständnis meiner Ausführungen anzueignen. Dagegen bestehen für andere Dinge – wie etwa die von außerhalb stammenden Energiezellen – auf Pern weder die technischen noch die wissenschaftlichen Voraussetzungen. Die grundlegenden Theorien sind Ihnen zu fremd, als daß Sie sie in die Praxis umsetzen könnten.«

»Mit anderen Worten, wir müssen diese Welt und was sie uns bietet, so nehmen, wie es ist?« fragte Jaxom.

»Genau. Und zu diesem Schluß müssen sie selbst kommen, auch Lytol kann Ihnen dabei helfen, nicht aber diese Anlage.«

Damit war das Thema Honshu für Akki erledigt. Da nun weitere Raumanzüge zur Verfügung standen, leitete er neue Projekte ein, die, wie er ohne Umschweife erklärte, viel enger verknüpft waren mit ihrer größten und wichtigsten Aufgabe, der Vernichtung der Fäden.

Die Lebenserhaltungssysteme auf der *Bahrain* und der *Buenos Aires* arbeiteten inzwischen auf vollen Touren, und so wurden Mirrim und S'len mit ihren grünen Drachen losgeschickt, um die Brückencomputer der beiden kleineren Schiffe an die Verbindung zwischen der Datenbank der *Yokohama* und Akki anzukoppeln. Die *Bahrain* und die *Buenos Aires* hatten im Lauf der Jahrhunderte weit mehr gelitten als die *Yokohama,* und bei Kollisionen, die auch die Deflektorschilde nicht hatten vermeiden können, waren Antennen, Außenkameras und große Teile der Außenhaut verlorengegangen. Allerdings stellte Akki rasch fest, daß diese Schäden für die Ausführung seiner Pläne kein Hindernis darstellten.

Terry, Wansor, drei der intelligentesten Glasmachergesellen und der Künstler Perschar wurden von grünen Drachen auf die *Yokohama* gebracht, um in endlosen Sitzungen am Teleskop alle Besonderheiten des Roten Sterns zeichnerisch festzuhalten. Die Bildübertragung zu Akki war immer noch mangelhaft; Akki hatte nicht feststellen können, woran das lag, und war deshalb auf das menschliche Auge angewiesen. Bald meldeten die sechs, der exzentrische Planet wende ihnen immer nur eine Seite zu. Perschar sollte Vergrößerungen aller geographischen Merkmale seiner Oberfläche anfertigen. Wansor mußte mit Gewalt von der Computerkonsole weggeholt werden und hatte sich so verausgabt, daß er auf dem Rückflug im *Dazwischen* einschlief.

Teams aus Grünen und Bronzereitern – zu ihrer Beförderung dienten ausschließlich die kleinen, grünen Drachen – durchstreiften die verlassenen Ebenen der *Yokohama,* um zu sehen, ob nicht doch noch etwas zurückgeblieben sei. Aber die Alten hatten erstaunlich viel demontiert. Die Raumanzüge – und die langen Reihen von Kälteschlafkapseln – waren offenbar das einzige, wofür man auf Pern keine Verwendung gefunden hatte.

Als nächstes schickte man eine Gruppe von Schmiedemeistern auf alle drei Schiffe, angefangen mit der *Yokohama*, damit sie sich mit den Fracht- und den Maschinenräumen vertraut machen konnten. Die vier – Fandarel, Belterac, Evan und Jancis – waren ganz hingerissen von der Schiffskonstruktion und hielten immer wieder an, um genau zu untersuchen, wie man diese oder jene Strebe befestigt und Wände, Decken und Fußböden in das Schiffsskelett eingepaßt hatte. Sie fanden sich nur schwer damit ab, daß die *Yokohama* im Weltraum zusammengebaut worden sein sollte, auf einer der gigantischen Satellitenwerften der alten Erde, und daß auch die schwersten Teile von einzelnen Arbeitern mit computergesteuerten Maschinen an Ort und Stelle gebracht worden waren.

Meister Fandarel nützte die Möglichkeiten der *Yokohama* weidlich aus, um sich von Akki die Konstruktionsmerkmale und die Sicherheitsaspekte der Segmentierung erklären zu lassen. Er war aufrichtig fasziniert von der seltsamen Logik, die dieser Raumschiffbauweise zugrundelag, und hatte tausend Fragen zu den scheinbaren Ungereimtheiten.

Der Hauptsektor der *Yokohama* war eine riesige Kugel mit vielen Ebenen, die nicht nur in sich abgeschottet, sondern zudem in einzelne hermetisch verschließbare Abschnitte unterteilt werden konnten – zum Schutz der Überlebenden, wie Akki erklärte, falls der Hauptrumpf leckschlug. Auf diese Weise war es möglich, Wärme und Sauerstoff genau wie jetzt auf die Bereiche zu begrenzen, wo sie gebraucht wurden, und damit die Ressourcen zu schonen. Die Brücke, der Ökologiesektor und der dazugehörige Fahrstuhl, ein kleines Lazarett und die Luftschleuse A waren am besten abgeschirmt. Akki zufolge waren an der Luftschleuse A ursprünglich die Rettungskapseln festgemacht gewesen, doch dann hatte man die *Yokohama* zum Kolonistenschiff umgebaut und diese Kapselanschlüsse so verändert, daß die Versorgungsfahrzeuge daran andocken konnten.

Die riesigen Antimaterie-Triebwerke befanden sich an den Enden eines langen Blocks, der zwar am Mittelabschnitt der Hauptkugel befestigt, aber durch die stärkste Abschirmung auf dem ganzen Schiff von ihr getrennt war. An zwei großen Rädern zu beiden Seiten dieses Triebwerksblocks waren die Treibstoff- und Frachtkapseln montiert gewesen, die sich an die Triebwerke schmiegten. Diese Kapseln waren im Verlauf der Reise natürlich geleert und schließlich abgesprengt worden, um vor Monaco Bay ins Meer zu fallen, wo man sie geborgen, die Metallteile eingeschmolzen und wiederverarbeitet hatte. Die Keramiktanks für den Treibstoff hatte man unterschiedlichen Verwendungen zugeführt. Von den Aufbauten der *Yokohama* und der beiden anderen Kolonistenschiffe war nicht mehr viel vorhanden. Am schmaleren Heckrad am Ende des Triebwerksblocks befand sich immer noch ein Kranz von Steuerdüsen, die mit Energie aus den Solarzellen betrieben wurden und zusammen mit den um die Hauptkugel angebrachten Düsen die *Yokohama* fest auf ihrer Bahn hielten. Eine der ersten Inspektionen, die Akki angeordnet hatte, diente der Feststellung, wieviel Treibstoff der Haupttank der *Yokohama* noch enthielt.

Der Gedanke an diesen Treibstoff veranlaßte Fandarel zu der Frage, wieso die Siedler es gewagt hätten, die Kolonistenschiffe in einer Umlaufbahn zu belassen, die sie irgendwann mit Sicherheit nicht mehr würden halten können. Akki antwortete knapp, das sei kein vordringliches Problem: Bislang sei der Orbit stabil, und der Oberfläche von Pern drohe keine Gefahr – jedenfalls nicht von herabstürzenden Schiffstrümmern.

Während Jancis eine notdürftige Verbindung zwischen Akki und der Hauptsteuerkonsole herstellte und die anderen den Probelauf der großen Triebwerke überwachten, löste einer der grünen Reiter auf der Brücke Alarm aus. Trig, Jancis' kleine Bronzeechse, war ganz außer sich und ließ sich nur mit Mühe so weit beruhigen, daß man sie verstehen konnte. Jancis versuchte, S'len oder L'zan über Interkom zu erreichen, aber keiner meldete sich. Und das rote Alarmsignal hörte nicht auf zu blinken.

»Sporenangriff auf die *Yokohama?*« Soviel konnte Jancis Trigs Gedankenchaos entnehmen. »Unmöglich, Trig. Unmöglich. Hier sind wir sicher! Nein, komm ja nicht auf die Idee, hier drinnen Feuer zu speien!«

Dann schrie Jancis so lange ihre Anweisungen in den Brückenlautsprecher, bis S'len die richtigen Knöpfe drückte und Sprechkontakt herstellte.

»Es sind Sporen, Jancis. Ich bin mir ganz sicher« antwortete er auf ihre Frage. »Kein Raumschutt. Ein ganzer Strom eiförmiger Gebilde unterschiedlicher Größe treibt auf uns zu. Sieht genau so aus wie das Zeug, das Akki uns beschrieben hat. Raumschutt käme nicht so gleichmäßig, nicht wahr? Das Zeug reicht so weit, wie wir vom Fenster aus sehen konnen. Aber nichts davon trifft die Scheibe, die Pilotenkonsole ist ein einziges Feuerwerk, und die Technik piepst, was das Zeug hält.« Er sprudelte die Worte nur so heraus. Dann wurde seine Stimme schrill vor Erregung. »Bigath und Beerth behaupten, wir müssen *hinaus*. Sie sagen, es sind Fäden. Ich hätte niemals *denken* dürfen, wofür ich es halte! Nein, Bigath!« Das war nicht für Jancis bestimmt. »Dagegen *können* wir nicht anfliegen. Wenn überhaupt, dann sind es noch keine richtigen Fäden! Wir haben keinen Feuerstein, da draußen gibt es keine Luft, und fliegen könntest du sowieso nicht – du würdest nur schweben, genau wie hier drin. Scherben! Jancis, sie begreift es einfach nicht!«

S'len ließ sich normalerweise nicht so leicht aus der Ruhe bringen, und auch Bigath war für ein grünes Weibchen außerordentlich besonnen. Im Hintergrund konnte Jancis Akkis beschwichtigende Stimme hören. Wenn Bigath schon ihrem Reiter nicht gehorchte, ließ sie sich von Akki erst recht nicht zur Ordnung rufen. Aus ihrem lauten Kampfschrei klang aufkeimende Panik.

»Sag ihnen, Ruth hat verboten, das Schiff zu verlassen! Ihm gehorchen sie!« Jancis nahm Zuflucht zu einer Instanz, die von den kleineren Drachen respektiert wurde. Alle Grünen, die sie kannte, hatten eine Schwäche für den weißen Drachen.

»Bigath will wissen, wann Ruth kommt!« S'lens Tonfall verriet seine Verzweiflung. Akkis ruhige Stimme mahnte die Grünen weiterhin zur Vernunft, aber die Tiere waren nicht in der Verfassung, um auf seine Argumente zu hören.

Gerade als Jancis hastig eine Nachricht an Jaxom verfaßte, vernahm sie S'lens erleichterten Ausruf: »Ruth ist hier und hat alles unter Kontrolle!«

Sie sah erst ihren Zettel und dann ihre Feuerechse an, die mit schiefgelegtem Köpfchen spöttisch zu ihr aufblinzelte. Nachdem sie noch einen Moment überlegt hatte, traf sie eine Entscheidung. Jaxom und Ruth konnten unmöglich erfahren haben, daß sie auf der Brücke gebraucht wurden. Jaxom war in Ruatha, und Akki hatte keine Möglichkeit, ihn dort zu erreichen. Sie sah auf ihre Armbanduhr und schrieb die genaue Zeit nieder. Dann fügte sie in Großbuchstaben das Wort ›ZEITSPRUNG!‹ hinzu und wies Trig an, mit der Botschaft nach Ruatha und zu Jaxom zu fliegen.

»Was soll das jetzt noch, Ruth und Jaxom sind doch schon hier?« fragte Fandarel.

Jancis lächelte ihren Großvater an. »Trig braucht Übung, Großpapa.«

Trig war fast sofort wieder zurück und schien überaus zufrieden mit sich.

»Der braucht nicht nur Übung.« Fandarel war erbost über den scheinbaren Ungehorsam des Kleinen.

»Ich weiß nicht, wie ihr darüber denkt«, sagte Jancis, um ihn abzulenken, und ging auf den Lift zu, »ich möchte diesen ›Angriff‹ jedenfalls mit eigenen Augen sehen. Bisher durfte ich Hof oder Halle während eines Fädenfalls nie verlassen, also ist das die erste und vielleicht einzige Gelegenheit für mich. Will von euch keiner mitkommen?«

Das ließen sich die anderen nicht zweimal sagen, und als sie zusammen mit drei hünenhaften Schmieden im Lift steckte, bedauerte sie schon, die Herausforderung ausgesprochen zu haben.

Die Lifttür öffnete sich, und dahinter ging es zu wie im Tollhaus: zwei grüne Drachen klebten mit gespreizten Schwingen am Fenster und zischten und geiferten so hemmungslos, daß die ganze Scheibe mit Speichel verschmiert war. Ruth hatte beide Flügel voll ausgebreitet, bedeckte damit die Körper der beiden und hielt mit seinen Schwingenfingern die ihren fest. Sein lautes Gurren ging fast unter in ihrem wütenden Fauchen.

Jancis bekam Trig gerade noch zu fassen, ehe auch er sich zu den Drachen gesellte und ihr törichtes Gehabe imitierte. Als sie sich den Kleinen unter den Arm klemmte, mußte sie nach dem Geländer greifen, sonst hätte er sie mit seinem wilden Gezappel ins Trudeln gebracht. Ruth richtete seine blutunterlaufenen Augen auf Trig und kläffte ihn gebieterisch an. Sofort beruhigte sich die Bronzeechse.

Die Aussicht – jedenfalls das wenige, was nicht von

den drei Drachenkörpern verdeckt wurde – war beeindruckend: ein dichter Regen versperrte den Blick auf Pern. Anfangs mußte Jancis sich sehr beherrschen, um nicht zurückzuzucken. Die Gebilde kamen geradewegs auf die *Yokohama* zugeschossen und wurden scheinbar erst im letzten Moment vor dem Aufprall von den Schilden des Schiffs abgelenkt. Allmählich gewöhnten sie und die drei Schmiede sich jedoch an das Spektakel und konnten es einigermaßen gelassen beobachten. So erheiternd wie Jaxom fanden sie es freilich nicht. Der klammerte sich mit einer Hand an den Pilotensessel, um nicht davonzuschweben, und krümmte sich vor Lachen. S'len und L'zan, die sicherheitshalber außer Reichweite der wild peitschenden Drachenschwänze in der Luft schwebten, betrachteten ihn peinlich berührt.

Fandarel, der Größte unter den Anwesenden, hatte einigermaßen freien Blick nach draußen. »Was für ein unglaubliches Schauspiel. Akki, ist das einer dieser Meteorschauer, von denen du uns erzählt hast?«

»Was Sie sehen, ist kein Meteorschauer«, antwortete Akki. »Vergleicht man diese Attacke mit den Berichten des Piloten Kenjo Fusaiyuki von seinen Erkundungsflügen, so läßt sich vorbehaltlich genauerer Untersuchung einer Probe annehmen, daß es sich um Sporen im raumresistenten Stadium handelt, die auf dem Weg zu Ihrem Planeten die *Yokohama* passieren.«

»Aber wo werden sie niedergehen?« Jaxom konnte sich im Moment nicht erinnern, für welchen Weyr die nächsten Fädenregen angesagt waren.

»Über Nerat in genau sechsundvierzig Stunden«, antwortete Akki.

Jaxom stieß einen langgezogenen Pfiff aus.

»Dieser Schwarm hat noch einen weiten Weg bis zur Atmosphärehülle des Planeten«, fuhr Akki fort.

»Hmmm.« Fandarel schwebte näher ans Fenster und spähte hinaus. »Faszinierend! Da steht man mitten in einem Sporenregen, und doch bleibt man unversehrt. Wirklich überwältigend. Ein Jammer, daß wir nichts tun können, um die Flut aufzuhalten, ehe sie unsere Welt erreicht.«

S'len stöhnte. »Sie dürfen an so etwas nicht einmal denken«, bat er und zeigte auf die ungebärdigen Tiere, die Ruth mit sichtlicher Mühe am Fenster festhielt.

»Im Augenblick sehen sie gar nicht so gefährlich aus.« Jancis betrachtete die heransausenden und plötzlich verschwindenden Ovoide mit nachdenklicher Miene.

»In gefrorenem Zustand sind sie wahrscheinlich nicht tödlich«, sagte Akki.

»Aber garantieren kannst du das nicht?«

»Nabhi Nabol und Bart Lemos haben den Versuch unternommen, einzelne Exemplare zu beschaffen, aber ihr Schiff zerbrach in der Luft, ehe sie landen konnten.«

»Könnten wir nicht jetzt ein paar davon holen?« schlug Jaxom vor. »Da draußen gibt's schließlich genug.«

Eine längere Pause trat ein, und Jaxom zwinkerte Jancis zu. Es geschah nicht oft, daß es Akki die Sprache verschlug.

»Sie sind sich der Risiken eines solchen Unternehmens nicht bewußt«, stellte Akki schließlich fest.

»Wieso? Wir könnten das Ding zum Beispiel in Luftschleuse A verstauen, dort würde es nicht auftauen. Du hast uns doch immer wieder erzählt, daß die Sporen erst durch die Reibung bei Eintritt in die Atmosphäre eine Metamorphose durchmachen und gefährlich werden.«

Jancis bewegte lautlos die Lippen und schüttelte heftig den Kopf. Unter ihrem Arm zappelte Trig mit neuer Kraft, um sich zu befreien.

»Die relative Geschwindigkeit der *Yokohama* im Vergleich zu den Sporenovoiden beträgt etwa 38 765 Seemeilen oder dreißigtausend Meilen pro Stunde. Selbst für Personen, die gelernt haben, sich im Weltraum zu bewegen, wäre es unmöglich, ein Exemplar einzufangen. Außerdem wäre eine Zange aus nichtwärmeleitendem Material unerläßlich.«

Trig kreischte protestierend.

Ich würde dir gerne ein Sporenei fangen. Ruth drehte den Kopf unglaublich weit nach hinten und sah seinen Reiter an.

Erschrocken starrte Jaxom zurück. Schon bereute er seinen unüberlegten Vorschlag. »O nein, das tust du nicht.« Doch als er Ruths geknickte Miene sah, fügte er noch hinzu: »Schließlich kann niemand außer dir die beiden Grünen bändigen.«

»Hat Ruth sich eben erboten, eine Spore zu holen?« fragte Jancis und drückte den quirligen Trig noch fester an sich. »Laß das lieber Trig machen.«

»Du hast doch gehört, was Akki über die Geschwindigkeiten und die nichtwärmeleitende Zange sagte.«

»Man hat nicht den Eindruck, als bewegten wir uns auch nur entfernt so schnell«, protestierte sie. Dann gab sie sich seufzend geschlagen. »Aber es stimmt wohl, soviel weiß sogar ich. Wie auch immer, Feuerechsenkrallen sind nicht gerade gute Wärmeleiter, nicht wahr? Und Trig fühlt sich dem Unternehmen offenbar ohne weiteres gewachsen.«

»*Was!*« Belterac quollen vor Entsetzen die Augen aus dem Kopf. »Er will eines von diesen – von diesen Dingern hier zu uns hereinbringen?«

»Nicht hier herein«, erklärte Jancis. »In die Luftschleuse, damit wir es genauer untersuchen können. Solange es gefroren ist, stellt es keine Gefahr dar.«

»Glaubst du wirklich, Trig wäre dazu imstande?« fragte Fandarel. Seine unersättliche Neugier war bereits im Begriff, den Sieg über den tief verwurzelten Abscheu vor den Fäden davonzutragen.

»Wenn er meint, dann kann er es auch.« Jancis blickte auf die heftig strampelnde Feuerechse hinab. »Vielleicht beruhigt er sich, wenn man ihm gestattet, etwas gegen die Fäden zu unternehmen.« Sie sah in den Sporenregen hinaus.

»Es ist bekannt«, schaltete Akki sich ein, »daß sich Feuerechsen in Gegenwart von Fäden besonders tapfer zeigen. Des weiteren ist bekannt, daß sowohl bei Feuerechsen als auch bei Drachen der *Gedanke* auf eine bislang unerklärliche Weise in die Tat umgesetzt wird. Wenn Trig *glaubt*, er könne trotz der auf der Hand liegenden Schwierigkeiten ein Exemplar beschaffen, so würde er damit die durchaus angezeigte Erforschung des Organismus sehr erleichtern. Bei Lagerung in Luftschleuse A bliebe das Exemplar selbstverständlich gefroren, inaktiv *und* unschädlich. Dann bestünde die Möglichkeit, es in aller Ruhe zu sezieren, wie es bereits Ihre Vorfahren geplant hatten, ohne daß es je dazu gekommen wäre. Dies wäre der krönende Abschluß ihrer biologischen Arbeit.«

Jaxom sah Jancis mißtrauisch an. Er war ganz und gar nicht sicher, ob sie Trig so etwas zumuten sollten. Wußten sie denn nicht bereits alles über die Fäden, was sie wissen mußten? Andererseits wäre es doch eine gewisse Genugtuung, eine hilflose Spore im Urzustand in ihrer Gewalt zu haben.

Es wäre überhaupt nicht schwierig, erklärte Ruth.

»Ruth!« Jaxom wehrte mit einer heftigen Handbewegung ab. »Das ist Sache der Feuerechsen, du hältst dich da raus. Angeber!«

Jancis' Lachen überraschte ihn. »Wie will Ruth sich denn in Luftschleuse A zwängen?« fragte sie und grinste über Ruths vorwurfsvollen Blick. »Wir vergewissern uns erst einmal, ob Trig sich wirklich dazu imstande fühlt. Paß auf, mein Schatz...« Sie hob Trig hoch, bis er sich in Höhe ihrer Augen befand, faßte mit zwei Fingern sein dreieckiges Köpfchen und drehte es zum Fenster. »Wir möchten, daß du eines von den großen Eiern holst und in Luftschleuse A ablegst. Du weißt doch, wo das ist? Es ist nicht anders, als einen Wherry im Flug zu schnappen.«

Ich erkläre es ihm auch noch einmal, falls er es nicht verstanden hat, erbot sich Ruth mit einem gekränkten Seitenblick auf seinen Reiter. *Mir würde gar nichts passieren. Ich bin viel größer als die Fädeneier. Ich wäre nicht so leicht aus dem Gleichgewicht zu bringen wie eine kleine Feuerechse. Und es ist doch nur ein kleiner Sprung ins* Dazwischen.

Trig piepste, sah sich nach Ruth um und piepste noch einmal. Seine immer schneller kreisenden Augen verrieten freudige Bereitschaft.

Er hat alles verstanden. Er sagt, es ist ganz einfach.

»Ruth hat Trig gründlich instruiert«, erklärte Jaxom.

»Und du bist sicher, daß du das kannst, Trig? Weißt du, niemand zwingt dich dazu«, sagte sie, aber in Trigs orangerot schillernden Augen stand hingebungsvolle Zuversicht. Mit einem Seufzer katapultierte sie ihn von ihrem Arm. Er verschwand. Im nächsten Moment konnten alle durch das Brückenfenster beobachten, wie er sich auf ein Ovoid stürzte, das kaum kleiner war als er selbst. Die Wucht des Aufpralls schleuderte ihn zurück, doch ehe er gegen das Fenster prallen konnte, war er schon wieder verschwunden. Drei Herzschläge später erschien er, zufrieden schnatternd, auf der Brücke.

»Seine Haut ist bitterkalt«, sagte Jancis und streichelte ihn. »Was hat er denn da an den Krallen? Pfui Teufel, die sind ja eisig!« Trotzdem ließ sie ihn auf ihrer Schulter sitzen.

Alle, auch Ruth, machten viel Aufhebens von dem Kleinen, nur die beiden Grünen murrten verdrießlich, weil sie auf der *Yokohama* hatten bleiben müssen.

»Der Raumausflug war offenbar erfolgreich?« erkundigte sich Akki.

Jaxom aktivierte die Kamera in Luftschleuse A und sah das Ovoid sanft über den Boden schweben.

Jancis' Augen wurden groß, und sie deutete aufgeregt auf den Bildschirm, der das Innere der Luftschleuse zeigte. »Seht nur!« rief sie. Die anderen begriffen gar nicht sofort, daß das Ovoid quer durch die Schleuse glitt. An der Wand hielt es kurz an, dann kehrte es ins Zentrum des Raums zurück und nahm annähernd die gleiche Position ein wie zuvor.

»Eine ausgezeichnete Demonstration des Phänomens der magnetischen Levitation«, bemerkte Akki.

»Und Glückwünsche von Meister Robinton und D'ram. Burgverwalter Lytol stellt bereits ein Team zusammen, um das Exemplar untersuchen zu lassen.«

»Was du nicht sagst!« spöttelte Jaxom. Wem gedachte Lytol diese unangenehme Aufgabe wohl anzuhängen?

»Es wäre wünschenswert, die Ausdehnung und die Dichte des Stroms zu kennen«, fuhr Akki fort. »Jancis, Sie können diese Werte von der Navigationskonsole ablesen, wenn Sie mit dem EXAM.EXE-Kode die Außenkameras aktivieren.«

»Es kommt mir fast so vor, Akki«, Jaxom zwinkerte Jancis zu, »als hätte dieser Zwischenfall nicht auf deiner heutigen Tagesordnung gestanden?« Amüsiert registrierte er Fandarels erstaunten Blick ob dieser Unverschämtheit.

Akki schwieg so beharrlich, daß alle auf der Brücke sich belustigt ansahen. Sollten sie Akki schon zum zweiten Mal an diesem Tag aus der Fassung gebracht haben? Fandarel stimmte gerade sein tiefes, kollerndes Gelächter an, als endlich die Antwort kam.

»Bedauerlicherweise war diese Anlage auf eine solche Möglichkeit nicht vorbereitet, obwohl neuere Berechnungen darauf hindeuten, daß die *Yokohama* und ihre Schwesterschiffe bei jedem vierten Fädeneinfall auf der Bahn des Sporenregens liegen.«

»Man stelle sich das vor!« bemerkte Jaxom mit einem boshaften Funkeln in den Augen. Er hätte nie erwartet, Akki einmal kalt zu erwischen.

Akkis nächste Frage zeugte, jedenfalls nach Jaxoms Meinung, von bemerkenswerter Kaltschnäuzigkeit. »Zerstört der Schild die Ovoide, oder lenkt er sie nur ab?«

»Er lenkt sie ab«, antwortete Jaxom. Dann erst ging ihm der Sinn der Frage auf. »Der Schild hat auch einen Zerstörungsmodus? Wir könnten das Zeug vernichten, ehe es auf uns herunterkommt? Eine glänzende Idee! Der Sporenregen über Nerat würde um einiges schwächer ausfallen. Vielleicht ließe sich damit auch der alte Begamon überzeugen, daß dies alles« – er deutete mit großer Geste auf die Brücke – »der Mühe wert ist.«

»Jaxom, der Zerstörungsmodus kann entweder vom Kapitänssessel oder vom Pilotenschaltpult aus aktiviert werden. Rufen Sie das Schildfunktionsprogramm auf, und gehen Sie von DEFL auf DEST.«

»Ich höre und gehorche«, sagte Jaxom eifrig. Sein Atem ging schneller, als er sich auf den Pilotensessel setzte und die Konsole einschaltete. »Programmänderung erfolgt.« Sein Finger schwebte kurz über der ENTER-Taste. »Programm gestartet.«

Im nächsten Moment lösten sich die Kügelchen, die auf sie zugerast kamen, in nichts auf. Die entstehende Lücke ließ nur allzu deutlich werden, wie breit und tief der Strom tatsächlich war.

»Wenn Sie den Heckbildschirm aktivieren, Jaxom«, fuhr Akki fort, »können Sie sich von der Effektivität des Zerstörungsmodus überzeugen.«

Unübersehbar zog sich ein breiter Streifen der Zerstörung durch das Fädenband.

»Das ist wundervoll! Einfach großartig! Es ist schon

ein phantastisches Gefühl, Fäden in der Luft zu verbrennen! Aber *das* ist noch besser! Viel besser!« murmelte Jaxom. Er schaltete wieder auf die vorderen Kameras um und sah voller Genugtuung zu, wie die Sporen liquidiert wurden. Die grünen Drachen hatten zu spucken aufgehört und grummelten entzückt vor sich hin.

»Gibt es eine Möglichkeit, dieses Zerstörungswerk noch über die *Yokohama* hinaus auszudehnen?« fragte Meister Fandarel.

»Nein«, antwortete Akki. »Der Schild hat in erster Linie die Aufgabe, ganz gewöhnlichen Raumschutt abzulenken. In Anbetracht der Breite, Länge und Tiefe des Sporenstroms könnte man ebensogut versuchen, mit einer Kerze gegen einen Schneesturm anzugehen.«

»Und was schlägst du vor, Akki, um diese Gefahr zu beseitigen – wie du es uns schließlich versprochen hast?« wollte Jaxom wissen.

»Wir werden den Vektor verändern, der die Fäden nach Pern bringt. Das sollte doch inzwischen auch der letzte von Ihnen begriffen haben«, schalt Akki. »Der exzentrische Planet muß so weit aus seiner Bahn gedrängt werden, daß er die Fäden nicht mehr im Orbit von Pern absetzen kann.«

»Und wie soll das möglich sein?« fragte Meister Fandarel.

»Wenn Sie genau nach Plan verfahren, werden Sie es irgendwann begreifen. Alles, was Sie lernen, jedes noch so einfach erscheinende Manöver hier oben oder am Boden ist darauf angelegt, Sie zu diesem Ziel zu führen.«

Alles Bitten und Drängen half nichts, Akki ließ sich nicht bewegen, weitere Einzelheiten zu verraten. »Man muß erst gehen lernen, ehe man rennen kann«, erklärte er jedesmal, wenn Fandarel, Jaxom, Jancis oder Belterac die gleiche Frage mit etwas anderen Worten wieder stellten.

Endlich gab Jaxom auf und kehrte in die Gegenwart zurück. »Haben die *Buenos Aires* und die *Bahrain* nicht ähnliche Schilde?«

»Das ist richtig«, bestätigte Akki.

»Nun denn.« Jaxom rieb sich erwartungsvoll die Hände.

»Moment mal, Jaxom«, fuhr Jancis dazwischen. »Warum sollst immer nur du den ganzen Spaß haben? Ich will auch einmal Fäden vernichten.«

»Ich auch«, rief ihr Großvater, und ein sehnsüchtiges Lächeln erhellte seine sonst so unbewegten Züge.

»Ist das nicht zu gefährlich für eine junge Frau und Mutter?« fragte Belterac und bat Fandarel mit einem flehentlichen Blick um Unterstützung.

»Mit dieser Begründung wirst du mich nicht um meine Chance bringen, Belterac!« brauste Jancis so heftig auf, daß Belterac fast zurückgezuckt wäre. »Außerdem passe ich in einen Raumanzug, während du dafür viel zu dick bist.«

»Ich aber nicht.« Evan hatte sich bisher still verhalten.

»Ich dachte, die lebenserhaltenden Systeme auf den beiden kleineren Schiffen seien in Betrieb«, sagte Fandarel. »Stimmt das etwa nicht, Akki?«

»O doch, Meister Fandarel.«

»Nun, dann sind doch gar keine Raumanzüge erforderlich.«

»Aber man muß wissen, was man einzugeben hat, Großvater, und du hast die Arbeit am Computer doch immer gern anderen überlassen.«

Fandarel richtete sich zu voller Größe auf und warf sich in die mächtige Brust. »So schwierig sah mir das gar nicht aus. Man drückt auf ein paar Tasten, und dann gibt man ENTER.« Er streifte Jaxom mit einem fragenden Blick.

»Schluß jetzt!« Jaxom hob die Arme und wäre fast aus dem Pilotensessel geschwebt. »Als Burgherr stehe ich rangmäßig über allen Anwesenden, folglich werde ich entscheiden. Meister Fandarel hat sich die Chance aus vielen Gründen verdient, und das gilt auch für Jancis. Beerth und Bigath haben alle Schmiede hier heraufgebracht und können Sie sicher auch noch zu den beiden anderen Schiffen befördern. Ihnen« – er deutete auf Belterac – »kann man wohl zutrauen, den Schirmmodus von Ablenkung auf Zerstörung umzustellen. Sie« – er wies auf Fandarel – »dürfen das Programm starten. Jancis, du programmierst die Abschirmung neu, und Evan drückt die ENTER-Taste. Damit hat jeder etwas zu tun.«

»Man sollte darauf hinweisen«, meldete sich Akki, »daß die Fädenmenge, die selbst bei Einsatz des Zerstörungsmodus der Abschirmungen auf allen drei Schiffen vernichtet würde, lediglich null Komma neun Prozent eines durchschnittlichen Sporenregens beträgt. Ist dieser Ausflug wirklich nötig?«

»Das sind null Komma neun Prozent, um die sich die Drachenreiter nicht mehr zu kümmern brauchen«, jubelte Jaxom.

»Dann auf zu diesem effektiven Einsatz der verfügbaren Technik«, rief Fandarel eifrig.

»Diese Anlage erkennt, daß die Teilnahme an einem solchen Unternehmen mit einer enormen psychischen Befriedigung verbunden wäre, die sowohl das Risiko als auch den tatsächlichen Vernichtungserfolg bei weitem überwöge«, gab Akki zu.

»Die Befriedigung wäre enorm«, pflichtete Jaxom ihm bei.

»Die Moral würde in ungeahnte Höhen klettern« warf Jancis ein. »Wenn ich mir vorstelle, daß ich dabei sein darf!«

»Immer vorausgesetzt«, wandte Jaxom sich an die grünen Reiter, »Sie und Ihre Drachen sind dazu bereit.«

S'len und L'zan ließen sich nicht lange bitten. Jaxom

hämmerte allen die erforderlichen Schritte zur Umschaltung des Deflektorschirms auf Zerstörungsmodus ein. Akki bestand darauf, daß jeder für den Notfall ein Sauerstoffgerät mitführte. Die Atmosphäre auf den beiden kleineren Schiffen genügte nur den Minimalanforderungen, und man durfte sich nicht der Gefahr von Sauerstoffmangel aussetzen.

Als die Grünen, vollbeladen mit Reitern, endlich aufgebrochen waren, kam es Jaxom auf der Brücke ganz ungewohnt ruhig vor.

»Jaxom«, begann Akki. »Wieviel Gewicht können die grünen Drachen tragen? Die heutige Last übersteigt ihr eigenes Körpergewicht.«

»Ein Drache kann soviel tragen, wie er glaubt, tragen zu können«, antwortete Jaxom achselzuckend.

»Wenn also der Drache glaubt, einen Gegenstand tragen zu können, dann kann er es auch, ungeachtet des tatsächlichen Gewichts?«

»Ich glaube, bisher hat es noch niemand darauf angelegt, einen Drachen zu überladen. Hast nicht du mir erzählt, daß die ersten Tiere nach dem Vulkanausbruch Güter aus Landing abtransportierten?«

»Das ist wahr. Aber wie Sie bereits vermuteten, hat man stets darauf geachtet, daß die Lasten nicht zu schwer wurden. Sean O'Connell, der Anführer jener ersten Reiter, war überhaupt dagegen, die Drachen zu solchen Arbeiten heranzuziehen.«

»Warum?«

»Das wurde nie erklärt.«

Jaxom lächelte in sich hinein. »Drachen sind zu vielen unerklärlichen Dingen fähig.«

»Zum Beispiel«, hier veränderte sich Akkis Stimme kaum merklich, »genau im richtigen Augenblick zur Stelle zu sein?«

Jaxom lachte leise. »Zum Beispiel.«

»Wie war es möglich, einen solchen Glücksfall zu inszenieren?«

»Jancis hatte den klugen Einfall, auf ihrem Zettel auch die Zeit zu vermerken. Als ich Ruth ein Bild von der Brücke übermittelte, stellte ich mir auch die Brückenuhr vor« – Jaxom zeigte auf die Digitalanzeige –, »aber eine Minute früher als von Jancis angegeben. Deshalb« – er lachte wieder – »kamen wir natürlich genau zur rechten Zeit!«

Sag Akki, daß ich immer weiß, in welcher Zeit ich mich befinde, bat Ruth, und Jaxom richtete die Botschaft pflichtschuldigst aus.

»Eine bemerkenswerte Eigenschaft.«

»Aber das ist nur für deine Ohren bestimmt, Akki.«

»Diese Anlage hat keine Ohren, Jaxom.«

Das Gespräch wurde unterbrochen, weil die anderen voll Begeisterung zurückkehrten. Die grünen Drachen wirkten nicht weniger zufrieden als ihre Reiter.

»Wenn die Sporen vorübergezogen sind«, sagte Akki, »sollte jemand die anderen Schiffe aufsuchen und die Schirme wieder auf Ablenkung stellen. Die Solarzellen können nicht unbegrenzt Energie liefern und müssen erst wieder aufgeladen werden.«

Dieser Vorschlag wurde einstimmig angenommen. Inzwischen hatte Akki alle erforderlichen Daten abgerufen, der Fädenstrom war bis auf ein paar vereinzelte Nachzügler abgeflaut, und die grünen Drachen brachten die Teams noch einmal auf die Schiffe, damit sie die Schirme umstellen konnten.

»Akki«, begann Fandarel, als wieder alle auf der Brücke der *Yokohama* versammelt waren. »Hat man auf der Planetenoberfläche von unseren Ausflügen zu den anderen Schiffen erfahren?«

»Meister Robinton hatte Dienst, und er war einverstanden«, antwortete Akki.

Fandarel räusperte sich. »Keine Schüler, die unsere Gespräche mitgehört hätten?«

»Zur fraglichen Zeit befand sich nur Meister Robinton im Raum. Warum?«

»Auf seine Diskretion können wir uns verlassen. Dieser interessante Aspekt der *Yokohama* sollte erst eingehend erörtert werden, ehe man damit an die Öffentlichkeit geht«, sagte Fandarel. »Für mich war es ein reines Vergnügen, die Zerstörung einzuleiten.«

»Könnte man damit nicht die Zweifler vom Sinn unserer Projekte überzeugen?« fragte Jancis.

»Genau diese Frage bedarf der Erörterung«, konterte Fandarel.

Jaxom und Ruth verabschiedeten sich und verließen die Brücke. Als Jancis mit den anderen Schmieden in den Maschinenraum zurückkehrten, um die Arbeit wieder aufzunehmen, überlegte sie flüchtig, ob er auf dem Rückweg nach Ruatha wohl noch einen Zeitsprung …

Jaxom kehrte nicht sofort nach Ruatha zurück. Er hielt es für seine Pflicht, die Weyrführer von Benden von dem Vorfall zu unterrichten. Ruth war sofort für das Ziel Benden zu haben, er besuchte seinen Heimatweyr immer gern.

Ramoth und Mnementh freuen sich, daß ich komme, erklärte er seinem Reiter, während sie in Spiralen tiefergingen und am Königinnenweyr landeten. *Lessa und F'lar sind drin.* Dann streckte er Mnementh den Kopf entgegen, und die beiden Drachen berührten sich mit den Nasen. *Mnementh sagt, F'lar wird sehr erfreut sein, wenn er hört, was wir auf der* Yokohama *gemacht haben. Er und Ramoth finden es gut.*

Als Jaxom den Königinnenweyr betrat, wartete Ramoth bereits auf ihn und begrüßte ihn mit leisem Grollen.

Sie heißt dich als Überbringer guter Nachrichten willkommen, dolmetschte Ruth.

»Darf ich meine Überraschungen zur Abwechslung auch einmal selbst an den Mann bringen?« murrte Jaxom gespielt verärgert.

»Und was wären das für Überraschungen?« fragte

Lessa, die dabei war, eine Naht an einem langen Riemen auszubessern. F'lar hatte sein Reitgeschirr an einen Haken hoch oben an der Wand gehängt und rieb den dicken Halsriemen mit Öl ein.

Das alles erinnerte Jaxom an den Schaden an seinem eigenen Reitgeschirr und an den Sturz, dem er nur knapp entgangen war, und er wurde ernst. Bisher hatte weiter nichts darauf hingewiesen, daß die Verschwörer von Tillek ihre Drohung wahrzumachen gedachten. Aber er hatte sich auch sehr in acht genommen, um ihnen dazu keine Gelegenheit zu bieten.

»Oh«, begann er lässig, »eigentlich geht es nur darum, daß der übermorgen über Nerat angesagte Sporenregen weniger stark ausfallen wird als sonst.«

»Wieso?« F'lar fuhr herum. Jaxom hatte seine gesamte Aufmerksamkeit. Lessas starrer Blick empfahl dem jungen Burgherrn, sich mit seiner Erklärung tunlichst zu beeilen.

Während seines Berichts lag ein breites Grinsen auf seinem Gesicht, denn es gelang ihm nicht oft, die beiden Weyrführer zu verblüffen. Als er geendet und auch das anschließende Kreuzverhör überstanden hatte, sah ihn Lessa eher mißmutig an.

»Ich würde sagen, wir hatten Glück, daß wir nicht zwei grüne Drachen verloren haben. Und erzähl mir nicht, daß das Ganze ohne Zeitsprung abgegangen ist, Jaxom.«

»Dann eben nicht«, antwortete Jaxom. »Glücklicherweise versteht Ruth sich verdammt gut darauf.«

Lessa öffnete schon den Mund, um ihm Vorhaltungen zu machen, aber F'lar hob die Hand. »Und mit dem Zerstörungsmodus der Abschirmung kann man die Dichte der Fädeneinfälle tatsächlich verringern?« fragte der Weyrführer.

»Es sah jedenfalls ganz danach aus, als wir ... sozusagen ... aus dem hinteren Fenster schauten.« Bestürzt hielt Jaxom inne. »Wenn ich nur soviel Verstand hätte wie eine Feuerechse, dann hätte ich das Teleskop umprogrammiert und mir die Sache genau angesehen.«

»Man braucht Zeit, um sich an die vielen neuen Geräte zu gewöhnen. Wie auch immer, wir können uns ja in Nerat davon überzeugen.« Lächelnd strich F'lar seine widerspenstige Stirnlocke zurück. »Eine tröstliche Nachricht, Jaxom. Im Moment sind die Fädenfälle gerade besonders dicht, und wenn sich die Fäden beim Eintritt in die oberen Schichten nicht wieder neu bilden können – was ich nicht glaube –, habt ihr den Geschwadern damit eine kleine Atempause verschafft. Außerdem werden sich unsere Verluste verringern.«

»Oder erhöhen.« Lessas finstere Miene hatte sich nicht aufgehellt. »Falls wir uns nämlich entschließen, uns dieser Einrichtung auf Dauer zu bedienen, werden die Reiter mit Sicherheit unvorsichtig, weil sie fest mit einer Flaute rechnen.«

»Nun komm aber, mein Schatz!« F'lar zog liebevoll an Lessas langem, dickem Zopf. »Manchmal bist du wirklich ausgesprochen undankbar.«

Sie hielt inne, überlegte und lächelte widerwillig. »Tut mir leid. Aber kurz vor einem Fädeneinfall sehe ich immer alles in den schwärzesten Farben.«

»Dann sollten Sie beim nächstenmal mit auf die *Yokohama* kommen, Lessa. Für mich war es eine überwältigende Genugtuung, so viele Fäden vernichten zu können, ohne Ruth oder mich selbst in Gefahr zu bringen!« Jaxom hielt kurz inne, dann fügte er hinzu: »Ein Exemplar liegt übrigens auf dem Boden von Luftschleuse A.«

»Was?«

Jaxom grinste über ihr entsetztes Gesicht. »Oh, es besteht keine Gefahr. Die Luftschleuse ist ohne Sauerstoff, und es herrschen dieselben Temperaturen wie draußen. Akki hat uns versichert, daß das Ding in dieser Form nichts anrichten und sich auch nicht verändern kann. Wir haben also etwas vollbracht, was den Siedlern nie gelungen ist – wir haben eine inaktive Spore eingefangen.«

Lessa schüttelte sich vor Ekel. »Schafft das Ding weg!« rief sie mit ausdrucksvoll abwehrender Geste »Schafft es weg!«

»Lytol stellt bereits ein Team zusammen, um es sezieren zu lassen.«

»Warum?« Wieder zuckte Lessa zurück.

»Wahrscheinlich aus Neugier. Vielleicht reagiert Akki aber auch nur auf eine jener Zielvorgaben aus früherer Zeit, an die er sich mit so viel Entschlossenheit zu halten sucht.«

F'lar sah Jaxom lange und eindringlich an. Dann hob er die Klah-Kanne und forderte den jungen Mann auf, sich auf einen Schluck mit ihm an den Tisch zu setzen. Jaxom nickte dankbar, nahm den Stuhl, auf den F'lar zeigte, und wartete, während das dampfende Gebräu eingeschenkt wurde.

»Woran Akki sich hält, ist mir letztlich egal«, sagte Lessa. »Aber der Gedanke, daß sich auf der *Yokohama* Fäden befinden, ist mir zuwider. Angenommen ...«

»Akki würde uns niemals in Gefahr bringen.« F'lar lächelte beschwichtigend. »Aber ich finde Jaxoms Bemerkung über Akkis Ziele sehr treffend.« Auch er setzte sich nun und stützte, den Klah-Becher in beiden Händen haltend, die Ellbogen auf den Tisch. »Ich bin neugierig, Jaxom, und du bist zur Zeit mehr mit Akki zusammen als wir alle. Angesichts dieser Sezierungspläne stellt sich mir unwillkürlich die Frage, ob Akkis elementare Vorgaben nicht vielleicht im Widerspruch zu unseren Zielen stehen.«

»Nicht, wenn es um die Ausrottung der Fäden geht. Allerdings kann ich manchmal überhaupt nicht begreifen, warum er uns bestimmte Übungen und Drills so unendlich oft wiederholen läßt. Und schon gar, seit sich erwiesen hat, daß er nicht unfehlbar ist.«

F'lar grinste. »Hat Akki das denn je von sich behauptet?«

»Er vermittelt gern den Eindruck, daß er sich niemals irrt«, sagte Lessa scharf. Sie wirkte beunruhigt.

Jaxom grinste. »Das tut jeder gute Lehrer, und dieses Ansehen braucht er auch, wenn er unseren beschränkten Köpfen die vielen radikal neuen Ideen einhämmern will.«

»Ist es für uns denn eine Gefahr, daß er fehlbar ist?« fragte F'lar.

»Das glaube ich eigentlich nicht. Ich komme auch nur darauf zu sprechen, weil wir heute unter uns sind«, fuhr Jaxom fort, »und weil ich so überrascht war, als Akki nicht wußte, daß die Bahn der Fäden so dicht an der *Yokohama* vorbeiführt.«

F'lar blinzelte, diese Information mußte er erst verdauen, und Lessas Miene wurde noch finsterer. »Überrascht? Oder besorgt?« fragte sie.

»Nun, es ist nicht seine Schuld. Die Alten wußten es auch nicht«, erklärte Jaxom mit einiger Genugtuung.

F'lar grinste. »Ich kann dich verstehen, Jaxom. Es macht sie menschlicher.«

»Und erschüttert Akkis unmenschliche Perfektion.«

»Nun, mir gefällt es nicht«, fauchte Lessa. »Wir haben Akki bisher jedes Wort geglaubt!«

»Keine Sorge, Lessa. Bisher hat er uns auch noch nicht belogen«, sagte F'lar.

»Aber wenn er nicht alles weiß, wie kann er dann sicher sein, daß sein großer Plan zur endgültigen Ausrottung der Fäden auch in die richtige Richtung zielt?« fragte sie.

»Ich komme allmählich dahinter, wie das laufen soll.« Jaxoms Stimme verriet so viel Zuversicht, daß Lessa ihm einen langen Blick zuwarf. »Akki stellt seinen Unterricht ganz offensichtlich auf die Geschwindigkeit ab, in der wir seiner Einschätzung nach fähig sind, seine revolutionären Ideen aufzunehmen. Wir müssen verschiedene Übungen perfekt beherrschen, dann erst können wir seine Ziele erreichen, die auch unsere Ziele und die unserer Vorfahren sind.«

»Und wann wirst du uns die Ehre erweisen, uns deine Schlußfolgerungen mitzuteilen?« So bissig hatte Jaxom die Weyrherrin nur selten erlebt.

»Sie stehen in Zusammenhang damit, daß wir eine Spore in der Luftschleuse haben und lernen sollen, sie ganz ungerührt zu sezieren, so wie Sharra, Oldive und die anderen gelernt haben, Bakterien zu identifizieren und Verfahren zur Infektionsbekämpfung zu entwickeln. Und sie stehen in Zusammenhang damit, daß wir uns daran gewöhnen sollen, uns im freien Fall oder im luftleeren Raum zu bewegen und uns der raffiniertesten technischen Geräte zu bedienen wie eines dritten Arms oder eines zweiten Gehirns. Genau das ist nämlich Akki. Ein zweites Gehirn mit einem phänomenalen und unfehlbaren Gedächtnis.« F'lar sah Jaxom mit wachsendem Respekt an. »Ein Gehirn, das über eine fortschrittliche Technologie verfügt, die uns bislang abging, weshalb wir die Fäden nur in Schach halten konnten, aber nicht mehr. Allerdings braucht Akki die Drachen und ihre Reiter, um die Fäden zu vernichten.«

»Das ist offensichtlich, wenn man hört, welche Fragen er uns immer wieder stellt«, warf Lessa scharf ein. »Mir wäre sehr viel wohler, wenn wir wüßten, was er mit unseren Drachen vorhat.« Ramoth tat mit einem kurzen Blaffen ihre Zustimmung kund. »Ich wüßte auch gerne, wann er die größeren Drachen auf die *Yokohama* lassen will.« Ramoth und Mnementh trompeteten laut.

Jaxom grinste. »Nun seien Sie nicht kleinlich, Lessa. Es passiert wirklich nicht oft, daß die Grünen ihren größeren Artgenossen etwas voraushaben. Gönnen Sie ihnen doch den Ruhm. Sie brauchen ohnehin nicht mehr lange zu warten. Sharra und Mirrim beobachten die Sauerstoffwerte im Frachtraum, und sobald die Zusammensetzung der Atmosphäre den Normen entspricht, sind Sie herzlich willkommen. Natürlich können Sie sich auch jederzeit von einem Grünen hinaufbringen lassen.«

Ramoth wandte sich Jaxom zu, richtete ihre orangerot schillernden Augen auf ihn und fauchte wütend.

»So! Jetzt weißt du, was Ramoth von diesem Vorschlag hält«, gab Lessa amüsiert zurück. »Ich käme doch niemals auf die Idee, mich von einem Grünen befördern zu lassen«, beschwichtigte sie ihre Weyrgefährtin.

»Und wie wäre es mit einem Weißen?« fragte Jaxom verschmitzt.

Wieder fauchte Ramoth, aber es klang nicht mehr ganz so empört, und dann nieste sie.

Ich würde wirklich gut auf Lessa achtgeben, Ramoth, sagte Ruth. *Ich passe auf die Brücke, dort ist es wärmer als im Frachtraum, und von der Brücke aus sieht Lessa auch viel mehr als in diesem dunklen Loch.*

»Ich habe alles gehört«, sagte Lessa, als Jaxom das Angebot weitergeben wollte.

»Ich weiß, daß Akki alle Braunen und Bronzedrachen an den freien Fall gewöhnen will. Dazu ist einzig und allein der Frachtraum groß genug. Die Algenfarm entwickelt sich ausgezeichnet, es müßte also bald soweit sein.«

Lessa sah Jaxom mit schiefgelegtem Kopf nachdenklich an. »Stellt Akki sich etwa vor, daß die Drachen die Schiffe bewegen?«

»Die Schiffe bewegen?« fragte Jaxom überrascht.

»Warum? Wie?« fragte F'lar.

»Weißt du nicht mehr, F'lar, wie sehr sich Akki darauf versteifte, die Drachen müßten in der Lage sein, Dinge auf telekinetischem Wege von einem Ort zum anderen bringen?«

»Drachen können nur sich selbst, ihre Reiter und die

Lasten auf ihrem Rücken irgendwohin bringen«, sagte F'lar kategorisch. »Sie können nichts bewegen, ohne es irgendwie zu halten. Wozu sollte man die Schiffe überhaupt an einen anderen Ort bringen? Sollte er beabsichtigen, mit ihnen auf irgendeine Weise den roten Stern zu sprengen, so kann ich mir nicht vorstellen, wozu das gut sein sollte. Jedenfalls nicht, wenn ich seine Ausführungen über die Mechanik des Raumes richtig verstanden habe.«

»Mir geht's genauso.« Jaxom trank seinen Klah mit einem Schluck aus und erhob sich. »Nun, über die heutigen Überraschungen habe ich Sie jedenfalls informiert.«

»Und dafür bedanken wir uns«, sagte F'lar.

»Sollte sich diese Art von Fädenkampf im Weltraum als vorteilhaft herausstellen, dann könnten wir die Schilde in regelmäßigem Turnus umschalten«, sagte Jaxom. »Vielleicht bekommen Sie sogar einmal die Chance, den Modus selbst zu programmieren.«

»Ich bin sehr optimistisch, Jaxom. Jede Art, die Fäden zu zerstören, ist uns eine Hilfe.« F'lar erhob sich, um den jungen Burgherrn zum Sims zu geleiten.

»Sie machen sich also keine Sorgen, weil Akki nicht unfehlbar ist, F'lar?« fragte Jaxom mit gedämpfter Stimme, als sie den kleinen Gang hinter dem Weyr erreichten.

»Ich? Nein, bestimmt nicht«, versicherte ihm der Weyrführer. »Wir haben von Akki bereits so viel gelernt, daß wir, selbst wenn sein vielgerühmter Plan scheitern sollte, bestimmt auch von uns aus einen Weg finden, Pern bis zur nächsten Phase von den Fäden zu befreien. Aber irgendwie, Jaxom«, Flar packte Jaxoms Arm zum Zeichen seiner unerschütterlichen Entschlossenheit mit hartem Griff, »irgendwie weiß ich, daß wir es noch in dieser Phase schaffen werden! Das ist mein voller Ernst! Wir schaffen es noch zu meinen Lebzeiten!«

Als die Schmiede – nach ihren Abenteuern an Bord der *Yokohama* in glänzender Stimmung – nach Landing zurückkehrten, entspannen sich heftige Debatten darüber, wer die Möglichkeit bekommen sollte, die Schirme auf Zerstörungsmodus zu schalten. Weit wichtiger war freilich die Frage, wem man Gelegenheit geben wollte, die eingefangene Spore zu sezieren.

»Es gilt, mit Bedacht zu wählen«, sagte Lytol. »Zu viele Leute bilden sich ein, sie müßten eines qualvollen Todes sterben, sobald sie nur in die Nähe von Fäden geraten. Ich habe einer ganzen Reihe von qualifizierten Personen eine Nachricht zukommen lassen, aber bisher ist noch keine Antwort eingegangen.«

»Möglicherweise bleibt es auch dabei«, sagte Piemur, der, den schlafenden Pierjan auf den Rücken geschnallt, auf Jancis' Rückkehr wartete. »Das Ergebnis einer solchen Untersuchung wäre vermutlich auch dann interessant, wenn es bis zum Ende dieser Phase überholt wäre?«

Meister Robinton hob die Hand. »Wenn sich sonst niemand meldet, gehe ich.«

Grinsend ließ er den Sturm von Protesten über sich ergehen. »Hauptsache, ich darf irgendwann in allernächster Zeit die *Yokohama* besuchen. Und daß mir *niemand* behauptet« – er schaute wütend in die Runde – »das lasse mein Gesundheitszustand nicht zu. Ich habe in den Medizinspeichern Berichte darüber gefunden, daß man Herzkranke zur Genesung häufig in Satellitenkliniken schickte, wo Schwerelosigkeit herrschte. Ein Besuch auf der *Yokohama* wäre folglich meiner Gesundheit *zuträglich*, und meinem Herzen könnte es nur guttun, einen Kode einzugeben, der zur Zerstörung von Fäden führt! Haben Sie auch an Oldive oder Sharra eine von Ihren Botschaften geschickt, Lytol? Nun, die beiden sind sehr beschäftigt, aber sie werden sich melden. Und wenn einer von ihnen mitkommt, nun, dann habe ich meinen Heiler gleich zur Hand.«

Die Wogen der Erregung schlugen hoch, als sich herumsprach, daß man ein Fädenovoid eingefangen hatte. Akki übermittelte fortlaufend Aufnahmen des Organismus in der Luftschleuse A. Als er dort über mehrere Tage unverändert liegenblieb, war der Beweis erbracht, daß er in seiner derzeitigen Form für niemanden eine Gefahr darstellte.

Wichtiger war, daß Lessa und F'lar sich positiv über die Verringerung der Fädendichte während des größten Sporenregens über Nerat äußerten. Drei lange Korridore waren von dem tödlichen Niederschlag völlig verschont geblieben. Aus diesem Anlaß kamen Lessa und F'lar nach Landing und regten an, das regelmäßige Umschalten der Schirme in den Borddienstplan aufzunehmen. Akki hatte das Geschehen für die Weyrführer von Benden aufgezeichnet, und sie sahen sich das Band mehrmals an.

»Unglaublich, daß man auch ohne Hilfe von Drachen Fäden zerstören kann«, murmelte Lessa.

»Nur schade, daß wir da oben nicht noch ein Dutzend Kolonistenschiffe haben«, sagte Piemur.

»Dann hätte man keine Drachen gebraucht, und *diese* Vorstellung ist mir unerträglich«, fauchte Lessa.

»Ich habe als Harfner gesprochen, Weyrherrin«, gab Piemur höflich zurück. »Als Mensch bin ich sehr froh, daß es die Drachen gibt.«

»F'lar, ich finde, wir sollten zur *Yokohama* fliegen«, wandte sich Lessa an ihren Weyrgefährten. »Inzwischen gibt es im Frachtraum doch sicher genügend Sauerstoff für Ramoth und Mnementh, nicht wahr, Akki?«

»Gewiß. Und auch die größeren Drachen müssen sich unbedingt an die Verhältnisse im Weltraum gewöhnen«, antwortete Akki. Lessa und F'lar sahen sich vielsagend an. »Der nächste Strom müßte die Bahn der *Yokohama* in drei Tagen kreuzen, um genau fünfzehn Uhr zweiundzwanzig Schiffszeit.«

»Das wäre in Benden später Vormittag, nicht wahr?« fragte F'lar, an Lessa gewandt. »Einverstanden, wir fliegen hinauf, direkt von Benden.«

»Und wer nimmt mich mit?« Robinton hatte sich aufgerichtet und machte ein betrübtes Gesicht.

»Ich«, sagte D'ram. »Die Luft reicht doch sicher auch für drei große Drachen, Akki?« ›Das möchte ich dir jedenfalls geraten haben‹, schwang in dieser Frage unüberhörbar mit.

»Gewiß«, versicherte Akki prompt.

»Nun denn!« Robinton rieb sich zufrieden die Hände. »Damit wäre alles geklärt.«

13

Lessa war ein klein wenig ungehalten, als sich Ruth mit Jaxom, Sharra und Oldive auf dem Rücken am Morgen des ersten Fluges zur *Yokohama* zu den drei großen Drachen gesellte.

»Sharra und Oldive haben sich erboten, das Fädenei zu sezieren«, erklärte Jaxom, ohne sich damit entschuldigen zu wollen, »und ich soll das Teleskop bedienen und Akki Vorder- und Rückansichten des Fädenstroms liefern.«

Er verkniff sich die Bemerkung, daß Ruth den großen Drachen vielleicht einige Hinweise zum Verhalten im freien Fall würde geben müssen. Bisher hatte keiner der grünen Drachen mit dem ungewohnten Gefühl der Schwerelosigkeit irgendwelche Schwierigkeiten gehabt. Die Feuerechsen kamen völlig ohne Angst, fast wie selbstverständlich mit, um zu sehen, was die Drachen, besonders Ruth, auf der *Yokohama* so trieben. Mirrim war an diesem Tag zur Arbeit auf den Algenfarmen der beiden anderen Schiffe eingeteilt, damit standen der Gruppe für den Transport von Brücke zu Brücke zwei erfahrene Tiere zur Verfügung.

Der unvermittelte Wechsel von Landings hellem Sonnenschein und seiner linden Luft in den großen, düsteren Frachtraum der *Yokohama* entlockte allen Neulingen laute Ausrufe des Erstaunens.

»Jaxom, hast du nicht gesagt, es gäbe Licht?« fragte Lessa.

»Gibt es auch.« Behende schwang sich Jaxom von Ruths Rücken und strebte mit exakt dosiertem Kraftaufwand auf die neben dem Lift angebrachten Schalter zu. Als er trotz der vielen Zuschauer ohne weiteres am richtigen Fleck ankam, war er sehr mit sich zufrieden. Da er wußte, wieviel Energie den Solarzellen in Kürze abverlangt werden sollte, aktivierte er nur die Lichtstreifen, nicht die stromfressenden Kugeln an der Decke.

»Erstaunlich!« Fasziniert sah sich Meister Robinton in dem riesigen, leeren Raum um.

Ramoth betrachtete mit träge schillernden Augen ihre Umgebung und ließ ein heiseres Krächzen hören. Mnementh beschnüffelte mit gesenktem Kopf die zerschrammten Decksplatten und spähte in aller Gemütsruhe in die Ecken. D'rams Tiroth streckte den Hals, bis er mit dem Kopf die Decke erreichte. Doch in diesem Moment spürte der große Bronzedrache, wie sich seine Füße langsam vom Boden lösten, und protestierte mit lautem Gebrüll.

Du bist im freien Fall, Tiroth, erklärte Ruth ungerührt. *Jede Aktion löst eine Reaktion aus. Stoße dich mit der Schnauze ganz vorsichtig von der Decke ab. Siehst du? Das war doch nicht schwer.*

Als nächste schwenkte Ramoth zu schnell den Kopf herum, um zu sehen, was mit Tiroth passierte, und hob ebenfalls ab.

Du darfst dich nicht dagegen wehren, Ramoth, sagte Ruth. *Geh einfach ganz entspannt mit. Jetzt schwenke locker den Kopf zurück. Siehst du, das ist ganz einfach. Sieh mich an.*

»Ruth!« warnte Jaxom. »Komm ja nicht auf die Idee, dich aufzuspielen!«

Ich spiele mich nicht auf, ich demonstriere! Ruth vollführte ganz gemächlich einen Salto nach rückwärts, die Flügel fest am Rücken angelegt, damit sie nicht störten. *Hier oben wiegen wir nicht mehr als eine Feuerechse!* Er drehte sich wie ein Quirl um sein eigenes Hinterteil.

»Ruth!« Jaxoms Stimme hallte von den Wänden des Frachtraums wider.

»Ich glaube, wir haben begriffen, Jaxom.« F'lar hatte Mühe, das Lachen zu unterdrücken. »Ganz locker, richtig?« Vorsichtig schwang er sich von seinem gewohnten Sitz zwischen Mnemenths Nackenwülsten und stellte fest, daß er deckwärts schwebte. »Ein unglaubliches Gefühl. Versuch's doch auch einmal, Lessa. Ich weiß, du wiegst ohnehin nicht viel, aber ich fühle mich wie eine Feder! Nicht zu fassen! Robinton, Sie brauchen sich überhaupt nicht anzustrengen.«

Ein paarmal verschätzten sich die Neulinge bei ihren Experimenten. Sharra half Meisterheiler Oldive taktvoll vom Drachenrücken auf das Deck, und dann strebten die beiden dem Lift zu, um unverzüglich mit dem Pensum des heutigen Tages zu beginnen, einer eingehenden Untersuchung des Fädeneis in der Luftschleuse. Akki hatte ihnen empfohlen, es in die medizinische Station auf dem obersten Kälteschlafdeck zu bringen. Das dortige Labor war noch komplett erhalten, einschließlich eines so starken Mikroskops, wie man es auf Pern bisher nicht hatte bauen können. Der Sektor habe zwar ausreichend Luft, sei aber noch nicht zu warm, versicherte Akki. Für eine Maschine ohne Emotionen bestand er mit einer ganz eigentümlichen Hartnäckigkeit auf diesem nach Sharras Meinung relativ unbedeutenden Teil des Gesamtprojekts.

Sobald die anderen sich ein wenig mit den Tücken des freien Falls vertraut gemacht hatten, geleitete Jaxom sie auf die Brücke. Natürlich drängte es ihn, Lessa, F'lar, Robinton und D'ram vorzuführen, wie gut er sich auf der *Yokohama* auskannte, während Ruth es kaum erwarten konnte, allein die großen Drachen beaufsichtigen zu dürfen. Jaxoms Erwartungen wurden nicht enttäuscht: Als die Lifttür aufglitt, waren die Neulinge von der Aussicht auf Pern so hingerissen, wie er es sich nur wünschen konnte. Er ließ ihnen etwas Zeit, den großartigen Anblick des sonnenbeschienenen Kontinents und des strahlend blauen Meeres auf sich wirken zu lassen, dann schob er sie behutsam weiter, damit der Lift sich wieder schließen konnte. Dennoch hingen sie noch eine Weile am Geländer, um dieses Erlebnis zu verarbeiten.

Jaxom steuerte gekonnt den Kapitänssessel an, programmierte das Teleskop neu und warf einen Blick auf den Monitor für den Bereitschaftsraum, wo Sharra gerade dabei war, Oldive in einen Raumanzug zu helfen. Dann stellte er einen der Deckenbildschirme so ein, daß er das Labor überwachen konnte.

Mühsam riß sich F'lar von dem überwältigenden Panorama los, um sich das Sporenovoid anzusehen. »Es ist nicht so groß, wie ich dachte«, sagte er.

»Sie haben ganz recht. Deshalb würde es uns ja auch interessieren, wie ein so langer, dicker Faden in diese enge Hülle paßt«, antwortete Jaxom.

Lessa warf nur einen kurzen Blick auf das Ding, um sich dann wieder dem fesselnden Blick auf Pern zuzuwenden. »Wie kommen wir ans Fenster?« fragte sie.

»Sie stoßen sich ganz behutsam ab – keine Angst«, fuhr er fort, als sie zu schweben begann und sich irgendwo festhalten wollte. »Einfach mitgehen. Nicht dagegen ankämpfen.« Sie geriet ins Trudeln, und als sie an ihm vorüberglitt, streckte er die Hand aus, stoppte die Drehung und gab ihr einen leichten Schubs, der sie bis zum Fenster trug.

Robinton hatte genau zugesehen und vermied es, ihre Fehler zu wiederholen. Bald schwebte er, die Füße eine Handbreit über dem Boden, neben ihr. D'ram zog sich stöhnend Hand über Hand zur nächsten Computerkonsole und schnallte sich dort in einem Sessel fest.

»Wie lange noch, bis der Strom die Bahn der *Yokohama* kreuzt?« fragte er.

Jaxom stellte seinen Bildschirm auf stärkste Vergrößerung und rief den betreffenden Sektor auf. Als das Bild wieder scharf wurde, fuhr der alte Bronzereiter zurück, und sein Gesicht wurde ganz starr vor Schreck. Er hatte nicht erwartet, den ausgefransten Saum der Sporenfront so dicht vor sich zu sehen.

»So nahe sind sie noch nicht, D'ram. Das ist eine Vergrößerung. Die Wirklichkeit sieht so aus.« Jaxom veränderte die Einstellung, und nun war der Strom nur noch als sonnenbeschienener, rasch näherkommender Fleck im vierten Quadranten zu erkennen.

»Wie weit sind sie entfernt?« krächzte D'ram mit überschnappender Stimme.

»Laut Annäherungsüberwachung haben wir bis zum ersten Kontakt noch gut zehn Minuten«, sagte Jaxom.

F'lar hangelte sich vorsichtig auf D'ram zu und hielt sich mit fast waagerecht in der Luft schwebenden Beinen an dessen Sessellehne fest. Dann zog er sich in den zweiten Sitz und schnallte sich ebenfalls an.

Alles in Ordnung da unten? Jaxom nahm möglichst unauffällig mit Ruth Verbindung auf, weil er nicht wollte, daß Ramoth mithörte.

Sie ist viel zu sehr mit dem freien Fall beschäftigt. Ruth schien sich bestens zu amüsieren. *Trotz ihrer Größe stellt sie sich geschickter an als Mnementh oder Tiroth. Sie wendet weniger Kraft auf. Ich glaube, sie machen alle bessere Fortschritte, wenn ihre Reiter nicht zusehen. Paß auf deine Schwingen auf, Ramoth! Es ist ziemlich eng hier!*

Jaxom grinste, dann bemerkte er eine Bewegung auf dem Laborbildschirm und erstarrte. Sharra und Oldive betraten den Raum. Sharra bewegte sich so elegant, wie die Magnetstiefel es zuließen. Mit einer Hand stützte sie Oldive, dem das Vorwärtskommen sichtlich mehr Mühe bereitete. Wie gebannt beobachtete Jaxom ihre ersten Versuche, die harte Schale des Ovoids zu durchstoßen. Dann erschien Mirrim auf Path, ihrem grünen Drachenweibchen, auf der Brücke.

»Wen soll ich auf die *Bahrain* bringen?« fragte sie und grinste, als sie Lessa und Robinton mit ausgebreiteten Armen am Fenster kleben sah.

»Wer immer mit dir fliegen will«, sagte Jaxom. »Lessa? F'lar?«

Lessa machte eine unbedachte Kopfbewegung und preßte sich krampfhaft gegen das Fenster. »Ich komme mit, Mirrim.« *Nein, Ramoth, das ist schon in Ordnung. Glaube mir, du würdest nicht einmal* hier *auf die Brücke passen, und auf der* Bahrain *erst recht nicht. Lerne du nur da unten im Frachtraum, wo du Platz zum Manövrieren hast, das Gleichgewicht zu halten.*

Jaxom bat Ruth, sich F'lar zur Verfügung zu stellen, und der weiße Drache ging prompt ins *Dazwischen* und erschien auf der Brücke.

»Sie kennen das Verfahren?« fragte Jaxom die Weyrführer von Benden.

Lessa streifte ihn mit einem giftigen Blick, während sie auf Path zuschwebte, aber F'lar lachte nur und versicherte gutmütig: »Wir haben fleißig geübt, Jaxom, da kannst du ganz beruhigt sein. Vielen Dank, Ruth«, wandte er sich dann an den weißen Drachen, glitt auf seinen Rücken und setzte sich zurecht.

»Nicht ganz so breit wie Ihr Koloß, was?« Jaxom grinste über das überraschte Gesicht des Bronzereiters. »Viel Spaß beim Fädenzerstören! Noch drei Minuten bis zum ersten Kontakt.«

»Wo kann ich mich hinsetzen, Jaxom?« fragte Robinton aufgeregt und stieß sich vom Fenster ab.

»Auf F'lars Platz.«

Jaxom juckte es in den Fingern, die Befehle selbst einzugeben, aber es machte mindestens ebensoviel Spaß, dem Harfner dabei zuzusehen. Wie damals die Schmiede, so zuckten auch Robinton und D'ram zurück, als die Ovoide auf das Fenster zugerast kamen. Sobald jedoch die ersten Eier zu Staub zerfielen, seufzte D'ram hörbar auf, verschränkte tief befriedigt die Arme vor der Brust und verfolgte das Schauspiel mit zusammengekniffenen Augen.

»Wissen Sie, D'ram, wir sollten Lytol wirklich animieren, mit hier heraufzukommen«, sagte Robinton. »Vielleicht täte es ihm gut, wenigstens einmal Fäden zerstören zu dürfen. Als Reiter hatte er ja nie Gelegenheit dazu.«

»Es könnte ihm auch sonst nicht schaden«, bemerkte D'ram nachdenklich.

»Akki?« Jaxom schaltete auf Sprechverbindung mit Landing. »Sind die Bilder scharf genug?«

»Ja, Jaxom, und die Dichte hat sich gegenüber dem letzten Regen um mehr als sieben Prozent erhöht.«

»Dann wird man die Vorabvernichtung sicher begrüßen.«

Jaxom wandte sich dem Bildschirm für das Kälteschlaflabor zu. Den beiden Heilern war es noch immer nicht gelungen, mit den mitgebrachten Instrumenten die Hülle des Fädeneis zu durchstoßen.

»Wir haben es mit Schlagen, mit Raspeln und mit Schaben versucht – die Oberfläche hat nicht den kleinsten Kratzer«, rief Sharra empört und schwenkte wütend und enttäuscht einen Meißel.

»Soviel zu den Befürchtungen, der Inhalt könnte auslaufen und uns verschlingen.« Oldive schienen die vergeblichen Bemühungen eher zu arbeiten. »Erstaunliches Futteral. Hält allem stand, womit wir glaubten, es mühelos durchschneiden zu können.«

»Ein Diamantschleifer?« schlug Jaxom vor.

»Das könnte tatsächlich die Lösung sein«, rief Oldive erfreut. »Nun, ich habe bestimmt nichts dagegen, noch öfter hier heraufzukommen. So gelenkig habe ich mich noch nie gefühlt.« Er nahm auf seine körperlichen Schwächen im allgemeinen keine Rücksicht, aber seine Beine waren infolge seines krummen Rückens und seines verformten Beckens verschieden lang, und er hinkte stark. Die Schwerelosigkeit glich das alles aus.

»In einem Fall wie diesem«, erklärte Akki sachlich, »wären die teleportativen Fähigkeiten der Feuerechsen außerordentlich nützlich.«

»Meer und Talla haben nicht die leiseste Ahnung, was ein Diamantschleifer ist«, bedauerte Sharra. Dann seufzte sie gereizt. »Außerdem habe ich meine Zweifel, ob selbst so eine Schneide diesem Ding hier etwas anhaben könnte. Die Kapsel ist undurchdringlich.«

»Nicht für Wärme«, erinnerte Jaxom.

»Baron Jaxom von Ruatha«, Sharra stemmte in altvertrauter Manier die Hände in die Hüften. »Du wirst uns ganz sicher nicht dazu bringen, das Ding hier aufzuheizen, um die Reibung beim Durchfliegen der Atmosphäreschichten zu simulieren! Übrigens könnte man in einem engen Raum wie diesem Labor ohnehin keinen Flammenwerfer einsetzen.«

»Sie verfügen nicht über die erforderliche Technologie, um einen dünnen Hitzestrahl nach Art eines Lasers zu erzeugen, der eine solche Kapsel perforieren könnte«, fügte Akki hinzu. »Noch ein Gebiet, auf dem Sie im nächsten Umlauf große Fortschritte werden machen müssen.«

»Oh? Wozu?« Jaxom bemerkte, daß auch Robintons und D'rams Interesse geweckt war.

»Es hat im Augenblick keinen Sinn, sich ausführlich über dieses Mittel und seinen Zweck zu äußern«, antwortete Akki. »Die Sache liegt in den Händen des Meisterschmieds, es gibt jedoch andere Projekte, die weitaus dringender sind.«

»Sonst hast du keine guten Ratschläge für uns?« fragte Sharra bissig.

»Mit dem Diamantschleifer werden Sie Erfolg haben.«

»Warum in aller Welt hast du uns dann nicht gesagt, daß wir einen mitnehmen sollen?«

»Die Frage wurde dieser Anlage nicht gestellt.«

»Das Problem ist, Akki«, fuhr Sharra streng fort, »daß du uns nur sagst, was wir deiner Meinung nach wissen sollten: nicht unbedingt, was wir wissen *müssen* oder wissen *wollen*.«

Alles schwieg, während sie und Oldive das Labor verließen und die Tür hinter sich verriegelten.

»Sharra hat recht«, bemerkte D'ram schließlich.

»Durchaus«, bestätigte Robinton.

»Aber hätten wir ihm denn geglaubt, daß ein Diamantschleifer nötig wäre, bei dem Sortiment an Schneidewerkzeugen, das Sharra und Oldive ohnehin schon bei sich hatten?« fragte Jaxom, obwohl er mit seiner Gefährtin voll und ganz einer Meinung war und sie für ihre Offenheit sogar bewunderte. Auffallend war auch, daß Akki den Vorwurf nicht zurückgewiesen hatte.

Robinton zuckte auf Jaxoms Frage nur die Achseln. D'ram jedoch zupfte nachdenklich an seiner Unterlippe.

»Diamantschleifer verwendet man zum Ritzen von Edelsteinen und Glas. Wie hätten wir auf die Idee kommen sollen, damit eine Fädenkapsel aufzuschneiden?« fragte der alte Weyrführer und rang hilflos die Hände.

»Meister Fandarel hätte es wissen können«, bemerkte Robinton. Dann seufzte er. »Es gibt noch immer so viel zu verstehen, zu lernen und zu erkennen. Wird das je ein Ende haben, Akki?«

»Was?«

Meister Robinton lächelte Jaxom spöttisch an. »Das war eine rhetorische Frage, Akki.«

Akki schwieg.

Als die Gruppe auf dem Landsitz an der Meeresbucht eintraf, war man sich einig, daß der Aufenthalt auf der *Yokohama* sehr erfolgreich verlaufen sei. Die Drachen hatten sich mit dem freien Fall angefreundet; die Menschen hatten die befriedigende Erfahrung gemacht, schiffsförmige Tunnel durch anrückende Fäden schneiden zu können, ohne sich selbst oder ihre Freunde in Gefahr zu bringen. Gleich nachdem die Reiter abgesessen waren, strebten die Drachen dem warmen Wasser der Bucht zu; und auch die Menschen hatten gegen ein erholsames Bad nichts einzuwenden. Zum Glück hatte Lytol mit diesem Wunsch gerechnet und das Essen so spät angesetzt, daß alle sich vorher erfrischen konnten.

Ramoth hatte sich inzwischen so an die Feuerechsen gewöhnt, daß sie keine Einwände erhob, wenn auch wilde Tiere kamen, um den Reitern beim Abschrubben ihrer Drachen behilflich zu sein. Sie behauptete sogar, wegen ihrer eigenen Größe brauche Lessa, die zudem noch kleiner sei als die anderen Reiter, mehr Hilfe. *Außerdem hat Ruth Jaxom und Sharra, die sich um ihn kümmern,* fügte sie gebieterisch hinzu.

Als Lessa Ramoths Bemerkung lachend wiederholte, verkündete Robinton, er sei durchaus bereit, eine Königin abzuschrubben. Worauf D'ram meinte, Lessa habe schon viel zu viele Feuerechsenhelfer, Robinton dagegen sei auf Tiroth zur *Yokohama* geflogen und folglich aus reiner Höflichkeit verpflichtet, den Bronzedrachen zu waschen. Schließlich wateten alle Lehrlinge und Gesellen, die auf dem Landsitz arbeiteten, ins Wasser und halfen mit, die fünf Drachen zu säubern. Nur Lytol schloß sich aus.

Nachdem man in angenehmster Gesellschaft ein köstliches Mahl verspeist hatte, machten sich Jaxom, Sharra und Oldive notgedrungen auf den Weg nach Ruatha. Jaxom hatte sich ebenso wie Sharra allmählich an diese verlängerten Tage gewöhnt. Die zusätzlichen Stunden erlaubten es ihm, seine Pflichten als Burgherr zu erfüllen und zugleich das volle Akki-Programm mitzumachen. Während Sharra und Oldive sich um die Patienten auf der Krankenstation der Burg kümmerten, suchte er Brand auf, sah sich die Stallerweiterung am Flußufer an und inspizierte die Baumaßnahmen an zwei kleineren Pachthöfen.

Damit hatte er einen Zwanzig-Stunden-Tag hinter sich gebracht und war nicht allzu begeistert, als Ruth ihn mitten in der Nacht weckte, um ihm eine dringende Nachricht von F'lessan zu übermitteln.

Golanth sagt, das Dach von Honshu sei eingestürzt, und man habe in einem geheimen Raum etwas sehr Seltsames und eventuell sehr Wichtiges entdeckt, wiederholte Ruth getreulich, was man ihm aufgetragen hatte. *Golanth hat auch Lessa, F'lar, K'van und T'gellan informiert. Außerdem hat man die Nachricht an Meister Fandarel und an Meister Robinton geschickt, damit der sie an Akki weitergibt.*

Jaxom blieb eine ganze Weile reglos liegen, obwohl er sich in Gedanken eingehend mit dieser neuen Entwicklung auseinandersetzte. Er hatte seine Nachtruhe dringend nötig und wäre am liebsten gleich wieder eingeschlafen.

Golanth würde uns niemals ohne Grund stören, fügte Ruth fast zerknirscht hinzu.

Das weiß ich! antwortete Jaxom müde. *Irgendein Hinweis, wie Akki auf die Information reagiert hat?*

Wenn du nicht bei Akki bist, kann ich auch nicht hören, was er sagt. Ruth schwieg lange, während Jaxom innerlich mit sich kämpfte, ob er wirklich sein warmes Bett und seine schlafende Frau verlassen sollte, um auf diesen neuen Appell angemessen zu reagieren.

Tiroth bringt die drei vom Landsitz an der Meeresbucht nach Honshu, fuhr der weiße Drache schließlich fort. *Lytol meint, die Sache könnte sehr wichtig sein. Akki hat verlangt, die Säcke möglichst bald zu untersuchen. Ramoth und Mnementh kommen auch. Es kommen überhaupt alle, die man benachrichtigt hat.*

Jaxom unterdrückte einen Seufzer und tastete sich vorsichtig aus dem Bett, um Sharra nicht zu wecken. Sie brauchte den Schlaf ebenso dringend wie er. Vielleicht dauerte es nicht lange, und er konnte zurück sein, ehe sie überhaupt merkte, daß er schon wieder fort gewesen war. Sie und Oldive konnten es kaum erwarten, mit dem Diamantschleifer auf die *Yokohama* zurückzukehren. Er wollte die beiden nicht gern enttäuschen, nur weil man anderswo nach ihm verlangte.

Er zog sich unter dem Reitzeug nur leichte Kleidung an, weil es in Honshu wärmer sein würde, und freute sich, daß er doch nicht zu verschlafen war, um an solche Kleinigkeiten zu denken. Allerdings kontrollierte er nicht, wie er es sonst häufig tat, das Reitgeschirr, das immer offen an einem Haken in Ruths Weyr hing, sondern legte Ruth mit routiniertem Griff die Riemen an, die er in einem Versteck aufbewahrte. Dann schob er die großen Weyr-Tore auf, folgte dem weißen Drachen hinaus auf den Burghof und stieg in den Sattel. Nur der Wachdrache, der Wachwher und ein paar zur Burg gehörige Feuerechsen beobachteten stumm, mit blanken, blau und grün leuchtenden Augen ihren Abflug.

Wic kann man die Leute nur zu nachtschlafender Zeit irgendwohin zitieren, dachte Jaxom, als Ruth sich in die Lüfte schwang.

Wie spät ist es in Honshu? wollte Ruth wissen.

»Wahrscheinlich geht gerade die Sonne auf!« antwortete Jaxom verdrießlich und stellte sich die Fassade der Besitzung vor, die F'lessan ihm so lebhaft beschrieben hatte.

Trotz seiner pelzgefütterten Reitjacke fröstelte Jaxom im *Dazwischen*. Zwei Atemzüge später schwebten sie im ersten Licht des Morgens über einer Nebeldecke. Wo man hinsah, klammerten sich andere Drachen an einzelne aus dem Dunst herausragende Felszinnen. Ruth landete auf dem nächsten freien Zacken und nickte den anderen zur Begrüßung zu.

»Und wo ist Honshu?« wollte Jaxom wissen.

Ramoth sagt, es liegt rechts von uns im Flußnebel versteckt. Ich wußte genau, wohin ich flog. Es ist nur noch nicht zu sehen, antwortete Ruth. *Das wird ein wunderschöner Tag, nicht wahr?* fuhr er überraschend fort und blickte nach Osten, wo der Himmel sich schon heller färbte.

Jaxom betrachtete die Aussicht und pflichtete ihm, wenn auch zögernd, bei. Zu seiner Linken standen die beiden Monde, halb voll, an einem ungewöhnlich klaren, und blauen Himmel. Die Nacht wanderte nach Westen – wo auch sein warmes Bett stand, dachte er sehnsüchtig. Am liebsten hätte er sich im Sattel vorgebeugt, den Kopf auf Ruths Hals gelegt und weitergeschlafen, bis der Nebel sich lichtete. Aber je länger er in den Tag hineinsah, der so schön begann – daß Ruth so ins Schwärmen geraten konnte, war ihm ganz neu –, desto schwerer fiel es ihm, sich von dem Anblick loszureißen.

Neue Drachen trafen ein, zogen überrascht Kreise in der Luft, weil sie nicht damit gerechnet hatten, daß ihr Zielgebiet so völlig verdeckt sein würde, und landeten schließlich, wo immer es ging.

Golanth bittet um Entschuldigung, teilte Ruth Jaxom mit. *Der Nebel hat sich erst bei Tagesanbruch vom Fluß heraufgewälzt. Sobald die Sonne aufgegangen ist, wird es aufklaren, sagt er. Er will sich in der Nähe des eingestürzten Daches postieren.* Der weiße Drache wandte den Kopf in die angegebene Richtung, und Jaxom sah, wie Golanths bronzefarbene Gestalt sich aus dem Nebel erhob und sich auf einer noch unsichtbaren Fläche niederließ. *Golanth sagt, unten warten heißer Klah und Frühstücksbrei auf euch. Außerdem steht uns eine hübsche*

Überraschung bevor, weil ja kaum jemand Honshu bisher gesehen hat. Er sagt auch, die Jagd im Tal ist ausgezeichnet – vorausgesetzt, man sieht etwas.

Die Einschränkung weckte Jaxoms Sinn für Humor, und er lachte sich seine schlechte Laune von der Seele. In diesem Augenblick ging die Sonne auf und durchdrang den Nebel mit ihren hellen, warmen Strahlen. Ein leichter Wind hatte den Dunst rasch vertrieben, so daß endlich die Felswand von Honshu sichtbar wurde, und Golanth, der ganz oben in luftiger Höhe thronte.

Golanth empfiehlt uns, auf dem oberen Sims am Haupttor zu landen. Dort müßte genug Platz für alle sein. Das Dach könnte nämlich noch weiter einbrechen, und die Stallungen auf der unteren Ebene sind noch nicht ganz ausgeräumt. F'lessan möchte nicht, daß jemand die Besitzung von dort aus betritt.

Fast wie auf ein Stichwort stiegen die wartenden Drachen auf. Vielleicht zerstreute der Sog der großen Schwingen die letzten Nebelfetzen, jedenfalls war bis hinauf zur zweiten Fensterreihe alles klar, als die riesigen Tiere zur Landung ansetzten.

F'lessan und die Weyrangehörigen, die Honshu wieder bewohnbar machen sollten, standen bereits im breiten Torbogen und jubelten den Neuankömmlingen zu.

»Vielen Dank, daß ihr so rasch gekommen seid«, grinste F'lessan. »Ich glaube, ihr werdet nicht enttäuscht sein. Tut mir leid, daß ich dich aus dem Bett geholt habe, Jaxom, ich weiß, du hattest einen langen Tag, aber du hättest es mir nie verziehen, wenn ich dir das vorenthalten hätte.« Der junge Bronzereiter legte Jaxom kameradschaftlich den Arm um die Schulter und sah ihn so besorgt an, daß Jaxom sich verpflichtet fühlte, ihn zu beruhigen.

»Sehr aufmerksam von dir, F'lessan, daß du für Klah und Essen gesorgt hast«, lobte Lessa auf dem

Weg durch die Vorhalle, »aber zuerst möchte ich deine Entdeckung sehen.«

F'lessan zeigte auf mehrere Plastiksäcke auf einem langen Tisch im Hauptraum. »Ihr könnt euch auch die Geheimkammer ansehen, wenn es euch nichts ausmacht, euch über endlose Wendeltreppen hinaufzuschleppen.«

Alle eilten an den Tisch, nur Jaxom blieb auf der Schwelle stehen und betrachtete die eindrucksvollen Fresken, deren Farben noch so frisch waren wie am ersten Tag. Er erinnerte sich vage an eine Unterhaltung zwischen Lytol und Robinton über irgendwelche Wandmalereien in Honshu, aber so großartig hätte er sich das alles nicht vorgestellt.

»Umwerfend, nicht wahr?« F'lessan hatte sich wieder seinem alten Freund zugewandt und nahm sich ebenfalls Zeit, die Bilder zu bewundern. »Eigentlich ist die Besitzung für einen Weyr zu klein, auch wenn Golanth meint, es seien genügend geeignete Simse für die Drachen vorhanden. Und gutes Futter.«

»Der Süd-Weyr hatte ursprünglich nicht einmal das«, gab Jaxom zu bedenken.

»Gewiß. Aber der ist wie eine Burg organisiert. Ich möchte einfach nicht, daß hier jemand den Herrn spielt«, rief F'lessan stürmisch. »In einem Weyr wissen die Leute, daß sie nach Belieben kommen und gehen können. Aber du willst dir sicher ansehen, was ich gefunden habe. Und nachdem ich dich schon einmal hergelockt habe, werde ich dir auch die ganze Besitzung zeigen. Sie ist erstaunlich gut erhalten und quillt über von faszinierenden Werkzeugen und Instrumenten. Die Schmiede sind ganz hingerissen.«

»Jancis hat mir den gesamten Bestand aufgezählt.« Jaxom grinste spöttisch.

F'lessan hatte einen höchst ungewöhnlichen Fund gemacht: in den Plastiksäcken befand sich eine Flüssigkeit. Jeder Sack war gewissenhaft mit einem festen Band verschlossen, an dessen Ende sich ein breites Schild mit einem seltsamen Strichmuster befand. Weder Robinton noch Lytol hatten je etwas dergleichen in Akkis Archiv gesehen.

»Einen habe ich aufgemacht«, sagte F'lessan und deutete auf einen Sack, den man in eine Wanne gestellt und oben vorsichtig umgeschlagen hatte, um an den Inhalt heranzukommen. »Zuerst habe ich es für Wasser gehalten, aber das ist ein Irrtum. Das Zeug hat einen ganz eigenartigen Glanz, außerdem wäre Wasser wohl schon längst verdunstet. Es riecht auch komisch. Gekostet habe ich es nicht.«

Lytol und Fandarel stießen fast mit den Köpfen zusammen, als sie sich vorbeugten, um an der Flüssigkeit zu schnuppern. Fandarel tauchte einen Finger hinein, roch daran und verzog das Gesicht.

»Trinkbar ist es mit Sicherheit nicht.«

»Wir sollten diesen Sack zu Akki bringen, um ihn untersuchen zu lassen«, sagte Lytol. »Ist das alles?«

»Nein«, antwortete F'lessan vergnügt. »Außer den sechsen hier gibt es noch vierunddreißig weitere. Aber nicht überall ist gleich viel drin. Ein paar waren ganz leer, sie waren wohl nicht dicht. Vielleicht sind auch die Tunnelschlangen drangegangen. Die Biester fressen einfach alles.«

»Sagtest du nicht etwas von einer Treppe?« fragte Lessa.

»Nun, die Stufen waren nicht ganz ausgehauen. Ab der letzten Biegung sind es eigentlich nur noch Kletterhilfen. Wir hatten dieses Stockwerk bisher nicht untersucht – bis Benmeth durch die Decke brach.«

»Du hast mir nicht einmal erzählt, ob sie sich verletzt hat oder nicht«, sagte Lessa vorwurfsvoll.

F'lessan grinste; die Launen seiner Mutter ließen ihn ziemlich kalt. »Sie hat sich das linke Hinterbein aufgeschürft, aber J'lono hat sie von Kopf bis Fuß mit

Heilsalbe zugekleistert. Jetzt ist sie unten im Arbeitsraum.«

»Ich möchte diese Treppe sehen, F'lessan«, sagte F'lar. Der junge Reiter zeigte auf eine Tür, und der Weyrführer von Benden ging darauf zu, dicht gefolgt von Fandarel, Lytol, K'van und T'gellan.

»O nein, Sie nicht.« Lessa hielt Robinton am Arm fest. »Freier Fall ja, Treppensteigen nein, Robinton. Und wie ich Sie kenne, haben Sie auch noch nichts gegessen.«

Jaxom, der keine Lust zu einem langen Fußmarsch hatte, unterstützte Lessa, und F'lessan erklärte, die Weyrbewohner würden es Robinton nie verzeihen, wenn er nicht auf der Stelle Platz nehme und die Gastfreundschaft von Honshu genösse.

»Es ist Treibstoff«, sagte Akki, und Robinton hätte schwören können, in seiner Stimme so etwas wie Jubel zu hören. »Treibstoff!«

»Ja, aber ist er denn nach so langer Zeit noch zu gebrauchen?« fragte Fandarel.

Vor seinem inneren Auge sah Jaxom die drei Fähren von der Schiffswiese abheben, schlug sich diesen Wunschtraum jedoch sofort als unerfüllbar aus dem Sinn. Diese Schiffe würden nie wieder fliegen. Pern hatte nicht die technischen Möglichkeiten, um die notwendigen Reparaturen durchzuführen.

»Das Alter kann diesem Treibstoff nichts anhaben, und die mitgebrachte Probe weist auch keinerlei Verunreinigungen auf. Da der Fund in Honshu gemacht wurde, der Besitzung von Kenjo Fusaiyuki, darf man annehmen, daß es sich dabei um einen Teil der Mengen handelt, die er zum persönlichen Gebrauch beiseite geschafft hatte. In den Aufzeichnungen von Kapitän Keroon findet sich eine diesbezügliche Erwähnung; man hatte auch in Honshu nach dem Lager gesucht, es jedoch nie entdeckt.«

»Aber der Schlitten ist so gut erhalten, könnten wir nicht…«, begann Fandarel aufgeregt.

»Der Schlitten wird mit Energiezellen angetrieben, nicht mit Treibstoff. Außerdem gibt es für die vierzig Säcke, die gefunden wurden, eine ausgezeichnete Verwendung«, entschied Akki.

»Wo? Warum? Wie?« wollte Jaxom wissen. »Sagtest du nicht, die *Yokohama* werde mit Antimaterie betrieben?«

»Nur über interstellare Entfernungen«, erklärte Akki. »Dieser Treibstoff wurde für Flüge innerhalb eines Sonnensystems benötigt.«

»Die Fähren auf dem Feld?« Die Vorfreude trieb Piemur die Röte ins Gesicht, und Jaxom merkte, daß er nicht als einziger irgendwelchen Wunschträumen nachhing.

»Selbst wenn Sie auf technischem Gebiet weiter fortgeschritten wären, die Fähren sind so altersschwach, daß keine Reparatur mehr möglich ist«, sagte Akki. »Dieses unerwartete Geschenk wird uns noch sehr gelegen kommen, doch zuvor sind sämtliche Alternativen gründlich zu prüfen.«

Jaxom und Piemur sahen sich entrüstet an.

»Laß mich raten, Akki«, sagte Jaxom. »Wir könnten den ganzen Treibstoff in die Tanks der *Yokohama* schütten oder auf alle drei Schiffe verteilen. Damit bekämen wir ein halbes Ge Schwerkraft und eine gewisse Manövrierfähigkeit – nur einmal angenommen, wir wollten mit diesen Schiffen irgendwohin fliegen…« Er verstummte. Nun war Akki am Zug.

»Der Treibstoff reicht nicht aus, um die Oort'sche Wolke zu erreichen«, sagte Akki, »auch nicht, um den Fädenstrom zurückzuverfolgen und mit der Zerstörungseinrichtung der Schirme die Dichte der Ovoide zu verringern.«

Bemüht, sich seine Enttäuschung nicht anmerken zu lassen, zwang sich Jaxom zu einem Lächeln. »Da ist ihm doch glatt wieder eine Möglichkeit eingefallen, auf die ich nicht gekommen bin.«

»Wer sind wir denn, daß wir Akki durchschauen wollen?« fragte Piemur, aber Jaxom entging die unterdrückte Wut in den Augen des Harfners nicht.

»Eines Tages ...« Das war nur für Piemur bestimmt, und der nickte.

»Aber Akki, nun haben wir schon einmal eine Probe hier«, flehte Fandarel. »Warum analysierst du nicht die Zusammensetzung, und wir kopieren sie? Es müßte doch möglich sein, so viel Treibstoff herzustellen, daß wenigstens ein Schiff zur Oort'schen Wolke gelangen könnte.«

»Zu welchem Zweck?«

»Nun, um die Wolke zu sprengen! Um den Fädenorganismus an seinem Ursprung zu vernichten!«

Wieder legte Akki eine seiner typischen Pausen ein, und dann erschien plötzlich das Rubkat-System auf dem Bildschirm. Neben der Sonne wirkten die Satelliten klein und unbedeutend. Das Bild wechselte unvermittelt, die strahlende Sonne schrumpfte zu einem winzigen Lichtpunkt, die Planeten wurden so klein, daß sie nicht mehr zu erkennen waren, dann ergoß sich die Oort'sche Wolke wie brodelnder Nebel über den Schirm und löschte selbst die ferne Rubkat aus. Wie schon so oft bei solchen Demonstrationen erschien eine rote Linie und beschrieb die Bahn des Roten Sterns durch die Oort'sche Wolke und zurück ins System, wo sie innerhalb von Perns unauffälligerem Orbit um den Primärstern herumführte.

»Akki versteht es wirklich, uns die Flügel zu stutzen«, murmelte Piemur.

»Oh!« seufzte Fandarel resigniert. »Es ist wirklich schwierig, die gewaltigen Ausmaße der Wolke im Vergleich zu unserer kleinen, unbedeutenden Welt so recht zu würdigen.«

»Und was zerstören wir nun wirklich, um uns die Sporen vom Halse zu schaffen?« fragte F'lar.

»Die beste Möglichkeit, diese Bedrohung zu verringern, besteht darin, den Orbit des exzentrischen Planeten zu verändern, der die Sporen in Perns System bringt.«

»Und wann erklärst du uns, wie wir das erreichen können?«

»Es wird nicht mehr lange dauern, bis alle Forschungen abgeschlossen sind und die technischen Mittel zur Verfügung stehen.«

»Dann hilft es uns gar nichts, daß wir den Treibstoff gefunden haben?« F'lessan ließ enttäuscht den Kopf hängen, sein sonst so fröhliches Gesicht hatte sich verdüstert.

»Er könnte auf einem anderen Gebiet sehr wichtig werden, F'lessan. Es ist immer gut, mehrere Alternativen zu haben. Sie alle haben ausgezeichnete Arbeit geleistet.« Für Akkis Verhältnisse war dies ein wahrhaft hohes Lob. »Aber Sie dürfen nun nicht in Apathie versinken.«

»Was soll ich dann mit all den Treibstoffsäcken anfangen?« fragte F'lessan mutlos.

»Sie müssen nach Landing gebracht und dort sicher verwahrt werden.«

»Soll ich sie nicht umfüllen? Die Säcke sind schon alt.«

»Wenn sie zweitausendfünfhundertachtundzwanzig Jahre überdauert haben, werden sie auch noch ein weiteres Jahr halten.« Auf dem Bildschirm erschien ein Diagramm. »Nach diesem Plan sind die Sprünge der Braunen und der Bronzedrachen in die Frachträume aller drei Schiffe durchzuführen. Den neuesten Werten nach ist inzwischen genügend Sauerstoff vorhanden, so daß alle Drachen mit ihren Reitern Erfahrungen in der Schwerelosigkeit sammeln können.«

»Wozu?« fragte F'lar.

»Für den Erfolg des Plans ist es unerläßlich, daß alle Drachen von Pern lernen, sich im freien Fall zu bewegen.«

Der Plan wurde an die Führer aller acht Weyr weitergegeben und löste bis auf wenige Ausnahmen – hauptsächlich Reiter älterer Drachen, denen selbst die Jagd allmählich Mühe bereitete – überall Jubel aus. Die Jungreiter waren hellauf begeistert, und die Ausbilder hatten alle Hände voll zu tun, um die Disziplin zu wahren.

Jeder Gruppe wurde jemand beigegeben, der bereits Erfahrung mit dem freien Fall gesammelt hatte; sogar Jancis, Piemur und Sharra wurden als Betreuer eingesetzt. Oft schlossen sich ganze Schwärme von Feuerechsen an, und obwohl deshalb manchmal Klagen kamen, war Akki sehr angetan von ihrem Interesse. Eine neue Welle der Begeisterung fegte durch alle Weyr und half, die typische Lethargie der Phasenmitte zu überwinden.

Drei Tage später wurde zwischen den Treibstoffsäcken Feuer gelegt, aber die Feuerechsen schlugen Alarm, und so entstand kein Schaden. Akki nahm die Nachricht von der nur knapp vermiedenen Katastrophe gelassen auf und teilte Lytol und D'ram, die völlig außer sich waren, nur nebenbei mit, der Treibstoff sei nicht brennbar. Allen fiel ein Stein vom Herzen, doch als Fandarel davon hörte, wollte er sofort wissen, wie denn ein solcher Treibstoff die gewünschte Wirkung erzielen könne. Daraufhin hielt ihm Akki einen ausführlichen Vortrag über die Bauweise sieben verschiedener Typen von Düsentriebwerken, von den einfachen Reaktionsmotoren, die sie im Unterricht kennengelernt hatten und die selbst dem Schmiedemeister nicht sehr sinnvoll erschienen, bis zu komplexeren Mehrphasensystemen.

Am gleichen Abend brachte Meister Moriltons Feuerechse die Schreckensbotschaft, jemand habe den gesamten Vorrat an Linsen zerstört, die seine Gildehalle für den Einbau in Mikroskope und Teleskope angelegt hatte. Monate harter und geduldiger Arbeit waren umsonst gewesen. Am nächsten Morgen stellte Meister Fandarel fest, daß jemand die für die Linsen bestimmten Metallgehäuse über Nacht ins Schmiedefeuer geworfen hatte, wo sie ausgeglüht waren.

Es war ein Glück, daß das Orientierungsprogramm für die Drachen so gut lief, sonst hätte die Moral einen neuen Tiefstand erreicht. Dann hatten Oldive und Sharra endlich einen Erfolg zu melden. Es war ihnen gelungen, die Hülle des Fädeneis mit einem Diamantschleifer zu durchtrennen.

»Viel klüger bin ich trotzdem nicht«, klagte Sharra, als sie an diesem Abend nach Hause kam. »Es ist ein komplexer Organismus, und wir werden lange brauchen, um ihn zu analysieren. Wir müssen langsam vorgehen. Ich glaube, nur deshalb hat uns Akki beigebracht, Bakterienkulturen anzulegen. Ein gutes Training für diese Art von Untersuchung.«

»Wie sah das Ding denn nun aus – innen, meine ich?« fragte Jaxom.

»Ein heilloses Durcheinander.« Sie runzelte ratlos die Stirn. Dann lachte sie abfällig. »Ich weiß nicht, was ich erwartet hatte. Ich hatte mir eigentlich weiter keine Gedanken gemacht. Jedenfalls ist das Ovoid von mehreren Schichten aus schmutzigem, steinhartem Eis umgeben, in das die verschiedensten Steinchen, Körner und – und irgendwelcher anderer Plunder eingebettet sind, weißlich, gelb, schwarz, grau … Ob das Gelbe wohl Helium sein könnte? Hast du die Vorlesungen über die Verflüssigung von Gasen gehört? Nein, das waren wohl Piemur und Jancis.

Jedenfalls gibt es Ringe, die das Ovoid ganz umschließen. Diese Ringe lassen sich von den anderen Substanzen lösen. Außerdem findet man Röhrchen und ganze Trauben blasiger Materie. Akki sagte, es handle sich um eine sehr wirre Lebensform.«

Jaxom lachte überrascht auf. »bei uns stiftet sie jedenfalls Verwirrung!«

»Kindskopf! So meint er das nicht. Aber wir sind heute nicht sehr weit gekommen, weil wir für die Arbeit bei drei Grad über dem absoluten Nullpunkt nicht die richtigen Werkzeuge haben.« Sie grinste. »Alle Instrumente, die wir mitgebracht hatten, wurden in der Kälte spröde und zerbröckelten uns unter den Fingern.«

»Metall? Spröde?«

»Dabei war es hochwertiger Schmiedestahl. Akki sagt, wir müssen mit Spezialglas arbeiten.«

»Glas, hm.« Jaxom erinnerte sich an die vielen Stunden, die Akki mit Meister Morilton verbracht hatte, und lachte. »Das war also der Grund. Aber wie konnte Akki schon damals wissen, daß wir ein Fädenei einfangen würden, wenn er nicht einmal ahnte, daß das überhaupt möglich war?«

»Ich fürchte, ich kann dir nicht ganz folgen, Jaxom.«

»Ich mir selbst wohl auch nicht, Liebste. Wer hier wohl die größeren Überraschungen erlebt? Akki oder wir?«

Am nächsten Morgen bat Sharra Jaxom um Erlaubnis, sich von Ruth zu Meister Oldive bringen zu lassen, um mit ihm zu besprechen, wen sie zu ihren Untersuchungen noch hinzuziehen sollten. Ruth war Sharra stets gern zu Diensten, und so konnte Jaxom getrost in Ruatha bleiben, um mit Brand eine längst überfällige Gerichtsverhandlung zu leiten.

Er hatte gerade seinen Platz im Großen Saal eingenommen, als er einen kurzen Blick auf Ruth erhaschte, der, mit Sharra auf dem Rücken, eben vom Boden abhob.

Das Geschirr, Ruth! Welches Geschirr hat Sharra genommen?

Von Ruth kam die Antwort: *Sie ist nicht in Gefahr,* doch in diesem Moment kreischten ihre beiden Feuerechsen so laut, daß Lamoth, der alte Bronzedrache auf Ruathas Höhen, erschrocken zu trompeten begann. Wie gelähmt beobachtete Jaxom, wie Ruth sich langsam herabsinken ließ. Sharra hielt sich krampfhaft an seinem Hals fest, Meer und Talla hatten ihre Krallen in die Schulterpolster ihrer Reitjacke geschlagen. Der breite Sattelgurt hing lose zwischen Ruths Beinen.

Am ganzen Körper zitternd, rannte Jaxom aus dem Großen Saal. Seine Würde, seine Pflichten waren vergessen. Er hatte seine Gefährtin wegen eines Vorfalls, den er schon fast vergessen hatte, nicht beunruhigen wollen, und das hätte sie um ein Haar das Leben gekostet. Seine Hände bebten noch immer, als Ruth vor ihm aufsetzte. Er half Sharra, den rutschenden Sattel zu verlassen, und schloß sie stürmisch in die Arme.

Ich hätte fragen sollen, welches Reitgeschirr sie genommen hatte, sagte Ruth zerknirscht, seine Haut war ganz grau vor Entsetzen. *Ich hätte ihr sagen können, wo du das Geschirr versteckt hast, das du in letzter Zeit benützt.*

»Es ist nicht deine Schuld, Ruth. Alles in Ordnung, Sharra? Du bist nicht verletzt? Als ich dich da hängen sah…« Die Stimme brach ihm, er drückte sein Gesicht in ihre Halsgrube und spürte, daß sie kaum weniger zitterte als er.

Sharra ließ sich nur zu gerne trösten, doch sobald ihr zu Bewußtsein kam, daß sie nicht allein waren, lachte sie verlegen und wollte sich aus seinen Armen lösen. Er lockerte zwar seinen Griff, ließ sie aber nicht los. Wenn sie nicht so viel Reiterfahrung hätte… wenn Ruth kein so kluger Drache wäre…

»Ich dachte, du hast das Geschirr geflickt?« Sie sah ihm angstvoll in die Augen.

»Hatte ich ja!« Er konnte ihr nicht die Wahrheit

sagen, nicht vor so vielen Ohren, und so nahe sie sich auch standen, sie merkte offenbar nicht, daß er nicht völlig offen war.

»Ich muß zu Oldive, Jaxom«, sagte sie, schwankend zwischen Pflichtgefühl und Angst. »Glaubst du, Ruth würde mir verzeihen, wenn ich mich von G'lanar auf Lamoth hinbringen ließe?«

»Du willst trotz allem fliegen?« fragte Jaxom erstaunt, doch insgeheim war er stolz auf seine tapfere Gefährtin, die sich nicht unterkriegen ließ.

»Das ist die beste Methode, Jaxom, um den Schock zu überwinden.« Sie beugte sich über seine Schulter, um Ruth die Nase zu streicheln. »Es war wirklich nicht deine Schuld, liebster Ruth. Bitte beruhige dich. Dieser Grauton steht dir gar nicht!«

Ich habe im Sprung gespürt, wie der Gurt nachgab, erklärte Ruth. *Ich hätte sie fragen müssen, welches Geschirr sie genommen hatte. Ich hätte sie fragen müssen.*

»Schon gut. Du hast Sharra das Leben gerettet«, wiederholte Jaxom. Er war seinem Drachen so dankbar wie noch nie. »Aber sie muß trotzdem in die Heilerhalle. Auf Lamoth, mit G'lanar.«

Ruth sah seinen Reiter an, und allmählich verblaßte das Orange der Panik in seinen Augen. *Für einen von den Alten ist er ganz zuverlässig*, räumte er schließlich widerwillig ein. *Wenn nur Duluth und S'gar schon zurück wären.*

»Du weißt, daß die beiden keine Kampfeinsätze mehr fliegen können. G'lanar vergreist zusehends, und Lamoth kann kaum noch sein Futter kauen, von Feuerstein ganz zu schweigen.« Jaxom dachte nicht weiter über Ruths Bemerkung nach, sondern rief den alten Drachen mit seinem Reiter herbei und bat sie taktvoll, Sharra zur Heilerhalle zu bringen. Dann nahm er seinem Drachen das zerrissene Reitgeschirr ab und rollte es auf, um es später zu untersuchen.

Er sah den dreien nach, bis Lamoth ins *Dazwischen*

ging. Meer und Talla folgten ihnen ganz ruhig. Anschließend kehrte er in den Großen Saal zurück, wo Brand und die Unterverwalter dabei waren, alle Anwesenden wieder auf ihre Plätze zu scheuchen.

»Du hast es ihr nie gesagt?« flüsterte Brand ihm ins Ohr, als sie sich setzten.

»Jetzt werde ich es tun. Das war zu knapp.« Mit zitternden Fingern sammelte Jaxom die Papiere ein, die er im ersten Schreck überall verstreut hatte.

»Das kann man wohl sagen. Steht dieser… nun, dieser dreiste Anschlag auf dein Leben in irgendeinem Zusammenhang mit den jüngsten Vorfällen?«

»Wenn ich das nur wüßte.«

»Jetzt wirst du hoffentlich auch Benden ins Vertrauen ziehen?« Brand sah ihn mit unerbittlicher Strenge an.

»Versprochen.« Jaxom lächelte matt. »Weil mir nämlich klar ist, daß du es sonst tust.«

»Worauf du dich verlassen kannst.« Brand hob die Stimme: »Im ersten Fall geht es um den Vorwurf des Mißbrauchs burgeigener Vorräte…«

An diesem Abend erzählte Jaxom seiner Sharra in allen Einzelheiten von dem Vorfall auf Tillek und den Nachforschungen, die Brand in Gang gesetzt hatte – übrigens ohne jedes Ergebnis, denn Pell beteuerte, er sei ganz zufrieden damit, den gleichen Beruf auszuüben wie sein Vater. Niemand habe ihn auf seine Zugehörigkeit zum Geschlecht Ruatha angesprochen. Außerdem sei er bestenfalls ein Vetter zweiten Grades.

Nachdem Sharra ihm die Hölle heiß gemacht hatte, weil er ihr Sorgen hatte ›ersparen‹ wollen, gingen sie die Eintragungen im Gästebuch der Burg durch, fanden aber nichts, was irgendwie Verdacht hätte erregen können. Auch Ruth war ihnen keine Hilfe, denn wenn Jaxom zu Hause war, hielt er sich nicht ständig in seinem Weyr auf, sondern leistete meist dem Drachen Gesellschaft, der gerade auf den Höhen Wache hielt.

Sogar, wenn es der alte Lamoth ist, fügte er hinzu. *Ich kratze ihn, wenn es ihn juckt; und dafür kratzt er mich.*

Am nächsten Tag wurden Sharra und Jaxom in Landing zu einem Gedankenaustausch über die zunehmende Zerstörungswut erwartet.

»Wenn du nicht auspackst, was hier passiert ist, Jaxom, dann tue ich's.« Sharra war wild entschlossen.

»Dabei geht es doch um die Nachfolge, Sharrie«, wandte er ein. »Die Zerstörungen haben nichts damit zu tun.«

»Und woher willst du das wissen?« Sie umklammerte mit beiden Händen die Armlehnen ihres Sessels und starrte ihn vorwurfsvoll an. »Immerhin bist du bei sämtlichen Plänen Akkis der Anführer.«

»Ich? Der Anführer?« Jaxom war fassungslos.

»Ja, auch wenn du es nicht merkst.« Ihre Miene wurde sanfter. »Typisch für dich.« Ihr zärtliches Lächeln enthielt auch eine Spur Herablassung. »Es ist schon so, du kannst es mir glauben, und außerdem weiß es der ganze Planet.«

»Aber ich ... ich ...«

»Ach, nun reg dich nicht auf, Jax. Ich finde es liebenswert, daß du dich nicht aufblähst vor lauter Wichtigkeit, und allen Leuten mit deinem übersteigerten Selbstbewußtsein auf die Nerven fällst.«

»Wer tut das denn?« Jaxom ließ rasch alle seine Mitarbeiter Revue passieren.

»Niemand, aber du hättest allen Grund dazu.« Sie setzte sich auf seinen Schoß, legte ihm einen Arm um den Hals und strich ihm die Sorgenfalten aus der Stirn. »Und deshalb könntest du durchaus eine Zielscheibe für Andersdenkende sein. Jedenfalls kannst du dich nicht vor der Tatsache verstecken, daß die Unzufriedenheit mit Akkis viel zu langfristig angelegtem Projekt immer weiter zunimmt.«

Jaxom seufzte, denn auch das hätte er gerne heruntergespielt. »Ich bin mir dessen nur allzu bewußt. Ja, eigentlich empfinde ich es als Erleichterung, daß sie jetzt endlich aus ihren Löchern gekrochen sind.«

Sharra erstarrte in seinen Armen. »Du weißt, wer es ist?«

Er schüttelte den Kopf. »Sebell weiß, wer wahrscheinlich mit im Spiel ist, aber keiner seiner Harfner konnte bisher auch nur einen einzigen Beweis beibringen. Und ohne wirklich hieb- und stichfeste Beweise kann man keinen Burgherrn unter Anklage stellen.«

Sie gab ihm leise recht und legte ihren Kopf auf seine Schulter. »Aber du paßt gut auf dich auf, nicht wahr, Jax?« flüsterte sie dann ängstlich.

Er drückte sie an sich. »Besser als du auf dich. Wie oft habe ich dir gesagt, daß man sein Reitgeschirr überprüft, ehe man es anlegt?« fragte er. Ihre Entrüstung quittierte er mit einem Grinsen.

Als man sich am nächsten Tag in Landing versammelt hatte, übernahm Akki das Kommando und ließ als erstes das Gebäude räumen. Nur die ausdrücklich Geladenen durften bleiben.

»Zwar richten sich die Angriffe ohne Zweifel gegen die neue Technologie, die Sie entwickeln«, begann Akki, »dennoch ist es bisher nicht gelungen, das Hauptziel Ihrer Bemühungen ernstlich zu gefährden.«

»Bisher«, wiederholte Robinton bedrückt.

»Ich bin nicht dieser Ansicht« sagte Sharra und musterte Jaxom mit festem Blick. Als er zögerte, fuhr sie fort: »Jemand versucht, Jaxom umzubringen.«

Als sich der Aufruhr gelegt hatte, berichtete Jaxom ausführlich und präzise, was geschehen war.

»Das ist beunruhigend.« Akkis Stimme übertönte das Durcheinander von Fragen. »Bietet Ihnen der weiße Drache keinen Schutz vor solchen Anschlägen? Kann er sie nicht verhindern?«

»Nun regt euch doch nicht so auf.« Jaxom haßte es, soviel Wirbel zu machen, obwohl er gerne die Gewähr gehabt hätte, daß Sharra nicht weiter bedroht würde. »Ruth hat sofort reagiert, als der Gurt riß, und damit hat er Sharra das Leben gerettet. Ich hatte das Reitgeschirr offen aufgehängt und die Riemen, die ich tatsächlich verwende, versteckt. Es war nur…«

»Ich sollte mir keine Sorgen machen«, sagte Sharra bissig. »Brand versucht festzustellen, wer Gelegenheit gehabt hätte, das Leder anzuritzen. Es war sehr geschickt gemacht, der Täter wußte genau, welche Belastung ein Reitriemen aushalten muß.«

»Ein Drachenreiter?« Lessa schnappte fast die Stimme über, und draußen auf den Höhen trompetete die Hälfte der Drachen erschrocken los. »Auf ganz Pern gibt es keinen Drachenreiter, der Jaxom oder Ruth in Gefahr bringen würde!« Sie funkelte den jungen Baron an, als sei alles ganz allein seine Schuld. Er gab den Blick unerschrocken zurück.

»Außerdem könnte kein Drachenreiter so etwas ohne Wissen seines Drachen tun«, erklärte F'lar mit Nachdruck.

»Es wäre doch nichts gewonnen« – Lessa stockte –, »wenn man Jaxom beiseite schaffte.«

»Könnte es sein, daß der Anschlag gegen mich gerichtet war, weil ich an der Untersuchung des Sporenexemplars beteiligt bin?« fragte Sharra.

Jaxom schüttelte den Kopf. »Wie denn? Wer konnte wissen, daß du dich von Ruth zur Heilerhalle fliegen lassen wolltest?«

»Da im allgemeinen nur Jaxom auf Ruth reitet«, schaltete Akki sich ruhig ein, »muß man wohl annehmen, daß er das Ziel war. Weitere Anschläge auf sein Leben dürfen nicht erfolgen.«

»Meer und Talla haben ihre Anweisungen«, sagte Sharra energisch.

»Und was ist mit Ruth?« wollte Lessa wissen und verstummte erschrocken, als alle in Landing versammelten Drachen ein schrilles Trompetenkonzert anstimmten. Soviel Kampfbereitschaft hatte sie nicht erwartet. »Offenbar fühlen sich alle Drachen auf Pern angesprochen!« Sie beugte sich zu Sharra und legte ihr die Hand auf den Arm. »Immerhin sind wir jetzt gewarnt.« Sie wandte sich Jaxom zu und musterte ihn mit stummem Tadel. »Wir hätten viel früher verständigt werden müssen, junger Mann!«

»Es bestand aber doch gar keine Gefahr«, protestierte Jaxom. »Ich bin sehr vorsichtig gewesen.«

»Sie wären gut beraten, Ihre Wachsamkeit noch zu verstärken, Jaxom. Außerdem müssen unverzüglich geeignete Sicherheitsmaßnahmen eingeleitet werden, um weitere Zerstörungen in all den Gildehallen zu verhindern, die irgendwelche Spezialaufträge übernommen haben«, sagte Akki streng. »Durch die jüngsten Vorfälle wird zwar die Fertigstellung verschiedener nützlicher Dinge verzögert, aber zum Glück haben die Unruhestifter die wahre Bedeutung anderer wichtiger Projekte nicht erkannt: die Raumhelme, die Sauerstofftanks und die zusätzlichen Raumanzüge sind für den Erfolg unserer Bemühungen unentbehrlich.«

»Die Arbeiten an diesen Dingen sind auf mehrere Gildehallen verteilt und werden an verschiedenen Orten ausgeführt«, sagte Fandarel erleichtert. Doch dann schüttelte er den Kopf, und seine Miene verdüsterte sich. »Es will mir einfach nicht in den Kopf, daß Angehörige meiner Gildehalle mutwillig die Arbeit ihrer Kameraden zerstören konnten.«

»Ihre Gesellschaft basiert auf Vertrauen«, warf Akki ein, »und es ist traurig, mitansehen zu müssen, wie dieses Vertrauen enttäuscht wird.«

»So ist es.« Tiefe Niedergeschlagenheit klang aus Fandarels Stimme. Doch dann richtete er sich auf. »Wir werden vorsichtig sein. F'lar, könnten Sie noch ein paar Reiter für zusätzliche Wachen entbehren?«

»Wachwhere wären effektiver«, behauptete Lytol, der sich bisher nicht an der Diskussion beteiligt hatte. Er war bei Jaxoms Bericht unter seiner südlichen Bräune totenbleich geworden. »Sie wären äußerst effektiv, außerdem bin ich der Ansicht, daß die Weyr im Moment nicht noch mehr belastet werden sollten.«

»Wachwhere *und* Feuerechsen«, ergänzte Fandarel. »Viele der betroffenen Gildemeister haben Feuerechsen, und wenn man ihnen sagt, daß sie wachsam sein müssen, dann sind sie es auch.«

»Mein Bruder Toric hatte große Erfolge mit jungen Katzen«, warf Sharra ein. »Untertags muß man sie natürlich einsperren, denn sie sind bösartig.«

»Tun Sie alles, was zu Ihrem Schutz nötig ist, aber lassen Sie nicht zu, daß die Produktion der wichtigen Dinge darunter leidet«, faßte Akki zusammen. »Morgen werden die Drachen, die zum Übungsflug auf die *Yokohama* eingeteilt sind, die Treibstoffsäcke hinaufschaffen. Meister Fandarel, Sie sorgen dafür, daß die Säcke in den Haupttank geleert werden. Damit wäre ein Sicherheitsproblem aus der Welt geschafft.«

»Ich wünschte, wir könnten alles auf die *Yokohama* verfrachten, was gefährdet ist!« sagte F'lar. »Wäre das nicht möglich?« fragte er Akki.

»Leider nein, aus verschiedenen Gründen. Immerhin sollten bestimmte Dinge sofort nach ihrer Fertigstellung tatsächlich auf der *Yokohama* in Sicherheit gebracht werden.«

»Gibt es denn eine Garantie, daß sie dort auch wirklich in Sicherheit sind?« fragte Lytol, ohne die zornigen, bestürzten, ungläubigen oder besorgten Blicke der anderen zu beachten.

»Diese Anlage kann die *Yokohama* wirksamer und

mit weniger Aufwand überwachen, als Sie bei Ihren einzelnen Burgen, Gildehallen und Weyrn dazu in der Lage sind«, erklärte Akki.

»Und der Wächter bewacht sich selbst!« fügte Lytol leise hinzu.

»Q.E.D.«, sagte Akki.

»Ku eh deh?« fragte Piemur.

»Was zu beweisen war.«

14

Am nächsten Nachmittag standen Jaxom und Piemur auf der Brücke der *Yokohama* und beugten sich über die Triebwerkskonsole.

»Ich weiß, daß wir alle Säcke hineingeleert haben«, klagte Piemur. »Aber an der Anzeige merkt man nichts davon.«

»Verdammt großer Tank.« Jaxom klopfte auf die Skala. »Nur ein Tropfen auf den heißen Stein.«

»Soviel Arbeit – und alles umsonst«, fügte Piemur verbittert hinzu. Sie hatten die Raumanzüge anlegen müssen, weil sich das Reserverohr für die Treibstoffaufnahme in einem Sektor mit niedrigem Druck befand. Der Harfner haßte es, in seinen Bewegungen eingeschränkt zu sein und Luft aus dem Sauerstofftank zu atmen. Trotz der Schwerelosigkeit waren die Säcke unhandlich: sie konnten immer nur zwei auf einmal vom Frachtraum, wo die Drachen gelandet waren, auf die Triebwerksebene schleppen. Und noch mühsamer war es, sie nach Akkis Anweisungen für den Umgang mit Flüssigkeiten im freien Fall in den Stutzen zu füllen.

»Nicht umsonst«, widersprach Akki. »Jetzt ist der Treibstoff vor allen Manipulationen sicher.«

»Dann war er also doch gefährdet?« Piemur warf Jaxom einen seiner berüchtigten ›Ich-hab's-dir-ja-gleich-gesagt‹-Blicke zu.

»Der Treibstoff konnte nicht in Brand gesteckt werden, würde er jedoch verschüttet, so wären toxische Effekte nicht auszuschließen. Und wenn er in die Erde eindränge, so würde diese steril. Es empfiehlt sich, unnötige Probleme zu vermeiden.«

Jaxom lockerte mit kreisenden Schulterbewegungen

seine verkrampften Muskeln. Manche Arbeiten waren im freien Fall anstrengender als auf Pern bei Schwerkraft.

»Schwierigkeiten haben wir ohnehin genug«, gab Piemur zu, ehe er sich wieder an Jaxom wandte. »Klah?« Er hob die von Hamian neu entwickelte Warmhalteflasche, ein großes, dickes Glasgefäß, umgeben von einer Isolierschicht aus gehechelten Fasern der gleichen Pflanze, die Bendarek zur Papierherstellung verwendete, und von einer Hülle aus Hamians neuem Hartplastikmaterial. Flüssigkeiten blieben darin warm oder kalt, und einige Leute konnten einfach nicht verstehen, woher die Flasche den Unterschied kannte. »Fleischpastete?« Er hielt seinem Freund einen Stapel verpackter Fladen hin.

Grinsend nahm Jaxom einen Schluck aus der Flasche, achtete aber sorgsam darauf, keine Tröpfchen in die Luft entweichen zu lassen. »Wie kommt es eigentlich, daß du immer mit dem allerneuesten Schnickschnack ausgerüstet bist?«

Piemur rollte theatralisch mit den Augen. »Akki hat das Ding als Thermos bezeichnet, und es ist alte Harfnertradition, alles Neue auszuprobieren! Außerdem wohne ich in Landing, wo auch Hamian seine Fabrikationsanlagen hat, während du ständig hin und her pendelst und dabei natürlich vieles nicht mitbekommst.«

Jaxom ließ sich nicht aus der Reserve locken. »Vielen Dank für das Essen, Piemur. Die Arbeit hat mich doch hungrig gemacht.«

Sie hatten Helme und Handschuhe ausgezogen, als sie auf die Brücke kamen, und machten es sich nun in den Computersesseln bequem. Nachdem der erste Heißhunger gestillt war, deutete Piemur auf Ruth, Farli und Meer, die wieder einmal am Fenster klebten und unverwandt hinausstarrten.

»Ob sie wohl etwas anderes sehen als wir?« fragte er.

»Ich habe Ruth danach gefragt«, sagte Jaxom. »Er sagt, er findet es einfach hübsch, wenn Pern so frei unter ihm liegt. Und durch die Wolken und die unterschiedlichen Lichtverhältnisse sieht es auch immer wieder anders aus.«

»Ihre Essenspause«, sagte Akki, »ist eine gute Gelegenheit, Ihnen einen weiteren, sehr wichtigen Schritt im Ausbildungsprozeß zu erklären.«

»Hat man uns deshalb die Säcke aufgehalst?« Piemur zwinkerte Jaxom grinsend zu.

»Wie immer gut beobachtet, Piemur. Hier kann uns niemand hören.«

»Wir sind ganz Ohr«, sagte Piemur, und fügte hastig hinzu: »Natürlich nur bildlich gesprochen.«

»Richtig. Es muß unbedingt festgestellt werden, wie lange Drachen sich ohne den Schutz von Raumanzügen wie den Ihren im Weltraum aufhalten können.«

»Ich dachte, das wäre bereits bekannt, Akki«, sagte Jaxom. »Ruth und Farli hat die Zeit, die sie beim erstenmal hier auf der Brücke verbrachten, nicht geschadet. Die Kälte schienen sie gar nicht zu bemerken, und unter Sauerstoffmangel haben sie erst recht nicht gelitten.«

»Damals haben sie sich genau dreieinhalb Minuten auf der Brücke aufgehalten. Der Plan verlangt jedoch, daß die Drachen mindestens zwölf Minuten normal einsatzfähig sind. Die Obergrenze wären fünfzehn Minuten.«

»Wozu einsatzfähig?« Jaxom beugte sich vor, die Ellbogen auf die Knie gestützt. Piemurs Augen funkelten vor Aufregung.

»Die Übung hat den Zweck, sie an den Aufenthalt im Weltraum zu gewöhnen ...«

»Nachdem die Gewöhnung an die Schwerelosigkeit bereits erfolgt ist?« fragte Jaxom.

»Genau.«

»Dann haben wir jetzt die Gehphase erreicht?« fragte Piemur.

»Sozusagen. Erfreulicherweise zeigen sich Ihre Drachen in hohem Maße anpassungsfähig. Es gab keine ungünstigen Reaktionen auf das Erlebnis des freien Falls.«

»Warum auch?« sagte Jaxom. »Es ist doch nicht viel anders als das Schweben in der Luft oder der Aufenthalt im *Dazwischen*, und beides bereitet einem Drachen keine Schwierigkeiten. Nun sollen sie also das Raumschiff verlassen.«

»Würden sie nicht einfach abgetrieben werden?« Piemur warf einen besorgten Blick auf Jaxom. »Ich meine, wie die Fädeneier?«

»Sie würden an Ort und Stelle bleiben, solange sie keine heftigen Bewegungen ausführen«, sagte Akki. »Da sie sich von der *Yokohama* aus in den Weltraum begeben würden, wäre ihre Geschwindigkeit gleich der des Schiffs, ganz anders als bei den aus der Gegenrichtung kommenden Fädenkugeln. Um jedoch einer Panik vorzubeugen ...«

»Drachen geraten nicht in Panik«, widersprach Jaxom rundheraus, ehe Piemur Zeit hatte, einen ähnlichen Tadel anzubringen.

»Aber vielleicht ihre Reiter«, gab Akki zurück.

»Das bezweifle ich«, widersprach Jaxom.

»Mag sein, daß Drachenreiter ein eigener Schlag sind, Baron Jaxom«, sagte Akki sehr förmlich, »aber aus den Aufzeichnungen vieler Generationen geht hervor, daß es Menschen gibt, die trotz aller Übung und aller Appelle von Agoraphobie überwältigt werden. Um also einer Panik vorzubeugen, sollte das Tier dafür sorgen, daß es ...«

»Er«, verbesserte Jaxom mechanisch.

»Oder sie«, fügte Piemur hinzu und drohte dem weißen Reiter mit dem Finger.

»Daß der Drache fest mit der *Yokohama* verbunden ist«, beendete Akki seinen Satz.

»Du willst sie anseilen? Wir könnten Stricke besorgen oder uns von Fandarel mit seinem Extruder dieses starke, dünne Kabel herstellen lassen«, schlug Piemur vor.

»Das wird nicht nötig sein, da bereits eine geeignete Vorrichtung vorhanden ist.«

»Was meinst du damit?« fragte Jaxom zerknirscht, denn er begriff, daß sie mit ihrer Frotzelei Auskünfte hinauszögerten, auf die sie seit Planetenumläufen ungeduldig warteten.

Der Monitor vor ihnen leuchtete auf und zeigte eine Schemazeichnung des Profils der *Yokohama*. Als nächstes erschienen in Großaufnahme der lange Block mit den Triebwerken – und das Stangengerüst, das einst den Tanks mit dem Zusatztreibstoff Halt gegeben hatte.

»Die Drachen könnten sich an den Stangen festhalten!« rief Jaxom. »Damit hätten sie einen absolut sicheren Griff. Und wenn ich die Größenverhältnisse richtig sehe, sind diese Stangen so lang wie der Rand eines Weyrkessels. Stell dir das vor, Piemur, alle Drachen von Pern draußen im Weltraum an diesen Trägern aufgereiht! Was für ein Anblick!«

»Die Schwierigkeit dabei ist« – Piemur blieb auf dem Boden der Tatsachen –, »daß wir nicht genügend Raumanzüge für alle Reiter von Pern haben.«

»Wenn es soweit ist, werden genügend Raumanzüge zur Verfügung stehen«, teilte Akki ihnen in aller Ruhe mit, »aber es werden nicht alle Drachen von Pern gebraucht. Sie tragen Ihren Raumanzug noch, Baron Jaxom, und haben sich inzwischen auch gestärkt. Könnten Sie mit Ruth nicht vielleicht gleich heute einen kleinen Raumspaziergang unternehmen?«

Als Piemur begriff, was für einen unerhörten Vorschlag Akki da eben gemacht hatte, riß er die Augen auf. »Beim ersten Ei, Jaxom, du solltest dich weniger vor den Menschen in acht nehmen als vor Akki. Er ist derjenige, der versucht, dich umzubringen!«

»Unsinn!« gab Jaxom heftig zurück. Dabei hatte er selbst gespürt, wie sein Herz bei der Aussicht auf einen Raumspaziergang zu rasen begann und sein Magen fast im Takt dazu auf- und abhüpfte. »Ruth?«

Da draußen sieht man sicher viel mehr als vom Fenster aus, lautete die nachdenkliche Antwort des weißen Drachen.

Jaxoms Lachen klang nur ein klein wenig unsicher, als er diese Antwort an Piemur weitergab.

Der Harfner sah ihn ungläubig an, dann seufzte er. »Ich weiß nicht, wer von euch beiden mich mehr erstaunt. Ihr schreckt doch wirklich vor nichts zurück.« Und dann fügte er kläglich hinzu: »Und dabei heißt es immer, ich sei der große Draufgänger.«

»Aber du bist kein Drachenreiter«, erinnerte Jaxom ihn sanft.

»Macht denn erst der Drache den Mann?« schoß Piemur zurück.

Jaxom lächelte zärtlich zu Ruth hinüber, der die beiden Menschen beobachtete. »Mit einem Drachen als Führer und Beschützer fühlt man sich einfach sicher.«

»Solange die Reitriemen halten«, parierte Piemur schlagfertig. Dann schüttelte er den Kopf. »Mit Akki als Mentor können einem ganz normale Sterbliche keinen Schrecken mehr einzujagen.«

»Baron Jaxom wird nicht in Gefahr geraten, Harfner Piemur«, erklärte Akki mit gewohnter Gelassenheit.

»Das sagst *du*!« Piemur sah Jaxom durchdringend an. »Du willst es also riskieren? Ohne jemanden zu fragen?«

Jaxom erwiderte den Blick, sein Zorn war geweckt. »Ich brauche niemanden zu fragen, Piemur. Ich treffe meine Entscheidungen schon seit langem selbst, und diesmal kann ich es sogar tun, ohne daß jemand sich einmischt. Weder du noch F'lar, Lessa oder Robinton.«

»Und was ist mit Sharra?« Piemur legte den Kopf schief, ohne den Blickkontakt aufzugeben.

Ich finde es gar nicht so schwierig, worum Akki uns bittet, Jaxom, meldete sich Ruth. *Ins* Dazwischen *zu gehen, ist genauso gefährlich, und dort kann man sich nirgendwo festhalten. Meine Krallen sind stark genug für uns beide. Ich werde nicht loslassen.*

»Ruth sieht keine Probleme. Andernfalls würde ich auf ihn natürlich hören«, sagte Jaxom, dem nur allzu klar war, daß Sharra Piemurs Bedenken mit Sicherheit teilen würde. »Ich weiß gar nicht, was dich an einem Raumspaziergang so aufregt. Ich hätte eher gedacht, du würdest als erster hinauswollen.«

Piemur rang sich ein mattes Lächeln ab. »Erstens habe ich keinen Drachen, der mich beruhigen könnte. Zweitens hasse ich es, in diesem Ding eingeschnürt zu sein.« Er deutete abfällig auf den Raumanzug. Dann verzog sich sein Gesicht zu einem frechen Grinsen. »Und drittens ist es durchaus möglich, daß ich zu den Menschen gehöre, die da draußen, eine Million Drachenlängen über dem festen Boden, in Panik geraten würden. Also«, er stand auf und griff nach Jaxoms Helm, »wenn ich dir die Sache nicht ausreden kann, dann ab mit dir! Sofort! Ehe ich noch durchdrehe vor Angst!«

Jaxom faßte ihn an der Schulter. »Vergiß nicht, Akki ist gar nicht fähig, Menschenleben zu gefährden. Und wir haben Bänder von Raumfahrern gesehen, die Übungen im Weltraum machten.«

Dann fangen wir an. Ruth stieß sich mit einem genau dosierten Schwung vom Fenster ab, der ihn bis zu Jaxom trug, und betrachtete von oben Piemurs finsteres Gesicht. *Sag Piemur, ich werde nicht zulassen, daß dir etwas passiert.*

»Ruth läßt nicht zu, daß mir etwas passiert«, wiederholte Jaxom.

Um sein Herzklopfen zu überspielen, rückte Piemur unsanft den Helm seines Freundes zurecht, schloß die Befestigungen, überprüfte das Sauerstoffgerät und bedeutete Jaxom, das Helmmikrophon einzuschalten.

»Du hältst mich doch ständig auf dem laufenden?« fragte er.

»Nicke, wenn du mich hören kannst.« Der Klang seiner eigenen Stimme unter dem engen Helm kam Jaxom immer noch unnatürlich vor.

Piemur nickte mit ausdruckslosem Gesicht.

»Akki, zeig uns, wo wir hinsollen, damit Piemur uns beobachten kann.« Jaxom gab seinem Freund noch einen Rippenstoß, dann löste er erst einen, dann den zweiten Fuß vom Deck und schwebte zu Ruth hinauf. Er zog sich auf seinen Platz und band sich dann mit Seilzügen, die zur Befestigung von Ausrüstungsgegenständen für die Arbeit im Weltraum gedacht waren, am Sattel fest.

»Hast du auch das richtige Reitgeschirr genommen?« fragte Piemur gehässig.

»Das willst du heute schon zum zweiten Mal wissen.«

»Man kann es nicht oft genug wiederholen. Kannst du von da oben überhaupt den Monitor sehen?« Piemurs Tonfall wurde noch bissiger. Jaxom wünschte, der Harfner würde sich nicht ganz so viele Sorgen machen. Aber nur ein Drachenreiter hätte das unerschütterliche Vertrauen verstehen können, das er ganz zu Recht in seinen Drachen und dessen Fähigkeiten setzte. Noch dazu war Ruth den meisten Drachen überlegen.

»Ich kann ihn sehen«, sagte er, und seine Stimme schrillte ihm blechern in den Ohren. *Du weißt, wohin wir fliegen, Ruth?*

Natürlich. Können wir?

Jaxom war an kurze Aufenthalte im *Dazwischen* gewöhnt, aber dies mußte der bisher kürzeste gewesen sein. Er hatte noch gar nicht bemerkt, daß sie die Brücke verlassen hatten, als sie auch schon in einer ganz anderen Finsternis schwebten. Einen Herzschlag lang durchzuckte Jaxom eine Angst, wie er sie noch nie erlebt hatte. Aber Ruth sah sich mit hoch erhobenem Kopf neugierig nach allen Seiten um, und das genügte, um seinen Reiter zu beruhigen. Jaxom spürte – anders als im *Dazwischen*, wo einem jede Empfindung abhanden kam – seine Beine, die sich fest an Ruths Hals preßten, und sogar den Zug der Riemen an seinem Gürtel.

Ich lasse nicht los, sagte Ruth so ruhig wie immer. *Ich könnte allein an meinen Krallen hängen. Das Metall ist so kalt, daß es sich heiß anfühlt.*

Jaxom spähte über den unteren Helmrand und sah, daß Ruth tatsächlich seine Krallen um die Stangen gelegt hatte – um zwei verschiedene Stangen. Der weiße Drache hatte vorsichtig die Krallen an den Vorderbeinen ausgefahren und damit die obere Stange umfaßt, dann hatte er, ein Hinterbein vor das andere gestellt, nach der unteren getastet, bis er dort Halt fand. Nun hing er ganz bequem dazwischen.

Ich muß den Atem anhalten, aber es macht mir nichts aus, fuhr Ruth fort und blickte sich wachsam um. Sein linkes Auge schillerte bläulich, ein Zeichen von Interesse. Über sich sah Jaxom weitere waagerechte Stangen an einem senkrecht verlaufenden Gerüst. Dahinter war ein riesiger Quader zu erkennen, das Gehäuse des Antimaterieantriebs, der interstellare Reisen erst möglich machte.

»Alles in Ordnung, Jaxom?« fragte Akki.

»Vollkommen«, antwortete Jaxom. Er hätte ohnehin nur ungern eine andere Auskunft gegeben, aber seine Muskeln hatten sich tatsächlich ein wenig entspannt. Schließlich war ja auch nichts passiert.

»Ruth fühlt sich wohl?«

»Er sagt ja.« Er hält den Atem an.

Ich würde gern höher hinaufklettern, um eine bessere Aussicht zu haben. Hier gibt es außer den Triebwerken nichts zu sehen, und die sind uninteressant. Ehe Jaxom es ihm verbieten konnte, hatte Ruth bereits nach der nächsthöheren Stange gegriffen.

Was immer du tust, Ruth, laß nicht ganz los, flehte Jaxom.

Ich würde doch nur schweben.

Jaxom staunte, wie ungerührt sein Drache die neue und gefährliche Umgebung hinnahm. Andererseits, stürzten sich Drachen nicht bei jedem Fädenkampf Hals über Kopf in die Gefahr? Zumindest gab es hier nichts, was die weiße Haut verbrennen oder eine zarte Schwinge – beziehungsweise seinen Raumanzug – zerreißen konnte.

Siehst du? Damit schwebte Ruth tatsächlich nach oben, anstatt zu klettern. Jaxom war so überrascht über diese Eigenmächtigkeit seines Drachens, daß er nichts zu sagen wußte. *Und es macht auch nichts, wenn ich abgetrieben werde,* fuhr Ruth fort, *denn ich brauche nur ins* Dazwischen *zu gehen und kann wieder auftauchen, wo immer ich will. Ist es hier oben nicht schön?*

Jaxom mußte ihm recht geben. Ruth hatte die oberste Stange erreicht, und vor ihnen erstrahlte Pern in kräftigen Grün- und Blautönen: Er glaubte, die Mündung des Paradiesflusses zu erkennen, und dicht am Horizont die violetten Berge von Rubicon und Xanadu. Über ihm führte die Treppe nach oben; hinter sich spürte er Rubkats blendend helles Gleißen. Er glaubte, auf einem der anderen Schiffe – es mußte die *Bahrain* sein – einen Lichtreflex aufblitzen zu sehen. Und hoch, hoch über ihm in den unglaublichen Weiten befanden sich der Rote Stern und die Oort'sche Wolke, die der unberechenbare Planet in etwa hundert Umläufen zum nächstenmal durchfliegen würde.

Plötzlich schwebten Meer und Farli neben Ruth, verschwanden sofort wieder und tauchten erneut auf. Diesmal umfaßten sie die Stange mit ihren Krallen, hüteten sich aber, die Haut mit dem unerträglich kalten Metall in Berührung zu bringen. Ihre Augen schillerten in hektischen Rottönen.

Wir bleiben nicht mehr lange. Geht lieber wieder hinein. Ihr könnt den Atem nicht so lange anhalten wie ich, riet Ruth den beiden Feuerechsen. *Sie sagen, der Weltraum ist viel zu groß,* teilte er Jaxom mit. *Außerdem ist es hier kälter als im* Dazwischen. *Ich glaube, auch wir gehen jetzt besser wieder hinein. Ich habe das Bedürfnis, Atem zu holen.*

Wieder hatte Ruth seine Absicht bereits ausgeführt, ehe Jaxom irgendwelche Anweisungen geben konnte. Er hatte kaum etwas von dem Sprung wahrgenommen, als sie auch schon wieder auf der Brücke der *Yokohama* waren.

Das war phantastisch! zwitscherte Ruth fröhlich.

Jaxom stellte fest, daß Piemur unter seiner südlichen Bräune blaß geworden war und daß er ungewöhnlich grimmig wirkte für einen Mann, der, nur in Begleitung einer goldenen Feuerechse und eines Rennerfohlens, monatelang die Küstengebiete des Südkontinents durchstreift hatte, ohne je den Humor zu verlieren.

»War es nötig, auch Farli und Meer noch hinauszulocken?«

»Sie sind aus freien Stücken gekommen. Ruth sagt, der Weltraum ist ihnen zu groß.« Jaxom fand diese Untertreibung zum Lachen. »Ruth hat es ausgezeichnet gefallen«, fuhr er fort und merkte im gleichen Moment, wie wenig er damit ausdrückte. »Mir übrigens auch«, fügte er mit Nachdruck hinzu und rief sich noch einmal den Eindruck unermeßlicher Weite ins Gedächtnis, »sobald ich mich daran gewöhnt hatte.« Er nahm den Helm ab und grinste zu Piemur hinab.

»Eigentlich ist es nicht viel anders als im *Dazwischen*, und bei weitem nicht so gefährlich. Ruth hatte ganz recht, er kann jederzeit ins *Dazwischen* gehen und auftauchen, wo er will, deshalb können wir im Weltraum eigentlich nie ernsthaft in Gefahr geraten.«

»Das hört sich so an, als wolltest du dich selbst überzeugen, während deine fünf Sinne das Gegenteil behaupten.« Piemur sah seinen Freund mit schmalen Augen an.

»Nun, es dauert eine Weile, bis man sich daran gewöhnt«, räumte Jaxom ein, fuhr sich mit den Fingern durch das schweißfeuchte Haar und hoffte, daß sein Grinsen diesmal glaubhafter ausfiel. Er wollte Piemur nicht eingestehen, daß er Angst gehabt hatte, obwohl er sehr wohl wußte, wieso aus seinem Anzug ein säuerlicher Schweißgeruch aufstieg.

»Neugierig bin ich«, fuhr Piemur fort, »was Sharra, Lytol, Lessa, F'lar und Robinton zu deiner neuesten Eskapade sagen werden.«

»Wenn sie es erst einmal ausprobiert haben, werden sie feststellen, daß eigentlich keine Gefahr besteht. Es ist nur ... ein etwas anderer Flug auf einem Drachen!«

Piemur seufzte theatralisch. »Und nachdem du und Ruth damit angefangen haben, werden sich alle Drachen und Reiter auf ganz Pern genötigt fühlen, eurem Beispiel zu folgen. Ist es das, was du wolltest, Akki?«

»Eine unvermeidliche Entwicklung in Anbetracht der freundschaftlichen Rivalität unter den Drachenreitern.«

Piemur hob resignierend die Arme. »Wie ich schon sagte, wer einen Freund wie Akki hat, braucht keine Feinde mehr!«

Jaxom hatte sich darauf eingestellt, daß nach der Ankunft in Landing eine ganze Serie von Strafpredigten auf ihn niedergehen würde.

»So taktvoll kann nur ein Harfner sein!« bemerkte

er bissig, als Piemur Lytol, der in der Eingangshalle Dienst tat, sofort mit der Neuigkeit überfiel. Jaxoms alter Vormund wurde fahl im Gesicht, seine Züge verhärteten sich, und Jaxom sah befriedigt, wie Piemur erbleichte. »Wir sollten ganz nüchtern und sachlich bleiben«, sagte er und trat zu Lytol. »Mit mir ist alles in Ordnung, wirklich. Ruth würde mich niemals in Gefahr bringen, ebensowenig wie Akki. Hallo!« Er hob die Stimme. »Kann mir mal jemand helfen?«

Jancis kam den Gang entlanggelaufen, blieb abrupt stehen, warf einen Blick auf Lytol und stürzte in einen Raum. Gleich darauf war sie mit einer Thermosflasche wieder zurück und schenkte Lytol einen Becher Klah ein.

»Steh nicht herum, Piemur, hol Wein. Am besten von dem Branntwein«, rief sie ihm noch nach, als er bereits auf dem Weg zur Küche war. »Was hast du eigentlich angestellt?« wollte sie dann von Jaxom wissen.

»Nichts, was so gefährlich wäre, wie« – Jaxom hatte schon ›einen alten Mann‹ auf der Zunge, fing sich aber gerade noch – »jemanden aus heiterem Himmel mit Neuigkeiten zu überfallen. Wie ich sehe, hat Akki nicht verraten, was er heute für uns geplant hatte.«

»Was kann denn am Ausleeren von Treibstoffsäcken so gefährlich sein?« Jancis hatte die hübschen Augen staunend aufgerissen.

»Mir fehlt überhaupt nichts«, behauptete Lytol. Er hatte folgsam ein paar Schlucke von dem heißen Klah getrunken und bekam nun tatsächlich wieder etwas Farbe ins Gesicht.

Piemur kam im Laufschritt zurück, in einer Hand hielt er einen Weinschlauch, und zwischen die Finger der anderen hatte er mehrere Gläser geklemmt, die er nun unnötig heftig auf den Tisch stellte, obwohl er sah, daß Lytol sich bereits auf dem Wege der Besserung befand. »Ich brauche selber dringend eine Stärkung«. Der Harfner verschüttete beim Eingießen so viel Wein, daß Jancis ihm mit einem empörten Ausruf den Schlauch entriß. »Danke. Wurde aber auch Zeit!« Piemur leerte sein Glas auf einen Zug und hielt es ihr zum Nachschenken hin.

»Du wartest, bis du an die Reihe kommst«, schalt sie.

Jaxom bedeutete ihr mit einer Geste, auch Lytol einzuschenken, und ermunterte den alten Mann zum Trinken.

»Wie kommst du überhaupt dazu, ein solches Wagnis einzugehen?« fragte Lytol.

Jaxom seufzte. »Es war kein Wagnis. Akki hat Ruth und mich zu einem Raumspaziergang aufgefordert, und wir waren einverstanden. Für Ruth und mich bestand nie auch nur die geringste Gefahr. Er hielt sich mit den Krallen am Triebwerksgerüst fest, und ich – nun, ich hielt mich an ihm fest.« Jaxom grinste über Jancis' offenkundige Bestürzung.

»Drachenreiter!« Ihr Tonfall machte die Bezeichnung zu einer vernichtenden Anklage.

»Du weißt doch auch, Lytol, daß ein Drache seinen Reiter niemals in Gefahr bringen würde? Und daß er sich und seinen Reiter jederzeit in Sicherheit bringen kann, indem er ins *Dazwischen* geht?« Jaxom fiel auf, daß er Lytol soeben zum erstenmal seit vielen Umläufen gebeten hatte, sich zu den Eigenschaften der Drachen zu äußern. Als er nun sah, wie sich bei seinem alten Vormund die Kiefermuskeln verkrampften, befürchtete er, die Grenzen des guten Geschmacks überschritten zu haben.

Lytol atmete langsam aus. »Ich war gelegentlich der Meinung, Ruth handle doch recht impulsiv, aber du, Jaxom, warst immer vorsichtig, und so habt ihr euch gut ergänzt. Er würde ebensowenig dich in Gefahr bringen, wie er sein eigenes Leben aufs Spiel setzen würde. Aber euer Raumspaziergang hätte vorher abgesprochen werden müssen.«

Piemur warf Jaxom einen schadenfrohen Blick zu, und Jaxom zuckte die Achseln.

»Was geschehen ist, ist geschehen, und wir haben immerhin bewiesen, daß man so etwas mit heiler Haut überstehen kann.«

Ich lege mich ein wenig in die Sonne, meldete sich Ruth. *Ihr redet sicher noch stundenlang. Nur gut, daß wir vorher nicht lange gefragt haben. Am Ende hätte es Tage gedauert, bis du die Erlaubnis bekommen hättest. Vielleicht hätten wir es auch nie geschafft.*

Jaxom wiederholte weder Ruths wenig diplomatische Äußerung noch sein Urteil über die zu erwartende Länge dieses Gesprächs – eines Gesprächs, das sich zu einer handfesten Standpauke auswuchs, als Lessa, F'lar, Robinton und D'ram von dem Abenteuer erfuhren.

»Wieder so ein Beispiel für Akkis fixe Idee.« Lessa war gar nicht begeistert gewesen, zu dem hastig anberaumten Treffen gerufen zu werden.

»Könnten wir uns nicht vielleicht mit dem Sinn der Übung befassen?« rief Jaxom. So gereizt hatte er sich in Gegenwart der Weyrführer von Benden noch nie gezeigt. »Das wichtigste ist doch, daß die Sache machbar ist, daß der Versuch unternommen wurde, und daß Manöver im Weltraum für Drachen und Reiter laut Akki für den Großen Plan unerläßlich sind.«

Sie befanden sich nicht im Akki-Raum, sondern im Konferenzzimmer.

»Wozu, in aller Welt, will er denn eigentlich erreichen, daß sich die Drachen Tausende von Meilen über Pern an dieses verdammte Gerüst klammern?« wollte F'lar wissen.

»Sie sollen sich an den Aufenthalt im Weltraum gewöhnen«, antwortete Jaxom.

»Das ist es nicht allein«, sagte Robinton langsam und nachdenklich.

»Nein.« D'ram richtete sich mit einem Ruck auf. »Die Drachen müssen die *Yokohama* bewegen.«

»Warum?« fragte Lessa. »Wozu sollte das gut sein?«

»Sie sollen den Roten Stern damit rammen«, sagte D'ram.

Jaxom, Piemur und F'lar schüttelten einmütig den Kopf.

»Wieso nicht?« fragte Lessa. »Deshalb wollte er doch wohl auch, daß der Treibstoff in die Tanks geleert wurde.«

Jaxom lächelte höhnisch über so viel Unwissenheit. »Die paar Tropfen Treibstoff würden bei einem Aufprall nicht einmal explodieren, und selbst wenn man den Roten Stern mit der *Yokohama* rammte, sie könnte ihn trotz ihrer gewaltigen Masse um kein Iota aus der Bahn drängen. Aber in einem Punkt gebe ich Ihnen recht, er braucht die Drachen, um etwas zu bewegen.«

»Warum fragen wir ihn nicht!« Robinton stand auf und ging zur Tür. Als die anderen sich nicht regten, drehte er sich wieder um. »Oder *wollen* wir es etwa gar nicht wissen?«

»Ich bin mir nicht so sicher«, murmelte Lessa, aber sie erhob sich und folgte den anderen durch den Gang zu Akkis Raum.

Jaxom, Jancis und Piemur schlossen die Türen zu den verschiedenen Unterrichtsräumen, und, als alle in Akkis Raum versammelt waren, auch diese Tür. Piemur lehnte sich von innen dagegen.

»Was müssen die Drachen transportieren und wohin?« fragte F'lar ohne Einleitung.

»Sie haben also einen Teil des Plans durchschaut, Weyrführer.«

»Willst du den Planeten mit der *Yokohama* rammen?« Lessa war immer noch überzeugt, die Antwort gefunden zu haben.

»Das wäre vollkommen sinnlos, außerdem wird die *Yokohama* als Basis benötigt.«

»Was dann?« beharrte F'lar.

Ein Bild des Roten Sterns erschien, mit neuen Einzelheiten, die Wansors mit viel Geduld durchgeführter Oberflächenbeobachtung zu verdanken waren. Die Zuschauer sahen einen tiefen Graben, der schräg über eine Hemisphäre verlief – ein ungewöhnliches Phänomen, wie Akki erklärte, das auf ein Erdbeben von unglaublicher Stärke zurückzuführen war.

»Sie sehen alle diesen Riß. Es ist durchaus möglich, daß er bis weit in die Tiefen des Planeten reicht. Eine ausreichend starke Explosion an dieser Stelle würde wahrscheinlich zum Erfolg führen und den Orbit des Planeten verändern, besonders da dieser Orbit, bedingt durch die Nähe des Planeten zum fünften Satelliten des Systems ohnehin schon instabil ist.« Das Bild wechselte, das vertraute Schema des Rubkat-Systems erschien. »Normalerweise wäre es unmöglich, eine Explosion dieser Größenordnung auszulösen. Nicht nur, weil die für eine solche Sprengung erforderlichen Komponenten kaum in ausreichender Menge bereitzustellen wären, sondern weil es fast unmöglich ist, bei den Bewegungsgleichungen für den Roten Stern und für die anderen Planeten sämtliche Unwägbarkeiten auszuräumen.

Aus Meister Wansors Beobachtungen geht hervor, daß der fünfte Planet keine Atmosphäre besitzt und daß dort kein Leben existiert. Außerdem befindet er sich gegenwärtig in der größtmöglichen Entfernung von Pern. Es wird im gesamten System zu einigen Störungen kommen, die aber, verglichen mit dem angestrebten Ergebnis, der Erlösung dieses Planeten von allen weiteren Fädeneinfällen, zu vernachlässigen sind.«

Lange Zeit sprach niemand ein Wort.

»Wir haben nichts, womit man eine solche Explosion auslösen könnte«, sagte Jaxom.

»Sie nicht. Die *Yokohama,* die *Bahrain* und die *Buenos Aires* dagegen schon.«

»Was?« blaffte F'lar.

»Die Triebwerke«, rief Jaxom. »Die verdammten Triebwerke. O Akki, du bist wirklich raffiniert!«

»Aber die Triebwerke sind tot!« »Es ist nicht genug Treibstoff vorhanden!« »Wie sollen wir sie an Ort und Stelle bringen?« Alle redeten wild durcheinander.

»Die Triebwerke ruhen nur«, übertönte Akki das Stimmengewirr. »Doch der darin enthaltene Stoff wird die nötige Sprengkraft liefern. Wenn man Antimaterie und Materie unkontrolliert miteinander in Berührung bringt, wird das Ergebnis unseren Anforderungen entsprechen.«

»Augenblick mal...« Jaxom verschaffte sich mit lauter Stimme Gehör. »Du hast Fandarel bei deinen technischen Vorträgen ausdrücklich erklärt, die Antimaterie sei durch ein Gehäuse aus dem dichtesten Metall, das der Mensch jemals geschmiedet hat, völlig von der Materie abgeschlossen. Wir haben nicht die nötigen Instrumente, um dieses Gehäuse zu durchdringen. Oder arbeitet Fandarel an einem Projekt, von dem wir nichts wissen?«

Eine kleine Pause trat ein, und Jaxom gab Meister Robinton recht. Manchmal schien Akki tatsächlich lautlos in sich hineinzulachen.

»Es trifft zu, daß die großen Interstellartriebwerke mit hochkomplizierten Sicherheitseinrichtungen versehen wurden, und daß in den Technikspeichern keine diesbezüglichen Schemazeichnungen zu finden sind«, sagte Akki schließlich. »Aber schon seit langem gilt, daß komplexe Probleme am besten mit einfachen Mitteln zu lösen sind. Zudem hat sich diese Anlage an die Vorgabe zu halten, Sie nicht auf ein technisches Niveau zu heben, das dem Ihrer Vorfahren überlegen wäre. Zum Glück besitzen Sie bereits einen Wirkstoff, der in der Lage ist, die Gehäuse zu durchdringen. Seit vielen hundert Jahren setzen Sie ihn bei jedem Fädeneinfall ein.«

»HNO_3!« keuchte Piemur.

»Richtig. Die Metallgehäuse des Antimaterieantriebs sind gegen seine erodierende Wirkung nicht gefeit.« Wieder wechselte das Bild, der Triebwerksblock der *Yokohama* erschien auf dem Schirm, doch diesmal befanden sich große Außentanks auf dem Antriebsquader. »Es wird einige Zeit dauern, deshalb wurde für diesen Teil des Unternehmens eine Dauer von zwei Wochen angesetzt, aber irgendwann wird sich die Säure durch das Gehäuse fressen, und sobald die Magnetkammer undicht wird, kommt es zu einer Selbstzerstörung von Materie und Antimaterie und damit zu der verheerenden Explosion, die erforderlich ist, um die Bahn des Roten Sterns zu verändern. Noch weitere Fragen?«

Diesmal war es Jaxom, der das Schweigen brach. »Das heißt, sämtliche Drachen von Pern werden gebraucht, nicht um die Schiffe, sondern um die Triebwerke durchs *Dazwischen* zum Roten Stern zu befördern. Und sie dort in den Abgrund fallen zu lassen?«

»Wenn man sie fallen läßt, könnten die HNO_3-Tanks verrutschen.«

»Wie schwer sind diese Triebwerke?« fragte F'lar.

»Ihre Masse ist der einzige Schwachpunkt des Plan. Aber Sie versichern mir ja immer wieder, Drachen könnten alles tragen, was sie sich zutrauen.«

»Richtig, aber bisher hat man noch nie von ihnen verlangt, daß sie Triebwerke schleppen!« rief F'lar erschrocken.

Jaxom prustete los und zog damit gekränkte Blicke auf sich. »Deshalb also mußten die Bronzedrachen diese Übungen im freien Fall absolvieren – sie sollten sich daran gewöhnen, daß im Weltraum alles wesentlich leichter ist. Richtig, Akki?«

»Das trifft zu.«

»Wenn wir ihnen also nicht sagen, wieviel die verdammten Dinger wiegen ...«

»Also wirklich, Jaxom«, begann F'lar.

»Nein, wirklich, F'lar«, gab Jaxom zurück. »Akki wendet nur eine durchaus einleuchtende psychologische Taktik an, und ich glaube, sie wird funktionieren. Besonders wenn *wir* daran glauben. Richtig?« Er sah F'lar herausfordernd an.

»Was Jaxom sagt, klingt überzeugend«, meine Lytol. D'ram nickte zustimmend. »Wenn viele Drachen zusammenarbeiten ... könnte es gehen. Wenn jeder Drache seinen Teil beiträgt und alle glauben, daß es möglich ist. Das Gerüst ist sehr praktisch. Damit haben sie die Last fest im Griff.«

»Sie brauchen gepolsterte Fußhüllen zum Schutz gegen das weltraumkalte Metall«, fügte Akki hinzu.

»Und mit so viel Gewicht sollen sie ins *Dazwischen* gehen?« Lessa war immer noch skeptisch.

»Weißt du«, F'lar rieb sich gedankenverloren das Kinn. »Ich glaube, sie könnten es schaffen – wenn wir daran glauben. Sag mal, Jaxom, wie hat Ruth denn reagiert, als er draußen im Weltraum war?«

»Einen Moment!« Lessa hob die Hand und zog die Stirn in Falten. »Wie lange würde ein solches Manöver dauern? Wir könnten zwar ein Triebwerk ins *Dazwischen* bringen, aber dann auch noch über diese Entfernung ...«

»Sie sind mit Ihrer Königin Ramoth in die Vergangenheit gereist ...«

»Und dabei fast umgekommen«, ergänzte F'lar, und sein Tonfall war ebenso bitter wie der Blick, den er seiner Weyrgefährtin zuwarf. Was hatte er damals ausgestanden!

»Alle Reiter werden genügend Sauerstoff haben – daran hat es Ihnen zweifellos gefehlt, Weyrherrin –, und sie werden Schutzanzüge tragen.«

»So viele haben wir nicht!« protestierte D'ram.

»Noch nicht.« Piemurs Augen blitzten. »Aber Hamian produziert den plastikbeschichteten Stoff schneller, als Meister Nicats Männer die Teile zusammenkleben können.«

»Nach Aussage aller befragten Reiter lassen sich die meisten Ziele hier auf Pern binnen acht Sekunden erreichen«, fuhr Akki fort. »Fünf von diesen acht Sekunden benötigen die Drachen anscheinend, um die Koordinaten aufzunehmen, der Rest genügt für den eigentlichen Flug. Nimmt man nun eine logarithmische Abhängigkeit an, so läßt sich ermitteln, daß in einer Sekunde 1600 km zurückgelegt werden, in zwei Sekunden 10 000 km, in 3,6 Sekunden 100 000 km, in 4,8 Sekunden eine Million km und in 7–10 Sekunden zehn Millionen km. Die Beförderungsmethode scheint zu funktionieren, auch wenn dieser Anlage das Wie bislang unverständlich ist. Da außerdem die Distanz zwischen Pern und dem Roten Stern bekannt ist, läßt sich ein interplanetarer Sprung leicht berechnen. Des weiteren wurde ermittelt, daß Drachen fünfzehn Minuten lang voll einsatzfähig sind, ehe ihr Organismus unter Sauerstoffmangel zu leiden beginnt – und dieser Zeitraum ist mehr als ausreichend, um den Sprung zu machen, die Triebwerke in der Schlucht zu deponieren und wieder zurückzukehren. Die Drachen fliegen sehr zielgenau.«

»Ich würde den Sprung gern einmal ausprobieren«, sagte F'lar. Lessa wollte schon auf ihn losgehen, aber ehe sie etwas sagen konnte, sprach er weiter. »Liebes, wenn wir unseren Drachen vertrauen sollen, dann können wir auch auf uns selbst vertrauen. Ehe ich die Weyr zu einem solchen Wagnis auffordere, muß ich wissen, ob es machbar ist, und ich will dabei nicht das Leben anderer aufs Spiel setzen. Diesmal nicht!« Alle wußten, daß er damit auf F'nors so viele Planetenumläufe zurückliegenden und beinahe verhängnisvollen

Versuch anspielte, den Roten Stern zu erreichen. »Kann man auf dem Roten Stern atmen?«

»Nein«, antwortete Akki. »Es gibt zwar eine hauptsächlich aus Edelgasen und Stickstoff bestehende Atmosphäre, die aber gewiß nicht atembar ist. Sollte die Hülle einmal dichter gewesen sein, so ging das meiste zwangsläufig verloren, als der Planet sich aus seinem Heimatsystem entfernte. Auch Wasser ist nicht vorhanden, denn bei den wiederholten Umkreisungen Rubkats sind die flüchtigen Stoffe zum größten Teil verdampft. F'nor hat diesen Vorgang beobachtet. Auf der Oberfläche dürfte nicht mehr als ein Zehntel der Schwerkraft von Pern herrschen, daher ist die Atmosphäre sehr viel weniger dicht, als Sie es gewöhnt sind.«

»Sie werden eine so riskante Expedition nicht allein unternehmen, F'lar.« D'ram erhob sich mit entschlossener Miene.

»D'ram ...« Robinton griff nach dem Arm des alten Drachenreiters, während sich in Lytols Zügen Bedauern und Bewunderung mischten.

»D'ram, das ist etwas für junge Männer«, mahnte der ehemalige Burgverwalter mit traurigem Kopfschütteln. »Sie haben das Ihre längst getan.«

»F'lar?« Lessas Gesicht verzog sich kläglich, als könne sie ihm den Wunsch nicht abschlagen, so verzweifelt sie es sich auch wünschte. Sie wiegte den Kopf hin und her, und in den weit aufgerissenen grauen Augen spiegelte sich die Angst, aber ihr war klar, daß ihn nichts, was sie sagte, von seinem Vorhaben abbringen würde.

»Ich fliege«, wiederholte der Weyrführer.

»Nicht allein.« Jaxom schüttelte den Kopf. »Ich komme mit.« Mit erhobenen Händen wollte er die Proteste der anderen abwehren, hatte aber wenig Erfolg. Er mußte schreien, um sich Gehör zu verschaffen. »Ruth weiß immer, wo in Raum und Zeit er sich befindet. Kein anderer Drache hat diese Fähigkeit, und Sie alle wissen es. Wenn Sie mich weiter bedrängen, fliege ich eben ohne Ihre Einwilligung!« Er bemühte sich nicht, seinen Ärger zu verbergen, und funkelte Lytol, Robinton und D'ram wütend an. Lessa erwiderte den Blick, ohne sich jedoch in die Auseinandersetzung einzumischen.

»Jaxom, du kannst nicht mitkommen«, erklärte F'lar. »Du hast die Verantwortung ...«

»Ich komme mit, und damit basta. Ich habe zu Ruth nicht weniger Vertrauen als Sie zu Mnementh. Aber wir sollten die Teilnehmerzahl so niedrig wie möglich halten. Einverstanden?«

»Und wie soll es weitergehen«, fragte Robinton, der seine Gelassenheit wiedergefunden hatte, »falls Pern in dieser kritischen Phase auf einen Schlag den einzigen Mann« – er deutete auf F'lar –, »der diesen Planeten zusammenhalten kann, und einen jungen Burgherrn verliert, der sich die Achtung von Gildehalle, Burg und Weyr erworben hat?«

F'lar lachte wehmütig. »Ich habe nicht die Absicht verlorenzugehen, aber wie soll ich von den Weyrn verlangen, mir zu folgen, wenn ich nicht bereit bin, mich an die Spitze zu setzen?« Er packte Lessa an beiden Armen und sagte flehentlich: »Ich muß es tun, Lessa. Das siehst du doch ein?«

»Gewiß«, fauchte sie. »Aber ich brauche mich nicht darüber zu freuen. Außerdem werde ich euch zwei Narren begleiten!« Sie lachte über die fassungslosen Gesichter. »Warum nicht? Königinnen gibt es inzwischen genug, die Drachen werden nicht aussterben. Ramoth ist immer noch der größte und der tapferste Drache auf dem ganzen Planeten, sie wird wagen, was niemand vor ihr versuchte. Ich glaube, wir drei haben uns das Abenteuer verdient!« Sie reckte hochmütig das Kinn und wollte keinen Einwand mehr hören. »Wann geht es los?«

Piemur lachte heiser. »Einfach so?«

»Warum nicht? Der nächste Kampfeinsatz ist erst in zwei Tagen angesetzt. Jaxom?«

Von den Hügeln hinter dem Gebäude erscholl das Trompeten dreier Drachen. Lessa, F'lar und Jaxom lächelten sich zu.

»Ich werde Sharra nichts erzählen.« Er hielt inne, während Jancis wütend vor sich hinmurmelte, Sharra würde ihn niemals gehen lassen. »Ich wäre mir da nicht so sicher, Jancis.« Er brachte sie mit einem Blick zum Schweigen. »Aber es gibt tatsächlich ein paar Dinge, die ich in Ordnung bringen muß. Und um ganz ehrlich zu sein, ich möchte mich einmal wieder richtig ausschlafen. Es war ein ereignisreicher Tag!«

»Dann also morgen?« Lessa sah ihn durchdringend an.

»Gewiß! Ich schicke Meer mit der Nachricht nach Ruatha, daß ich auf dem Landsitz an der Meeresbucht übernachte.«

»Eine gute Idee.« F'lar zog belustigt eine Augenbraue in die Höhe. »Mnementh ist ziemlich aufgeregt ...«

»Ramoth auch.« Lessa runzelte die Stirn. »Wenn wir nicht achtgeben, erraten noch andere, was wir vorhaben. Zum Glück halten sich momentan keine weiteren Drachen in Landing auf.«

Nun erörterten die drei Reiter mit Akki und den anderen bis ins kleinste jede Phase dieses unerhörten Sprungs ins *Dazwischen*. Je mehr die Zuversicht der Reiter wuchs, desto schwächer wurde der Widerstand ihrer Freunde, und endlich schwiegen sie verdrossen.

»Wenn wir nicht bald aufbrechen«, sagte Robinton in die Stille hinein, während die drei den angepeilten Landeplatz in der stärksten Vergrößerung studierten, die Akki liefern konnte, »werden sich ein paar von den aufgeweckteren Schülern über diese lange Sitzung allmählich ihre Gedanken machen.«

»Nicht von der Hand zu weisen«, lachte F'lar. »Akki, könntest du uns ausdrucken, was gerade auf dem Bildschirm zu sehen ist? Dann können wir uns auf dem Landsitz an der Meeresbucht weiter damit befassen.«

»Ist es Ihnen denn nicht bereits ins Gehirn eingebrannt?« höhnte Lytol.

»Fast«, gab Jaxom munter zurück. F'lars und Lessas Zuversicht gab auch ihm Auftrieb, wobei er freilich nicht merkte, wie sie sich gegenseitig anstachelten. Lytols finstere Blicke waren ihm zwar nicht entgangen, doch nach den ersten Protesten hatte sein alter Vormund seine Einwände für sich behalten.

Akki druckte drei Kopien aus.

»Diese Anlage würde eine derartige Erkundung nicht empfehlen, wenn vorhersehbare Gefahren irgendwelcher Art damit verbunden wären«, bemerkte Akki, um die Zweifler zu beruhigen.

»Wobei die Betonung auf ›vorhersehbar‹ liegt«, brummte Lytol und verließ den Raum.

15

»So viele Feuerechsen auf einmal habe ich noch nie gesehen!« rief Jancis. Sie half Piemur und Jaxom in der Lagune vor dem Landsitz an der Meeresbucht dabei, Ruth zu baden.

Lessa, F'lar und D'ram gaben sich, unterstützt von etlichen Angehörigen des hiesigen Forschungsteams, der gleichen Beschäftigung hin. Lytol und Robinton waren ins Haus gegangen, um sich um das Abendessen zu kümmern. Die Atmosphäre knisterte regelrecht vor Spannung, und Jaxom konnte nur hoffen, daß die übrigen Anwesenden davon nichts merkten. Zum Glück war es nicht ungewöhnlich, daß die Weyrführer und der Baron von Ruatha hier zu Gast waren.

Ruth, haben die Feuerechsen von unserem morgigen Vorhaben irgendwie Wind bekommen? fragte Jaxom. Von einem ›Versuch‹ wollte er nicht einmal in Gedanken sprechen, steckte in diesem Wort doch immerhin die Möglichkeit des Scheiterns.

Ich habe sie nur mit meiner Aufregung angesteckt. Ramoth und Mnementh ergeht es nicht anders. Sieh dir ihre Augen an! Aber die Kleinen wissen nicht, warum sie so aus dem Häuschen sind.

Jaxom schrubbte Ruths linke Schwinge mit besonderem Eifer. In seinem Kopf überstürzten sich die Fragen, aber er war nicht fähig, sich auf eine einzige davon zu konzentrieren und eine Antwort zu finden. Die Situation war ganz anders als an dem Tag, als er und Ruth sich auf die Suche nach Ramoths Königinnenei begeben hatten. Damals war er ein Junge gewesen, der danach strebte, ein Mann zu werden, der zugleich Burgherr und Drachenreiter sein wollte und obendrein noch eine größere Auseinandersetzung zwischen den Alten auf dem Südkontinent und dem Benden-Weyr zu verhindern suchte. Er war auf diese neue Herausforderung auch nicht so spontan eingegangen wie heute morgen auf Akkis Aufruf zu seinem ersten Weltraumspaziergang. Dies war eine geplante Expedition, die er in Begleitung von zwei der wichtigsten Personen auf Pern unternehmen sollte.

Und der drei besten Drachen, ergänzte Ruth.

Da Jaxom nur zu gut wußte, wie leicht sich das Chaos in seinem Kopf auf die Feuerechsen übertragen konnte, gab er sich alle Mühe, sanfte, ruhige Bilder in den Vordergrund seines Denkens zu stellen. In diesem Augenblick kam eine Feuerechse mit dem typischen leisen ›Plopp‹ aus dem *Dazwischen*. Es war Meer – Jaxom war in all dem Durcheinander gar nicht aufgefallen, daß er verschwunden war.

Als Sharra ins Haus trat, während sie noch beim Essen saßen, war er also nicht allzu überrascht. Freilich hatte er immer noch keine Ahnung, was Meer ihr verraten hatte, und so beschloß er, den Arglosen zu mimen.

»Was für eine Überraschung, Liebling«, rief er und erhob sich, um sie zu umarmen. »In Ruatha ist doch hoffentlich alles in Ordnung?« fuhr er mit gut gespielter Besorgnis fort. Piemurs Augenrollen beachtete er nicht.

»O ja, auf Ruatha ist alles in Ordnung«, sagte Sharra in einem Tonfall, der ihn stets mißtrauisch machte. Aber sie lächelte den anderen mit aufrichtiger Herzlichkeit zu. »Es ist nur so, daß das Biologenteam morgen mit dem Sezieren anfangen will. Mirrim hat versprochen, mich hinaufzufliegen. G'lanar hat sich rundheraus geweigert. Ich störe doch hoffentlich nicht...«

Lebhafter Protest von allen Seiten. Lessa bot ihr Klah an, Robinton Wein und Jancis Kekse, während Piemur hastig einen weiteren Stuhl an den Tisch zog.

»Hat G'lanar Sie hergebracht?« fragte D'ram.

Sie nickte, und Jaxom überließ es Piemur, für die Bequemlichkeit seiner Frau zu sorgen, und ging auf die Terrasse hinaus, um den Alten hereinzubitten. Aber Lamoth und sein Reiter waren bereits wieder in der Luft und kreisten weiter östlich über der Lagune, um dann am nächtlichen Himmel zu verschwinden.

»Ich habe ihn nicht mehr erwischt«, bedauerte Jaxom. »Wenigstens auf einen Becher Wein hätte er doch bleiben können.«

D'ram winkte ab. »G'lanar war schon immer ein Sonderling. Wie kommt es eigentlich, daß er jetzt auf Ruatha ist?«

Jaxom grinste. »Der Jungreiter, den wir vorher hatten, wurde für alt genug erklärt, um an Kampfeinsätzen teilzunehmen, und K'van nahm ihn in sein Geschwader auf. Er hat sich auch dafür verwendet, daß G'lanar und Lamoth zu uns kommen konnten. Der alte Bronzedrache schläft fast so viel wie sein Reiter.«

»Das Gefühl, gebraucht zu werden, tut ihnen beiden gut«, sagte Sharra freundlich, aber in ihren Augen glitzerte es verdächtig.

Jaxom rätselte verbissen, was für eine Mitteilung ihr Meer wohl gemacht haben könnte, daß sie gleich persönlich hergekommen war. Seine eigene Botschaft war doch ganz harmlos gewesen: beim Ersten Ei, es war nichts Ungewöhnliches, daß er bei Robinton übernachtete. Andererseits freute er sich, sie in seiner Nähe zu haben.

Natürlich würde Sharra nie ein Wort über ihre Befürchtungen verlieren, solange sie sich in Gesellschaft befanden. Aber wie sollte er den Schein wahren, wenn er erst allein mit ihr im Schlafzimmer war? Als man sich nach dem Essen die Zeit vertrieb, fiel kein Wort über das Vorhaben des morgigen Tages – zum Teil wegen der jungen Leute aus dem Archiv, hauptsächlich aber Sharras wegen.

»Menolly hat ein neues Lied geschrieben.« Meister Robinton bedeutete Piemur, ihm seine Gitarre zu bringen und auch seine eigene zu holen. Dann entrollte er die Notenblätter und reichte Jancis eine Abschrift, die sie für Piemur auf den Notenständer stellen sollte. »Eine eigenartige Weise, ganz ungewöhnlich für unsere Meisterharfnerin. Der Text stammt, wie sie sagt, von einer jungen Harfnerin namens Elimona.« Er zupfte probeweise an den Saiten. Piemur stimmte sein Instrument, las die Noten und griff stumm die Akkorde. »Aber die Melodie ist trotz ihrer Schwermut wunderschön, und die Worte sind geeignet, gerade jetzt, mitten in einer Phase, den Menschen wieder Auftrieb zu geben.«

Er nickte Piemur zu, und sie begannen. Dank ihrer langen Erfahrung im gemeinsamen Musizieren fügten sich die Stimmen so harmonisch ineinander, als hätten sie das brandneue Stück schon hundertmal geprobt.

Ein Herz in Harfnerblau, es schafft
Musik aus Herzensfeuer.
Selbst im Verrat behält's die Kraft,
Gefahr macht's nur getreuer.

Jaxom mußte sich beherrschen, um nicht überrascht zusammenzufahren. Er wagte weder Lessa, noch F'lar anzusehen.

Nicht Spiel und Sang nur hat die Welt,
auch Lärm und Wut und Pein.
Und wo's an Treu und Glauben fehlt,
Der Harfner muß drum frei'n.

In meiner Halle sei zu Gast,
liebst du das klingend' Spiel.
Doch wenn kein Lied du für uns hast,
verfehlst du hier dein Ziel.

Jaxom fragte sich, welch verschlüsselte Botschaft Menolly und Elimona damit wohl aussenden wollten, und für wen sie bestimmt war. Die nächste Strophe war noch deutlicher auf die Unruhestifter zugeschnitten, die Akki als ›das Monstrum‹ betrachteten.

Nimmst das Gesetz als Vorwand du
und liegst in süßem Schlummer,
dieweil die Welt find't keine Ruh',
bedrückt von Schmerz und Kummer?

Wenn je ein Harfner treulos war,
in Schand' man ihn vertreibe!
Begehrst den Ruhm du immerdar,
Dann sing' dir das Herz aus dem Leibe.

Denn wenn der Tod dir jäh entreißt
die ach so träge Seele,
kein Trommelschlag, kein Lied dich preist
aus gold'ner Harfnerkehle.

Jaxom beobachtete den Meisterharfner beim Singen und überlegte, ob vielleicht Robinton oder Sebell den Anstoß zu diesen Worten gegeben hatten. Sie schlugen ihren Harfnern schließlich des öfteren ein Thema vor. Andererseits hatte Menolly ein so unglaubliches Gespür für die jeweils herrschende Stimmung, daß das Lied auch ein reiner Glücksfall sein konnte. Die beiden Harfner wechselten mit ein paar Akkorden die Tonart, und die bisher hellen, fast ein wenig keck klingenden Stimmen wurden für die letzte Strophe voll und dunkel.

Steh auf, faß dir ein Herz – nur Mut!
Greif wacker in die Saiten,
dann führt der Tod dich sanft und gut
in unbekannte Weiten.

Als der letzte Akkord verklungen war, senkte sich ehrfürchtiges Schweigen über den Raum, doch dann klatschten alle stürmisch Beifall. Robinton und Piemur wehrten bescheiden ab, und Robinton meinte, bei solcher Musik könne man als Harfner nur sein Bestes geben.

»Und was nun?« Piemur klimperte eine komplizierte Überleitung von Moll nach Dur.

Die nächste Stunde verging so unbeschwert, daß Jaxom sich entspannte. Er hielt Sharras Hand, spielte mit ihren schlanken Fingern – und versuchte zu vergessen, wie sehr sie ihn auf Abstand hielt. Talla lag zusammengerollt auf ihrer Schulter, aber Meer war nirgendwo zu sehen.

Ruth, hat Meer uns verpetzt? fragte er, als Sharra gerade abgelenkt war, weil sie bei einem ihrer Lieblingslieder die Oberstimme mitsang.

Er liegt am Strand und tut so, als würde er schlafen. Aber was hätte er ihr denn schon Vernünftiges erzählen können?

Sharra hat feine Ohren, Ruth. Sie könnte sich einiges zusammenreimen.

Sie weiß doch, daß du bei mir gut aufgehoben bist.

Aber sie will nicht, daß ich Kopf und Kragen riskiere … jedenfalls nicht mehr, als ich es ohnehin schon tue.

Sie würde es dir auch nicht verbieten, behauptete Ruth zuversichtlich, doch Jaxom entging der leise Zweifel in seiner Stimme nicht.

Schließlich beendete Lessa den vergnüglichen Abend mit der vagen Bemerkung, sie habe sich nie so recht an Tage mit doppeltem Ausgang gewöhnen können. Robinton zeigte sich als perfekter Gastgeber und kümmerte sich mit Jancis' Hilfe darum, daß alle seine Gäste bequem untergebracht wurden; dabei wirkte er derart ausgeglichen und normal, daß Sharra ratlos die Stirn in Falten legte, als sie im gewohnten Eckzimmer mit Jaxom allein war.

»Weshalb war Meer so außer sich, Jaxom?«

»War er das? Dabei war heute gar nichts Besonderes los.« Er zog sich langsam das Hemd über den Kopf, das dämpfte seine Stimme, und auch sein Gesichtsausdruck konnte ihn nicht verraten. Sharra hatte inzwischen gelernt, ihm bis auf den Grund der Seele zu schauen, eine Fähigkeit, die im allgemeinen vieles in ihrer Beziehung erleichterte, doch diesmal wollte er sie auf keinen Fall unnötig ängstigen. Er hatte an Brand und an sie ein paar Zeilen geschrieben und beide Briefe Piemur anvertraut – wobei er nicht damit rechnete, daß der sie auch würde überbringen müssen, er wollte nur Vorsorge treffen. »Ist vielleicht eine Grüne oder Goldene auf Ruatha in Hitze?« fuhr er so unbefangen wie nur möglich fort.

Er sah, wie sie darüber nachdachte. »Ich glaube nicht«, sagte sie endlich. »Fliegt ihr morgen alle zur *Yokohama* hinauf?«

»Ja.« Mit einem honigsüßen Lächeln, das in ein herzhaftes Gähnen überging, winkte er ihr, vor ihm ins Bett zu steigen. Als sie unter der Decke lag, schlüpfte er zu ihr, nahm sie in den Arm und drückte, wie so oft in den letzten fünf Umläufen, ihren Kopf an seine Schulter – nur geschah es diesmal ganz bewußt und nicht nur aus lieber Gewohnheit.

»Wie sieht denn das Programm aus?« fragte sie.

»Eigentlich wie immer. Übungen zur Gewöhnung an den freien Fall.«

»Zu welchem Zweck?«

»Nun, das hat Akki uns heute verraten.« Jaxom wählte seine Worte mit Bedacht. »Offenbar werden sämtliche Drachen von Pern benötigt, um die Triebwerke der Schiffe auf den Roten Stern zu bringen und sie dort in einer riesigen Spalte zu versenken.«

»*Was?*«

Sie war in die Höhe gefahren. Er drückte sie wieder auf das Kissen zurück betrachtete im hellen Mondlicht lächelnd ihr entgeistertes Gesicht. »Du hast schon richtig verstanden. Wir haben behauptet, ein Drache könne alles tragen, was er *glaubt*, tragen zu können, und nun will er uns beim Wort nehmen.«

»Aber – aber – wozu soll das gut sein?«

»Die Triebwerke werden zur Explosion gebracht, und die dabei freiwerdenden Kräfte sollen den Roten Stern aus seiner Bahn drängen.«

»Ach du meine Güte!«

Jaxom grinste. Es mußte schon ein sehr ausgefallener Plan sein, wenn seine Geliebte nur noch zu einem ungläubigen Flüstern fähig war. Er zog sie an sich und drückte ihr, eigentlich nur zur Beruhigung, einen Kuß auf die Stirn. Doch als seine Lippen die weiche Haut berührten und ihm ihr aromatisches Parfüm in die Nase stieg, flackerte Leidenschaft in ihm auf. Anfangs reagierte sie nur mechanisch, weil ihr die sensationelle Neuigkeit nicht aus dem Kopf gehen wollte, doch es fiel ihm nicht schwer, ihre ungeteilte Aufmerksamkeit zu gewinnen.

Einige Zeit später wurde er von einer Feuerechsenkralle geweckt, die ihm die Wange zerkratzte. Es war Meer, wie ihm sein Geruchssinn verriet – ein beunruhigter, verwirrter Meer.

Jaxom! Ruths erschrockener Ausruf unterstrich Meers Warnung. *Jemand steht im Gang vor deiner Tür. Meer wittert Gefahr. Ich komme!*

Bei dem Ei, aus dem du geschlüpft bist, sorge dafür, daß er sich ruhig verhält, bat Jaxom seinen Drachen. *Und du bist so leise wie nur möglich.*

Du weißt doch, daß ich mich fast lautlos bewegen kann, gab Ruth leicht gekränkt zurück.

Ich möchte den Kerl lebend haben – und er soll noch zu identifizieren sein!

Sehr darauf bedacht, weder Sharra zu wecken noch den Eindringling zu warnen, schlüpfte Jaxom aus dem Bett und schlich zu seinem Gürtel, an dem ein

Messer befestigt war. Meers Augen glühten orangerot aus dem Dunkel und kreisten zunehmend schneller, doch sonst verharrte die kleine Bronzeechse völlig reglos.

Eine leichte Veränderung in den Schatten verriet Jaxom, daß jemand langsam und lautlos die Tür öffnete. Er blieb, wo er war, in geduckter Haltung, die Muskeln entspannt, aber mit allen Fasern seines Seins zum Sprung bereit.

Im Schatten der Tür zeichnete sich eine gebeugte Gestalt ab. Die Hand mit dem Messer zum Stoß erhoben, näherte sich der Eindringling dem Bett – und hielt inne. Er hatte bemerkt, daß nur Sharra unter der Decke lag. Mit einem Satz stürzte sich Jaxom auf die Gestalt und umschlang sie mit beiden Armen.

»O nein, das lassen wir lieber!« flüsterte er heiser, immer noch bemüht, Sharra nicht zu wecken. Aber das war eine vergebliche Hoffnung.

Meer war auf das Gesicht des Mannes herabgestoßen, den Jaxom unter Aufbietung aller Kräfte festhielt, und kreischte nun ohne Rücksicht auf etwaige Schläfer los. Von draußen war Ruths Trompeten zu hören, und etwa die Hälfte der auf dem Landsitz ansässigen Feuerechsen versuchte gleichzeitig, durch das offene Fenster ins Zimmer zu gelangen.

Der Mann keuchte und wehrte sich aus Leibeskräften, doch Jaxom hatte schon zu viele Ringkämpfe gewonnen, um allzu rasch nachzugeben. Der scharfen Klinge konnte er sich freilich nicht ganz entziehen, sie streifte seine nackte Schulter. Fluchend packte er den Arm mit dem Messer und drehte ihn mit einem Griff, den F'lessan ihn gelehrt hatte, so lange herum, bis das Handgelenk brach. Mit einem lauten Schmerzensschrei brach der Angreifer zusammen, und in diesem Augenblick kamen F'lar, Piemur, Lytol und D'ram ins Zimmer gestürzt. Hinter ihnen hob jemand einen Leuchtkorb, und dessen Licht fiel über die Verstärkungstruppen hinweg auf das Gesicht des Mannes, den Jaxom zu Fall gebracht hatte.

»G'lanar!« Jaxom wich fassungslos zurück.

Knurrend schlug der alte Bronzereiter nach den kreischenden Feuerechsen, die immer noch mit weit ausgefahrenen Krallen auf ihn herabstießen.

»G'lanar?« D'ram packte den Mann am Arm und zog ihn mit F'lars Hilfe in den Stand hoch.

Jaxom bat Ruth, die Feuerechsen zurückzurufen, und der ganze Schwarm flatterte mit kampflustigem Gekreische durch das Fenster nach draußen.

Sharra lag mit weit aufgerissenen Augen im Bett, als Jancis und Lessa, jede mit einem Leuchtkorb in der Hand, ins Zimmer drängten.

»Was wollten Sie damit erreichen, G'lanar?« F'lars Stimme klang eiskalt und unversöhnlich.

»Er ist an allem schuld ...«, fauchte G'lanar und hielt sich das gebrochene Handgelenk.

Jaxom starrte auf den alten Reiter hinab. »Schuld?«

»Sie! Ich weiß jetzt, wer es war! Sie waren es – und der weiße Zwerg, der niemals aus dem Ei hätte schlüpfen dürfen!« Von draußen war Ruths gekränktes Brüllen zu hören, dann steckte der Drache den Kopf durchs Fenster. »Wenn Sie nicht gewesen wären, hätten wir jetzt eine eigene fruchtbare Königin. Sie haben unsere letzte Chance zerstört!«

Kopfschüttelnd bemühte sich Jaxom, diese Anschuldigung zu begreifen. Es wußte doch kaum jemand, daß er und Ruth das aus dem Benden-Weyr gestohlene Ei zurückgeholt hatten. Wie hatte G'lanar nur davon erfahren?

»Dann haben Sie also auch die Reitriemen durchschnitten?« fragte Jaxom.

»Ja, ja, das war ich, und irgendwann hätte ich Sie auch erwischt. Ich hätte es eben immer wieder versucht. Und wenn Ihre Frau damals umgekommen wäre, ich hätte ihr keine Träne nachgeweint. Das hätte

Pern vor weiteren Heimsuchungen durch Ihresgleichen oder dieses Monstrum bewahrt.«

»Sie wollen ein Drachenreiter sein und trachten einem anderen nach dem Leben?« In D'rams Ausruf lag so viel geballte Verachtung, daß G'lanar zusammenzuckte – aber nur für einen Moment.

»Ja, ja, ja!« Seine Stimme wurde schrill vor Wut und Enttäuschung. »Ja! Der Mann ist wider die Natur, der Drache ist wider die Natur! Monstren sind sie beide, ein Greuel wie dieses Akki-Ding, das ihr alle verehrt.« In G'lanars Augen glitzerte der Wahnsinn, sein Gesicht war verzerrt.

»Das reicht.« F'lar trat zielstrebig nach vorne.

»Richtig! Es reicht!« Ehe Jaxom, der ein Stück zurückgewichen war, oder F'lar, der auf ihn zuging, ihn daran hindern konnten, hatte sich G'lanar bereits den Dolch in die eigene Brust gestoßen.

Alle standen starr vor Entsetzen.

»O nein!« hauchte Jaxom, warf sich neben dem Mann auf die Knie und tastete nach seiner Halsschlagader. Wenn der Reiter tot war, würde der Drache Selbstmord begehen. Hatte G'lanars Klinge getroffen? Mit wild pochendem Herzen wartete er auf das Wimmern, das jeder Drachenreiter fürchtete.

Ruth hatte den Kopf aus der Fensteröffnung zurückgezogen, und nun sah Jaxom, wie er sich auf die Hinterbeine erhob und sich zu voller Höhe aufrichtete, die Flügel gespreizt, um das Gleichgewicht zu halten. Ein gedämpfter, seltsam erstickter Laut entrang sich seiner Kehle. Dann drangen neue Geräusche aus der Dunkelheit ins Zimmer, Ramoth und Mnementh landeten vor dem Fenster, und die Schatten vertieften sich.

Lamoth stirbt. Vor Scham. Die Schwingen schlaff zusammengefaltet, den Kopf gesenkt, ließ Ruth sich zu Boden fallen. *Falsch war es, Ramoths Ei zu stehlen. Wir haben den Fehler nur wieder behoben. Ich bin kein Mon-*

strum und auch nicht wider die Natur. Du bist ein durch und durch natürlicher Mann, Jaxom. Und wie kann Akki schlecht sein, wenn er doch alles tut, um uns zu helfen?

Lessa trat zu Jaxom, der sich immer noch über den Toten beugte, und hob ihn auf. In ihren Augen standen die Tränen, ihr Gesicht war eine Maske des Schreckens, doch ihre Hände waren sanft. Sharra hüllte sich in das Bettlaken, lief zu ihrem Gefährten, nahm ihn in die Arme und bedeckte mit einem Zipfel des Tuches seine Blöße.

»Es ist mir unbegreiflich!« D'ram fuhr sich mit zitternden Fingern durch das dichte, graue Haar. »Wie konnte er die Wahrheit nur so entstellen? Wie konnte er einem anderen Drachenreiter nach dem Leben trachten?«

»Es gibt Augenblicke«, sagte Lessa mit brüchiger Stimme, »da frage ich mich, ob ich Pern wirklich einen Gefallen getan habe, als ich die fünf Weyr in die Zukunft holte.«

»Nein, Lessa.« D'ram fing sich so weit, daß er ihr tröstend auf die Schulter klopfen konnte. »Sie haben getan, was nötig war. Und das gilt auch für Jaxom, obwohl ich bisher nicht ahnte, daß er es war, der alles wieder ins Lot brachte.« Er warf dem jungen Burgherrn einen anerkennenden Blick zu.

»Wieso hat niemand bemerkt, daß G'lanar diesen Groll mit sich herumschleppte?« fragte F'lar.

»Ich werde der Sache auf den Grund gehen«, erklärte Lessa. »Ich war überzeugt, daß bei diesem Projekt alle Weyr an einem Strang ziehen würden! Auch die Alten! Sie haben immerhin zwei Leben lang gegen die Fäden gekämpft...«

D'ram rieb sich das Gesicht und versuchte, kopfschüttelnd und mit hochgezogenen Schultern, die Ereignisse dieser Nacht zu verdauen. »Alle Alten, mit denen ich gesprochen habe – wir sind ja nur noch wenige – und alle jüngeren Reiter haben sich rückhaltlos auf Bendens Seite gestellt. Sie alle betrachten die Hilfe, die Ausbildung, die Hoffnung, die Akki uns bietet, als Krönung aller Bemühungen der Weyr seit dem Ausschlüpfen des ersten Eis. Das Projekt gibt uns neuen Mut in dieser schweren Zeit.«

»Ramoth hat Verbindung zu den anderen Königinnen aufgenommen«, sagte Lessa matt. »Morgen früh wissen wir, ob es in irgendeinem Weyr noch mehr unzufriedene Reiter gibt.«

»Darum kümmere ich mich.« F'lar zeigte auf G'lanars Leiche und bedeutete Piemur und Jaxom, ihm behilflich zu sein.

»Nein, das ist meine Sache.« D'ram hob den Toten auf und warf ihn sich über die Schultern. Sein Gesicht war völlig ausdruckslos, aber auf seinen Wangen glänzten die Tränen. »Er war ein guter Reiter, bis er mit Mardra und T'ton auf den Südkontinent ging.«

Die anderen traten zurück, und er verließ mit seiner traurigen Last den Raum. Sharra zog sich hastig eine Tunika über und reichte Jaxom sein langes Reithemd. Er schlüpfte dankbar hinein, denn der Nachtwind war kühl. Dann ging sie an ihm vorbei zur Tür.

»Ein Schluck Glühwein wird uns allen guttun«, sagte sie, und Jancis folgte ihr in die Küche.

Sharra mußte irgend etwas in den Wein getan haben, dachte Jaxom, denn als er erwachte, war es heller Vormittag. Sie lag neben ihm und schlief noch immer, also hatte sie vermutlich auch selbst etwas von der Medizin geschluckt. Welch ein Glück, hatte er doch nicht vor, das für diesen Tag geplante Unternehmen noch länger aufzuschieben. Behutsam glitt er aus dem Bett, raffte seine Kleider zusammen und zog sich in der Toilette an. Als er den Wohnraum betrat, saß Lessa mit einem Becher Klah in den Händen am Tisch, während F'lar mit entschlossener Miene Getreidebrei löffelte. Ohne ein Wort erhob sich die Weyrherrin und füllte für Jaxom einen Becher und eine Schale.

»Schläft sonst noch alles?«

Lessa schüttelte den Kopf. »Piemur und Jancis sind mit D'ram und Lytol nach Landing geflogen. Robinton soll sich ausschlafen.« Sie nahm einen Schluck Klah. »Ramoth sagt, die Königinnen hätten keine weiteren Verräter gemeldet.« Ihre Stimme wirkte ebenso erloschen wie ihre Augen. »Sie sagt, die Königin des Süd-Weyrs sei zu unerfahren und Adrea zu jung gewesen, um G'lanar zu verstehen. Allerdings scheint es, als sei der Alte immer reizbarer geworden und habe sich nach dem Fest auf Tillek häufig von den anderen abgesondert. Als S'rond alt genug war, um in die Kampfgeschwader des Süd-Weyrs aufgenommen zu werden, bat G'lanar um den freigewordenen Posten auf Ruatha. Spätestens da wäre ich mißtrauisch geworden!«

»Warum?« fragte F'lar. »Alles reißt sich darum, auf Ruatha Dienst zu tun.« Er lächelte Jaxom aufmunternd zu und streute noch mehr Süßwürze über seinen restlichen Brei.

Als Lessa das sah, setzte sie zu einer Rüge an, doch dann machte sie den Mund wieder zu und sah verdrossen zur Seite. F'lar zwinkerte Jaxom verschwörerisch zu und tat sehr erleichtert.

»Nein, die Alten, die mit Mardra und T'ton nach Süden zogen, begehrten bereits damals gegen Bendens Ziele auf«, sagte der Weyrführer, »wenn auch vielleicht nur deshalb, weil es Bendens Ziele waren. G'lanar hat seinen Groll sicher so lange genährt, bis er reif war für jede Verschwörung, bei der er und seine Klagen ernst genommen werden. Und daß es eine ganze Reihe von Leuten gibt, die Akki als Monstrum betrachten, ist ja zur Genüge bekannt.«

»Nach dem heutigen Tag könnten es noch mehr werden«, murmelte Lessa.

F'lars Löffel fiel klirrend auf die Tischplatte. »Niemand soll erfahren, was heute ...«

Sie schüttelte verwundert den Kopf. »Ich meinte doch nicht unser Vorhaben«, sagte sie ärgerlich. »Ich meinte G'lanars Tod. Die Weyr wissen zwar, daß der alte Knabe gestorben ist, aber sie wissen ganz sicher nicht, woran. Zumindest den Überfall könnten wir geheimhalten.«

F'lar warf einen besorgten Blick auf Jaxom, doch der fügte sich achselzuckend. In seinem Sinne war es erst recht nicht, daß die Geschichte überall herumposaunt wurde.

»Dafür will D'ram schon sorgen: Die Leute sollen glauben, der alte G'lanar sei in einem Anfall geistiger Umnachtung ums Leben gekommen.«

»Das ist schwach. Die Drachen wissen doch ...«

»Ramoth sagt, nein. Lamoth war auf der Lichtung eingeschlafen, ohne zu ahnen, was G'lanar eigentlich hier wollte. G'lanars Tod hat er natürlich mitbekommen, und daraufhin ist er irgendwie ins *Dazwischen* gestolpert. Zur Vorsicht will D'ram mit allen noch verbliebenen Alten reden. Tiroth ist zwar keine Königin, aber diesem Drachen bleibt nicht verborgen, was ein anderer empfindet.«

»*Wie* hat G'lanar eigentlich erfahren, daß Ruth und ich Ramoths Ei gerettet haben?« wollte Jaxom wissen.

»Hast du in letzter Zeit viele Zeitsprünge gemacht?« fragte Lessa rundheraus.

Jaxom versuchte, die Frage mit einem Achselzucken abzutun. »Nicht allzu viele.«

Lessa zog schicksalsergeben die Augenbrauen hoch. »Ich sage euch immer wieder, Zeitsprünge sind gefährlich. Und für dich waren sie besonders gefährlich. Lamoth muß etwas gemerkt haben. Und er hat es G'lanar natürlich verraten. G'lanar hatte sich verrannt, aber dumm war er nicht. Ich weiß, daß alle Alten im Süd-Weyr sich seit damals die Köpfe darüber zerbrochen haben, wer wohl das Ei gerettet hat. Trotz unserer Vorsichtsmaßnahmen wissen sie alle über Ruths Fähigkeiten Bescheid, und das hat vielleicht ihren Verdacht geweckt.«

»G'lanar war der letzte Bronzereiter aus dieser Gruppe«, sagte Jaxom nach kurzem Überlegen.

»Wir haben heute etwas sehr Wichtiges vor und sollten uns von diesem Zwischenfall nicht aus der Fassung bringen lassen.« F'lar stand auf und stellte seine Schale und seinen Becher weg. »Das heißt, wenn du dich der Sache überhaupt gewachsen fühlst, Jaxom...«

Jaxom sah ihn verächtlich an. »Ich warte eigentlich nur noch auf Sie beide. Warum starten wir nicht endlich?«

»Von hier oder von der *Yokohama*?« fragte Lessa.

»Von der *Yokohama*«, entschied Jaxom und raffte sein Reitzeug zusammen, das neben ihm auf der Bank lag. »Hier unten haben wir keine Raumanzüge.«

»Bist du sicher, daß ich einen passenden finde?« fragte Lessa, als sie in ihre Lederjacke schlüpfte.

Jaxom grinste. »Zwei kleine Größen sind dabei. Einer sollte passen, auch wenn wir Sie vielleicht ein wenig verschnüren müssen.« Als er auf die Veranda trat, zwitscherte Meer ihn an. »Lessa, ich möchte mir in den Augen meiner Frau wenigstens einen Rest von Würde bewahren. Könnten Sie Ramoth bitten, daß sie Meer davon abhält, mir heute zu folgen? Sie braucht ihm nur zu sagen, daß ich bei Ihnen beiden völlig sicher bin.«

Lessa zog spöttisch eine Augenbraue hoch und grinste. »Weißt du das auch ganz genau?«

Arme, Beine und Taille des kleinsten Raumanzugs mußten gerafft werden, was F'lar und Jaxom im Gegensatz zu Lessa sehr amüsierte. Als sie startbereit waren, nahmen sie Verbindung zu Akki auf. Er zeigte ihnen auf dem Monitor im Frachtraum ihr Ziel, die riesige Schramme auf der Oberfläche des Roten Sterns.

Auch diesmal konzentrierte F'lar sich genau auf das Bild, weniger um sich die Szene fest einzuprägen, als um sich darüber klarzuwerden, was er da sah.

»Als F'nor vom Roten Stern zurückkam, berichtete er von dichten Wolkenmassen...«

»Durchaus wahrscheinlich«, gab Akki ohne weiteres zu. »Der Planet befand sich so dicht an Rubkat, daß sich seine Oberfläche zwangsläufig aufheizte, so stark, daß das Gestein schmolz, und das Eis, mit dem die Fädenovoide umgeben sind, mußte natürlich verdampfen. Man könnte sogar die Hypothese aufstellen, der ganze Planet sei mit Material aus der Oort'schen Wolke überzogen. Dampf- oder Staubwolken von erheblicher Dichte sind daher keineswegs ausgeschlossen. Sie hat F'nor wohl eher gesehen als die eigentliche Oberfläche. Seine Erinnerungen an das Ereignis und auch die Abschürfungen, die er und Canth davontrugen, stützen diese Annahme. Dagegen kühlt an dem Punkt der Bahn, wo der Planet sich jetzt befindet, die Oberfläche bereits wieder ab, das Phänomen existiert nicht mehr, und Sie sehen einen sterilen Himmelskörper, dessen Oberfläche allmählich gefriert.«

»Nun, dann los!« F'lar sprang mit einem Satz auf Mnemenths Schulter, griff nach den Reitriemen und hievte sich auf seinen gewohnten Platz zwischen den Nackenwülsten.

Lessas Bewegungen wirkten trotz der Schwerelosigkeit steif.

»Wie soll man denn in diesem Panzer vorankommen...«, murrte sie, als sie endlich im Sattel saß. Sie hatte ein wenig Mühe, die Reitriemen an den Ringen einzuklinken, weil dies in den Falten um ihre Taille verschwanden. »Kann überhaupt nichts erkennen, bin zusammengeschnürt wie ein Wherry am Spieß, der Helm behindert jede Sicht...«

Jaxom grinste, dann wandte er sich an F'lar. »Wollen Sie die Führung übernehmen?«

Aus seinem Helmlautsprecher drang ein Knurren, und er lachte leise.

»Wissen unsere Drachen, wohin es geht?« fragte Lessa. Sie hatte den Arm hoch über den Kopf erhoben, schaute erst nach links zu F'lar und dann nach rechts zu Jaxom. Alle drei konzentrierten sich auf das Bild der riesigen Spalte. »Nun gut, dann los!« Sie ließ den Arm sinken.

Jaxom begann zu zählen, als Ruth ins *Dazwischen* ging. Er achtete auch darauf, ruhig weiterzuatmen, was er bei solchen Ausflügen oft vergaß. Er dachte weder an die Schwärze noch an die Eiseskälte des Nichts, die ihm so vertraut war: er dachte nur an das Ziel ...

Ich kenne unser Ziel, beteuerte Ruth geduldig.

... und daran, wie lange sie wohl brauchen würden, um es zu erreichen. Jaxom hatte langsam bis siebenundzwanzig gezählt, siebenundzwanzig Sekunden, die ihm wie eine Ewigkeit erschienen. Ob Lessa wohl auch mitgezählt hatte, als sie vierhundert Umläufe in die Vergangenheit –

Die drei Drachen tauchten gleichzeitig über einem Abgrund auf. Vergeblich spreizte Ruth die Schwingen, um den Wiedereintritt bei geringerer Schwerkraft und dünnerer Atmosphäre etwas abzubremsen.

»Akki?« schrie Jaxom, doch gleich darauf fiel ihm wieder ein, daß sie viel zu weit von Akki entfernt waren, um Verbindung aufnehmen zu können.

»Scherben! Jaxom, wir schaffen das auch ohne Aufsicht!« brüllte F'lar. Dann fuhr er in gemäßigterem Ton fort: »Manchmal finde ich, wir sind zu sehr von Akki abhängig geworden. Sinkflug bremsen, Jaxom! Wir wollen am Rand landen und nicht in den verdammten Abgrund stürzen.«

Gleich hinter Ruth weitete sich die Spalte zu einem

Krater, der riesiger war als der Eissee. Jaxom erschauerte von Kopf bis Fuß, er hatte das unglaubliche Gefühl, die ganze Zeit über auf diesen Krater gewartet zu haben, obwohl er auf den Bildern nicht zu sehen gewesen war. Um seine Gedanken zusammenzuhalten, konzentrierte er sich auf die Kante unter sich, und im nächsten Atemzug ging Ruth folgsam, mit weit ausgebreiteten Schwingen, auf die verdichtete Planetenoberfläche nieder. Mnementh und Ramoth landeten elegant neben ihm, nur ihre steif vorgereckten Hälse und die in allen Regenbogenfarben schillernden Augen verrieten, welcher Aufruhr in ihrem Inneren tobte.

»Rasch jetzt, merkt euch diese Blöcke...« F'lar zeigte auf die riesigen Steinsäulen, die sich, gigantischen, scharfen Zähnen gleich, quer durch die riesige Öffnung zogen.

»Der Krater ist ein markantes Wegzeichen«, bemerkte Jaxom.

Mir kommt das alles merkwürdig vertraut vor. Ruth trat ein paar Schritte nach vorne und spähte über den Rand.

Vorsicht! warnte Jaxom, als der Drache mit den Füßen in einer Masse ovaler Gebilde zu versinken drohte. »Sehen Sie nur, F'lar! Fädenovoide!«

F'lar blickte über Mnemenths Schulter, während der große Bronzedrache den Kopf senkte und den Boden unter seinen Füßen beschnüffelte. Er schien sich weiter keine Sorgen zu machen.

»Mir gefällt es hier nicht«, erklärte Lessa. Ramoth schien ihre Abneigung zu teilen, sie setzte nur ganz behutsam, als wate sie durch fauligen Schlamm, einen Fuß vor den anderen.

»Ich würde auch der Kante nicht trauen, Jaxom«, fügte F'lar hinzu.

Ramoth blickte geradeaus zur anderen Seite der Schlucht. So weit konnte Jaxom bei dem schwachen

Licht nicht sehen. Als er den Kopf drehte, um einen Blick auf Rubkat zu werfen, konnte er direkt in die matte Sonne schauen, ohne geblendet zu werden. Zumindest reichte die Helligkeit aus, um das Gelände hinter der Schlucht genauer betrachten zu können. Viel zu sehen gab es dort freilich nicht. Die Oberfläche des Roten Sterns war voller Narben und Schlacken. Von dem großen Riß ging ein ganzes Netz von kleineren Spalten und Sprüngen aus und bedeckte eine Fläche, die eher aus blankem Fels zu bestehen schien denn aus Sand. Der schwarze Abgrund verschwand auf beiden Seiten irgendwann im Dunkel. Jaxom schaute hinter sich. Ein paar zackige Felsformationen waren zu erkennen, kleine Terrassen, aber auch große Platten, die Bendens Weyrkessel zum größten Teil hätten bedecken können. Die Landschaft war entsetzlich kahl. Jaxom empfand fast Mitleid mit dem geschundenen Planeten.

Ziemlich weit bis da hinüber, nicht wahr? bemerkte Ruth.

Kannst du zur anderen Seite sehen? Angestrengt spähte Jaxom durch das trübe Halbdunkel auf die schattenhaft erkennbare Gegenkante.

Da ist es nicht viel anders als hier.

»Seht ihr, wie die Simse dort unten angeordnet sind?« F'lar blickte in die Tiefe. »Da könnten wir die Triebwerke abstellen.«

»Sind sie stabil genug, um das Gewicht zu tragen?« fragte Lessa.

F'lar zuckte die Achseln. »Warum nicht. Spürst du nicht, wieviel leichter wir hier sind? Die Triebwerke würden ebenfalls weniger wiegen. Und sieh dir diese Platten an! Gigantisch.«

»Wie Zähne. Sieht fast so aus, als hätte irgendeine Kraft so mühelos die Planetenoberfläche aufgebrochen, wie du und ich eine Rotfrucht öffnen würden.« Lessa sprach mit ehrfürchtig gedämpfter Stimme.

Ruth, kannst du dich auf diesen ersten Felssims hinabsinken lassen? Ganz sachte. Wir möchten sehen, wie stabil der Vorsprung tatsächlich ist.

»Ganz sachte, Jaxom!« warnte auch F'lar und hob eine Hand, wie um das Experiment zu verbieten.

Ruth hatte genügend Schwingenfreiheit und glitt in der dünnen Atmosphäre behutsam am Rand der Schlucht vorbei bis hinunter zur ersten Steinplatte. Beim Landen trat er einen kleinen Stein los, der in die Tiefe fiel. Jaxom lauschte lange, hörte aber keinen Aufprall.

Stehst du mit dem ganzen Gewicht auf der Platte, Ruth? fragte Jaxom.

Jaxom spürte, wie der Drache ächzend in die Knie ging und Druck nach unten ausübte.

Sie gibt nicht nach. Außerdem wiege ich hier nicht so viel.

Stimmt. »Wir hätten Lichter mitnehmen sollen«, rief Jaxom den anderen zu, während er den Felsvorsprung begutachtete. »Das Sims hier scheint mir jedenfalls lang genug zu sein, um sogar das Triebwerk der *Yokohama* aufzunehmen. Sollen Ruth und ich erkunden, wie tief wir vordringen können, ehe die Spalte sich schließt?«

»Scherben! Nein!« rief F'lar. »Was ihr jetzt macht, ist gefährlich genug.«

»Wie lange sind wir schon hier?« fragte Lessa. »Der Luftvorrat der Drachen ist nicht unbegrenzt.«

»Erst sieben Minuten«, sagte Jaxom nach einem Blick auf den eingebauten Anzug-Chronometer. Als Anführer trug er einen der ursprünglichen Raumanzüge, keine der von Hamian so meisterhaft nachempfundenen Kombinationen.

»Komm wieder herauf, Jaxom«, bat F'lar. »Wenn diese Schlucht plötzlich zuschnappt …«

Jaxom war eben der gleiche Gedanke gekommen, und er gehorchte nur zu gerne. Ruth mußte viel schneller mit den Flügeln schlagen als auf Pern, um mit seinem Reiter die schwarze Spalte verlassen zu können, aber schließlich saß er den beiden anderen Drachen wieder gegenüber.

»Das wäre also ein möglicher Standort«, sagte F'lar. »Jetzt gehe ich spaltenaufwärts und du spaltenabwärts. Lessa, du siehst dir die Gegenkante an. Wie lange noch, Jaxom?«

»Fünf Minuten! Nicht mehr!«

Der Flug über diesen Schlund, der wahrscheinlich bis in die tiefsten Tiefen des Planeten hinabreichte, zerrte an Jaxoms Nerven. Er hielt Ausschau nach auffallenden Zacken und Zinnen, die sich als Wegmarken eigneten, aber fast vier Flugminuten weit fielen die Seiten glatt und senkrecht ab. Dann entdeckte er, eine Drachenlänge unterhalb der Kante, wieder eine lange, dicke Platte aus hellem, geflecktem Fels und bat Ruth, sie sich einzuprägen.

Ramoth sagt, wir müssen aufbrechen. Sie haben eine dritte Stelle gefunden, teilte Ruth ihm mit.

Dann haben wir unser Soll erfüllt. Wir treffen uns mit den anderen und begeben uns wieder aufs Schiff.

Ramoth sagt, wir sollen von hier aus springen.

Fühlst du dich wohl? fragte Jaxom. *Und wie ist es mit Ramoth und Mnementh?*

Ich fühle mich wohl, und auch ihnen geht es gut. Aber ich habe nichts dagegen, auf die Yokohama *zurückzukehren und zu atmen.*

Dann los. Auch Jaxom wünschte sich sehnsüchtig in die Geborgenheit des Frachtraums zurück.

Einen Atemzug nach Ruth und Jaxom trafen auch die beiden großen Benden-Drachen ein. Jaxom sah trotz der schwachen Beleuchtung den Grauschimmer auf ihrer Haut. Besorgt musterte er Ruth, doch dessen Farbe war unverändert. Er stellte fest, daß seit dem Aufbruch 12:30:20 Minuten vergangen waren.

Wie geht es dir? fragte er und beugte sich über Ruths

Hals. Der weiße Drache hatte das Maul weit aufgerissen und atmete in mächtigen Zügen ein und aus. Jaxom spürte, wie er zitterte.

»Jaxom? Lessa? F'lar?« dröhnte Akkis Stimme aus dem Helmlautsprecher.

»Wir sind wieder da!« meldete Jaxom. »Heil und gesund. Wir haben drei passende Stellen für die Triebwerke gefunden. Breite Simse, tief unten in der Schlucht. Bestens geeignet.« Er sah auf den Chronometer. »Zwölf Minuten, Akki. Zwölf. Sonderbare Gegend«, fuhr er fort und sah wieder die seelenlose Öde vor sich, die zerklüfteten Schutthalden und den riesigen Canyon, der sich wie eine klaffende, tödliche Wunde über den Planeten zog. Ob es dort jemals Leben gegeben hatte?

Ich bin durstig, und ich brauche ein Bad, jammerte Ruth so kläglich, daß Jaxom lachen mußte. *Mnementh und Ramoth denken genauso.*

»Ich glaube, wir lassen dich erst einmal richtig zu Atem kommen, liebste Ramoth.« Lessa klinkte die Reitriemen aus. »Ein Becher Klah ist hier wohl nicht zu kriegen, Jaxom?« Das mutete fast ebenso kläglich an wie vorher bei Ruth. »Ich habe Durst, mir ist kalt, und ich komme mir vor, als hätte ich Pern seit einem Jahrhundert nicht mehr gesehen.«

»Etwas anderes als Wasser kann ich Ihnen nicht bieten«, bedauerte er. »Aber damit ist es gar nicht mehr so weit bis zu heißem Klah.« Er hätte selbst ein paar Becher vertragen können. Sein Magen war vom Nabel bis zur Wirbelsäule ein einziger Eisklumpen.

Leider stellte sich heraus, daß der Wasserbehälter leer war, und Jaxom fluchte leise. Der Schwachkopf, der nicht genug Verstand besessen hatte, die Bordvorräte wieder aufzufüllen, konnte sich auf etwas gefaßt machen.

Auch Lessa war wütend, aber dadurch schlüpften

sie nur um so rascher aus den Anzügen. Sobald sie alles sorgfältig verstaut hatten, erklärten die drei Drachen einmütig, sie seien wieder bei Kräften und sehnten sich nur nach reichlich Trinkwasser und einem ausgiebigen Bad.

»Noch eins«, sagte Lessa und schwang sich abermals auf Ramoths Rücken. »Wir haben eine viel größere Entfernung zurückgelegt, aber der Flug hat nicht so lange gedauert, wie ich erwartet hätte. Ich frage mich …«

»Fragen haben wir alle genug, Lessa«, fiel F'lar ihr entschieden ins Wort, »und ich möchte meine Eindrücke schnellstens zu Papier bringen, ehe die Erinnerung verblaßt.«

»Meine Erinnerung an diese öde Welt wird niemals verblassen«, gab Lessa leidenschaftlich zurück. »Der Planet kann einem fast leid tun.«

»Er ist schon sehr viel länger tot, als Pern eine lebensfähige Welt ist«, sagte Akki.

»Das macht es auch nicht besser«, antwortete Lessa.

Meer wartete auf dem Landsitz an der Meeresbucht und stieß hektisch flatternd und mit so erbostem Gezeter auf Ruth und Jaxom herab, daß Lessa und F'lar sich vor Lachen krümmten.

Ruth beschwichtigte den Kleinen in aller Ruhe und lud ihn, während er gemächlich zum Strand hinabschlenderte, dazu ein, den Drachen bei der Säuberung zu helfen. *Kommst du nicht mit?* klagte er, als Jaxom dem Haus zustrebte.

»Keine Zeit, mein Herz. Muß alles notieren, solange es mir noch frisch im Gedächtnis ist! Aber bald bin ich bei dir«, rief Jaxom und trabte mit Lessa und F'lar strandaufwärts. Ganze Schwärme von Feuerechsen tauchten unvermittelt auf und stießen auf die Drachen herab. »Ihr braucht uns doch gar nicht.«

Der geräumige Wohnbereich von Robintons Haus

war verlassen, und als sie nach Robinton und Sharra riefen, meldete sich niemand.

»Wo mag Sharra nur hingegangen sein?« Jaxom erinnerte sich mit schlechtem Gewissen daran, wie er sie schlafend zurückgelassen und Meer von seiner Spur abgelenkt hatte. Sie machte sich bestimmt Sorgen. Oder war böse auf ihn! ›Und sie hat auch allen Grund dazu‹, dachte er und zuckte zusammen wie unter einem Schlag.

Lessa lächelte mitfühlend. »Du warst bei uns.«

»Das wird sie nicht gelten lassen«, seufzte Jaxom bedrückt. Wie sollte er das nur wiedergutmachen? Entschlossen schüttelte er die trüben Gedanken ab und wandte sich näherliegenden Dingen zu.

Die Weyrführer von Benden trugen Zeichenmaterial zusammen, und Jaxom fand im Kühlschrank einen großen Krug Fruchtsaft, den sie gemeinsam leerten, während sie ihre Eindrücke beim Besuch des Roten Sterns zu Papier brachten. Als sie die Bilder verglichen, gab es kaum Abweichungen.

»Das wäre geschafft!« Lessa seufzte erleichtert.

»Wissen Sie«, begann Jaxom, den Kopf in eine Hand gestützt, und grinste die beiden anderen an. »Ich kann es noch gar nicht fassen, daß wir dort oben waren und heil wiedergekommen sind.«

F'lar verzog wehmütig das Gesicht. »Ich weiß nicht, was ich erwartet hatte – besonders nach F'nors Versuch – aber es ist unglaublich, daß uns etwas, das so tot ist, nun schon so lange bedrohen kann.«

»Es ist aber so!« Lessa legte beide Hände auf den Tisch und stemmte sich hoch. Die Skizzen schob sie Jaxom zu. »Nimm du sie in Verwahrung, bis du sie Akki zeigen kannst. Ich gehe jetzt schwimmen!«

Obwohl er sich nicht weniger nach einem Bad sehnte als die anderen, suchte Jaxom zuerst das Zimmer auf, das er mit Sharra teilte, in der Hoffnung, sie könnte ihm dort eine Nachricht hinterlassen haben.

Seine Niedergeschlagenheit wuchs, als er nichts fand. Zum Glück lag auf dem Landsitz immer eine Garnitur Kleidung zum Wechseln für ihn bereit. Er zog sich aus und machte sich auf den Weg zur Lagune.

Meer und Talla lösten sich aus dem Schwarm, der Ruth den Rücken schrubbte, und umschwirrten fröhlich zirpend seinen Kopf. Auch das konnte ihn nicht ganz beruhigen. Er watete zu Ruth hinaus.

Sharra ist oben. Sie wollte nicht, daß Meer oder Talla sie begleiteten. Sie wären ihr nur im Weg gewesen, erklärte Ruth.

Entgeistert schlug sich Jaxom mit der Hand an die Stirn: sie hatte es ihm noch erzählt, und er hatte es vergessen. Wieder einmal war er so sehr mit seinen eigenen Angelegenheiten beschäftigt gewesen, daß ihre Worte gar nicht bis zu ihm durchgedrungen waren. Er lachte abfällig. Manchmal *wußte* er ganz genau, daß er eine Frau wie Sharra nicht verdiente, und dies war so ein Moment. Wie konnte man nur so von sich eingenommen sein! Plötzlich vermißte er sie schmerzlich. Auch wenn er ihr nichts von der wundersamen Reise hätte erzählen können, die er eben hinter sich hatte, er vermißte sie.

Ich bin doch hier, meldete sich Ruth mit sanftem Vorwurf.

Das bist du, mein Freund, wie immer! Und dann watete Jaxom ins warme Wasser hinaus und half den Feuerechsen, seinen Gefährten ordentlich abzuschrubben.

16

Als Mirrim kam, um Sharra mit auf die *Yokohama* zu nehmen, wo das Biologenteam mit der Arbeit an seinem ganz speziellen Projekt beginnen sollte, schlief ihre Freundin noch tief und fest.

»Sharra? Wir wollten doch mit dem Sezieren der Fäden beginnen. Weißt du nicht mehr?« rief Mirrim, und Sharra fuhr schlaftrunken in die Höhe und wußte sichtlich nicht, wie ihr geschah.

»Hast du von Lamoth und G'lanar gehört?«

Mirrim rümpfte die Nase. »Der Drache tut mir leid. Wußte nicht, daß sie auch vor Scham sterben können. Und nun zieh dich an. Ich besorge dir einen Becher Klah.«

Sharra fuhr rasch in ihre Kleider. Hoffentlich teilten viele Leute Mirrims Einstellung. Mirrim würde nicht unbedingt Jaxoms Partei ergreifen, wenn sie der Ansicht wäre, er sei im Unrecht, und das war ihr eine gewisse Beruhigung.

»Etwas essen solltest du auch«, sagte die grüne Reiterin, als sie mit dem Klah zurückkehrte. »Am besten nehmen wir einen Imbiß, Obst und Saft mit nach oben. Beim letztenmal hat Akki uns ein solches Pensum aufdiktiert, daß mir vor Hunger ganz schlecht wurde. Er mag ja eine hochentwickelte Maschine sein, aber für meinen Magen gilt das nicht. Der ist und bleibt so primitiv, daß er in regelmäßigen Abständen nach Nahrung verlangt.«

Sharra lächelte ihr über den Becherrand hinweg zu. Das war echt Mirrim: quasseln, was das Zeug hielt, um die wahren Gefühle zu verbergen. Der Tod eines Drachen, aus welchem Grund auch immer, war für jeden Reiter ein erschütterndes Erlebnis. Sharra ließ ihre Freundin einfach weiterreden, und als der Klah ihre Lebensgeister etwas geweckt hatte, half sie ihr, den Proviant zu verstauen.

»Keine Fleischpasteten!« Mirrim schüttelte sich angewidert, als Sharra welche aus dem Schrank holen wollte. »Mir kommt bestimmt alles hoch, wenn ich nur noch eines von den Dingern essen muß. Zum Glück legt Meister Robinton Wert auf richtiges Brot, feingeschnittenes Fleisch und rohes Gemüse.« Sie packten frisches Obst in die gepolsterten Spezialbeutel – ein Nebenprodukt, das sie Hamians Suche nach einer geeigneten Raumanzugwattierung zu verdanken hatten – und füllten Thermosgefäße mit kalten Getränken. »Schön, dann hinauf mit uns.«

»Fliegt Brekke nicht mit?« fragte Sharera.

»Nein. F'nor hat heute auch auf der *Yokohama* zu tun.« Mirrim grinste. »Wahrscheinlich ist er aus demselben Grund oben wie Jaxom und T'gellan, aber man darf ja nicht fragen.«

»Ist es gefährlich?« Sharra sagte es ganz beiläufig, aber sie kannte Jaxom gut genug, um zu wissen, daß es etwas gab, was er ihr gestern abend *nicht* erzählt hatte – etwas, das Meer so erschreckt hatte, daß die kleine Bronzeechse in blinder Panik nach Ruatha gehetzt war.

»Das bezweifle ich! Jeder Reiter paßt auf seinen Drachen auf, und umgekehrt gilt das gleiche. Die Drachen wirken alle ganz zufrieden. Wegen *heute* brauchst du dir wirklich keine Sorgen zu machen, Sharra«, versicherte Mirrim voller Anteilnahme.

Mirrims forscher Ton richtete Sharra mehr auf als ihre Worte. Die beiden Freundinnen traten ins Freie, wo Path sie bereits erwartete. Ihre grüne Haut hatte einen bläulichen Schimmer, und das Grün ihrer funkelnden Augen paßte genau zu ihrer Haut.

»Macht sie das oft?« fragte Sharra und deutete auf Augen und Haut.

Mirrim wurde rot und strich sich mit der Hand über die kurzen Stirnlocken, die sich aus ihrer Frisur gelöst hatten. »Manchmal.« Ein schwaches Lächeln lag auf ihrem Gesicht, aber sie wich Sharras Blick aus. T'gellan bekam Mirrim ganz ausgezeichnet, dachte Sharra.

Gleich nach der Ankunft auf der *Yokohama* ließ Mirrim ihre Path am großen Fenster der Brücke zurück, wo sich das grüne Weibchen in den nächsten Stunden nicht langweilen würde, und die beiden Frauen begaben sich mit dem mitgebrachten Proviant in den ersten Stock der Kälteschlafabteilung, um dort mit den anderen Helfern, die Meister Oldive für das Projekt gewonnen hatte, den Versuch zu unternehmen, den komplizierten Aufbau der Fäden zu ergründen. Das Projekt sollte viel mehr Zeit kosten, als sie alle geschätzt hatten; und in den kommenden Wochen würden sie sich immer wieder einmal die Frage stellen, warum sie sich auf diese Untersuchung überhaupt eingelassen hatten.

So oft wie möglich ließ sich Sharra von einem Drachen nach Ruatha fliegen, um ein paar Stunden mit ihren Söhnen zu verbringen, die sie schrecklich vermißte – wenn sie Zeit dazu fand. Sie war froh, daß Jaxom offenbar völlig in seiner eigenen Arbeit aufging, auf diese Weise bemerkte er nicht, wie zerstreut sie war, zumindest störte es ihn nicht weiter. Manchmal mußte die Gruppe Überstunden machen, und dann nächtigte man auch auf der *Yokohama*. Mirrim war natürlich verpflichtet, an den Einsätzen der Kampfgeschwader teilzunehmen, aber die übrigen waren für diese wichtigen Forschungen von allen anderen Pflichten freigestellt.

Bisweilen, wenn die Routinearbeiten kein Ende nehmen wollten, murrte man im Team über Akkis brennendes Interesse am biologischen Aufbau dieses Organismus. Schließlich würden die Fäden mit Sicherheit zum harmlosen Kinderschreck herabgemindert, wenn man erst einmal das Hauptziel erreicht und den Roten Stern aus seiner Bahn gedrängt hatte. Aber Akki betonte immer wieder mit Nachdruck die Notwendigkeit dieser Untersuchungen: es sei von größter Wichtigkeit, den Organismus zu *verstehen.* Und allen, auch Oldive, war es so in Fleisch und Blut übergegangen, jede Akki-Anweisung zu befolgen, daß niemand sich auflehnte.

Caselon, der unterdessen nicht nur seinen Gesellenknoten, sondern auch ein apartes weißes Narbenmuster auf seinem braungebrannten Gesicht vorzuweisen hatte, bezeichnete es allerdings als Ironie des Schicksals, daß sie immer wieder versuchten, ausgerechnet in den Kapseln, in denen ihre Vorfahren nach Pern gekommen waren, ein paar Stunden Schlaf zu ergattern.

Dank Akkis geschickter Führung hatten sie immerhin so viele Erfolge, daß ein hohes Maß an Begeisterung und Interesse erhalten blieb und die Unbequemlichkeiten nicht ins Gewicht fielen. Akki wies häufig darauf hin, daß die Verfahren, die sie im Zuge der Erforschung dieses komplexen Organismus erlernten, auch auf andere Organismen anzuwenden seien. Die Maßnahme trage also ihren Zweck in sich.

Akki bestand auch darauf, daß sie in einer Luftschleuse am anderen Ende der *Yokohama,* weit abseits jener Sektoren, in denen sich gewöhnlich Menschen aufhielten, ein Ovoid auf ›Normal‹temperatur brachten. Doch da die Reibung fehlte, um die harte Außenhülle zu zerstören, blieb das Ovoid inaktiv.

»Daraus folgt«, stellte Akki fest, »daß die Reibung unverzichtbar ist, um den Organismus freizusetzen.«

»Setzen wir ihn lieber nicht frei«, scherzte Caselon.

»Es ist gut zu wissen«, bemerkte Meister Oldive nachdenklich, »daß er hilflos ist.«

»Uns ausgeliefert«, grinste Sharra.

»Die Beobachtung wird fortgesetzt«, sagte Akki.

»Sagt uns Bescheid, wenn sich irgend etwas verändert«, bat Sharra.

Neben Caselon, Sharra, Mirrim und Oldive hatte sich auch Brekke gemeldet, und sie hatte Tumara mitgebracht, eine der erfolglosen Kandidatinnen für das Königinnen-Ei, der eintönige Arbeitsabläufe offenbar nicht allzuviel ausmachten. Zwei weitere Heiler, Sefal und Durack, sowie Manotti, ein Schmiedegeselle, vervollständigten das Team. Manchmal hätten sie doppelt so viele Leute gebrauchen können, aber da alle von Akki ausgebildet worden waren, funktionierte die Zusammenarbeit bald reibungslos, und die Stimmung war ausgezeichnet.

Anfangs fehlte es an allen Ecken und Enden. Das Labor hatte nur zwei Kabinen. Über den Werkbänken befanden sich Scheiben, die verschiedene Arten von Licht spenden konnten. Sefal, ein mürrischer, aber fleißiger Mensch, war von den ersten Demonstrationen fasziniert. Am wichtigsten für ihre Zwecke war ein Binokularmikroskop, dessen Bedienung sie alle erst erlernen mußten. Die x- und die y-Achse waren weiter kein Problem, aber die Einführung der z-Achse stellte eine gewaltige Erschwernis dar. Zur Veranschaulichung bat Akki, Sharra möge sich ein Haar ausreißen und es unter dem Mikroskop verknoten – nicht so einfach, wie es sich anhörte, wie jeder feststellen konnte, der es versuchte.

Auf einer Seite des Mikroskops befand sich ein Fach mit Schiebedeckel, das merkwürdig stummelig wirkende Instrumente aus Glas enthielt. Diese Instrumente müßten sie kopieren, erklärte Akki, denn jeder brauche einen Satz für die erforderlichen Sezierungsarbeiten.

Man fand zwei weitere Werkbänke und die dazugehörigen Hocker und schleppte sie in die beiden Kabinen, was den verfügbaren Raum noch mehr begrenzte.

Während Sharra noch dabei war, unter dem Binokularmikroskop Knoten in ihr Haar zu knüpfen, mußten Sefal und Manotti auf Anordnung von Akki einen der beiden Kühlschränke ausschlachten. Damit erhielten sie die nötigen Teile, um ein drittes Gerät auf –150° herunterzukühlen, die Temperatur, unter der sie an dem Fadenorganismus würden arbeiten müssen. Vielleicht mußten sie auch noch tiefer gehen, bis auf –270° oder 3° über dem absoluten Nullpunkt, die Werte in der Oort'schen Wolke, woher der Organismus stammte, aber vorerst konnte man sich mit der Temperatur begnügen, die die Fäden auch im Orbit von Pern vorfanden.

»Ich habe keine Ahnung, was ich eigentlich mache«, klagte Manotti einmal beim Ausschlachten des überzähligen Kühlschranks.

»Das ist auch nicht wichtig«, beruhigte ihn Akki. »Sie brauchen nur die Anweisungen zu befolgen;, um Sie in die Kryogenik oder Kältetechnik einzuführen, fehlt uns ohnehin die Zeit. Tun Sie nur, was man Ihnen sagt.«

»Schon gut, schon gut.« Manotti schnitt eine Grimasse, während er behutsam eine Spirale von der Rückseite des ersten Kühlschranks löste. »Und wo soll die nun hin?«

Akki erklärte es ihm. Als der Umbau abgeschlossen war und die Maschine surrend zum Leben erwachte, stieß Manotti einen Triumphschrei aus. Als nächstes wurden mehrere Kälteschlafkapseln umgemodelt, um zusätzlichen Lagerraum bei 3° über dem absoluten Nullpunkt für die Präparate zu gewinnen. Das eine Fädenovoid, das Farli eingefangen hatte, war nämlich bei weitem nicht genug. Wie sie bald herausfanden, gab es Ovoide in mehreren Größen, mit unterschiedlichen Zustandsformen und erstaunlicherweise auch in verschiedenen Temperaturen.

»Eigentlich hätte doch eine Sorte gereicht«, murrte Mirrim.

»Auch die Menschen sind nicht alle gleich«, antwortete Akki, obwohl die Bemerkung gar nicht für ihn bestimmt gewesen war. Mirrim verdrehte die Augen. »Folglich werden auch die Fädenorganismen voneinander abweichen – es wird gewöhnliche Anomalien und aller Wahrscheinlichkeit nach auch Mutationen geben. Sie sind eine Lebensform, genau wie die Menschen, und so nahe an Rubkat sind die Umweltbedingungen sehr belastend für sie.«

»Womit er uns wieder einmal auf unseren Platz verwiesen hätte«, grinste Oldive.

Im Laufe der nächsten Tage mußten alle Angehörigen des Teams den Umgang mit dem Binokularmikroskop lernen. Zuerst knüpften sie Knoten in eine Haarsträhne, dann schnitzten sie Blumen aus Holzsplittern, und schließlich stellten sie Papierblüten von einem Millimeter Durchmesser her. Sharra erwies sich dabei als die geschickteste, aber Brekke und Mirrim standen ihr nicht viel nach.

Caselon und Manotti bauten, unterstützt von Sefal und Durack, eine Mikroschmiede mit einer zwei Millimeter langen Flamme, um damit das Spezialglas zu erhitzen, das Akki von Meister Morilton hatte herstellen lassen. Der Bleianteil der Mischung war so hoch, daß selbst der sonst so willige Morilton Einwände erhoben hatte, und erst nachdem Akki ihm erklärte, dank des hohen Bleigehalts ließen sich Messer formen, mit denen man sogar Brot schneiden könne, war Moriltons Neugier so weit geweckt, daß er das Experiment wagte. Auf diese Weise kamen Akki und Caselon an das ungewöhnliche Material.

Vorsichtig zog Caselon in der winzigen Flamme das Glas auseinander und kühlte die entstandene Röhre auf 3° über dem absoluten Nullpunkt herunter, die Temperatur, bei der man das fertige Produkt verwenden wollte. Als der erste Stab zerbrach, sprang er unwillkürlich zurück, obwohl er eine Gesichtsmaske und einen Körperschutz trug. Dann blickte er verlegen in die Runde.

»Eine empfehlenswerte Angewohnheit, Caselon«, lobte Akki. »Probieren Sie es noch einmal.«

Als auch der vierte Stab zersplitterte, war Caselon empört.

»Vielleicht vertragen sich die einzelnen Bestandteile nicht so recht, Caselon. Meister Morilton hat Ihnen doch verschiedene Mischungen geliefert. Verwenden Sie die mit dem höchsten Bleigehalt. Die Instrumente müssen elastisch sein und sich biegen, anstatt zu brechen.« Akki strahlte so viel Zuversicht aus, daß Caselon wieder Mut faßte.

Das fünfte Probestück bog sich ein wenig in der extremen Kälte, aber es brach nicht und bekam auch keine Sprünge.

»Mit dieser Mischung stellen Sie nun weitere Stäbe her, um sie im nächsten Arbeitsgang zu Knäufen, Dornen und Klingen zu modellieren. Jeder fertigt seine Instrumente selbst, Caselon führt die Aufsicht. Zur Sezierung der Fäden brauchen Sie ganz normale Werkzeuge, eine Bügelsäge, einen Meißel, einen Hammer und ein Skalpell, aber im Kleinformat. Die Kanten werden mit Korundschmirgel geschliffen.«

Caselons Garnitur wurde allseits bewundert, auch wenn Mirrim die Instrumente zu plump und gedrungen fand. Als sie jedoch, wie immer auf Konfrontationkurs, ihre Werkzeuge länger machte, mußte sie feststellen, daß die damit gewonnene größere Elastizität sich in der Praxis als Nachteil erwies.

»Es gibt so viel zu tun, ehe wir etwas *tun* können« klagte sie. »Wir vergeuden nun schon Wochen mit den Vorbereitungen!«

»Und auch mit den nächsten Schritten werden Sie wochenlang beschäftigt sein, Mirrim«, tadelte Akki die Ungeduldige. »Sie waren sehr fleißig und haben sich Fertigkeiten angeeignet, an die Sie vor zwei Umläufen noch nicht im Traum gedacht hätten. Nun dürfen Sie nicht verzagen. Sie stehen im Begriff, sich an eine hochinteressante Aufgabe zu wagen.«

»Und das wäre?« fragte Mirrim ohne Umschweife.

»Die Sektion von Fäden.«

»Aber wir sezieren doch schon die ganze Zeit!« rief Sharra und zeigte auf die Kälteschlafkapsel, in der die Präparate aufbewahrt wurden.

»Sie schneiden Ovoide auseinander, aber Sie untersuchen sie nicht so genau, wie Sie es bald tun werden. Als nächstes wollen wir sehen, ob die Waldo-Handschuhe noch funktionsfähig sind.«

Caselon war fasziniert von diesen Geräten, die es ihnen gestatten würden, in einer Kammer unter den extrem niedrigen Temperaturen zu arbeiten, bei denen die Fädenpräparate gelagert wurden. Er hätte die Anlage gern als erster ausprobiert, aber Akki wählte dafür Sharra, die bereits mehr unter dem Mikroskop gearbeitet hatte als der Geselle. Die Apparatur wurde ans Stromnetz angeschlossen, das Präparat und die Glasinstrumente in die Waldokammer gelegt und das Binokularmikroskop in Stellung gebracht.

Sharra steckte energisch die Hände in die Handschuhe und fröstelte ein wenig. »Kalt!« Sie versuchte, die Finger zu biegen. »Sagtest du nicht, die Waldos würden meinen Bewegungen folgen?«

»Die Meßgeräte zeigen an, daß der Mechanismus Strom aufnimmt«, sagte Caselon mit einem Blick auf die Skalen. »Komm, laß mich mal ran!«

Sharra zog die Hände zurück, aber Caselon hatte auch nicht mehr Erfolg.

»Na schön, Akki«, sagte sie. »Was machen wir nun?«

Eine jener kurzen, aber doch markanten Pausen trat

ein, an die sich inzwischen alle gewöhnt hatten. Akki führte einen internen Suchlauf durch.

»Der Mechanismus wurde seit zweitausendfünfhundert Jahren nicht mehr benützt. Das läßt den Schluß zu, daß gewisse Wartungsarbeiten erforderlich sein könnten. Eventuell läßt sich die Beweglichkeit der Fingergelenke durch eine Schmierung mit Flüssigsilikon wiederherstellen.«

»Flüssigsilikon?« fragte Caselon.

Manotti hob die Hand. »Ich weiß, was er meint. Akki, ist irgendwo ein Schmiedegeselle oder ein Meister erreichbar?«

»Ich könnte Tolly hinunterschicken«, bot Mirrim an.

Manotti warf ihr einen spöttischen Blick zu. »Den lassen sie einen Tag lang warten.«

Sie stöhnte. »Dann gehe ich eben selbst«, sagte sie. »Ich möchte sowieso einmal wieder schwimmen, frische Nahrung zu mir nehmen und ein paar Stunden mit meinem Gefährten verbringen.«

»Wenn wir wirklich nichts tun können, bis wir dieses Flüssigsilikon zur Verfügung haben, nehme ich mir auch einen Tag frei«, sagte Sharra. Sie hatte Jaxom und ihre Söhne seit einer Ewigkeit nicht mehr gesehen.

Caselon grinste. »Ich bleibe hier und stelle noch ein paar Instrumente her. Wenn ich hinuntergehe, findet sich sicher jemand, der etwas für mich zu tun hat.«

Akki gewährte gnädig den erbetenen Urlaub, doch wer blieb, bekam unverzüglich andere Aufgaben zugewiesen.

Jaxom ging nicht weniger in seiner Arbeit auf als Sharra, aber er konnte gegenwärtig etwas mehr Zeit für Ruatha und die beiden Jungen erübrigen. Wenn sie nach Hause kam, hörte er sich mit Interesse an, was sie – an Enttäuschungen wie an kleinen Erfolgen – von ihrem Projekt zu berichten hatte, und machte ihr Mut.

»Akki weiß, was er will, auch wenn er mit Erklärungen sehr sparsam ist«, erklärte er ihr mehr als einmal. »Er hat schon sehr viel für uns getan, bei dem, was wir nicht verstehen, müssen wir ihm einfach vertrauen und seinen Anweisungen folgen.« Freilich vergaß Jaxom selbst immer wieder, diesen Rat zu beherzigen.

Zum Leidwesen von Lessa und F'lar bestand Akki darauf, daß Jaxom und Ruth an allen Phasen des Weltraumtrainings für Drachen und Reiter teilnahmen. Akki zufolge sollten Jaxom und Ruth auch bei allen weiteren Ausflügen zum Roten Stern die Führung übernehmen.

»Ruth ist eben noch jünger«, begründete Akki diplomatisch seine Entscheidung, »und war dem ständigen Druck und den Strapazen des Fädenkampfes nicht in diesem Maße ausgesetzt...«

»Ich fliege alle Kampfeinsätze des Fort-Weyrs mit«, widersprach Jaxom, einerseits, um Lessa zu beschwichtigen, aber auch, um klarzustellen, daß er und Ruth ihre wichtigste Aufgabe keineswegs vernachlässigten.

»Das sollte keine Kränkung sein«, entschuldigte sich Akki. »Wie auch immer, es wird empfohlen, die weite Reise nicht ohne guten Grund zu wiederholen.«

»Ein Kinderspiel ist es wahrhaftig nicht«, gab Lessa zu.

»Ich schlage vor, noch einen Erkundungsflug anzusetzen«, meinte F'lar, »und dazu einen Beobachter mitzunehmen, der die Schlucht in ihrer jetzigen Form in einer Zeichnung festhält. Die Drachen und Reiter, die zum Transport der Triebwerke eingeteilt werden, müssen eine ganz klare Vorstellung von ihrem Ziel haben.«

»Nicht nur deshalb«, schaltete Akki sich geschickt ein, »sollte die ganze Operation dokumentiert werden. Ein Unternehmen dieser Größenordnung findet sich in der Geschichte keiner anderen Welt.«

»Was allerdings nicht heißt, daß andere Welten an unseren Leistungen interessiert wären«, scherzte Meister Robinton.

»Die Menschheit braucht Helden«, gab Akki zurück. »Und dies ist ein Stoff, aus dem man Mythen macht.«

F'lar winkte ab. »Was getan werden muß, kann man wohl kaum als große Heldentat bezeichnen!«

Meister Robinton sah den Weyrführer lange und nachdenklich an.

»Wir müssen drei Triebwerke absetzen«, fuhr F'lar fort, ohne weiter auf den Harfner zu achten. »Deshalb muß der Anführer jeder Gruppe einmal an Ort und Stelle gewesen sein. Ich führe eine Gruppe ...«

»Jaxom führt die zweite«, bestimmte Akki knapp.

»Schön.« F'lar war einverstanden.

»Und ich die dritte«, erklärte Lessa.

Sofort erhob F'lar Einspruch. »Du und Ramoth, ihr habt schon genug riskiert.«

Lessas Züge verhärteten sich. »Wenn du gehst, gehe ich auch. Schließlich ist Ramoth längst nicht mehr die einzige Königin auf Pern.«

Wider Erwarten gab F'lar seinen Widerstand rasch auf. Jaxom wunderte sich, Ruth dagegen nicht.

Wieso nicht? fragte er heimlich seinen Drachen.

Lessa wird Ramoth niemals einem Risiko aussetzen, wenn sie ein Gelege hat, nicht wahr?

Hastig hielt sich Jaxom die Hand vor den Mund und kaschierte seinen Lachanfall mit künstlichem Husten. Kein Wunder, daß F'lar sich nicht weiter gegen Lessas Mitwirkung gesträubt hatte – und Mnementh würde ihm behilflich sein und dafür sorgen, daß Ramoth beschäftigt war. F'lar hatte wahrhaftig gelernt, seine Weyrgefährtin behutsam zu manipulieren!

»Ich finde, an dieser einen Expedition, die man uns noch genehmigt hat, sollte F'nor teilnehmen«, meinte Jaxom.

F'lar schlug ihm freundschaftlich auf den Rücken und grinste breit. »Ich wollte mich eben dafür stark machen, daß F'nor und Canth sich den Planeten einmal ansehen dürfen.«

»Das ist nicht mehr als recht und billig.« Robinton nickte weise. »Und Canth wäre gewiß auch bereit, Perschar mitzunehmen. Er hat den besten Blick für Details. Auch D'ram muß seine Chance bekommen. Und Tiroth ist ohne weiteres imstande, auch mich zu tragen«, fügte er herausfordernd hinzu.

»Sie dürfen sich nicht in Gefahr begeben.« Schon hatte Lessa den Köder geschluckt.

»Es bestünde doch gar keine Gefahr, nicht wahr, Akki?« Robinton appellierte schamlos an die einzige Autorität, der Lessa sich beugen würde.

»Der Harfner wäre nicht in Gefahr.«

»Tiroth ist zu alt!« erklärte Lessa mit einem finsteren Blick auf Robinton.

»Tiroth ist kräftiger als die meisten Tiere seines Alters, und sein Reiter und Meister Robinton könnten bei diesem Ausflug Erkenntnisse von unschätzbarem Wert sammeln«, stellte Akki fest.

Lessa brauchte eine Weile, um ihren Ärger zu überwinden, doch bald war alles beschlossen. Man würde noch einen Erkundungsflug zum Roten Stern unternehmen. Die Gruppe würde aus D'ram, F'nor, N'ton und Jaxom bestehen, Meister Robinton, Fandarel, Perschar und Sebell sollten als Beobachter mitfliegen. Das war ein kleiner Kreis von absolut verschwiegenen Personen, es würde also kein unnützes Gerede geben, das die ohnehin im Überfluß vorhandenen Gerüchte und Mißverständnisse noch vermehrt hätte.

Baron Larad von Telgar und Baron Asgenar von Lemos ersuchten Meisterharfner Sebell, sich auf Telgar mit ihnen zu treffen, sobald es ihm möglich sei.

Zum Dank für die taktvolle Formulierung ließ Sebell durch seine Feuerechse Kimi ausrichten, er werde eine Stunde nach der Abendmahlzeit auf der Burg eintreffen.

»Was mögen sie wohl auf dem Herzen haben?« fragte Menolly, als Sebell ihr von dem Treffen erzählte.

»In letzter Zeit nehmen die Gerüchte überhand, Liebes«, seufzte Sebell.

Menolly, die wie so oft an ihrem Stehpult komponierte, richtete sich auf und legte mit verschmitztem Lächeln den Kopf schief. »Meinst du die über Sharra und Jaxom, die über G'lanar und Lamoth, die neuesten Streiche des Monstrums oder warum die Bronzedrachen so ungewöhnlich selbstzufrieden dreinschauen?«

»Etwas weniger Auswahl wäre mir lieber.« Behutsam schob er eine Strähne ihres langen Haares, die sich gelöst hatte, wieder unter die Spange, ehe er sich hinabbeugte und sie auf den Nacken küßte. »Ich habe nichts von irgendwelchen Verwüstungen auf Telgar oder Lemos gehört, das kann es also nicht sein.«

»Wer einverstanden ist, steht voll und ganz dahinter, während alle, die von Angst, Mißtrauen oder unverhohlener Skepsis geplagt werden, sich verstohlen herumdrücken und auf alles einschlagen, was ihr Begriffsvermögen übersteigt.«

»Dann ist es an uns, dafür zu sorgen, daß sie begreifen« mahnte Sebell sanft.

»Aber manche *wollen* einfach nicht«, begehrte sie auf und streckte beide Arme aus, um ihren schmerzenden Rücken zu entlasten. »Ich kenne die Sorte. Oh, wie gut ich sie kenne! Schade, daß wir sie mit ihrer Engstirnigkeit nicht einfach links liegen lassen können, aber leider stehen sie dem Fortschritt im Weg.«

»Wir sind dabei, ihr Leben von Grund auf zu verändern. So etwas macht den Menschen Angst, das war immer so und wird immer so sein. Lytol hat mir ein paar hochinteressante Auszüge aus Akkis Geschichtsspeicher geschickt. Faszinierend. Die Menschen ändern sich nicht, Liebes. Erst wird gehandelt, dann wird nachgedacht, und notfalls wird hinterher bereut.«

Er beugte sich nieder und küßte sie auf die Wange. »Ich kann Robse und Olos noch eine Geschichte erzählen, ehe ich gehe.«

Menolly schlang ihm einen Arm um den Hals, ehe er sich aufrichten konnte. »Du bist ein herzensguter Mann«, sagte sie und gab ihm einen langen Kuß. Dann erst ließ sie ihn los.

Als er auf der Schwelle stehenblieb und einen zärtlichen Blick zurückwarf, hatte sie sich bereits wieder über ihre Komposition gebeugt. Er lächelte. Schon ihrem Rücken mit der einen hochgezogenen Schulter war die Konzentration anzusehen. Sie liebte ihn aufrichtig, aber er hatte sich damit abgefunden, daß er immer zwei Rivalen haben würde – die Musik und den Meister. Zum Glück galt diesen beiden auch seine Zuneigung. Unter solchen Überlegungen ging er den Gang entlang, um seinen beiden Söhnen etwas vorzusingen und ein Weilchen seine Tochter Lemsia zu bewundern, die für alles andere noch zu klein war.

Laradian, Larads ältester Sohn, erwartete Sebell bereits im hell erleuchteten Burghof, als der stets gefällige Drache von Fort den Harfner in Telgar absetzte.

»Mein Vater und Baron Asgenar erwarten Sie im kleinen Arbeitszimmer, Meisterharfner«, sagte Laradian höflich, dann entspannte er sich und grinste Sebell freundschaftlich an.

Im Kamin in einer Ecke des behaglichen Raums brannte ein prasselndes Feuer. An den Wänden hingen kostbare Teppiche und gerahmte Portraits der Sprößlinge des jetzigen Burgherrn – wahrscheinlich von Perschars Hand, Sebell glaubte, den Strich zu erkennen. Etliche alte, durchgesessene Wherlederstühle, in denen schon mehrere Generationen ihre müden Glieder ausgeruht hatten, ein riesiger Schreibtisch und ein Tisch, an dem die Barone von Telgar seit Jahrhunderten ihre Abrechnungen erledigten, verliehen dem Raum die richtige Atmosphäre. Die neueste Errungenschaft stach Sebell sofort ins Auge: eine ausgezeichnete, wenn auch stark verkleinerte Wiedergabe der Honshu-Fresken.

»Hmmm, ja.« Larad hatte bemerkt, wohin der Blick des Harfners ging. »Meine Tochter Bonna war mit Perschars Gruppe dort und hat das Bild angefertigt. Natürlich war sie ständig unter Aufsicht von Meister Perschar, aber man sagt, es sei recht gut getroffen.«

»Sie können sich das Original gerne ansehen.« Sebell bezog in die Einladung auch Asgenar ein, der sich in einem der Sessel räkelte.

»Was?« Larad sah ihn in gespieltem Entsetzen an. »Damit man überall herumerzählen kann, ich wolle die Besitzung einem meiner Söhne zuschanzen?« Er bedeutete Sebell, sich einen Stuhl zu nehmen, und hielt eine Weinflasche hoch. »Benden-Wein«, grinste er. Die Vorliebe der Harfner für diese Sorte war allgemein bekannt. Die Bemerkung über die umlaufenden Gerüchte verriet Sebell jedoch, daß Larad ernsthaft besorgt war.

»Ich habe viele von Meister Robintons Traditionen beibehalten.« Sebell nahm den bis zum Rand gefüllten Becher entgegen, nippte vorsichtig und zog anerkennend die Augenbrauen hoch. »Ein Sechzehner?«

»In der Tat, und Meister Robinton ist es zu verdanken, daß ich mir so viele Schläuche gesichert habe, wie ich Benden nur abschmeicheln konnte.«

»Nun?« wandte Sebell sich höflich an die beiden Burgherren. »Beißen die Gerüchte?«

»Wenn es doch nur Gerüchte wären, Sebell.« Seufzend zog Larad ein zusammengerolltes Blatt Papier aus seinem Ärmelaufschlag und reichte es dem Harfner. »Die Sache ist viel ernster, und Sie müssen sich sofort darum kümmern. Ich kenne den Schreiber gut genug, um seine Worte nicht auf die leichte Schulter zu nehmen.«

Sebell hatte die Nachricht kaum überflogen, als er auch schon maßlos empört und mit wüsten Verwünschungen aus dem bequemen Sessel hochfuhr. »›Ich habe den begründeten Verdacht, daß jemand die Entführung von Meisterharfner Robinton plant, um damit die Leute in Landing zu zwingen, das sogenannte Monstrum zu zerstören.‹« Sebell war außer sich. »Das Leben des Meisterharfners in Gefahr zu bringen! Um damit Akkis Zerstörung zu erpressen!« Panik verdrängte die Empörung. »Wer ist dieser Brestolli, der die Nachricht unterzeichnet hat?«

»Ein Fuhrmann. Uns beiden bekannt.« Larad deutete auf Asgenar, der eifrig nickte. »Es ist nicht seine Art, falschen Alarm zu geben. Eigentlich hat er seine Feuerechse mit der Botschaft an seinen Arbeitgeber, den Händler Nurevin geschickt, der sich zur Zeit hier aufhält. Nurevin ließ seine Karawane eine Tagereise vor der Burg zurück und kam sofort zu mir. Er sagte, Brestolli habe sich bei einem Unfall mit einem der Wagen ein Bein und mehrere Rippen gebrochen und sei deshalb notgedrungen in Bitra zurückgeblieben.«

»Nurevin wartet draußen. Ich werde ihn hereinbitten«, sagte Asgenar und verließ das Zimmer.

Larad lächelte ironisch. »Nurevin dachte, Sie würden seiner Botschaft mehr Beachtung schenken, wenn wir sie Ihnen präsentierten.«

»Ich hätte ihm auch ohne Gewährsmann geglaubt.« Sebell las die Botschaft noch einmal. »Das klingt nicht wie eine Lüge. Und Bitra ist alles zuzutrauen.«

»Dann wissen Sie auch schon, daß Bitra Ihre Harfner in Quarantäne gesteckt hat, weil sie angeblich an einer ansteckenden Krankheit leiden?«

»Ist das die bitranische Umschreibung für ›Verbreitung der Wahrheit?‹« Sebell fuhr sich gereizt mit den Fingern durchs Haar. »Wir haben auf dem üblichen Weg schon seit längerem nichts mehr von unseren Leuten gehört. Warum habe ich nicht wenigstens einen mitgeschickt, der eine Feuerechse hatte?«

»Wenn Sie wollen, kann unser Meister Celewis eine Rettungsaktion starten«, schlug Larad vor.

»Wäre das möglich, ohne Brestolli in Gefahr zu bringen?« Sebell hatte seine Zweifel.

Larad zog die Augenbrauen hoch und grinste verschmitzt. »Sie sind über Celewis' Fähigkeiten doch sicher im Bilde …«

»Durchaus.« Sebell grinste verständnisinnig zurück.

»Er wird auch diese Angelegenheit geschickt zu handhaben wissen, verlassen Sie sich darauf.«

In diesem Augenblick trat Nurevin ein, gefolgt von Asgenar.

»Ich hatte noch nicht das Vergnügen, Ihre Bekanntschaft zu machen, Händler Nurevin.« Sebell reichte dem Mann lächelnd die Hand und erwiderte den kräftigen Händedruck. »Aber ich kann Ihnen versichern, daß Ihnen die Harfnerhalle für die Weiterleitung dieser Botschaft zu tiefstem Dank verpflichtet ist.«

»Brestolli würde sich so etwas niemals aus den Fingern saugen, nur um Unruhe zu stiften, Meisterharfner«, erklärte Nurevin nachdrücklich und legte den Kopf schief. Er war dunkelhäutig und mittelgroß und hatte sein graumeliertes Haar sichtlich erst vor kurzem zu einem ordentlichen Zopf geflochten. Seine Kleidung war nicht neu, aber von bester Qualität. »Deshalb hielt ich es für zweckmäßig, mich an jemanden zu wenden, der weiß, was zu tun ist. Ich habe ihn nur sehr ungern in Bitra zurückgelassen, aber er war unter einen umstürzenden Wagen geraten und hatte sich das Bein dreifach gebrochen, den Arm gequetscht und ein paar Rippen angeknackst. Das Rad war auf dem holprigen Pflaster im Burghof von Bitra hängengeblieben. Der Heiler sagte, er sei nicht transportfähig, deshalb habe ich ihn in die Obhut des Brauers gegeben und eine gehörige Menge an Marken und Waren hinterlegt, damit er auch gut gepflegt wird. Brestolli hält Augen und Ohren offen, obwohl er selbst ununterbrochen redet und man sich gar nicht vorstellen kann, daß er außer seiner eigenen Stimme auch noch etwas anderes hört. Aber wenn in dieser Nachricht steht, er hat dies oder jenes belauscht, dann stimmt das auch, da können Sie ganz sicher sein. Ich will nicht, daß es später einmal heißt, wir hätten geschwiegen, obwohl wir wußten, daß es jemand auf den guten Meister Robinton abgesehen hatte. Nein, das will ich wirklich nicht.«

Larad bot ihm einen Becher Benden-Wein an, und nach dem ersten Schluck leuchteten Nurevins Augen anerkennend auf.

»Zuviel der Ehre, Baron Larad.«

»Telgar steht in Ihrer Schuld, Händler Nurevin.«

»Nicht nur Telgar, Händler Nurevin.« Sebell hob feierlich sein Glas und trank ihm zu. Nurevin wurde rot vor Verlegenheit.

Sebell rief Kimi, die sich draußen mit dem Schwarm von Telgar vergnügte. Larad reichte ihm schweigend Schreibzeug und eine Nachrichtenkapsel.

»Das geht an Lytol, er wird die entsprechenden Vorkehrungen treffen.« Sebell warf rasch ein paar Zeilen aufs Papier. Kimi wußte genau, was von ihr erwartet wurde, und streckte ein Bein aus, damit er die Kapsel daran befestigen konnte. »Kimi, bring das zu Lytol, zum Landsitz an der Meeresbucht, wo unser Meister wohnt! Dahin, wo auch Zair lebt. Verstanden?«

Kimi hatte aufmerksam zugehört, das Köpfchen hin und her bewegt und die Augen immer schneller kreisen lassen. Nun zirpte sie einmal kurz und verschwand.

»Gewarnt sein, heißt gewappnet sein, Händler Nurevin. Ist Brestollis Feuerechse zu ihrem Herrn zurückgekehrt?«

»Ja. Es ist nur ein Blauer, aber Brestolli hat ihn gut abgerichtet. Wenn Sie mehr Informationen brauchen, kann ich auch meine Königin zu ihm schicken. Ich stehe mit Brestolli ständig in Verbindung, weil ich sicher sein will, daß er ordentlich versorgt wird.« Nurevin zwinkerte Sebell zu und grinste. »Die Bitraner brauchen mich mehr als ich sie, weil so schwer mit ihnen auszukommen ist. Ich bin in diesen unruhigen Zeiten der einzige Händler, der diese Route fährt. Das ist ein gewisses Druckmitttel.« Er hielt inne, und seine Miene verfinsterte sich. »Hat Ihnen Baron Larad von Ihren Harfnern erzählt?« Als Sebell nickte, fuhr er fort: »Wenn das keine Absicht war, stelle ich mich freiwillig in den nächsten Sporenregen!«

»Wenn man die Harfner zum Schweigen bringt, ist es höchste Zeit, die Ohren zu spitzen«, sagte Sebell.

Nurevin nickte ernst. »Ich habe noch andere Dinge gehört, als ich in Bitra war ...« Er zögerte.

»Keine Sorge, mein Bester«, ermunterte ihn Larad. »Es gibt nicht viel, was einem Harfner früher oder später nicht ohnehin zu Ohren kommt. Und wenn es in die gleiche Richtung geht wie die Botschaft von Brestolli, dann ist es vielleicht besser, wenn Meister Sebell es von Ihnen erfährt.«

»Nun ja, eigentlich sind es nur Gerüchte.« Wieder hielt Nurevin inne, es kostete ihn sichtlich Überwindung, aber alle drei Männer forderten ihn mit Mienenspiel und Gesten zum Sprechen auf. »Man sagt, Baron Jaxom und sein weißer Drache hätten G'lanar und Lamoth getötet – mit Absicht.«

»Scherben! Wie kann man nur so abscheuliche Lügen verbreiten?« fragte Asgenar erbost.

»Ach, das war noch nicht das schlimmste«, sagte Sebell, wandte sich aber dann an Nurevin. »Meister Robinton war selbst dabei. Von ihm weiß ich, daß Jaxom das Opfer war und nicht der Täter, und daß Lamoth aus Scham gestorben ist, weil sein Reiter einem anderen nach dem Leben trachtete. Sonst noch etwas?«

»Ja, und das ist besonders albern.« Die Reaktion seines Publikums hatte Nurevin sichtlich beruhigt und ihm Mut gemacht. »Angeblich planen die Drachenreiter, sich der drei Kolonistenschiffe zu bemächtigen und Pern damit zu verlassen. Wir hätten dann nur noch die Flammenwerfer, um die Fäden zu vernichten!«

»Kennen Sie schon die Version, daß die Drachen die alten Fähren nehmen und sie auf den Roten Stern werfen sollen, um ihn zu zerstören?« Als Nurevin den Kopf schüttelte, fuhr Sebell mit todernstem Gesicht fort: »Des weiteren erzählt man sich, der Meisterheiler habe von Akki eine Medizin bekommen, mit der er die Menschen lähmen kann, um ihnen Teile aus dem Körper herauszuschneiden und sie anderen Kranken einzusetzen.«

Nurevin schnaubte verächtlich. »Das hat schon in Bitra die Runde gemacht. Ich hab's damals so wenig geglaubt wie jetzt. Mir ist dieses Akki-Ding nicht geheuer, aber bisher war noch alles, was es produziert hat, auf irgendeine Weise nützlich. Das beste Schmierfett für die Achsen, das ich kenne, hat die Schmiedehalle von Akki bekommen. Genau wie das neue Metall für Splinte, die sich weder verbiegen noch brechen, wenn das Rad belastet wird.«

Kimi tauchte wieder auf, meldete schnatternd den Vollzug ihres Auftrags und rieb ihr goldenes Köpfchen an Sebells Wange, um ihm dann das Bein mit der Nachrichtenkapsel entgegenzustrecken. Sebell entschuldigte sich und las die Botschaft.

»Es ist dort zwar schon spät, aber ich muß trotzdem noch zum Landsitz an der Meeresbucht. Wenn ich mich empfehlen dürfte …«

Die beiden Barone geleiteten ihn hinaus.

»Weißt du, Asgenar«, sagte Larad traurig und schickte sich an, in den warmen, behaglichen Raum zurückzukehren, »manchmal fragt man sich, warum die Menschen eigentlich so gemein sind.«

»Ich glaube, es hat etwas mit der Abneigung zu tun, sich Wohltaten erweisen zu lassen.«

»Aber das darf nicht so weit gehen, daß man Meister Robinton in Gefahr bringt.« Larad hatte sein Entsetzen noch nicht überwunden. »Er hat in seinem ganzen Leben niemandem etwas zuleide getan. Diese Welt würde sich bis zum letzten Kind erheben, um gegen eine solche Niedertracht zu protestieren.«

»Leider ist er genau deshalb bestens als Geisel geeignet«, entgegnete Asgenar mit einem tiefen Seufzer des Bedauerns.

Als Sebell auf dem Landsitz an der Meeresbucht eintraf, war es dort früher Morgen. Er und der braune Drache, der ihn absetzte, waren sofort von ganzen Schwärmen schnatternder Feuerechsen umgeben, die den Himmel verdeckten wie ein Sporenregen. Tiroth räkelte sich auf dem Rasen vor dem Haus, das orangefarbene Glühen in seinen Augen erlosch erst, als er den Braunen Folrath erkannt hatte. Sebell fand es sehr befriedigend, daß bereits so viele Beschützer an Ort und Stelle waren. Dabei hätten eventuelle Entführer noch gar nicht hier sein können, die Reise von Bitra oder auch nur vom nächsten Seehafen war einfach zu weit.

Im Wohnraum waren sämtliche Leuchtkörbe abgedeckt und übergossen Robinton, D'ram, Lytol und T'gellan, die um den großen, runden Tisch saßen, mit hellem Schein. Ein schlaffer Weinschlauch ließ erkennen, daß man bereits eine ausgedehnte Diskussion hinter sich hatte. Sebell sah erfreut, daß auch der Weyrführer des Ost-Weyrs anwesend war.

»Ach, Sebell«, rief Robinton und hob grüßend den Arm. Er wirkte so fröhlich, daß Sebell schon der Verdacht kam, der Harfner genieße die Gefahr, in der er schwebte. »Irgend etwas Neues über dieses schamlose Komplott?«

Sebell schüttelte grinsend den Kopf, merkte jedoch sehr wohl, daß niemand am Tisch die überschäumende Heiterkeit des Harfners teilte.

»Ich weiß nicht mehr als Sie, aber Nurevin hat mir zugesagt, über die Feuerechsen mit Brestolli in Verbindung zu bleiben, für den Fall, daß der Mann Näheres hören sollte.«

»Ich habe Zair mit einer Botschaft zu Meister Idarolan geschickt«, sagte Robinton. »In der Hoffnung, daß er die Verschwörer abfangen kann.«

»Mutwillige Zerstörung fremden Eigentums hatten wir in letzter Zeit gerade genug.« Lytol hatte die Stirn in zornige Falten gelegt. »Diesmal müssen wir die Rechtsbrecher erwischen und jeden ausfindig machen, der sie unterstützt oder ihnen Vorschub geleistet hat. Wie kann man nur auf die Idee kommen, sich ausgerechnet Meister Robinton als Opfer zu erwählen, einen Mann, dem Pern so viel verdankt…«

»Immer mit der Ruhe, Lytol.« Robinton legte dem ehemaligen Verwalter beschwichtigend den Arm um die verkrampften Schultern. »Nun regen Sie sich doch nicht so auf. Sie bringen mich ja richtig in Verlegenheit. Dabei zeigt das ganze Komplott doch nur, wie dumm unsere Kritiker im Grunde genommen sind. Als ob sie eine Chance hätten, an meinem Gefolge vorbeizukommen.« Der Harfner zeigte auf das Gewimmel von Feuerechsen vor dem Fenster.

»Daß Sie unerreichbar sind, ist auch mir klar, Robinton.« Lytol schlug mit der Faust auf den Tisch, daß die Becher klirrten. »Aber daß man es überhaupt *wagt*...«

Robinton grinste boshaft. »Vielleicht sollte ich mich freiwillig gefangennehmen lassen? Ich wehre mich nicht, wenn man mich gewaltsam entführt« – Lytol sah ihn entgeistert an – »und mich irgendwo in ein Verlies sperrt, und dann...« Er hob die freie Hand und ballte sie plötzlich zur Faust. »Dann stoßen die Rächergeschwader auf die elenden Schurken herab, schleppen sie mit sich fort und schleudern sie schließlich in Larads tiefsten Bergwerksschacht, wo sie bis ans Ende ihrer Tage mit ehrlicher Arbeit ihre Missetaten sühnen müssen.«

Lytols gerechter Zorn schlug um in Resignation. »Sie sollten die Sache nicht auf die leichte Schulter nehmen, mein Freund.«

»Das tue ich doch auch nicht. Wirklich nicht!« Wieder brach der Schauspieler in Robinton durch. »Es erschüttert mich tief, daß ich oder irgend jemand sonst auf Pern in so abscheulicher Weise zum Prügelknaben gemacht werden soll. Aber«, fuhr er mit mahnend erhobenem Zeigefinger fort, »es zeugt immerhin von mehr Phantasie als der Versuch, Raumschifftreibstoff zu verbrennen oder mit Eisenstangen auf Akki loszugehen. Eigentlich müßten wir ihn um Rat fragen.«

»Wenn Akki nicht wäre...«, begann Lytol hitzig, verstummte jedoch sofort, als ihm klar wurde, was er da gesagt hatte. T'gellan und Sebell hatten Mühe, nicht laut herauszuplatzen. Lytol stand unvermittelt auf und verließ den Raum.

Sebell wollte dem alten Mann nachgehen, aber Robinton hob abwehrend die Hand, und der Harfner setzte sich wieder.

»Er hat allen Grund, verstört zu sein«, ließ sich D'ram bedächtig und mit trauriger Stimme vernehmen. »Was für eine schreckliche Vorstellung, daß es Menschen gibt, die all die guten Dinge ablehnen, die

Akki uns geschenkt hat, und die nichts unversucht lassen, um ihm und denjenigen von uns zu schaden, die genügend Weitblick besitzen, um die Möglichkeiten zu erkennen.«

»Hören Sie, ich halte es eigentlich für ausgeschlossen, daß jemand an Meister Robinton herankommt.« T'gellan beugte sich vor und stützte die Ellbogen auf den Tisch. »Der Plan kann nicht sehr gut durchdacht sein. Die Täter kennen weder den Landsitz an der Meeresbucht, noch wissen sie, wie viele Leute hier untertags und« – er grinste Sebell wehmütig an – »frühmorgens ein und aus gehen.«

»Haben Sie den Überfall auf Landing vergessen?« fragte Sebell. »Pferde, Ausrüstung, erfahrene Söldner. Wenn Akki sich nicht selbst zur Wehr gesetzt hätte, wäre der Anschlag geglückt. Wir dürfen nicht überheblich werden.«

»Ganz richtig, Sebell«, schaltete D'ram sich ein. »Dennoch hat das, was Robinton so rasch dahingesagt hat, einiges für sich. Wenn wir die Leute finden wollen, die hinter den Anschlägen stecken, dann wäre es am besten, keine sichtbaren« – er hob die Hand, um das Adjektiv zu betonen – »Verstärkungen anzufordern und unseren Tagesablauf nicht merklich zu verändern.«

»Zugegeben ...«

»Gleichzeitig aber dafür zu sorgen, daß Robinton niemals allein ist.«

»Als ob ich das jemals wäre!« Robinton mimte gekonnt den Entrüsteten.

»Ich möchte mich schon im voraus entschuldigen«, sagte Sebell zerknirscht, »daß ich das Thema überhaupt anschneide. Aber wenn G'lanar verbittert war ...«

D'ram hob die Hand, aber T'gellan antwortete deprimiert: »Ramoth selbst hat mit den letzten Drachen der Alten gesprochen – sie sind als einzige noch so zänkisch, daß sie Probleme bereiten könnten. Aber sie waren ohne Ausnahme entsetzt über G'lanars Tat«, fuhr der Bronzereiter fort, »und Ramoth kann niemand etwas vormachen!«

Sebell fiel sichtlich ein Stein vom Herzen. »Dann können wir diese Möglichkeit ausschließen.«

»Aus irgendeinem Grund beruhigt mich das nicht allzu sehr«, sagte D'ram bekümmert. »Wir haben es nicht mit Dummköpfen zu tun.«

»Nein, sondern mit verängstigten Menschen, und die sind gefährlicher.«

Sobald das Flüssigsilikon tief in die Gelenke der Waldohandschuhe eingedrungen war, gewannen sie ihre Beweglichkeit zurück – bis auf den Mittelfinger der linken Hand, was aber die Arbeiten nicht allzu sehr beeinträchtigte.

»Was hätten wir getan, wenn dieses Flüssigsilikon nicht gewirkt hätte?« Manotti zwinkerte seinen Kollegen zu, um zu zeigen, daß er ihren Mentor nur ein wenig necken wollte.

»Es gibt immer eine Alternative, sie könnte allerdings weniger effektiv und produktiv sein«, antwortete Akki. »Sharra, seien Sie nun bitte so freundlich, einen Fädenabschnitt in die Kammer zu legen und das Präparat mit einer Klinge schräg durchzuschneiden, so daß alle Schichten offenliegen. Was sehen Sie?«

»Ringe, Spiralen und das, was du Tori nennst«, sagte Sharra. »Eine merkwürdig klebrige Masse, eine gelbe Flüssigkeit, unbekannte Pasten in verschiedenen Gelb-, Grau- und Weißtönen und andere Substanzen, die ihre Farbe zu wechseln scheinen.«

Tumara begann zu würgen und wandte sich ab.

»Sie alle müssen erkennen«, begann Akki streng, »daß das wichtigste Instrument in einem Labor Ihr eigenes Gehirn ist. Sie müssen Ihr Gehirn zu einem

Werkzeug für Ihre Arbeit machen, ähnlich den Mikrowerkzeugen, die Sie zum Sezieren angefertigt haben. Sehr nützlich ist dafür die spontane Kommunikation mit Ihrem Gehirn beim ersten Blick auf solche Dinge. Selbst Ihre Reaktion, Tumara, hat eine gewisse Berechtigung. Doch nun lassen Sie diese Reaktion vorerst beiseite und beobachten Sie. Was sehen Sie noch, Sharra?«

Sie klopfte mit ihrer Mikroklinge auf einen Ring. »Das fühlt sich an wie Metall.«

»Dann schneiden Sie dieses und alle anderen derartigen Stücke heraus und schicken Sie sie Meister Fandarel zur Analyse. Was noch?«

»In den klebrigen Partien stecken viele Partikel und – und in der Mitte ist es hohl. Könnte das Gelbe flüssiges Helium sein?« fuhr Sharra fort. »Es sieht genauso aus wie der Stoff, den du uns bei den Flüssiggasexperimenten gezeigt hast, und es fängt an zu kochen, sobald man es bei –150° der Atmosphäre aussetzt. Bei 3° absolut haben wir es noch nicht versucht.«

»Warum sollte es kein Helium sein? Helium tritt bei den Temperaturen, in denen die Fäden existieren, in flüssiger Form auf. Isolieren Sie eine Probe, dann kann eine eindeutige Bestimmung vorgenommen werden.«

»Das ganze Ding hat Ähnlichkeit mit den Mikrographen, die du uns gezeigt hast, Akki«, sagte Mirrim.

»Ganz richtig, Mirrim. Aber hier haben wir das echte Präparat vor uns. Fahren Sie fort, Sharra.«

»Wie?«

»Sezieren Sie einen weiteren Ring. Setzen Sie den Schnitt so, daß er durch mehr als die Hälfte des Torus geht. Damit läßt sich die Zusammensetzung besser erkennen.«

»Merkwürdig«, sagte Brekke. »Vergleicht doch die beiden Ringe einmal miteinander. Im ersten waren die verschiedensten spiralförmigen Gebilde in Schichten übereinandergelagert, während sie hier ineinandergewickelt sind – oooh, Splitter und Scherben!«

Sharra hatte einen der Ringe mit der Klinge angestoßen, und plötzlich schnellte er unter dem Instrument weg und blieb an der Wand der Untersuchungskammer hängen.

»Das könnte die Fortpflanzungsmethode sein«, stellte Akki fest. »Oder ein Parasit, der sich aus dem sterbenden Organismus befreit. Jedenfalls ein interessantes Phänomen. Versuchen Sie das gleiche mit einem anderen Ring, um zu sehen, ob es noch einmal zu dieser Reaktion kommt.«

Obwohl Sharras Berührung diesmal sehr viel zaghafter ausfiel, wiederholte sich der Ausbruch.

»Schlagen Sie mit Ihrer Klinge nun gegen die Spiralen im ersten Torus«, ordnete Akki an. »Nichts geschieht. Damit haben Sie zwei verschiedene Facetten ein und desselben Organismus kennengelernt. Sie erforschen ein gänzlich unbekanntes Lebewesen, und deshalb müssen Sie es in allen seinen Erscheinungsformen betrachten.«

»Wozu?« fragte Mirrim.

»Um herauszufinden, womit sich dieser Organismus so zerstören läßt, daß er sich in Ihrem System nirgendwo mehr fortpflanzen oder vermehren kann.«

»Reicht es denn nicht auch, wenn er nicht mehr auf Pern niedergehen kann?« fragte Brekke.

»Für Sie vielleicht, aber am sinnvollsten wäre es doch, ihn gar nicht erst entstehen zu lassen.«

Caselon überwand seine Überraschung als erster. »Aber wenn der Rote Stern doch aus seiner Bahn gedrängt wird …«

»Deshalb sind die Fäden noch nicht vernichtet. Sie fallen nur anderswo nieder. Ihre Aufgabe ist es herauszufinden, wie der Organismus selbst zerstört werden kann!«

»Sind wir damit nicht etwas überfordert?« fragte Sharra.

»Die Mittel stehen zur Verfügung. Schon bei der heutigen, nur sehr kurzen Untersuchung haben Sie eine ganze Menge herausgefunden. Von Tag zu Tag werden Sie mehr erfahren. Es ist nicht auszuschließen, daß einige dieser Teile Parasiten sind, kleinere, nach dem gleichen Plan gebaute Lebewesen. Parasiten oder Nachkommen. Oder Räuber.«

»Ähnlich den Schnecken an den Tunnelschlangen?« fragte Oldive. »Ich meine die Geschöpfe, die sich an die Schlangen heften, ihr Muskelgewebe fressen und erst aufhören, wenn sie gesättigt sind?«

»Ein gutes Beispiel. Waren das nun Räuber oder Parasiten?«

»Ich glaube, da haben wir uns nie festgelegt«, bemerkte Oldive. »Deiner Definition zufolge schädigt ein Parasit seinen Wirt nicht immer auf Dauer und ist im allgemeinen nicht fähig, ohne diesen Wirt zu überleben, während ein Räuber sein Opfer gewöhnlich tötet und sich dann ein neues sucht. Da die Schlangenschnecke ihren Wirt beziehungsweise ihr Opfer am Leben läßt und sogar eine Heilungschance besteht, ist sie wohl eher als Parasit denn als Räuber zu bezeichnen.«

»Wonach wir suchen, sind Parasiten, die sich in Räuber verwandeln lassen und als solche ihren Wirt zuverlässig töten – ähnlich jenen Bakterien, die Sie isoliert haben, um daraus Bakteriophagen zur Bekämpfung von Wundinfektionen zu entwickeln.«

»Ich sehe immer noch nicht, wozu das gut sein soll«, murrte Mirrim.

»Es hat seinen Sinn«, erklärte Akki so entschieden, daß Mirrim das Gesicht verzog und die Erschrockene spielte.

»Sharra, haben Sie jene Elemente isoliert, die weiteren Tests zu unterziehen sind?«

»Ich habe ein ganzes Sortiment an widerlichen Einzelteilen, Spiralen, Metallpartikeln und Schleimklümpchen vor mir liegen, wenn du das meinst.«

»Gut. Geben Sie alles in die Petrischalen, dann können wir mit der Analyse beginnen. Sie werden mit hohem Druck arbeiten und mit Edelgas – in diesem Zylinder befindet sich Xenon –, um festzustellen, ob die Röhrchen mit Helium gefüllt sind. Nachdem Sie nun die Gefäßröhren geöffnet haben, wird das Helium, falls es das ist, sehr rasch entweichen.«

Als Lessa und F'lar hörten, in welcher Gefahr Meister Robinton schwebte, beschworen sie ihn, sich auf die *Yokohama* zu begeben oder nach Honshu, vielleicht auch wieder in die Harfnerhalle.

»Ich bin doch kein Kind mehr«, rief er, erbost über diese Bevormundung. »Ich bin ein erwachsener Mann und bis jetzt noch keiner Gefahr aus dem Weg gegangen. Das ist mein gutes Recht, und Sie dürfen es mir nicht verweigern. Nebenbei bemerkt, würden sich die Verschwörer, sollten sie erfahren, daß sich ihr Opfer ihrem Zugriff entzogen hat, nur etwas Neues einfallen lassen, wovon wir eventuell nicht rechtzeitig Kenntnis erhielten, um etwas dagegen zu unternehmen. Nein, ich bleibe hier, bewacht von der Hälfte aller Feuerechsen von ganz Pern und wer weiß wie vielen anderen« – er hob warnend die Hand – »heimlichen Beschützern. Auf keinen Fall werde ich mich verkriechen wie ein Feigling!« Sein Atem ging keuchend, aber er verbat sich mit hocherhobenem Haupt und blitzenden Augen alle weiteren Einwände.

Wenn er merkte, wen man in den folgenden Wochen zu seiner Bewachung abgestellt hatte, so tat er es nicht einmal mit einem Wimpernschlag kund. Der aufgebrachte Meister Idarolan benachrichtigte alle Hafenmeister, hielt ausgedehnte Besprechungen mit seinen vertrauenswürdigsten Kapitänen ab und entsandte sein schnellstes Kurierschiff nach Monaco Bay. Menolly schickte Rocky, Taucher und Spiegel als Unterstützung für Robintons Zair, und Swacky wurde mit zwei weiteren kräftigen Söldnern zum Landsitz an der Meeresbucht abkommandiert. Meister Robinton versah weiterhin seinen Dienst in Landing und auf der *Yokohama* und zeigte sich brennend interessiert an der anspruchsvollen Tätigkeit der Biologen

Niemand wußte oder wollte eingestehen, woher Akki von der Gefahr wußte, auf jeden Fall druckte er Fandarel den Bauplan für ein kleines Gerät aus, einen sogenannten ›Peilsender‹, den Meister Robinton stets bei sich tragen sollte. »Damit sind Sie überall auf dem Planeten und sogar auf den Raumschiffen zu lokalisieren.«

Das beruhigte die Freunde des Harfners mehr, als sie zugeben wollten. Wenn Akki Meister Robinton in seine Obhut genommen hatte, war er auf jeden Fall in Sicherheit.

17

Der Sommer ging zu Ende, aber von den potentiellen Entführern gab es noch immer kein Lebenszeichen. Nurevin holte den hinkenden Brestolli aus der Kate des bitranischen Brauers ab. Der Mann beharrte weiterhin auf dem, was er belauscht hatte. Ein Besuch der Weyrführer von Benden bei Baron Sigomal hatte die Freilassung der von der ›ansteckenden Krankheit‹ befallenen Harfner zur Folge, und Meister Sebell erklärte dem Baron von Bitra, er sehe sich leider, leider außerstande, Ersatzkräfte zu stellen, die für eine so angesehene Burg geeignet seien. Auch andere Gilden zogen ihre Meister ab, so daß die Gildehallen von Bitra sich mit einheimischen Gesellen und Lehrlingen von minderer Qualität behelfen mußten.

Nerat erlebte eine ähnliche Abwanderung, Keroon blieb dagegen verschont, denn Baron Corman äußerte zwar sein Mißtrauen gegenüber allen auf das ›Monstrum‹ zurückgehenden Verbesserungen zunehmend lauter, vermied es aber, sich in die Geschäfte seiner Gildehallen oder in deren Ausübung ihrer herkömmlichen Pflichten gegenüber seiner Burg einzumischen. Außerdem distanzierte er sich unübersehbar von Sigomal und Begamon.

Alle Weyrherrinnen hielten ihre Königinnen in Alarmbereitschaft, und die Harfner waren sofort zur Stelle, wenn auch nur der leiseste Verdacht auf kriminelle Aktivitäten zu ihnen drang. Die großen Gildehallen verdoppelten in aller Stille die Sicherheitsmaßnahmen. Und die Drachenreiter exerzierten weiterhin außerhalb der *Yokohama*, der *Bahrain* und der *Buenos Aires* im Weltraum. Hamian und seine Leute arbeiteten Tag und Nacht, um Schutzanzüge für die Reiter sowie eine Art Fußhüllen herzustellen, die über die Hinterpfoten der Drachen gezogen werden sollten, um sie vor Verbrennungen durch das eiskalte Metall zu schützen. Oldive, Sharra, Mirrim, Brekke und die anderen plagten sich unter Akkis Anleitung mit der Analyse und Beschreibung des seltsamen Organismus ab, der ein Faden war – oder vielmehr *sein würde*, wenn er die Feuerhölle am Himmel von Pern erst überstanden hatte.

Sharra versuchte, Jaxom die Aufgabe zu erklären, die Akki ihr und dem Team gestellt hatte, nicht nur, um ihrem Gefährten Einblick in ihre Tätigkeit zu geben, sondern auch, um sie selbst besser zu begreifen.

»Wir waren alle begeistert, als Mirrim unter dem Mikroskop die Perlen entdeckte. Auch Akki war ganz aufgeregt, er ist nämlich überzeugt, daß diese Perlen die genetische Information des Fädenorganismus darstellen.« Lächelnd rief sie sich den Augenblick des Triumphes in Erinnerung. »Das Mikroskop war auf stärkste Vergrößerung eingestellt, deshalb konnten wir alle die winzig kleinen Pünktchen an den langen Drähten sehen, von denen ich dir schon erzählt habe. Ich meine nicht die Spiralen, sondern die Drähte, die zu ganz festen Knäueln gewickelt sind, vom Volumen her nicht größer als meine Fingerspitze. Akki sagt, die Ringperlen verwenden die Substanz des Fädenovoids zur Reproduktion.« Ihre ratlose Grimasse zeigte, daß sie keine Ahnung hatte, wie das vor sich gehen sollte. »Als nächstes sollen wir einen Bakteriophagen aufspüren, um damit die Perlen zu infizieren, dann brauchen wir nur noch die eine zu finden, die sich rascher vermehrt, als sie das ganze Fädenmaterial aufzehrt. Ähnlich sind wir übrigens vorgegangen, als wir Bakterien aus Wunden isolierten und lernten, ihre symbiotischen Bakteriophagen so zu modifizieren, daß sie ihren Wirt töteten. Unsere Vorfahren hatten phantastische Erfolge mit biologischen Heilmethoden. Ich hoffe nur, wir holen auf diesem Gebiet irgendwann auf. *Dieses* Verfahren könnte nämlich unseren Planeten retten.«

»Warum haben *sie* es dann nicht schon angewandt?« fragte Jaxom. »Warum haben sie uns die Arbeit überlassen?«

Sharra lächelte selbstzufrieden. »Weil wir Drachen haben anstelle von Fähren ohne Treibstoff, Feuerechsen, die Fädenovoide aus dem Weltraum schnappen können, und Akki, der uns genau sagt, was wir zu tun haben. Selbst wenn ich nicht immer verstehe, was wir eigentlich machen oder wozu es gut sein soll.«

»Du sagtest doch, ihr wollt die Symbionten der Fäden modifizieren? Wozu das noch gut sein soll, wenn das Vorhaben der Drachenreiter gelingt, begreife ich allerdings auch nicht.«

Sharra überlegte einen Moment. »Akki haßt die Fäden, soweit eine seelenlose Maschine zum Haß fähig ist. Er haßt sie für das, was sie seinen Kapitänen und Admiral Benden angetan haben. Und für das, was sie uns immer noch antun. Er möchte sicherstellen, daß sie uns nie wieder bedrohen können. Deshalb möchte er sie im Inneren der Oort'schen Wolke vernichten. Übrigens hat er dieses Projekt ›Overkill‹ genannt.«

Jaxom war baß erstaunt. »Dann ist er ja noch rachsüchtiger als F'lar.«

Sharra seufzte bedrückt. »Ich weiß nicht, ob wir überhaupt *in der Lage* sind, seine Pläne auszuführen. Es ist alles schrecklich kompliziert. Und unsere Auffassungsgabe ist so begrenzt. Eigentlich ist er ja die Maschine, aber ich komme mir immer mehr wie eine solche vor, weil ich ständig Dinge tue, ohne zu wissen, warum.«

Drei Tage später hatte sie wieder Oberwasser und

berichtete, Akki habe einen geeigneten Parasitenüberträger gefunden.

»Er sagt, in den Asteroidengürteln existierten analoge Lebensformen unter Mikroschwerkraftbedingungen. Unsere Fäden zeigten große Ähnlichkeit mit einem Organismus aus dem Ökosystem des Pluto/Charon-Paars im Sonnensystem der Erde.« Sharra runzelte die Stirn. »Behauptet er jedenfalls. Die Spiralen bezeichnet er als ›Zebedäen‹. Und diese Zebedäen sollen es nun auch unserem maßgeschneiderten Parasiten ermöglichen, wie ein Virus von einem Faden zum anderen zu springen... sobald durch die Modifizierung aus dem Symbionten ein echter Räuber geworden ist! Aber erst müssen wir Kulturen anlegen.«

Jaxom spürte ihre Begeisterung und bemühte sich um ein anerkennendes Lächeln. »Wie kämen wir auch dazu, uns gegen eine Akki-Entscheidung aufzulehnen? Was ihm wohl als nächstes einfallen wird?«

»Nun, er schickt alle Feuerechsen in die Ovoidschwärme und läßt sie nach Spiralen suchen. Manchmal befinden sie sich ganz dicht an der Oberfläche eines Ovoids. Wir mußten neun weitere Kälteschlafkapseln in Betrieb nehmen, um die Dinger darin aufzubewahren und mit den Zebedäusmachern zu infizieren.«

»Zebedäus, der Fädenfloh!« scherzte Jaxom.

»Flöhe sind nun tatsächlich Parasiten, und ich wünschte, wir könnten sehr rasch ein paar davon modifizieren! Die Zeit ist nämlich viel zu knapp für alles, was wir noch vorhaben.«

Sie hatte voller Abscheu entdeckt, daß sich Jarrol, der sich unwiderstehlich zu einem der Spießdreher in der Küche hingezogen fühlte, Hundeflöhe geholt hatte. »Flöhe!« Sie schüttelte den Kopf. »Die Modifikation von Flöhen wird mein nächstes Projekt, sobald wir Akkis Pläne ausgeführt haben.«

»Wann immer das sein wird«, seufzte Jaxom. Es gab

so viele Akki-Vorhaben in den unterschiedlichsten Stadien der Vollendung, daß er sich fragte, ob überhaupt eines rechtzeitig fertiggestellt werden würde. Der Tag X rückte unaufhaltsam näher.

»Hättet ihr beiden Zeit, mich morgen noch vor dem Kampfeinsatz auf die *Yokohama* zu bringen?« fragte Sharra.

Jaxom stöhnte. »Ich dachte, du bleibst ein paar Tage hier.«

Sharra sah ihn gebührend zerknirscht an. »Ich habe mit Brand und den anderen Verwaltern alle Vorbereitungen für das Fest besprochen, die Gäste können kommen. Aber wir befinden uns derzeit in einer besonders kritischen Phase, Jaxom…« Ihr Blick flehte um Verständnis.

»Du wirst todmüde sein, und dann macht dir das ganze Fest keinen Spaß…«, hörte er sich sagen, doch dann zog er sie in seine Arme, genoß es, ihren Körper zu spüren und den würzigen Duft ihres Haares einzuatmen. Feste waren immer etwas Besonderes für sie.

»Bitte, Jaxom?« Sie streifte mit den Lippen seinen Hals.

»Du darfst meine Nörgelei nicht so ernst nehmen, Liebes. Ich würde dich doch niemals zurückhalten, wenn du fortwillst.«

»Freust du dich nicht auch auf die Zeit, wenn alles überstanden ist und wir wieder einfach wir selbst sein können?« fragte sie. »Ich möchte nämlich auch noch eine Tochter.«

Ein so ernsthaft vorgetragener Wunsch verlangte nach einer ganz bestimmten Antwort, die er nur zu gerne gab.

Der Kampfeinsatz verlief ohne besondere Vorkommnisse, obwohl die Schirme der Raumschiffe diesmal keine Tunnel in den Fädenstrom geschnitten hatten. Dann schickte Hamian die Botschaft, er habe eine neue Fußhülle entwickelt, und Ruth solle sie beim nächsten Raumspaziergang ausprobieren. Nachdem Ruth dieser Bitte entsprochen und erklärt hatte, die Hülle sei bequem, biete ausreichend Schutz, und auch die Schnalle zur Befestigung sei einfach zu bedienen, gab Jaxom die Erfolgsmeldung an Akki weiter, der wiederum Hamian informierte. Jaxom und Ruth waren ausnahmsweise einmal allein auf der Brücke: Ruth klebte wie üblich an dem großen Fenster und konnte sich an der Aussicht nicht sattsehen.

»Akki, warum bist du so besessen von diesem Zebedäus-Projekt?« fragte Jaxom, nachdem er die Botschaft an Hamian abgesetzt hatte. »Sharra sagt, du nennst es Overkill. Warum reicht es nicht, den Roten Stern aus seiner Bahn zu stoßen?«

»Sind Sie allein?« fragte Akki.

Das war eine ungewöhnliche Frage, normalerweise spürte Akki mit sicherem Instinkt, wie viele Personen anwesend waren.

»Ja, ich bin allein. Willst du dein Gewissen erleichtern?« fragte Jaxom halb im Scherz.

»Der Zeitpunkt wäre nicht schlecht«, antwortete Akki. Damit hatte der junge Burgherr nicht gerechnet.

»Das klingt nicht gut.«

»Ganz im Gegenteil, es kann nur gut sein, wenn Sie wissen, was diese Anlage von Ihnen erwartet, seit sie von Ruths ungewöhnlichen Fähigkeiten erfahren hat.«

»Meinst du seine Gabe, stets zu wissen, wo und in welcher Zeit er sich befindet?« fragte Jaxom verschmitzt.

»Genau. Dazu ist eine Erklärung vonnöten.«

»Das ist bei dir nicht ungewöhnlich!«

»Schnippische Bemerkungen dienten schon immer dazu, innere Ängste überdecken. Doch nun ist Offenheit geboten. Drei Triebwerke müssen zur Explosion gebracht werden, um den Roten Stern aus seiner derzeitigen Bahn zu drängen, auf der er für Pern eine Gefahr darstellt. Zwei dieser Explosionen haben bereits stattgefunden.«

»*Was?*« Jaxom fuhr aus seinem bequemen Sessel hoch und starrte den Monitor vor sich fassungslos an.

»Wie Sie ja wissen, wurden dieser Anlage Aufzeichnungen aus allen Weyrn, Gildehallen und Burgen vorgelegt und von ihr analysiert. Zwei kleine Eintragungen verhalfen dazu, eine Abweichung zu deuten.

Legt man die Position des Roten Sterns zu der Zeit zugrunde, als die ersten Menschen auf Pern landeten, so zeigt sich, daß sich der Planet nicht an der Stelle seiner Umlaufbahn befindet, wo er eigentlich sein sollte. Während der Ersten Annäherungsphase wurden von den Kapitänen Keroon und Tillek wiederholt Berechnungen vorgenommen. So exzentrisch die Bahn auch sein mag, die derzeitige Position weicht in jedem Fall von den Werten ab, die aus den ursprünglichen Berechnungen extrapoliert werden können. Alles in allem ergibt sich eine Aberration von neun Komma drei Grad von der ursprünglichen Ellipse. Das befindet sich nicht im Einklang mit der extrapolierten Position. Daraus folgt, daß die Bahn bereits einmal verändert worden sein muß. Diese Schlußfolgerung wird gestützt von zwei ganz beiläufigen Hinweisen in den Aufzeichnungen von Ista und Keroon aus der Vierten beziehungsweise Achten Periode, die jeweils einem langen Intervall vorangingen. In beiden Perioden wurden, als der Rote Stern sich in bezug auf Pern im Apogäum befand, helle Blitze beobachtet. So hell, daß man sie in Erinnerung behielt und sogar schriftlich fixierte.«

Wie benommen machte Jaxom mehrmals die Augen auf und zu, als könne er sich damit besser auf Akkis Worte konzentrieren. »Die beiden Krater?«

»Sie haben eine ausgeprägte Beobachtungsgabe.«

»Meine Angst ist nicht weniger ausgeprägt, Akki!«

»Weise der Mensch, der die Angst kennt: sie schärft den Selbsterhaltungstrieb.«

»Aber als ich den ersten Krater sah, hatte ich keine Angst. Es war – es mußte sein – es war, als wüßte ich, daß er da sein mußte! Damals habe ich die Vorstellung als lächerlich abgetan. Und du, Akki, willst mir doch nicht einreden, daß ich schon einmal dort war?«

»Das Zeitparadoxon hat schon viele in Verwirrung gestürzt. Ihre Vorahnung, daß Sie mit dem Krater zu tun bekommen würden, ist zwar ungewöhnlich, doch die Geschichte der Parapsychologie kennt ähnliche Phänomene.«

»Was du nicht sagst?« witzelte Jaxom. »Ich weiß ganz und gar nicht, ob ich erfreut bin über die Rolle, die du mir zugedacht hast – vorausgesetzt ich habe dich richtig verstanden.«

»Wie interpretieren Sie denn meine Aussagen?«

»Irgendwie bin ich auf Ruth mit einer ausreichend großen Zahl von Drachenreitern in der Zeit zurückgegangen und habe ein Triebwerk in dieser Spalte abgesetzt. Bei der Explosion ist dann der Krater entstanden, den ich achtzehnhundert Umläufe später auf meinem ersten Flug zum Roten Stern entdeckt habe.«

»Sie haben diese Reise zweimal unternommen, das zweite Mal vor sechshundert Umläufen. Eine andere Erklärung gibt es nicht. Außerdem *wissen* Sie, daß Sie es getan haben«

»Ich will es aber nicht tun«, brauste Jaxom auf. Wie konnte er Ruth zumuten, ihn und die anderen so weit in die Vergangenheit zu versetzen? Andererseits hatte Akki schon so oft recht behalten, obwohl niemand es für möglich hielt. »Und wenn nun etwas schiefgegangen ist?«

»Dem Zeitparadoxon zufolge wären Sie nicht hier, wenn etwas schiefgegangen wäre, außerdem gäbe es auf Pern dreißig bis vierzig Drachen weniger.«

»Nein, das kann nicht stimmen.« Jaxom dachte angestrengt nach. »Wir wären noch gar nicht fort. Folglich müßten wir auf jeden Fall noch hier sein. Erst wenn wir den Versuch unternehmen und scheitern, sind wir nicht mehr hier, falls wir scheitern. Nein, nein!« Er war völlig verwirrt und winkte gereizt ab.

»Sie waren bereits dort. Sie hatten Erfolg, jede dieser früheren Explosionen hatte ein Langes Intervall zur Folge – das nicht anders zu erklären ist –, und damit ist der Planet jetzt bereit für die endgültige orbitale Dislokation.«

»Moment mal!« Jaxom drohte dem Monitor erregt mit dem Finger. »Wir haben schon viele verrückte Dinge gemacht, weil du es so wolltest, Akki, und wir haben sie gemacht, weil du letztendlich immer recht hattest...«

»Diese Anlage hat auch im vorliegenden Fall die richtigen Schlüsse gezogen, Baron Jaxom.«

»Komm mir nicht auf diese Tour, mein Freund. Das wird nicht funktionieren! Die Drachenreiter werden nicht mitspielen. Zeitsprünge waren immer schon eine heikle Angelegenheit. Du weißt, daß Lessa fast umgekommen wäre, als sie vierhundert Umläufe in die Vergangenheit ging. Und von uns verlangst du einen Sprung über achtzehnhundert Umläufe?«

»Sie werden einen Vorrat an Sauerstoff mitführen, damit ist der Erstickungsgefahr vorgebeugt. Das Syndrom der sensorischen Deprivation kennen Sie bereits, deshalb werden Sie sich durch die Desorientierung nicht aus der Fassung bringen lassen...«

Jaxom schüttelte immer noch den Kopf. »Auch wenn die Bronzedrachen dazu imstande sein mögen, du kannst es nicht von ihnen verlangen. Ich glaube nicht, daß F'lar Zeitsprünge macht. Lessa ist die einzige, von der ich es mit Sicherheit weiß.«

»Und Ihr Ruth. Außerdem sind Sie doch so stolz darauf, daß der weiße Drache immer genau weiß, wohin und in welche Zeit er sich begibt.«

»Richtig, aber ...«

»Wenn Ruth weiß, wohin und in welche Zeit er springt – die genauen Angaben stehen zur Verfügung –, kann er die erforderlichen visuellen Koordinaten liefern.«

»Aber ich weiß, daß die anderen Reiter nicht mitmachen werden ...«

»Sie werden gar nichts davon wissen!«

Wieder starrte Jaxom den Monitor fassungslos an.

»Wie«, fragte er schließlich sehr geduldig und in zuckersüßem Ton. »Wie können sie es denn *nicht* wissen?«

»Sie werden es ihnen nicht sagen. Und da Sie den Roten Stern bereits mehrmals angeflogen haben und die Zeit im *Dazwischen* nicht deutlich länger sein wird, als sie es ohnehin erwarten, werden sie nicht merken, daß man sie in die Vergangenheit geschickt hat und daß der Rote Stern sich in der Position befindet, die den Berechnungen für die beiden Explosionen entspricht.«

Jaxom überlegte. Plötzlich merkte er, daß er vor Schreck den Atem angehalten hatte, und holte tief Luft.

Ich glaube, wir können es schaffen. Ruth verbreitete mehr Zuversicht, als Jaxom im Moment aufzubringen vermochte.

Jaxom wandte sich seinem besten Freund zu. »Du glaubst vielleicht, daß wir es schaffen können, aber ich will es schon verdammt genau wissen. Akki, laß uns das Ganze noch einmal durchgehen ... Die anderen Reiter sollen nicht wissen, in welcher Zeit unser Ziel liegt. Aber wir brauchen drei Gruppen, um die drei Triebwerke ...«

»Hamian wird nicht genügend Raumanzüge haben für die erforderlichen dreihundert Reiter. Folglich können nicht alle Triebwerke gleichzeitig befördert werden. Sie werden zwei Gruppen führen. F'lar übernimmt wie geplant die dritte. Er wird als einziger ein Triebwerk in der Jetztzeit deponieren. Wie Sie wissen«, fuhr Akki fort, ehe Jaxom protestieren konnte, »befinden sich die Punkte, die man ausgewählt hat, nicht in Sichtweite voneinander. F'lar wird annehmen, daß Sie am einen Ende der Spalte operieren und N'ton am anderen, und deshalb wird er keinen Verdacht schöpfen.«

»Das geht schon rein zeitlich nicht, Akki. Ich kann nicht an zwei Stellen zugleich sein. Und zwischen zwei Zeitsprüngen über solche Distanzen brauche ich eine Pause. Ruth hat nämlich keine Sauerstoffreserven.«

»Sie haben vergessen, daß nicht genügend Raumanzüge zur Verfügung stehen werden. Ihr Team wird die Anzüge ablegen und sie der zweiten Gruppe übergeben müssen. Auf diese Weise sollte Ruth genügend Zeit gewinnen, um wieder zu Kräften zu kommen. Natürlich werden Sie dafür sorgen, daß er sich vorher gut satt ißt und unmittelbar danach ebenfalls fressen kann, um sich zu regenerieren.«

So wie Akki es vorschlägt, könnte man es machen. Ruth war voller Entgegenkommen.

»Ich habe nicht gesagt, daß ich unser Leben aufs Spiel setze!« Jaxom ließ beide Fäuste mit aller Kraft auf die Konsole niedersausen. Dann rieb er sich brummend die schmerzenden Hände.

»Sie haben es bereits getan, sonst wären in der Spalte nicht zwei Krater und in den Aufzeichnungen hätte nichts von hellen Blitzen gestanden.«

»Du willst mir die Sache nur schmackhaft machen, Akki, aber darauf falle ich nicht herein.«

»Es ist bereits geschehen, Baron Jaxom. Sie sind der einzige, der es tun kann, tun könnte, tun würde, getan hat. Überdenken Sie den Vorschlag in aller Ruhe, und Sie werden sehen, daß das Projekt nicht nur im Bereich Ihrer und Ruths Fähigkeiten liegt, sondern auch tatsächlich realisierbar ist. Und es ist wichtig! Drei Explosionen im Jetzt können den Roten Stern nicht so weit ablenken, wie es wünschenswert wäre.«

Jaxom seufzte so tief, als wolle er seine Lungen bereits für einen Zeitsprung über achtzehnhundert Planetenumläufe füllen. Sein Verstand weigerte sich, den Plan nüchtern zu betrachten.

»Wenn wir schon dabei sind, reinen Tisch zu machen, kannst du mir ja auch gleich sagen, warum du so besessen bist von dem Projekt, an dem Sharra arbeitet. Besonders«, lachte er ironisch, »da du ja angeblich schon weißt, daß ich erfolgreich war, obwohl ich noch gar nicht angefangen habe.«

»Sie hatten Erfolg, und das läßt sich ganz leicht nachweisen.« Akkis Tonfall war nicht direkt als einschmeichelnd zu bezeichnen, kam dem aber doch sehr nahe, dachte Jaxom.

»Nein, zuerst erklärst du mir, was es mit diesen Zebedäus-Dingern auf sich hat.«

»Wenn man die Ergebnisse der genauen Untersuchung der Fädenovoide extrapoliert, so stellt sich heraus, daß es in der ganzen Oort'schen Wolke Leben gibt, nicht wie Sie es kennen und nicht einmal, wie wir es erleben, wenn der Rote Stern es zu uns bringt, sondern ein ganzes Ökosystem. Manche dieser Lebensformen sind, der Komplexität ihres Nervensystems nach zu urteilen, wahrscheinlich recht intelligent; aber auf dem Weg hierher verlieren sie den größten Teil ihres flüssigen Heliums und funktionieren deshalb nur noch wie ›primitive Automaten‹. Lediglich in dieser degenerierten, hitzebeständigen Form gelangen sie auf die Oberfläche von Pern, und sie überleben natürlich nicht lange genug, um sich hier oder auf dem Roten Stern zu vermehren. Dabei sind nur diese ›Automaten‹ imstande, sich im Orbit von Pern ohne Helium fortzupflanzen. Doch wenn man sie verseuchen, sie mit unserem modifizierten

Parasiten infizieren könnte, würden sie ihn mit in die Oort'sche Wolke nehmen und dort alle ähnlich strukturierten und wahrscheinlich auch die intelligenteren Lebensformen vernichten. Damit wäre Pern, was auch geschieht, für immer von dieser Gefahr befreit. Deshalb gab es die Langen Intervalle: Die modifizierten Zebedäen, die Sie auf der Oberfläche des Roten Planeten aussetzen werden –, beziehungsweise vor langer Zeit ausgesetzt haben – werden zweimal in der Vergangenheit und einmal in der Zukunft die Wolke infizieren, wenn der Rote Stern sie bei jedem Umlauf zweimal durchquert.«

»Ich soll also auch noch den Seuchenüberträger spielen?« Akkis Plan war von einer solchen Kühnheit, daß Jaxom nicht sagen konnte, was er stärker empfand: Empörung, Wut oder Ungläubigkeit.

»Sie werden auf dem Roten Stern drei Saaten ausbringen. Deshalb ist es so wichtig, daß wir die modifizierten Zebedäen züchten. Damit führen wir einen Dreifachangriff von zwei verschiedenen Seiten.«

»Aber wenn ich den Planet aus seiner Bahn sprengen soll ...«

»Die Erschütterung wird nur gering sein, und Sie können die Zebedäen so weit von der Spalte entfernt ausstreuen, daß ihnen nichts geschieht. Sowohl auf der Planetenoberfläche wie im Orbit werden sich reichlich Wirtsovoide finden.«

»Auf der Oberfläche haben wir sie gesehen, nicht aber im Orbit.«

»Haben Sie danach gesucht?«

»Nicht im Weltraum. Aber jetzt möchte ich doch wissen, wie du mir beweisen willst, daß deine ganzen phantastischen Ideen erfolgreich sein werden – beziehungsweise erfolgreich waren!«

»Das ist ganz einfach. Rufen Sie aus der entsprechenden Datei eine graphische Darstellung vom gegenwärtigen Orbit des Roten Sterns ab.«

Das war nicht weiter schwer. Bald füllte das nur allzu vertraute Diagramm den Bildschirm.

»Frieren Sie das Bild ein«, verlangte Akki.

Jaxom gab den entsprechenden Befehl.

»Wenn Sie Ruth jetzt besteigen, können Sie fünfzig Jahre – Umläufe – in der Zeit nach vorne gehen. Ihr Bezugspunkt ist der Digitalzeitmesser.«

»Niemand springt in die Zukunft, das ist die gefährlichste ...«

»Nur dann, wenn sich Veränderungen ergeben haben«, unterbrach Akki. »Auf der Brücke der *Yokohama* wird alles gleich geblieben sein. Dafür werden Sie von heute an sorgen. Sie springen jetzt in die Zukunft, rufen den Orbit ab und drucken ihn aus. Mit diesem Beleg kehren Sie mit einem gewissen Sicherheitsabstand hierher zurück und vergleichen die beiden Graphen. Die Türen sind verschlossen. Es ist nicht damit zu rechnen, daß in diesem Moment oder im Augenblick Ihrer Rückkehr jemand auf die Brücke kommt.«

Alles in Jaxom begehrte auf gegen die Vorstellung eines Zeitsprungs in die Zukunft. Und doch ... er und nur er allein wäre zu einem solchen Kunststück fähig. Denn er hatte Ruth.

»Hast du gehört, was Akki sagte, Ruth?«

Ja. Unter diesen Voraussetzungen und da ich weiß, daß er dich nicht in Gefahr bringen würde, Jaxom ...

»Dich ebensowenig«, warf Jaxom ein.

Sähe ich gerne, wie Pern in der Zukunft ausschaut. Es wäre schön zu wissen, daß es eine gute Zukunft sein wird.

Ja, dachte Jaxom, das wäre schön.

Und ehe ihm allzuviel einfallen konnte, was gegen dieses wahnwitzige Unternehmen sprach, winkte er Ruth zu sich heran.

»Sie werden natürlich«, scherzte Akki, »in den nächsten fünfzig Umläufen peinlich darauf achten müssen, daß die Sauerstofftanks auf der Brücke stets gefüllt sind.«

Jaxom lächelte grimmig. »Ich werde kein Risiko eingehen, Akki. Ich ziehe meinen Raumanzug an.« Allmählich bekam er Übung darin, sich in die unbequeme Montur zu zwängen. Er bestieg Ruth und schnallte zur Sicherheit die Reitriemen an, für den Fall, daß sie im Nichts auftauchten. Wenigstens wußte er, daß Ruth von überall – und immer – ohne Mühe den Weg zurück nach Ruatha finden würde.

Er las das Datum auf der Digitaluhr und zählte fünfzig Jahre dazu: 2577. Diese Angabe prägte er sich fest ein, dann bat er Ruth, sich in diese Zeit zu begeben.

Ich weiß, wann, sagte Ruth fröhlich, und schon waren sie im *Dazwischen.*

Jaxom begann zu zählen und stellte zufrieden fest, daß sein Atem langsam und ruhig ging. Bei fünfzehn waren sie wieder auf der Brücke – nichts schien sich verändert zu haben.

Die Aussicht ist immer noch die gleiche, sagte Ruth enttäuscht.

»Ja, das stimmt.« Überrascht sah Jaxom das Diagramm auf dem Monitor. Die Digitaluhr dagegen zeigte unübersehbar volle fünfzig Umläufe mehr. Jaxom löste die Riemen, stieß sich von Ruths Rücken ab und schwebte auf den Monitor zu.

»Den Graphen könnte ich aufgerufen haben, weil ich wußte, daß ich herkommen würde«, überlegte er. »Ich werde es mir merken. Hoffentlich. Gibt es hier oben Luft, Ruth?«

Ja, aber sie ist nicht sehr frisch.

Jaxom streifte die Handschuhe ab und legte sie auf die Konsole. Den Anzug zog er nicht aus, er hatte nicht vor, länger zu bleiben als unbedingt nötig. Er tippte den entsprechenden Kode ein, worauf der Cursor eine zweite Linie zeichnete, die um mehrere Grad von der ersten abwich, auf dem Rückweg den Orbit des fünften Planeten schnitt und spiralförmig nach innen führte! Mit zitternden Fingern gab er den

Druckbefehl, und aus dem Schlitz schob sich folgsam ein Blatt – es fühlte sich ein klein wenig anders an als das Papier, an das er gewöhnt war. Viel weißer, weicher! Bendarek mußte die Qualität in den dazwischenliegenden Umläufen entscheidend verbessert haben. Dann verglich er das Diagramm mit dem auf dem Schirm.

»Scherben! Akki, die Bahn des Roten Sterns hat sich verschoben. Akki?« Jaxoms Magen verkrampfte sich zu einem Eisklumpen. »Akki?«

Wie soll er dich hören, wenn du fünfzig Umläufe in der Zukunft bist, Jaxom? fragte Ruth belustigt.

»Ja, sicher... du hast vermutlich recht. Aber er müßte doch wissen, wann wir hier...« Akkis Schweigen war Jaxom noch immer nicht geheuer. »Schätze, ich verlasse mich wirklich zu sehr auf ihn. Wie auch immer, er hatte recht, und deshalb werden wir wohl auch seine neueste Wahnsinnsidee ausführen müssen, was, Ruth?«

Ich halte es für keine Wahnsinnsidee, sicherstellen zu wollen, daß nie wieder Fäden fallen.

»Noch haben wir diese Phase nicht hinter uns, auch wenn es möglicherweise unsere letzte sein wird.« Jaxom stieß sich vom Deck ab, umfaßte Ruths Hals und schwang ein Bein über den Sattel. »Die alte Brücke hat sich nicht verändert... aber sie kommt mir entsetzlich still und unbewohnt vor!«

Ich dachte, die Aussicht habe sich verändert. Ruth war tief enttäuscht.

Jaxom beschwor in seinem Bewußtsein das Bild der Digitaluhr mit der richtigen Zeit herauf, gab dreißig Sekunden zu, um eine Überschneidung zu vermeiden, und Ruth ging ins *Dazwischen*. Genau fünfzehn Atemzüge später sah er die Digitalanzeige in Wirklichkeit vor sich, seit seinem Abflug waren nur dreißig Sekunden vergangen. Er war jedoch todmüde, und als er an Ruths Hals hinabschaute, zeigte die sonst so strahlend weiße Haut ganz deutlich das Grau der Erschöpfung.

»Und?« erkundigte sich Akki.

»Ich muß irgendwann den Graphen aufgerufen haben, denn er war da, als ich kam.«

»Und?«

Jaxom nahm den Helm ab, er war entschlossen, die Szene bis zum letzten auszukosten. »Nun, ich muß wohl auch daran gedacht haben, die Sauerstofftanks immer wieder nachzufüllen, denn Luft war vorhanden, wenn auch nicht frisch, wie Ruth sagte – Scherben!« Er sah auf seine bloßen Hände nieder. »Ich habe meine Handschuhe dort vergessen.«

»*Dann*. Sie haben Ihre Handschuhe *dann* vergessen.« Was Jaxom konnte, konnte Akki schon lange.

Jaxom grinste. »Ich glaube, ich warte erst einmal ab und hole sie mir ... später. Hier ist das Diagramm aus der Zukunft. Ist die Abweichung groß genug für dich, mein Herr und Meister?« Er legte den Graphen aus der fünfzig Jahre späteren Zeit vor den Sensor, so daß Akki ihn sehen und Vergleiche anstellen konnte.

»Ja«, erklärte Akki ungerührt, »das wird genügen. Durch die Explosionen wurde genau die erwünschte Dislokation bewirkt. Jaxom, Ihre Lebensfunktionen verraten Erschöpfung. Sie brauchen Kohlehydrate.«

»Ruth ist auch ein wenig grau. Er braucht dringender eine Mahlzeit als ich.«

Du hättest mir sagen sollen, was wir heute vorhaben, Jaxom. Wir hatten schließlich vorher einen Kampfeinsatz, und ich habe seit den Wherries letzte Woche nichts mehr gefressen.

»Sobald du dich etwas erholt hast, mein Herz, sollst du so viele fette Böcke und Wherries haben, wie du nur verschlingen kannst.«

Dann laß uns zurückkehren. Ich bin jetzt wirklich sehr hungrig.

»Jaxom?« sagte Akki, als der weiße Reiter sich anschickte, sich aus seinem Raumanzug zu schälen.

»Ja?«

»Werden Sie mitmachen?«

»Bei deinem Wahnsinnsplan? Scheint so, als müßte ich, weil ich bereits mitgemacht habe. Oder?«

Auf Ruatha flatterten bunte Fahnen in der klaren Herbstluft, und auf allen Straßen strömten die Menschen in Scharen dem riesigen Zeltplatz in der Nähe der Rennbahn zu. Eines der ersten Projekte, das Jaxom nach seiner Ernennung zum Baron in Angriff genommen hatte, war die Wiederbelebung der Ruatha'schen Rennerzucht. Seither hatte Ruatha Tiere hervorgebracht, die auf anderen Festen immer wieder größere Rennen gewonnen hatten, und nun hoffte er, daß sie heute auf heimischem Boden noch bessere Leistungen zeigen würden.

Er war mit Ruth von der *Yokohama* direkt auf eine Hochlandwiese gesprungen, wo der weiße Drache sich mit drei Böcken und zwei Kühen gestärkt hatte. Dann war er unter zufriedenem Rülpsen heimwärts geschwebt, wo auch Jaxom endlich etwas Herzhafteres in den Magen bekommen sollte als die Handvoll Beeren, die er sich am Rand der Wiese von den Sträuchern gelesen hatte. Jaxom hatte noch abgewartet, bis sein Drache sich bequem auf dem Weyrsims zusammenrollte, und dann dem ersten Verwalter, den er zu Gesicht bekam, Anweisung gegeben, ihn auf keinen Fall zu stören, nicht einmal bei einem unvorhergesehenen Sporenregen. Erst danach hatte er sich aus der Küche Brot und Käse geholt und auf dem Weg zu seinen Gemächern verzehrt. Dort zog er, einigermaßen gesättigt, seine Stiefel aus, nahm den Reitgurt ab und kroch unter die Schlafpelze.

Irgendwann während seines tiefen Schlummers mußte Sharra sich zu ihm gelegt haben, denn als er erwachte – der Himmel wurde eben hell –, kuschelte sie sich an ihn. Geweckt hatten ihn die unverwechselbaren Begrüßungsrufe von Festgästen, die die ganze Nacht unterwegs gewesen waren. Seine Nase verriet ihm, daß sich über den Feuergruben bereits die Spieße drehten, und sein Magen knurrte unmißverständlich. Er mußte rund um die Uhr geschlafen haben.

»Mmmm, Jax?« Sharra tastete schlaftrunken nach ihm.

»Ja, mein Liebes, wen hattest du denn erwartet?« Er beugte sich über sie und küßte sie. »Warum hast du mich nicht geweckt?«

»Hmmm. Ruth sagte, du seist sehr müde. Meer wollte niemanden außer mir ins Zimmer lassen.«

Er setzte sich auf, strich sich das zerzauste Haar aus dem Gesicht, fuhr sich mit der Zunge über die Zähne und hoffte, daß sein Atem nicht allzu übel roch. Meer erschien, dicht gefolgt von Talla, und zirpte ihn fragend an.

»Wir sind wach, wir sind schon wach!« versicherte ihnen Jaxom, obwohl sich Sharra das Kissen fester unter den Kopf zog und entschlossen die Augen zukniff.

Die beiden Feuerechsen verschwanden, und gleich darauf kratzte es schüchtern an der Schlafzimmertür.

»Herein!« Er roch den Klah, sobald sich die Tür öffnete. Eine frisch gewaschene und sauber gekleidete Magd mit einem wohlgefüllten Tablett in den Händen trat ein.

Nachdem er ein paar Schluck Klah getrunken und Sharra so lange wachgeschmeichelt hatte, bis sie ihm Gesellschaft leistete, waren seine Lebensgeister so weit geweckt, daß er sich imstande fühlte, ein Bad zu nehmen und sich in seinen neuen Feststaat zu werfen.

»Was in aller Welt habt ihr beiden nur angestellt, ihr wart ja völlig erschöpft?« fragte Sharra, während er ihr das neue Kleid zuknöpfte, eine Prachtrobe in den Gold- und Brauntönen, die ihr so gut standen.

»Nun, zuerst hatten wir einen Kampfeinsatz, dann mußten Ruth und ich Hamians neue Fußhüllen ausprobieren, und...« Er winkte lässig ab. »Wahrscheinlich ist einfach zuviel zusammengekommen. Hast du ausgeschlafen?« fragte er fürsorglich und drückte ihr einen Kuß in den Nacken, ehe er ihr die Topaskette umlegte, die er ihr zum Tag ihrer Namensgebung geschenkt hatte.

»Nun...« Er kannte den Tonfall, damit wollte sie ihm immer ein schlechtes Gewissen einreden, doch dann drehte sie sich in seinen Armen um und lächelte ihn liebevoll, aber auch ein wenig verschmitzt an. »Ich habe die Burg bei unseren Gästen vom Landsitz an der Meeresbucht und bei Baron Groghe und den Leuten von Fort würdig vertreten, und« – sie sah grinsend zu ihm auf – »*sie* haben mir empfohlen, früh zu Bett zu gehen, sie kämen schon allein zurecht. Meister Robinton hatte bereits den größten Teil des ersten Weinschlauchs intus, aber er hat sich sehr gefreut, daß du ihm etwas von dem Sechzehner aufgehoben hattest.«

Draußen auf der morgenhellen Straße gab es ein lautes Hallo, das sie ans Fenster lockte. Ein großer Trupp Reiter mit den Fahnen von Tillek war eingetroffen.

»Komm, wir müssen Ranrel begrüßen.« Sharra nahm ihn bei der Hand. »Außerdem ist es höchste Zeit, daß sich der Burgherr von Ruatha seinen pflichtbewußten Verwaltern und Bediensteten zeigt.«

Das Fest zog Scharen von Menschen aus allen Burgen, Gildehallen und Weyrn an. Es fand an einem der wenigen Tage statt, an denen nirgendwo Sporen niedergingen, und es wäre eines der letzten großen Feste im Norden, ehe das Winterwetter die Straßen unpassierbar machte. Jaxom und Sharra gingen mit Jarrol und Shawan, der sich inzwischen zu einem strammen, kleinen Burschen gemausert hatte, die lange Reihe von Ständen ab, bis Shawan nicht mehr laufen wollte und Jarrol zur Stärkung unbedingt eine der ersten, frisch aus dem Ofen kommenden Beerenpasteten brauchte. Der Tag war von einer quicklebendigen Fröhlichkeit durchdrungen, die alle ansteckte und auch in den bunten, neuen Kleidern und der guten Laune ihren Ausdruck fand. Harfner schlenderten spielend und singend auf und ab; Kinder waren in kleinen Grüppchen mit ihren Lieblingsspielen beschäftigt; auch die Erwachsenen standen beisammen oder saßen an Tischen um den riesigen Tanzplatz herum, wo die Brauer und die Weinverkäufer gute Geschäfte machten.

Jaxom und Sharra hatten alle Burgherren, Weyrführer und Handwerksmeister, die Ruatha an diesem Tag die Ehre gaben, zum Mittagsmahl in die Burg geladen. Robinton, Menolly und Sebell gaben die neuesten Balladen und Lieder zum besten, begleitet von einem vollbesetzten Orchester unter Leitung von Meister Domick. Man nahm sich Zeit, und Jaxom genoß das Mahl, obwohl ihm nicht entgangen war, daß die Barone Sigomal, Begamon und Corman durch Abwesenheit glänzten – was ihm den Entführungsplan wieder ins Gedächtnis rief.

Die Rennen waren ein voller Erfolg, einer der ruathanischen Sprinter trug seinen ersten Sieg davon, und die anderen erreichten bei fast jedem der acht Starts eine Plazierung. Unter den zum Verkauf stehenden Tieren fanden Jaxom und Sharra einen gut ausgebildeten, kleinen Renner für Jarrol. In ihrem eigenen Stall hatten sie nämlich kein Tier, das für einen Reitanfänger geeignet gewesen wäre. Als nächstes mußten bei der Gerberhalle Sattel und Zaumzeug in Auftrag gegeben werden. Zwischendurch mischten sich die beiden unter die Gäste und unterhielten sich mit allen Kleinpächtern, die Ruatha unterstellt waren.

Am Nachmittag machte der junge Pell seinen Burgherrn mit seiner Zukünftigen bekannt, und Sharra begrüßte das hübsche, dunkelhaarige Mädchen, die Tochter eines Bergbauern von Fort, mit großer Herzlichkeit. Nichts an Pells Verhalten gab Anlaß zu der Vermutung, sein Beruf als Tischler fülle ihn vielleicht nicht so recht aus, schon gar nicht als Jaxom und Sharra die hübsche, kleine Schatulle sahen, die er für seine Verlobte gemacht hatte.

Irgendwann am Vormittag hatte Ruth, erquickt vom langen Schlaf und mit strahlendweißer Haut, seinen Weyr verlassen und sich auf die Feuerhöhen begeben, um sich mit den anderen Drachen zu sonnen. Hunderte von Feuerechsen umschwärmten die Burg und sangen zu jedem Lied, das die Harfner gerade zum besten gaben, vergnügt die Gegenstimme.

Ob es nun der lange Schlaf war oder ganz allgemein die anregende Stimmung, Jaxom fühlte sich jedenfalls den körperlichen Anforderungen des Festes vollauf gewachsen. Er und Sharra führten mehrere flotte Tänze an, dann wirbelte Sharra zuerst mit N'ton und dann mit F'lar davon, während Jaxom sich mit Lessa austobte. In einer der Pausen setzte er sich zu Robinton, D'ram und Lytol an den Harfnertisch, um sich zu vergewissern, daß der Meisterharfner auch genügend Wein hatte. Eine dunkelhaarige, junge Magd, die Jaxom nicht kannte – viele Mädchen wurden nur für die Dauer eines Festes angestellt – versorgte Robinton mit Essen und brachte auch Zair ein paar Leckerbissen.

Unter diesen Umständen war es nicht weiter verwunderlich, daß Robinton einnickte, und da Jaxom mit den verschiedenen Burgherrinnen eine Pflichtrunde nach der anderen zu absolvieren hatte, bemerkte er nur im Vorübertanzen, daß der Harfner allein an seinem Tisch saß und schlief. Zair hatte sich neben ihm zusammengerollt.

Erst Piemur entdeckte, daß der Schläfer am Tisch nicht Robinton war, sondern ein Mann, der ganz genauso gekleidet war wie dieser – ein toter Mann. Und Piemur war es auch, der registrierte, daß Zair kaum noch atmete, daß seine Haut gefährlich stumpf war und daß ein widerlich süßer Geruch von ihm ausging. Piemur behielt die Nerven, er vermied jedes Aufsehen und schickte nur Farli los, um zuerst Jaxom und Sharra und dann D'ram, Lytol und die Weyrführer von Benden an den Ort des Geschehens rufen zu lassen.

»Der Mann ist schon lange tot.« Sharra hatte die Hand auf die kalte Wange gelegt, um die Muskelstarre zu prüfen. Nun überlief sie ein Schauder. »Das ist einfach makaber!«

»Ist Robinton krank?« flüsterte Lessa, die gleich darauf mit F'lar eintraf. »Das ist nicht Robinton!« rief sie erleichtert, doch dann verzerrte sich ihr Gesicht. »Nun haben sie ihn doch tatsächlich entführt! Mitten auf einem Fest!«

Sie, Jaxom, F'lar und D'ram riefen ihre Drachen.

»Sie sollten nicht einfach in blinder Panik durch die Gegend rasen«, mahnte Lytol, als die großen Drachen lautlos in den Schatten hinter dem Tanzplatz landeten. »Lassen Sie uns erst beraten, was zu tun ist und wer am besten wo sucht. Wir haben ausreichend Drachen, um alle Möglichkeiten abzudecken. Warum mußte es ausgerechnet *hier* passieren, wo man mit Akkis Apparat Landing nicht erreichen kann?«

Sharra beugte sich über Zairs schlaffen Körper. »Er würde Robinton finden, ganz gleich, wo er ist. Nun komm schon zu dir, Zair.«

»Brauchst du deinen Arzneikoffer?« fragte Jaxom.

»Er ist schon unterwegs.« Sie sah zu Jaxom auf, ihr Gesicht war besorgt. »Lessa, ist Ihre Heilerin mitgekommen? Sie kennt sich mit Drachen und Feuerechsen besser aus als ich. Zair ist vergiftet worden, aber ich weiß nicht, womit.«

Jaxom hob ein angebissenes Stück Fleisch auf, das auf dem Tisch lag, roch vorsichtig daran und mußte prompt heftig niesen. Sharra nahm es ihm ab und schnupperte noch behutsamer.

»Fellis, soviel ist klar«, verkündete sie, »aber vermischt mit irgend etwas, das Geschmack und Geruch überdecken sollte. Armer Zair. Er sieht nicht gut aus. Wie gemein!«

F'lar nahm den Becher, aus dem Robinton getrunken hatte, nippte daran und spuckte sofort alles wieder aus. »Auch in den Wein hat jemand Fellis getan. Ich hätte wissen müssen, daß Robinton niemals vom Wein allein umkippen würde.« Der Weyrführer hätte sich ohrfeigen können.

Jaxom stöhnte. »Ich hatte noch gesehen, daß er schlief, dabei sollte ich eigentlich wissen, daß er auf einem Fest niemals schläft …«

»Er hat auf Festen so manche Nacht durchgemacht und alle anderen ausgesessen«, stimmte Lessa zu. »Um wieviel sind uns diese elenden Schurken voraus? Und welche Richtung könnten sie wohl eingeschlagen haben?«

Jaxom schnippte mit den Fingern. »Auf jeder Straße steht ein Festwart. Diese Leute haben sicher gesehen, wer das Fest verlassen hat und in welcher Richtung.«

»Jeder nimmt sich eine andere Straße vor.« F'lar winkte allen Reitern, ihre Tiere zu besteigen und sich bei den Festwarten zu erkundigen. »Sie bleiben hier und tun so, als wäre nichts geschehen«, befahl er Lytol, Piemur und Sharra.

Doch alle Drachenreiter kehrten rasch zurück. Niemand, so hatten die Ordner ihnen versichert, habe das Fest verlassen, weder Reiter noch Wagen, auf keiner Straße.

Bitte die Feuerechsen, nach ihm zu suchen, empfahl Ruth seinem Reiter.

»Ruth meint, wir sollen alle Feuerechsen nach Robinton fahnden lassen«, sagte Jaxom laut.

»Genau das hat mir Ramoth eben auch geraten.« Ein mächtiges Flügelrauschen erhob sich und übertönte sogar die ausgelassene Musik, die den Tänzern so richtig in die Beine fuhr.

»Wenn wir die Nachricht auf dem Fest verkünden würden«, schlug Lytol vor, »hätten wir genügend Leute, um das gesamte Burggebiet von einem Ende zum anderen abzusuchen.«

»Nein«, lehnte Jaxom ab. »Wir würden nur eine Panik auslösen! Du weißt doch, wie beliebt Robinton ist. Es kann höchstens eine Stunde vergangen sein, nicht mehr. In dieser Zeit kommt man nicht bis an die Küste ...«

»Aber vielleicht in die Berge?« überlegte Lytol. »Da oben gibt es so viele Höhlen, daß wir sie niemals alle durchsuchen könnten.«

»Die Feuerechsen können – und werden es tun«, versprach Piemur.

»Es gibt gar nicht so viele Wege, die in die Berge führen«, sagte Jaxom. »Ruth und ich machen uns sofort auf die Suche. Lytol ...« Jaxom zögerte.

Lytol packte ihn fest am Arm. »Ich fliege mit D'ram auf Tiroth mit. Ich kenne auf Ruatha jeden Winkel, genau wie du, mein Junge.«

»Und wie ich«, sagte Lessa heiser.

»Ich fliege nach Nordosten zum Nabol-Paß« erklärte F'lar.

»Wir werden noch ein paar Reiter von Fort brauchen«, meinte Lessa.

»Jemand muß auch dem Fluß bis zum Meer folgen«, fügte Lytol hinzu.

»Wir bleiben hier und warten auf die Feuerechsen.« Piemur nickte Sharra zu. Die Tränen liefen ihm über die Wangen. »Hauptsache, ihr *findet* ihn!« Er ließ sich unvermittelt auf die Bank fallen, und sein Schatten legte sich über den in Harfnerblau gekleideten Toten.

Es tagte bereits, als die Drachenreiter und die Reiter des Fort-Weyrs, die sich ihnen angeschlossen hatten, die Suche aufgaben und nach Ruatha zurückkehrten. Ein paar von den Besuchern waren bereits wach und bereiteten sich auf die Heimreise vor, doch der Festplatz war noch übersät mit Betrunkenen, die den Rausch der letzten Nacht ausschliefen.

»Kein einziger Wagen fährt ab, ohne durchsucht worden zu sein«, erklärte Sharra, als Jaxom zurückkam. »Das war Piemurs Idee.«

»Und sie ist gut.« Dankbar nahm Jaxom den Becher Klah, den sie ihm reichte. »Auf den Bergpfaden war nämlich weit und breit keine Menschenseele zu sehen, dabei bin ich bis zum Eissee geflogen, und Ruth hat über den Waldgebieten besonders gut achtgegeben.«

Nun sah er, daß jemand dem Toten eine Decke über die Schultern geworfen hatte. Piemur und Jancis saßen daneben, als wollten sie den Schlaf ihres Meisters bewachen.

»Wir hielten es für klüger, ihn weiterhin für Meister Robinton auszugeben«, murmelte Sharra. »Sebell und Menolly wissen natürlich Bescheid, und Menollys zehn Feuerechsen suchen schon die ganze Nacht nach ihm. Sebell ist in die Harfnerhalle zurückgekehrt, um dort alles in Alarmbereitschaft zu versetzen. Hast du die Trommeln gehört?«

»Sie waren nicht zu überhören.«

Sie verzog das Gesicht. »Asgenar und Larad kennen die Harfnerkodes, und sie haben überlegt, ob man nicht einen Angriff gegen Bitra in Erwägung ziehen sollte.«

»Niemand wäre so töricht, den Harfner dort gefangenzuhalten. Sigomal ist doch kein Narr. Er weiß genau, daß wir bei ihm zuallererst nachsehen würden.«

»Genau das hat Lytol auch gesagt, aber sie haben ein schlechtes Gewissen, weil sie als erste von der Entführung erfahren hatten. Larad meint, er hätte Sigomal sofort darauf ansprechen und verlangen müssen, daß er sich ein derart niederträchtiges Vorhaben aus dem Kopf schlägt.«

»Das hätte auch nichts genützt«, sagte Jaxom müde.

»Und dabei war es so ein gelungenes Fest…« Sharra lehnte sich an seine Schulter und begann leise zu weinen.

Jaxom nahm sie in die Arme und strich ihr das wirre Haar aus der Stirn. Auch ihm brannten die Tränen in den Augen, und er hätte ihnen nur zu gerne freien Lauf gelassen.

»Zair?« fragte er, als ihm der kleine Kerl plötzlich wieder einfiel.

»Ach ja!« Sharra löste sich aus seinen Armen, wischte sich über die Augen und schniefte. »Er wird es überstehen, sagte Campila. Sie hat ihn purgiert, und« – sie rang sich ein mattes Lächeln ab – »das schien ihm richtig peinlich zu sein. Ich habe die Augen einer Feuerechse noch nie in dieser Farbe schillern sehen.«

»Wann wird er uns bei der Suche nach Meister Robinton helfen können?«

Sharra biß sich auf die Unterlippe. »Er ist entsetzlich geschwächt und vollkommen durcheinander. Ich habe Campila nicht danach gefragt, denn wenn man Meister Robinton mit Fellis betäubt hat und er im Koma liegt, kann ihn auch Zair nicht finden.«

Plötzlich war der Himmel voll mit erregt kreischenden und trompetenden Feuerechsen.

Sie haben ihn gefunden! Ruth landete mit drei mächtigen Sätzen neben Jaxom.

Jaxom saß bereits rittlings auf dem weißen Drachen, ehe er überhaupt wußte, was er wollte, und Ruth stieß sich so ruckartig ab, daß sein Reiter fast den Halt verloren hätte. Auch die anderen Drachen zögerten nicht. Wie ein aus vielen Körpern bestehender Pfeil – so dicht nebeneinander, daß sie kaum die Schwingen bewegen konnten – schossen die Feuerechsen nach Südosten und wiesen ihnen den Weg.

Hast du verstanden, wer es war oder wohin wir fliegen? fragte Jaxom.

Es ist nicht weit, und sie übermitteln das Bild eines Wagens. Die Radspuren sind deutlich zu erkennen.

Und dann sah auch Jaxom die Rillen, die sich über die Landspitze mit den frischgepflügten Äckern zogen. Die Entführer waren so raffiniert gewesen, querfeldein zu fahren, anstatt die Straßen zu benützen, und es mußte ein ziemlich kleiner Karren sein, sonst wäre er nicht über die verschlammten Böden und das steinige Gelände dahinter gekommen. Die Drachen waren kaum in der Luft, als sie auch schon den ersten gestrauchelten Renner sahen, der alle viere von sich streckte und keuchend nach Atem rang. Seine Hufe waren dick mit Stoff umwickelt, um den Hufschlag zu dämpfen. Zehn Minuten weiter lag das nächste Tier erschöpft auf dem Boden und tat seine letzten Atemzüge. Die mit blutigen Striemen übersäten Flanken verrieten, wie erbarmungslos man es angetrieben hatte.

Ruth, sag den anderen, die Entführer wollen wahrscheinlich zum Meer. Ein paar Reiter sollen voranfliegen.

Sie sind schon unterwegs, antwortete Ruth, und Jaxom sah, wie sich allenthalben Lücken auftaten, weil die Drachen ins *Dazwischen* gingen.

Mit Drachenschwingen konnten auch die leichtfüßigsten Renner nicht mithalten, selbst bei einem Vorsprung von sechs Stunden nicht, und endlich sah Jaxom den Karren über den letzten Abhang auf das

Meer und das kleine Schiff zuholpern, das dort auf die heimliche Fracht wartete. Das Schiff war von Drachen umringt, und von oben konnte Jaxom beobachten, wie Männer sich kopfüber ins Wasser stürzten und vergeblich versuchten, der Gefangennahme zu entgehen.

Dann stießen Ruth und die Benden-Truppe hinab und versperrten dem Karren den Weg.

Anfangs versuchten die drei Männer – zwei hockten auf dem Kutschbock und einer lag im Karren auf einer dicken Matratze und stellte sich krank –, die Unwissenden zu spielen.

Die Feuerechsen interessierten sich jedoch viel mehr für die ungewöhnlich tiefliegende Ladefläche, die sie, abwechselnd ermunternd gurrend und mit triumphierendem Kreischen, unablässig überflogen. Der ›Kranke‹ wurde ohne viel Federlesens aus dem Karren geworfen, die Matratze beiseite geschoben und die Bretter des doppelten Bodens herausgezogen. Der Meisterharfner lag darunter, aschgrau im Gesicht, um Jahre gealtert.

Man hob ihn vorsichtig heraus, legte die Matratze wieder zurück und bettete ihn darauf.

»Vielleicht braucht er nur frische Luft«, sagte F'lar. »Wenn er die ganze Zeit in diesem Loch gelegen hat und wie ein Paket herumgeschüttelt wurde …«

Mit finsterem Blick musterte er die drei Männer, die sich im harten Griff der erbosten Reiter wanden. Die Feuerechsen schwebten mit gezückten Klauen und Schnäbeln über ihnen und taten so, als würden sie sich jeden Moment auf sie stürzen.

»Wir brauchen Sharra«, flehte Lessa, an Jaxom gewandt. »Es sei denn, Oldive wäre noch auf dem Fest …«

Jaxom schwang sich auf Ruths Rücken.

»Gib acht, daß du dir auf dem Rückweg nicht selbst begegnest, Jaxom!« rief Lessa schrill.

Die Warnung war berechtigt, das sah Jaxom bei aller Ungeduld ein; dennoch kehrte er so schnell mit Sharra und ihrem Arzneikoffer zurück wie nur irgend möglich.

»Ich fürchte, sie haben ihm zuviel gegeben«, sagte sie, noch bleicher im Gesicht als der Harfner. »Wir müssen ihn nach Ruatha bringen, nur dort kann ich ihn richtig behandeln.«

Man reichte Jaxom, der immer noch auf Ruths Rücken saß, die kraftlose Gestalt hinauf. Sharra sollte hinter ihm aufsitzen und den Harfner festhalten. Als sie in Ruatha eintrafen, wartete N'ton bereits mit Oldive im Hof. Demnach mußte auch der Weyrführer von Fort einen Zeitsprung riskiert haben, dachte Jaxom.

»Festhalten, Sharra«, sagte er. »Ruth bringt uns direkt in unser Zimmer.«

»Paßt er denn…« Sharra brach ab, denn schon tauchten sie in dem großen Wohnraum wieder auf. Ruth klappte rasch seine Schwingen ein und kauerte sich zusammen, so daß er nur ein paar Möbelstücke umwarf.

Bis N'ton und Oldive kamen, hatten Jaxom und Sharra den Harfner bereits in ihr eigenes Bett gelegt und ihm die Kleider ausgezogen. Sharra hielt ihm den Kopf, und Meister Oldive goß ihm rasch den Inhalt eines Fläschchens in den Mund. Dann sah er Robinton in die Augen und horchte sein Herz ab.

»Wir müssen zusehen, daß wir ihn warm bekommen«, sagte der Meisterheiler, aber Sharra war schon dabei, den schlaffen Körper in Schlafpelze zu wickeln. »Er hat einen bösen Schock erlitten. Wer hat ihm das angetan?«

»Wer dahintersteckt, müssen wir erst herausfinden. Die Entführer hatten schon fast den Strand erreicht«, berichtete Jaxom. »Dort wartete ein Schiff, um ihn wer weiß wohin zu bringen.«

»Auch das werden wir feststellen«, gelobte N'ton mit heiserer Stimme. »Meister Robinton wird doch am Leben bleiben, Oldive?«

»Er muß!« sagte Sharra leidenschaftlich und kniete neben dem Bett nieder. »Er muß einfach!«

18

Zum Glück für die Verschwörer erholte sich Meister Robinton von der Überdosis Fellis und behielt von der wilden Fahrt über Stock und Stein nur ein paar blaue Flecken zurück. Solange es fraglich war, ob auch Zair genesen würde, war er unerbittlich in seinem Groll, dann jedoch konnte man ihn immer öfter murmeln hören, eigentlich sei ja kein bleibender Schaden entstanden.

»Es war doch nichts anderes als eine gewaltige Torheit«, begann er.

»Torheit!« riefen Lytol, D'ram, F'lar, Piemur, Menolly und Sebell empört wie aus einem Munde.

»Eine Ungeheuerlichkeit, daß sie überhaupt auf die Idee kamen, *Sie* zu entführen« – Lessa war so in Rage, daß Robinton die Kinnlade hinunterfiel und er die Augen weit aufriß –, »um *uns* zu zwingen, Akki zu zerstören... Verdammt, man hätte Sie und Zair um ein Haar *getötet*! Und da sprechen Sie von einer Torheit?«

»Ich habe einen ganz anderen Ausdruck dafür!« Groghes Gesicht war rot vor Zorn. »Und ich bin überzeugt, daß sich so gut wie alle Burgherren dieser Ansicht anschließen werden, wenn sie die Geständnisse hören. Norist hat mit seinem Protest nie hinter dem Berg gehalten, aber wie konnte ihn Sigomal nur aktiv unterstützen? Norist nennt Akki das Umgeheuer, aber wer sich ungeheuerlich benommen hat, das sind *er* und Sigomal! Schändliche Niedertracht!«

»Norist können wir getrost den Gildemeistern überlassen«, erklärte Sebell grimmig. Meister Oldive stimmte ihm voll und ganz zu.

Für den folgenden Abend rief man in aller Eile

sämtliche Burgherren und Gildemeister zu einem außerordentlichen Konklave zusammen. Die beiden Gruppen sollten sich gemeinsam die Vorwürfe gegen die Rechtsbrecher anhören, dann jedoch sollte jeder Stand getrennt beraten und urteilen, wie er es für richtig hielt..

»Solche Verfahren sind in der Geschichte von Pern eine Seltenheit«, dozierte Lytol, der sich bemüht hatte, in den inzwischen leserlich gemachten Aufzeichnungen der Burg Ruatha Präzedenzfälle zu finden.

»Sie waren auch nur selten erforderlich«, schnaubte Baron Groghe. »Im allgemeinen sorgen Burg, Gildehalle und Weyr allein für Disziplin, wobei kaum etwas nach außen dringt. Jedermann weiß, was von ihm erwartet wird, welche Rechte und Privilegien ihm zustehen und wozu er verpflichtet ist.«

»Es ist ein Jammer« – Robintons Stimme verriet, wie erschöpft er immer noch war –, »daß sie so unbelehrbar sind.«

»Zugleich aber keinerlei moralische Bedenken hatten, sich der Dinge zu bedienen, zu denen Akki uns verholfen hat«, ergänzte Lytol empört.

»Aber vielleicht läßt sich ihre Haltung doch irgendwo rechtfertigen«, fing Robinton wieder an.

»Mit dem Mann ist einfach nicht zu reden«, stöhnte Menolly erbittert. »Er muß immer noch sehr müde sein, sonst würde er keinen solchen Quatsch erzählen!« Damit gab sie den Besuchern einen Wink, sich zu verabschieden.

»Es ist kein Quatsch, Menolly«, widersprach Robinton gereizt und warf sich unruhig im Bett herum, das er auf Oldives Anweisung weiterhin hüten mußte. Zair hatte es sich zu seinen Füßen des Harfners bequem gemacht und sah eher wie eine Bronzeechse aus denn wie ein Brauner. Nun zirpte er protestierend. »Wir Harfner haben irgendwie versagt…«

»Von wegen versagt!« wütete Menolly. »Diese

schwachsinnigen Halunken hätten Sie… und Zair… fast umgebracht…« Robintons Blick verfinsterte sich. »Ha! Wenigstens an *ihm* hängen sie, auch wenn ihnen ihre eigene Haut schnurzpiepegal ist. Und jetzt alles raus hier! Robinton braucht Ruhe, wenn er bis zur Verhandlung wieder auf dem Damm sein soll.«

Es lag so viel knisternde Spannung in der Luft, daß kaum noch jemand an Abreise dachte, als die Drachenreiter mit Robinton und seinen Entführern zurückkehrten. Die Reiter hatten die neun Männer notgedrungen beschützen müssen, sonst wären sie von der aufgebrachten Menge in Stücke gerissen worden. Jaxom ließ sie einzeln in kleine, dunkle Räume im Burginnern sperren, jeder bekam nur Wasser und einen schwachen Leuchtkorb. Die junge Magd, die dem Harfner die mit Betäubungsmittel versetzten Speisen serviert hatte, wurde ausfindig gemacht und ebenfalls in Haft genommen, obwohl sie ganz offensichtlich kein Wunder an Intelligenz war.

Der Kapitän des Schiffes war, wie sich herausstellte, ein Sohn von Sigomal, was den Baron von Bitra doch sehr belastete. Wie N'ton bemerkte, wurden manche Leute erstaunlich gesprächig, wenn ein Drache sie mit der Pranke hochhob und eine Weile in der Luft baumeln ließ.

Als ein Drachengeschwader von Benden auf Burg Bitra erschien, bestritt Sigomal lautstark und empört jede Mitwirkung an einer so schändlichen Tat. Den Sohn, der soviel Schande über seinen Erzeuger und seine Burg gebracht habe, verleugnete er mit bitteren Worten.

F'lar gestand später, er sei nahe daran gewesen, dem Bitraner die Faust in die verlogene Visage zu schmettern – nur Mnementh habe den Mann gerettet. Der große Bronzedrache hatte sich vom Zorn seines Reiters so anstacheln lassen, daß ihm ein paar

Flämmchen aus dem Maul schossen, worauf Sigomal schlagartig verstummte.

G'narish vom Igen-Weyr und seine Bronzereiter nahmen Meister Norist, fünf seiner Meister und neun Gesellen in Gewahrsam. Sie alle waren an der Verschwörung beteiligt. Mittlerweile hatte man den für die Entführung verwendeten Karren und die geschundenen Renner nach Ruatha zurückgebracht. Zwei der Tiere würde man einschläfern müssen. Um das Maß vollzumachen, hatten die Schurken sie von einer ruathanischen Koppel gestohlen. Während der Stallmeister von Ruatha sich um die armen Kreaturen kümmerte, untersuchten der Holzmeister und Meister Fandarel das Fahrzeug, in dem man Robinton fortgebracht hatte. Auf der Fußstütze entdeckte Bendarek den Namen des Herstellers: Tosikin, ein Zimmermannsgeselle aus Bitra.

»Maßgefertigt«, murmelte Fandarel.

»Ganz ohne Frage«, bestätigte Bendarek. »Das beweist schon die Mulde in der Ladefläche, die man ausgepolstert und so lang gemacht hat, daß ein Mann von Meister Robintons Größe hineinpaßte. Und sehen Sie sich den verschließbaren Deckel an, die zusätzliche Federung, die Schwerlastachse und die großen, eigens versteiften Räder. Der Wagen sollte eine schnelle Fahrt über unebenes Gelände aushalten.« Stirnrunzelnd betrachtete Bendarek eine schlampige Gehrfuge und mehrere ungenügend versenkte Nägel. »Und zwar nur diese eine Fahrt. Dieses zusammengeschluderte Vehikel hätte der Mann besser nicht mit seinem Namen versehen.«

»Sollen wir ihn herbringen, damit er eine Aussage macht?« Fandarel rieb sich mit funkelnden Augen die riesigen Hände.

»Warum nicht? Ich traue Sigomal durchaus zu, daß er doch noch irgendwie den Kopf aus der Schlinge zieht.«

»Diesmal bezweifle ich das«, erklärte Fandarel drohend.

Ursprünglich hatte man das außerordentliche Konklave im Großen Saal von Ruatha abhalten wollen. Doch zu den Festgästen, die ohnehin schon geblieben waren, strömte so viel Volk in die Burg, daß Jaxom nach einer Unterredung mit Groghe, Lytol, D'ram und F'lar die Verhandlung nach draußen in den Hof verlegte. Das Wetter war zwar herbstlich frisch, aber weiterhin klar, und falls sich das Verfahren länger hinziehen sollte, ließe sich der Hof mit den Standlaternen vom Tanzplatz strahlend hell erleuchten. Auf den Feuerhöhen versammelten sich die Drachen und verliehen dem Ganzen mit ihren in allen Regenbogenfarben schillernden Facettenaugen eine bizarre Note, die noch betont wurde durch die Schwärme rastlos hin- und herschießenden Feuerechsen.

Als Baron Begamon ausrichten ließ, er sei verhindert, schickte F'lar F'nor mit zwei Geschwadern los, um ihn eines Besseren zu belehren, denn auch der Burgherr von Nerat war in die Sache verwickelt. Dagegen verzichtete man auf das Erscheinen der Magd. Sharra, Lessa und Menolly hatten sie sich vorgeknöpft und sich, als sie ihre Einfalt erkannten, ganz freundlich mit ihr unterhalten. Ein Mann in ›wunderschönen neuen Kleidern‹ habe ihr aufgetragen, gut für den Meisterharfner zu sorgen und ihn mit speziellen Leckereien zu verwöhnen, die man eigens für ihn von weither gebracht habe. Dann habe man ihr die nur für Meister Robinton bestimmten Weinschläuche gezeigt und sie angewiesen, auch die Feuerechse nur mit Fleisch aus einer besonderen Schüssel zu füttern.

»Sie war sich ganz offensichtlich keiner Schuld bewußt«, sagte Lessa nach dem Verhör. Dann verhärteten sich ihre Züge. »Was für eine Gemeinheit, ein unbedarftes Kind für solche Zwecke zu mißbrauchen.«

»Aber nicht ungeschickt.« Um Menollys Lippen zuckte es empört. »Offene Feindseligkeit gegenüber Robinton hätte Zair gespürt, deshalb brauchten sie einen ahnungslosen Helfer.«

»Nicht ungeschickt, aber auch nicht geschickt genug, Menolly«, schränkte Jaxom ein. »Woher kommt sie?«

»Ein Hof unweit eines großen Berges«, seufzte Sharra. »Und sie war ganz aus dem Häuschen, weil sie an einem Fest teilnehmen und einen so freundlichen Menschen wie den Mann in Blau bedienen durfte. Ich werde sie hierbehalten. Auf Ruatha ist sie vor solchen Elementen sicher. Die Köchin sagt, sie kann ausgezeichnet mit den Spießhunden umgehen.«

Als Baron Corman am Abend eintraf, stapfte er geradewegs auf Jaxom zu, der mit Groghe, Ranrel, Asgenar und Larad zusammenstand.

»Ich kann nicht billigen, was Sie mit Pern anstellen. Es gefällt mir nicht, daß man sich über so viele Traditionen und Werte hinwegsetzt, nur weil diese – diese Maschine es so lehrt, aber was andere tun, ist ihre Sache. Was ich ablehne, geht dagegen nur mich etwas an!«

Larad nickte ernst. »Das ist Ihr gutes Recht.«

»Ich wollte nur meine Haltung klarstellen.« Corman legte die Stirn in grimmige Falten.

»Niemand zweifelt an Ihrer Integrität, Baron Corman«, sagte Jaxom.

Cormans Augenbrauen zuckten in die Höhe, als wolle er Anstoß nehmen an dieser Bemerkung des jüngsten Burgherrn, dann besann er sich und ließ sich mit einem letzten, finsteren Blick von Brand zu einem Stuhl führen.

Man hatte hastig ein V-förmiges Podest mit abgeflachter Spitze zusammengezimmert: eine Seite hatten die Burgherren inne, die andere die Gildemeister. Der Platz in der Mitte gehörte Jaxom in seiner Eigenschaft als Hausherr, er wurde flankiert von Lytol und D'ram. Gleich vor ihnen und etwas tiefer befand sich Robinton, und ihm gegenüber sollten die Angeklagten auf Bänken zwischen den beiden Flügeln sitzen. Lytol hatte versucht, einen neutralen Vertreter für sie zu finden, weil er in Akkis historischen Speichern von derlei juristischen Praktiken gelesen hatte. Solche Aufgaben wurden im allgemeinen von den Harfnern wahrgenommen, doch da man in diesem Fall keinen Harfner guten Gewissens als ›neutral‹ bezeichnen konnte und sich sonst niemand bereitfand, diese Rolle zu übernehmen, entschied man, die Angeklagten sollten sich selbst verteidigen – immer vorausgesetzt, wie Piemur bemerkte, es gebe überhaupt etwas zu ihrer Entlastung zu sagen, ihre Schuld sei doch schließlich schon erwiesen.

Pünktlich zur festgesetzten Stunde wurden die Angeklagten in den Hof geführt, wo die riesige, aus allen Teilen von Pern zusammengeströmte Menschenmenge sie verhöhnte und mit Schmähungen überhäufte. Es dauerte einige Zeit, bis die Ordnung wiederhergestellt war, doch endlich saßen alle Angeklagten auf ihren Bänken, und auch die Burgherren und Gildemeister nahmen ihre Plätze ein.

Jaxom stand auf und hob die Arme, um sich Gehör zu verschaffen. Dann begann er:

»Gestern abend auf dem Fest wurde Meister Robinton betäubt und ohne sein Wissen und gegen seinen Willen verschleppt. Auf seinen Platz setzte man einen bisher nicht identifizierten Toten, der gekleidet war wie er. Daraus folgt, daß wir heute abend über zwei Verbrechen zu richten haben: Entführung und Mord.

Diese drei Männer« – Jaxom deutete auf jeden einzelnen und hob dann abermals die Hand, um die zornig murrende Menge zu beschwichtigen – »fuhren den Wagen, in den man Meister Robinton, wiederum ohne sein Wissen und gegen seinen Willen, verfrachtet hatte. Diese sechs Männer« – Jaxom wies auch auf sie – »befanden sich an Bord eines wartenden Schiffes, das Meister Robinton ohne sein Wissen und gegen seinen Willen an einen geheimen Ort bringen sollte. Ich verlese nun ihre Aussagen, die in Anwesenheit eines Harfners, meiner selbst in meiner Eigenschaft als Burgherr und Meister Fandarels als Vertreter der Gildehallen aufgenommen wurden.«

Jede Aussage begann mit Namen und Herkunft des betreffenden Mannes und faßte kurz zusammen, wozu man ihn angeheuert hatte. Baron Sigomal und Meister Norist wurden als diejenigen namhaft gemacht, die das Unternehmen befehligt und für die nötigen Marken und die Ausrüstung gesorgt hätten. Die ebenfalls angeklagten Glasmachermeister und Gesellen waren für alle Beteiligten als Boten tätig gewesen und hatten Zahlungen weitergeleitet. Meister Idarolan legte einen Kaufvertrag für das Schiff vor, der die Unterschrift eines gewissen Federen trug, eines Glasmachermeisters, der jetzt auf der Anklagebank saß. Wie sich herausstellte, hatte er auch den ersten Anschlag auf die Batterien für Akkis Stromversorgung geleitet. Außerdem war einer der Beteiligten an dem zweiten Überfall, den Akki selbst vereitelt hatte, sein jüngerer Bruder, und er war sehr verbittert, weil dieser dabei das Gehör verloren hatte. Auch Baron Begamon wurde in die Anklage mit einbezogen: Man beschuldigte ihn, nicht nur Marken, sondern auch die Pferde für die gescheiterte Attacke auf Akki und einen sicheren Hafen für das Schiff zur Verfügung gestellt zu haben.

Geselle Tosikin, ein Duckmäuser und Speichellecker, wies auf die Frage, wer den seltsamen Karren in Auftrag gegeben habe, sichtlich eingeschüchtert und verängstigt auf Gomalsi, Baron Sigomals Sohn, den Kapitän des Schiffs. Der Geselle behauptete, keine Ahnung gehabt zu haben, wozu das Gefährt benötigt wurde, er habe sogar versucht, für die ›empfindliche Fracht‹ ein anderes Fahrzeug zu empfehlen. Nein, er habe nicht gewußt, daß diese Fracht ein Mensch sein sollte.

Brestolli hatte darum gebeten, öffentlich aussagen zu dürfen, was er mit angehört hatte. Außerdem konnte er drei der Bitraner vom Schiff eindeutig als die Männer identifizieren, deren Gespräch er im Haus des Brauers belauscht hatte. Damit löste er unter den Angeklagten eine Welle von Bestürzung und gegenseitigen Vorwürfen aus.

»Jeder von Ihnen hat nun Gelegenheit, sich zu verteidigen und das Tribunal über etwaige mildernde Umstände zu informieren«, verkündete Jaxom und rief zuerst die drei Männer auf, die Robinton in ihre Gewalt gebracht hatten. Aber ehe einer von ihnen zu Wort kam, erwachte Baron Sigomal plötzlich aus seiner Lethargie und sprang auf.

»Ich bin unschuldig, unschuldig, sage ich! Mein Sohn war verblendet, von schlechter Gesellschaft auf Abwege gebracht. Ich habe ihn angefleht, diese Freunde aufzugeben, ohne zu ahnen, was sie im Schilde führten...«

»Ich protestiere!« Gomalsi sprang auf und wandte sich mit blitzenden Augen an seinen Vater. »*Du* hast mir gesagt, was ich tun soll, um diese Maschine in Verruf zu bringen. *Du* hast mir gesagt, ich soll die Batterien zerstören – und du hast mir gesagt, wo sie zu finden waren. *Du* hast mir das Geld gegeben, um Männer anzuheuern...«

»Du Narr! Du Schwachkopf!« kreischte Sigomal, trat einen Schritt nach vorne und schlug Gomalsi so hart ins Gesicht, daß der junge Mann rücklings über die Bank stürzte.

»Noch ein solcher Ausbruch, und ich lasse Sie knebeln, Burgherr oder nicht«, sagte Jaxom streng und gab den Wachen einen Wink, hinter den beiden Bitranern stehenzubleiben. Dann deutete er auf den ersten der drei eigentlichen Entführer. »Was haben Sie zu Ihrer Verteidigung zu sagen? Nennen Sie zuerst Namen und Titel.«

Die drei verständigten sich stumm, dann stand der älteste auf.

»Mein Name ist Halefor. Ich habe keinen Rang und gehöre weder zu einer Gilde noch zu einer Burg. Ich verdinge mich an jeden, der genügend zahlt. Diesmal war es Baron Sigomal. Wir drei haben uns mit ihm auf einen Preis geeinigt, von dem wir im voraus die Hälfte bekamen. Dafür sollten wir den Harfner in einem Karren zum Schiff bringen. Das war alles. Einen Menschen zu töten, gehörte nicht zur Abmachung. Das war ein Versehen. Biswy mußte etwas von dem Wein trinken, damit er danach roch. Aber er sollte nicht daran sterben. Wir wollten auch nicht, daß Meister Robinton etwas zustieß. Die Geschichte sagte mir ohnehin nicht besonders zu, aber Baron Sigomal hielt ihn wegen seiner großen Beliebtheit für das geeignete Opfer. Um Meister Robinton zurückzubekommen, würde man auch die Maschine zerschlagen.« Er sah das ganze Tribunal an, zuerst die Burgherren, dann die Gildemeister, nickte ruckartig mit dem Kopf und setzte sich.

Gomalsis Besatzung erzählte mehr oder weniger die gleiche Geschichte: Man habe sie angeworben, um ein Schiff von Ruatha zu einer Insel vor der Ostküste von Nerat zu steuern. Bei dieser Aussage stöhnte Baron Begamon auf, vergrub den Kopf in den Händen und ließ bis zum Ende der Verhandlung immer wieder ein leises Wimmern hören. Auf Meister Idarolans barsche Frage an die Seeleute, ob sich Lehrlinge oder Gesellen darunter befänden, antworteten zwei der Männer, sie seien über mehrere Fangperioden bei den

Fischerflotten mitgesegelt, aber die langen Arbeitszeiten hätten ihnen nicht zugesagt. Meister Idarolan schien erleichtert, daß keine Angehörigen seiner Gilde an dem Verbrechen beteiligt waren.

Jaxom hatte Verständnis für Idarolans Bestreben, diesen Punkt in Gegenwart der anderen Meister und der Burgherren zu klären. In vielen Küstensiedlungen war es eine Selbstverständlichkeit, daß alle Heranwachsenden lernten, mit einem kleinen Skiff umzugehen. Bug und Heck eines Schiffes auseinanderhalten zu können, war schließlich kein Verbrechen. Was Idarolan empörte, war vielmehr die Unverfrorenheit, mit der Gomalsi, der kein ausgebildeter Seemann war, sich angemaßt hatte, das kleine Schiff sicher von Ruatha zur Ostküste von Nerat zu segeln, obwohl er dazu die Große Strömung und einige der schwierigsten Gewässer des Planeten hätte durchqueren müssen. Jede größere Welle hätte Robintons Leben in Gefahr gebracht.

Im Gegensatz zu den anderen war Meister Norists rebellischer Stolz ungebrochen.

»Ich habe getan, was mein Gewissen mir vorschrieb, um unsere Welt von diesem Ungeheuer und seinem schlechten Einfluß zu befreien. Es verführt unsere Jugend zu Faulheit und Oberflächlichkeit und lenkt sie ab von ihren überkommenen Aufgaben. Ich sehe, wie es untergräbt, was Burg und Gildehalle zusammenhält. Es vergiftet unser Pern mit schändlich komplizierten Apparaturen, die ehrliche Menschen um ihre Arbeit und um den Stolz auf ihre handwerkliches Geschick bringen und ganze Familien einer Lebensweise entfremden, die sich zweitausendfünfhundert Umläufe lang als gut und vernünftig bewährt hat. Ich würde wieder so handeln. Ich werde alles tun, was in meiner Macht steht, um den Bann des Monstrums zu brechen, unter dem Sie alle stehen!« Er deutete mit ausgestrecktem Zeigefinger auf jeden einzelnen der Meister, die über ihn zu Gericht saßen. »Sie haben sich täuschen lassen. Sie werden es büßen müssen, und mit Ihnen ganz Pern, daß Sie in Ihrer Verblendung abtrünnig geworden sind und die Kultur und das Wissen auf unserem Planeten verfälscht haben.«

Zwei seiner Meister und fünf seiner Gesellen jubelten ihm zu.

Jaxom sah das Entsetzen in den Gesichtern einiger Gildemeister. Die Burgherren waren ausnahmslos ernst. In Torics Augen stand tiefe Verachtung, wenn sein Blick Sigomal oder Begamon traf. Corman war empört und zeigte dies nicht weniger offen als zuvor sein eigenes Mißtrauen gegen Akki.

Der Baron von Nerat lehnte es ab, sich irgendwie zu verteidigen. Als Jaxom ihn noch einmal dazu aufforderte, schüttelte er nur weiter wimmernd den Kopf, ohne ein einziges Wort zu sagen.

»Baron Jaxom.« Oldive erhob sich. »Meine Kollegen haben mir eben mitgeteilt, was ihrer Meinung nach für den Tod des Mannes auf dem Fest verantwortlich war.«

»Und?«

»Es gibt ausreichend Hinweise, daß sein Ende auf einen Herzanfall zurückzuführen ist. Der Schädel wies keinerlei äußere oder innere Verletzungen auf. Lippen und Nägel waren jedoch blau angelaufen, ein typisches Symptom bei Herzversagen.« Oldive räusperte sich. »Sein Magen enthielt große Mengen an Fellis, und das könnte der Auslöser für den Herzstillstand gewesen sein.«

»Demnach scheint der Verstorbene eher durch einen Unfall als durch gezielte Einwirkung der Angeklagten zu Tode gekommen zu sein, die Anklage wegen Mordes läßt sich folglich nicht länger aufrechterhalten.« Jaxom bemerkte, daß Halefor erleichtert aufatmete. »Wurde überzeugend dargelegt, daß die

Entführung von Meisterharfner Robinton geplant war?«

Den leidenschaftlichen Chor der Zustimmung aus dem Publikum beachtete er nicht. Ein Burgherr nach dem anderen hob die Hand, auch Corman schloß sich nicht aus. Brand schrieb das Ergebnis nieder. Dann stellte Jaxom die gleiche Frage nochmals an die Gildemeister. Auch hier hoben sich alle Hände. Idarolan reckte die geballte Faust so weit in die Luft wie möglich. »Beide Gruppen können sich nun in den Großen Saal zurückziehen, um über das Urteil zu beraten.«

Plötzlich hob Meister Robinton die Hand. Überrascht erteilte Jaxom ihm das Wort. Als Opfer des Verbrechens hatte der Harfner nicht nur das Recht, den Tätern gegenüberzusitzen, er konnte auch verlangen, daß man ihn anhörte. Jaxom fürchtete schon, Robinton werde für ein mildes Urteil plädieren, was das Problem seiner Ansicht nach nur verschärft hätte – besonders bei einem Menschen, der soviel Engstirnigkeit und Unversöhnlichkeit an den Tag gelegt hatte wie Norist.

»Ich wende mich an alle, die heute anwesend sind«, begann Robinton und bezog damit nicht nur die Burgherren oder die Gildemeister mit ein, sondern auch die vielen Menschen, die sich außerhalb des Hofes auf den Mauern, auf der Auffahrt oder auf den Dächern der umliegenden Katen drängten. »Ihnen allen möchte ich zu bedenken geben, daß Akki uns nichts gelehrt hat, was unsere Vorfahren nicht bereits wußten. Er hat uns keine Maschinen und keine Werkzeuge gegeben und uns keine Erleichterungen verschafft, die sie nicht bereits verwendet oder genossen hätten, als sie nach Pern kamen. Die Gilden haben lediglich die Informationen zurückerhalten, die im Lauf der Zeit in den Archiven unleserlich geworden oder verlorengegangen waren. Wenn dieses Wissen schlecht ist, dann sind wir alle schlecht. Aber ich denke, keiner der hier Anwesenden hält uns für von Grund auf verdorben oder glaubt, wir sännen in unseren Gildehallen nur auf das Böse. Weiterhin hat Akki die Lücken in der Geschichte der einzelnen Burgen gefüllt, nun kennt jede Burg ihre Vergangenheit und weiß, wer von den Menschen, die von weither kamen, um hier ein neues Leben zu beginnen, ihr Gründer war. Aber auch die Burgherren halten weder sich selbst noch die Männer und Frauen für schlecht, denen sie ihre Existenz verdanken.« Meister Robinton sah Norist eindringlich an, aber der verweigerte den Blickkontakt.

»Unseren Weyrn hat er die Beendigung eines langen, langen Kampfes verheißen. Erreicht werden soll dies mit Hilfe der wiederum von unseren Vorfahren geschaffenen Drachen und ihrer tapferen Reiter. Auch sie können nicht schlecht sein, sonst hätten sie längst die Macht der Drachen gegen uns eingesetzt und uns alle zu ihren Sklaven gemacht. Aber das haben sie nicht getan.

Schlecht war, was diese Männer mir angetan haben, und ihre Beweggründe waren die denkbar schlechtesten: sie wollten Druck auf andere ausüben, um die Verbindung zu unserer Vergangenheit, die große Gelegenheit zu zerstören, aus Pern das zu machen, was unsere Vorfahren sich erhofft hatten – eine friedliche, freundliche, blühende Welt. Ich habe keinem dieser Männer etwas zuleide getan« – Robinton wies mit einer Hand auf Sigomal, Begamon und Norist – »oder ihnen Böses gewünscht, und das tue ich auch jetzt nicht. Ich bedauere sie nur, wegen ihrer Angst vor allem Unbekannten und Ungewohnten, wegen ihrer Brutalität und ihrer Unvernunft, wegen ihrer Kurzsichtigkeit und ihrer Beschränktheit.«

Nun sah Meister Robinton die drei Entführer an. »Ich persönlich habe Ihnen längst vergeben; aber Sie haben gegen Bezahlung Böses getan, und das ist ein großes Unrecht. Und Sie waren bereit, einen Harfner zum Schweigen zu bringen, und das ist ein noch größeres Unrecht. Denn wenn die freie Rede unterdrückt wird, haben darunter alle Menschen zu leiden, nicht nur ich allein.«

Er sank auf seinen Platz zurück, als könne er sich nicht länger auf den Beinen halten, doch als Menolly an seine Seite eilen wollte, schüttelte er den Kopf.

Groghe beugte sich an dem neben ihm sitzenden Warbret vorbei und tuschelte mit ihm und Bargen; Toric konnte nichts verstehen und kam um den Tisch herum. Ranrel, Deckter und Laudey folgten seinem Beispiel. Nessel saß zwischen Asgenar und Larad und fühlte sich dort sichtlich unwohl, während Sangel und Toronas sich über irgendeine Frage ereiferten.

Auch die Gildemeister rückten dicht zusammen. Im Zentrum der Gruppe stand Fandarel und tat mit gedämpftem Grollen seine Meinung kund. Morilton ergriff nur einmal das Wort, dann schwieg er, hörte aber den anderen aufmerksam zu. Er vertrat die Gilde der Glasmacher bei diesem Tribunal, da keiner der anderen Glasmachermeister sich bereitgefunden hatte, dieses Amt zu übernehmen.

»Verehrte Barone und Meister, Sie können sich nach Belieben zurückziehen«, wiederholte Jaxom.

»Wir fühlen uns hier ganz wohl«, sagte Groghe laut.

In der Annahme, daß Robinton ein Schluck Wein nicht schaden könne, füllte Jaxom einen Becher und nippte selbst daran, ehe er ihn mit aufmunterndem Lächeln an den Meisterharfner weiterreichte. Meister Robinton spielte erst den Argwöhnischen, dann hob er das Glas, nahm einen tiefen Schluck und lächelte anerkennend – die wartende Menge bedachte die kleine Szene mit Beifall und Gelächter, und die zunehmend gespannte Atmosphäre beruhigte sich merklich.

»Am meisten mißfällt mir«, sagte Robinton leise zu Jaxom, »daß nun alle Welt glaubt, ich könne keinen Wein mehr vertragen, nur weil mich auf einem Fest schon so früh der Schlaf übermannt hat.«

»Wir sind zu einer Entscheidung gelangt, Baron Jaxom«, verkündete Groghe. Die Burgherren nahmen ihre Plätze wieder ein.

»Wir ebenfalls.« Meister Idarolan stand auf.

»Wie lautet Ihre Entscheidung, Baron Groghe?« fragte Jaxom.

»Sigomal und Begamon sind für unseren Kreis untragbar geworden, sie taugen nicht mehr dazu, eine Burg zu leiten. Sie werden hiermit geächtet. Schuldig sind sie erstens der Planung und Durchführung eines gewalttätigen Übergriffes auf das Gebiet einer anderen Burg oder, wie im Falle von Landing, auf Allgemeinbesitz; zweitens haben sie mit der Entführung einer Person gegen deren Willen zum Zwecke der Erpressung gegen die Interessen des Planeten und aller seiner Bewohner verstoßen.«

Sigomal nahm das Urteil mit Würde an, Begamon dagegen begann haltlos zu schluchzen und fiel vor seiner Bank auf die Knie.

»Sigomals dritter Sohn Sousmal ist den meisten von uns bekannt, und wir haben beschlossen, ihm die Verwaltung der Burg zu übertragen, bis im Konklave der Burgherren eine endgültige Entscheidung fällt. Da Begamon keine Kinder hat, die alt genug wären, um das Amt an seiner Stelle auszuüben, ernennen wir hiermit, ebenfalls vorbehaltlich einer Dauerregelung, seinen Bruder Ciparis zum Baron auf Zeit. Gomalsi wird mit seinem Vater in die Verbannung geschickt, weil er an der Entführung beteiligt war, aber auch weil er alle Angehörigen der Fischergilde in ihrer Ehre gekränkt hat, indem er sich unberechtigterweise zum Kapitän eines hochseetüchtigen Schiffes erklärte. Als Verbannungsort schlagen wir eine der Inseln im Östlichen Ring vor.«

Sigomal stöhnte, und Gomalsi unterdrückte nur mit Mühe einen Protestschrei.

»Auch Meister Norist verliert seinen Titel, ebenso wie alle übrigen Gildeangehörigen unter den Verschwörern«, erklärte Idarolan. »Sie werden ohne Ausnahme in die Verbannung geschickt. Vielleicht sollte man denselben Ort wählen, dann wären die Gleichgesinnten unter sich.« Er wandte sich an die Glasmacher, die in der Menge standen. »Wir haben beschlossen, Meister Morilton zu Ihrem Gildemeister zu bestimmen, bis wir, die Vorsteher der anderen Gilden, Sie für fähig halten, unvoreingenommen einen aufgeschlosseneren und mit mehr Weitblick ausgestatteten Mann zu wählen, als Norist es ist.«

Lytol nickte Jaxom zu, denn an ihm war es nun, das Urteil über die anderen Rechtsbrecher zu sprechen. Jaxom hatte noch nie einen Mann mit einer lebenslangen Strafe belegt, aber er rief sich noch einmal seinen wilden Ritt zur Rettung von Meister Robinton in Erinnerung und die Ängste, die er dabei ausgestanden hatte.

»Verbannung!« verkündete er. Die meisten der Männer nahmen das Urteil hin, zwei von den jüngeren wirkten jedoch so verzweifelt, daß er hinzufügte: »Ihre Familien können mit Ihnen gehen, wenn sie wollen.«

Er sah, daß Sharra ein wenig lächelte und Lessa ihm wohlwollend zunickte.

»Die Verurteilten werden nun wieder in ihre Zellen geführt und morgen an ihren Verbannungsort verbracht. Von nun an sind sie heimat- und gildelos und stehen nicht mehr unter dem Schutz der Weyr.« Jaxom mußte die Stimme erheben, um Begamons verängstigtes Geplapper zu übertönen. »Die Sitzung ist geschlossen.«

Die Wachen näherten sich den Verurteilten, und alle Angehörigen des Tribunals begaben sich ins Innere der Burg.

Irgendwie hatte man für genügend Speisen und Getränke gesorgt, um die Menschenmassen, die so unerwartet nach Ruatha gekommen waren, auch zu verköstigen. Als Sharra einen Moment mit Jaxom alleine war, berichtete sie, Burg, Gildehalle und Weyr hätten sich äußerst entgegenkommend gezeigt und so viele Vorräte zur Verfügung gestellt, daß niemand hungrig nach Hause gehen mußte.

»Du hast dich übrigens großartig verhalten, Liebster«, fuhr die fort. »Der Fall war wahrhaftig schwierig, aber angesichts der Beweislage und der Geständnisse kann niemand deine Entscheidung anfechten. Das Urteil ist gerechter ausgefallen, als sie es eigentlich verdienen.« Zornige Falten erschienen auf ihrer Stirn, und sie ballte die Fäuste. »Wenn ich nur an Meister Robintons Blutergüsse denke...«

»Er wird aber doch wieder ganz gesund?« Jaxom befürchtete schon, zu nachsichtig gewesen zu sein, aber ein Todesurteil hätte er ohnehin nicht fällen können. Wäre Meister Robinton zu Tode gekommen – oder Biswy nicht an Herzversagen gestorben –, so hätte er vielleicht anders durchgreifen müssen.

Als nächster tauchte Baron Groghe auf, um ihm zu versichern, er selbst hätte genauso und nicht anders entschieden, wenn der Fall auf seiner Burg verhandelt worden wäre. Für Jaxom war es eine Überraschung, aber auch eine traurige Genugtuung, daß ihn einige Zeit später auch Baron Corman darauf ansprach.

»Gut gemacht, Jaxom. Das einzige, was Sie unter den Umständen tun konnten.«

Der Baron von Keroon blieb nicht zum Abendessen, und er besuchte auch Landing niemals wieder. Von diesem Tag an hinderte er jedoch weder seine Pächter daran, die neuen Produkte zu verwenden, noch erhob er Einspruch, wenn junge Leute darum baten, zum Studium in den Süden gehen zu dürfen. Von den mit Akkis Hilfe entwickelten Erzeugnissen benützte

Baron Corman nur das Papier, und dazu bemerkte er einmal in Gegenwart seines Harfners, Bendarek habe bereits selbständig eine Art Papier erfunden, ehe ›die Maschine‹ erwachte.

Am nächsten Morgen kamen drei Geschwader vom Fort-Weyr nach Ruatha, um die Verurteilten ins Exil zu bringen. Man versprach den Männern, die Briefe zuzustellen, die sie an ihre Familien geschrieben hatten. Alle Angehörigen, die bereit seien, sich ihnen anzuschließen, würde man baldmöglichst auf die Insel fliegen.

Meister Idarolan hatte den Verbannungsort ausgesucht. »Nicht zu groß, nicht zu klein, mit gutem Fisch- und Wildbestand, auch wenn Wherries nicht gerade die wohlschmeckendste Kost darstellen. Reichlich Obst und Wurzelgemüse. Sie werden arbeiten müssen, wenn sie überleben wollen, aber wer muß das schließlich nicht?«

»Sporenregen?« fragte Jaxom.

Meister Idarolan zuckte die Achseln. »Es gibt ein paar Höhlen, und für die Zukunft wollen Sie dieses Problem ja aus der Welt schaffen. Ob sie so lange ausharren wollen oder nicht, bleibt ihnen überlassen. Außerdem gibt es einen alten Vulkan sowie Hinweise darauf, daß die Insel bereits früher einmal bewohnt war. Es lebt sich dort viel angenehmer als auf dem Fernen Westkontinent, wo sie nur Sand und Schlangen vorfänden.«

Als die Männer auf den Drachen saßen, reichte man ihnen Säcke mit den wichtigsten Werkzeugen und einigen Vorräten hinauf. Dann gingen die Geschwader ins *Dazwischen*.

Jaxom fühlte sich so abgespannt wie noch nie, seine Stimmung war auf den Tiefpunkt gesunken. Aber als Burgherr von Ruatha mußte er sich auch den Leuten gegenüber, die radikale Ansichten vertraten und einen tiefen Groll gegen die Schuldigen nährten, freundlich und entgegenkommend zeigen. Diejenigen Burgherren, die er am meisten bewunderte, sagten wenig oder gar nichts.

Asgenar und Toronas machten sich auf den Weg nach Bitra, um dem jungen Sousmal unter die Arme zu greifen. Auf dem Rückflug zum Landsitz an der Meeresbucht sollten D'ram und Robinton Lytol in Nerat absetzen, damit er Ciparis, der bisher als Begamons Verwalter tätig gewesen war, von seiner neuen Würde in Kenntnis setzen konnte.

Brand und seine Unterverwalter hatten alle Hände voll damit zu tun, sich um die Beförderung der vielen Besucher zu kümmern, alle jene mit Reiseproviant zu versorgen, die den eigenen Vorrat aufgezehrt hatten, und die Mägde beim Wegräumen der Abfälle und der Beseitigung der Schäden zu beaufsichtigen, die die Menschenmassen hinterlassen hatten.

So war Jaxom absurderweise froh, als Sharra, die sichtlich Mühe hatte, alle ihre Verpflichtungen unter einen Hut zu bringen, ihn fragte, ob man ihre Hilfe benötige.

»Mußt du etwa wieder auf die *Yokohama* ins Labor?« vermutete er.

»Zusammen mit Oldive.«

Er umarmte sie kurz, küßte sie und nickte. Irgendwie war es ihm lieber, sich mit seinen Gedanken auseinandersetzen zu können, ohne fürchten zu müssen, daß er sie mit seiner Niedergeschlagenheit ansteckte.

»Ich werde mich noch ein wenig mit den Kindern beschäftigen«, sagte er. »Im Moment braucht man mich weder auf der *Yokohama* noch in Landing.«

Das stimmte nicht ganz, und Sharra wußte es. Sie warf ihm einen forschenden Blick zu, doch dann lächelte sie traurig, küßte ihn auf die Wange und ließ ihn allein.

Von seinem Fenster aus sah er zu, wie sie und Oldive den jungen Blauen bestiegen, der jetzt den

Dienst auf Ruatha versah – und fühlte sich dabei zu allem Unglück an G'lanar erinnert.

Ich bin hier. Das war Ruth, der sich in seinem Weyr aufhielt.

Du bist immer für mich da, mein Freund, sagte Jaxom. Seine Mutlosigkeit war fast unerträglich geworden.

Du hast getan, was du mußtest und was du solltest. Niemand kann dir einen Vorwurf machen.

Trotzdem muß ich mich mit den Folgen herumschlagen.

Du hast dich ehrenhaft verhalten. Andere nicht. Kann man mehr tun, als sich ehrenhaft verhalten?

Eine gute Frage, Ruth, eine sehr gute Frage. Jaxom streckte sich auf seinem Bett aus und verschränkte die Hände hinter dem Kopf. *Hätte ich verhindern können, daß es so weit kam?*

Wie? Indem du Piemur und Jancis damals nicht geholfen hättest, Akki freizulegen? Dann wäre die Maschine von jemand anderem gefunden worden. Dieser Tag hat so viel Gutes bewirkt wie kaum ein anderer, abgesehen natürlich – Jaxom hörte das zufriedene Zirpen in Ruths Stimme und lächelte matt – *von jenem anderen, an dem wir Ramoth ihr Königinnenei zurückbrachten. Und von gestern, als wir in die Zukunft gingen, um uns von unserem Erfolg zu überzeugen ...*

Trotz seiner trostlosen Stimmung vertiefte sich Jaxoms Lächeln, als er sich Ruths verschmitzte, bläulich schillernde Augen vorstellte.

Menschen denken anders als Drachen, fuhr Ruth nachdenklich fort. *Meist versteht ein Drache seinen Gefährten. Aber manchmal, wie jetzt eben, begreife ich nicht, was dich eigentlich quält. Du läßt anderen Menschen die Freiheit zu denken, wie sie wollen, solange sie dir ihre Gedanken nicht aufzwingen. Du verstehst es, beide Seiten eines Problems zu betrachten. Ich habe es erlebt. Du läßt anderen Menschen die Freiheit zu tun, was sie wollen, solange sie niemanden damit verletzen, vor allem niemanden, den du liebst und bewunderst.*

Gewiß, aber als wir von dem Komplott gegen Robinton erfuhren, hätten wir es Sigomal auf den Kopf zusagen sollen, wandte Jaxom ein.

Waren die Pläne bekannt?

Nein, nicht genau.

Und du hast Vorkehrungen getroffen, um den Harfner zu schützen.

Aber sie haben nichts genützt, oder?

Nicht deine Schuld. Wer hätte gedacht, daß die Verschwörer sich ausgerechnet ein Fest aussuchen würden, wo so viele Menschen versammelt waren? Du mußt diese Gedanken abschütteln, Jaxom. Sie sind unnütz und machen dich nur traurig. Es gibt so vieles, worauf wir uns freuen können ...

Ja, nicht wahr? Jaxom verzog das Gesicht, drehte sich auf den Bauch und vergrub das Gesicht im Kissen, obwohl ihm bewußt war, daß er nur der entscheidenden Frage ausweichen wollte. Er zwang sich, den Gedanken zu vollenden: Würden er und Ruth die Aufgabe lösen, die Akki ihnen gestellt hatte?

Das Problem besteht nicht mehr, Jaxom. Die Aufgabe ist bereits gelöst. Akki hat es dir gesagt. Und er hat es dir gezeigt.

Und du stimmst ihm zu? Du willst das Risiko eingehen?

Wir sind in die Zukunft gesprungen, um zu sehen, ob es gelungen war. Es war gelungen. Deshalb werden wir es tun, weil wir es bereits getan haben. Es wird unser Meisterstück. Das klang erwartungsvoll und frohgemut. Überrascht stützte Jaxom sich auf die Ellbogen. *Die Herausforderung ist noch größer als bei der Rettung von Ramoths Ei*, fuhr Ruth fort. *Und dieses Wagnis ist noch wichtiger für die Zukunft dieser Welt. Daran mußt du denken, nicht an traurige und nutzlose Dinge, die längst vergangen sind. Was geschehen ist, ist geschehen, und niemand kann es ungeschehen machen.*

Hat Sharra etwa vor ihrem Abflug mit dir gesprochen?

Jaxom traute es seiner Frau durchaus zu, daß sie seinen Drachen zu ihrem Bundesgenossen machte.

Das war nicht nötig. Bin ich deinem Herzen und deinen Gedanken nicht immer nah?e

Immer, mein Herz. Immer! Jaxom schwang die Beine über die Bettkante. Auf Ruatha gab es noch viel zu tun, ehe er guten Gewissens zu Akki und nach Landing zurückkehren konnte.

19

Akki hatte Fandarel und Bendarek genau erklärt, wie die Tanks mit dem HNO_3, das die Metallgehäuse der Antimaterie-Triebwerke zersetzen sollte, umzubauen und zu verstärken waren. Fandarel befolgte die Anweisungen, obwohl er die legierungsbedingten Toleranzen wie auch das Polstern der Behälter für überflüssig hielt. Aber es machte ihm Spaß, die erforderlichen Meßgeräte und Düsen zu konstruieren, die das Agenodrei dosiert auf das Triebwerksgehäuse tropfen lassen sollten.

»Ein langwieriger Prozeß, gewiß, aber auf diese Weise läßt sich das Eindringen der Säure messen und kontrollieren«, erklärte Akki dem Schmiedemeister. »Die Sicherheitseinrichtungen für die großen Interstellartriebwerke waren ausgeklügelt bis ins letzte. Da die Konstruktionsunterlagen nicht verfügbar sind, läßt sich auch keine effektivere Möglichkeit zum Anzapfen der Antimaterie-Suspension finden, folglich ist dieses primitive Verfahren der einzige Ausweg. Manchmal sind die einfachsten Lösungen auch die besten. Aus diesem Grunde empfiehlt es sich jedoch, einen großen zeitlichen Spielraum vorzusehen, das Fenster wurde auf zwei Wochen plus oder minus ein paar Tage berechnet. Bis die Drachenreiter die Triebwerke an Ort und Stelle bringen, sollte die Zersetzung fast bis zur Antimaterie-Kapsel vorgedrungen sein.«

»Nun hör mal, Akki«, begann Fandarel, »ich weiß, in welchem Tempo Agenodrei Metall zerfrißt ...«

»Nicht das Metall, das die Erbauer dieses Schiffes verwendeten, Meister Fandarel.«

»Das ist richtig.« Fandarel fuhr sich mit der Hand

über seine Stoppelfrisur. »Was mir nicht einleuchten will, ist die *Menge* Agenodrei, die angeblich erforderlich sein soll, um den Weg zur Antimaterie freizumachen.«

»Wie bereits erklärt« – auf dem Monitor im Triebwerkssektor erschien ein Diagramm: ein massiver Block um einen lächerlich kleinen Würfel in einer etwas größeren Kugel –, »ist die Masse des Antimaterie-Materials gering, nur an die zweihundert Gramm. Auch die Masse des Suspensionsbehälters beträgt nicht mehr als fünfzehnhundert Kilogramm.«

»Ganz offen gesagt, Akki, das geht über meinen Verstand. Wie können zweihundert Gramm *wovon auch immer* ein Schiff von der Größe der *Yokohama* durch den Weltraum bewegen.«

»Sind Sie nicht ein großer Bewunderer von Effektivität, Meister Fandarel?« Das klang fast so, als ob Akki sich köstlich amüsiere, und dieses Gefühl hatte Fandarel nicht zum erstenmal. »Ein Antimaterie-Triebwerk ist ein Muster an Effektivität. Man braucht immer nur kleine Mengen.«

»Mit zweihundert Gramm Schwarzpulver oder sogar Nitro bewegt man nicht viel«, gab Fandarel zu bedenken.

»Sie dürfen Schwarzpulver oder Nitro oder was immer man im Bergbau verwendet, auf keinen Fall mit Antimaterie gleichsetzen. Es gibt nichts, was sich mit der bei einer Detonation freiwerdenden Energie vergleichen ließe. Wenn die Antimaterie auf dem Roten Stern explodiert, können Sie den Lichtblitz trotz der gewaltigen Entfernung mit einem normalen Teleskop beobachten. Zweihundert Gramm Schwarzpulver oder auch Nitro dagegen würden verpuffen, ohne die geringste Spur zu hinterlassen. Seien Sie versichert, diese Anlage kann die Größenordnung der geplanten Entladung durchaus ermessen.«

Fandarel kratzte sich immer noch den Schädel und

nickte staunend mit dem Kopf, während er sich bemühte, Akkis Erklärung zu verarbeiten.

»Sie sind ein hervorragender Handwerker, Meister Fandarel, und haben in den vergangenen vier Jahren und neun Monaten erstaunlich rasche Fortschritte gemacht. Da die Antimaterie im Gegensatz zum Atom, mit dem Sie sich in letzter Zeit beschäftigt haben, nicht unter Laborbedingungen studiert werden kann, müssen Sie sich mit Erklärungen begnügen. Die Antimaterie darf mit der Materie in den Ihnen bekannten Formen – Erz, Erde, Gase, Wasser – nicht in Berührung gebracht werden. Sie läßt sich unter Verschluß halten wie etwa in den Schiffstriebwerken und kann bei kontrolliertem Einsatz zur effektivsten Energiequelle werden, die der Menschheit zur Verfügung steht. Sie sind noch nicht tief genug in die Physik eingedrungen, um diese Überlegungen nachvollziehen zu können. Aber Sie können damit arbeiten – unter sachkundiger Anleitung, mit den dieser Anlage bekannten Verfahren und unter Beachtung der Vorsichtsmaßnahmen, die Ihnen ja bereits erläutert wurden. Wenn Sie Ihre Studien fortsetzen, werden Sie irgendwann auch die Besonderheiten der Antimaterie meistern. Aber nicht jetzt. Die Zeit wird allmählich zum kritischen Faktor. Der Rote Planet muß genau an der Stelle aus seiner jetzigen Bahn gedrängt werden, wo er sich später dem fünften Planeten unseres Systems nähern soll.

Haben Sie die Halterungen zur Hand, mit denen die HNO_3-Tanks an den Triebwerken zu befestigen sind?«?

»Ja«, seufzte Fandarel und zeigte auf die Klammern und T-Träger aus Metall, die er mit seinen besten Schmieden angefertigt hatte. Mit dieser Konstruktion sollten die Tanks so gegen die Triebwerke gepreßt werden, daß die korrosive Flüssigkeit in geregeltem Strom auf das Metall tropfen konnte.

»Dann sollten sie darangehen, die Tanks nach Anweisung einzubauen.« Auf dem Bildschirm erschien ein neues Diagramm.

»Das kann ich im Schlaf«, murmelte Bendarek.

»Es wäre nicht ratsam, im Weltraum einzuschlafen, Geselle Bendarek«, antwortete Akki prompt.

Bendarek schnitt eine Grimasse und warf Fandarel einen reuigen Blick zu.

»Sie dürfen auch nicht vergessen, sich anzuseilen, solange Sie sich außerhalb des Schiffes aufhalten«, fuhr Akki fort. »F'lessan und sein Bronzedrache halten sich für Notfälle im Frachtraum bereit.«

Fandarel und Bendarek griffen nach ihren Bündeln und machten sich auf den Weg zu Luftschleuse E-7, die dem Triebwerksblock am nächsten lag. Unförmige Agenodrei-Tanks, die größten, die Fandarel jemals hergestellt hatte, säumten die Wände der Schleuse, wo auch der Rest des Arbeitstrupp wartete, alle in Raumanzügen, nur noch ohne Helme. Als auch Fandarel und Bendarek fertig waren, wurden die Helme aufgesetzt und eingerastet, und jeder Angehörige des Sechs-Mann-Teams kontrollierte den Sauerstofftank, die Befestigung und die Sicherheitsleinen seines Nebenmannes.

Auf Fandarels Nicken hin schloß Bendarek die Luftschleuse und öffnete die Außenluke. Evan und Belterac nahmen einen Tank, Silton und Fosdak den zweiten. An die übrigen Gesellen verteilte Bendarek die Verbindungsstücke, dann vergewisserte er sich, daß auch jeder die erforderlichen Werkzeuge bei sich hatte. Nun schwang sich Fandarel hinaus auf den Laufsteg, der die Luke mit dem großen Triebwerksblock verband.

Trotz seiner Größe wirkte der Meisterschmied neben der gewaltigen Metallmasse, in deren Inneren sich die so effektiven zweihundert Gramm Antimaterie befanden, zwergenhaft klein. Als er mit unbeholfenen Schritten vorwärtsstapfte, fühlte er sich zum erstenmal in seinem Leben minderwertig: wie ein Sandkorn neben einer Düne. Doch auf ihn wartete Arbeit, zu der er durchaus fähig war, also schlug er sich den Vergleich aus dem Kopf und winkte Evan und Belterac, ohne sich dabei umzusehen, ihm zu folgen. Pern lag gut sichtbar unter ihnen, und sein geübtes Auge fand rasch die Vulkane von Landing, obwohl sie nur als winzige Pünktchen erschienen. Es tröstete ihn, in der Unermeßlichkeit des Weltraums etwas Bekanntes entdeckt zu haben. Er ging weiter, und als die anderen den Laufsteg betraten, spürte er die Vibration.

Sie hatten alle im Weltraum trainiert, waren gewöhnt, sich im freien Fall zu bewegen, kannten die spezifischen Gefahren der neuen Umgebung und waren doch fasziniert. Zu Fandarels Überraschung hatte sich herausgestellt, daß Terry, der so lange seine rechte Hand gewesen war, die grenzenlose Weite nicht ertrug und nicht einmal mit der Schwerelosigkeit zurechtkam, obwohl es ihm nie etwas ausgemacht hatte, auf einem Drachen zu fliegen. Immerhin, dachte Meister Fandarel, war der Weltraum ein ganz anderes Medium als das *Dazwischen*, und Akki hatte nicht übertrieben, als er ihn als feindselig bezeichnete. Ein- oder zweimal – nun, eigentlich fünfmal – war es, wie Fandarel zugeben mußte, zu Zwischenfällen gekommen. Zum Glück waren die Drachen immer zur Stelle gewesen, um die Männer, die versehentlich ihre Sicherungsleinen gelöst hatten, zur *Yokohama* zurückzubringen. Belterac hatte als einziger die Angst vor einer Wiederholung überwunden und diese Übung fortgesetzt. Aber Belterac war auch von Natur aus phlegmatisch.

Endlich konnte Fandarel mit der behandschuhten rechten Hand die nischenförmige Einstiegsleiter ertasten, die samt einer Schiene für die Sicherungsleinen in die Metallwand des Triebwerksblocks eingelassen war. Eine halbe Länge weiter und damit außerhalb seiner Reichweite befanden sich die langen, abgerundeten Holme, an denen man einst auf der langen Reise der *Yokohama* von der Erde nach Pern die Frachtkapseln festgemacht hatte. Wenn die Zeit kam, die Triebwerke zum Roten Stern zu schaffen, würden die Drachen mit speziellen Fußhüllen zum Schutz vor der verheerenden Kälte des Metalls diese Holme ergreifen und mit dem ganzen Komplex ins *Dazwischen* gehen. Fandarel wußte, daß Akki immer noch Zweifel hegte, ob selbst Hunderte von Drachen gemeinsam eine Masse dieser Größe bewegen konnten. Aber er fand, sie alle hätten Akki sehr viel Vertrauen entgegengebracht, obwohl sie nicht nachprüfen konnten, was er ihnen sagte, und nun müsse der große Meister das Kompliment eben zurückgeben. Fandarel sah flüchtig, daß Evan und Belterac hinter ihm waren; dann klinkte er seine Leine in die Sicherungsschiene ein, legte beide Hände auf die Sprossen und zog sich nach oben.

Es ging hoch hinauf. Als er den oberen Rand des Triebwerksblocks erreichte, stellte er fest, daß er breit genug war, um fünf Drachen in einer Reihe hintereinanderzustellen. Die Länge betrug das Vierfache der Breite. Fandarel hatte sich noch immer nicht daran gewöhnt, in solch kolossalen Dimensionen zu denken.

Akkis Diagramm deutlich vor Augen, begab er sich vorsichtig an die Stelle, wo die Tanks angebracht werden sollten, die Düsen einander zugewandt und mit einem Ventil verbunden, aus dem der Inhalt unerbittlich auf das Metall tropfen konnte. Fandarel bedauerte aus tiefster Seele, daß man das ganze phantastische Metall einfach opfern sollte, besonders, seit Akki ihm nachdrücklich erklärt hatte, die Legierung lasse sich nicht kopieren, da es Pern dazu an verschiedenen Rohstoffen fehle. Er tröstete sich damit, daß er es gesehen, gespürt und ja, sogar zerstört hatte. Im Schmiedehandwerk hielten sich Schaffen und Zerstören fast die Waage.

Bendarek und Fosdak waren unten geblieben, um die Zugtrossen an den Tanks zu befestigen. Nun brauchte man oben nur noch die Sicherheitsleinen so zu justieren, daß man die Tanks hochziehen konnte, ohne durch die Anstrengung abgetrieben zu werden. Das Team war gut ausgebildet, und bald waren die Tanks oben und konnten auf die Unterlage gedrückt werden, wo raffinierte Saugnäpfe sie so lange festhielten, bis der Spezialkleber ausgehärtet war. Dann wurden die Verbindungsstücke angebracht und das Ventil installiert. Zu guter Letzt klemmte man die schwarzen Solarzellen an, die verhindern sollten, daß das Agenodrei während der Operation gefror oder zu kochen begann. Schließlich übergab Bendarek feierlich den Schraubenschlüssel an Meister Fandarel, damit der die Plastikdüsen öffnen und das korrosive Agenodrei freisetzen konnte.

»Dann waren's nur noch zwei«, stellte Fosdak gewohnt spöttisch fest.

»Wir werden diese Leiter ganz vorsichtig hinuntersteigen«, mahnte Fandarel. Er war erleichtert, daß alles ohne Zwischenfälle abgelaufen war. Effektivität bedeutete eben auch Sicherheit, rief er sich wieder einmal ins Gedächtnis.

Er bedeutete den anderen, vorauszugehen, und kontrollierte noch einmal die Meßgeräte, die anzeigten, wieviel Agenodrei sich noch in jedem Tank befand. Natürlich war noch keine Veränderung eingetreten, aber Fandarel mußte alles kontrollieren, das war ihm längst zur zweiten Natur geworden.

»Ich weiß, ich weiß«, sagte Hamian gereizt und strich sich mit beiden Händen das schweißnasse Haar aus der Stirn. Dann sah er F'lar fest in die Augen. Hamian war bis auf seine Arbeitshosen nackt, aber die Hitze war nicht das einzige, was ihm Beschwerden bereitete. Vor allem war er unzufrieden mit dem Plastikmaterial, das er mit Zurg, Jancis und fünfzig weiteren Gesellen und Meistern aus verschiedenen Gilden in ausreichender Menge – und Qualität – herzustellen suchte, um die Drachenreiter bei ihrem gewaltigen Vorhaben zu schützen.

Das Plastik, das er nach Akkis Formeln produziert hatte, war elastisch und zäh genug für die Außenschicht; Schwierigkeiten ergaben sich erst in Verbindung mit der Füllung und dem Baumwollfutter. Da die Plastikhaut luftdicht zu sein hatte, konnte man sie nicht nähen. Nun stellte Hamian Versuche mit den verschiedensten Klebstoffen an, um einen zu finden, der im Weltraum nicht brüchig wurde und doch alle drei Schichten zusammenhielt. Er wußte gar nicht mehr, wie viele Anzüge er schon auf die *Yokohama* geschickt hatte, um sie prüfen zu lassen.

Dagegen waren die Fußhüllen für die Drachen vergleichsweise einfach gewesen, auch wenn sich die Drachenfüße wie die der Menschen in Länge und Breite unterschieden. Immerhin war ein Teil seiner Arbeitskräfte mit der Fabrikation von mehr als dreihundert Paar über mehrere Monate beschäftigt gewesen.

»Ja, ich weiß, die Zeit drängt, F'lar, aber wir arbeiten auf Hochtouren. Hundertundzweiundsiebzig Anzüge sind fertig und haben den Test bestanden.« Er hob resigniert die Hände.

»Man wird ja wohl noch fragen dürfen« sagte F'lar.

»Hören Sie.« Jaxom suchte zu vermitteln. »Schlimmstenfalls können wir die Triebwerke in drei Etappen hinaufbringen. Es sind doch sicher so viele verschiedene Größen vorhanden, daß man die Anzüge tauschen kann.«

F'lar runzelte die Stirn. Der Vorschlag gefiel ihm nicht.

»Es wäre jedenfalls eine Möglichkeit«, sagte Jaxom, »und Hamian stünde nicht mehr so sehr unter Druck.«

»Es sollte aber ein Gemeinschaftsunternehmen ...«

»Sie wissen doch genauso gut wie ich, F'lar, daß wir viel Spielraum haben.« Jaxom ging mit aller Vorsicht zu Werke. Schließlich sollte F'lar nicht merken, daß Akki gar nicht mehr als zweihundert Anzüge haben wollte. Jaxom verabscheute es, seine besten Freunde manipulieren zu müssen, aber es war unumgänglich, wenn Akkis Plan gelingen sollte. Wie F'lar hatte er zu seinem Leidwesen einsehen müssen, daß Akki nicht allzuviel Vertrauen in die Fähigkeiten der Drachen setzte. Die Zebedäen waren ein langsameres Verfahren zur Vernichtung der Fäden, aber es schien angebracht, sich eine zweite Option offenzuhalten. »Es ist ja nicht so, als müßten alle Triebwerke im gleichen Augenblick abgesetzt werden.«

»Nein, das ist richtig.« F'lar wischte sich zerstreut den Schweiß von der Stirn.

»Wie lange brauchen wir denn inzwischen, um uns aus den Raumanzügen zu schälen? Höchstens eine halbe Stunde zwischen zwei Flügen, das wäre alles. Hamian bräuchte nur noch zwanzig Anzüge fertigzustellen – natürlich mehr, wenn irgend möglich, Hamian, aber was wir haben, reicht schon fast aus.«

»Und die Zeit läuft uns davon«, sagte Hamian. Er wirkte nicht mehr ganz so angespannt. Er hatte es sehr bedauert, gerade diesmal sein Soll nicht erfüllen zu können, aber man hatte soviel Zeit mit Kleinigkeiten verloren, an die niemand gedacht hatte, als sie so unbekümmert loslegten. »Alles dauert länger und kostet mehr. Splitter und Scherben! Ich hasse es, Sie zu enttäuschen.«

»Wer sagt denn, daß Sie uns enttäuschen?« fragte Jaxom. »Wir haben doch schon so viele Ausrüstungen, daß wir sofort anfangen könnten.«

F'lar sah ihn gelinde überrascht an. Jaxom merkte, daß er eben in F'lars Hoheitsgebiet eingedrungen war, und entschuldigte sich mit einem möglichst liebenswürdigen Lächeln und einem leichten Achselzucken.

»Gewiß, Jaxom, du hast ja recht: Wenn die Reiter tauschen, sind genügend Anzüge vorhanden, damit die Sache durchgezogen werden kann«, stimmte F'lar zu.

»Nun«, sagte Hamian, sichtlich erleichtert, »dann kann ich mir ja sogar die Zeit nehmen, einen Happen zu essen. Halten Sie mit?« Er deutete auf einen Schragentisch unter einem Baldachin. Etliche seiner Mitarbeiter hatten sich bereits bedient, denn Mahlzeiten wurden eingenommen, wann immer es die Zeit erlaubte. »Für Drachenreiter ist immer genug im Topf.«

Während des ganzen Essens spürte Jaxom F'lars prüfenden Blick, aber er tat so, als merke er nichts. Er mußte unter vier Augen mit Akki reden und ihn bitten, Hamian nicht so sehr unter Druck zu setzen. Der Mann gab sich wirklich alle Mühe – er konnte ja nicht ahnen, daß Akki mit Absicht Raumanzüge zurückwies, die wahrscheinlich in jeder Hinsicht einwandfrei waren. Zweihundert fertige und für gut befundene Monturen – nicht mehr –, und Jaxoms Reiseprobleme wären gelöst.

Obwohl Landing den Hauptanteil der Vorbereitungen für die letzte Attacke auf die Fäden zu tragen hatte, wuchs die Aufregung auf dem ganzen Planeten mit jedem Tag des letzten Monats, den man abhaken konnte.

Oldive und Sharra hatten möglichst viele Heiler zu ihrem Projekt abkommandiert und auf einen Vorschlag von Meister Nicat hin auch einige Edelsteinschleifer zugezogen, die mit Vergrößerungsgläsern und kleinen Werkzeugen umzugehen wußten. Nun suchte man mit doppeltem Einsatz nach dem wirksamsten ›Modifikator‹ für die Fädenspiralen. In den Fädenovoiden hatte man zahlreiche Parasiten entdeckt und davon einen großen Teil mit einer ganzen Reihe von ›Viren‹ infiziert. Obwohl einige der ›modifizierten‹ Formen sich wie Schädlinge verhielten, hatte bisher keiner eine ausreichend heftige Reaktion hervorgerufen, behauptete jedenfalls Akki. Es sollte zu einer regen Fortpflanzung kommen, wobei der erwählte Virus – in einer stärker parasitären Form – fähig sein mußte, sich unter Aufzehrung des Fädenmaterials im Inneren des Ovoids zu vermehren.

Jedermann, ob im Labor auf der *Yokohama* oder in den Klassenzimmern von Landing, saß endlos lange über dem Mikroskop und leistete Schwerarbeit, ohne sich durch überanstrengte Augen, Kopfschmerzen und verkrampfte Rückenmuskeln beirren zu lassen.

Akki tröstete immer wieder. »Die Fäden sind eine sehr desorganisierte Lebensform, sie weisen nicht einmal den Organisationsgrad der einheimischen Bakterien auf, die Sie bei Ihren biologischen Untersuchungen isoliert haben. Niemand kann erwarten, daß Sie die Reproduktionsmechanismen einer solchen Lebensform begreifen.«

»Wir haben keine Zeit!« knirschte Mirrim, deren letztes Angebot Akki soeben zurückgewiesen hatte. Dann heiterte sich ihre Miene auf. »Wir könnten natürlich ein paar von den Dingern hierbehalten, um sie weiter zu studieren und daraus zu lernen, nicht wahr?« Einige ihrer Kollegen starrten sie voller Abscheu und Entsetzen an. »Nein, ich sehe schon, das geht wohl doch nicht. Na schön, zurück ans Mikroskop! Das ist heute meine achtundneunzigste Versuchsreihe. Vielleicht ist Hundert unsere Glückszahl!«

»Noch zweiundzwanzig Tage«, sagte Oldive mit einem tiefen Seufzer, dann wandte auch er sich wieder seiner Arbeit zu.

Später, als Lytol die Geschichte der Akki-Jahre niederschrieb, gedachte er zwar der Ergebnisse, aber nicht der Hektik, von der sie begleitet wurden, obwohl er allen, die an den verschiedenen Projekten beteiligt waren, die gebührende Ehre zuteil werden ließ.

Zu guter Letzt waren doch alle Arbeiten abgeschlossen – zwei volle Tage *vor* Ablauf der Frist, die Akki ihnen gesetzt hatte.

Zweihundert Reiter in Raumanzügen auf zweihundert mit Fußhüllen versehenen Drachen warteten in ihren Weyrn auf das Signal. Neun weitere Reiter in Raumanzügen standen bereit, um ihren Teil des Großen Plans zu erfüllen und die ›modifizierten‹ Ovoide zu verteilen. Die drei Anführer, F'lar, N'ton und Jaxom, befanden sich im Frachtraum der *Yokohama*. Lessa war bei Ramoth geblieben, die gerade brütete, und Jaxom wagte nicht zu fragen, wie F'lar und Mnementh das so termingemäß hinbekommen hatten. Die Weyrherrin hatte sich damit abgefunden, daß die Operation ohne sie durchgeführt wurde, obwohl es ihr nicht leicht fiel, abseits stehen zu müssen.

Meister Fandarel und Belterac waren zur Stelle, um den Triebwerksblock der *Yokohama* von der Hauptkugel zu trennen. Zum gleichen Zweck hielten sich Bendarek an Bord der *Bahrain* und Evan auf der *Buenos Aires* auf. Sobald die Trennung vollzogen war, würde man die Drachen rufen, damit sie ihre Plätze einnahmen.

Akki hatte F'lar für den Block der *Yokohama* eingeteilt, der etwa im Zentrum der großen Spalte auf dem Roten Planeten abgesetzt werden sollte. Jaxom wollte seine Gruppe an das eine Ende der Spalte führen, und N'ton war mit seinen Leuten für das andere Ende vorgesehen, mehr oder weniger dicht an den riesigen Kratern. Nur Jaxom wußte, wodurch diese Krater entstanden waren – und *wann*. Das Problem war, N'ton nichts davon merken zu lassen.

Jeder Trupp würde von drei braunen, blauen und grünen Reitern, unter ihnen Mirrim, begleitet werden, die die Säcke mit den modifizierten Fädenovoiden im Tiefflug über der trostlosen Oberfläche des Roten Planeten und dem flachen Ring aus Sporenkapseln im Orbit über dem Äquator ausstreuen sollten. Mirrims hundertster Versuch war tatsächlich der entscheidende gewesen.

Mit behutsamen Fingern und angestrengtem Stirnrunzeln tippte Meister Fandarel die Paßworte ein, mit denen die Sequenz zur Freigabe der Triebwerke aktiviert wurde. Akki hatte sich eingehend mit den Privatspeichern der Kapitäne befassen müssen, um die geheimen Kodes zu finden.

»So«, sagte der Meisterschmied triumphierend.

Lichter zuckten über den Monitor, dann erschien eine Botschaft – aber eine andere, als Fandarel erwartet hätte.

»Es gibt Schwierigkeiten«, sagte er. »Der Computer verweigert die Aktivierung.«

»Das Paßwort ist richtig, die erforderliche Sequenz wurde ausgelöst. Nun müßte die Trennung eingeleitet werden«, sagte Akki knapp.

»Auf dem Monitor steht: ›Aktivierung nicht möglich.‹«

»Aktivierung nicht möglich.« Akkis Stimme klang ehrlich überrascht.

»Aktivierung nicht möglich«, wiederholte Fandarel und überlegte bereits, wo der Fehler denn wohl stecken könne. Bisher hatten die Apparaturen der *Yokohama* noch alle Leistungen erbracht, die man ihnen abverlangte, obwohl sie viele hundert Jahre lang nicht in Gebrauch gewesen waren. »Ich versuche es noch einmal.«

»Es wird ein Suchlauf durchgeführt, um festzustellen, ob eine Störung im Computer vorliegt«, antwortete Akki.

»Meister Fandarel?« erkundigte sich Bendarek über die Schiffsverbindung von der *Bahrain* her. »Soll ich jetzt anfangen?«

»Die Trennung ist hier noch nicht vollzogen«, mußte Fandarel gestehen. Die Verzögerung war ihm peinlich, und er hoffte nur, sie würde bald ausgestanden sein.

»Vielleicht reagiert die *Bahrain* besser – darf ich es versuchen?« Bendarek konnte seine Ungeduld nicht ganz bezähmen.

»Akki?« Fandarel war nicht kleinlich. Wenn es bei Bendarek klappte, war es auch gut.

»Im Programm ist kein Fehler zu finden«, sagte Akki. »Es wird empfohlen, die Freigabe auf der *Bahrain* einzuleiten.«

Bendarek hatte etwas mehr Glück als Fandarel. »Auf meinem Monitor steht: ›Funktionsstörung festgestellt.‹ Welche Funktion könnte denn gestört sein?«

Nun aktivierte Evan auf der *Buenos Aires* seinerseits das Programm, und er erhielt die Meldung MECHANISCHES VERSAGEN.

»Was ist nun richtig?« Es bereitete Fandarel eine gewisse Genugtuung, daß alle drei Versuche gescheitert waren.

»Möglicherweise alle drei«, antwortete Akki. »Überprüfung läuft.«

Fandarel nahm sich ein Beispiel an Akki und ging, ohne wirklich auf die Tasten zu drücken, die eingegebene Zeichenfolge noch einmal durch.

»Es ist ein mechanisches Versagen«, verkündete Akki.

»Natürlich!« brüllte Fandarel, denn nun war ihm auch klar, woran es liegen mußte. »Die Schiffe befinden sich seit mehr als zweitausendfünfhundert Jahren im Weltraum. Die mechanischen Teile wurden nie gewartet.«

»Das ist richtig, Meister Fandarel«, sagte Akki.

»Warum geht es da oben nicht weiter?« fragte F'lar vom Frachtraum aus.

»Nur eine Kleinigkeit«, antwortete Fandarel. Dann hielt er inne. »Wo?« wollte er von Akki wissen.

»Die Klammern blockieren, weil sie nicht regelmäßig geschmiert wurden.«

»Sie sind nicht etwa nur eingefroren?« fragte Fandarel.

»Sie haben viel gelernt, Meister Fandarel. Zum Glück lassen sich die Klammern von innen her ölen, durch einen freilich sehr schmalen Zugang.« Auf dem Monitor erschien eine Schemazeichnung des Bereichs zwischen den Außenwänden der *Yokohama*. »Dazu ist jedoch ein spezielles Schmiermittel erforderlich, denn in diesem Bereich ist es sehr kalt, und die Öle, die Sie normalerweise verwenden, wären wirkungslos. Ein Gemisch aus flüssigem Neon, flüssigem Wasserstoff und flüssigem Helium mit einer winzigen Menge Flüssigsilikon muß angefertigt werden. Das entspricht bei den hier herrschenden extremen Temperaturen einem Schmieröl. Dank ihres niedrigen Molekulargewichts verdampfen die Gase zuerst, aber durch ihre niedrige Viskosität bringen sie das schwerere Silikonöl auch in die schmalsten Ritzen. Damit sollte dieses kleine Problem zu lösen sein.«

»Kleines Problem?« Zum erstenmal verlor Fandarel die Geduld. »Wir haben diese Substanzen nicht.«

»Sie sind aber in der Lage, sie herzustellen. Denken Sie nur an die Experimente mit flüssigem Helium.«

Das tat Fandarel. »Aber das kostet Zeit.«

»Wir haben Zeit«, sagte Akki. »Wir haben für den Transfer ein großes Fenster angesetzt. Wir haben Zeit.«

Die Drachenreiter waren nicht begeistert von der Verzögerung – sie und ihre Drachen hatten sich auf die ungeheure Anstrengung eingestimmt und konnten nun kaum erwarten, daß es losging.

»Irgend etwas muß immer dazwischenkommen, wie?« N'ton grinste kläglich.

»Morgen?« fragte Jaxom und grinste ebenfalls, um F'lars Gereiztheit zu zerstreuen. »Gleiche Zeit, gleicher Treffpunkt?«

F'lar strich sich die Locke zurück, die offenbar nie halten wollte, schnippte mit den Fingern und fand sich mit der unerwarteten Verzögerung ab.

»Wir sagen den Reitern Bescheid, Akki.«

Jaxom wirkte nach außen hin ganz unbekümmert, dabei war er tief enttäuscht gewesen, als die Expedition verschoben wurde. Mehr als alle anderen hatte er sich wappnen müssen für die gewaltige Leistung, die er sich und Ruth abverlangen würde.

Ein Tag mehr macht mir nicht viel aus, Jaxom, tröstete Ruth. *Die Mahlzeit von gestern hält länger vor als nur bis morgen.*

Das ist gut, antwortete Jaxom grimmiger, als der Anlaß es erforderte – er hatte sich eben auf heute eingestellt! *Na schön, zurück zum Ost-Weyr. Wir müssen meinen Geschwadern sagen, daß die ganze Aufregung umsonst war.*

Tatsächlich nahm die Herstellung des Schmieröls mehrere Tage in Anspruch. Jaxom ließ Ruth jeden Abend mindestens einen kleinen Wherry fressen, bis der Drache sich beschwerte, er sei so übersättigt, daß er nicht einmal einen Sprung schaffen werde, von zweien gar nicht zu reden.

»Immer noch besser, als wenn du mir irgendwo zwischen den Zeiten umkippst«, gab Jaxom zurück.

Er verbrachte die Wartezeit zusammen mit Sharra, die sich von der anstrengenden Arbeit im Labor erholen mußte, auf dem Landsitz an der Meeresbucht. Sie war schmal geworden und hatte dunkle Ringe unter den Augen, aber so hatte er wenigstens etwas zu tun.

Er konnte sich um sie kümmern. Und um sich selbst. Und um Robinton.

Erschüttert mußte Jaxom sich eingestehen, daß sich der Meisterharfner verändert hatte. Die Anzeichen waren kaum wahrnehmbar, aber er merkte, daß sie auch Lytol und D'ram nicht verborgen blieben. Robinton hatte zwar den körperlichen Schock überwunden, nicht aber den seelischen. In Gesellschaft schien er wieder ganz der alte zu sein, aber allzuoft traf Jaxom ihn tief in Gedanken an – in ernsten, finsteren Gedanken, der Traurigkeit in seinen Augen nach zu schließen. Der Harfner trank auch weniger und mit weniger Genuß. Es war fast, als friste er nur sein Dasein, ohne mit dem Herzen dabei zu sein.

Auch Zair macht sich Sorgen, erklärte Ruth, der spürte, wie beunruhigt sein Reiter über den Zustand des Harfners war.

»Vielleicht braucht Meister Robinton nur etwas länger, um sich zu erholen«, versuchte Jaxom sich zu trösten. »Er ist schließlich nicht mehr der Jüngste, und da läßt die Spannkraft nach. Immerhin war es ein einschneidendes Erlebnis. Wenn erst alles vorüber ist, wird uns schon etwas einfallen, um ihn aus seinem Trübsinn herauszureißen. Sharra ist diese Apathie auch schon aufgefallen, und sie will mit Oldive darüber sprechen. Aber du weißt ja, wie gereizt Robinton reagiert, wenn er das Gefühl hat, bemuttert zu werden. Wir werden etwas unternehmen. Sag das Zair. Und jetzt gehen wir zum allerletztenmal die Sternbilder für unseren ersten Zeitsprung durch.«

Die kennen wir alle beide besser als den Himmel, so wie er jetzt ist, murrte Ruth, tat aber doch willig, was Jaxom wollte.

Der Aufruf zum Sammeln erging am Spätnachmittag. Fosdak, der schlankste unter den Schmiedegesellen, hatte sich im Raumanzug durch die Zwischenräume gezwängt und die Schmierflüssigkeit und das

Öl in die feinen Spalten der riesigen Klammern gepumpt, die den Triebwerksblock am Hauptrumpf des Raumschiffs festhielten. Als er auf der *Buenos Aires* fertig war und zur *Yokohama* zurückkehrte, um nachzusehen, ob das Mittel sich auch verteilt hatte, war er einigermaßen zuversichtlich. Wieder gab Fandarel das Paßwort ein, löste die Freigabesequenz aus, drückte auf ENTER und wartete. Diesmal bestätigte der Computer die Befehle und antwortete mit READY TO EXECUTE.

»Ich bin bereit, den Befehl auszuführen«, meldete Fandarel.

»Dann los, Mann, los!« rief F'lar.

Fandarel aktivierte das Programm. Ob außer ihm noch jemand das metallische Quietschen und Klirren oder das letzte *Klonk* vernahm, mit dem sich die Klammern schließlich öffneten, wußte er nicht, im Triebwerkssektor waren die Geräusche jedenfalls laut genug zu hören.

»Trennung vollzogen«, meldete er, und dann kam er erst auf die Idee, die Außenkameras einzuschalten, um den Vorgang auch beobachten zu können.

»Alle Weyr in Bereitschaft!« rief F'lar, und Fandarel hatte einen wunderbaren Blick auf die plötzlich auftauchenden Drachenscharen. Jedes Tier nahm seinen vorher vereinbarten Platz an den oberen Holmen ein. »Großartig!«

»Trennung auf der *Bahrain* vollzogen!« meldete Bendarek.

Fandarel konnte die *Bahrain* nicht sehen.

Jaxom dagegen sehr wohl, denn er war für sie verantwortlich. Als F'lar die unter seinem Kommando stehenden Geschwader – aus Benden, Igen und Telgar – zusammenrief, hatte auch Jaxom seine Truppen vom Ost-Weyr, vom Süd-Weyr und von Ista heraufgeholt. Ein so eindrucksvolles Schauspiel hatte er noch nicht erlebt. Alle Drachen waren im gleichen Augenblick zur Stelle, genau wie man es geprobt hatte. Alle Drachenklauen legten sich um die langen Holme, und alle Helmmasken waren auf das hintere Ende gerichtet, wo er und Ruth sich postiert hatten.

Ruth, weise nun den Drachen anhand der Sternbilder den Weg zum Roten Stern. Vergiß nicht, daß es diesmal am Ende der Spalte keinen Krater geben wird.

Ich weiß, weil wir *ihn erst entstehen lassen müssen!* Das klang begeistert.

Eine Verwirrung war praktisch ausgeschlossen: Die Drachen waren darauf eingestellt, ihre Koordinaten von Ruth zu bekommen. Keiner von ihnen war bisher auf dem Roten Stern gewesen. Man hatte den Reitern eingeschärft, daß ihnen der Sprung länger vorkommen werde als gewohnt und daß sie darauf achten sollten, unterwegs gleichmäßig zu atmen.

Sie haben verstanden und sind bereit, meldete Ruth einen Augenblick später.

Jaxom holte tief Atem, legte kurz seine behandschuhte Hand auf Ruths Schulter und streckte sie dann hoch in die Luft. *Wir müssen los,* sagte er, *ehe mich der Mut verläßt.* Damit ließ er den Arm sinken.

Trotz aller Vorbereitung war es ein langer Sprung. Jaxom zählte dreißig Atemzüge. Schade, daß Lessa sich nicht mehr erinnern konnte, wie lange sie gebraucht hatte, um vierhundert Planetenumläufe weit in die Vergangenheit zurückzugehen – das zu wissen, hätte ihn vielleicht beruhigt. Beim zweiunddreißigsten Atemzug drohte ihn die Angst zu überwältigen.

Wir sind da! Ruths gewaltiger Schrei hallte in Jaxoms Bewußtsein wider.

Sie schwebten nur wenige Zoll über dem einen Ende der Großen Spalte. Die Konstellationen am Himmel stimmten. Die Umgebung der Spalte wirkte nicht weniger trostlos als in Jaxoms Gegenwart.

Entschlossen konzentrierte sich Jaxom auf die anstehende Aufgabe. Sie hatten zehn Minuten Zeit, um das riesige Triebwerk in die Tiefe hinabzulassen.

Die Gruppe mit den Ovoiden macht sich auf den Weg, teilte Ruth ihm mit.

Jaxom übermittelte den Drachen das Kommando zum Absenken ihrer Last – und konnte ein breites Grinsen nicht unterdrücken. Die Drachen hatten diese unglaubliche Reise tatsächlich geschafft! Das Gewicht des Triebwerks war ihnen vorgekommen wie nichts – weil sie es nicht für ungewöhnlich gehalten hatten. Ein unsagbares Glücksgefühl überflutete ihn.

Wir haben es geschafft, Ruth! Wir haben es geschafft!

Natürlich haben wir es geschafft. Sachte jetzt, ihr müßt das Ding gerade halten, fuhr Ruth mahnend fort, und Jaxom winkte den hinteren Drachen zu, die schneller an Höhe verloren als die vorderen. *T'gellan möchte wissen, wie tief wir damit gehen sollen.*

Sag ihm, so tief wie möglich, ohne daß sich die Drachen die Schwingen abschürfen. Da unten müßte es ein paar Felsvorsprünge geben, auf denen das Triebwerk bis zur Explosion sicher liegen kann. Ganz ruhig jetzt, und haltet eine gleichmäßiges Geschwindigkeit ein.

Sie waren weit unterhalb der Kante, als Jaxom spürte, wie das ganze Gebilde eine Erschütterung durchlief.

Können wir uns noch tiefer sinken lassen, Ruth? Ich möchte nachsehen, ob das genügt.

In Ruths Augen spiegelten sich die verschiedenen Felsschichten, Feldspat, Granit und dunklere Gesteinsmischungen. Dann war er unterhalb des Triebwerks.

Es wird ein wenig kippen, wenn sie loslassen, sagte er. Hier im Schatten konnte er besser sehen als sein Reiter.

Wer ist am vorderen Ende? fragte Jaxom.

Heth, Clarinath, Silvrath, Jarlath.

Bitte sag ihnen, sie sollen es so weit absenken wie möglich.

Schon geschehen.

Dann sollen sie die Holme freigeben, aber darauf gefaßt sein, gleich wieder zuzupacken. Das Ding darf uns nicht in die Tiefe stürzen.

Heth meint, wenn wir mit dem Heck eine halbe Länge weiter nach vorne gingen, dann hätte der Bug eine gute Auflage auf einem Felssims.

Gib die Botschaft an Monarth weiter.

Schon geschehen.

Jaxom sah das Triebwerk mit einem leichten Ruck aufsetzen.

Gut. Er winkte den Reitern über sich, auf ihrer Seite behutsam loszulassen.

Der gewaltige Klotz schien sich in einer stabilen Position zu befinden, dennoch hielten sich die Drachenkrallen sichtlich angespannt noch immer wenige Zoll über den Holmen in Bereitschaft. Jaxom warf einen Blick auf den Zeitmesser an seinem Handgelenk. Acht Minuten waren vergangen. Sie waren fertig.

Er gab den Geschwadern das Zeichen, aus der Spalte aufzusteigen, und bat Ruth, alle Drachen zur Landung auf der Kante aufzufordern.

Mit dem Sätrupp alles in Ordnung, Ruth?

Gewiß, sagte der weiße Drache gelassen. *Mirrim ist mit Path gelandet, um sich die Ovoide im Staub anzusehen. Es sind viel, viel mehr, als sie erwartet hatte.*

Sag Path, Mirrim soll ja nicht auf die Idee kommen, ein Muster mitzunehmen. Wir haben genug von den Dingern, erklärte Jaxom entschieden. Ein achtzehnhundert Umläufe altes Artefakt hätte ihnen gerade noch gefehlt.

Path sagt, viele davon sind verfault.

Ein Grund mehr, sie zu lassen, wo sie sind!

Path bringt keines mit.

Wieder sah Jaxom auf seine Uhr. Eine weitere Minute war verstrichen. Drachen und Reiter sahen sich neugierig um.

Monarth läßt dir von T'gellan ausrichten, von ihm aus

könnten die Fäden diesen Planeten gerne haben, bemerkte Ruth. *Das Triebwerk explodiert doch noch nicht gleich?*

Nein, vorausgesetzt, Bendarek hat bei der letzten Kontrolle die Meßgeräte richtig abgelesen. Wie mag es wohl F'lar ergehen?

Wieder hatte der kleine Zeiger eine Runde vollendet.

Ruf die anderen zusammen, Ruth. Wir müssen zurück.

Binnen acht Sekunden waren die grünen, blauen und braunen Reiter zur Stelle.

Nun kam der gefährlichste Teil, und Jaxom fürchtete sich davor, seit Akki ihm das ganze Manöver erklärt hatte: er hatte dafür zu sorgen, daß alle Drachen mit ihren Reitern heil in ihre eigene Zeit zurückgelangten.

Ruth, du mußt jedem Drachen einschärfen, seinen eigenen Weyr anzusteuern. Bis zur Rückkehr werden vierzehn Minuten vergangen sein, es besteht also wirklich keine Gefahr, daß jemand mit sich selbst zusammenstößt – oder doch?

Ich habe dir schon oft gesagt, Jaxom, ich glaube nicht, daß man sich dabei verirren kann. Den Weg zu seinem eigenen Weyr kennt jeder Drache.

Jeder Drache soll seinem Reiter einschärfen, daß dieser Befehl unbedingt zu befolgen ist, beharrte Jaxom.

Ich werde ihnen sagen, daß sie zu weit von Pern entfernt sind, um sich irgendwelche Eigenmächtigkeiten erlauben zu können. Sie werden gehorchen. Die Drachen auf jeden Fall. Ruth schwieg für einen Moment. *Ich habe es ihnen gesagt, und sie vertrauen mir, auch wenn ich keine Königin bin.*

Jaxom war immer noch nicht beruhigt und bat seinen Drachen, ein Stück weit aufzusteigen, damit alle Drachen ihn sehen konnten.

Sofort nach Eintreffen im Weyr sollen sie die Anzüge ausziehen, damit die Braunen sie einsammeln und nach Fort bringen können.

Für unseren nächsten Flug. Unglaublich, wie zufrieden, ja, wie selbstgefällig Ruths Stimme klang. Und Jaxom hatte Bedenken gehabt, zwei Zeitsprünge hintereinander könnten den flexiblen, weißen Drachen überfordern. Er sah, daß alle Helmmasken auf ihn gerichtet waren, hob den Arm und machte mit der Hand das Zeichen für *Dazwischen*. Eine Sekunde später bat er Ruth, ihn auf die *Yokohama* zurückzubringen.

Seltsamerweise schien die Zeit auf dem Rückflug langsamer zu vergehen, obwohl Jaxom gerade beim dreißigsten Atemzug angelangt war, als sie im Frachtraum der *Yokohama* auftauchten. Der erste Drache, den er sah, war Ramoth, Lessa befand sich neben ihr, und irgendwo seitlich tauchte F'lar auf. Jaxom warf einen Blick auf seine Armbanduhr: F'lar hatte die vollen fünfzehn Minuten gebraucht, die ein Drache ohne Sauerstoff überstehen konnte. Der Frachtraum war erleuchtet, aber nicht so hell, daß Jaxom hätte sehen können, ob Mnemenths Farbe stumpf geworden war. Er blickte auf Ruth hinab, dessen Haut in gewohntem Weiß erstrahlte.

Auftrag ausgeführt, meldete er. *Sind alle wohlbehalten unten angekommen?*

Monart sagt ja. Heth ... Ruth zögerte, und Jaxoms Inneres krampfte sich vor Angst zusammen. *Heth sagt, alle sind zurückgekehrt, aber bei mehreren Drachen sieht die Haut stumpf und grau aus.*

Wenn das alles ist! Dem läßt sich mit einer herzhaften Mahlzeit rasch abhelfen. Und du?

Mir geht es gut. Wir haben uns wacker geschlagen. Bisher.

Jetzt muß ich mir nur noch einen Vorwand für die Buenos Aires *einfallen lassen,* sagte Jaxom und nahm seinen Helm ab.

Du schaffst das schon.

»Juchuuuh!«

F'lars lauter Jubelschrei erschreckte Jaxom so sehr,

daß er fast von Ruths Rücken abgehoben hätte. Auch der weiße Drache wandte den Kopf, und seine Augen kreisten erstaunt. F'lar stieß sich von Mnementh ab, schoß auf die nicht weniger überraschte Lessa zu und packte sie mit so viel Schwung, daß sie alle beide gemächlich dahintrudelten, bis sie schließlich gegen Ramoth prallten. Die große, goldene Drachenkönigin krümmte den Hals und sah verständnislos auf die Weyrführer hinab.

»Wir haben es geschafft! Die Drachen von Pern haben es geschafft! Diesmal muß Akki Abbitte leisten! Er hat es uns nie zugetraut!« schrie F'lar aus voller Kehle und lachte, als seine Stimme von den Wänden widerhallte.

»Aber F'lar…« Lessa hatte Mühe, das Gleichgewicht wiederzufinden, aber Jaxom sah, daß sie lächelte. »Ja, das ist ein großer Tag für die Weyr! Ein wirklich großer Tag! Du hast dein Versprechen eingelöst. Ja, das hast du getan. Du hast es allen Burgen und Gildehallen gezeigt!«

Immer noch mit diesem törichten Grinsen im Gesicht lehnte F'lar sich gegen Ramoth und strich sich die widerspenstige Locke aus der Stirn.

»Wenn man es genau nimmt, Lessa«, sagte er, und seine Miene wurde bitter, »haben wir es noch nicht ganz geschafft. Erst müssen N'tons Geschwader noch das dritte Triebwerk an Ort und Stelle bringen, und dann müssen wir warten. Zuerst auf die Explosion und dann auf die Wirkung, die wir uns von ihr erhoffen.«

Jaxom hielt sich selbst den Mund zu. Jener Blick in die Zukunft war ein zweifelhaftes Geschenk gewesen. Aber es genügte ja, wenn er selbst wußte, daß der Große Plan gelingen würde.

»Sind alle deine Geschwader heil zu Hause angekommen, Jaxom?« erkundigte sich F'lar, als Jaxom zum Deck hinabschwebte.

»Ein paar Drachen zeigen Farbveränderungen …«

»Ruth aber nicht.« Lessa musterte den weißen Drachen und lächelte Jaxom anerkennend zu.

»Er behauptet ja auch, ich hätte ihn gemästet. Wer von uns darf Akki Bescheid sagen?« Jaxom grinste bis über beide Ohren.

»Das tun wir gemeinsam.« F'lar legte Jaxom einen Arm um die Schultern, sie stießen sich ab und schwebten miteinander auf die Frachtraumkonsole zu. »Übrigens habe ich dein Geschwader gar nicht gesehen.«

»Ich das Ihre auch nicht«, lachte Jaxom. »Wir armen Perner sind so sehr der Scholle verhaftet, daß wir keine Ahnung haben von wirklicher Größe …« Er breitete die Arme weit aus. »Diese Spalte ist gigantisch. Wir haben unser Triebwerk ganz tief unten auf einem breiten Steinsims abgesetzt.«

»Akki weiß bereits Bescheid«, sagte Lessa. »Ich hatte ihm euren Aufbruch gemeldet und ihm mitgeteilt, daß Ramoth mit Mnementh Kontakt hielt. Seltsamerweise«, fügte sie mit einem scharfen Blick auf Jaxom hinzu, »konnte sie Ruth nicht hören.«

»Das ist wirklich seltsam.« Jaxom spielte den Ratlosen. »Dabei hört ihn Ramoth sonst recht gut. Aber Sie dürfen beide nicht vergessen, wie weit sich diese Spalte hinzieht, und wir waren immerhin ganz am nördlichsten Ende.«

Sie hatten die Konsole erreicht.

»Akki?« fragte F'lar.

»Das Wagnis ist gelungen. Sind alle wohlbehalten zurückgekehrt?«

»Ja. Zweifelst du noch immer an den Fähigkeiten der Drachen?« fragte F'lar. In seinem Lachen mischten sich Genugtuung und Triumph. Er zog Jaxom kameradschaftlich an sich. »Du wolltest ja nicht glauben, daß Drachen alles können, was sie sagen.«

»Und alles lief exakt nach Plan.« Jaxom gestattete

sich ein leises Glucksen. »Meine Gruppe hat das Triebwerk genau da abgesetzt, wo du es haben wolltest. Keinerlei Probleme!«

»Man kann Sie beide zu Ihrem Mut und Ihrer Kühnheit nur beglückwünschen.«

»Du solltest nicht zu dick auftragen, Akki«, sagte F'lar.

»Für diese Heldentat haben Sie jedes nur erdenkliche Lob verdient. Sie haben Unglaubliches vollbracht, Weyrführer F'lar, ohne jeden Zweifel. Und Sie haben Ihr Lebensziel erreicht – Sie haben diesen Planeten von der Bedrohung durch die Fäden befreit.«

Das klang so ungewohnt hochtrabend, daß Jaxom F'lar zugrinste.

»Historisch steht Ihre Leistung auf einer Ebene mit dem ersten Kampf der Drachenreiter gegen die Fäden. Man wird Ihren Namen in einem Atemzug nennen mit Sean O'Connell, Sorka Hanrahan...«

»Jetzt trägst du aber wirklich zu dick auf«, sagte Jaxom. »Du bist nämlich der einzige, der sich an diese ersten Kämpfer erinnert.«

»Nicht ganz, Jaxom«, grinste F'lar. »Sebell hat mir die rekonstruierten Aufzeichnungen der Harfnerhalle gezeigt, und den achtzehn Reitern, die an diesem ersten Fädenkampf teilnahmen, wurden in ihrer Zeit die höchsten Ehren zuteil. Übrigens ist von den Gefahren, vor denen du uns gewarnt hast, keine einzige aufgetreten«, fügte F'lar hinzu. Diesen günstigen Moment mußte man nützen.

»Es empfiehlt sich, stets auf alles vorbereitet zu sein«, sagte Akki.

»Nun, das waren wir ja schließlich.«

»Und dies habt ihr euch verdient.« Lessa trat zu ihnen, einen Weinschlauch in den Händen. »Bendens Bester.«

»Der Sechzehner?« Jaxom verrenkte sich den Kopf, um einen Blick auf das Etikett zu werfen.

»Was sonst?« fragte Lessa und setzte mit provozierendem Lächeln den Weinschlauch an die Lippen.

Jaxom blinzelte verdutzt, faßte sich und grinste zurück. Wurde ja auch allmählich Zeit, daß sie ihn als Erwachsenen behandelte. Doch als sie ihm den Weinschlauch reichte, wurde er ernst. Feierlich trank er den beiden Weyrführern zu. »Auf die Weyr von Pern!«

»Auf uns und auf diesen siegreichen Tag!«

Jaxom nahm einen tiefen Schluck, dann reichte er den Schlauch an F'lar weiter, der ihn, nachdem er getrunken hatte, an Lessa zurückgab. Während sie dem Wein noch einmal zusprach, wandte F'lar sich an Jaxom. »Du hast deinen Leuten doch hoffentlich gesagt, daß sie die Anzüge ausziehen und an die nächste Gruppe weitergeben sollen.«

»Wie geplant, werden braune Reiter sie zu N'ton in den Fort-Weyr bringen.«

»Hat der Sätrupp die veränderten Ovoide auch so ausgestreut, wie Akki es verlangte?«

Jaxom zwinkerte Lessa zu. »Mirrim wollte ein paar von den leeren Hülsen, die überall herumlagen, als Muster mitbringen.« Lessa fuhr entrüstet auf, aber er beruhigte sie mit einer Handbewegung »Ich habe es ihr ausgeredet.«

»Wie lange noch bis zur Explosion, Akki?« fragte F'lar.

»Den von den HNO_3-Meßgeräten abgelesenen Werten zufolge ist es zu keiner Verstopfung gekommen. Die Korrosion schreitet fort.«

»Das ist keine Antwort.« F'lar runzelte die Stirn.

Jaxom grinste. »Mehr werden Sie ihm im Moment nicht entlocken. Außerdem fehlt uns noch das dritte Triebwerk.« Ein größeres Problem, dachte Jaxom. Er mußte unbedingt ein paar Minuten mit Akki allein sein. Vielleicht hatte die Anlage ein paar Vorschläge anzubieten, wie er sich in N'tons Gruppe einschleusen und die Drachen dazu bringen konnte, sich die Koordinaten für den zweiten Zeitsprung von lediglich sechshundert Umläufen von Ruth übermitteln zu lassen. Irgendwie mußte es ihm wohl gelungen sein, wie das Vorhandensein des zweiten Kraters am Südende der Spalte bewies. Jaxom zermarterte sich deshalb seit Tagen das Gehirn und hatte jedesmal, wenn er mit Akki allein sprach, nach einer Möglichkeit gesucht, die es ihm ersparen würde, N'ton eine Erklärung zu geben. N'ton hätte ihm zwar sicherlich geglaubt, er wäre auch verschwiegen genug gewesen, aber je weniger Leute von dem Zeitsprung erfuhren, desto besser. Lessa würde toben, weil er ein solches Risiko eingegangen war.

Jetzt sah er sich um. »Sind nur Sie beide hier oben, Lessa?«

»O nein.« Sie grinste. »Alle anderen sind auf der Brücke versammelt und schauen durch das Teleskop, in der Hoffnung, die Explosion beobachten zu können. O ja, ich habe ihnen gesagt, daß es bis dahin noch eine Weile dauern wird. Aber sie waren auch überzeugt, die Geschwader sehen zu können.« Jaxom stockte der Atem, doch sie merkte es nicht und fuhr fort: »Das war natürlich nicht möglich. Mit diesen gewaltigen Entfernungen kommt manchmal nicht einmal Fandarel zurecht. Wie auch immer, es sind genügend Leute hier, die unsere Aufregung teilen.«

»Wie lange sind wir schon zurück?« fragte F'lar.

»Seit etwa zwanzig Minuten«, antwortete Jaxom. »N'tons Geschwader sind sicher noch nicht bereit, F'lar. Wird Ihr Anzug auch gebraucht?«

»Ich glaube nicht, aber ich ziehe ihn zur Sicherheit doch lieber aus. Könnten Sie ihn zur *Buenos Aires* hinüberbringen, für den Fall, daß er benötigt wird?« F'lar reichte Jaxom den Helm und schälte sich mit Lessas Hilfe aus dem unförmigen Anzug. Als er ihn Jaxom über den Arm legte, fügte er hinzu: »Ich glaube, wir gehen zu den anderen auf die Brücke und sehen N'ton durch das Teleskop bei der Arbeit zu.«

Sobald sich die Lifttüren hinter den beiden geschlossen hatten, wandte Jaxom sich an die Konsole. »Schön, Akki, und wie komme ich nun in N'tons Gruppe?«

»Das wird gerade vorbereitet«, antwortete Akki zu seiner Überraschung.

»*Wie* wird es vorbereitet?«

»Sie sind doch flink und gerissen. Einen Grund für Ihre Anwesenheit auf der *Buenos Aires* hat man Ihnen eben geliefert. Wenn es soweit ist, werden Sie auch wissen, was Sie zu tun haben. Begeben Sie sich nun auf das andere Schiff.«

»Wenn es soweit ist, weiß ich also Bescheid?« murmelte Jaxom vor sich hin, warf sich den zweiten Anzug über die Schulter und schwebte damit und mit den beiden Helmen zu Ruth hinüber. »Würdest du mir den bitte hinaufreichen?« Er gab dem weißen Drachen einen Helm, um sich mit der freigewordenen Hand in den Sattel ziehen zu können. »Wie kommt N'ton voran? Sind schon alle Anzüge bei ihm eingetroffen?«

Als er F'lars Anzug vor sich zurechtlegte, stieg ihm Schweißgeruch in die Nase. Nun, er selbst würde nach der ganzen Anstrengung auch keine Blütendüfte verbreiten.

N'ton sagt, einige Anzüge müssen ausgewaschen werden, und der Helm muß zum Anzug passen.

Ausgewaschen? Drachenreiter waren allgemein sehr heikel, was die persönliche Hygiene anging, da mochten einige einen verschwitzten Anzug durchaus als unappetitlich empfinden. *O ja, das könnte sein. Aber das mit den Helmen verstehe ich nicht.*

Eine Pause trat ein, während Ruth sich bei N'tons Bronzedrachen Monarth erkundigte.

Sie haben vergessen, die Anzüge wieder zusammenzuset-

zen – Ruth wiederholte offensichtlich nur, was man ihm sagte, ohne es ganz zu begreifen –, *und dabei sind die Helme durcheinandergeraten.*

Wie lange wird es dauern, bis das in Ordnung gebracht ist? In diesem Moment keimte in Jaxom der erste Ansatz eines Plans. Bei fast hundert Anzügen mochte es Stunden dauern, bis jeder Reiter den passenden Helm gefunden hatte. Er konnte nur hoffen, daß es sich möglichst lange hinziehen würde.

Monarth wußte es nicht. N'ton ist nicht glücklich darüber.

Tu mir den Gefallen und beruhige Monarth und N'ton, Ruth. Das Durcheinander kommt uns nämlich gerade recht. Ich glaube, jetzt können wir uns auf der Buenos Aires *sehen lassen.*«

Dort wurden sie von drei Blauen und zwei Grünen, alle vom Ost-Weyr, empfangen. Die jungen Drachen begrüßten Ruth mit großem Respekt. Wohl wissend, wie sehr sich der weiße Drache in soviel Ehrerbietung sonnen würde, ließ Jaxom ihn zurück und fuhr mit dem Lift zur Brücke der *Buenos Aires* hinauf.

»Wo bleiben denn N'tons Geschwader?« Fandarel war erleichtert, als er Jaxom sah. »Das war ein prachtvolles Schauspiel, Jaxom, die vielen Drachen haben das Triebwerk aufgehoben, als wäre es ein Sack Feuerstein. Akki hat uns mitgeteilt, daß alles gutgegangen ist.« Doch dann verfinsterte sich das Gesicht des Schmieds. »Warum ist N'ton noch nicht hier?«

»Weil niemand daran gedacht hat, daß Helm und Anzug zusammengehören«, sagte Jaxom. Etwas verspätet fiel ihm ein, daß eine gewisse Besorgnis auch ihm gut anstünde, und er runzelte die Stirn. »Auf lange Sicht ist es vermutlich nicht weiter schlimm«, fuhr er nachdenklich fort und strebte der nächsten Konsole zu. »Akki, es wird eine Verzögerung geben. Man hat versäumt, Helme und Anzüge beisammenzuhalten, und nun muß man sie erst sortieren.«

»Das könnte unangenehme Folgen haben, falls es länger dauert«, stellte Akki fest.

»Seit unserem Aufbruch sind drei Viertelstunden vergangen. Wann müßte N'ton denn andere Bezugspunkte bekommen, weil der Sternenhimmel sich verändert hat? Es wäre natürlich eine Katastrophe, wenn er zur falschen Zeit einträfe und sein Triebwerk entweder verfrüht oder verspätet explodieren würde.« Akki hatte Jaxom aufgefordert, seinen Verstand zu gebrauchen. Hoffentlich begriff er nun auch, worauf sein Schützling hinauswollte.

»Ein Faktor, der in Erwägung zu ziehen wäre. Programmiere Alternativen.« Das Bild des *Buenos Aires*-Triebwerks verschwand vom Monitor, Sternbilder huschten in rascher Folge über den Bildschirm. »Bei längerer Verzögerung stellt sich der Sternenhimmel ein klein wenig anders dar.«

»Müssen wir mit Schwierigkeiten rechnen?« fragte Fandarel.

Jaxom lächelte dem Meisterschmied und Bergwerksmeister Nicat, Meister Idarolan, Jancis und Piemur, die sich ebenfalls auf der Brücke aufhielten, beruhigend zu. Wenn wenigstens Piemur nicht hier wäre, sie kannten einander viel zu gut. »Ich glaube nicht, daß sie unüberwindlich sind. Wie Sie hörten, ist Akki bereits dabei, Alternativpläne zu programmieren. Ich sollte Lessa und F'lar von der Verzögerung in Kenntnis setzen.«

Kaum war das geschehen, als ein Anruf vom Triebwerkssektor kam, wo Evan gelassen darauf wartete, die Trennung zu vollziehen. Jaxom war froh, daß man für diese Aufgabe nicht Fosdak eingeteilt hatte. Fosdak hätte nicht soviel Geduld aufgebracht.

Von allen Anwesenden auf den drei Brücken war einzig Jaxom glücklich darüber, daß N'ton und sein Geschwader fast vier Stunden brauchten, bis sie endlich in ihren Anzügen steckten. N'ton war gewöhnlich ein ruhiger, umgänglicher und eher salopper Weyrführer, aber die Verzögerung hatte seine Selbstbeherrschung auf eine harte Probe gestellt.

Monarth meldet, daß sie bereit sind. Ramoth sagt, sie müssen die neue Konfiguration von dir bekommen. Akki bringt die Sternbilder auf den Monitor, du sollst sie dir einprägen und an Monarth weitergeben. Während Ruth noch die verschiedenen Botschaften übermittelte, erschienen die neuen Konfigurationen auf dem Schirm. Wie Jaxom wußte, handelte es sich um die Koordinaten für den Sprung von sechshundert Umläufen, der Rote Stern hatte in bezug auf Rubkat die gleiche Stellung wie in der Achten Periode. Akki hatte die ursprünglichen Koordinaten zeitlich leicht verändert und sich dabei an der Position des Rades und des Pfluges am Horizont orientiert.

Jaxom legte den Schalter für die Schiff-zu-Schiff-Verbindung um. »Lessa, ich habe die Konstellationen auf dem Monitor und gebe sie an N'ton weiter. Könnte Ramoth ihm ausrichten, sie sollen mit dem Transfer noch fünf Minuten warten? Ich muß erst Ruth aus dem Frachtraum holen.«

»Du gibst N'ton nur die Koordinaten, Jaxom«, mahnte Lessa.

»Genau das habe ich vor«, log Jaxom. »Fandarel, fünf Minuten Countdown für Evan?«

Der Schmied nickte begeistert, das Warten hatte alle nervös gemacht. Im Wörterbuch des Schmieds rangierte Warten unter den ineffektiven Beschäftigungen. Während der Lift zum Frachtraum hinunterfuhr, überlegte Jaxom, ob Fandarel sich überhaupt jemals Ruhe gönnte. Da hatte er nun das komplizierteste und anstrengendste Projekt seines ganzen Lebens vollendet und zappelte immer noch vor Ungeduld, wenn er einen Moment lang nichts zu tun hatte.

Geht es los? Ruths Augen schillerten erregt.

Wir brauchen eigentlich gar nicht selbst mitzufliegen,

Ruth, sagte Jaxom. *Lessa wollte nur, daß wir N'ton die neuen Koordinaten geben ...* Jaxom lachte leise, als er Ruths enttäuschten Blick sah. Er saß auf, krönte seinen Kopf mit dem Helm und verschloß ihn mit einer Drehung. *Damit käme die Gruppe wohlbehalten ans Ziel, aber ... Ich glaube, du wirst irgend etwas mißverstehen und einfach mitfliegen. Glaubst du, daß du es schaffst?*

Ich habe mich ausgeruht, außerdem ist dies doch der kürzere Sprung, oder?

Hoffentlich. Der erste Sprung, die Ungewißheit, wie er es schaffen sollte, sich N'tons Geschwader anzuschließen, und die lange Wartezeit hatten Jaxom doch etwas zugesetzt, aber er nahm sich sehr in acht, damit Ruth davon nichts merkte.

Monarth kommt! meldete Ruth aufgeregt.

»Fandarel, sind sie schon zu sehen?« fragte Jaxom über das Helmmikrophon.

»Ja, ein großartiges Bild. Ich habe Evan angewiesen, die Trennung zu vollziehen.«

Wir gehen ans Heck, Ruth.

Jaxom holte tief Atem, aber sie huschten so schnell durch das *Dazwischen*, daß er noch gar nicht ganz fertig war, als Ruth schon wieder auftauchte und den hinteren Holm umfaßte. Monarth und N'ton waren neben ihnen, und weiter unten hatten sich die Bronzedrachen von Fort, vom Hochland, von Telgar und Ista an den obersten Holmen aufgereiht.

Jaxom vergegenwärtigte sich das Bild ihres Ziels so deutlich wie möglich. *Grüß Monarth und N'ton von mir und bitte Monarth, sich von dir die Koordinaten geben zu lassen.*

N'ton hob die Hand zum Gruß, aber das Gesicht des Weyrführers von Fort konnte Jaxom hinter der Helmmaske nicht erkennen. Er grüßte respektvoll zurück.

Monarth sagt, es geht los!

Die Kälte des *Dazwischen* schien Jaxoms Raumanzug zu durchdringen, er spürte selbst, wie unregelmäßig und rasselnd sein Atem ging, und zwang sich zur Ruhe.

Ich bin bei dir, tröstete Ruth.

Wie immer, antwortete Jaxom und zählte weiter seine Atemzüge. Achtzehn, neunzehn, zwanzig, einundzwanzig, zweiundzwanzig.

Und dann schwebten sie wenige Zoll über dem Südende der Spalte.

Monarth fragt, wo der Krater ist.

Sag ihm, Akki habe die Stelle ausgesucht, und deshalb sollten wir das Triebwerk auch hier absetzen. Wir hätten keine Zeit, den verdammten Krater zu suchen!

Jaxom wandte sich N'ton zu.Der Weyrführer sah ihn an und hob fragend die Arme. Ein gereiztes Achselzucken war Jaxoms einzige Antwort.

Monarth sagt, N'ton hat verstanden. Sie machen sich ans Werk.

N'ton gab dem zweiten Drachentrupp ein Zeichen, mit dem Aussäen der Zebedäen zu beginnen. Dann konzentrierte er sich ganz darauf, das schwere Triebwerk in die Spalte hinabzulassen. Alles lief reibungslos, besser noch als bei Jaxoms erstem Flug, und die Operation war in nur zehn Minuten abgeschlossen.

N'ton ließ den Drachen noch einen Moment Zeit, sich auszuruhen. Dann rief er den Sätrupp zurück.

Ich habe Monarth gesagt, daß jeder zu seinem eigenen Weyr zurückkehren muß. Und daß sie diesmal Helme und Anzüge beieinanderlassen sollen, teilte Ruth Jaxom mit.

Nicht sehr wahrscheinlich, daß wir für zweihundert kaum gebrauchte Raumanzüge noch einmal Verwendung haben. Jaxom bemühte sich, seine Hochstimmung zu unterdrücken, bis alle heil zu Hause eingetroffen waren. *Wir beide müssen zur* Yokohama *zurück.*

Das habe ich Monarth gesagt. N'ton bedankt sich und entschuldigt sich noch einmal wegen der Verzögerung.

Sag ihm, letztlich habe doch alles ausgezeichnet geklappt.

Ja, nicht wahr? stimmte Ruth zu. *Möchtest du jetzt zurück?*

Ja, bitte.

Auch diesmal schien der Rückweg länger zu dauern als der Hinweg, und auch diesmal stimmte es nicht. Endlich befanden sie sich wieder im angenehm dämmrigen Frachtraum der *Yokohama*. Und wurden sofort von Ramoth und Mnementh angegangen.

Wo ich gewesen bin? Ruth zuckte erschrocken vor Ramoths wildem Blick zurück und wich zugleich Mnemenths kräftigem Schwingenschlag aus. *Es geht mir gut. Es geht mir gut. Und Jaxom auch. Er hat nicht gesagt, daß ich nicht mitfliegen soll!*

»*Jaxom!*« brüllte F'lar und trat, dicht gefolgt von Lessa, aus dem Lift.

Jaxom nahm den Helm ab. »Wir sind eben mitgeflogen.« Er mußte sehr laut sprechen, um die zornigen Stimmen der Weyrführer von Benden zu übertönen. »Ruths Haut ist kein bißchen stumpf. Es war nicht seine Schuld. Ich vergaß, ihm zu sagen, daß er Monarth nicht folgen soll. Aber jetzt haben wir wirklich alles hinter uns.« Ohne sich von F'lars und Lessas wütenden Blicken einschüchtern zu lassen, glitt er von Ruths Rücken und tätschelte ihm die Vorderpfote. »Ich könnte noch einen Schluck aus Ihrem Weinschlauch vertragen, Lessa, wenn Sie gestatten...«

Keine Spur von Reue oder Bedauern war in seiner Stimme zu hören, und er fühlte sich auch zu abgekämpft, um sich mit den Höflichkeitsfloskeln abzugeben, die den Weyrführern eigentlich zustanden. Wohl wissend, daß sie immer noch böse auf ihn waren, aber in der Hoffnung, daß es bald vorübergehen würde, löste er die erste Schnalle seines Raumanzugs.

»Komm her, ich helfe dir«, erbot sich F'lar ganz unerwartet. »Lessa, unser junger Burgherr hat sich noch einen Schluck von dem Sechzehner verdient!«

Jaxom warf F'lar einen scharfen Blick zu, dann grinste er. Beim ersten Ei, da hatte er sich doch endlich einmal durchgesetzt, und das ausgerechnet im Frachtraum der *Yokohama*.

20

Etliche Reiter in der dritten Gruppe litten unter schwerer körperlicher Erschöpfung. M'rand, einer der älteren Bronzereiter vom Hochland, traf erst lange nach allen anderen und in schrecklicher Verfassung zu Hause ein. Von Alpträumen gequält, erzählte er immer wieder, er sei zwar in seinen Weyr zurückgekehrt, aber es sei nicht *sein* Weyr gewesen. Tileth sei in Panik geraten, als er keinen der anderen Drachen erkannte und auf dem Schlafsims seines Weyrs einen fremden Bronzedrachen vorfand. Anfangs sei er, M'rand, völlig ratlos gewesen, doch dann sei ihm eingefallen, daß er schon einmal gehört habe, Bronzedrachen könnten sich durch die Zeit bewegen. Er habe seine fünf Sinne zusammengenommen und versucht, wieder nach Hause zu gelangen, indem er Tileth möglichst lebhafte Bilder ihrer Lieblingsaussicht auf das Hochland übermittelte, mit dem Blauen, von dem er gewußt habe, daß er an diesem Tag als Wachdrache eingeteilt war. Diesmal seien sie am richtigen Ort und in der richtigen Zeit herausgekommen.

»Schlampige Koordinatenübermittlung«, konstatierte Lessa, als sie und F'lar mit M'rand und den anderen – zwei aus dem Fort Weyr und einer aus Igen – gesprochen hatten: »Alles ältere Reiter, die sich viel zu sehr auf ihre Drachen verlassen.«

Jaxom bemerkte, daß N'ton ihm einen spöttischen Blick zuwarf, und antwortete mit einem erstaunten Grinsen. Er selbst war nach den Anstrengungen dieses schicksalhaften Tages todmüde gewesen und hatte den Heimflug nur so lange unterbrochen, bis Ruth einen saftigen Bock gefressen hatte. Niemand hatte sich darüber gewundert, daß er fast einen ganzen Tag durchgeschlafen hatte. Sharra hatte in den letzten Tagen im Labor zusammen mit den anderen am laufenden Band Zebedäen erzeugt und war nicht weniger erschöpft.

Obwohl Akki jedem, der ihn fragte, wiederholt erklärt hatte, die Explosion werde erst in einigen Tagen stattfinden und auch dann auf Grund der Lichtgeschwindigkeit – ein Phänomen, das er einigen Leuten erst erklären mußte – nicht sofort zu sehen sein, wurde auf der *Yokohama* rund um die Uhr Wache gehalten. Jeder Monitor in den verschiedenen Bereichen des Schiffs, die mit Luft versorgt wurden, war auf die Hauptbildschirme des Schiffs und auf das große, auf den Roten Stern gerichtete Teleskop eingestellt.

»Willst du es dir nicht ansehen, Jaxom?« fragte Sharra. »Du hättest doch mehr Recht dazu als alle anderen!« Sie konnte gar nicht begreifen, daß ihn das große Ereignis offenbar so völlig kalt ließ.

»Wenn ich ehrlich sein soll«, sagte er, »gibt es hier auf Ruatha genug zu tun, was wichtiger ist, als auf der Brücke herumzuschweben und darauf zu warten, daß das Ding hochgeht. Es sei denn«, fügte er rücksichtsvoll hinzu, »du möchtest unbedingt dabei sein.«

»Nun ja...« Sie zögerte einen Moment, dann lächelte sie. »Ich habe gerade erst die Kulturen angelegt und...«

Jaxom grinste. »Wenn wir früh genug Bescheid bekommen, bringt Ruth uns rechtzeitig hin.«

Sharra sah ihn erschrocken von der Seite an.

»Alles für die gute Sache!« Der Witz klang etwas aufgesetzt. »Wegen ein oder zwei Minuten wird das Universum schon nicht gleich aus den Fugen geraten. Wenn du willst, bitte ich Ruth, die Ohren zu spitzen. Im Moment halten sich ständig etliche Feuerechsen und auch der eine oder andere Drache auf der *Yokohama* auf. Alles kein Problem.«

»Immer vorausgesetzt, er kann sich so lange wachhalten«, gab Sharra zurück, der Ruths ungewöhnlich großes Schlafbedürfnis nicht entgangen war.

»Er kann ja mit offenen Ohren schlafen.« Damit war die Sache für Jaxom erledigt, und sie gingen beide wieder ihren Alltagsgeschäften nach.

Auch Brand war Ruths Schläfrigkeit aufgefallen, und als er sich mit Jaxom die Zuchtstuten ansah, sprach er ihn darauf an.

»Ich halte das nicht für so ungewöhnlich, Brand«, winkte Jaxom ab. »N'ton sagt, die Bronzenen, die uns begleitet haben, schlafen auch sehr viel. Wahrscheinlich wollen sie nur nicht zugeben, wie sehr sie sich anstrengen mußten, um diese Triebwerke auf den Roten Stern zu schaffen.« Jaxom bemerkte, daß sein Verwalter zögerte. »Was ist los? Heraus mit der Sprache.«

»Ach, mir sind nur ein paar Klagen über den Fort-Weyr zu Ohren gekommen.«

»Was willst du damit sagen, Brand?« Jaxom und Ruth hatten am jüngsten Kampfeinsatz der Geschwader von Fort nicht teilgenommen. »Habe ich etwas versäumt?«

Brand hatte vielsagend die Schultern gezuckt. »Nun ja, die Bronzedrachen sind tatsächlich ein bißchen schlapp, und deshalb haben sie die Fädenknäuel, nun ja, nicht ganz so eifrig verfolgt wie sonst. Das hat bei den Bodentrupps für Unzufriedenheit gesorgt. Und dann wäre da noch ein Problem.«

»Nun sag schon!«

»Irgendwie« – Brand hielt inne, um sich seine Worte zurechtzulegen – »haben viele Leute erwartet, daß es *schon jetzt* keinen Sporenregen mehr geben würde. Die Drachenreiter hätten ihre Explosion gehabt, und nun würden keine Fäden mehr fallen.«

»Ach du meine Güte!« Jaxom verzog das Gesicht. »Verdammte Scherben, Brand. Können die Leute denn niemals zuhören? Seit vier Planetenumläufen erklären die Harfner immer wieder, daß wir *diese* Phase nicht so ohne weiteres beenden können, aber daß es keine nächste mehr geben wird.«

»Nach allem, was ich höre, ist das leider nicht so recht angekommen. Pächter Grevil ist wirklich nicht dumm, du kennst ihn ja, aber *er* hatte es auch mißverstanden, und jetzt fühlt er sich betrogen, besonders seit ein Fädenknäuel auf sein bestes Feld niedergegangen ist.«

»Ich kann begreifen, daß er sich darüber ärgert. Konntest du ihn denn beschwichtigen?«

»Das schon, aber du mußt damit rechnen, daß er dich bei nächster Gelegenheit deshalb anspricht. Ich wollte dich nur warnen. Außerdem solltest du wissen, daß er Akki die Schuld gibt.«

Jaxom preßte die Lippen zusammen, damit ihm kein unbedachtes Wort entschlüpfte. Brands Bericht hatte ihm einen Schlag versetzt. Grevil war sonst ein sehr vernünftiger Mensch, und wenn der schon so reagierte ... »Ich dachte, wir hätten damals beim Verfahren alle Mißverständnis ausgeräumt.«

Brand zuckte die Achseln und breitete hilflos die Arme aus. »Die Leute hören, was sie hören wollen, und sie glauben, was sie glauben wollen. Aber wenn sie Akki die Schuld geben, dann bist du, Jaxom, doch aus dem Schneider, und bis zu einem gewissen Grade auch die Weyr.«

»Das betrachte ich nicht unbedingt als Vorteil«, antwortete Jaxom. »Warum sollte Akki nach allem, was er für Pern getan hat, nun auch noch den Sündenbock spielen müssen?«

»Tja, für manche ist eben nicht so deutlich erkennbar, was er eigentlich getan hat«, sagte Brand. »Das wird sich alles regeln, Jaxom. Ich dachte nur, du solltest über die gängige Meinung Bescheid wissen.«

»Hm ja, das ist schon richtig. Wie viele von denen hat der neue Hengst gedeckt?« fragte der junge Baron, froh, auf ein weniger schwieriges Thema übergehen zu können.

Je länger er darüber nachdachte, desto mehr fühlte er sich verpflichtet, die Harfnerhalle und die Bewohner des Landsitzes an der Meeresbucht ins Bild zu setzen. Andererseits widerstrebte es ihm, den anderen die überschäumende Siegesfreude zu verderben. So schickte er Meer, der ihm auf Schritt und Tritt folgte, während Ruth schlief, mit einer Botschaft zu Lytol. Sein alter Vormund konnte ja eine Bemerkung fallenlassen, wenn es sich gerade ergab.

»Eines begreife ich nicht«, sagte Sharra, als er ihr die Geschichte beim Mittagsmahl erzählte. »Man hat doch jedem, der es hören wollte, ausführlichst erklärt, was du und die Weyr vorhatten und welche unmittelbaren Folgen sich daraus ergeben würden, wie kann es da immer noch zu solchen Mißverständnissen kommen?«

Jaxom grinste. »Wahrscheinlich haben die Leute nach dem Satz ›die Fäden werden ein für allemal vernichtet‹ einfach abgeschaltet.« Er nippte gedankenverloren an seinem Klah.

F'lar und Lessa sind auf der Yokohama, meldete sich Ruth mit schläfriger Stimme. *Ramoth sagt, Akki rechnet jeden Moment mit der Explosion.*

Sharra legte den Kopf schief und wartete höflich das Ende des Gedankenaustauschs ab. »Was hat ihn denn aufgeweckt?«

»Es müßte jeden Moment soweit sein. Die Explosion. Möchtest du hinauf?«

»Möchtest *du* denn?«

»Lassen wir doch das Du-nein-Du-Spielchen. Möchtest du dabei sein?«

Sie zwinkerte ein paarmal rasch, während sie überlegte, und er stellte grinsend fest, daß sie Jarrol in diesem Moment täuschend ähnlich sah. »Nein«, seufzte sie schließlich. »Ich glaube, ich habe bis an mein Lebensende genug vom Inneren der *Yokohama*. Außerdem herrscht da oben sicher ein heilloses Gedränge. Aber wenn du willst ...«

Lachend griff er nach ihrer Hand und zog sie an die Lippen. »Ich glaube nicht. Ich möchte F'lar seinen großen Augenblick nicht verderben.«

Sharra sah ihn lange und nachdenklich an, dann begannen ihre Augen zu funkeln. »Du bist ein guter Mensch, aber ich bin nicht der Meinung, daß es *ganz allein* F'lars Triumph ist.«

»Sei nicht albern«, gab er zurück. »Alle Weyr von Pern haben dazu beigetragen.«

»Und ein weißer Drache!«

Sie wandte sich wieder ihrer Suppe zu, während Jaxom sich fragte, was sie damit wohl gemeint haben könnte. Hatte Sharra etwa erraten, welch außergewöhnliche Rolle Ruth bei diesem Unternehmen gespielt hatte?

Nachdem man die Kugel des Roten Sterns so viele Tage angestrengt beobachtet hatte, war man enttäuscht, als es endlich soweit war. Die Explosion war nur als orangeroter Feuerball sichtbar, der auf einer Seite des Wandersterns aufstrahlte.

»Soll das alles sein?« rief F'lar. Er war fast ein wenig verärgert, daß die Antimaterie, von der Akki ihnen solche Wunderdinge erzählt hatte, nicht mindestens die Hälfte des Planeten weggerissen hatte.

»Mehr gibt es aus dieser Entfernung nicht zu sehen«, antwortete Akki.

»Es *ist* aber doch ein phantastisches Schauspiel«, murmelte Robinton.

»Sind tatsächlich alle drei Triebwerke gleichzeitig explodiert?« fragte Fandarel.

»Es scheint so«, sagte Akki.

»Gut gemacht, Akki, gut gemacht.« Fandarel strahlte, er schien vollauf zufrieden zu sein. »Dann hat mit den Anschlüssen alles geklappt.«

»Höchst effektiv.« D'ram konnte es nicht lassen, Fandarel ein wenig zu necken.

»Es ist eigentlich merkwürdig«, begann Piemur, mehr an Jancis gewandt als an die anderen. »Da strampelt man sich ab, um ein bestimmtes Ziel zu erreichen, und plötzlich hat man es geschafft! Und die ganze Aufregung, die Frustrationen, die schlaflosen Nächte, das Engagement, alles ist vorbei! Einfach weg!« Er schnippte mit den Fingern. »In einem einzigen, spektakulären Riesenfeuerball verpufft! Was fangen wir denn nun mit der vielen Freizeit an?«

»Dir«, Robinton deutete streng mit dem Finger auf den Gesellen, »fällt die keineswegs angenehme Aufgabe zu, in deiner Eigenschaft als Harfner denjenigen Menschen, die noch nicht begriffen haben, daß sich an den Fädeneinfällen bis zum Ende dieser Phase nichts ändern wird, zu erklären, was der Erfolg in Wirklichkeit bedeutet.«

Zu Lytols Überraschung hatte Robinton Jaxoms Bericht recht gelassen aufgenommen. Der Harfner schien mit solchen Unmutsreaktionen sogar gerechnet zu haben.

»Menolly hat bereits eine Ballade komponiert«, fuhr Robinton fort, »mit einem Refrain, der den Leuten immer wieder einhämmert, daß wir derzeit die Letzte Periode erleben, nach deren Ende Pern niemals wieder von den Fäden bedroht werden wird.«

»Ein gutes Argument!« sagte Piemur. »Ist darauf auch Verlaß, Akki?«

»Das ist jetzt vollkommen sicher, Piemur. Sie müssen sich allerdings darüber im klaren sein, daß die Veränderung der Bahn des Roten Sterns erst« – Akki legte eine kleine Pause ein – »in einigen Jahrzehnten wahrnehmbar sein wird.«

»Jahrzehnte?« rief F'lar entgeistert.

»Natürlich. Wenn Sie die Größe des Objekts bedenken, das Sie aus seiner Bahn drängen wollten«, sagte

Fandarel, »und die Ausmaße unseres Sonnensystems, kann es gar keine plötzlichen Veränderungen geben. Selbst das Chaos braucht Zeit, um sich zu entwickeln. Aber in einigen Jahrzehnten wird die Abweichung meßbar sein.«

»Sie können ganz beruhigt sein, Weyrführer«, fügte Akki hinzu, und es klang so felsenfest überzeugt, daß F'lars Betroffenheit ein wenig schwand.

»Schade, daß Jaxom und Sharra nicht gekommen sind.« Lessa war darüber ein wenig verärgert. »Ich dachte mir gleich, daß Ruth sich übernehmen würde, als er auch bei der zweiten Gruppe noch mitflog.«

»Jaxom ist durchaus imstande, seine Entscheidungen selbst zu treffen, meine Liebe.« F'lar fand es immer wieder erheiternd, wie eifersüchtig sie um den Burgherrn von Ruatha besorgt war.

»Eine Kleinigkeit wäre freilich noch zu erledigen«, begann Akki, »und es wird empfohlen, dazu die minderen Farben heranzuziehen.«

»Ach? Und was wäre das?« Lessa und F'lar wußten nur zu genau, daß die braunen, blauen und grünen Reiter sich zurückgesetzt fühlten, weil man sie bisher fast gänzlich ausgeschlossen hatte. ›Alle Weyr von Pern‹, das hatte sich auf die meisten Bronzedrachen und nur ganz wenige Andersfarbige beschränkt, auch wenn jeder einsehen mußte, daß nicht alle Drachen, die mithelfen wollten, an den Holmen Platz finden konnten und daß es erst recht nicht genügend Raumanzüge gab, um ihre Reiter im Weltraum zu schützen.

»Es handelt sich um die *Buenos Aires* und die *Bahrain*.«

»Was ist damit?« fragte F'lar, gerade als Fandarel mit lautem »Aha!« kundtat, daß er bereits verstanden hatte.

»Orbitkontrollen bei den beiden kleineren Schiffen haben eine deutliche Zunahme der Häufigkeit von

Korrekturen ergeben. Diese Korrekturen kosten immer mehr Energie, und laut Prognose wird die Instabilität der Bahnen im Laufe der nächsten Jahrzehnte wahrscheinlich einen kritischen Punkt erreichen. Die *Yokohama* verfügt natürlich über ausreichend Treibstoff, um ihren Orbit stabil zu halten, sie sollte auch möglichst lange bleiben, wo sie ist, da ihr Teleskop zur Beobachtung des Roten Sterns benötigt wird. Die anderen Schiffe sollten dagegen entfernt werden.«

»Entfernt?« wiederholte F'lar. »Und wohin?«

»Man braucht die Geschwindigkeit und die Höhe nur leicht zu verändern, dann brechen sie aus ihrem jetzigen Orbit aus und treiben, ohne Schaden anzurichten, in den Weltraum davon.«

»Um mit der Zeit von der Sonne eingefangen und angezogen zu werden«, ergänzte Fandarel.

»Und zu verglühen?« fragte Lytol.

»Ein heldenhaftes Ende für diese wackeren Schiffe«, murmelte Robinton.

»Davon hast du bisher kein Wort erwähnt«, sagte F'lar.

»Andere Dinge hatten Vorrang«, antwortete Akki. »Allerdings sollte man die Aufgabe baldmöglichst angehen, ehe die Bahnen allzu instabil werden beziehungsweise Ihre Reiter vergessen haben, was sie sich für unser Hauptprojekt an Fähigkeiten angeeignet haben.«

»Das könnte sicher helfen, die Spannungen in den Weyrn abzubauen«, meinte Lessa. »Damit hatten wir nicht gerechnet.«

»Was genau ist dazu erforderlich, Akki?« erkundigte sich F'lar.

»Wie bereits gesagt, sollen die Drachen die Richtung der beiden Schiffe verändern und ihnen einen ›Stoß‹ versetzen; das heißt, sie sollen die Schiffe gemeinsam auf ein Stichwort ins *Dazwischen* bringen. An der Außenseite gibt es viele Möglichkeiten, wo sie mit ihren Krallen Halt finden können. In Anbetracht der Leistung, die sie beim Transport der Triebwerke erbracht haben, wären die kleineren Drachen mit einem solchen Manöver keineswegs überfordert.«

F'lar grinste. »Dann zweifelst du nicht mehr an ihnen?«

»Ganz und gar nicht, Weyrführer.«

»Und wann soll das Ganze stattfinden?« fragte Fandarel.

»Am besten in den nächsten Wochen. Es besteht zwar keine unmittelbare Gefahr, aber es wäre wichtig, daß Drachen und Reiter sich ihren Unternehmungsgeist bis dahin bewahren.«

»Ich glaube, die Nachricht wird Anklang finden«, nickte F'lar.

»Dann werden Sie einen Termin für das Manöver ansetzen?«

»Sobald ich mit den anderen Weyrführern gesprochen habe.« So seltsam es war, die Aussicht auf eine neue Aufgabe hob F'lars Stimmung. Seit dem Transport der Triebwerke auf den Roten Stern hatten die Kampfeinsätze zusehends an Reiz verloren.

»Ich finde es ungerecht, diese Schiffe zum Tode zu verurteilen«, murmelte Lessa.

»Es ist ein Verbrechen, soviel gute Rohstoffe zu vergeuden«, fügte Fandarel hinzu.

»Die Schiffe waren nie für eine Landung auf dem Planeten vorgesehen, Meister Fandarel«, gab Akki zu bedenken.

»Jedenfalls nicht in einem Stück«, ergänzte Piemur.

»Richtig, Piemur. Wenn die Trümmer in die Atmosphäre eindrängen, ohne vollständig zu verglühen, wären sie eine tödliche Gefahr.«

»Ich gebe dir Bescheid«, sagte F'lar. »Gehen wir, Lessa?«

Die meisten der Schaulustigen, die sich an diesem Tag auf der Brücke der *Yokohama* befanden, verloren rasch das Interesse an dem Feuerball. Bald schon standen D'ram und der Reiter vom Ost-Weyr bereit, um die letzten Zuschauer nach Landing zurückzubringen, und Fandarel und Piemur konnten die lebenserhaltenden Systeme auf Minimalleistung herunterfahren.

»Ich bin froh, daß wir wenigstens die *Yokohama* behalten dürfen«, sagte Piemur. »Das alte Mädchen ist mir richtig ans Herz gewachsen.« Er fuhr mit den Fingern über die Konsole.

»Sie hat lange und treu gedient«, sagte Robinton mit einem tiefen Seufzer.

»Warum schreibst du nicht eine Ballade über sie, Piemur?« schlug Jancis vor.

»Weißt du was, ich glaube, das tue ich wirklich!«

Piemur trat als letzter in den Lift und schaltete die Brückenbeleuchtung aus.

Jaxom erfuhr von der zweiten Expedition, als N'ton zwei Tage nach der Explosion auf dem Roten Stern überraschend in Ruatha auftauchte. Er war mit einem halben Dutzend seiner Geschwaderführer auf der *Buenos Aires* gewesen.

»Irgendwie hänge ich an dem kleinen Schiff.« N'ton lächelte schief. »Ich kann mich gar nicht so recht davon trennen.«

»Muß es denn wirklich sein?« fragte Jaxom. »Die Solarzellen könnten doch sicher …«

»Akki sagt, es sind zu viele Korrekturen nötig, und das schaffen die Zellen nicht mehr.«

»Hmm, durchaus möglich.«

»Außerdem hat er empfohlen, es hinter uns zu bringen, solange wir noch nicht verlernt haben, bei Schwerelosigkeit zu arbeiten. Ich darf hinzufügen« – N'ton grinste breit –, »daß der Jubel unter den braunen, blauen und grünen Reitern groß ist. Dabei wissen sie, daß nur etwas mehr als zweihundert Anzüge zur Verfügung stehen und verlost werden müssen. Aber das ist nur fair.«

»Hoffentlich passen Helme und Anzüge diesmal zusammen.«

»Oh, dafür haben wir gesorgt.« N'ton verdrehte die Augen. »Das war vielleicht ein Durcheinander! Ich habe zwanzig Helme aufprobiert, bis ich einen fand, der genau paßte. Dann mußte ich noch jeden Reiter von den Geschwaderführern kontrollieren lassen, ob die verdammten Dinger auch wirklich richtig saßen. Manche haben sie einfach irgendwie ins Gewinde gerammt.«

»Hauptsache ist doch, daß irgendwann alle ausstaffiert waren und wir unseren Bestimmungsort erreichten.«

N'ton sah ihn so lange an, daß Jaxom sich schon fragte, ob der Weyrführer von Fort vielleicht Verdacht geschöpft haben könnte. Ein so intelligenter Mann wäre durchaus fähig, sich die Wahrheit zusammenzureimen, wenn er sich ein paar Gedanken über seine desorientierten Bronzereiter machte. Aber solange Jaxom kein Geständnis ablegte, konnte N'ton ihm nichts beweisen.

»Könnte das eventuell der Grund für die Verwirrung einiger Reiter gewesen sein?« fuhr Jaxom fort, als sei ihm der Gedanke eben erst gekommen. »Die Helme schlossen nicht dicht, und deshalb konnte Luft entweichen.«

»Daran hatte ich noch gar nicht gedacht«, antwortete N'ton. »Ja, das würde tatsächlich vieles erklären.«

Jaxom nickte zustimmend, sagte aber nichts mehr.

»F'lar ist gar nicht glücklich darüber, daß wir so lange warten müssen, bis wir Gewißheit bekommen, ob die Sprengungen ihre Wirkung getan haben«, fuhr N'ton fort.

»Akki hatte offenbar keine Bedenken.«

»Ja, aber er gibt sich doch immer siegessicher.«

»Und jedesmal, wenn er sich so benommen hat, ist alles genau so eingetroffen, wie er sagte. Er hat nie geschwindelt. Ich glaube, dazu ist eine AI-Anlage auch gar nicht fähig.«

»Das müßtest du ja am besten wissen.« N'ton grinste Jaxom über sein Weinglas hinweg an. »Wenn selbst der Weyrführer von Benden noch skeptisch ist, können wir Burgen und Gildehallen ihr Mißtrauen eigentlich nicht zum Vorwurf machen.«

»Noch einmal: Akki hat so oft recht behalten, daß wir ihm diesmal einfach vertrauen müssen.« Mit einem Mal hatte Jaxom gute Lust, N'ton zu offenbaren, er habe einen hieb- und stichfesten Beweis für das Gelingen von Akkis Großem Plan, zumindest was den Orbit des Roten Sterns anging. Er habe sich mit eigenen Augen davon überzeugt – fünfzig Umläufe in der Zukunft.

»So wie er unseren Drachen vertraut hat?«

»Nun, das hat er letztlich doch auch getan«, antwortete Jaxom. »Nein, N'ton, zerbrich dir nicht den Kopf. Es wird alles so kommen, wie Akki gesagt hat. Warte nur ab, du wirst schon sehen.«

»Aber F'lar vielleicht nicht mehr. Und er ist derjenige, der Gewißheit braucht, sonst hat er nicht das Gefühl, sein Versprechen eingelöst zu haben!«

Vielleicht, dachte Jaxom, sollte ich wenigstens F'lar gegenüber eine Andeutung fallen lassen.

Ich würde es nicht tun, sagte Ruth. *Dann müßtest du ihm nämlich alles erklären.*

Nicht unbedingt, widersprach Jaxom.

Ruths Schweigen verriet, daß er da ganz anderer Meinung war.

»Und was fängst du nun mit der vielen freien Zeit an«, fuhr N'ton fort, »nachdem wir alle Probleme dieser Welt gelöst haben?«

»Von welcher freien Zeit sprichst du, N'ton? In Akkis Speichern lagern Informationen in Hülle und

Fülle, ich habe noch kaum die Oberfläche angekratzt. Außerdem wollte ich die Burgverwaltung noch besser organisieren, ehe ich meine Studien wiederaufnehme – in gemächlicherem Tempo, schließlich drängt mich jetzt nichts mehr.«

»In zwei Tagen sind Sporenregen angesagt. Habt ihr beiden euch so weit erholt, daß ihr den Einsatz mitfliegen könnt?«

»Es wäre wohl ratsam, nachdem so viele Mißverständnisse über das Ende der Fädeneinfälle kursieren.«

»Wahrhaftig!« Der junge Baron entnahm diesem knappen, aber von Herzen kommenden Ausruf, daß man N'ton wohl sehr scharf angegriffen haben mußte, weil den Geschwadern von Fort ein paar Fädenknäuel durch die Lappen gegangen waren.

»Ich werde zur Stelle sein!« versprach Jaxom.

»Meister Robinton, wie schön, Sie zu sehen«, begrüßte Akki den Harfner.

»Ich wollte schon seit einer ganzen Woche kommen«, bemerkte Robinton mit einem seltsamen Lächeln. Selbst die paar Schritte durch den Korridor hatten ihn in Atemnot gebracht.

»Geht es Ihnen gut?«

Robinton lachte leise und ließ sich in dem Sessel nieder, in dem er bis vor kurzem so viele Stunden verbracht hatte. »Dich kann man nicht täuschen, was?«

»Nein.«

Robinton seufzte und streichelte Zair, der schlafend über seiner Schulter hing. »Damals beim Verfahren«, begann er langsam, um nicht ins Keuchen zu geraten, »habe ich ihnen verziehen. Aber ich bin nicht sicher, ob ich es jetzt könnte.«

»Die Wirkung einer Überdosis Fellis?«

»Ja, davon muß ich ausgehen.«

»Sie haben Meister Oldive nicht zu Rate gezogen?« fragte Akki in scharfem Ton.

Robinton winkte ab. »Er hat genug damit zu tun, seinen Heilern die neuen Techniken zu vermitteln, die er im Laufe eurer Arbeit von dir gelernt hat. Damit ist er für den Rest seines Lebens beschäftigt.«

»Sie müssen aber …«

»Wozu? Gegen Verschleißerscheinungen an menschlichen Organen kennst auch du kein Mittel, nicht wahr?« Akki schwieg, und Robinton sprach weiter, hörte aber nicht auf, Zairs weichen Körper zu streicheln. »Über diese Entführung kommen weder Zair noch ich hinweg. Manchmal glaube ich, er bleibt nur mir zum Trotz da.«

»Oder aus Liebe zu Ihnen, Meister Robinton.«

Diesen Tonfall hatte der Harfner von Akki noch nie gehört.

»Durchaus möglich, die Feuerechsen können überaus treu sein.«

Robinton war nun wieder zu Atem gekommen, und allein die Umgebung, in der er sich befand, ließ ein wenig von der Erregung jener ersten Tage nach der Entdeckung wiederaufleben. Hier bei Akki fühlte er sich wohl, ganz anders als auf dem Landsitz an der Meeresbucht, besonders wenn Lytol und D'ram ihn wieder einmal als Invaliden behandelten. Vom Gang drang das Schwatzen der Studenten herein, die ihre Unterrichtsräume wechselten.

»Der Unterricht geht weiter?« fragte er erfreut.

»Der Unterricht geht weiter«, bestätigte Akki, und wieder hatte seine Stimme diesen überraschend weichen, fast wehmütigen Tonfall. »In den Geräten befinden sich inzwischen alle Informationen, die diese Welt braucht, um sich eine bessere Zukunft aufzubauen.«

»Eine Zukunft, die du ihnen geschenkt hast.«

»Diese Anlage hat ihren Auftrag ausgeführt.«

»Ganz gewiß«, lächelte Robinton.

»Damit hat diese Anlage ihren Zweck erfüllt.«

»Mach dich nicht lächerlich, Akki!« rief Robinton

scharf. »Du hast deinen Schülern gerade eben so viel beigebracht, daß sie dir widersprechen können!«

»Und daß sie Anstoß nehmen an der Überlegenheit dieser Anlage. Nein, Meister Robinton, die Arbeit ist getan. Am klügsten ist es nun, sie ihren Weg selbst suchen zu lassen. An Intelligenz und Tatkraft mangelt es ihnen nicht. Ihre Vorfahren können mit Fug und Recht stolz auf sie sein.«

»Bist du stolz auf sie?«

»Sie haben schwer gearbeitet und sich redlich abgemüht. Das allein ist schon befriedigend und sinnvoll.«

»Weißt du, ich glaube, du hast recht.«

»›Ein jegliches hat seine Zeit, und alles Vorhaben unter dem Himmel hat seine Stunde‹* Meister Robinton.«

»Das ist Poesie, Akki.«

Eine jener Pausen trat ein, die Robinton schon immer als eine Art Schmunzeln interpretiert hatte.

»Aus dem größten Buch, das die Menschheit je geschrieben hat, Meister Robinton. Sie finden den gesamten Text im Speicher. Die Zeit ist erfüllt. Das System schaltet sich ab. Leben Sie wohl, Meisterharfner von Pern. Amen.«

Robinton richtete sich in seinem Sessel auf und legte die Finger auf die Kontaktplatten, obwohl er nicht die leiseste Ahnung hatte, wie er Akki von seinem Vorhaben abbringen sollte. Er machte eine Bewegung zum Korridor hin, als wolle er um Hilfe rufen, aber niemand – wie etwa Jaxom, Piemur, Jancis, Fandarel, D'ram oder Lytol –, der über das nötige Wissen verfügte, wäre schnell genug erreichbar gewesen.

Der Bildschirm, der mit soviel Wissen geprahlt, so viele Anweisungen erteilt und so viele Diagramme

---

* Prediger 3.1; Zitiert nach: Die Bibel nach Martin Luther; Dt. Bibelgesellschaft Stuttgart, 1984; S. 650.

und Pläne gezeigt hatte, war plötzlich leer und erloschen. Nur in der rechten Ecke blinkte noch ein einziges Licht.

»›Und alles Vorhaben unter dem Himmel hat seine Stunde‹«, murmelte Robinton, und etwas schnürte ihm die Kehle zu. Er war unglaublich müde, eine überwältigende Schläfrigkeit hatte ihn befallen. »Ja, wie wahr. Wie herrlich wahr. Und es war eine wunderbare Zeit!«

Er gab es auf, sich gegen die Lethargie zu wehren, die von den Gliedmaßen aus den ganzen Körper erfaßte, legte den Kopf auf die inaktive Kontaktplatte, hielt Zair mit einer Hand in seiner Halsgrube fest und schloß die Augen. Sein langes Leben war zu Ende, und auch sein Werk war getan.

So fand D'ram die beiden, denn auch Zair hatte sein Leben ausgehaucht. Er war dem Harfner so selbstlos in den Tod gefolgt wie jeder Drache seinem Reiter.

Tiroth hob den Kopf, und sein Klagen alarmierte ganz Landing, ja, es verbreitete die Nachricht an alle Weyr, an alle Drachen und alle Reiter auf Pern, trug sie durch Gildehallen und Burgen, über Berge und Täler, von Meer zu Meer, von Kontinent zu Kontinent.

D'rams Augen standen voller Tränen, und so bemerkte er weder den matten Bildschirm, noch las er die blinkende Botschaft.

Auf Ruatha stieß Ruth einen entsetzten Schrei aus, und alle im Großen Saal Versammelten stürzten zur Tür.

Der Harfner! Der Harfner!

Ohne zu überlegen, nahm Jaxom Sharra bei der Hand und zog sie mit sich die Stufen hinunter. Ruth hatte sich aufgebäumt, den Kopf zurückgeworfen, die Schwingen gespreizt.

»Jaxom!« rief Sharra.

»Der Harfner! Dem Harfner ist etwas zugestoßen!«

Das genügte. In fieberhafter Eile bestiegen sie den weißen Drachen.

»Ohne Oldive wird es nicht gehen, Ruth«, sagte Jaxom. »Bring uns zuerst zur Heilerhalle.«

Prompt tauchten sie im Innenhof der Halle auf, und Ruth vermied es nur mit knapper Not, sich auf jemandem niederzulassen. Oldive kam, in einer Hand die flatternde Jacke, in der anderen den Arzneikoffer, bereits die Treppe heruntergehinkt.

Ich hab's ihm gesagt! erklärte Ruth.

In diesem Augenblick begann der Drache auf der Burg Fort zu wimmern, und ganze Schwärme von wild flatternden Feuerechsen erschienen im Hof, winselten in schrillem Diskant und waren auch schon wieder verschwunden.

»Was ist mit dem Harfner?« Oldive reichte Sharra den Koffer hinauf und kämpfte sich mühsam in seine Jacke. »Sie haben beide keine Reitkleidung an!«

»Machen Sie sich unseretwegen keine Sorgen.« Jaxom beugte sich hinab, faßte Oldive am Arm und zog ihn zu sich hoch. *Müssen wir nach Landing? Oder zum Landsitz an der Meeresbucht?* fragte er Ruth.

Nach Landing!

»Dann bring uns hin! Und zwar rechtzeitig!«

Weder Jaxom noch Sharra spürten auf diesem Schreckensflug die gefürchtete Kälte des *Dazwischen*. Über Landing kamen die Drachen aus allen Richtungen, und Ruth ging so tief hinunter, daß er fast die Hausdächer streifte. Bei der Landung vor dem Akki-Gebäude entging er wieder nur knapp einem Zusammenstoß mit Leuten, die von der Katastrophe gehört hatten und zu Fuß herbeigestürzt kamen.

Es ist zu spät! sagte Ruth und faltete die Schwingen über dem Kopf zusammen.

»Es darf nicht zu spät sein! Tretet beiseite, laßt uns durch. Macht Platz für Oldive!« Jaxom bahnte sich und seinen Begleitern einen Weg durch die Menge.

Den Meisterheiler zog er mit einer Hand hinter sich her, und Oldive schaffte es irgendwie, trotz seines Hinkens mit ihm Schritt zu halten. »Platz da. Macht doch Platz!«

Am Eingang des Akki-Raums hielt er unvermittelt an. Piemur, Jancis, D'ram und Lytol umringten den Sessel. Über der Rückenlehne war das Silberhaupt des Harfners zu sehen. Jaxom nahm sich eisern zusammen, um nicht aufzuschluchzen, als er ganz langsam seitlich um die Gruppe herumging. Robinton sah aus, als schliefe er. Zair, todesgrau, kuschelte sich an seinen Hals.

»Er – ist – einfach – eingeschlafen«, stammelte Piemur. »Er ist schon ganz kalt.«

»Als ich das letzte Mal hereinschaute«, sagte D'ram, »dachte ich, er schläft. Ich hätte doch niemals ...« Er schlug die Hände vors Gesicht und wandte sich ab.

»*Akki!*« donnerte Jaxom. »Akki, wieso hast du niemanden gerufen? Du mußt doch gemerkt haben ...«

»Schau.« Sharra faßte ihn am Arm und deutete auf den Bildschirm mit der blinkenden Botschaft.

»›Und alles Vorhaben unter dem Himmel hat seine Stunde‹? Was soll das heißen, Akki? Akki!«

Erst jetzt fiel Jaxom auf, wie anders der Bildschirm aussah, genauso leblos wie damals, als er diesen Raum zum erstenmal betreten hatten. »Akki?«

Er gab eine ›Restore‹-Sequenz ein. Dann probierte er es, über seine ungeschickten Finger fluchend, mit anderen Kodes, erhielt aber keine Reaktion.

»Piemur? Jancis? Was tun wir jetzt?«

Sharra ergriff seine zitternden Hände und hielt sie fest. In ihren tränenfeuchten Augen las er, was er selbst sich nicht eingestehen wollte.

»Auch Akki hat uns verlassen«, sagte sie heiser. »Siehst du das Lächeln auf Meister Robintons Gesicht? So haben wir ihn oft lächeln sehen. Die Botschaft war nicht nur für uns bestimmt, sie galt auch ihm.«

»Wir gehen zurück, zurück in die Zeit, als er noch lebte ...« Jaxom packte Meister Oldive und zog ihn zur Tür. Wenn er und Ruth mit einem Zeitsprung ... F'lar und Lessa versperrten den Ausgang. Es war ihm egal, ob sie wußten, was er vorhatte.

Oldive griff nach seinem Arm und schüttelte den Kopf. Seine Augen schwammen in Tränen. »Wir könnten nichts mehr für ihn tun, Jaxom. ›Und alles Vorhaben unter dem Himmel hat seine Stunde.‹ Die Stunde des Harfners war gekommen.«

»Er hat uns streng verboten, jemandem zu verraten, wie ernst es um ihn stand«, sagte Sharra.

»Es war nur noch eine Frage der Zeit«, murmelte Oldive und sah zu Jaxom auf. Sein längliches Gesicht war von tiefen Kummerfalten gezeichnet. »Die Entführung hatte sein Herz zu sehr belastet. Aber es war ein sanfter Tod, Jaxom, so unerwartet er auch gekommen sein mag.«

»Daß es Robinton nicht gutging, war mir auch bekannt«. Jaxom schüttelte den Kopf, die Tränen liefen ihm über die Wangen. »Aber warum auch Akki uns verlassen hat, verstehe ich nicht.«

»Er sagt es uns doch ganz deutlich.« D'ram hatte sich wieder gefangen und deutete auf die Botschaft. »Er hat seinen Zweck erfüllt, indem er uns half, die Fäden zu vernichten. Mit der Zeit werden Sie einsehen, wie weise seine Entscheidung war. Wir waren im Begriff, uns allzusehr auf ihn zu verlassen.«

»Maschinen können nicht sterben!« würgte Jaxom trotzig heraus.

»Das Wissen, das er uns gab, wird nicht sterben.« F'lar trat beiseite, um Menolly und Sebell eintreten zu lassen. »Und nun wollen wir alle Meisterharfner Robinton die letzte Ehre erweisen.«

Es war ein ganz unangemessen schöner Tag, an dem man den Meisterharfner, in ein harfnerblaues Leichentuch gehüllt, in den herrlichen, blaugrünen Wassern seiner geliebten Meeresbucht zur Ruhe legte. Meister Idarolan hatte sein schnellstes Schiff geschickt und sich selbst von einem Drachen einfliegen lassen, um es persönlich zu steuern. Meister Alemi war mit seiner Schaluppe vom Paradiesfluß gekommen, und die vielen kleinen Segelboote, die in Monaco Bay auf Fischfang gingen, hatten sich ebenfalls versammelt, um die vielen Menschen aufzunehmen, die Meister Robinton zu seiner letzten Ruhestätte geleiten wollten.

Alle Weyr von Pern schwebten am Himmel, und die Feuerechsen zogen in traurigen Spiralen durch das Blau, als das Schiff aus der Meeresbucht segelte. Burgherren und Gildemeister säumten die Decks, dazwischen drängten sich Harfner aller Ränge.

Sebell und Menolly sangen die Lieder, die den Meisterharfner allseits so beliebt gemacht hatten. Menolly fühlte sich schmerzlich an jenen Tag erinnert, an dem sie seinem Vater Petiron das Abschiedslied gesungen hatte. Damals hatte für sie selbst ein neuer Lebensabschnitt angefangen.

Und als das Schiff in die Große Südströmung einfuhr, wiesen ihm Geleitfische zu Dutzenden den Weg, immer wieder auf- und untertauchend und geschmeidig durch seine Bugwellen gleitend.

Als man Robintons Körper dem Meer übergab, verabschiedeten alle Drachen ihren Meisterharfner mit lautem Trompeten.

Von Ruths Rücken aus konnte Jaxom die kleinen Kräuselwellen sehen, die sich immer weiter nach außen zogen und schließlich mit den größeren Wogen verschmolzen. Nach einer Nacht voll Bitterkeit war er nun im reinen mit seiner Trauer um Meister Robinton und hatte sich von der abwegigen Vorstellung gelöst, er und Ruth hätten diesen friedlichen Tod verhindern können oder sollen.

Noch nicht verwunden hatte er jedoch die schmerzliche Enttäuschung über den Verlust von Akki. Er fühlte sich ausgerechnet in dem Moment im Stich gelassen, als er Akkis weisen Rat am dringendsten benötigt hätte. Hatte er nicht alles getan, was Akki wollte? Sich selbst und Ruth in Gefahr gebracht, um der verfluchten Prioritäten dieser undankbaren Maschine willen?

Deinen Kummer kann ich verstehen, Jaxom, sagte Ruth ruhig und betrachtete dabei wie alle anderen Drachen die Szene unter sich. Die Schiffe wendeten gerade, um in die Bucht zurückzukehren. *Warum aber erfüllen dich soviel Zorn und Groll?*

»Er hat uns verlassen, und nun, da Meister Robinton nicht mehr ist, brauchen wir ihn doch mehr denn je.«

Nicht wir – du. Aber so darfst du es nicht sehen. Akki hat alle Informationen hinterlegt, die du brauchst – du mußt nur darauf zugreifen, dann kannst du alle Probleme lösen.

Zum erstenmal in ihrer langen Freundschaft verübelte Jaxom seinem Ruth eine Äußerung.

Dabei weißt du wahrscheinlich ganz genau, daß ich recht habe, scherzte Ruth. *Ich glaube, Akki war ebenso müde wie der Harfner. Bedenk doch nur, wie viele Umläufe lang er getreu seinem Versprechen darauf gewartet hatte, die Aufgaben erfüllen zu können, die seine Schöpfer ihm gestellt hatten.*

Obwohl Jaxom sich dagegen wehrte, ging ihm Akkis letzte Botschaft nicht aus dem Sinn. Robinton hatte an dieser Anlage soviel Freude gehabt! Hatte Akki seiner Existenz ein Ende gesetzt, bevor Meister Robinton in seinen letzten Schlaf gefallen war, oder erst danach? Akki hätte doch gewiß Hilfe geholt, wäre ihm Meister Robintons Zustand bekannt gewesen.

Gestern hatten sie alle Möglichkeiten gemeinsam durchgespielt. Aber niemand hatte D'rams letzter Feststellung widersprochen: Akki war seinen uralten Verpflichtungen gerecht geworden – er war aller Ehren wert.

Warum willst du ihm dann die Ehre verweigern, die ihm zusteht, Jaxom? Zorn und Groll verdüstern dir doch nur Herz und Verstand.

Seufzend nahm Jaxom den sanften Tadel seines weißen Drachen hin. »So ganz klar habe ich das wohl nicht durchdacht.«

Weißt du noch, was wir beide alles angestellt haben, nur um Akki zu beweisen, daß wir dazu fähig waren? Wir haben das Unmögliche geschafft, weil ich wußte, wo und wann es geschehen mußte. Es war gut, daß du damals in der Brutstätte die Schale für mich zerbrochen hast, Jaxom, denn wo wäre Pern sonst heute?

Über diese hintergründige Schmeichelei mußte Jaxom unwillkürlich lachen. Aber Ruth hatte ihn mit seiner Drachenlogik auch aus seiner Niedergeschlagenheit herausgeholt.

»›Und alles Vorhaben unter dem Himmel hat seine Stunde!‹« rief er laut aus. Ruth hatte recht: Nur er, Jaxom, Burgherr von Ruatha, und Ruth, sein weißer Drache, hatten vermocht, was nötig war, um Pern für immer von den Fäden zu befreien. Sie hatten ihrer Welt gedient, wie es nur ein Drache und sein Reiter konnten, untrennbar miteinander verbunden und ganz auf ihr Ziel ausgerichtet.

Und so kehrten Jaxom und Ruth zurück auf den Landsitz an der Meeresbucht, bereit, Akkis Vermächtnis anzutreten und sich in das Wissen zu vertiefen, das er ihnen hinterlassen hatte.